台灣武俠小說史 (下)

林保淳——著

名家推薦

保淳教授是我欽敬的俠界老友，三十多年來，他以深厚的古典文學研究功力，教學之餘，致力於武俠小說搜集、研治的基本建設，著述甚豐，成果為海峽兩岸乃至世界華人文化圈矚目，為弘揚中華武俠文化做出了卓越貢獻。

——大連大學語言文學研究所所長　王立

林掌門以數十載渾厚功力，鉤沉抉剔，盡發俠界之幽微，成此煌煌之武俠小說史，豈獨寶島江湖之瑰寶，洵為中華武林之華章也。

——北京大學教授　孔慶東

保淳教授是武俠百曉生，對武俠小說的傳承與發展，尤為熟稔。因時空特殊，武俠小說的流派複雜，文本多變，而能掌握其流變者，保淳之外，實無出其右者。本書雖為舊作翻新，而新中存舊，考鏡源流，卻自成一家。

——台大中文系教授　徐富昌

「保二爺」酷愛通俗武俠小說，平日尤好舞「文」弄「劍」。形似「無情」之痼疾，手持「倚天」之利劍，遠涉「神州」大地，俠蹤飄泊於大江南北、黃河上下、長城內外。談「武」論「藝」，威震禹域，「武林百曉生」不虛也。

——師大國文系教授　陳廖安

保淳教授自幼好讀武俠小說，後在大學開設相關課程，將其引進大學的殿堂，並發表多篇學術文章，又指導多位研究生撰寫論文，成為學院中鑽研最深的名師。近日著作將重要作家的生平事蹟和寫作特色，以生動活潑的筆調展現，不僅貢獻學界，提供最好的研究參考資料，也供給社會大眾瞭解武俠小說發展的絕佳資訊。

——中研院文哲所副研究員　蔣秋華

煌煌七十餘萬言，雖未占筆路藍縷之先，卻勝在集大成，於武俠小說之起源、發展、流派、現狀、特色條分縷析，一網打盡，足為鼎鼐之論。資料之詳實，無出其右；識器之卓見，難以逾越；尤其對武俠文學摯愛之精神，流淌筆端，貫穿全篇，令天花亂墜，大地作舞，從而使文學史研究在宏大學術敘事之外更具人文色彩與風範。

——中國大百科全書出版社社長，中國武俠文學學會會長　劉國輝

林保淳先生新著《台灣武俠小說史》，以厚重、扎實和嚴謹的論述，縱論百年台灣武俠歷史變遷與社會影響各方面，足見其治史之得；點評武俠作家作品，穿插各類俠稗秘聞，雍裕博洽，可謂冶雅俗於一爐，融讀趣在一編也！

——中國武俠文學學會副秘書長　顧臻

林先生一書頗得太史公遺風。運如椽之筆，繪台灣武俠之全景。使司馬紫煙、高庸、獨孤紅諸家，得以與金、古同垂名於俠文學史。日月雖盛，不蔽群星。滄海雖闊，不遺驪珠。鉤其玄要，顯其幽微，林先生可謂俠之史遷矣。

——中國人民大學副教授、武俠作家　步非煙

台灣武俠小說史 下

——目錄

參 流派篇——台灣武俠小說的流派

「新派」

「其他」

肆　評說篇

第二章 台灣武俠小說的出版與傳播 323

伍 衰微篇

陸　期待篇

參

流派篇

——台灣武俠小說的流派

「新派」

第一章 從「舊派」到「新派」——台灣武俠小說的蛻轉

武俠小說向來有所謂「舊派」與「新派」的區分。「舊派」一語，據葉洪生的說法，乃承續自民初范煙橋所說的「民國舊派小說」[1]。儘管葉洪生認為，「考其概念之形成，大概是針對民國八年（一九一九）五四運動後所掀起的新文學狂潮而產生的一種自卑心理」[2]，頗有海外扶餘，未敢強爭正統之意；但無論如何，「民國舊派」，是相對於當時以魯迅為首的「新小說」或「新文學」而來的，整個創作的取徑，乃衍傳自傳統的古典小說，儘管就中仍灌注入若干「教化」的內容，但基本上還是以「通俗」為主，著重於讀者休閒、娛樂的功能。在小說內容上，言情、歷史、俠義、社會、偵

1 見葉洪生《武俠小說談藝錄・中國小說史論》（台北：聯經出版公司，一九九四）。案范煙橋有《民國舊派小說史略》一書，相關論述，可參見徐斯年〈《倚天屠龍記》與《鶴驚崑崙》之比較——兼及「文學史觀」〉，見朱壽桐主編：《金庸與漢語新文學》（澳門：澳門大學出版中心，二〇一一），頁二四三至二四九。

2 見葉洪生、林保淳著《台灣武俠小說發展史》（台北：遠流出版公司，二〇〇五），頁四四。

探……，應有盡有，絕不僅止於所謂的「鴛鴦蝴蝶」而已，故被歸於其中的作家，寧可以「禮拜六派」自命，而甚不喜「鴛鴦蝴蝶派」之名。[1]

既以「舊」為名，自有其與「新」別異之處。事物的流衍，必有其歷史的流變，流變必有變化、轉關之處，故於其前後不同的時期，正不妨以「舊派」、「新派」加以區別。武俠小說在整個歷史發展的過程中，的確也可非常明顯的發現到其前後期的不同，以前期當「舊」，後期當「新」，亦是順理而成章。武俠小說的「舊派」與「新派」，也因之而成為通說。

基本上，武俠小說的「新」、「舊」之別，是以一九四九年新中國成立為斷限的，前此者為「舊」，後此者為「新」，而以梁羽生及金庸作為「新派」的標竿；儘管有若干學者如葉洪生，對此觀點不予認同，認為真正意義的「新派」，應該始於台灣自一九六〇年十月古龍的《孤星傳》、一九六一年陸魚的《少年行》，歷《情人箭》（一九六三）、《大旗英雄傳》（一九六三），直到《浣花洗劍錄》（一九六四），才正式確立武俠「新派」的路徑。其中相關受影響者，尚有司馬翎、古如風、秦紅等。[2]儘管在「舊派」與「新派」的確切起始時間上，眾家或有不同的觀點，但基本上對「舊」與「新」的區隔，還是有共識的，二說看似不同，其實是完全可以融通的，蓋「變」者必有其痕跡，文學的轉變，當然不可能是「突變」，乃是「漸變」，既是「漸變」，必一方面有所沿襲，一方面也有所

1《禮拜六》為民初文人周瘦鵑於一九一四年六月創辦，中間停刊五年，前後共約兩百期，為當時影響極大的通俗雜誌，相關研究請參考劉鐵群《現代都市未型時期的市民文學：《禮拜六》雜誌研究》（北京：中國社會科學出版社，二〇〇八）。

2見《台灣武俠小說發展史》中有關古龍的討論。

創新，梁羽生、金庸的小說，儘管可能如葉洪生所說的，「傳統遠多於創新」，但既有「創新」，即不能不說有所轉變，事實上，葉洪生也提到有所謂的「半吊子新派」的台灣武俠作家，殊不知，即便是變而未化、化而未盡的「半吊子」，也一樣在武俠小說由舊翻新的過程中，貢獻了共同開創的心力，不必過分嚴苛的加以區別。

換句話說，我們不妨以一九五四年的梁羽生當作「新派武俠」的伊始，而完成於一九六四年以後的古龍。

香港梁羽生與金庸的小說，可以說是橫空出世的，儘管同時期的「廣派武俠」仍有一席之地，但大致的方向已然確定，從中較難窺見由「舊」至「新」的蛻轉痕跡；但台灣的武俠小說，在此十年之間漸進的變化路徑，卻是相當明顯的。早期的郎紅浣、「三劍客」、伴霞樓主、成鐵吾諸名家，都很明顯地有因襲或模擬「舊派」諸作的現象，無論是從回目的擬定、敘事的策略、情節的套用等，都可以說沾溉於「舊派」甚深，這在前面章節的論述中已特別加以標舉出來。一九六〇年以後，台灣武俠作家紛然而作，其中不少猶是取徑於「舊派」武俠的，如墨餘生、衡山向夢葵即是，而獨抱樓主隱括「新舊」，更可以視為「舊」與「新」蛻轉的指標。

衡山向夢葵的著作，今所知者不多，僅《寶劍金環》、《紫龍珮》、《彩練飛霞》、《金石盟》四部可以確認，而生平未詳，僅能從「衡山」二字判斷其應為湖南衡陽人。其中的《紫龍珮》以崑崙與岷山兩派數百年的冤仇為主幹，而凸顯出主角季嘉麟自幼受教於崑崙掌教紫陽真人，又屢獲奇遇，最終掃蕩群邪的經歷，其書受到平江不肖生、還珠樓主等舊派名家的影響甚深，神兵異獸、武林秘笈，俯拾即是，較乏新意。唯墨餘生則頗值一敘。

第一節 取徑於舊派的墨餘生

墨餘生(一九一八～一九八五),本名吳鍾綺,海南瓊山縣人,少時負笈中原,遍歷神州之半,後入中央軍校炮科十三期,一九四九年隨政府來台,居於台北,官拜少將。其他不詳。

墨餘生創作時期較短,約集中在一九六〇年前後,目前所知共有《瓊海騰蛟》三部曲、《南疆劍影》、《金劍飛虹》、《摩雲太子傳》、《劍氣縱橫三萬里》、《雷電風雲》、《情河劫》、《仇征》等十部。

《瓊海騰蛟》篇幅頗長,三部曲共一百一十六回,但故事架構簡單,人物善惡分明,主要敘說明兵部尚書于謙與大學士王文,在「奪門之變」後慘遭殺戮,于謙舊部參將駱中明救出其孫于志強、于志敏,遁隱於海南島。于氏兄弟於海南島迭有奇逢(尤其是于志敏),練成出神入化、不可思議之武功,在駱中明、明因師太的扶持下,展開一場翦除頑凶、雪冤復仇之旅,最後大破赤身魔教,檢具當初陷害其祖之奸宦逆閹罪證,終於沉冤得雪,攜五女同隱於海南島。在整個過程中,代表邪黨、奸宦勢力的一干凶邪,陸續出場,一一為正道俠義之士所殲滅,而從中穿插一些秘寶、靈藥及兒女私情,結構完整,但張力則略顯不足,亦未有多少曲折變化。一九六〇年以後,台灣武俠小說因受政治影響,逐步走上「去歷史化」的路徑,此書正於一九五九、一九六〇年間出版,雖明藉明朝史事敷衍,然歷史人物幾乎只是虛筆交代,未涉入於故事之中,大可視為一轉折時期。

《瓊海騰蛟》特別鍾愛所謂的「神童」,書中幾個主要的角色,于志強年紀最大,不過十五、六歲，而于志敏、柳蟬兒、王紫霜、秦玉鸞等，皆不過十二、三歲，這顯然是從《蜀山劍俠傳》中的許多神童衍生而出。為了讓髫齡之童嶄露頭角，則不得不以「速成」的方式，壓縮時間，讓他們在短期內獲得高深的武功。於是，一連串的「奇遇」於焉出爐，以于志敏為例，在短短的四個月內，誅血鰻、得鰻珠、獲綠虹寶劍、食銀果、服躡空草、殺蚺龍，又拜三百年前的高人紫虛上人為師，尋常人一輩子夢想不到的奇逢，被他一個人都獨佔了，雖說是「仙緣」、「福緣」深厚，但造作痕跡畢竟太過明顯，實在並無太大的說服力。最重要的是，于志敏甫出江湖，就幾乎無人能敵，在他除賊滅寇、昭雪冤情的過程中，既無挫折，更乏轉折，就人物的設計而言，平面化到了極點，故缺乏深刻動人之處，此為是書最大的缺點。

一九六〇年後的台灣武俠小說忌諱政治，唯恐因文賈禍，故捨宏闊之歷史而就虛緲之江湖，《瓊海騰蛟》草創於一九五八至一九五九之間，故仍然敢於採用歷史，但卻謹守「政治正確」之原則，每藉江湖邪教作影射。本書中的「赤身魔教」，書中再三強調，其教徒「無一不是窮兇極惡之徒，偏是他們會假裝成為好人，人數又眾多，使你防不勝防，殺不勝殺。祇要你一惹上他們，立刻就如影隨身，趕也趕不掉，非要弄得你支離破碎不可」、「社會上多的是沒有頭腦的人物，無法辨別是非，反而變成惡人的應聲蟲」、「赤身魔教祇認識武力，認識強權，它根本就不講什麼道義，也不講什麼人性」，「赤身魔教」與「北極魔教」、「羅剎鬼國」相互勾結，分明就是影射共產黨，其中猶有一個魔頭「毛水西」，更明顯指涉毛澤東。

墨餘生的《瓊海騰蛟》（春秋書店出版）

「赤身魔教」本出於還珠《蜀山劍俠傳》，墨餘生將教主赤身魔女取名為「任可夫」、副教主為「勞民斯」，教中多是淫蕩狠毒之輩，於批判、醜詆共產黨之中，合乎當時「反共抗俄」國策，自能佔穩政治路線，免去許多無謂爭議，此與一九六〇年另一位武俠作家東方玉《縱鶴擒龍》中的「赤衣教」合觀，當可窺出其時的政治風向。

此書名為《瓊海騰蛟》，故事的主要空間即在瓊島（海南島）。海南島僻處南海邊陲，在「泛中原沙文主義」的武俠小說中往往被視為蠻荒未化之地，多予深貶，而此處為作者故鄉，故筆下將天下奇珍異寶、義士高人盡集中於海南島，自是有藉斯文以作家園懷想之舉，卻出乎意料之外的別具隻眼，為海南張目，也是此書值得珍視之處。

墨餘生的武俠作品不多，僅約十部，且各有異說（如《紫龍珮》，今人多謂為墨餘生作品，然當初原刊本，題名衡山向夢葵，則非海南人墨餘生可以斷定），其中以《瓊海騰蛟》三部曲最為知名。然其作品之廣為人所知，並非作品本身的效應，而是當時台灣最著名的漫畫家陳海虹，取材於此書，繪製了《小俠龍捲風》漫畫，大受歡迎，熱賣數十萬冊，也掀起了台灣六〇年代末期到七〇年代初期的武俠漫畫風潮。一九八四年，皇冠出版社重印此部漫畫，共廿九冊，也風靡一時。

台灣的武俠小說，與廣播、漫畫、電影、電視劇的互動非常密切，《瓊海騰蛟》是武俠與漫畫互動的最佳典型。

第二節　出入於新舊之間的獨抱樓主

相較於墨餘生，獨抱樓主的作品，可能是最能窺見台灣武俠小說從「舊派」過渡到「新派」的轉捩關鍵。

獨抱樓主（一九三〇～），本名楊昌年，湖南湘陰人。因早年喪父，貧苦失學，故十六歲即投筆從戎。一九四七年奉母來台，始繼續完成學業。一九五五年畢業於師範大學國文學系，先任教於師大附中，後更歷任靜宜、政大、師大各校講師、教授及系主任等職。二〇〇〇年從師大退休，一生致力於現代文學、古典小說之研究，成果極為豐碩，有學術專著及現代小說、散文、戲劇、評論等數十種。

楊氏創作武俠，為時不長，大抵為在師大附中任教時所作，自一九六〇年處女作《南蜀風雲》始，迄一九六二年的《金劍銀衣》，共寫了十一部作品，多數為十集左右的中短篇，《恩仇了了》（一九六〇）、《迷魂劫》（一九六一）稍長（約二十集），唯《璧玉弓》長達三十六集，可謂是楊氏的代表作。儘管創作時間不長，楊氏對俠稗的深情始終未減，對後起諸秀及從事武俠研究者獎掖有加，多次擔任武俠論文及創作的評審，晚年更試圖重新出發，草創《失劍記》（未完），以學者兼作家的身分，不遺餘力的推廣武俠。

蓋楊氏早年顛沛流離，輾轉於荊、湘、川各地，且性格俊爽瀟灑，每藉武俠小說寄寓其京華想像、流連嚮慕之思，以及俠客任俠重義、纏綿悱惻之情，以博學鴻儒之才識，發為俠骨柔情之文章，雖成就略遜於臥龍、司馬、諸葛、古龍等名家，要亦台灣當時有數的重要作者之一。

楊氏為八大書系中「海光」的台柱，身當台灣武俠舊與新交替之際，作品受還珠樓主、王度廬等前輩名家影響甚大，取精用宏，間有新意，可視為轉型期的代表。代表作《璧玉弓》文筆典麗，故事曲折離奇之至；享譽歷久不衰，足可與「武壇三劍客」同期作品一較高下。楊氏善寫情欲，其寫情寫欲之活色生香，堪稱獨步；故分集出版時，常遭撕頁之厄。至若楊氏諸作演武敘事之神奇莫測，亦多膾炙人口，可謂紅極一時。

《璧玉弓》是獨抱樓主十一部武俠小說中篇幅最長、寫得最精彩的一部。書中以「百結嘲魚服，蝶飛映綠弓；梅開埋一劍，魂斷玉樓東」的詩句，勾勒出整個江湖的大勢，其中百結幫與魚服幫是世仇，又與江南丐幫叫化鬩牆；蝴蝶鏢、關東梅劍、斷魂槍三派，則因斷魂槍與綠弓派的反目，互有糾葛，再加上遠處西北的玉樓派善惡難辨，形成了江湖擾攘的亂局。此書的前半部，以綠弓派少主鞏青麟矢志復仇展開，將各派間錯綜複雜的恩怨，藉鞏青麟的足跡，一一描敘出來，然後藉仇怨的澄清、化解，讓各派重振雄風，新一代的掌門，皆各就各位。然後下半部開始再轉敘七大派與勾陳派的糾葛、兩大陣營的鬥智鬥力，最後以一場地底火山爆發，團結了反清復明的志士，歸結到西歸島的失陷及眾俠客的隱身而退。環環相扣，高潮迭起，可謂毫無冷場。

《璧玉弓》取法還珠的跡象是非常明顯的，蓋還珠樓主的小說，珍禽異獸、神兵秘笈、洞天奇境三者，沾溉台灣初期作家甚多，本書能言善道的鸚鵡、善解人意的狸奴、飛天巨鶴雪兒、狴犴異獸、翔空寶駒，乃至邛崍七大禁制中「撒鄉」裡的「猥瑣」奇獸、食火巨蟒，無一非脫胎於還珠系列小說；而璧玉寶弓、楛矢七箭、麾角神劍、白黿六珠、運斤神斧、風雷真經、九鯉金書，亦如同還珠小說之層出迭見、威力驚人；至於撒鄉、水府、雪窟，以及地底火山爆發，雖不如還珠之瑰麗奇幻，亦非人間之所能有。《蜀山》韻致，盡在其中。

然而，畢竟已時移世異了，仙劍雖奇，終究非關人事。《璧玉弓》以綠弓孤子拜師求藝、尋覓仇蹤開篇，串起七大派間的恩怨情仇；再藉七派與勾陳派間微妙的關係，帶出國仇家恨、正邪對決，都純然是人間大事，自然不能依仿還珠故技，一味謬悠離奇。此書於還珠之外，參照王度盧寫情義衝突的筆法，集中筆力大作渲染，甚至取法朱貞木，眾女于歸一男，冶融舊派數家為一，遂亦展現出與還珠之異趣，開創雖云未足，而已另有蹊徑，尤其是寫鞏青麟徘徊劉丹鳳、劉懺娘、南陵玉女眾女間的為難，以及勾陳「射者」之嚮慕劉丹鳳、「謀者」之傾心於謝婕妤處，實為全書情節的關鍵，從仙境走回人間，無疑正是台灣武俠小說逐漸走出自己風格的表徵。

書中主角鞏青麟，武藝高強、性格溫厚，但作者似乎無意誇張他的武功，甚少讓他面臨到必須以高強的武藝才能解決問題的局勢，以凸顯他的英姿；反而是以他為主線，帶出一連串的恩怨情仇。凡他足跡所至，必有糾葛，必生情孽。尤其是情孽部分，從入雁蕩山學藝初遇桑窈娘開始，魚服幫有呂瑛、玉樓幫有諸葛燕、弱水有黃珊珠與修羅仙子、關東梅劍有劉丹鳳、蝴蝶幫有劉懺娘、勾陳派有南陵玉女，簡直是天生的情種，活脫脫一個《紅樓夢》裡的賈寶玉，不讓金庸《天龍八部》的段譽專美於後。獨抱樓主後來以古典文學研究蜚聲學林，任大學教席，稔熟《紅樓夢》，鞏青麟脫胎於賈寶玉，殆無疑義。作者也顯然有意將主角描寫的筆力置放在他的感情世界上，書中多次以詳盡的心理分析手法，細膩地摹畫鞏青麟徘徊、依違在眾女之間既喜又懼、既不該又不捨的矛盾心理，這是本書所長，但兒女情長，風雲氣少，鞏青麟的角色，反未能窮形極相，是得是失，恐亦難言。

在敘事手法上，《璧玉弓》更明顯注意到還珠小說情節枝蔓的缺失，力圖加以彌補。還珠小說大量運用「插敘」的手法布局，線索、人物，多而繁雜，整個情節架構，是「葡萄串」式的，在顆顆晶瑩飽滿的果粒之後，梗蒂交錯，不知其所從來，讀者往往瞻後忘前，難以首尾照應。《璧玉弓》似也未能忘情「插敘」，往往於情節主線外，橫生枝節，轉帶出次要的故事，如丐天子的行事、天涯孤劍的生平、關東梅劍的創立、童叟歐陽磊的往事、巧匠魯鐵的經歷，篇幅還算不大，至於勾陳派的來歷，則連篇累牘，花了「五六節的篇幅」敘寫，儘管具有說明前因後果的作用，而喧賓奪主，未免偏離了主題。獨抱樓主是深悉其敝的，但也未能免俗，只得以複述方式加以彌補，在回歸主線後，以類似「前情提要」的方式，重理線索，提醒讀者。儘管這仍不免打斷小說一氣呵成的脈絡，卻也可以窺出作者的用心。

獨抱樓主於傳統國學、新文藝皆有極深的造詣，故此書中掉書袋處不少，卻非一般作者耳食、抄襲者可比，無論詩詞、典故、歷史，引經據典，都頭頭是道；甚至別開生面的以「新詩」入小說，清初俠女劉丹鳳曼聲而唱，居然唱起了一九六〇年代的「新詩」：

有人衹用一張白紙
來作它——人生的譬喻，
更有人連紙都不用，
說它是：「濛濛的空虛」。
濛濛的空虛也有顏色
那便是悲哀的文采
又說是顏色本來也沒有

人生就是永久的悲哀——（第一三四章，頁二五三〇）

這應是作者一時詩興大發的偶然遊戲筆墨，未必刻意為之，但卻無心中成為一九七〇年代崛起的新銳武俠名家溫瑞安的先聲。

第三節 「新派」的先聲——陸魚的《少年行》

依據葉洪生的說法，台灣的「新派」乃始於陸魚的《少年行》。

陸魚（一九三九～），據《台灣武俠小說發展史》所說，本名黃哲彥，台灣苗栗人。畢業於台大物理系，後赴美國馬里蘭大學取得物理學博士學位。其他生平經歷不詳。但此書亦云「他早年是一位新詩作者，曾自費出版過《哀歌二三》、《端午》兩本現代詩集」[1]，據此，陸魚應該就是在台灣一九六〇、七〇年代相當引人矚目的新詩作家方旗。不過，在相關方旗的介紹上，卻都說他出生於一九三七年，是台北市人，與《發展史》小異，猶有待釐清。

方旗的詩，傳統古典韻味濃厚，馬來西亞的溫任平曾推許他的詩令人「驚豔」，是他所屬的天狼星詩社入室弟子的必讀書；也有人因此說溫瑞安的《山河錄》也承襲了他的詩風（溫瑞安亦是天狼星詩社中人）；但他向來獨來獨往，不僅自費出版詩作，與詩壇中人也甚少交往，故相關資料闕如（只

1此二詩集，《哀歌二三》出版於一九六六年，《端午》則出版於一九七二年。

知後來定居美國，在馬里蘭大學任教）。倒是他的小詩〈小舟〉，一直頗受青睞，常在一些詩選集中出現，茲逐錄以供參考：

孤獨的小舟都是歪斜地擱著
全世界的沙灘都是如此的
而如同歪斜的頭
裏面充滿著悲哀[1]

陸魚在廿二歲時開始從事武俠小說創作（宋今人一九六一年《少年行》的介紹中所說，《發展史》即由此逆推其生年為一九三九），第一部作品《少年行》雖僅十集（約四十萬字），卻已為當時真善美出版社的負責人宋今人大為嘆服，譽為「新型武俠」，且出版後佳評不斷，被推為當時武俠小說的「前五名」之一（另一部為司馬翎的《劍氣千幻錄》，可惜不知另三名為誰）；但一九六二年到一九六七年之間，卻只有《塞上曲》（八集）出版，其後遂如彗星一閃，就杳然消失於武壇，讓讀者為之驚惋。

陸魚小說作品雖少，創作時間也短，卻在台灣武俠小說史上標識著一個轉型的里程碑，被葉洪生許為台灣「新派武俠」的催生人之一，與古龍並重。其作品採現代小說的敘事筆法敘寫，深入人物內心作心理分析，且常以新詩筆法融入，宋今人謂「《少年行》的風格、結構、和意境，除掉特別強調

1 方旗的詩刻意組織成類似群山奇峰競高的山脈圖像，甚有圖像詩效果。

武功這一點外，實可媲美歐洲十八世紀的文學名著，並不遜色」，可見其評價之高。

《少年行》一書，以幼遭家難的李子衿為報兄仇，化名為哥舒瀚，四處偷拳、買武，以期習得高強武功，卻一無所成，反遭驅逐；其後夤緣獲得元江派掌門銅符，得傳授高強武藝，卓有聲名，聞知其殺兄之仇在塞外，遂決意出關尋仇。故事略仿白羽的《偷拳》，而就中夾雜著與易衣青、方開志、歸嘉陵三女的恩愛情仇，故事未完（僅十集），卻娓娓動人，且洋溢著濃厚而饒具中國古典風格的詩趣，是陸魚以詩化筆法行文的新嘗試。

從小說的角度來說，《少年行》故事未完，有許多人物、情節未能交代清楚，是很令人遺憾的；因為從已完成的十集中看來，陸魚在整體小說的部局上是相當縝密而有條貫的。以其中表現得最為出色的主角李子衿與方開志、歸嘉陵、易衣青三位女角（其實應該還有謝如玲）間的情感線索來說，很明顯就作了刻意的伏線設計，層迭遞出，針線嚴密，且其間情仇糾結，寫得極婉轉綢繆，可以推想到如果如願完書，當真會一如宋今人所稱許的，成為武俠說部當中足可媲美世界名著一部佳作。可惜，書非完帙，儘管葉洪生以「這個書扣解不解開、有沒有結局並不重要。因為故事人人會編，留給讀者若干想像空間，也是一種『結局』」，為《少年行》留了餘地，但終不能不在評價上打些折扣。

即便如此，《少年行》從一開始就有相當高的評價，宋今人的推許，固然不無出版上的考量，但以他豐富的武俠出版經驗來說，事實上已是斲輪老手，也的確如他所說，《少年行》無論是如詩如畫的風格、前呼後應的結構和優美諧和的意境，都與當時其他的武俠小說有顯著的不同，尤其是以陸魚的台籍作家身分，卻能摹寫他從未體驗過的北地雪景，且又如此傳神寫照，更是宋今人激賞的重要原因。[1]因此，此書也博得武俠研究專家葉洪生的青睞，除了幾乎全盤接受宋今人的評價外，更從台灣武俠小說發展的歷史，指出陸魚的「新型武俠」是台灣武俠小說發展由舊變新的轉捩點。

《少年行》中濃厚而饒具中國古典風格的詩趣，是陸魚以詩化筆法行文的新嘗試，與此同時，獨抱樓主的《璧玉弓》也遊戲筆墨式的引新詩入小說，這種迥然異於舊派武俠的寫作方式，雖未必有多大的影響，但一九七〇年代崛起的詩人兼武俠作家溫瑞安卻不約而同的採取了如是的突破方式，也是值得觀察的一部分。不過，陸魚《少年行》最重要的突破，還是其敘事的筆法。

葉洪生之所以極度推崇《少年行》的「新型俠情」，最主要是基於三點，其一，此書雖是章回體，但章中套題，以母帶子，這對後來的古龍（《白玉老虎》）、溫瑞安（《說英雄誰是英雄》系列），正不無影響；其二，其敘事採「單刀直入」的直述手法，且用「倒敘」敘事，則顯然迥異於一般的武俠小說傳統；其三，以西方意識流的「內心獨白」方式交錯敘述，更是武俠小說中向所未見。綜合三者，葉洪生認為其書之引人矚目，要為「引進西方現代小說筆法」所致。

葉洪生的分析頗為具體，也不無新見，但卻忽略了若干值得注意的問題。有關「母章子題」的嘗試，其實也見於獨抱樓主同年的作品《古玉訣》[2]；且倒敘的運用，事實上香港新派的開山之作梁羽生的《龍虎鬥京華》就已經嘗試，此二者雖為新舊武俠相當顯著的表徵，但卻非陸魚所獨創，乃共同

1台灣武俠小說作者，九成以上是大陸來台人士，知名作家僅秦紅與陸魚、田歌等幾位是台籍的。

2《少年行》在章回體格式上每章套三子題，如第一章〈飄飄萬里遊〉，即包括「無頭公案」、「投桃報李」、「忘石懷石」三個子題；獨抱樓主的《古玉玦》，每章分四個子題，如第一章〈玉玦沉河〉下，分別有「古宮之中」、「十七人魈」、「盡此一觴」、「盒中古玉」；最末章〈良緣締結〉下，分為「哨音召喚」、「黑衣怪女」、「返回故里」、「一箋留情」四子題。

彰顯了在文學創作突破的需求下，自然的一致取徑。至於「意識流」，從《少年行》一書看來，雖則略顯簡單粗糙，僅僅是藉由李子衿（哥舒瀚）的「回想」以構成，而人物視角未能統一，無論是作者或是回憶中的角色，都還擁有關鍵的「發聲」地位；但西方「意識流」所特別強調的「作者退出」意義，卻並未有若何的表現，因此，還是頗有商榷的餘地。不過，此書卻無意間在武俠小說中作了新的示範，相對於梁羽生《龍虎鬥京華》藉敘述人（作者）的倒敘敷衍故事，而《少年行》的倒敘，則集中在書中人物李子衿的身上，就人物內心的刻劃來說，無疑是更進一步的了。在此，陸魚的前輩作家擅於作人物內心思維作深入摹寫的司馬翎，應該對陸魚是有影響的。

從陸魚的《少年行》中，的確可以發現到，在他的作品中已顯著與「舊派武俠」有所差別，正如同梁羽生的《龍虎鬥京華》般，可謂是掀開了台灣「新派」的扉頁。但顯然還是從「舊派」中變異出來的，與白羽《偷拳》類似的關目，即足以為證。

第四節 港台「新派武俠」成就相對論

綜括而言，台灣武俠小說之「新」，稍微晚於香港的梁羽生和金庸，但卻未必是因梁、金的啟發而「更新」的，而是在原有的「舊派」根柢下，因應著台灣的特殊局勢而自我成長完成的。從發展歷史來看，台灣的武俠小說先行者，如郎紅浣等人，創作時間都較梁羽生與金庸為早，而其後的「三劍客」、伴霞樓主、成鐵吾等，雖晚於梁、金，但一開始都是走「舊派」的風格，也並未受到他們的影響，更重要的是，梁、金二人因其「左派」的立場，其作品始終列名於「查禁書目」之中，並未廣為流通，非但在解禁之前讀者未有所聞，就是作家，也罕能獲睹（古龍應是少數人之一），此由若干作家，如歐陽生的《至尊刀》、鈺釗的《寒鋒牒》、溫玉的《獨臂雙流劍》居然明目張膽、改頭換面的抄襲金庸小說《倚天屠龍記》、《雪山飛狐》、《笑傲江湖》中，即可窺出。

儘管台灣的武俠小說之「新」，取徑未必與香港的梁、金相同，但兩者皆是企圖「從舊翻新」，故暗合、重疊之處，自難避免。如果我們以一九五七年十月五日，金庸在《新晚報》發表的〈談批評武俠小說的標準〉中的四個標準：（1）主題思想；（2）人物的刻劃；（3）故事性與結構（4）環境的刻劃，以及葉洪生所所強調的「新思想，新觀念，新文學技巧」[1]三點加以併觀，基本上，在主題思想的自由度上，香港作家因屬於英國託管，顯然是遠較台灣來得高的，幾乎毫無「主義」、「思想」、「政治」上的牽制，而能隨心所欲的藉武俠小說充分傳達他們的思想及觀念，梁羽生是左派大將，充分發揮其共產主義階級鬥爭的思想，金庸藉武俠小說以影射「文革」，兩種不同趨向的作品可以併存。

梁羽生在〈金庸梁羽生合論〉中，雖然以個人的創作角度出發，對金庸小說多有訾議，但二人卻是誼屬至交，觀念的不同，思想的差異，並未影響到二人彼此的尊重。香港的「新派武俠」就是在這樣的互尊互重，各自發揮的自由空氣中，往前更邁進一步。在此自由的風氣下，作家可以針對某些歷來可能不容質疑的思想觀念，作更深刻的省思。在金庸小說中，有關「民族主義」的思辨，就是最好的例子。

1見〈中國武俠小說史論〉，收入《葉洪生論劍》（台北：聯經出版社，一九九四），頁六二一。

台灣武俠，蛻轉稍晚，且備受政治的干擾與限制，多數還是在舊派「說故事」的窠臼中打轉，偶爾會有如墨餘生、東方玉等人，迎合時政，藉武俠小說對「共產黨」作批判，呈顯出一定的思想觀念，但畢竟仍非主流；早期的郎紅浣，因自身為旗人，故敘及清代時事，頗與王度廬（亦旗人）同調，是不提「民族主義」的，但獨孤紅身非旗人，卻一方面步趨郎紅浣，對清室多有寬待之語，一方面又極力強調「漢族世宙，先朝遺民」的「漢賊不兩立」，雖很難自圓其說，但相對於台灣早期屬於舊派的成鐵吾，亦不可不謂是一種新的反省。

香港「新派武俠」真正得力的，還是它們遠超「舊派」的優異人物刻劃。金庸小說中各個不同，而又各具性格的人物，從主要角色陳家洛到韋小寶，或是次要的角色，如東西南北中「五絕」、周伯通、明教五散人、金毛獅王、任我行、向問天，或是更次要的人物，如恆山派的一群女徒、全真七子，乃至一些負面的對比人物，如楊康、張召重、成崑、東方不敗，幾乎信手拈來，都可有一堆的話頭，無論其人物的性格、擅長的武功、使用的兵器，都瞭如指掌。尤其難能可貴的是，人物的性格，往往與他們的武功繫聯為一，陳家洛擅長「百花錯拳」，性格上就是屢屢犯錯；歐陽峰號稱西毒，果真毒辣非常；楊過名「過」，也正能「改之」；張無忌惜得「乾坤大挪移」，性格也就游移不定，凡此種種，不必詳說，讀者必能心有戚戚焉，可見其筆下的人物是如何的深入人心。

相對來說，台灣「新派武俠」作家對人物的描述，雖亦各有丰姿，且多半與其作品風格相類，如諸葛青雲之佳人才子、風度翩然，獨孤紅、東方玉之斯文有禮、滿腹詩書，柳殘陽之硬橋硬馬、陽剛堅毅，鬼派之殘狠偏激、怨憤沖天，都有其特出之處，但總體來說，個人的性格特色較不亮眼，反而呈顯出較為平面化的人物共象，相較於金庸，則未免遜色。唯一能與金庸相提並論的，只有古龍。

在情節結構上，「插敘」的減省，可以說是香港、台灣的「新派」共通的特色，舊派武俠中大量枝蔓迂曲，動輒演述數十回，令讀者「瞻後忘前」的「插敘」手法，已為以單一主角為核心，依順其生平事跡而開展故事的主敘事所取代，不再自由衍生成新的故事，這使得港、台的「新派」作品在整體結構上整齊劃一。

梁羽生及金庸的小說，從一開始就走向這條減省的路徑，較難窺出其轉變的過程；台灣的「新派」，則相當明顯，早期的名家，如司馬翎的《劍氣千幻錄》，有關二十年前百花洲的論劍、瘟煞魔君朱五絕的生平，多半都是以插敘完成的；後期的獨抱樓主尤其未能忘情「插敘」，往往於情節主線外，橫生枝節，轉帶出次要的故事，如丐天子的行事、天涯孤劍的生平、關東梅劍的創立、童叟歐陽磊的往事、巧匠魯鐵的經歷，篇幅還算不大，至於勾陳派的來歷，則連篇累牘，花了「五六節的篇幅」敘寫，儘管具有說明前因後果的作用，而喧賓奪主，未免偏離了主題。

由於「插敘」減省，故台灣武俠小說篇幅的長短，也往往可以判斷出其舊與新，大抵早期作品插敘多，結構鬆散，故篇幅長，其後則減省插敘，結構緊密，篇幅變短，偶有如臥龍生的「巨著」《金劍雕翎》，則屬例外，乃是由大量的冗長對話拖垮情節的。

值得注意的是，台灣武俠在敘事手法上，較多變化，除了有如梁羽生《龍虎鬥京華》般的「倒敘手法」，也見之於陸魚的《少年行》、雲中岳的《亡命之誥》之外，另有一種「補敘」的手法，造成時序上的變化，如古龍在《孤星傳》中有關裴玨之獲得「金童玉女」傳功之事，其實前章已有敘說，但因線索不明，故古龍就不得自己跳出來，「要明瞭這些，各位必須原諒我將故事稍為拉後一些，來提醒各位的記憶」[1]（第七章），然後補完這個過程。此一「補敘」，可以視作「插敘」的一種「補救」或「過渡」。

插敘的「減省」與「補敘」的增多，對小說結構的統整性，無疑是具有效應的，但台灣武俠小說最明顯的特色，還是在於節奏的增快。

節奏的加速，不外有兩種手法，一是減省、縮小對人物外貌、武功施展的以及外在景物的描繪，這點在古龍的小說中最是表現得淋漓盡致，尤其是《浣花洗劍錄》，其中白衣人的服飾僅僅就以「白」來形容，而「迎風一刀斬」快狠準穩的武功描繪，更捨棄了前此一招一式、你來我往，動輒百千招冗長的決鬥場面；其次則是快速的場景銜接，人物的動作，從甲場景過渡到乙場景，已無須再有分明時間順序的描繪，可直接以跳宕的方式為之，這點，上官鼎在《沉沙谷》中以一句話，或是一個詞就加以分段的手法，可謂最是明顯；而開其先聲的，無疑還是古龍。

早在《孤星傳》中，古龍就已注意到場景銜接的問題，如「浪莽山莊」送請帖給「東方五俠」，就在「東方五俠」接獲請帖，感慨對方動作迅速之際，立刻轉筆由「神手」戰飛的自詡「快速」接下；在最後「江南同盟」與「飛龍鏢局」決戰即將開打之際，裴玨正感慨所謂的「英雄」為何之時，也迅快的接上在「飛龍鏢局分行」中檀明對「英雄」同樣的省思，兩個同時異地的時空，迅速接連為一，而敘事的主體，遂為之轉換，可以說為此開了先河。這很明顯是借鑑了電影的蒙太奇手法，則可

1見《孤星傳》第八章。不過，古龍在這段後面又加上了一段，「我是那麼榮幸，竟能使時光倒流，雖然僅是在書本上，卻已足夠使我感到光大」的話語，作者現身說話，還是不脫傳統說書的口吻，可謂「化而未盡」。

以說是一種新文學技巧的引進。

不過，就總體而言，台灣武俠小說的「新」，與香港梁金的「新」的不同，乃在於將「歷史」的成分抽離，突破了舊武俠與歷史緊密結合的框架。這是導因於「暴雨專案」政治忌諱而產生的，台灣武俠作家在這點上蛻轉痕跡，最是明顯，墨餘生、獨抱樓主早期的作品，仍未能忘情於從歷史中取徑，如《瓊海騰蛟》之借「奪門之變」開展故事，《璧玉弓》仍有「反清復明」的尾聲即是。尤其是古龍的《蒼穹神劍》最具指標性。

《蒼穹神劍》原先的構想，明顯是欲以雍正奪嫡的史事為經緯的，故刻意安排了熊倜、尚未明為熊賜履與胤礽太子的後人，欲走洗雪冤仇的舊路，此雖不符史實，卻也可見其當初藉歷史以寫武俠的用意，但故事後續的發展，竟於此一無交代，而轉向江湖恩怨的敘寫。台灣武俠小說自一九六〇年後，歷史情味漸淡漸薄，充分展現「去歷史化」的特色，開始轉偏於「江湖爭霸」而無關乎歷史的寫作方向，在古龍身上，是發揮得最淋漓盡致的。無論「去歷史化」是優是劣，都是台灣武俠小說的一項創新，而此一創新，則是由前期作家共同蛻轉而來，而最終由古龍徹底實踐完成的。

第二章
求變追新開「新派」——古龍武俠小說論

一九六〇年，就在台灣武俠小說邁向蓬勃發展的時候，出現了一位台灣武壇上最耀眼的巨星，在非常短的時間內就綻現其殊異的色彩，逐步取代了一向獨霸武壇的臥龍生，超越了前期包括了司馬翎在內的諸名家，更使同時期的名家為之失色，古龍，正如同其名字一般，以夭矯靈動、變化萬千的身姿，成為台灣武壇上最受矚目的作家，在中國武俠小說史上與金庸相頡頏，各分武俠世界的半壁江山。

第一節　古龍生平與作品概述

古龍（一九三八～一九八五），本名熊耀華，江西南昌人，抗戰期間，隨父熊鵬聲移居香港，曾就讀於荃灣德聲學校；一九五〇年，遷居台灣，就讀於台灣師院附屬中學（今師大附中）初中部，一九五四年，考入成功高中。熊鵬聲曾任當時無黨派台北市長高玉樹之幕僚，於政壇上頗稱得意，然疏於照顧家庭，離異別娶，在古龍少年生活中布下陰影。

入成功中學後，古龍發揮了其文藝創作上的潛能，不僅屢於校內外刊物上投稿，一九五五年，更以〈從北國到南國〉一文，獲刊於《晨光雜誌》，正式步上了小說創作的路程。

一九五七年，古龍考上淡江英專（今淡江大學）夜間部英語科，但因經濟窘迫，未能專心致志，以致第二年即因故輟學，此後一直只有「肄業」二字隨身。此時，古龍雖卜居淡水，但遊蹤皆在台北市內，受知於李費蒙、馮妮娜（牛哥牛嫂）夫婦，並透過他們結識不少武俠界、藝文界如臥龍生、司馬翎、諸葛青雲、胡正群等朋友，據說有時技癢，偶爾也會替這些武俠作家作代筆。李費蒙是台灣一九五〇年代著名的漫畫家，《牛伯伯打游擊》漫畫曾風靡一時，而他又兼跨偵探小說的創作，《賭國仇城》、《職業兇手》、《情報販子》等小說當時更是膾炙人口。李費蒙的偵探小說以奇案、推理為核心，古龍的武俠小說亦多以懸疑奇詭取勝，相信不無受到李費蒙的啟迪。

一、孤星潛龍，荒野孤狼

> 裴珏像一顆未經琢磨也未曾發出光彩的鑽石，混在路旁的碎石裡，被人們踐踏著。沒有一個注意到他的價值。——古龍《孤星傳》

一九六〇年，正值台灣武俠小說風起雲湧的時期，古龍在此風氣鼓盪下，遂決意投入武俠小說創作的行列，從一九六〇至一九六三年，就以驚人的速度，陸續寫了十一部武俠小說（未計僅四集未完的《劍毒梅香》及一集的《劍氣書香》），其中僅一九六〇年就開筆九部，其高才捷足，令人驚豔。此時的古龍，銳意於武俠創作，雖是初出茅廬，屬「潛龍勿用」的階段，明顯受到先輩作家的影響，但也已逐步摸索出未來自我的風格，其中《孤星傳》（一九六〇至一九六三）是最重要的代表作品。

前述引文是古龍在一九六〇至一九六三年間完成的作品《孤星傳》中，古龍對書中主角裴珏的論評。古龍自一九五五年首度發表〈從北國到南國〉初涉文藝創作的領域後，在一九六〇年間陸續發表了包括處女作《蒼穹神劍》（一九五九年動筆）在內的數部武俠小說，正式開啟了他一生武俠創作的序幕。其中，《孤星傳》是古龍早期作品中超然拔俗的一部，可謂以此奠定了他未來在武壇大放異采的基礎。在書中，樸實無華的裴珏，其實就是古龍自我的投射，他自幼命運艱困，受盡欺凌，但傲骨天生，「絕不低頭」，孤星最終閃耀成明星，潛藏於深淵的蟄龍，破空而飛，成為夭矯天際的飛龍。

古龍早年的際遇，自然沒有裴珏如此的悲慘，童幼時期隨父母過港來台的飄泊，父母離異、家庭破碎的悲苦，在當時渡海來台的大陸籍人士中，亦未見有多少異於平常的艱辛。主要的還是古龍多愁善感，以及略帶有叛逆與傲氣的性格使然。

「潛龍勿用」的他，於飄泊中、於與父親的衝突中，形塑出他備覺天寒地冷的「孤兒意識」，儘管《孤星傳》中的裴珏最後在功成名就、恩仇了了之後，體會到「星，是永遠不會孤單的，只是有些升起得早，有些升起得遲，有些會被雲霾掩沒，但終必還是會發射出它應有的光芒，自遠古直到現在，自現在直到永遠……」的道理，但淒清冷落、寂寥蕭條的陰影，始終籠罩在古龍的一生之中。孤單的人，最渴盼的是溫暖，酒的溫暖、朋友的溫暖、情人的溫暖，但凡有一絲絲可能的暖光所在，古龍就像撲火的飛蛾般，捨死忘生的與之共燃。所以他嗜酒如命，所以他格外看重朋友，所以他流連花叢。當星星閃爍發光的時候，酒入豪腸，英雄相歡，可以傾蓋定交，可以風流瀟灑，可以歡樂無限；

而當星星為雲霾掩翳之時，寂天寞地，酒入愁腸，朋友凶終隙末、情人反面無情的背叛，卻又如重重羅網，緊緊綑縛、壓抑著他。平心而論，古龍這顆星星儘管曾發光發熱，但畢竟無法祛除這夾纏他一輩子的孤寂，甚至，在最後也以自暴自棄的方式，終結了自己的生命，回過頭擁抱著孤寂。儘管「孤星不孤之古龍，即古龍自喻及自我期許」（真善美版之詞），但孤不孤，大抵只有古龍才真的能體會。蕭十一郎悲嗆地唱道：「暮春三月，羊歡草長，天寒地凍，問誰飼狼？人心憐羊，狼心獨愴，天心難測，世情如霜……」，傅紅雪蒼白的手裡緊握著漆黑的刀，「蒼白與漆黑，豈非都正是最接近死亡的顏色！死亡豈非就正是空虛和寂寞的極限。他那雙空虛而寂寞的眼睛裏，就彷彿真的已看見了死亡！」古龍是一隻蒼茫大地中踽踽獨行的孤狼，正如同《多情劍客無情劍》中的阿飛，永遠是這麼孤獨，這麼倔強，就在他潛龍未用的時候，就已經隱隱成形了。

二、迎風一刀，見龍在田

刀雖是死的，但在名家手中，便有了生命——它的生命正是持刀人的精神魄力所賦與的。那刀的架勢，刀的光澤，正與吳道子的畫、王右軍的字一樣，已不是單純之「物」，已有了生命、靈魂。——古龍《浣花洗劍錄》

一九六三到一九六六年，是古龍奠定其聲名的關鍵時期。古龍一九六三年完成《孤星傳》之後，一掃在此之前諸作的平冗之氣，陸續推出了《大旗英雄傳》、《情人箭》（一九六三始寫）、《浣花洗劍錄》（一九六四始寫）、《名劍風流》（一九六五）、《武林外史》、《絕代雙驕》（一九六六）等多部至今仍膾炙人口的大作，雲龍初現，迅速成為新一代武俠的名家。《情人箭》的波詭雲譎、《大旗英雄傳》的慷慨激壯、《武林外史》的手神俊逸、《絕代雙驕》的突梯多趣，都搏得了眾多讀者的喜愛。其中《浣花洗劍錄》更被視為古龍（乃至台灣）武俠小說發展過程中轉型關鍵的一部重要作品。

儘管在此時期的諸作中，或雄壯、或俊逸、或詭奇、或諧趣，已經展現了古龍經營小說的才華。但就敘事手法及情節布局而言，古龍基本上還是承襲著傳統武俠小說的格局，未見有重大的轉變。《浣花洗劍錄》師法「日本武士道」小說的意境，開始為武俠小說注入迥異於傳統武俠的生機，一方面以哲理轉化武功，將武俠小說動輒連篇累牘的打鬥場面，簡化為迅快而要約的情境；一方面將文字精簡、段落縮短，小段精文，一舉拋開了傳統武俠小說的厚重與沉滯。

其中，東瀛劍客白衣人所擅長的「迎風一刀斬」，正足以作為表徵。白衣人為追索劍道無上的境界渡海來至中原，以結合著眼力、鬥志、氣勢、殺機的「迎風一刀斬」，與中原武林較技印證，快、狠、穩、準的刀法，以迅雷不及掩耳的速度，擊潰了中原群雄，這不但是書中主角方寶玉必須重新思索、預加防禦的難題，更是對向來以「一招一式、你來我往」，動輒大戰數百回合的武俠小說對決方式造成莫大的衝擊。方寶玉後來從紫衣侯的「無招勝有招」中悟出了抵禦之道，而武俠小說界則從此開始更深一層的觸及了「武鬥」中人的精神、意志、氣勢與心理變化。迎風一刀，不啻是斬向武俠小說的一刀，也一刀開闢了古龍未來武俠創作的道路。

《武林外史》又是另一番面貌。在寫過重情重義、氣勢豪壯的大旗英雄之後，古龍際遇明顯好轉，落日無邊，大旗招展，悲壯的古龍，豹變而轉成尚友重義、風流瀟灑的武林浪子，豁達開朗、四海為家的遊俠沈浪、熊貓兒，在江湖中大顯身手，雖難免偶有挫折，但都能瀟灑面對，英丰豔采，為後來楚留香、陸小鳳、葉開的前身，為武林留駐了一齣一齣浪子的傳奇。英雄、美酒，加上善解人意的妙佳人，也正是此時浪子古龍的寫照。

在此時期中，《名劍風流》是較少受人矚目的。不過，卻是古龍後來小說中刻意以偵探手法展開情節布局的源流，不能不格外重視。儘管在《情人箭》與《武林外史》中，古龍已巧妙的利用「陰謀」製造撲朔迷離的情節，但都不似《名劍風流》般的偵探懸疑、詭秘離奇。書中以巧奪天工、足以亂真的「易容術」為經，不僅在故事上真假相參、是非難辨，且著力於偵探詳情、揭穿陰謀的過程，處處緊張，處處懸疑，更無意間凸顯了人與人之間彼此懷疑、恐懼的不安。古龍小說的主調，於此具現。

古龍有筆如刀，手上這把刀不僅用來寫故事、寫傳奇，更與他的靈魂與生命相結合，他的光澤他的氣勢，已逐漸超異於傳統了。春雷響起，潛龍驚蟄，古龍這條神龍，身影具現，三停九似，已開始令人注目了。

三、飛刀留香，龍飛於天

> 武俠小說若想提高自己的地位，就得變！若想提高讀者的興趣，也得變！不但應該變，而且是非變不可！——古龍〈說說武俠小說〉

一九六七年後，《鐵血傳奇》（一九六七）、《多情劍客無情劍》（一九六八）中的楚留香、李尋歡，這兩位代表古龍浪子與孤狼不同風格的典型人物出現，一舉將古龍拱上了台灣武俠第一人的寶座。

古龍一九六七年開始寫《楚留香傳奇》（原名《鐵血傳奇》），以短章小幅的故事串連整部作品，在作品形製上由大轉小，是個極重要的轉變，後期的作品中，類似《多情劍客無情劍》般長篇的已非常罕見，且文字精簡、純然白描的詩化散文特色，以及場景交錯、節奏迅快的風格，在當時台灣經濟快速進展、生活節奏緊湊的社會狀況下，很快就獲得讀者的青睞，相較於當時尚走不出傳統套數的台灣其他作家（除古龍最欣賞、佩服的司馬翎外），可謂一馬當先，遠飆絕塵，不但確立了個人作品的獨特風格，引領武俠風騷，更一意求新求變，自我突破，終究成為能與香港金庸並稱「金古」的一代武俠大師。

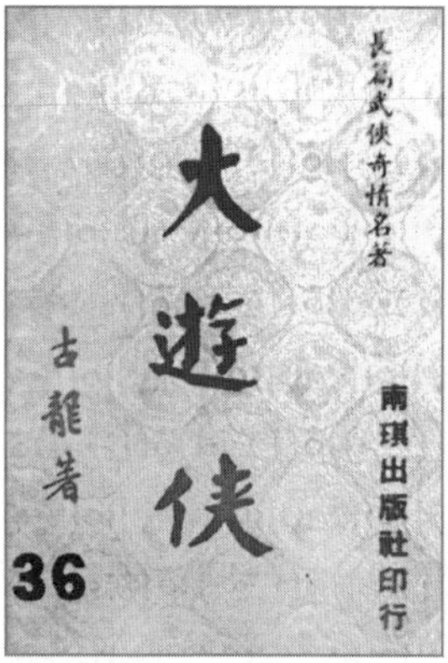

古龍的《大遊俠》（南琪出版）

在此時期中，古龍不僅創作出他武俠小說中的「雙璧」——「楚留香系列」與《多情劍客無情劍》，其他名作，如摹寫大盜與淑女戀情的《蕭十一郎》（一九六九）、取法西洋小說《教父》的《流星・蝴蝶・劍》（一九七一）、誇張英雄歡樂的《歡樂英雄》（一九七一）、細摹偵探辦案的《大遊俠》（一九七三，陸小鳳故事）、刻畫荒野孤狼形象的《邊城浪子》（一九七二）、《天涯・明月・刀》（一九七四，傅紅雪故事），以及以凸顯主題為主的「七種武器」系列（一九七四），一一出爐，古龍聲勢，如日中天，大受讀者歡迎。總計自一九六七至一九七四年間，古龍創作了二十部的作品，幾近其全部作品的一半，部部皆大為賣座。古龍此時得意風發，只要稍露寫稿意願，出版社就不惜以重金先酬，甚至光為一部電影取名，即所得不貲，飛龍在天，傲視群倫。

「求新求變」，是古龍對武俠小說最大的洞識，也是第一個發聲呼籲的作家。而如何新與變？古龍亦深入地提出了「人性」的觀點，頗具警醒意義及不凡的識見。可惜的是，所謂的「人性」究竟具體內涵如何？古龍並未明言，只是泛然的以「武俠小說中的主角應該有人的優點，也應該有人的缺點，更應該有人的感情」、「武俠小說的情節若已無法再變化，為什麼不能改變一下，寫寫人類的情感、人性的衝突，由情感的衝突中，製造高潮和動作」為說，反不如當時宋今人明確地以「人性的弱點」來得一針見血；同時，在具體實踐的過程中，由於盛名而衍生的拖稿、斷稿、代稿、借稿的拖累，導致其「為變而變」，蹈襲了其所批判的「情節的詭奇」（如《碧血洗銀槍》，一九七六）與「憤怒、仇恨、悲哀、恐懼」的故轍（如《多情環》一九七四、《白玉老虎》一九七六）。以此，古龍也在龍飛於天的同時，隱隱伏下了後來漸如下坡之車的悔吝。

古龍始終喜歡強調「活生生的、有血有肉的人」，因為他正是如此的一個人。姑不論有關「人性」議論實踐得成功與否，在此時期的小說中，反映最真切的卻是古龍自己本身——人性，原不過就是古龍之性。

在這個聲名鼎盛的時期，古龍內心的世界其實是多變的，聲名所帶來的成功順遂，固然所在瀟灑與歡樂；而情感世界所挾帶的風風雨雨，卻也不時引發他內心深沉的哀痛。

古龍一朝成名，在名利雙收之餘，不免放蕩失檢，酒色無度，在感情的世界中，悲喜交集，葉雪、千代子、梅寶珠，分分合合，人隨境轉，古龍也隨之而互有起伏變化。因此，我們同時可以看見備受苦情煎熬的李尋歡、深沉自憐的傅紅雪、蒙冤受屈的蕭十一郎等荒野孤狼；以及風流瀟灑的楚留香、隨時可挑起「四道眉毛」的陸小鳳、開心俊爽的葉開，乃至苦中亦可作樂的郭大路、王動等「歡樂英雄」、浪子遊俠。這些人物，分別承載了古龍的辛酸、悲哀與瀟灑、歡樂。其實，古龍這個時期最大的成就，乃是在於深刻摹寫出這些形形色色的「人」，因為這往往也是古龍真人、真情的投射，而不在於他極力鼓吹的「人性」。這時期的作品，《楚留香傳奇》及《多情劍客無情劍》的李尋歡故事，雙峰並峙，值得大書特書；而《天涯．明月．刀》（一九七四）則是觀察古龍「新變觀」最佳的著力點。

「香帥系列」的作品，顯然是古龍最意氣風發時的作品，機智聰敏、正義凜然、風流瀟灑的「盜帥楚留香」，無疑是古龍自身的寫照（儘管過於美化了），以風流俠盜為書中主角，飲美酒、披紈素、乘寶舟、伴紅袖，浪子典型，一變而為俠客楷模，這樣的摹寫角度，可以說是「前無古人」的，自不難想見其所引起的矚目；而偏偏他又巧妙模仿了法國作家盧布朗怪盜亞森羅蘋的偵探技法，讓楚留香巧仗機智與武功，屢破奇案，連偷盜玉觀音之舉，都寫得風神蘊藉，更令人驚豔。一九八〇年代初，港星鄭少秋飾演的楚留香連續劇在台灣上映時，曾經造成萬人空巷的盛況，儘管鄭少秋入木三分的演技有以致之，但更應歸功於古龍人物塑造的傳神。

《多情劍客無情劍》以舊派武俠名家王度盧《寶劍金釵》中的李慕白為原型，將小李探花李尋歡擺弄於朋友義氣與愛人情感的強烈衝突中，加之以武林爭霸的陰謀與野心，在情節上表現得極有戲劇張力，而無論是「兵器譜」中的正邪雙方（天機老人、金錢幫主、小李探花、嵩陽鐵劍、銀戟溫侯）或未列兵器譜中的阿飛、荊無命，乃至於女陰謀家林仙兒，都寫得有聲有色。這部作品運用了相互映照的寫法，深刻描摹出一個人光明與黑暗、狂野與溫文的性格衝突，是古龍小說中最經得起以心理學理論作人物分析的作品。而顯然地，書中主角李尋歡的愛情悲苦，正是古龍當時情感波折的寫照。

古龍曾坦誠，《天涯・明月・刀》在《中國時報》連載四十五天後遭到「腰斬」的經歷，是他一生創作武俠小說中「最大的挫折」。這部書是古龍嘗試將他「求新求變」的理念具體實踐的作品，但走的並非「人性」的路線，而屬於敘事方法的鼎革。

此書一起首即以分行的對話開展，但敘述人究竟是誰，完全沒有著落；文中除大量採取分行散文詩的寫法外，更不斷以「×××」作為間隔，類似於場景的變換，卻又是同一場景；故事跳宕難以連結，且又喜夾雜以人物自問自答式的獨白。就敘事手法而言，是極具實驗意義的嶄新嘗試，但卻完全忽略了讀者閱讀習慣及理解能力，論者的評價非常兩極化，但從連載時讀者投書的反應而言，古龍如此求新求變的嘗試，儘管未必盡是「走火入魔」，卻肯定是遠離了群眾，注定了他失敗的命運。值得注意的是，古龍新變的未盡理想，也造成了他對武俠創作的灰心與沮喪，自一九七五年以後，一蹶再蹶，雄心頓失，以酗酒縱飲度過了意志消沉、疾病纏身的落寞十年。

四、亢龍有悔，俠骨餘香

小李飛刀成絕響，人間不見楚留香。——喬奇〈輓古龍〉

縱死俠骨香，不慚世上英。——李白〈俠客行〉

一九七五年後的古龍，創作力銳減，不但作品數量、字數與全盛時期相形見絀，作品品質也難以相提並論，虎頭蛇尾、邀筆借刀之舉，更是肆無忌憚起來，在最後的十年生命中，最初五年偶爾還有如《三少爺的劍》（一九七五）、《離別鉤》（一九七八）之類的佳作，但最後五年，幾乎毫無建樹，尤其是一九八〇年接踵而來的「趙姿菁事件」、「吟松閣濺血案」，古龍不但備受藝文界所責難，斯文為之掃地，更因手部大動脈受損嚴重，從此無法再提筆親寫，且因輸血問題，染上肝炎，伏下後來的痼疾，僅有短章的《獵鷹・賭局》，算是聊備一格。生命意志的消沉，癱瘓了他的創造力，黯淡了他原有的光芒。他酗酒、他暴怒，他憾恨，他麻木，最後還自暴自棄的故意以酒終結了自己。也許，自始至終，古龍都是一顆孤零零的寒星，走了一趟武林路，發光發熱一剎那，最後還是要回歸作遙天裡孤獨的星子。一九八五年九月廿一日，一代鬼才在病房中寂寞的闔下了雙眼，在臨終之際，古大俠回想這一遭短暫的生命旅途，會不會有「亢龍有悔」的遺憾？

古龍的《獵鷹》和《賭局》（萬盛出版）

正是：「死後是非誰管得？滿城爭說古大俠。」一代巨星的殞落，總是引來無數亦讚亦嘆、亦哀亦惋的哀悼。這些身後之事，想來古龍也看不到、聽不到了。但在喜愛武俠的讀者心目中，誠如喬奇為古龍所寫的輓聯：「小李飛刀成絕響，人間不見楚留香」，無論是荒野孤狼，無論是浪子俠客，而今不再，是多麼的讓人遺憾！

在中國武俠小說史上，古龍與金庸齊名，但就開創性與影響力而言，則是武林中的第一人。他擅於擷取、化用西洋、東洋文學作品中的精華，無論是在敘事手法的創新、情節的設計、人物的塑造，甚至橋段的運用上，都有濃厚的東、西洋作品的影子，如《浣花洗劍錄》化用了日本吉川英治、柴田鍊三郎、小山勝清等描寫宮本武藏的小說；《流星・蝴蝶・劍》則模仿Mario Puzo的《教父》以及明顯套用了日本著名漫畫《帶子狼》（小島剛夕繪、小池一夫作）的橋段。同時，他也充分轉借了影視媒體的特色，以蒙太奇的電影技法，獨創場景變幻、節奏迅快、文字簡潔俐落的類似散文詩的風格，《蕭十一郎》正是其中的代表作。至於在文類整合上，古龍上承朱貞木，將偵探、推理的手法發揮得淋漓盡致，楚留香、陸小鳳不啻是中國武俠小說中的福爾摩斯、亞森羅蘋。古龍的取精用宏，為武俠小說注入了新的生命，對後起的作者，如黃鷹、溫瑞安、奇儒、黃易、蘇小歡等皆有直接與深遠的影響。古龍也涉足於電影事業，除了授權作品改編為電影外，更親身執行編劇任務，對武俠文化的傳播，也可說是舉足輕重的關鍵人物。

讀者懷念古龍，痛悼古大俠的英年早逝，是因為曾經龍翔九天的古龍，在武俠的園地中，以其洋溢驚人的才華，行雲施雨，沾溉了武俠種苗，為武俠園囿綻放了豔絕一時的花朵。

「縱死俠骨香，不慚世上英」。古龍雖亡矣遠矣，但也是不枉在世間走上這麼一遭。驚才。絕豔。是筆者對古龍的「蓋棺論定」。

第二節　古龍小說的分期與名作舉隅

古龍自一九六〇年始投入武俠小說的創作行列，二十多年來，共創生了近七十部長短不一、已完未完的作品，向來被目為「鬼才」，而與武俠大宗師金庸並稱。有關他的作品，學者分期不一，有謂三期、四期與五期者，各有所見。基本上，本人將之分為四期：

（1）一九六〇至一九六三年為「潛龍期」，此時古龍初入武壇，聲名未著，一意以求快為先，猶有未化之蹊徑，其中以《孤星劍》（一九六〇至一九六三）為代表，而《情人箭》（一九六三至一九六四）則逐漸展開新風格。

（2）一九六四至一九六六年為「見龍期」，此時古龍開始建立自我風格，但敘事手法仍未有創新，其中《大旗英雄傳》（一九六三至一九六五）雖創始於一九六三年，但全書篇幅頗長，亦當列入此期；《浣花洗劍錄》（一九六四至一九六六）正式轉型，而《名劍風流》（一九六五）、《武林外史》（一九六六）、《絕代雙驕》（一九六六），開始引發矚目。

（3）一九六七至一九七四為「龍飛期」，此時期古龍作品的風格以乾淨俐落、節奏迅快，而饒富詩意感慨獨樹一幟，已是台灣武壇中無人可望其項背的宗師，其中、《鐵血傳奇》（一九六七）、《多情劍客無情劍》（一九六八）、《俠名留香》（一九六八），陸續出版，奠定了他在台灣獨一無二的武俠大師地位，一九六九至一九七〇年的《蕭十一郎》，則是開始極力求新求變的代表作，《歡樂英雄》（一九七一）、《流星・蝴蝶・劍》（一九七一）、《陸小鳳》系列（一九七二）、《邊城浪子》（一九七二）、「七種武器」系列（一九七四），紛紛而現，睥睨群倫，而一九七四至一九七五年間的《天涯・

明月・刀》，則因過度求變，隱伏了其後漸趨下坡的根苗。

（4）一九七五至一九八五為「亢龍期」，此時期中古龍受盛名之累，且佚蕩失檢，已未能專心致志於小說創作，《三少爺的劍》（一九七五）、《白玉老虎》（一九七六）、《離別鉤》（一九七八）雖仍有不俗的表現，但已漸見散漫，從《鳳舞九天》（一九七八至一九七九）而下，就頗見其捉襟見肘的窘態；一九七七和一九八〇年發生的「趙姿菁」、「吟松閣」事件，對其影響最深，其後雖偶有力圖振作的雄心，無奈已時不我予，一九八五年的「大武俠時代」系列，終是未能挽救頹局。

這四期的劃分，由於牽涉到古龍小說始創、出版時間上的參差，有時並不能有明顯的時期區隔，蓋武俠小說在分期連載與分集出書的情況下，一部作品，往往遷延時日，前後期偶見重疊，但大體上應不至於有太大的偏差，而仁智之見，各有所取，就不一一論列了。在此，即以這四期分述其重要作品的成就。

一、「潛龍期」作品概述

此一時期各學者專家的區劃有相當大的參差[1]，但大抵以一九六〇年到一九六五年為界，而無論是「起步階段」、「試筆階段」、「奠基期」、「傳統時期」、「潛伏期」，名目雖是不一，指陳的都是

1 曹正文《中國俠文化史》分三期，而以一九六〇至一九六四年為「起步階段」；覃賢茂《古龍傳》分三期，也以一九六四年為界，稱「試筆階段」；陳墨《武俠五大家品賞》分四期，斷至一九六五年，稱為「起步階段」；葉洪生、林保淳的《台灣武俠小說發展史》亦分四期，而以一九六四為界，稱「奠基期」；陳康芬《古龍小說研究》亦分四期，而斷至一九六三年，為「傳統時期」；陳舜儀〈古龍五個時期的小說創作〉分五期，則以一九六二年為界，為「潛伏期」；程維鈞《古龍小說原貌探究》分四期，以一九六二年為斷，為「潛伏期」。

古龍早期的創作。此時期的古龍初入武壇，為「稻粱謀」之意較強，且小說技巧未臻圓熟，故一般評價不高，除了《孤星傳》曾有葉洪生加以盛讚，譽其為「第一部真正用心寫，且鍛鐵成鋼、才氣縱橫而又充滿生命力的超現實佳構」[1]，及陳舜儀（冰之火）〈古龍五個時期的小說創作〉[2]詳細討論其「潛伏期」諸作的內容、風格外，皆鮮少有人加以討論，偶爾散見於網路的短評，又只點到為止，始終未見有綜述討論的篇章。事實上，儘管古龍早期作品的確有蹊徑未化，且往往有虎頭蛇尾的弊病，但誠所謂「以小見大」，才華英發的古龍，在早期作品中卻也早已顯現出其不凡，且可略窺出其後期小說風格的趨向，這正如古龍在他的《孤星傳》結尾中所說：

> 天上群星閃爍，有如無數情人的眼睛，是永遠不會孤寂的，只是有些升起得早，有些升起得遲，有些會被雲霾掩沒，但終必還是會發射它應有的光芒，自遠古直到現在，自現在直到永遠……

這是古龍在《孤星傳》中對主角裴珏一生所作的總結，但如果移作對古龍這位初入武林的新興作家的評語，相信是更為妥切的。因此，針對古龍早期的作品加以探賾索隱，相信更能對這位不世出的武俠大家，有更進一層的了解。

1見葉洪生、林保淳《台灣武俠小說發展史》（台北：遠流出版公司，二〇〇五），頁二一五。

2此文未正式發表，僅見於「古龍武俠網」（https://www.gulongbbs.com/kaogu/zpkz/331.htm），發表於二〇〇七年。

古龍自一九六〇年開始投入武俠小說創作，據程維鈞的考訂，[1]其創作時間，一九六〇年有《蒼穹神劍》、《劍毒梅香》（未完，後由上官鼎續完）、《殘金缺玉》、《劍氣書香》（未完，後由陳非續完）、《遊俠錄》、《湘妃劍》、《孤星傳》等七部；一九六一年有《飄香劍雨》、《神君別傳》（未完）、《劍客行》、《失魂引》、《彩環曲》等五部；一九六二年則有《護花鈴》。一九六三年《情人箭》的問世，可以說代表了古龍一生武俠創作開始步入佳境的始點，這十三部作品，除開只寫四集的《劍毒梅香》及只寫一集的《劍氣書香》可以不計外，古龍的「潛龍期」作品，共有十一部。

古龍於1960年創作的《劍毒梅香》（清華出版）和《殘金缺玉》（萬盛出版）

這十一部作品，水準參差不一，陳舜儀將其分成三個等次，認為《蒼穹神劍》、《月異星邪》、《遊俠錄》及《護花鈴》四部最低；《失魂引》、《劍客行》、《彩環曲》三部居中；而《湘妃劍》、《孤星傳》、《殘金缺玉》三部較優。《神君別傳》一書，今傳共十二回，陳舜儀因歸入「攀升期」，故未予列入，實則此書乃因古龍扼腕於《劍毒梅香》之「佳人已屬沙吒利」，為上官鼎所續完，而他又特別鍾情於書中

1見程維鈞《古龍小說原貌探究》（廣州：廣州出版社，二〇一八），書末有詳細書目年表，可以參看。

創設的「七妙神君」[1]，故後來發憤另寫，但水準低落，可置於較差的等次中。

值得注意的是，在一九六〇至一九六三這四年中，古龍從一個雅好文藝創作，但默默無聞的新人，開始選擇了武俠創作的路線，終至成為專業的武俠作家，無論就武俠小說發展史或其個人的生命歷程而言，都是別具意義的。

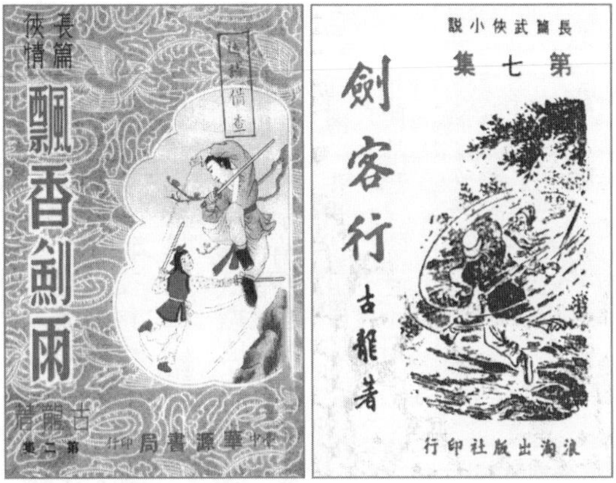

古龍於1961年創作的《飄香劍雨》（華源出版）和《劍客行》（浪淘出版）

此時的古龍，甫自位處淡水、質樸淳厚的淡江英專退學未久，乍然投入燈紅酒綠的台北十里洋場，所接觸交往的若干武俠作家，如臥龍、司馬、諸葛等人，又都是慣經風月的[2]，古龍本就經濟窘迫，雖有稿酬，卻未必能敷所需，故迫切需要更多的進帳，一年之中開筆七部，不可不謂是勤於創作，但在「為稻粱謀」下的創作成品，正不免急就、草率，而虎頭蛇尾、敷衍塞責的病端，也就在此時開始種下，真正可觀的，唯《孤星傳》一部而已。儘管如此，我們仍可以窺見到古龍在此時期中，已隱隱然為其後來的作品鋪奠了良好

1 古龍始終未能忘情於「七妙神君」，故在《遊俠錄》中屢屢致意於梅山民、金一鵬、辛捷等人物，並刻意創設了梅山民－辛捷－丁伶－石慧的傳承譜系。

2 古龍浪蕩於燈紅酒綠的銷金窟之間，人所共知，稍後認識、同居的鄭莉莉，就是當時台北笙歌繁華的華僑俱樂部舞女；與他同時期的老牌作家摩雲生亦坦言常在「萬國俱樂部」看到古龍穿梭於紅粉間，頗受歡迎，皆以「大頭」暱稱呼之。

的基礎。

古龍在「潛龍期」的作品，相較於後來的作品，有明顯的差距，且已開始有虎頭蛇尾、代筆續完的弊端，茲擇其較具討論意義的數部作品加以評說。

（一）《蒼穹神劍》

這是古龍初入武壇的第一部作品，平心而論，雖寫得熱鬧有餘，但全書架構鬆散，漫無組織，不但許多情節、人物交代不清，結局更是草草了事，完全不能說是有若何令人眼亮之處。

不過，這卻是古龍小說中唯一有明確歷史背景，且一開始時頗有意將民族、家國情懷置入武俠的嘗試。但是，初涉武壇的古龍，此時年歲尚輕，歷史知識淺薄，一開始就走上了岔路，以書中主角熊倜而言，居然是清初名臣朱學大家熊賜履的後人，且言其為康熙的廢太子胤礽心腹，因九王爭嫡，故全家遭害，熊倜為星月雙劍救出。

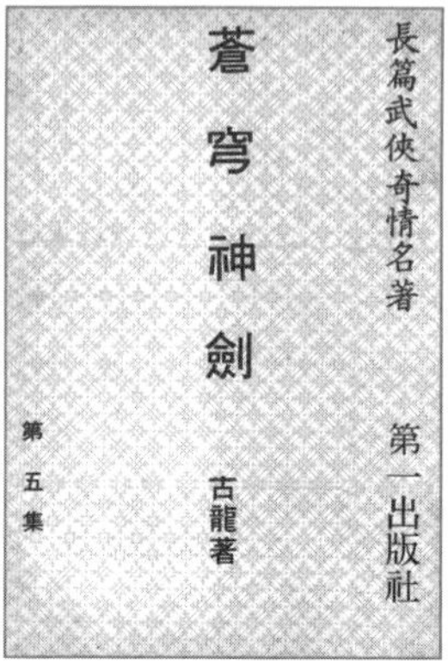

古龍的《蒼穹神劍》（第一出版）

這段故事，完全不符歷史實情，蓋胤礽皇太子之路前途多舛，但實則在雍正即位後二年（一七二四）方才病故；而熊賜履仕途順暢，以朱子學獲康熙重用，最高曾任吏部尚書之職，而歿於康熙四十八年（一七〇九），烏有此書所描繪的事跡之可能？更何況古龍在此頗欲套用「趙氏孤兒」的模式，讓星月雙劍救出胤礽一子一女，又轉念救出熊倜，置此子（即後來的尚未明）不顧，無論如何皆不符俠義精神，相當令人錯愕。再者，尚未明成長後高居綠林道總瓢把子之位，卻專做驅逐韃虜的事業，而其真身乃是滿人，其間的矛盾與衝突，完全未有任何交代，從結局的草率來說，古龍顯然是後繼無力，難以撐持此一架構的了。

全書破綻之多，難以數計，而最大的敗筆，就在一開始援據歷史的謬誤。古龍對歷史之生疏，恐怕是他後來索性屏棄歷史，走完全「去歷史化」創作路線的最大原因。《蒼穹神劍》儘管是部失敗的作品，但未嘗不能窺出其後期小說之所以走上與金、梁不同脈絡的原因。

(二)《湘妃劍》

「復仇」是武俠小說常見的模式，古龍初期的小說，自然也很難自外於此。儘管如此，英才俊發的古龍，在舊有的模式中，已經饒具反思的見識，寫起來就與一般單一的模式大有不同。《湘妃劍》就是個值得觀察的例子。

《湘妃劍》的主旋律就是「仇恨」，因「仇恨」而引來殺戮，飆濺鮮血。但「仇恨」究竟因何而來？其複雜性真是難以一一敘說的。

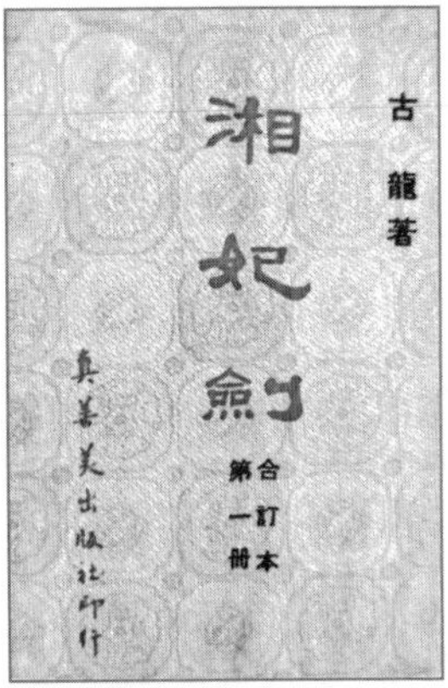

古龍的《湘妃劍》（真善美出版）

古龍初涉武俠創作，就能力圖擺脫蹊徑，窺出「復仇」二字中蘊含的人與人的複雜關係，對仇恨的可怕，深表凜懼，從而導生出「仁慈」與「寬恕」的面對仇恨態度。

儘管在《湘妃劍》中，此一「仁慈」與「寬恕」在主角仇恕身上算是歷經矛盾與衝突後實踐了，仇恕因為母親、舅舅的親屬關係，以及他當初欺瞞了毛文琪，致使其精神受創的愧疚，是全部放下了；但是，為惡多端的毛皋，最後還是死在他所收養的徒弟「奪命使者」鐵平之手——因為毛皋為搜尋根骨俱佳的小孩為徒，竟狠心殘害了他們的父母，而鐵平卻因深愧育養之恩，也自盡以報。恩怨纏結，武俠小說中的江湖人物，誰能真的放得下、脫得開？有人的地方，就有江湖，有江湖就有恩怨，有恩怨就難免讎報，這是武俠小說難以避免的宿命。不過，即便如此恩結怨纏、是非難斷，古龍在《湘妃劍》中，卻幾乎早已對「復仇」的荒謬定下基調，在他後期的小說中屢屢致意。

《湘妃劍》中也透露了古龍後期頗具詩意化的文字傾向，如：

> 星也溫柔，月也溫柔，風更溫柔，溫柔的春夜中，一切都是溫柔的。於是春夜中人們的心也溫柔了起來。

（三）《月異星邪》

《月異星邪》的書名，有異有邪，但星月於全書相關的部分，大概只有書末的一段結語：

> 秋波如水，燈光如夢，誰也不知曙色是在何時爬上地平線，於是東方一道金黃的陽光，衝破沉重的夜幕，昨夜碧空上的星與月，也俱在這絢爛的陽光下消失無蹤。

星與月，既異且邪，自是象徵著江湖中魑魅魍魎橫行的現象，如鬼影兒喬遷、萬妙真人尹凡師徒

古龍的《月異星邪》（第一圖書出版）

等的所行所為，但基本上，全書於此著墨並不太多，因此，這一象徵黑夜必將過去，旭日即將到來的意義實不明顯。

此書為古龍於一九六〇年同時進行的六部作品之一，初入武壇，即敢如此誇張，筆力又不足以駕馭，故可觀者唯《孤星傳》一部而已，其他五部不是因故中斷，便是草率敷衍，與後期作品相較，簡直不可同日而語。

《月異星邪》一開始頗有取於還珠樓主的神怪路線，故有所謂的「盤蜃星蜍」怪物出現。以星蜍為引子，帶出前後兩代的主要人物，包括卓浩然、杜一娘夫妻、紅衣娘娘溫如玉、尹凡、天仙以及卓長卿、溫瑾、尹凡三個徒弟（岑粲、鐵達人、石平）等五個後輩，其間恩怨糾纏，未嘗不是大有可發揮的空間。但後繼無力，所有的衝突就簡簡單單被抵消了。

值得注意的是，《月異星邪》已開始對四川唐門有所描繪，且以用毒和暗器知名，這可以說是繼司馬翎《關洛風雲錄》後，武俠小說描摹「唐門」的第二人，古龍後期作品中大肆鋪張洋厲的「四川唐門」，應以此為嚆矢。

（四）《失魂引》

《失魂引》為古龍一九六一年所創的作品，在前此六部作品（無論有完未完）的磨淬之下，已逐漸開始摸索出一條可以通往璀璨未來的創作之路，《失魂引》所代表的就是古龍遠較其他作家更為擅長的「奇詭偵探」一系。

《失魂引》的開首，就是一件詭異的奇案，但本應是長篇武俠的格局，以短篇為之，就不免草草收場，尤其是本書中最重要的「如意青錢」，是引發武林仇殺的關鍵，人人爭得，居然在後面無人聞問，崑崙、武當、少林、點蒼、羅浮、終南、峨嵋等派，嘈嚷一陣，居然未有後續行動，凡此種種，皆成爛尾，顯然已經無心續寫，故草草結束。

不過，《失魂引》除了詭異外，也常有些後期小說中的「警句」，還是可窺出古龍風格之一斑，如：

> 憂鬱的時候沒有酒，不是和快樂的時候沒有知心的朋友來分享快樂一樣地痛苦麼——
>
> 悲哀時沒有朋友來分招煩惱，還倒好些，快樂時你突然發現你細心的朋友不在身側，那真的比悲哀還要痛苦。

(五)《彩環曲》

《彩環曲》最早由《自立晚報》於一九六一年十月十六日，至一九六二年九月十八日連載完，其後春秋出版社於一九六二年六月出版，十一冊，先有楔子，後分五十五章。

此書相較於一般武俠小說，基本上屬短篇創作，但其實可以縮得更短，刪除一些枝節及不必要的摹寫，可相當於後來「楚留香」或「陸小鳳」中的一段故事，整個小說的情節也是走類似懸疑偵探的路線，只是原先的格局恐非如此，故雖然在末回頗能兜轉，中間還是浪費了不少篇幅，衡之以後期的推理武俠，難免有粗糙的嫌疑，也可見此時的古龍，在功力上還未臻圓熟。

可能是古龍後來覺得無法以長篇完成，故只能用兜轉方式，使全書暫獲一個有頭有尾的完整架構，書末云：

> 每一件事，乍看起來都像是獨立的，沒有任何關連的。每一件事的表面都帶有獨立的色彩，這一切事東一件，西一件，不到最後的時候，看起來的確既零落又紊亂，但等到後來卻只要一根線輕輕一穿就將所有的事全都穿到了一起，湊成一隻多彩的環節。

這是書名《彩環曲》的由來，但頗疑當初的構想並非如此；而其兜轉的方式，是用「補說」的方式，這是偵探推理的大忌，如「南荒大君」是整個揭穿此一陰謀的重要人物，而全書竟未現身，反而有點欺蒙讀者的取巧之嫌。

古龍的《彩環曲》(春秋出版)

值得注意的是，書中出現《天武神經》，儘管練成後有後遺症，頗為荒誕，但居然有後來武當掌門離情道長抄錄三十六份，更有少林天喜上人印發數千本之舉，較之高庸《天龍卷》不遑多讓。高庸與古龍熟稔，據秦紅所說，《護花鈴》後面是由高庸續完的，合理懷疑，《天龍卷》中的大放送，應受古龍影響。

（六）《遊俠錄》

《遊俠錄》的主題是「復仇」，古龍頗為刻意的借「仇恨」的糾結，凸顯其非理性的一面，一開首就讓主角之一的「遊俠」謝鏗，遭逢到「恩仇」纏結的衝突與矛盾中。古龍在全書的開首，就以大量的文字，敘說「仇恨」的可怕，如首章：

何況即使他有仇家，也是少之又少的，因為他遊俠十年，總是抱著悲天憫人的心腸來扶弱，至於鋤強呢？只要不是十惡不赦的真正惡人，他總是諄諄善誘一番，然後就放走的。

因為他深切的瞭解，「仇」之一字在人們心裡所能造成的巨大傷痛，武林中多少事端，有哪一件不是為了這「仇」之一字引起的。

這是他親身所體驗到的，沒有任何言詞能比得上自己親身的體驗感人。

古龍的《遊俠錄》（海光出版）

但謝鏗既已知仇恨之可怕，亦有深深的體認，就不應如此執著於報仇之事，顯見古龍在後文的敘述是無法關照前說的。平心而論，《遊俠錄》在《孤星傳》之後成書（一九六三），簡直大失水準，甚不足觀。

不過此書一直未能忘情他於一九六〇年未完成的《劍毒梅香》，書中屢屢致意於七妙神君、毒君金一鵬、辛捷等百年前的俠客，則頗為有趣。

此書也有一個特色，足以顯示出古龍小說中對待女性的態度，丁伶、石慧母女的幾近無理性的作為，是表現得相當淋漓盡致了，而書中更有許多有關女人的一些妙論，真的可與其後來小說中對女性的鄙夷之論，等量齊觀，如：

他卻不知道，叫一個女子說出秘密的最好方法，就是不去問她。女人，就是這麼奇怪，當她確定了一件事之後，她就認為那件事就是真理，石慧也並不例外，當她願意相信一個人的話的時候，她就完全地相信，甚至連半分懷疑都沒有。

女子的自私，在對她所愛的人，也不例外——當然除了某種特殊的情況之外。人類情感的軌跡，在一個陷入愛情的女子心中，是不值一顧的。那就是說，當一個女子深深陷入愛中的時候，她將會蔑視人世間的一切禮教、規範，甚至道德，因為她除了對方的愛之外，人世間的其他任何事物，都是無足輕重的。

（七）《孤星傳》

古龍「潛龍期」的小說，無疑以《孤星傳》和《情人箭》最堪一讀。《孤星傳》，一九六〇年十月到一九六三年一月，真善美出版，單行本之間常相隔半年。一九七三年十一月至一九七四年十月香港〈武俠春秋〉連載，改名《歷劫江湖》；一九七四年二月南琪出版改名《風雲男兒》。

古龍早期的小說，由於蹊徑未化，仍屬草創時的作品，歷來評述者不多，但其才氣縱橫、創新突破的實力，早已潛隱其中，《孤星傳》之所以為葉洪生特別看重，是有其道理的。

台灣武俠初創時期，頗沾溉於舊派，尤其是還珠樓主之神怪奇幻、武林秘笈，影響最為深遠；且其敘述模式，特鍾情於「插敘」，場景與場景之間的轉換，往往隨主要人物的行動，依時序順接，有時不免會讓讀者嫌其呆滯遲緩。古龍後期小說，頗有取於電影蒙太奇的運鏡手法，節奏明快，場景變幻迅速；而布局之奇詭，亦向來為評者所矚目，且其場景布設，每能扣合人物內心情感，時有警策之語，豁人心目，更為其所獨擅者。事實上，古龍後期的某些藝術特色，在其早期小說中已然顯現，唯獨文字仍不免流於舊派武俠之拖沓，不若後期作品的簡潔俐落、行文如詩而已。《孤星傳》就是顯著的一例。

《孤星傳》的故事，以一場「劫鏢」為引首，在風雪交加的深夜，一個蒙面匪徒，劫奪了由「槍劍無敵」裴氏兄弟護送的「碧玉蟾蜍」；隨後兩河地區的十數家鏢局，亦紛紛遭劫，唯餘歐陽平之的「雄風鏢局」及檀明的《飛龍鏢局》碩果僅存。檀明更作了番義舉，將十四家被劫鏢局的遺孤全行收養，且與歐陽平之協力合作，欲追查兇手，未料歐陽平之在追查兇手之時，卻意外與匪徒同歸於盡。

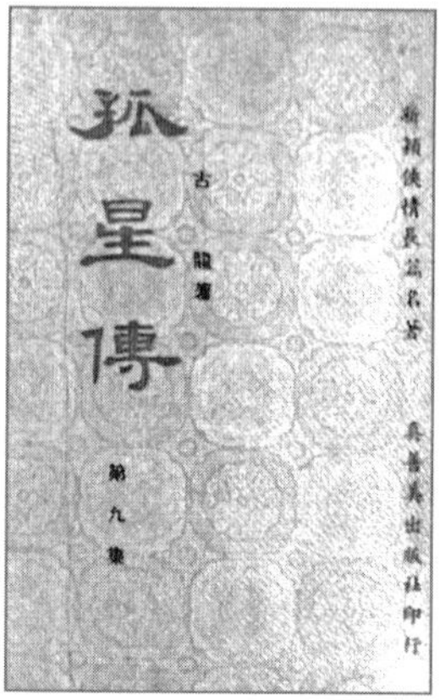

古龍的《孤星傳》（真善美出版）

兩河鏢局唯餘「飛龍」一家，檀明聲勢日起，望重江湖。

主角裴珏為裴氏雙俠後人，自幼喪父，為檀明收養，但檀明因不願這些遺孤再度涉入江湖兇險之中，卻執意不肯教他們武功。裴珏習武無成，又因與檀明之女檀文琪互有情愫，遭到檀明阻止，遂於氣怒之下，離家出走。

出走後的裴珏，於江湖路上，備受欺辱，偶因機緣，為

「冷月仙子」艾青所救。艾青因與其夫「千手書生」反目，攜走其《海天秘笈》，為其夫窮追不捨，臨急將秘笈轉給裴珏。裴珏根本不知此書有何珍貴，閒閒置放。其後裴珏為江湖賣藝人花刀孫斌收容，孫斌發現此秘笈，竟心生害意，裴珏秘笈遭奪，又身受重傷，既聾又啞，卻因緣得識「七巧童子」吳鳴世，兩人意氣相投，遂訂金蘭之交。

裴、吳二人，偶進一荒宅中。在此荒宅中，恰有綠林黑道幫會——「神手」戰飛、金雞幫、「七巧飛環」那飛虹、「北斗七煞」兄弟，為了齊心對抗「飛龍鏢局」，意欲結盟，卻對主盟者爭執不下，故繪製一「盲人臨危崖」之圖，旁置筆墨，欲藉此尋得善心人增筆，推舉其出任盟主。裴珏心地良善，不忍盲人臨深淵之危，遂增筆畫一少年挽扶，就被他們推為領袖了。[1] 但這群人因裴珏不懂武功，故都想拿他當傀儡，彼此勾心鬥角，各懷鬼胎，暫且移舵到戰飛的「浪莽山莊」，號裴珏為「裴大先生」，預訂端午節時公告武林，正式與「飛龍鏢局」對抗。吳鳴世洞悉他們陰謀，自告奮勇，從旁保護。

消息傳出，江湖各方人馬逐漸齊聚「浪莽山莊」，都欲拜識此一「裴大先生」為何許人物。此時，檀玉琪因思念裴珏，浪跡江湖，結識了武林怪傑「冷谷雙木」，亦前往「浪莽山莊」一窺究竟，途遇「飛龍鏢局」人馬，遂一道前往。

---

1 這個橋段，出自馮夢龍《醒世恆言．李汧公窮邸遇俠客》，其中寫到房德入一古寺，見牆上有一鳥畫，身、腳、羽毛俱足，而唯缺一鳥頭，遂增筆補上，遂為眾匪徒推為首領。古龍此處明顯從古典小說中獲得靈感。此外，高庸的《玉連環》（一九六六），則是又模擬了古龍，寫桑瓊為一目盲老者過河，增繪橋樑與橋欄，亦被推為幫會領袖。其後，秦紅在短篇武俠《俠缽》（一九八〇）更直接套用了房德故事，改成增畫「無頭烏鴉」的頭，朱玉郎遂成「烏鴉幫」幫主。

在「浪莽山莊」中，裴珏與檀玉琪久別重見，感情愈厚。裴珏武功未成，頗受「冷谷雙木」質疑。此時，出現一對奇人「金童玉女」，有感於裴珏的善良誠懇，願意栽培他，於是將「冷月仙子」的《海天秘笈》中的一招武功，傳授給他，讓裴珏具備了初步的武功基礎。

端陽立盟大會成立，江湖各地人馬湧入，都不知「裴大先生」究竟，內中有一專門以刺探、出賣消息為業的「快訊」花玉，探知消息，臨死留下線索，但眾人還是難以確信。其後，「冷谷雙木」不敵「金童玉女」，遂不得已與裴珏訂下三年之約，遊歷江湖，教習裴珏武功。

裴珏心思聰敏，又肯下苦功學習，不久之後，武功已然大進，又再度與「冷月仙子」相遇。「冷月仙子」自身有一段心酸的生命經歷，臨死前將畢生功力轉輸給裴珏，配合著《海天秘笈》，裴珏武功終於大成。

裴珏對檀明的養育之恩始終心懷感恩，但卻對檀明也已開始懷疑，決心探究出一個真相。幾經探聽，幾乎可以斷定檀明才是當時的劫鏢蒙面人，原來這一切都是檀明為了「飛龍鏢局」獨霸天下的野心，所設下的「陰謀」，歐陽平之是最後的一個犧牲者，檀明是故意用了一個面目已毀的假屍體，裝扮成蒙面劫匪的，最大的證據是，當初的「碧玉蟾蜍」，裴珏曾在「飛龍鏢局」親眼看見檀明把玩過。

於是，「浪莽山莊」正式向「飛龍鏢局」下戰書。檀明為了對抗，召集各處的分局人馬齊聚總局，準備因應，並以將檀玉琪下嫁「東方五劍」的老三為代價，請求「東方堡」的支援。未料，此時「浪莽山莊」已先派人對「飛龍鏢局」分局展開攻擊，「飛龍鏢局」岌岌可危，手下鏢師，離心離德。最後，檀明「陰謀」暴露，十四家鏢局遺孤興師問罪，「東方五劍」決心中立，而「飛龍鏢局」中人，亦皆倒戈相向。裴珏雖心繫檀玉琪，但父仇不共戴天，正抱持著矛盾糾結的心理，步向「飛龍鏢局」，直接挑戰檀明。兩人決鬥過程中，檀明眼見即將敗陣，「金童玉女」卻突然出現，救走了檀明。

故事的結局，真的是峰迴路轉。原來，當初真正的劫鏢蒙面人也不是歐陽平之，乃真的是檀明。歐陽平之是因利趁便，頓生獨霸江湖的野心，又仿其故智，劫奪了十三家鏢局，並欲殺害檀明，卻為檀明所識破，反遭殺害。為了掩飾，檀明殺害了一個醉客，裝扮成蒙面人，打算結束此案。而吳鳴世（無名氏）正是歐陽平之的後人，為報父仇，故刻意協助裴珏，為他多所策劃；最後檀明沉冤得雪，卻又死在當初所害的醉客後人手上。善惡報應，不爽不失，正是《孤星傳》的主題。

葉洪生曾特別推崇《孤星劍》在古龍早期武俠小說中的傑出之處，如散文詩化的語言、藉景物描摹主角內心的情感、結局的出人意表等等，這都可以在《孤星傳》中找到實際的例證，尤其是後者，打破表象，掀翻實際的詭異變化，已經開始奠定了其後小說詭變的風格，儘管前無伏線，但卻完全合乎情理，唯一的缺憾是「巧合」未免過多，如最終章的「白癡」，居然就是檀明當初擊殺的醉客的兒子，雖書頗吻合「善惡有報」的題旨，卻未免太過於天外飛來。不過，《孤星傳》最引人矚目的，其實還是在敘事手法上翻新出奇。

眾所周知，古龍後期小說援用了電影蒙太奇的手法，利用場景的快速轉換，加快了整個敘事的節奏，而在《孤星傳》中，也早已充分加以運用了。如在摹寫「浪莽山莊」送請帖給「東方五俠」邀他們參與端陽大會時，就在「東方五俠」接獲請帖，感慨對方動作迅速之際，立刻轉筆由「神手」戰飛的自詡「快速」接下；在最後「江南同盟」與「飛龍鏢局」決戰即將開打之際，裴珏正感慨所謂的「英雄」為何之時，也迅快的接上在「飛龍鏢局分行」中檀明對「英雄」同樣的省思，而中間的過渡，僅僅以「***」加以分隔，兩個同時異地的時空，迅速接連為一，而敘事的主體，遂為之轉換，可以說為此開了先河。

此外，對「舊派武俠」頻繁使用的冗長插敘，古龍也儘量加以避免，利用書中人物的「轉述」，加以說明，如書中有關「金童玉女」的傳奇故事，如果依照「舊派武俠」的寫法，必然是從頭說起，將其生平行事，另作一故事來寫，而古龍則是借用書中人物「七巧童子」吳鳴世的口中說出來的，為了避免成為冗長的「插敘」，古龍特地在吳鳴世轉述的過程中，不斷將敘事的時空從數十年前拉回當下，細摹敘述者吳鳴世與聽者裴玨的動作、感受與反應。如此的敘事方式，正是「舊派」與「新派」最大的差別。因此，如果我們將《孤星傳》視為古龍（甚或台灣武俠）由舊翻新的一個契機，也是合情合理的。

《孤星傳》是個「復仇」的故事，欲復仇，則非有高強的武功不可。此書雖仍不可免俗的還是有「武林秘笈」（《海天秘笈》）的出現，且最後裴玨武功的大成，也還是由「冷月仙子」將全身精血輸送給他，方能達成的。但出乎意料之外的是，此書已開始有所省思，減輕了不少《海天秘笈》的分量，這對後來《絕代雙驕》（一九六六）中的江小魚無視於《乾坤五絕》秘笈的存在，其後又有《多情劍客無情劍》（一九六九）中《憐花寶鑑》之被棄置，最後乃完全捨棄了此一模式，真正開創了「新派」之「新」，無疑也是有影響的。同時，在《孤星傳》中，「復仇」也不同於一般武俠小說中的如此「天經地義」，深受檀明撫養之恩的裴玨，始終徘徊在養育之恩與殺父之仇的矛盾中，內心的衝突亦是波瀾起伏，對復仇已開始有所質疑，這顯然也影響到他後期小說，從《絕代雙驕》的放下仇恨，到《多情環》中對「仇恨」可怕力量的畏怖，乃至到《邊城浪子》、《白玉老虎》對復仇的荒謬指控，

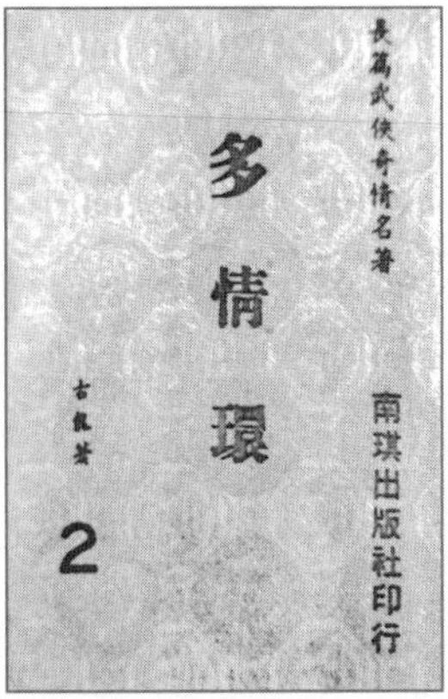

古龍的《多情環》（南琪出版）

一連串開展的重新思考，更是「新派武俠」絕無僅有的。

其實，「復仇」所牽涉到的問題，遠不如表面上所呈現出來的如此簡單，其間秘辛，如未道出，將永遠被掩蓋於表象之下。古龍在《孤星劍》中，刻意借「復仇」寫人性中的諸多荒謬，相當引人矚目，更借此「秘辛」，展布了其詭異的情節波瀾。如書中最關鍵的「碧玉蟾蜍」，原來是一寒士家的傳家寶，為一豪強所奪，請斷魂刀孫錦平護送。

裴氏雙傑為打抱不平，蒙面劫奪了「碧玉蟾蜍」，未料卻被檀明發現，蒙面劫殺，取得了「碧玉蟾蜍」，欲歸還其後人，但卻無法得知其後人為誰，故暫留家中，時時把玩，未料卻成了最嚴實的證據，最後身敗名裂。而孫錦平誤以為是「淮陽三煞」所搶，故亦殺了其中一煞，導致其他雙煞的報仇，使得他不得不改名易姓，攜女浪蕩江湖，過得極其悲慘。以「碧玉蟾蜍」為核心的相關人物，其實在行事上，除了甫出場即被識破的歐陽平之，幾乎無不是所行「持之有理，言之有故」的，卻未料陰錯陽差，導生了如此大的江湖風波。

古龍在書末藉書中角色頻呼「蒼天蒼天」，人世之糾葛，冥冥中自有定數，實非人力所強挽，雖云「善惡有報」，但孰為善？孰為惡？有時還真的不是如此簡單就可以釐劃清楚的。古龍剛剛出道，就能夠以《孤星傳》將此中的複雜矛盾凸顯出來，誠如他在書末所寫：

天上群星閃爍，有如無數情人的眼睛，是永遠不會孤寂的，只是有些升起得早，有些升起得遲，有些會被雲霾掩沒，但終必還是會發射它應有的光芒，自遠古直到現在，自現在直到永遠……

這是古龍在《孤星傳》結尾時，對裴玨一生所作的總結，但如果移作對古龍這位初入武林的新興作家的評語，相信是更為妥切的。

(八)《情人箭》

《情人箭》首先在一九六三至一九六四年間，在泰國的《世界日報》連載，原名《怒劍狂花》，真善美後來出版，始用《情人箭》，其後古龍號稱改寫，題為《怒劍》。就此三書名而言，最先的「怒劍」，可見於書末展夢白與藍大先生決戰，展夢白以無畏無懼的氣勢應戰，書中有：

自此一戰，展夢白『怒劍』之名，方能震動天下！

「怒劍」因此而來；而「狂花」，實際上是指暗中製作「情人箭」且野心勃勃，欲獨霸武林的蘇淺雪而言。不過，全書實以「情人箭」為關竅，而全書的糾葛，也往往因愛情而生，真善美改題《情人箭》似更恰當。

「愛情」向來是文學中永恆的主題，武俠小說自王度廬以來，就將「柔情」與「俠骨」並列，成為後來「新派」武俠所不可或缺的重要情節。書中首回形容「情人箭」，「而就在這剎那之間一紅一黑兩枝短箭已無聲無息地刺入他心裡，就似乎情人的多情眼波一樣，教人們永遠無法提防，還會敞開心扉去迎接他」，卻是頗有深意的，可見得古龍有意無意間對「愛情」的非理性所作的嘲弄。

此書的感情糾葛是全書的主要脈絡，但著重點卻在於上一代的情感波折。蘇淺雪因與唐門唐迪相戀，卻無法獲得唐門的認可，而其性格卻不甘雌伏，故在情場上未能有所安頓後，遂轉向武林霸業的徵逐，一方面以美色牽制江湖中的高手，一方面又製造「情人箭」，欲擾亂江湖。這是全書最大的波折起因。當時許多名人，都頗受牽制，連展夢白之父展化雨皆落其彀中。

而未受到蘇淺雪牢籠的前輩高手，亦皆自有其感情上的煩惱，如蕭王孫與藍大先生、朝陽夫人、烈火夫人的多角關係：烈火夫人愛的是藍大先生，藍大先生愛的是朝陽夫人，朝陽夫人愛的是蕭王孫，至於蕭王孫，真正愛的可能是展夢白的母親。由於所愛不同，又各因性格關係，互有衝突，故給予蘇淺雪有可趁之機。

另一愛情糾葛，見於「崑崙雙絕」與「胭脂赤練蛇」，但較未涉及於「情人箭」，而與展夢白武功的成長有關。

古龍的《情人箭》（真善美出版）

下一代的感情波折，以展夢白為核心，先是杜鵑對展夢白癡情，而唐燕愛上杜鵑；後有唐鳳愛上展夢白，卻因故失身於方逸。展夢白與蕭飛雨相戀，而小蘭、宮伶伶皆又愛上展夢白。另一線索，則是無鞘刀吳七對孟絲絲愛憐不已，而孟絲絲又不愛吳七，反而愛上李冠英；李冠英與陳倩如本是夫妻，陳倩如卻與孫玉佛通姦。

全書感情線複雜多變，而故事也就隨著感情的變化而跌宕起伏，在這裡，愛情的箭幾乎是蒙眼的丘比特所射出的，古龍對愛情既是熱烈的追求，也受其傷害不小，在《情人箭》中，古龍似較缺乏男性的自省，而將愛情的舛差，歸咎於女性身上，書中若干對女性的輕蔑與鄙夷，是與他後期小說同調的，如以下這一段引用了尼采歧視女性言論的對話：

楊璇道：「女人如水，情感最是捉摸不定，你對她太過溫柔，她便覺太無刺激，你若疏遠於她，她反會求你。」

「無鞘刀」呆了半晌，喃喃道：「真的？……真的？……」端起壺來，痛飲了幾杯烈酒，歎道：「想來像是真的！」

楊璇道：「前輩下次走到女人之處時，切莫忘了帶根鞭子，晚輩擔保便不會再遇著這般情事了。」

「這就是女人，男人永遠無法猜透的女人」，是耶非耶？留待讀者自家論定。

二、「見龍期」作品舉隅

在「見龍期」的作品中，古龍最具雄偉氣魄的《大旗英雄傳》一鳴驚人，而以《浣花洗劍錄》的「迎風一刀斬」，則快、狠、穩、準的針對前期的作品，作了大幅度的興革，其後《名劍風流》以懸疑詭異取勝，《武林外史》首見佻達浪子造型沈浪，《絕代雙驕》則以突梯滑稽、聰敏機智的江小魚廣獲讀者喜愛。

（二）《大旗英雄傳》

武林中的仇怨，一如人間現實上的糾葛，往往是由一些本是微不足道的小事擴衍增大，然後演變成為一發難以收拾的局面，最終兵連禍結，輾轉相循，如滾雪球般，將後來許許多多無辜的人襲捲於風暴之中，有愛有恨，有悲有喜，有義烈，有陰險，有壯闊，有猥瑣，人世間形形色色的人性，一一顯露無遺。《大旗英雄傳》就是這麼樣的一個劇力萬鈞的故事。

《大旗英雄傳》以「大旗門」與「五福聯盟」的恩怨為主線，一開場就取杜甫「落日照大旗，馬鳴風蕭蕭」的詩句，營造出肅殺壯烈的場景，西風蕭颯，然後是暴雨傾盆。大旗門正在執行慘酷的家法，要將大弟子雲鏗「五馬分屍」，而且這五匹馬，都是其仇家「五福聯盟」豢養的駿馬，雲鏗的罪名，是不該與仇家寒楓堡的愛女冷青霜產生戀情。古龍明顯有所取於莎士比亞《羅蜜歐與茱麗葉》的故事架構加以演敘，但結果迥然大異。《羅蜜歐與茱麗葉》中，這對情侶通過了犧牲，換取了兩個家族的和好；而《大旗英雄傳》中，雲鏗與冷青霜雖最終得以白頭偕老，卻是以「大旗門」殺盡仇敵告終，這相當符合武俠小說的「復仇」慣例，但其犧牲的慘烈，卻不禁令人感慨，「五福聯盟」中除了霹靂火出家、盛存孝母子無恙外，盡遭毀滅，最慘酷的是已成「毒神」而失去理智的冷一楓卻親手殺了自己的女兒冷青萍，而「大旗門」則是最頑固不通情理的掌門人雲翼身死。書中的結語，是相當耐人尋味的：

古龍的《大旗英雄傳》（真善美出版）

風雲激盪的草原，終於又歸於平靜，只剩下無邊落日，映照著一面迎風招展不已的鐵血大旗。

「大旗門」最後在恩怨既了下巋然獨存，但西風落日，又是多麼的無奈與蒼涼？

「大旗門」與「五福聯盟」究竟如何成為世仇的？說來卻也可笑，竟然是因為「大旗門」的開山祖師雲、鐵兩人，只顧建立自己聲望，疏略了照顧家庭，導致風姓夫人抑鬱而終，風夫人之弟為報姐仇，遂慫恿了「大旗門」中的六姓部屬叛出，自組「五福聯盟」，並說動了當代的名家，對「大旗門」施加打擊。數百年來，仇怨越積越深，而箇中情由，竟無人得知。兩派後人，世代對立，幾乎已成無可言說，亦不必言說的道德義務。也因此，這兩家的恩怨，也牽連上武林中所有頂尖高手的恩怨。《大旗英雄傳》的故事，就緣此而翻生波浪，一時多少豪傑，也在江湖這一舞台上盡展手采。

此書的副線，就是由另一支武林高手所組成的，上一代的高手餐毒大師、九子鬼母，下一代的「彩虹七劍」，紛紛捲入其間，古龍更從唐人翟楚賢的〈碧落賦〉：「爾其動也，風雨如晦，雷電共作。爾其靜也，體象皎鏡，是開碧落。」中，將頂尖高手從日后、夜帝、風梭（風九幽）、煙雨（花雙霜）、雷鞭（雷大鵬）、閃電（卓三娘），排序而下，而分別與兩派中人互有糾葛。〈碧落賦〉是後來一意規仿古龍的黃鷹最鍾意的人物設計，古龍在此書中結合了日月風月雷電的自然天象與人名，將其中人物的性格淋漓盡致的表現出來。

《大旗英雄傳》是古龍武俠小說中氣勢宏偉、場景壯闊的一部作品，而情節的詭異，則往往藉書中人物錯綜複雜的關係展現開來，在人物的性格上，摹寫得甚有特色，如烈性如火，魯莽衝動的雲錚、美豔善媚，卻又多深情婉轉的溫黛黛、善良純潔，歌聲替代言說的水靈光，都深刻動人；而愚孝而忠懇的盛存孝、豁達豪邁的海大少，甚至笑裡藏刀的司徒笑，都有不俗的表現。

當然，其中最吸引人的無疑當屬主角鐵中棠，古龍曾讚許他是「七無雙」：容忍無雙、機智無雙、俠義無雙、鐵血無雙、剛烈無雙、計謀無雙、天下無雙，可以說是古龍武俠小說中最完美的人物。書中的大旗門，在一切恩怨皆已了結之後，鐵中棠不知所蹤，但每一個人都相信，像他這麼個「無雙」的人物，是絕對不可能遭到橫禍的，即使一時難以追尋其下落，但其俠烈英風，卻也將會永遠烙印在人心的深處。果不其然，在古龍稍後的《鐵血傳奇》中，胡鐵花、姬冰雁，都與「大旗門」有關，而楚留香就是鐵中棠的嫡傳弟子了。

（二）《浣花洗劍錄》

武俠小說既以「武」領銜，有關武學的描述、武功的養成，乃至武功的名目與招式，無疑將會是武俠小說的重中之重，而歷來的武俠小說家也都刻意在此一「武」上，盡情展現其瑰奇的想像與精妙的設計。大體來說，武技的摹寫，以一招一式、你來我往為最常見的表現方式，無論是群毆或是單打獨鬥，作者莫不以相當冗長的篇幅，細摹其「過招」的過程，雖亦不乏精彩動人的筆致，但明顯會拖慢整個小說的節奏。古龍在此之前的作品，即便如《大旗英雄傳》，也有不少激烈卻略嫌冗長的搏殺過程，直到《浣花洗劍錄》，才開始有石破天驚的突破，以迅起迅結的快、狠、穩、準方式，為武俠小說注入了一道活泉，也開啟了古龍武俠小說的「新」風格。

《浣花洗劍錄》一書，有《紅塵白刃》、《星河洗劍錄》等異名，但以《浣花洗劍錄》最具深意。「浣花」自然是指杜甫詩中常見的「浣花溪」，相傳冀國夫人任氏年輕時，曾在此溪中為一滿身污泥的僧人浣洗衣服，剎時間溪中百花盡放，因以得名；「洗劍」，則是「以水洗劍」之意，正如李益詩「當時洗劍血成川，至今草與沙皆赤」之意。兩相繫聯，則與東瀛浪人白衣客以其劍術造成諸多殺戮，而經由富饒佛家清淨意旨的「浣花」加以洗滌的書中內容兩相吻合。

古龍的《浣花洗劍錄》（真善美出版）

《浣花洗劍錄》是古龍小說風格轉變中最重要的一部書。歷來皆謂此書的「迎風一刀斬」、「無招勝有招」之武學描寫，是古龍後期武功由繁轉簡的關鍵轉變。但其中有些問題須加澄清。首先，東海白衣人雖由扶桑而來，但卻是中國人，只因其父學博而不精，故屢遭挫折，因此發憤培養其子專習「劍道」。白衣人欲借「劍道」上窺「武道」之極致，故四處挑戰名家，先是在東瀛打遍日本無敵手，繼之欲在中國找到真正的對手，故渡海西來。此無關於民族情結。其次，白衣人之武功，不能以「迎風一刀斬」概括，蓋書中明言乃是以「少林三絕手」中的「一怒殺龍手」、柳大俠的「盤古一斧開天地」以及日本「一流太刀」北昌具教的「迎風一斬」三種厲害招式合而為一，所創造出來的。此招雖明顯有日本劍道的影子，卻是道地的中國武功。其後在《鐵血傳奇》中，再度出現，但已非原貌了。

此書情節多有瑕疵，如小公主與方寶玉分隔六年再相見，皆已長大成人，豈可猶若小時一般，無任何男女之別？此處略為不盡情理；又如胡不愁與天水姬、伽星大師困於荒島七年，胡不愁被關鎖於鐵屋中，不願出來，七年之間，大小便怎生處理？簡直不通情理，這與《護花鈴》中的梅吟雪躲在棺材中十年一樣，都是敗筆。不僅如此，伽星大師因恐胡不愁毀壞紫衣侯所留秘笈，故對天水姬言聽計從，非得到萬老夫人獻計，才逼使胡不愁出來。這也是很可笑的安排，七年時間，胡不愁早可將秘笈內容背熟，即使毀了，伽星也不知道。胡不愁七年練功已成，伽星笨到沒想到這點，更是荒謬。尤其是「泰山英雄」大會之爭，根本毫無意義。蓋群雄爭奪第一，即便奪得，更須面對白衣人的挑戰，當此之際，誰能擊敗白衣人，又何必彼此相爭？書中既將白衣人摹寫成「武道狂」，而對武功差一級的，簡直不屑與之爭鬥，則又何來白衣人會造成中原血流成河的道理？古龍在白衣人身分的安排上，既欲擺脫國族情結，又欲強調武道之追求，故彼此相互齟齬，實為大弊。

不過，此書中的白衣客以追求「武道」的最高境界為使命，全書亦多處論及武道，倒是很值得參考的。古龍於道家「道法自然」之說，並無深解，書中雖提及「忘」字，可與金庸在一九六一年開始的《倚天屠龍記》中張三丰的「忘」並觀，古龍應是受到金庸啟發的，這本可連繫到莊子的「心齋」、「坐忘」之說，可惜金、古二人皆未有發揮。如以下這段：

紫衣侯道：「只因我雖將天下所有劍法全部記住，我那師兄也能記得絲毫不漏，但他卻能在記住後又全部忘記，我卻萬萬不能，縱然想盡千方百計，卻也難忘掉其中任何一種。」

紫衣侯道：「我那師兄將劍法全部忘記之質，方自大徹大悟，悟了『劍意』，他竟將心神全部融入了劍中，以意馭劍，隨心所欲。雖無一固定的招式，但信手揮來，卻無一不是妙到毫巔之妙著。也正因他劍法絕不拘囿於一定之形式，是以人根本不知該如何抵擋，我雖能使遍天下劍法，但我之所得，不是劍法之形骸，他之所得，卻是劍法之靈魂。我的劍法雖號稱天下無雙，比起他來實是糞土不如！」

紫衣侯所說，事實上即「道法自然」之說，故無拘無束，可隨機應變。但白衣人招數之破解，居然是純粹以「技」破之，刻意挑選人所不能顧及的腳底之前，以奏其功，這反而是「以技破道」，深為不智。大抵武俠作家皆未必深通哲理，故所引所述，皆浮面之說，看似有理，卻破綻百出，此不可不知。

《浣花洗劍錄》師法「日本武士道」小說的意境，開始為武俠小說注入迥異於傳統武俠的生機，一方面以哲理轉化武功，將武俠小說動輒連篇累牘的打鬥場面，簡化為迅快而要約的情境；一方面將文字精簡、段落縮短，小段精文，一舉拋開了傳統武俠小說的厚重與沉滯。其中，東瀛劍客白衣人所擅長的「迎風一刀斬」，正足以作為表徵。

白衣人為追索劍道無上的境界渡海來至中原，以結合著眼力、鬥志、氣勢、殺機的「迎風一刀斬」，與中原武林較技印證，快、狠、穩、準的刀法，以迅雷不及掩耳的速度，擊潰了中原群雄，這不但是書中主角方寶玉必須重新思索、預加防禦的難題，更是向來以「一招一式、你來我往」，動輒大戰數百回合的武俠小說對決方式，造成莫大的衝擊。方寶玉後來從紫衣侯的「無招勝有招」中悟出了抵禦之道，而武俠小說界則從此開始更深一層的觸及了「武門」中人的精神、意志、氣勢與心理變化。迎風一刀，不啻是斬向武俠小說的一刀，也一刀開闢了古龍未來武俠創作的道路。

(三)《名劍風流》

《名劍風流》是古龍最早以懸疑、詭異的布局構思情節的小說，儘管因在撰寫的後期分心旁騖於《絕代雙驕》，因而未克竣工，最後兩章約三萬多字的篇幅，轉由喬奇代筆，故結局甚為草率，且無法關照前文，如極重要的未婚妻林黛羽、丐幫幫主紅蓮花均未有交代，而分明是「人」的靈鬼，居然成了不死之身；但是，就其布局之奇、構思之妙來說，卻是相當震驚人耳目的。

《名劍風流》以一場狙殺開首，而狙殺的過程卻兩次翻轉，已顯示出古龍的奇詭，而其後分明已死的俞放鶴，居然「復生」，且包括其未婚妻在內的諸親好友，皆出面一一指證，全天下似乎僅僅有親眼目睹其父死狀的俞佩玉明白真相，卻被誣詆為失心瘋，究竟是誰設計了這個絕大的陰謀，就成為全書最大的懸疑。而支撐此一懸疑性的，卻是武俠小說中最常見的「易容術」。

「易容術」在武俠小說中氾濫無止的運用，早已為許多學者、作家所詬病，甚至連運用起來得心應手的古龍，也大大不以為然，但卻是營構小說的一道捷徑，任誰都不肯放棄，古龍的小說也常蹈此病。但是，縱觀各小說，卻從無能夠比得上《名劍風流》的。

俞放鶴為人所「易容」冒充，唯俞佩玉心知肚明，但他卻赫然發現，周遭之人，幾乎沒有一個是以真面目示人的，到底這世界還有「真」人嗎？一個清醒的人，被目為瘋子，而全天下沒有人能夠為他證明他是清醒的，這是何等的悲哀？俞佩玉在此情況下，對每一個出現在他身邊的人，都抱持著懷疑的心態，誰知道誰不是「易容」的？全書故事一開張，就讓俞佩玉心懷忐忑、疑懼的在疑真似假之間無法釐清，轉至於對每個人都不信任，而讀者也隨之不免疑懼誰才是真的。在某種程度上，《名劍風流》其實代表了古龍對所謂「朋友」的一種不信任感，社會中人人都在「易容」，都在掩飾，究竟有誰是以真心待人的？人心的莫測變化，皆由廣義的「易容」所引起，而《名劍風流》則借此「易容術」翻生波瀾，無數的懸疑，就貫串於全書之中。這無疑開啟了後來古龍援引偵探小說的手法營造武俠的先聲。

從查探「真相」——包括誰是真是假、誰在幕後布設了此局、其動機與目的為何？全書讓俞佩玉在查探的過程中，屢有際遇，其中「殺人莊」的驚悚、恐怖；「四川唐門」詭秘、變化，與全書的氛圍是最能相襯的，可惜布線失之過雜、過廣，故後來很難兜轉回原有的「解謎」主線，這可能也是古龍最後宣告放棄的最大原因。事實上，喬奇的續補三萬多字，是完全不足以覆蓋全書的，真的如要交代清楚，《名劍風流》恐怕會不止於四十章。

（四）《武林外史》

《武林外史》是古龍首度創造出「浪子遊俠」的一部名作，「浪子」的心態主要指的是他對愛情始終情無歸止的心態，以及處世淡漠、自在逍遙的作風；而「遊俠」則指其面對仁義大事，也絕對會堅持到底的行事風格。號稱「天下第一名俠」的沈浪，就是這麼樣一個典型的人物。在古龍的小說中，與沈浪風格最近的，應屬「盜帥」楚留香與「四條眉毛」的陸小鳳，可是不知何故，古龍在後續諸書中竟將楚留香與鐵中棠繫聯為一，而與沈浪攸關的人物，竟然是阿飛、沈紅葉、公子羽，大失「乃父」本色。

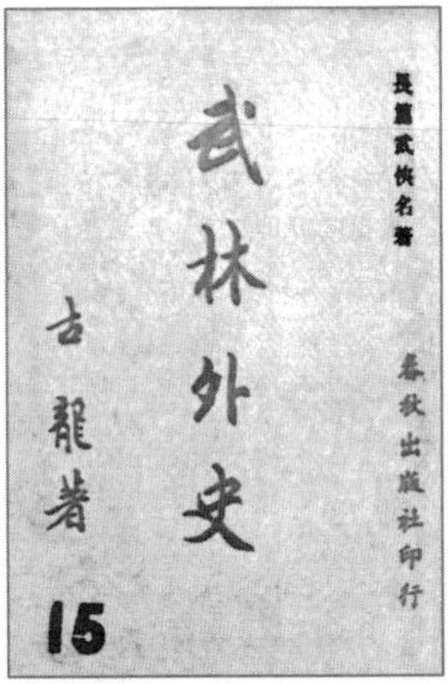

古龍的《武林外史》（春秋出版）

沈浪幾乎具備了武俠小說俠客所應有特色，聰慧、機智、武功高強、見義勇為，唯獨缺少了鐵中棠式的堅毅與豪邁，而別開了一道浪子之風。浪子飄泊江湖，所面對的大抵是三種人，一是在他心版上烙有印痕，但卻很難定於一的「情人」；二是強大而具有野心的「敵人」；三是義重如山，可以死生相許的「友人」。

沈浪的「情人」，驕縱任性，一味天真，而又嫉妒心重，動輒闖禍的朱七七，是沈浪又愛又憐又氣惱的伴侶，這在後來陸小鳳故事中的薛冰身上，可略窺其身影，但朱七七顯然較薛冰為幸運，能夠追隨沈浪同往海外仙山。

白飛飛像是兩面夏娃，時而溫柔可憐，時而心思狠毒，頗類於《多情劍客無情劍》中的林仙兒，亦仙亦魔，在沈浪的情史中算是一段「插曲」，原因在於她的為達目的，不擇手段，尤其是仇恨心熾烈，竟為了要讓其生父柴玉關獲得報應，而欲採取違逆倫常的偏激手段，使沈浪愛之不得，憾則有餘。

沈浪的最大「敵人」，無疑是「快活王」柴玉關，陰謀狡詐，野心勃勃，而武功高絕，「遊俠」沈浪必須全力與之抗衡，但在抗衡之中，亦難免有惺惺相惜之感。《多情劍客無情劍》的上官金虹、《蕭十一郎》中的逍遙侯、《天涯．明月．刀》中的公子羽，都有他的影子。

王憐花與金無望是沈浪先敵後友的「敵人」。王憐花百藝精通，尤其獨擅於易容妙技，且足智多謀，曾讓沈浪喫盡苦頭，後來惺惺惜惺惺，受沈浪感化，化敵為友，所著《憐花寶鑑》，猶在《多情劍客無情劍》中驚鴻一瞥。金無望本是快活王的「酒色財氣」四使中的「財使」，精通機關之學，後來與沈浪義氣相交，叛出快活王，與其作對。《多情劍客無情劍》中的郭嵩陽，庶幾近之。

熊貓兒是沈浪的最要好朋友，偶然間因酒相交，傾蓋即成一生摯友，重情重義，光明磊落，雖粗豪而不失英俠本色。古龍武俠小說特重朋友相交的「友道」，雖《大旗英雄傳》中已頗凸顯了一個海大少，但由此書開始，卻逐漸成為常套，《鐵血傳奇》中的胡鐵花、《多情劍客無情劍》中的阿飛，皆可溯源於此，粗邁豪爽，是共通特色，「酒」則是他們相惺相惜的最重要媒介。

《武林外史》中的沈浪，是古龍小說引領風騷的四個十年（沈浪、李尋歡、葉開、公子羽）中第一個十年的開創者，而書中眾多角色，也往往成為後起小說的雛型，其地位之重要，可以想見。

（五）《絕代雙驕》

古龍自謂其由《武林外史》起，整體作品風格才開始擺脫前此諸家的影子，真正建立起自己的風格，實際上，古龍應是雙管齊下的，就在同一時間，《絕代雙驕》也開始連載，同時也展現了自我風格的樹立。質實而論，無論從人物塑造的新穎與多樣化、情節結構的密實度、思想主題的深刻度來說，《絕代雙驕》恐怕要比《武林外史》更具有突破性的意義。

《絕代雙驕》顧名思義，是以雙角策略進行寫作的，但毫無疑問地，卻是以江小魚（小魚兒）為主線。小魚兒一如其名，在莽莽江湖中，一條小魚，能夠有多「悠哉游哉」就可以多「悠哉游哉」，他體型小而輕，性格刁而鑽，身子滑而溜，不入籌、不落網、不上鉤，再如何堅實的籌笱、細密的魚網、詭詐的漁人，都無法牢籠住他；不但如此，當他搖首擺尾、脫卸鉤網之時，還會潑得漁人一身水

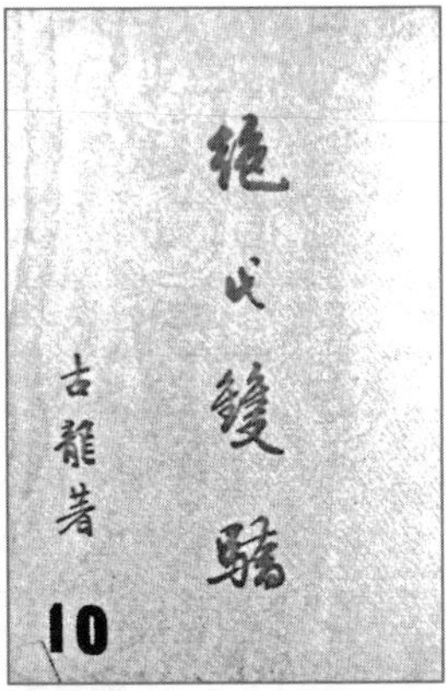

古龍的《絕代雙驕》（春秋出版）

漬，留下幾聲笑語，然後揚長而去。看慣了高高在上、凜凜神威的江湖名俠，小魚兒以他別樹一格的丰采，牢牢吸引了讀者的目光，相信後來金庸《鹿鼎記》中的韋小寶，或多或少都有幾分小魚兒的影子。不過，小魚兒不似韋小寶般一味以機巧滑溜取勝，金庸所吝於給予韋小寶的深刻思想、情感內涵，古龍卻肆力加以鋪張、渲染，在韋小寶一往而平順的一生中，金庸讓他取巧的建功樹名，鮮少於其內心中添加若何的矛盾與衝突，儘管頗藉韋小寶探觸到民族主義的議題，但卻在其嘻笑聲中浮光掠影而過；小魚兒則顯然有所不同，他悲慘的身世經歷、險惡的出身背景、矛盾的情感衝突，以及未來可能面臨到的兄弟相殘的人倫巨變，都讓他有沉潛、深思的機會，不是簡單平面的扁形人物。尤其令人激賞的是，小魚兒的樂觀、積極，以及他富涵的人性之善，使得這部原應充滿血腥、殺戮、憤怒、仇恨的小說，居然春和景明、陽光燦爛起來。小魚兒可以說是古龍武俠小說中最富魅力、最具獨特性的創新人物。

《絕代雙驕》人物眾多，而各有特色，也是這部小說優長之處。花無缺的溫文有禮，正與小魚兒的機變靈活兩相對照，儘管略嫌軟弱迂腐，但這與古龍安排他生長於深宮之中、婦女之手的背景，卻深相吻合；燕南天的豪俠、江別鶴的深沉；邀月宮主的狠絕、憐星宮主的愁怨；以及同樣是世家子弟、心高氣傲的小仙女張菁、慕容九，也都可以相互對照，不見其雷同。「十二星象」、「十大惡人」的設計，無論在外貌、性格及所謂的「惡」中，皆各有千秋，不落前人窠臼，的確是大家手筆。其中略嫌不足的，大概只有鐵心蘭，這位徘徊傍徨於小魚兒與花無缺之間的女俠，從頭到尾，兩泡汪汪淚眼之外，較少有所發揮，是較為可惜的了。

從故事結構上說，《絕代雙驕》以復仇為主題，這在武俠小說中早已是陳陳相因的舊套，但古龍卻能由此翻生波瀾，讓雙生兄弟分從「惡人谷」及「移花宮」成長，「十大惡人」欲傾其全力培塑小魚兒成為天下第一的惡人，「移花宮」則欲培養出復仇種子花無缺以報其奪愛之仇；中間則有背叛故主、沽名釣譽、暗施詭計的江別鶴，義重如山、卻疏於防範的大俠燕南天；這是故事的主線。至於「十大惡人」與燕南天、「十二星象」（主要是魏無牙）與移花宮的恩怨與衝突，則是第一支線；小魚兒與「十大惡人」複雜微妙的關係、與慕容世家的情感糾葛，以及小魚兒與花無缺感情世界的紛擾（鐵心蘭、蘇櫻），則是第二支線。無論主線、支線，所有人物皆按部歸班，條條不紊，具體撐起了《絕代雙驕》龐大而曲折的情節結構，前後呼應（如李大嘴之與鐵萍姑的父女相認），幾乎沒有破綻（「十二星象」中的「龍」未現身，是其疏略處），緊密厚實，變化而有度，這也是《絕代雙驕》足以傲人的成就。

《絕代雙驕》以復仇為經緯，但走的卻非一般復仇的老路，以仇殺始，尋仇為繼，卻以寬恕作了最圓滿的收束，仗劍了卻恩仇，未必就會快意，擺落恩怨、脫卸包袱，以人性出發，作天道憑證，古龍藉小魚兒的寬厚胸襟，突破了復仇故事的窠臼，雖未直接說理，而在結局一片溫馨的氛圍中，卻讓人對仇恨能更進一步的加以深思——理，自在其中矣。

在《絕代雙驕》中，我們可以窺見到古龍所謂的「自我風格」，的確已然形塑成功了，而古龍後期的武功摹寫手法，在《絕代雙驕》中也逐漸顯現出「簡化」的端倪，刀光劍影、拳掌交加的武鬥場面，已經絕少出現，燕南天與邀月宮主兩大高手的對決，「嫁衣神功」與「明玉功」根本未曾比鬥，也無須比鬥，就在旁人事後議論的話語中，已可見其高下；而最關鍵的小魚兒與花無缺不可避免的一戰，作者虛寫為多，實寫的部分則只在描摹小魚兒如何故露破綻，好讓他「假死」的計謀得以瞞過邀月宮主而已；「武林秘笈」的作用——如小魚兒在蕭咪咪的地底迷宮中所獲得的「天地五絕」的武學，已不成為勝負的關鍵——也逐漸淡出古龍的武俠世界。

《絕代雙驕》，真的可視為古龍「見龍期」作品的扛鼎之作。

有趣的是，據龔鵬程與倪匡的說法，《絕代雙驕》在香港《武俠與歷史》連載時，因拖稿未及刊登，故由倪匡「代筆」了近十萬字，其後因無法銜接，古龍不得已，只能將倪匡代筆的部分以江小魚的「南柯一夢」掩蓋了事。目前這十萬代筆的內容，遍尋不著，還待有心人挖掘。

三、「龍飛期」作品舉隅

古龍在短短的幾年中，就以幾部深見功力的作品，成為眾所矚目的最閃亮的新興作家，其光芒幾乎掩蓋了前此所有的名家，而「龍飛期」的作品，則一部部推陳出新，成為眾所仰望的夭矯於天上的飛龍，縱橫於武俠世界的天空之上，正式成為台灣武俠小說的第一人。一九七二至一九七四年[1]，金庸一手擘創的《明報》，向古龍邀稿，刊登了《陸小鳳傳奇》系列六個故事，可以視為古龍實至名歸的象徵。其間名篇佳作迭出，且銳意求新求變，無不大受好評，楚留香、李尋歡、蕭十一郎、陸小鳳、傅紅雪，成為武俠界聲名鼎盛的代表人物，直到現在，依然魅力十足。

1《隱形的人》發表於一九七四至一九七五，但未完成，可併入此期。

基本上，在此時期中，古龍已完全展現其截斷眾流的小說營構能力，無論是文字的運用、人物的塑造、氣氛的渲染、場景的迭換、情節的變化、哲學思維的引進，以及獨特的敘事技巧，無不一掃流俗，戛戛獨造，七寶樓台，令人目不暇接。其中有個明顯的轉向趨勢，那就是古龍為了配合當代社會快節奏的脈動，開始以短章小幅，但卻又血脈相連，渾然一體的手法創作小說，在一個主要人物或一個大主題下，以多個不同的故事串聯為一，這是金庸當初創作《天龍八部》，但卻未能貫徹執行的構想，而由古龍接續完成。

古龍捨棄了長篇的格局，故《大旗英雄傳》、《絕代雙驕》等氣勢壯闊、支線繁複的大格局作品不復出現，而轉以主線明朗卻變化出奇的「袖珍」式摹寫，盡情刻劃人性中深沉的喜怒與悲哀。楚留香與陸小鳳，前後都有數個故事，《七種武器》也略有六、七個，都由短幅構成，即使較長的《多情劍客無情劍》，其實也是由上、下（《鐵膽大俠魂》）兩部組合而成的。由大而小，古龍更能將自身的思想與情感完全投注於書中的人物，代其悲，代其喜，代其對滾滾紅塵中的人事作觀照。

隨著古龍境遇的變遷，書中人物可以瀟灑如楚留香，可以沉痛如李尋歡，可以孤獨如蕭十一郎，可以豁達如陸小鳳，可以悽愴如傅紅雪，可以歡洽如郭大路，古龍與他小說中的人物同其悲喜，相濡相沫，可以說是以他的血、他的淚、他的笑、他的哭，他的生命中一切，毫無保留的傾注於小說之中。古龍與客觀而冷靜的摹寫其書中角色及事件的金庸完全不同，他是非常主觀，而且是滿腔熱血、滿腹辛酸，深情而不免氾濫的在說自己的故事，只是披上武俠的外衣而已。古龍寫小說，常是不由自主的就將滿懷心事傾洩而出，有時會任性到完全不顧前後文的脈絡，例如：

如果你心裡有痛苦，喝醉了是不是就會忘記？
不是！
為什麼？
因為你清醒後更痛苦。
所以喝醉了對你並沒有用處。
絕沒有。
那麼你為什麼要醉？
我不知道。
一個人為什麼總是常常要去做自己並不想做的事？
我不知道。

這段話出現在《鳳舞九天》（《隱形的人》）中，陸小鳳重回島上之際，陸小鳳面臨那些假武官要殺害老狐狸時，忍不住衝了出去後，一小段完全與後面情節無關的心中感慨，充滿了悲苦、無奈與徬徨，其實可以說是「衍文」，古龍此時的心境完全呈露無遺，古龍撰寫到此，顯然已是強弩之末，故才有薛興國的後續。由此可以看出古龍是如何將自己傾注於小說之中。

儘管從作品分析的角度來說，如此「任性」的寫法極不足取，卻也可以看出古龍的確為一「性情中人」。也因此，古龍的小說，涵融著濃稠的酒意，一如玲瓏婉約，幾乎可以捧掬在手的桂林山水，而與金庸巍峨高聳的五嶽名山，分道揚鑣，共同樹立了武俠小說中「雄偉」與「秀美」的兩種不同典

古龍的《鳳舞九天》（春秋出版）

型。

值得注意的是，在這一時期的小說中，古龍筆下的俠客，再也不是「少年成長」的模式，而多數是已經在江湖中歷練已久，或是名滿江湖的成人俠客，如楚留香、李尋歡、蕭十一郎、陸小鳳……等皆是。此時古龍人近中年，閱歷既豐，感慨遂深，對見識、智慧以及經驗的看重，遠較前期更為沉著，而對感情的態度，也在偶有的激情中，多有理性的觀照或更深刻的感受，飛揚佻達的少年逸興，轉而為深沉蘊藉的思致所取代，因而也捨棄了武俠小說拜師學藝、武林秘笈、獲得奇遇的那一套，而更貼近於人性務實且真實的一面。

不僅如此，古龍在此也展現了其擅於援引其他通俗類型的電影、小說、漫畫為己所用的涵攝眾體功力，如〇〇七詹姆士・龐德、《教父》、《帶子狼》等，可以說得上是「前不見古人」，而後廣潤於來者，悠悠天地，唯我獨尊。這也是古龍銳意求新求變的具體實踐，可惜的是知音者不多，乃至於有《天涯・明月・刀》的「腰斬」之痛。由於作品繁多，無法一一詳說，僅就其最具影響力的幾部作品，概述舉隅如下：

（一）《鐵血傳奇》

這是古龍最為膾炙人口的「雙璧」之一，不但在當時擁有廣大讀者的青睞，其後更隨著電視劇、電影的不斷改編播映，風靡一時人心，一九七九年，以鄭少秋飾演楚留香的《楚留香》電視連續劇在

古龍的《鐵血傳奇》（真善美出版）

古龍的楚留香故事之《血海飄香》（武林出版）、《蝙蝠傳奇》（武林出版）

香港播出，立刻造成轟動，台灣的中視在一九八二年購得播映權，選擇每周六下午一至三時播放，竟造成高達百分之七十的收視率。傳說中，播出時間在街上是叫不到計程車的，筆者確實有過類似的經驗，一首「千山我獨行，不必相送」的主題曲，四處傳唱，可見其時空前的盛況。古龍歿世，喬奇的輓聯以「小李飛刀成絕響，人間不見楚留香」為詞，所有人都能心領神會。

楚留香的故事，前後共有八個：《血海飄香》、《大沙漠》、《畫眉鳥》、《借屍還魂》、《蝙蝠傳奇》、《桃花傳奇》、《新月傳奇》、《午夜蘭花》，前六個故事都屬於此時期的創作，也是最能展現楚留香魅力的。

《鐵血傳奇》一開場，就非常的瀟灑俊逸，一張小小的紙箋，溫文儒雅的說明當夜子時，將來「取」（注意：不是「盜」）白玉美人，這是何等的蘊藉，何等的從容，不必具名，大家都知道是名聞天下的「盜帥」楚留香。

這個開場顯然是套用法國偵探小說家盧布朗《亞森羅蘋探案》的指名索畫的橋段，當然也標識了其後以盜賊而兼俠客的楚留香後續充滿「偵與探」色彩的行俠經歷。《血海飄香》從「天一神水」的毒殺案，幾經探索，追尋到天楓十四郎的一段秘辛，而揭露了南宮靈與少林無花和尚的陰謀；《大沙漠》為援救為石觀音所擄走的蘇蓉蓉等三位佳麗，結合了胡鐵花與姬冰雁，深入大沙漠，捲入了龜茲王朝篡位的陰謀，最終以機智擊敗了禍首石觀音；《畫眉鳥》則續寫石觀音之徒柳無眉身中劇毒，唯神水宮的水母陰姬可解，故挾持蘇蓉蓉等人，逼使楚留香不得不前往神水宮，而捲入神水宮的內鬥風波，又牽連回無花和尚，最後力克水母陰姬。這三段故事，處處充滿懸疑、驚悚、冒險與推理，冶武俠與偵探為一爐，最是古龍當仁不讓的本色。

楚留香的英俊瀟灑、倜儻風流，自是不必多說，書中描述他的形貌：

他雙眉濃而長，充滿粗獷的男性魅力，但那雙清澈的眼睛，卻又是那麼秀逸，他鼻子挺直，象徵堅強、決斷的鐵石心腸，他那薄薄的，嘴角上翹的嘴，看來也有些冷酷，但只要他一笑起來，堅強就變作溫柔，冷酷也變作同情，就像是溫暖的春風吹過了大地。

這個兼具陽剛與陰柔美感的「盜帥」，言語幽默、饒富機智，武功雖不是最高，但卻往往能在臨戰之際，充分掌握地形地貌之便，並透視對手的心理因素，在極度困窘中，反敗為勝。這點在他與石觀音、水母陰姬之戰中，淋漓盡致的發揮了出來。他的瀟灑，表現在他往往以灑脫、開朗的態度，笑眼面對一切繁雜、艱困的人事，堅定而自信，再不如意，也不過摸摸鼻子了事，在他的字典中，應該也是沒有「難」字的。他的風流，展現在他高品味的優雅生活中，精緻的器物、美麗的畫舫、美食美酒美人，尤其是美人，在他的歷險過程中，〇〇七式的「龐德女郎」始終環繞在他身邊，蘇蓉蓉、李紅袖、宋甜兒、華真真、玉劍公主、張潔潔，都各有一段與他休戚相關的情史，《新月傳奇》中更一口氣出現了七、八個，雖說他可能對張潔潔是情有獨鍾的，但他不是歸人，只是過客，馬蹄聲終究還是會帶他回到處處可以倚紅偎翠的「留香」之地。這些都是能讓讀者迷戀不已、羨慕油生的魅力所在。更難得的是他的俠義與寬容。

楚留香儘管為盜，卻多數用以救濟貧民，難得的是，見義勇為，而卻能以寬恕之道待人，從不肆行殺戮，以此也獲得武林中人的敬重。遇事冷靜，處事明快，而思慮周密，推理嚴謹，這甚是符合其大俠兼名探的特質。《借屍還魂》索性就當起了「專業偵探」，揭穿了兩對癡情男女「借屍還魂」的小把戲；而《蝙蝠傳奇》更洞穿了神秘詭異的蝙蝠島幕後主使人原隨雲的秘密，其間一連串船上的謀殺案，大類於英國偵探小說名家克莉絲汀《一個都不留》的驚悚，完全可以當偵探小說來讀。

楚留香可謂是古龍筆下最出色的人物，但《鐵血傳奇》中也同時塑造了不少人人耳熟能詳的角色，「雁蝶雙翼」姬冰雁出場只在《大沙漠》中，但其面冷心熱，卻又慳吝的「死公雞」，令人印象深刻；胡鐵花身上有李逵和牛皋的部分身影，是楚留香的絕配，嗜酒魯莽，卻義氣深重，喜呼楚留香為「老臭蟲」，常故意糗楚留香，但只有鼻子靈敏勝過楚留香的他，卻常反而被戲弄嘲笑，書中許多幽默生動的對話，都集中在此；但他也是感情豐富的，與清風女劍客高亞男、或鳳凰金靈芝看似無情又有情的糾葛，常令人忍俊不住。其他如冷面殺手中原一點紅、儒雅而陰險的無花和尚、熱情奔放的黑珍珠，乃至心理變態的石觀音、武功高強的水母陰姬、目盲而心險的原隨雲等，也都一一可觀。

《蝙蝠傳奇》可以視為「古龍體」武俠宣告成立的代表作，文字簡省、節奏迅快，仿電影蒙太奇手法的場景替換，已相當得心應手。龍飛於天，夭矯的身姿，已是萬人共仰。

（二）《多情劍客無情劍》

人難免會是多情的，親情、友情、愛情、慾情，處處無非有情；但劍總是無情的，人生的不平處太多，而泰半皆因各種不同的情而生，誠如張潮所言，大不平處，唯有以劍消之，揮慧劍以斬情絲，固當非無情不可。《多情劍客無情劍》就是在寫劍客多情但劍無情的故事。

「情」當然包括了喜怒哀樂愛惡慾各種類型，而全書則集中在愛情、慾情、友情、親情四方面。人間世的情總是複雜多變，且相互衝突的，而所謂「話的盡頭就是劍」，到了無可言說的時候，劍就是最終的解決方法，這是江湖的鐵律，小李飛刀，自是不能例外。

號稱「一門七進士，父子三探花」，在百曉生兵器譜上排名第三的「小李探花」李尋歡，無疑就是一個多情的劍客。十八年前，他為了酬報龍嘯雲的「恩情」，犧牲了自己與林詩音的「愛情」，遠走關外，但無論如何竟是難以割捨當初那一份心心繫念的愛情。歷盡滄桑，再度歸來，途遇踽踽獨行於雪地之間的年輕劍客阿飛，又萌生了「友情」，而當他被捲入「梅花盜」疑雲中時，接踵而來的卻是充滿各種名利之爭的「排名」挑戰，然後是阿飛與林仙兒的「愛情」，上官金虹、荊無命、孫小紅……，形形色色的江湖人物，葛纏絲繞，無非就是情根團結下的矛盾與衝突，人在江湖，真的是身不由己。唯一的解決方式，就是劍——快刀斬亂麻，這

古龍的《多情劍客無情劍》

時，百曉生的《兵器譜》在其間就是最重的關鍵了。

《兵器譜》是江湖世界舊秩序的象徵，而此一秩序，是依照兵器所擁有的功能之高低排定的，天機棍、龍鳳雙環、小李飛刀、鐵劍、銀戟……，井然不紊，聲名，即等於權勢，權勢，必引起紛爭，爭名奪權，不僅是江湖的常態，更是現實社會的寫照，無數的紛爭都因之而起，可以說是亂源之一，古龍於此自有其批判社會的隱喻。

《兵器譜》的構想，可以遠推自古典小說《說唐》系列的「好漢」排名，武俠小說中也非古龍所首創，因為早在一九六三年，司馬翎的《帝疆爭雄記》就有了武林太史居介州以公、侯、伯、子、男排行的《封爵金榜》，古龍的創意，在於以「兵器」取代「人物」，此所以銀戟溫侯呂鳳先因兵器排名在後，就捨而不用，欲以「鐵指」與李尋歡爭一高下；且排名先後，亦未必與臨戰的絕對勝負有關，臨場的地形地物、氣溫狀態、心理因素、反應速度，甚至心靈的層次，在在都可能影響到結局，故排名第一的天機老人，會敗陣於排名第二的上官金虹之下，而李尋歡最終仍擊潰了上官金虹。

藉《兵器譜》的排名之爭，古龍將全書中的恩怨情仇、利害衝突，一一摹寫而出，排序既定，則無論序位中人願意不願意，都不由自主的捲入其中，於是形形色色的人物，也就一一在古龍筆下窮形盡相的陸續登場。其中李尋歡、阿飛、上官金虹、荊無命、林仙兒，無疑是最具關鍵的人物。

司馬翎的《帝疆爭雄記》（真善美出版）

李尋歡名曰「尋歡」，豈非正因其一生無歡，所以才要刻意去「追尋」？夾雜在愛情與友情、排名高低的矛盾與衝突中，李尋歡始終以病態、萎弱的形象現身，只有在為朋友、為道義而拋出飛刀的那一剎那，才展現出其身為「探花」的勃勃生氣。此一造型，明顯是從王度廬小說筆下的李慕白挪借而來的。

阿飛可以說是李尋歡年輕時代的投影，初入江湖，新劍出鞘，銳氣英發，故李尋歡一見便與之投緣，處處加以照拂，尤其是極力防止他蹈入林仙兒的愛情陷阱。阿飛武功雖高，但人間世的險惡，尚未深悉，李尋歡待之亦父亦友，而阿飛也正如許多叛逆性極強的下一代般，必須透過艱難的磨淬，才能真正的發光發熱，最終才成長為名副其實的「飛劍客」。

上官金虹是野心勃勃的江湖惡勢力的代表，擁有高強的武功、勢力龐大的金錢幫，具備逐鹿江湖所需的一切條件；荊無命原是他的「左右手」，對他亦步亦趨，但在敗於李尋歡之後，體悟到「左」——偏鋒、激烈、盲從的嚴重缺憾，而轉以「右」重新走出了自己的道路。

林仙兒貌如仙女，但心似妖魔，不僅以色相蠱惑江湖人士，更擁有不下於男性的野心，而機關算盡，最終淪於下賤妓女的悲慘結局。向來蔑視女性的古龍，在她身上顯露出相當強烈的「大男人主義」。

《多情劍客無情劍》有兩場「寧靜」的決鬥，沒有一招一式的你來我往，沒有劍影刀光，沒有流血流汗的場面，只有言說，只有思想境界，「手中無刀，心中有刀」，刀環究竟誰高誰下？透過天機老人的評論，古龍將「無環無我」的武學最高境界點明出來，這不但是武學境界，更是人生境界，可惜的是，此一深參造化，上躋仙佛的境界，至今猶鮮少有人參透。

小李飛刀與上官金虹的最後一戰，沒有人知道鐵門之後的決鬥情景如何，李尋歡踏出鐵門，也只淡淡說了一句「他輸了」，但卻不是「我贏了」，李尋歡最終是「物我兩忘」，故也只有「他」存在，而一切身外之事，與「我」又有何相關？而致勝的最大原因，正是：小李飛刀，例不虛發。古龍此一時期的小說，簡省了繁複的武打場面，不必看過程，只須有結果，一切就在不言之中了。

（三）《蕭十一郎》

在古龍「龍飛期」的小說中，《蕭十一郎》有兩項值得觀察的特色，一是蕭十一郎首先凸顯了古龍小說中「荒野孤狼」的形象，較諸李尋歡的悲怨，更多了幾分濃厚的孤獨與徬徨；二是古龍從這部書開始，正式與影劇圈結下深厚的淵源。

《蕭十一郎》是先有劇本而後有小說的，儘管在一九七〇年的《武俠春秋》創刊號上已發布了《蕭十一郎》小說，直到一九七一年，才有邵氏公司拍成電影上片，由韋弘、邢慧、金霏主演，但實際上，在小說發布之前，古龍早已就著手寫了劇本。從電影和小說的比對中，我們可以發現，電影劇本與小說是有相當大的差距的，尤其是連城璧此一角色，電影中是將他描寫成與蕭十一郎併肩合作，鏟鋤逍遙侯的「正派」人物，這與小說中外示忠質，而實則內藏姦宄的連城璧簡直是天差地別。古龍初入影壇，不免仍受到當時武俠電影世俗化的影響，未能深入對人性加以探索，故劇本內容，無論從任何角度來看，都遠遠不如小說來得深沉感人，並具有張力。

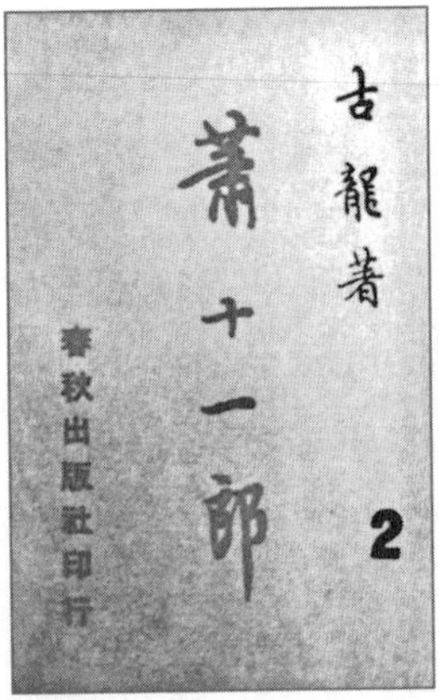

古龍的《蕭十一郎》（春秋出版）

《蕭十一郎》寫大盜與閨秀錯綜複雜的戀情。惡名昭彰的大盜蕭十一郎，是武林中號稱「正義」的人士所欲鏟鋤的對象。既然是惡名昭彰，則「天下之惡皆歸焉」，自是正常現象，尤其是自「割鹿刀」此一神兵利器出現江湖之後，人人欲爭，個個欲奪，而號稱「正義」的人士——以武林六君子中的連城璧為首，明明利欲薰心，卻又要刻意偽裝成一副無所爭的面貌，於是，嫁禍、栽贓、詆毀、冤屈的手段層出不窮，而將一切的罪惡都歸諸於蕭十一郎身上。

蕭十一郎有兄長輩十人，都是喪生於江湖的爾虞我詐之中，對所謂的「正義」，向來不甚以為然，寧可與狼群為伍，至少，狼性雖是狠惡，卻從不會自相殘殺，而人心詭詐，反倒相互殘害。「蕭」字可以想成有「瀟灑」之意，蕭十一郎看透世情，不以人世間的毀譽為念，行其所當行，擺落包袱，自在任性，雖是大盜，卻從未自肥自利，有時窮到連一碗牛肉麵都吃不起，卻也無拘無束；但是，他內心中卻是「蕭索」的，茫茫天地，知與誰同？獨來獨往，無非寂寞。他是一頭荒野中的孤狼，但舉世所知的是他對群羊的殘殺，誰又知道狼不得已的苦衷？他最喜歡唱——「暮春三月，羊歡草長，天寒地凍，問誰飼狼？人心憐羊，狼心獨愴，天心難測，世情如霜……」。寂天寞地，誰與同行？

豁達潑辣、大膽任性的風四娘，可能是蕭十一郎唯一的朋友，也是唯一的知己。但也因為只是朋友，只是知己，所以無法讓蕭十一郎領受到他內心中始終渴盼的愛情。風四娘是古龍小說中最豪爽俊朗的女性，一生膽大妄為，不受禮教拘管，甚至敢在大庭廣眾下洗澡，但對蕭十一郎，卻總是怯懦得不敢對他有任何的表白。

美麗嫻雅、溫柔和順的沈璧君，嫁給了英俊帥氣、家世顯赫的連城璧，一對「璧人」的結合，不但是沈璧君最完滿的歸宿，更是武林中人人稱羨的佳話。她處於深閨之中，受過最好的教養，知書達禮，本來是與蕭十一郎完全搭不上任何關係的。「割鹿刀」的出現，改變了沈璧君的一生，由於連城璧的野心、嫉妒與陰謀，沈璧君終於從閨門之內走出來，入了她從未想像過的江湖，遇上了她本不會，也不該遇見的蕭十一郎。

一個聲名惡劣，卻不願甘於內心寂寞的大盜，一個嫻雅溫柔，但卻是羅敷已有夫的閨秀，本應在不同軌道上的行星，居然逸出常軌，會碰撞出怎樣的火花、造成多大的衝擊？

蕭十一郎與沈璧君，就全書看來，其實不過是爭名奪利的野心人士擺弄下的棋子、玩偶，「玩偶山莊」就是寓意，但人是有智慧、有思想的，當然不會如此簡單就受到擺佈。當蕭十一郎探清一切的陰謀詭計的時候，當然非得奮起力擊不可，擊敗逍遙侯，然後自己才能逍遙，既破且立；沈璧君與蕭十一郎共歷患難，由懼而疑而信，雖顯得主見不足，但最終看清了連城璧的真面目之後，連城璧家中的玩偶，也終於認清了自己，儘管有違禮教，還是毅然決然，願意情歸蕭十一郎。

當然，大盜與閨秀的愛情，必然是幾經顛沛，而且能否順遂而成，古龍沒有給出答案，蕭十一郎挑戰逍遙侯，會成功還是失敗？他回得來嗎？回來時是什麼個樣子？《蕭十一郎》懸置著……

在一九七三年的《火併》中，蕭十一郎回來了，但卻又是一個新的故事，好像所有的人都變了，蕭十一郎富可敵國了起來，沈璧君流了產，逍遙侯不見了，連城璧成為「天宗」新主人，唯一還保留前書精彩的，就只有風四娘了。《火併》宛如強弩之末，竟有欲振乏力之感，足為可惜。

（四）《流星・蝴蝶・劍》

《流星・蝴蝶・劍》是古龍詩化散文風格首度展現於書名的作品（另有《劍・花・煙雨江南》與《天涯・明月・刀》），意象綺美、主題鮮明，是饒具詩意的。古龍以流星短促而燦爛的光芒象徵殺手的生命，一個隱伏於難見天日、渾渾暗黑中的殺手，原只能是漫漫天際中微不足道的一粒星塵，也許，在它最燦爛、最輝煌的時刻，就是它生命即將終結的最後一剎那，那麼，生命的意義何在呢？

孟星魂是江湖中最狠最快的殺手，但卻沒有人知道他的名字，短暫的發光發熱後，就迅速的沉入黯黑的天際，生命應是這種形態嗎？孟星魂不願意，不願意，因此而狂賭、酗酒、濫嫖，因此而痛苦，因此而引生出生命意義與價值的思索。蝴蝶是美麗的、自由的，但生命卻脆弱得如同春天裡美麗的花朵，人生的愛情，豈非亦往往如此般美麗而短暫？美麗而脆弱的小蝶，在律香川的淫威下，甚至連愛情的春天都未曾來臨過，美麗的事物，只應永遠被封錮在書冊中嗎？小蝶不願意，但不願意也無力反抗。

劍才是永恆的，「一個劍客的光芒與生命，往往就在他手裡握著的劍上」（頁四），孟星魂有把劍。兩個同樣嚮往著美麗而燦爛的生命的人，無意間邂逅，碰撞出愛情的火花，不願意就轉化成強烈的追求意志，小蝶勇於反抗，孟星魂則憑藉著他的劍，有了自己的光芒。儘管，美麗的小蝶，「他的手因捕魚結網而生出了老繭」（頁八〇七），在海濱褪色了，但愛情卻因之而更美麗；孟星魂恩仇了了，歸隱海濱，流星變為天邊一顆暗淡的星子，但卻是永遠不會消失的恆星。一把劍，串起了流星與蝴蝶，帶動了奇詭的情節，引人深思，這是古龍小說中相當精彩的一部小品。

除了引人入勝的情節與哲思外，這部小說更具有觀察指標的意義。

古龍的武俠創作，除受到舊派武俠及金庸的影響外，取徑於西方、日本的通俗創作處亦所在皆有，無論是武學觀念、人物塑造或情節設計，都明顯可見其假借、化用的痕跡。《浣花洗劍錄》規模日本武士道小說，在武功上化繁為簡，可謂其後期小說明快節奏的先聲；而《流星・蝴蝶・劍》則繼此往人物造型及情節設計上作更廣泛的化用。

《流星・蝴蝶・劍》的主角雖是殺手孟星魂，但其風采明顯為孫玉伯（老伯）所掩蓋。書中強調，「老伯」的意思並不完全是「伯父」，「在很多人心目中，它象徵著一種親切、一種尊敬、一種信賴」（頁四九），在小說開篇未久，古龍就刻意藉方幼蘋老婆紅杏出牆、張老兒女兒被強姦、鐵成剛受誣陷以及小武、黛黛的私戀四個事件，凸顯出老伯的威望、手段及其對正義的堅持。儘管由此衍生出韓棠、孫劍、律香川、萬鵬王等許多造型生動的人物，以及隨後糾結離奇的情節，但無疑都環繞著老伯而開展，全書幾乎都在看老伯一個人的表演，大可以看成是一部《老伯傳》了。

這個人物，很明顯是脫胎於美國通俗作家 Mario Puzo 的《教父》（The Godfather，一九六九），這點，古龍自己都是坦言不諱的，老伯的黑道背景、聲威氣勢、辦事手段、風範氣度，以及謀定後動、老謀深算的性格，無一不是從柯里昂（一九七二年《教父》拍成電影，由馬龍白蘭度擔綱主角）中而來，不僅如此，部分橋段也很明顯是套用、化用的（如解決小武與十二飛鵬幫問題時的「馬頭」、以老伯生日匯聚幫內成員等），可見古龍此書受到《教父》的影響有多深。

在此書中，老伯不但具有《教父》的威望，同時也具有西方 godfather 語義的「導師」意味，書中多次藉意蘊深遠的話語展現出來（老伯的話絕對不會錯），幾乎可以輯出一小冊的「老伯語錄」，句句深刻雋永，意味深長，足以稱得上名副其實的「中國教父」。

在通俗作家中，古龍的時代敏銳度是超逾眾人的，且對當代中外的通俗作品格外重視，甚至連日本漫畫也不會輕忽。《流星・蝴蝶・劍》中，最令人震撼的情節，無疑是由隱藏於地下水道十三年之久的孫巨，以及潛居十八年的馬方中二人引爆的。這兩人一則可強調老伯「防範未然」的智計，一則也具有強化他恩澤深入人心的效果，但其犧牲一己，乃至一家人性命的節義，委實令人動容。在《教父》中，我們是看不到如此忠心耿耿的人物的；但卻可以在日本漫畫《帯子狼》（小島剛夕繪、小池一夫作，一九七〇）找到。漫畫中畫到柳生烈堂為了防阻拜一刀的反擊，調出了以備萬一的最後一批殺手（草），這些名為「草」的殺手，本來如野草般蔓生在廣疇平野中，沒有人會注意到，但一接到命令，就奮不顧身，義不顧家，願為主子犧牲，其中也有與馬方中一樣，殺了妻兒以赴主難的情節。這與古龍小說中的「忠義」，途轍頗為吻合。

相對於少數展現出忠義特徵的孫巨、馬方中、易潛龍，《流星・蝴蝶・劍》中卻充斥著太多令人膽顫心驚的背叛、出賣情節，律香川背叛老伯及妻子、陸漫天背叛老伯、屠大鵬背叛萬鵬王，為的是爭權勢；高老大出賣孟星魂、鳳鳳出賣老伯、夏青出賣律香川，為的則是錢財，為了權勢、錢財，原本最信任的朋友成了最可怕的敵人，夏青在律香川臨死之前說：「這種事我是跟你學的，你可以出賣老伯，我為什麼不能出賣你？」（頁一三二八）背叛、出賣，居然可以變得如此理直而氣壯，真的令人毛骨悚然、啞口無言了。

一九七六年三月，香港邵氏推出楚原導演、宗華（孟星魂）、井莉（小蝶）、谷峰（老伯）、岳華（律香川）主演的《流星・蝴蝶・劍》電影，雖說場景虛假得一塌糊塗，但主要情節大體均依循古龍原著，節奏迅快，情節離奇，將此書的精華處完全展現了出來，是古龍小說改編成電影的最佳代表作，不但在往後的十年之間，古龍的作品一部接一部的改編上映，也使楚原成為古龍武俠電影的代言人，在中國武俠影史上，具有相當重要的意義。

（五）「七種武器」

「七種武器」與百曉生的《兵器譜》同樣的都是以「兵器」為名，前後計有《長生劍》、《孔雀翎》、《碧玉刀》、《多情環》、《霸王槍》、《離別鉤》等六部，其中《離別鉤》晚至一九七八年才寫成，其他五種，都分別完成於一九七二至一九七四年間；第七種究竟應是何書？有《拳頭》、《七殺手》、《英雄無淚》三種說法，但最可能的恐怕是古龍並未完成。「七種武器」雖以兵器為名，但古龍真正所要強調的反而是「人」，而不在兵器：人的笑、人的自信、人的誠實、人的仇恨，以及人的勇氣。兵器是「死物」，人為「活物」，世界上真正能產生絕大力量的，不是兵器，而是人。這是深富哲理的一種思維方式，自然也使得這六部小說呈顯出與古龍其他小說不同的特色。

笑的力量，可以化解人間許許多多的困難；自信的力量，可以突破自身的局限；誠實，足以讓人信賴；仇恨，可以讓人瘋狂；勇氣，可以勇於面對困難；而離別，則是為了未來的團聚。其實，這些原本都是明瞭易懂的道理，在古龍筆下，卻衍生出一段段精彩的武俠故事。平心而論，古龍難免在其中有過分誇大，且類於「按題作文」的牽強，「世上沒有任何一種武器能比孔雀翎更可怕，也絕沒有任何一種暗器比孔雀翎更美麗」，高立如果知道孔雀翎是假的，會產生信心嗎？能夠擊敗青龍會的麻鋒嗎？段玉果真是誠實的，也抱得美人歸了，但恐怕力量也還是有限的吧？「七種武器」之中，真正有絕大力量的，其實是「仇恨」與「愛」，而分別在《多情環》和《離別鉤》中淋漓盡致的展現出來。

古龍的《七種武器》（漢麟出版）

「愛」與「恨」是武俠小說中最廣為運用的題材，「愛之欲其生」，所以絕不願輕易離別，「黯然銷魂者，唯別而已矣」，江淹的〈別賦〉，寫了不知凡舉的人生別離之痛，不願別離，就要團聚，楊錚正是因為了要與呂素文與思思團聚，所有不得已才用了「離別鉤」，其間濃稠的情人、親人之「愛」，是最大的動力。「恨之欲其死」，江淹的〈恨賦〉，寫的就是「死別」，「恨」與「死」是永遠繫聯在一起的，其恆久力、爆發力、毀滅力，往往遠較「愛」來得更強烈，也更具破壞力。蕭少英為了報仇，用盡各種心機，犧牲了人與人之間固有的友情、親情（**葛停香亦父亦友**），大仇終於得報，然而呢，豈不是連自身也一起毀滅了？古龍在這兩種「武器」中，正面肯定了「愛」的力量，而對「恨」戒懼萬分，《多情環》的結局雖未必令人滿意，但據原刊於《南洋商報》的結尾文字，卻是頗令人深思的：

> 仇恨雖然是種很可怕的武器，可是它不但能毀滅別人，也同樣能毀滅你自己。
> 所以你若懂得這道理，就應該學會用寬恕來代替報復，用愛來代替仇恨。[1]

古龍「見龍期」、「龍飛期」的小說，從江小魚、楚留香、葉開，甚至「亢龍期」的趙無忌（《**白玉老虎**》），都十足體現了如此的精神。

在「七種武器」中，古龍特別設計了一個勢力龐大、遍布全國，擁有三百六十五個分舵，以某月

1此段文字未見於台港各刊本，據程維鈞《本色古龍》頁二一三轉引於此。

某日為名的神秘組織——青龍會。這是在古龍往後的小說中一再出現的秘密幫會，在《長生劍》中首次出現，而貫串於全系列的作品中。但《長生劍》中的「青龍會」尚未出現太多黑道負面的屬性，行事亦未多不擇手段，反而嗜賭的衛天鷹、好色的公孫靜、貪財的方龍香，都遭到了「青龍十二煞」中「紅旗老么」袁紫霞的「清理門戶」；從《孔雀翎》才開始「毒辣」、「可怕」起來；《碧玉刀》則進一步說「數百年以來，江湖上的確從未有過像青龍會這麼神秘，這麼可怕的組織」、「這三個字在江湖中簡直已變成了一種神秘的魔咒，它本身就彷彿有種不可思議的力量，可以叫人活，也可以叫人死」，大體上至此開始才替「青龍會」作了定調，正式取代了「魔教」，成為古龍小說中最廣為人所知的黑道幫會。在「七種武器」系列中，曾出現七月十五、二月初二、九月初九、五月十三、正月初三，並有三月堂、四月堂等。據此，我們可將未有青龍會組織的小說，排除於「七種武器」之外。

（六）《陸小鳳》、《決戰前後》

《陸小鳳》系列故事，是古龍繼「楚留香」系列後，再度全力以偵探、推理手法經營的武俠小說，前後共計七部：《陸小鳳》、《鳳凰東南飛》（《繡花大盜》）、《決戰前後》、《銀鉤賭坊》、《幽靈山莊》、《隱形的人》（未完），皆刊登於一九七二至一九七五的香港《明報》；《劍神一笑》則刊於一九八一年的《南洋商報》（未完）。

短幅的故事，單一英雄的傳奇，是古龍「龍飛期」最喜愛的模式，也是一種創意，因為短幅故事不僅迅起迅結，擺脫了舊式武俠小說動輒數十萬言的長篇壓力，足以在節奏迅速的現代社會中爭取到多數的讀者；同時，精簡而緊湊的情節張力，也最適於表現他奇詭、多變的風格；更重要的是，藉

古龍的《陸小鳳》（武功出版）

單一故事的烘托，英雄得以在情節中崛起，展現不凡的風采——而「四條眉毛」的陸小鳳顯然是繼楚留香之後，又一個大俠兼名探的傳奇人物。

在「楚留香」系列中，古龍營造了胡鐵花這一相當成功的第二男主角。胡鐵花的粗率、直爽，與楚留香的風流蘊藉，正好相得益彰，在此，古龍充分擷取了傳統古典小說中的人物對襯手法，相信《水滸傳》中的宋江與李逵、《說岳全傳》中的岳飛與牛皋，皆是他取法的模範。在陸小鳳系列中，古龍刻意塑造第二男主角，不但人數、份量遠較楚留香為多，就是作用也完全不同。我們可以說，在陸小鳳故事中，古龍掌握了更重要的人物技巧，賦予了人物更多樣化的性格特徵。在陸小鳳故事中，古龍開宗明義提到了熊姥姥、老實和尚、西門吹雪和花滿樓四人，此外，還有「偷王之王」司空摘星與「大老闆」朱停。這幾個人的出場次與作用不一，其中尤以老實和尚、西門吹雪、花滿樓與司空摘星最為重要，屢次在幾個故事中佔有關鍵的地位。

老實和尚名為「老實」，但究竟是否「真老實」，古龍刻意留下了想像的空間，藉他幾椿未必老實（如歐陽情、小豆子）的事件，增強故事的懸疑性（如懷疑他是「白襪子」組織的首腦）；西門吹雪孤傲絕俗，一生以追求劍道為命，是古龍內心世界的另一側面，而在故事中則往往充當正義的裁判者與執行者；花滿樓是個「眼盲而心不盲」的世家子弟，積極樂觀，心胸開朗，古龍藉他強調人生光明喜樂的一面；司空摘星無論輕功、易容術都是天下第一，妙的是語言之幽默犀利也是天下第一，他是故事趣味性的甘草人物，有時候也藉他的易容術製造懸疑。這四個人性格互異，行事也各有獨立的風格，陪襯著陸小鳳，可謂紅花綠葉，相得益彰。

陸小鳳當然是故事中最重要的人物，古龍曾將陸小鳳與楚留香作了個對照：

> 楚留香風流蘊藉，陸小鳳飛揚跳脫，兩個人的性格在基本上就是不同的，做事的方法當然也完全不同。
>
> 他們兩個人只有一點完全相同之處。
>
> ——他們都是有理性的人，從不揭人隱私，從不妄下判斷，從不冤枉無辜。

不僅性格不同，就是形貌的摹寫也頗有出入，楚留香「雙眉濃而長，充滿粗獷的男性魅力，但那雙清澈的眼睛，卻又是那麼秀逸，他鼻子挺直，象徵著堅強、決斷的鐵石心腸，他那薄薄的，嘴角上翹的嘴，看來也有些冷酷」（真善美版，《楚留香傳奇》第一部，頁八）。塑造楚香帥，古龍已力圖擺脫武俠小說中「俊男」的造型，但用語及形容，還是不免有幾分「帥哥」意味，而且，楚留香永遠文質彬彬，不曾狼狽出糗，就是連他「摸鼻子」的習慣性動作，也頗為「風流蘊藉」。陸小鳳則不同，他的形貌，只有「眉很濃，睫毛很長，嘴上留著兩撇鬍子，修剪得很整齊」（春秋版《陸小鳳傳奇》，頁廿八），古龍捨棄了一切俊美的形容詞，只為陸小鳳留下了他的註冊商標——「四道眉毛」。簡潔有力，讀者於想像中自不難捕捉到其神貌。

陸小鳳經常出糗，不但擁有「陸三蛋」、「陸小雞」、「陸笨豬」等不雅的綽號（楚留香則是「老臭蟲」），而且在語言上也常吃虧露醜（尤其碰到司空摘星）。更重要的是，陸小鳳雖然武功深不可測，拿手絕技「靈犀一指」總是「來得正是時候」，卻不如楚留香的萬能；如果沒有周遭的朋友相助，陸小鳳不可能完成任何「事業」。換句話說，陸小鳳比楚留香多了一分「平凡」之氣，更易使人覺得分外親切，而「平凡」二字，正是古龍晚期小說刻意塑造的。

儘管如此，楚留香和陸小鳳系列還是有相同點，那就是以「破案」貫穿整體故事。陸小鳳與楚留香，在某種程度上都可以說是「神探」的化身，專門負責破解各種迷離詭異的案件，因此，古龍膾炙人口的詭奇風格，也在此系列中表現無遺。《陸小鳳》是陸小鳳系列的第一部，一開始，就展示了古龍不凡的情節營造功力。

在「陸小鳳」系列故事中，《陸小鳳》與《決戰前後》應該是最精彩的兩部。《陸小鳳》故事以「復仇」為主要線索，以大金鵬王委託陸小鳳搜尋三個叛臣「討回公道」為經緯。「復仇」是武俠小說慣見的情節模式，在此模式中，「仇家」通常採「隱蔽」（即隱蔽身分，以騰挪出「搜尋」的空間）的塑型方式，以製造情節的波瀾起伏。但古龍在此別闢蹊徑，三個叛臣（珠光寶氣閣主人顏鐵珊、峨眉掌門獨孤一鶴、青衣樓主人霍休）一開始就目標顯朗，無須陸小鳳「搜尋」。儉省下來的「搜尋」空間，古龍轉而將之致力於「陰謀」的設計。陰謀是個「局」，「局」的真相須加以戳破，一切才能水落石出。因此，整個故事充滿了「偵探推理」的氣息，這是很典型的古龍「龍飛期」小說風格。

「局」就是「騙」，其間含藏著許多亟待破解的隱秘。古龍在此書中設計了兩個「局」，一個是青衣樓主人究竟是誰之謎，一是大金鵬王的真假之謎。此二謎交互穿插、影響，又形成了第三個「局」——除了叛臣是真外，復仇是假，上官丹鳳是假，霍天青是假……，幾乎無一不假，只有霍休幕後操縱是真。

三局交錯為一局，構成了此書全部的情節；但古龍在〈前言〉中刻意點出的幾個人，雖全數皆已出場，但著墨有限，西門吹雪在與獨孤一鶴的交鋒中，初步展現了他「劍神」的鋒芒；花滿樓也以他充滿靈性的胸懷，在與上官飛燕的對手戲中，略有表現；但公孫大娘，古龍毫不說破，只是輕筆一點，有如神龍乍現；而老實和尚，則有如曇花一現，根本來不及發揮。

月圓之夜，紫金之巔，一劍西來，天外飛仙……

這是《鳳凰東南飛》中餘音裊裊的一段偈語，預告著一場三百年來難得一見的「決戰」。為了安排這場「決戰」的情節，古龍蓄勢已久，從陸小鳳夜探王府埋下線索，到金九齡藉詞遣開花滿樓及陸小鳳，一直延續到此書，可謂已經繃緊了讀者的心弦。《決戰前後》是古龍陸小鳳系列中最精心結撰的作品。

「決戰」是白雲城主葉孤城與西門吹雪的「對決」，兩個性格相彷、名動天下的劍術名家，「葉孤城與西門吹雪有很多相同的地方」——孤獨、驕傲、輕視性命、殺人的劍法、雪白的衣服、冷得像遠山上的冰雪；地點在天子駐蹕的紫禁城之巔（太和殿屋頂）；時間選在淒迷的月圓之月。無疑，這將是個極富傳奇意味的故事。

本故事的開展，依循的是「陰謀」模式，但布局的手法，則完全仰仗「懸念」——在敘說故事的過程中，故意點出某人、事的關鍵性，卻始終不加以說破，有如懸在一邊，卻使故事中的人與讀者屢屢費神去思索的手法。本故事有幾個運用得極成功的「懸念」，一是城南小杜身側的黑衣人；一是葉孤城的傷勢；而最大的懸念就是「決戰」本身。

「決戰」原是最引人矚目的大事，古龍偏偏不寫葉孤城與西門吹雪為此三百年來第一戰的準備工作，反而藉周邊的許多事件，如賭局、兇殺、緞帶……等，烘托出一股緊張而神秘的氣氛，書名之所以強調「前後」二字，正是古龍最高明的地方。

古龍的《決戰前後》（武俠春秋出版）

在整個「決戰前」的布局中，古龍讓老實和尚發揮了相當大的「疑陣」作用。老實和尚雖名為「老實」，但是古龍卻處處有意暗示出他的名實不符，甚至還讓身在局中的陸小鳳虛擬出一個「白襪子」的組織，欲坐實老實和尚的「陰謀」，似真似假，頗具煙雲繚繞的效果。可惜的是，老實和尚雖獲得發揮，卻平白犧牲了公孫大娘。公孫大娘在「繡花大盜」事件中，有非凡的表現，但在此書中早早就「陣亡」了，這恐怕與古龍過度歧視女性有莫大的關係，實為可惜。

本故事主要還是寫西門吹雪和葉孤城。古龍的武俠小說，在武學上開創了「手中無劍，心中有劍」的境界，一直頗蒙佳譽。不過，這還不是古龍的絕境，在此故事中，古龍更進一層，展示了「人即是劍」的新境界。「劍道」的精義何在？在於「誠」！

「誠」是什麼？西門吹雪說：「唯有誠心正意，才能達到劍術的巔峰，不誠的人，根本不足論劍。」（頁二五四）。西門吹雪以「性命之道」為「劍道」極致，得道而失劍。

葉孤城說：「學劍的人，只要誠於劍，並不必誠於人。」（頁二五四）

葉孤城體會出「生命就是劍，劍就是生命」，以「劍道」為「性命之道」，得劍而失道。

「劍道」的精義應誠於人還是誠於劍？古龍在此未加說破，卻隱隱約約透露了若干訊息——「路的盡頭是天涯，話的盡頭就是劍」（頁二五四），「道」無須言說，僅須體悟。

從「決戰」的結果看來，是西門吹雪勝了，「冰冷的劍鋒，已刺入葉孤城的胸膛」（頁二七一）；但是，這是否代表了劍當誠於人呢？葉孤城的敗北，真是技不如人，象徵著劍道境界的高下之別嗎？古龍寫道：「葉孤城自己知道自己的生與死之間，已沒有距離。」（頁二七一）

這場「決戰」，無論是勝是負，葉孤城都必死無疑，「既然要死，為什麼不死在西門吹雪的劍下？」（頁二七二）所以葉孤城的劍勢略作偏差，而滿懷感激地承受了西門吹雪的劍鋒——葉孤城不敗而敗，原因何在？

在這裡，古龍事實上已否定了「劍道」與「性命之道」的關聯性，劍道的極致是「誠於劍」，而「性命之道」的極致才是「誠於人」。問題是，人生當追求「劍道」還是「性命之道」？古龍沒有解答，留給讀者自己去思量。

（七）《天涯·明月·刀》

《天涯．明月．刀》是古龍於一九七四年四月廿五日連載於《中國時報》的作品，但僅連載了四十五天（一九七四年六月八日），就因讀者反應不佳而遭到腰斬。古龍曾自謂這是他從事武俠小說創作以來最大的一次挫折。不過，隨後古龍還是勉力加以完成了。

古龍「龍飛期」作品一意「求新求變」，認為「情節的詭奇變化，已不能再算武俠小說中最大的

古龍的《天涯明月刀》（南琪出版）

吸引力」，而企圖「寫人類的感情，人性的衝突，由情感的衝突中，製造高潮和動作」[1]，這部小說，正是他具體的實踐。

不過，後來的武俠評論家對此書卻有相當兩極化的評價，陳墨對此書甚表推崇，認為此書「不是一幅畫，也不止是一個武俠故事，而是作者的一首真正的敘事詩和抒情詩。所以它必須用獨特的、詩的語言形式來表現。這正是古龍小說文體的最突出的特徵及其內在依據」[2]；而曹正文則不以為然，認為「古龍為了自成一格，大膽創新，從一個極端走向另一個極端，完全改變了中國武俠小說的傳統語言與寫作模式。他力求文體脫胎換骨，結果走火入魔」[3]。

葉洪生在《台灣武俠小說發展史》中，也認為「古龍為求突破創作瓶頸，兀自採用敘事詩或散文詩的西化句法寫武俠；脫離大眾的審美經驗，一意孤行，乃犯『武林』大忌」[4]。

基本上，本人是持與陳墨相同的看法，認為《天涯・明月・刀》其實是古龍「求新求變」的代表作，尤其是此書獨特的敘事方式，不但開創了武俠敘事的新里程碑，即使相較於現代小說也不遑多讓，可以說是「超前部署」的；但也正因其「超前」，因此在當時一如陽春白雪，知音者寡，但在其

1見《天涯・明月・刀》（台北：南琪出版社，一九七五年三月）第一章〈武俠始源〉，頁八。
2見陳墨《港台新武俠小說五大家精品導讀》（雲南人民出版社，一九九八），頁二八八。
3見曹正文《武俠世界的怪才——古龍小說藝術談》（學林出版社，一九九〇）。
4見葉洪生、林保淳合著《台灣武俠小說發展史》（台北：遠流出版公司，二〇〇五年），頁二六〇。

身後，隨著「後金古時期」許多名家的嘗試、突破，便也逐漸蒙獲更多人的肯定。

《天涯・明月・刀》是承接著《邊城浪子》（《風雲第一刀》）而來的傅紅雪故事。傅紅雪自了悟他所謂的「復仇」，竟然是一場荒謬的「騙局」之後：

> 他本是為了仇恨而生的，現在卻像是個站在高空繩索上的人，突然失去了重心。仇恨雖然令他痛苦，但這種痛苦卻是嚴肅的、神聖的。現在他只覺得自己很可笑，可憐而可笑。

「復仇」本是傅紅雪一生中唯一活下去的目標，儘管這為他帶來無邊的痛苦，但卻也是唯一能苦熬、支撐得下去的力道，一旦突告消失，則其未來身心將作如何的安頓？翠濃已死，放下了恨，傅紅雪也無法從「愛」中獲得若何的彌補。他所僅存的，能伴隨他的，彷彿就只剩下了那把「漆黑的刀」。

《天涯・明月・刀》寫的正是「刀」的故事，天涯茫茫，明月無心，只有一把刀在。也因這把曾經攪動過無數江湖是非的刀，便衍生出一連串爾虞我詐，真情與欺騙混淆難分的紛爭。此書的架構明顯是從《多情劍客無情劍》中百曉生的《兵器譜》而來的，傅紅雪的刀，燕南飛的劍，是第一第二之爭，杜雷、蕭四無等人，爭的也是這個。為何要爭，原因很簡單，就是權力與財富之爭，這是江湖恩怨的惡性循環，一切何須言說？「話的盡頭就是劍」，就是刀，誰的刀能躍居第一，就可享有人世間所有的財富、權力與女人。最後一戰，傅紅雪沒有拔刀，更拒絕了「公子羽」的誘惑，「公子羽」

不是一個人，就是權力與財富的象徵，傅紅雪看清了這一人世的糾葛的源頭，放下了刀，明月何處有？青山畔、小溪旁，一朵小小的茉莉花正開放著，傅紅雪直到此時，才又在平淡而又雋永的愛情中，獲得身心永恆的安頓。這時，又何須要有刀？

《天涯‧明月‧刀》是個拿起刀，終究放下刀的故事。古龍透過如詩的散文、令人深思的哲思，由激烈走向平淡，由繁複歸於簡單，這是佛家禪悟的境界，書末的結語，最是奈人尋味：

> 明月何處有？只要你的心還未死，明月就在你的心裡。

然則，古龍你的心死未？「龍飛期」的古龍，真如李白所說的「欲上青天攬明月」，但明月可曾攬取在手？明月在他心裡，可古龍的心在哪裡？

走過了縱橫青天歲月的古龍，亢龍會不會有悔？

四、「亢龍期」作品概述

在一時光輝燦爛的頂點上，古龍由於內外在的種種因素，未能將他銳意求新求變的理論，整理出一個可供後學參酌、依歸的體系，更未能真正付諸實踐，往往空騰口說，而逐漸怠墮、散漫起來，以故「亢龍期」的作品，非但未能維持在前兩期的水準，且也頗有力不從心的無奈，中輟、代筆之病，往往而有，即便分明獲得相當好的機會，可以重整旗鼓，也不知為何，竟輕易放過，如《鐵血大旗》（《大旗英雄傳》）、《怒劍》（《情人箭》）的改寫，簡直有欺騙讀者之嫌[1]，故作品的水準，除《三少爺的劍》、《白玉老虎》、《離別鉤》外，與前兩期作品相較，實已不可同日而語。尤其是自右手大動脈嚴重受創之後，已完全無法正常提筆，作品其實多由口述或講說概要，而由如丁情、申碎梅（薛興國）等完成。一九八五年，魯陽揮戈式的欲重整旗鼓，在《聯合報》發表了《短刀集》的四部作品，在《時報周刊》發表了題為「大武俠時代」的三部作品，雖短小精悍，頗有可觀，卻已是迴光返照，古龍的「武俠時代」，也隨著他的歿世，成為了歷史。

（一）《三少爺的劍》

《三少爺的劍》是古龍「江湖人」系列中的第一部，也是唯一的一部。提到「江湖人」，自然就會想起古龍一生感慨最深的一句話——「人在江湖，身不由己」，《三少爺的劍》就是藉此詮釋江湖人身不由己的悲哀。古龍說：「我也是個江湖人，也是個沒有根的浪子。」寫江湖人，無非就是在寫自己。

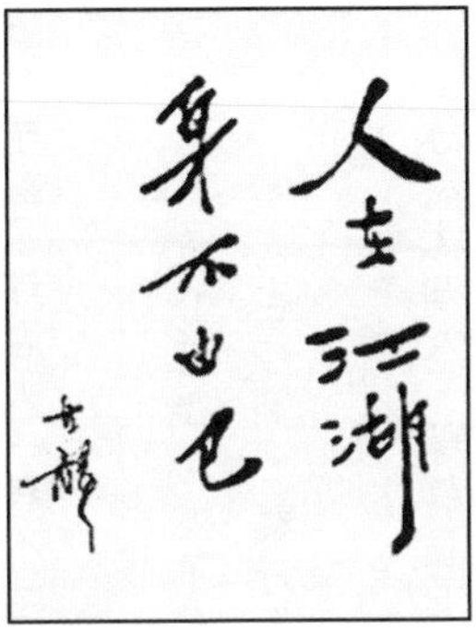

古龍所寫的「人在江湖，身不由己」

「劍氣縱橫三萬里，一劍光寒十九洲」，縱橫江湖十數年，未逢一敗的「神劍山莊」三少爺謝曉峰，在享盡尊崇與榮寵之際，

1 一九七九年四月十二日和一九七九年五月廿九日，古龍應《中華日報》及《大華晚報》之邀，重新連載該二書，並特地寫了〈一個作家的成長和轉變——我如何改寫《鐵血大旗》〉、〈一個作家的成長和轉變——寫在重寫《怒劍》之前〉二文，作為序言，但此二文除了標題書名不同外，內容文字均完全相同，所謂「改寫」云云，根本就是虛應故事。

居然拋開一切，化名躲藏在污穢的妓院當卑賤的廝役，寧願為了五分錢一天的工資去挑糞，為什麼？一心精進劍道，苦練「奪命十四劍」的燕十三，平生最大的願望就是擊敗謝曉峰，但卻在聞得謝小峰已死的假訊後，竟橫舟沉劍，這又是為什麼？古龍在這部書中，寫江湖人臻達頂峰後的孤獨與寂寞，更寫了江湖人「身不由己」的悲哀與痛苦。南琪版的《三少爺的劍》有如下一段話：

人在江湖，並不是件幸福的事。
人在江湖，就好像是風中的落葉，水中的浮萍，通常都是身不自主的。

身為江湖人，身為浪子的古龍，最能深刻體驗到這點。然而，正如人既不得不在社會上生存，永遠就是社會人，既入了江湖，一輩子就是江湖人，在這裡，燕十三和謝曉峰就有了不同的認知。

燕十三第十五劍沒有施展出來，因為這一劍已不是他所能掌控的，劍是什麼？就是名，就是利，這一劍施出，燕十三就永遠被「役於劍」，永遠擺脫不了江湖中名與利的糾纏，重蹈謝曉峰的覆轍；劍是無情的、不留活口的，而燕十三還是有情人，所以他回手一劍，殺死了自己，唯有殺了自己才能得到真正的自由。

謝曉峰最後也算是放下劍了，與燕十三不同的是，謝曉峰在市井雖艱難卻平淡的生活中也體會到了江湖的另一面，有人的地方，就是江湖，此所以桂冠本就有了不同的寫法：

古龍的《三少爺的劍》（武俠春秋出版）

生活在江湖中的人，雖然像是風中的落葉，水中的浮萍。他們雖然沒有根，可是他們有血性，有義氣。他們雖然經常活在苦難中，可是他們既不怨天，也不尤人。因為他們同樣也有多姿多采、豐富美好的生活。

謝曉峰最後能悲憫而讚許的看待曾經被竹葉青折磨凌虐的娃娃，竟能放下仇恨，傾心侍候已成瞎眼老人竹葉青；也能對那些激情衝動，一心一意要闖蕩江湖的年輕人，樂見他們像魚一般為江湖帶來新鮮與活力，這就未嘗不是人在江湖的快樂了。謝曉峰是以他那鑲有十三顆珍珠的劍鞘裡的劍，切斷了雙手的大姆指，從此不能再握劍，劍是名韁，劍是利鎖，謝曉峰掙脫了名韁利鎖後，才算是在江湖中重新找到了謝曉峰的定位。古龍在謝曉峰身上，是否也找到了古龍？

（二）《白玉老虎》

《白玉老虎》是寫大風堂的趙無忌「復仇」的故事。復仇的故事，古龍是早已寫過好幾回的了，《多情環》中的蕭少英、《邊城浪子》中的傅紅雪，是其中最令人深思的。基本上，古龍對復仇的毀滅性、荒謬性，是早已有深刻的認知了，「寬恕」二字，才是古龍認為面對仇恨最佳的心態。平心而論，《白玉老虎》在對整個「復仇」的觀念上並無出奇之處，讀者可能受到古龍在〈後記〉中一段話的誤導：

「白玉老虎」這故事，寫的是一個人內心的衝突，情感與理智的衝突，情感與責任的衝突，情感與仇恨的衝突。

我總認為，故事情節的變化有窮盡時，只有情感的衝突才永遠能激動人心。

這故事中主要寫的是趙無忌這個人。

現在趙無忌內心的衝突已經被打成了一個結，死結。

所以這故事也應該告一段落。

因而對《白玉老虎》有甚高的評價，曹正文甚至將此書高拔於第五名的位置上。但顯然這個「遁詞」是未必足以說服人心的，不過是在為無法續完作推卸而已。如果就「情感的衝突」上說，傅紅雪所面對的衝突，未必會低於趙無忌，而且，傅紅雪在面對其信念之所繫的「復仇」突然崩潰後，自家生命如何安頓的問題，無疑也是更令人深思的；但當「白玉老虎」被捏碎，真相突然大白，原來這竟是一樁蓄謀已久、仿照樊於期獻頭犧牲的「假局」之後，這是個極大的震撼，但趙無忌最後的一句話卻是：「我一定要活下去。」要活下去，所以父親趙簡不能夠白死，所以「白玉老虎」的計劃一定要完成，但這就落入「爭霸江湖」的窠臼中了。

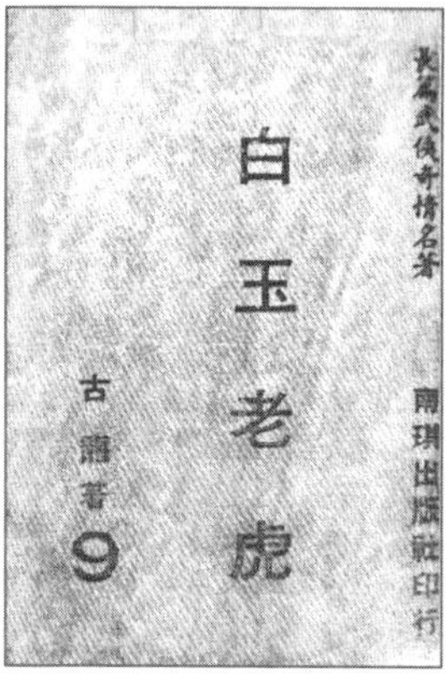

古龍的《白玉老虎》（南琪出版）

在這齣復仇劇中，趙無忌究竟獲得了若何人生的啟悟？他是大風堂的人，也就只能蕭規曹隨，繼承父親趙簡的遺志，為鏟鋤四川唐門、霹靂堂而奮戰？趙無忌歷盡艱苦學得武功，又千方百計混入四川唐門，在原有刺殺上官刃的目的落空之後，「臥底」的效能，難道比得上上官刃？又何須如此冒險犯難、深入虎穴？古龍在此，是自己將《白玉老虎》打了個「死結」，趙無忌該「如何活下去」？這是至關緊要的事，如何能夠不予交待？

其實，《白玉老虎》所得力的摹寫，在於趙無忌為「復仇」大計所作的準備，這在傅紅雪身上是只利用不斷拔刀的訓練簡單道出而已，《白玉老虎》則深入而細膩將其「準備過程」中的艱困情境及心理狀態淋漓盡致的表現出來，如樹林中的賭局、「非人間」的刺殺、九華山的學劍、辣椒巷的計劃、獅子林的伏擊，以及「唐門」唐玉、唐缺的挑釁、質疑，都寫得格外生色，文筆的運用，亦是洗鍊無比，大可與「龍飛期」相互頡頏；「假局」的設計，更是出人意表；但深究其實，與其他武俠作家「孤兒復仇」的模式——「家仇—拜師求藝—武功大成—查探仇家—報得大仇」，仍在同一軌轍之中。

不過，《白玉老虎》也會在此故事中有相當意外的收穫，那就是在古龍武俠小說中曾一再出現的「四川唐門」，在此書中有詳盡的描述，但「霹靂堂」就未免付之闕如，也是相當可惜的。

（三）「大武俠時代」系列作品

「大武俠時代」系列作品，是由《短刀集》的《賭局》、《狼牙》、《追殺》、《海神》，與《大武俠時代》的《獵鷹》、《群狐》、《銀雕》組成，是古龍歿世當年七篇最後的作品。

這七篇短章微幅的作品，環繞著一場場神秘的「賭局」開展，賭薛滌纓與柳輕侯的劍、賭諸葛太平的鏢貨、賭大盜白荻會不會被捉、賭卜鷹能否出海歸來、賭唐捷和聶小雀的輕功、賭程小青能不能救得出來……；賭注都很大，動輒就是五十萬、百來萬的金額。對賭的，主要是兩個人：卜鷹與「財神集團」的關西關二關玉門。既是賭局，當然結果就是有輸有贏；但顯然古龍，以及賭局中人，在意的都不是輸贏，而是賭博後面隱藏的真正目的。誠如古龍所說的，每個銅錢都有兩個面，但正反卻是完全不同的，[1]因此，賭局只是形式，真正的底蘊是薛滌纓自知有不治之症，故意要死在柳輕侯之手；諸葛太平的鏢，本來就是故意被劫的；捕捉大盜白荻，只是個幌子，主要在將天棄庵的鐵羅剎繩之以法；卜鷹出海，就是為了鏟鋤海神；聶小雀與唐捷比試輕功，主要是引帶出凌玉峰的犯罪集團。古龍在此一系列中，完全發揮了他極盡奇詭布局的能事，在情節的發展上，果真有令人意想不到的奇趣。

不過，平心而論，這七篇小說多數都是以對話串成，尤其是相關的線索，幾乎全是由書中人物「揭密」出來的，整個情節中缺乏伏線，更不具推理的要素，作者所知，遠較讀者多了許多，這是頗違背推理小說創作原則的。事實上，這些短小精悍的小說，本是可以發展成至少像楚留香、陸小鳳、七種武器般中篇的格局的，可惜古龍此時的生命火燄，逐漸黯淡，已無法如前兩期小說般著意經營了，因此，古龍向來所強調的「人性」，無由深刻發揮，書中所塑造的人物，也不免平面化，只有卜鷹與關玉門稍有可觀而已。

這七篇小說，由於等於是古龍的迴光返照，讀者在追思、懷念之餘，一般也不忍多予苛責，故評價一直相當高，但是，有時也是過於寬容了，《獵鷹》與《群狐》創作時間只相差有限，二書中的重要人物，也都重疊出現，本就是寫同一故事，但其中的程小青以及相關細節的描敘，竟完全兩樣；《獵鷹》先出，程小青的身分只是一個為情人紅紅不惜犧牲自己的尋常人，但與《群狐》中，還有

1 有點可惜的是，古龍在《群狐》的引子中雖提到了一點，卻未加以發揮，反而轉向「刀」的刀刃與刀背上抒論，其實銅錢的兩面，才真正是這幾部小說最大的命意所在。

《追殺》裡的程小青，卻成為了「六扇門」中的捕快，究竟為何會有此明顯的疏失，著實難解，其中是否有不同人居間代寫，目今也難以考據了。

走向生命中的最後幾個月，古龍迴思自己過去廿五年的創作生涯，應該也是有不少眷戀的，因此，書中屢屢有回顧前期作品的戀戀難捨，西門吹雪與葉孤城、蕭十一郎、小樓一夜聽春雨的魔刀，始終未必盡合時宜的出現在小說之中。古龍或許是以現在的古龍向以前的古龍致意吧？

古龍在《賭局》之前，有個有關「大武俠時代」的前言：

> 我這些故事，寫的不是一個人、一件事，也不是一個家族。
>
> 我這些故事，寫的是一個時代，寫這個時代一些有趣的人和事，雖然每個故事全都獨立，彼此間卻又有著很密切的關係。
>
> 這個時代就是我們的——大武俠時代——

這是古龍最後雄心奮起的構想，很是感人，也讓人抱有厚望，但仔細分析其中話語，卻是相當空洞的，「每個故事全都獨立，彼此間卻又有著很密切的關係」，這是早在楚留香、陸小鳳、七種武器時就已具體實踐的了，古龍強調的「大武俠時代」，究竟是怎樣的時代？古龍已矣，大概也是留待後人猜想、推測的一個謎團了。不過，以古龍對武俠的熱愛與投入，古龍的確是有心想創造一個新的「大武俠時代」的，但時不我予，只能空留餘恨了。或許，「大武俠時代」會不會來臨？這個問題並不重要，重要的是，古龍已經為武俠小說創造了個「古龍時代」。

第三節　古龍武俠小說的特色──「新」與「變」

自武俠小說肇興以來，即便已有數百位作家投入武俠創作的行列，創造了以千計數的武俠作品，風靡過數以億計的讀者，但卻向來不為社會所重視，多數評價都將之歸為不登大雅之堂的「次等文類」，被排擯於「文學」殿堂之外。即便是一輩子置身其間的作家，也往往等閒視之，將其作為稻粱謀計的一種維生手段，羞於齒及，如舊派武俠作家白羽，始終以其武俠名作為「笑柄」，就是連號稱「武俠宗師」的金庸，也不免猶有憾焉，雅不願以「武俠」名家。放眼自民初以來的武壇，真正能夠正眼看待武俠小說，將之視為一生志業的，少之又少，屈指數來，不過寥寥數位，古龍無疑是其中鳳毛麟角的一位。

古龍一生熱愛武俠、創作武俠，為人亦不失大俠風範，既能深悉武俠精神之於當代社會的重要性，創造了數十部具有經典性的優秀作品，更從其實際的創作及閱讀經驗中，洞察到武俠創作的弊端──黃茅白葦，千篇一律，相同的套路、類似的橋段、不變的模式，積習既久，窠臼遂深，這無疑將使讀者產生閱讀的彈性疲乏。

武俠小說如果只願安於故步，在文學殿堂之外遊走，自是無話可說；但是，如果將武俠小說也視為嚴肅而神聖的創作對象，就必須重新加以省思，「不有新變，何能代雄」？古龍一生，銳意求新、求變，而他的武俠小說最大的成就與特色，也就在「新」與「變」二字。

古龍向來被論者目為武俠小說「新派」的代表人物，儘管所謂的「新派」，論者各有異見，評價也不一，但古龍是箇中最能體現「新派」風格的，卻是向來毫無異議。

一、古龍「求新」與「求變」的精神

生活在變化劇烈的時代，古龍是最能夠與社會脈動合拍共舞，體驗到「新變」意義的作家，他曾強調：

> 能活在這個世界的作家中，不能轉變的，就算還沒死，也活不著了。
>
> 就如一個作家寫了一部很成功的小說後，還繼續要寫一部相同類型的小說，甚至還要寫第二部、第三部、第四部。
>
> 如果一個作家不能突破自己，寫的都是同一類型同一風格的小說，那麼這位作家就算不死，在讀者心目中，也已經是個『死作家』。[1]

任何作家，如果不能有「自我突破」的自覺，不斷策勵自己，而一味以過去的榮耀為滿足，人雖未死，心卻已死了，當然就無法創造出更優秀的文學作品。這一觀點，早在六朝時代，從陸機的「謝朝華之已披，啟夕秀於未振」、蕭繹的「若無新變，不能代雄」、劉勰的「變則通，通則久」，就已然出現，其後更幾乎已成歷代詩文評論家的「老生常譚」了。當然，道理雖然簡單，真正能夠於創作

1〈楚留香和他的朋友們〉，《午夜蘭花》，頁八至九。

中具體實踐的，少之又少。武俠小說家相對來說，是比較「胸無大志」的，能夠勉維聲望於不墜，就已是萬幸，鮮少有人能夠意識到其重要性；但古龍卻深深體會到，「武俠小說若想提高自己的地位，就得變：若想提高讀者的興趣，也得變」[1]，而且不憚三復斯言，只要一談到有關武俠小說，就不斷提出呼籲與警惕，無論是單篇雜文，或是小說的序言，都可看到類似的說法。

在此，我們無須臚列過多古龍相關且多數意旨都重複的言論，「誰規定武俠小說一定要怎麼樣寫，才能算正宗的武俠小說？武俠小說也和別的小說一樣，只要你能吸引讀者，使讀者被你的人物的故事所感動，你就算成功」[2]，總之，就是要「新」、要「變」。問題的關鍵在於，要怎樣才能既「新」且「變」？在古龍看來，在既定的模式（俗套、公式）中「將故事寫得更奇秘些」、「故事的變化多些」，並不是「新變」，而是必須先「突破這種形式」，才足以及於此。

什麼是武俠小說的「形式」？當然包括了從語言運用、文字風格、人物塑造、情節設計、主題嵌合，到敘事手法（敘述人、人稱、視角等）諸多的層面。古龍不是文學理論家，亦非文學研究者，當然不可能面面俱到的申說相關的觀點，而是以具體的創作為代言。不過，以古龍對文學的高度敏感，他卻相當一針見血的提出了「摹寫人性」的重要性，以及作者要如何才足以「新變」路徑。

「摹寫人性」，其實是許多武俠作家的共識，不但古龍大聲疾呼，金庸、溫瑞安、蕭逸也都曾強調過，但什麼是「人性」？在《歡樂英雄》的序中，古龍如是說道：

1〈說說武俠小說〉；《歡樂英雄》，頁一。

2〈代序：談「新」與「變」〉，《大人物》，頁一。

武俠小說有時的確寫得太荒唐太無稽，太鮮血淋漓，卻忘了只有「人性」才是每本小說中都不可缺少的。

人性並不僅是憤怒、仇恨、悲哀、恐懼，其中也包括了愛與友情、慷慨與俠義、幽默與同情的，我們為什麼要去特別強調其中醜惡的一面呢？

有人說，應該從「武」，變到「俠」，若將這句話說得更明白些，也就是說武俠小說應該多寫些光明，少寫些黑暗；多寫些人性，少寫些血。

《歡樂英雄》是古龍小說中一次嶄新的「嘗試」，也是在這部小說的前言中，正式提出了「人性」。從古龍的角度出發，摹寫人性，應該是所有武俠小說都應遵循的「不變」原則，這似乎與其「求變」的觀點自相矛盾，但此處卻饒富中國衍生自《易經》的特殊哲學思維，「變」就是「易」，而「易」則有簡易、變易與不易三種意涵，相反而相成，儘管摹寫人性是不可變的，但因人性本身就是千變萬化的，因此，變在其中矣。是故「不變」即是「變」，而「變」中自有其「不變」的道理。就此而言，古龍亦未必不能自圓其說。

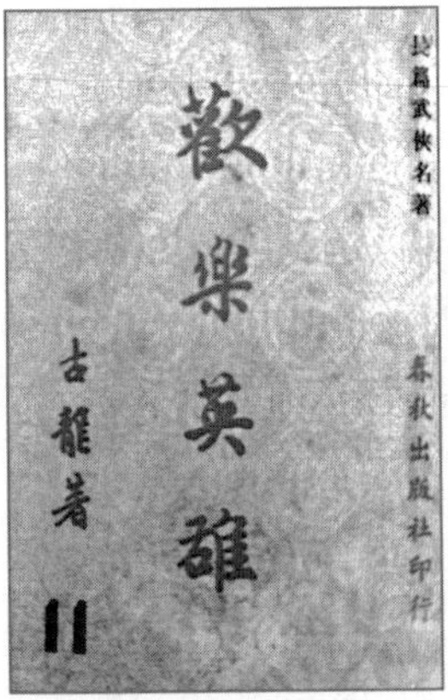

古龍的《歡樂英雄》（春秋出版）

不過，古龍在千變萬化的「人性」中，其實還是有所取捨的，「愛與友情、慷慨與俠義、幽默與同情」的光明面，才是《歡樂英雄》中真正的意旨所在。這顯然是針對許多武俠小說太過於強調「憤怒、仇恨、悲哀、恐懼」的「醜惡」面而發的，平心而論，如果真的只強調這光明的一面，還是不免落入「不變」的窠臼中。基本上，古龍是混淆了中文語義系統中「人性」的兩種不同意義：（1）泛指人與生俱來的有善有惡的本性；（2）指人之所以有資格稱為「人」的善性。古龍之強調後者，當然與中國傳統思想中的「性善論」有關。事實上，真要摹寫人性是不妨善惡並存，光明與醜惡同列的，這才更逼真於真實的人性，而文學也因之才得以多元化。其實，就武俠小說「正義必然戰勝邪惡」的文體特色來說，古龍顯然並未有太多的突破。

不過，古龍以過來人的身分，卻也對有心創作武俠的後進，提出了「新變」的一道可能途徑：

要新，要變，就要嘗試，就要吸收。

有很多人都認為當今小說最蓬勃興旺的地方，不在歐美，而在日本。

因為日本的小說不但能保持它自己的悠久傳統，還能吸收。

它吸收了中國的古典文學，也吸收了很多種西方思想。

日本作者能將外來文學作品的精華融化貫通，創造出一種新民族風格的文學，武俠小說的作者為什麼不能？

有人說：「從太史公的遊俠列傳開始，中國就有了武俠小說。」

武俠小說既然也有自己悠久的傳統，若能再儘量吸收其他文學作品的精華，總有一天，我們也能將武俠小說創造出一種新的風格，獨立的風格！讓武俠小說也能在文學的領域中占一席之地，讓別人不能否認它的價值。讓不看武俠小說的人也來看武俠小說！[1]

當然，從文學理論的角度來說，取法前賢，旁徵歐美，擷精用宏，也並非什麼高論，但既出之於一般人不太重視的武俠作家之口，而又說得如此懇切，且對「民族文學」的創造具有如此的厚望，也算是難能可貴的了。古龍在他許多零星的雜文中，曾多次提及歐美的文學名著，如司湯達的《紅與黑》、米勒的《國際機場》、奧爾科特的《小婦人》、斯坦貝克的《人鼠之間》、史威夫特的《格列佛遊記》、梅里美的《尼爾的美神》、席格爾的《愛情故事》、毛姆的《人性枷鎖》、荷特的《米蘭夫人》、普佐的《教父》等，尤其是對海明威的《老人與海》最是鍾愛；至於日本文學名著，雖未直接標舉出來，但在寫作風格上，也不難窺出其影響。葉洪生曾經指出，《浣花洗劍錄》受到了日本劍客小說的影響，亦堪稱定論。

當然，我們更不可能忽略了古龍對中國傳統詩文歌賦的厚實基礎，以及對通俗媒介如影視、漫畫的熟悉。古龍是在嘗試，在吸收，而腹笥廣博的古龍，也就是在他吸收的過程中不斷的自我精進，無須言說，不假理論，而以具體的創作呈顯出來。

二、海明威與古龍體

古龍後期的小說，文字簡淨俐落，卻手姿搖曳，向來有「古龍體」之美稱。有關這點，葉洪生曾

1 見古龍〈談「新」與「變」〉，《大人物》序言。

以西方作家海明威（Ernest Miller Hemingway，一八九九至一九六一）的「電報體」比喻[1]。古龍對海明威向來是十分推崇的，以此受到影響，自無疑問。

不過，用「電報體」極易讓人誤解，因為所謂的「電報體」緣於美國南北戰爭時期，一些在前線的戰地記者在戰情緊繃、時間急迫的壓力下，不得不採取精簡的文字敘說戰況，而用電報回傳本部，常是只扼要說明，而不暇咬文嚼字，迨後來有餘暇時，才又重新修整，詳加描繪。此體後來成為報紙報導新聞的常態，到現在為止，仍偶爾可以見到。但相較於海明威的文體，情境的烘托，最是他拿手的絕技，實非簡單的「電報體」足以相提並論的。海明威創作小說，自有其一套「冰山原則」（principal of the iceberg）理論，古龍的文字風格，正是「冰山原則」的另一實踐。

所謂的「冰山原則」，是指作者在創作時，不應該摹寫太過詳盡，應該將整體文字經營得像冰山一般，只有浮在海面上的八分之一就足夠了，其他的八分之七，應該交由讀者以「想像」加以補足，文字要簡潔明白、乾淨俐落，尤其切忌運用過多華而不實的形容詞。《老人與海》（The Old Man and The Sea）是海明威一生中最得意的作品，也是最富盛名的代表作，也是古龍特別標舉出來的。《老人與海》對古龍的影響，別的不說，僅僅看海明威寫到老人與鯊魚搏鬥的一小句，當老人用魚叉扎進鯊魚頭上的時候，「他聽得出那條大魚身上皮開肉綻的聲音」（the old man could hear the noise of skin and flesh ripping on the big fish），古龍摹寫殺人時的情狀，顯然就是自此衍生而來的：

1見《台灣武俠小說發展史》，頁二三二。

黃衣人用力抽刀不起，大漢的鐵掌已擊上了他胸膛，他彷彿已聽到自己骨頭碎裂的聲音。——《多情劍客無情劍》七十八

她從未聽過如此可怕的聲音——很少有人能聽到這種聲音，那是骨頭碎裂的聲音。——《流星・蝴蝶・劍》卅七

要隔很久才能聽見他們跌落在池盾假山上骨頭碎裂的聲音。——《飛刀・又見飛刀》

類似的描寫，在古龍小說中反覆出現，可見古龍對海明威是如何的心儀了。當然，《老人與海》最引人矚目的，就是常出現許多精簡的對話，海明威直接就對話內容加以描述，而絲毫不對說話人的心理狀態、表情作不必要的形容，最多就是用「said aloud」強調聲量之大而已，請看開首一段老人與男孩的對話：

「我了解」，老人說。——"I know," the old man said.

「這很正常。」——"It is quite normal."

「他太沒信心了。」"He hasn't much faith."

「是啊！」——"No," the old man said.

「但是我們有，不是嗎？」——"But we have. Haven't we?"

「對啊，」男孩說，「讓我先請你到露天酒店喝杯啤酒，然後一起把這東西拿回家」——"Yes," the boy said. "Can I offer you a beer on the Terrace and then we'll take the stuff home."

在這段節選的對話中，言語明確，文字俐落，直接將對話內容寫出，有時說話人都省略了，因為讀者自然可以從上下文中得知，其語言之精煉，向來為人所稱道。古龍小說中類似的對話不勝枚舉，如《大人物》中：

田思思道：「無論怎麼樣，你也休想要我嫁給你！」

楊凡道：「你真的不嫁？」

田思思道：「不嫁。」

楊凡道：「決心不嫁？」

田思思道：「不嫁。」

楊凡道：「你會不會改變主意？」

田思思道：「說不嫁就不嫁，死也不嫁。」

楊凡突然站起來，恭恭敬敬向她作了一個揖，道：「多謝多謝。」

田思思怔了怔，道：「你謝我幹什麼？」

楊凡道：「我不但要謝你，還要謝天謝地。」

田思思道：「你有什麼毛病？」

楊凡道：「我別的毛病倒也沒有，只不過有點疑心病。」

田思思道：「疑心什麼？」

楊凡道：「我總疑心你要嫁給我，所以一直怕得要命。」

在這段饒富奇趣、幽默雋永的對話中，古龍只用了「恭恭敬敬」這個形容詞，其他的都只有表述對話內容，如果能夠將「某某道」適當略去，或許會更逼近於海明威的文字風格。不過，在這裡，我們是絕對不能忽略海明威的小說向來是被歸類於「典雅文學」的，其讀者的層次較高，因此可以以「想像參與」的方式，補足海明威所「留白」的冰山底層；但是古龍寫的是通俗性甚強的武俠小說，其讀者可能必須透過作者的適度指引，才能進入其所布設的情境中。

論者雖謂古龍也是很少運用形容詞連綴說話人的，但多了「恭恭敬敬」四字，楊凡那種惺惺作態的舉止，恐怕將更傳神。事實上，古龍雖取法海明威，卻也非一成不變的，有時候，形容詞一樣廣泛運用，如《蝙蝠傳奇》第七章〈死神的影子〉中，就常出現「冷冷道」、「駭然道」、「厲聲道」、「冷笑道」、「怒道」、「顫聲道」、「躬身道」、「沉聲道」、「大喝道」等形容說話態度、語氣的形容詞。平心而論，不但未必是贅詞，甚且可以模擬出說話的情境，尤其是讓一般讀者極快進入情境之中，也是未為不可的。能從模擬中自出變化，不拘一格，正是古龍「善學」之處。

古龍的文字簡淨俐落、明快精煉，往往短短幾句，就足以當得上一篇優美的散文，類似如《陸小鳳傳奇》中西門吹雪所說的：「你有沒有聽見過雪花飄落在屋頂上的聲音？你能不能感覺到花蕾在春風裡慢慢開放時那種奇妙的生命力？你知不知道秋風中常常都帶著種從遠山上傳來的木葉清香」、《多情劍客無情劍》中李尋歡乘著馬車，「雪將住，風未定，一輛馬車自北而來，滾動的車輪輾碎了地上的冰雪，卻輾不碎天地間的寂寞」的文句，簡直俯拾即是。古龍最擅長藉外在的景色表現人物內心情感，如《邊城浪子》的開場〈紅雪〉的末段：

風在呼嘯。

她看著他慢慢地走出去，走入黑暗的夜色中，他的人似已漸漸與黑暗溶為一體。

他手裡的刀，似也漸漸與黑暗溶為一體。

這時黑暗已籠罩大地。

篇題的「紅雪」，已然暗示出傅紅雪原來應該純白如雪的心靈，受到其假母仇恨的灌輸，即將受到血腥殺戮的污染，對比之強烈，是讓人震憾的；而這段藉暗沉的黑夜、狂嘯的風，將傅紅雪的心境與黑暗相溶匯，傅紅雪豈止是一步步走向沒有光的所在，他簡直就是「黑暗」。

歷來對「古龍體」的訾議，多半集中在他分行的散文上，論者甚至因此而有「騙稿費」之譏。

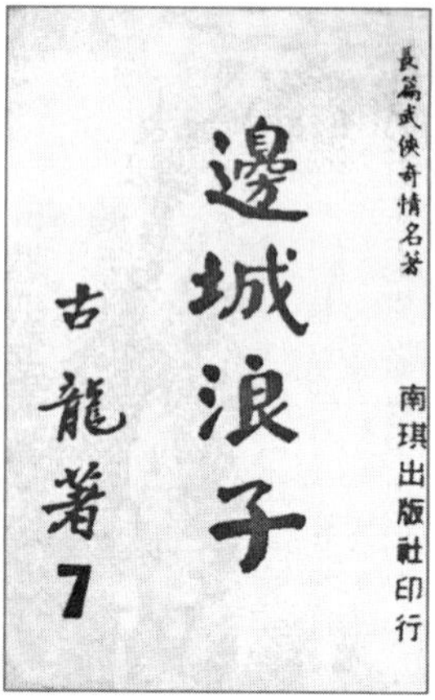

古龍的《邊城浪子》（南琪出版）

覈實而論，古龍作品中的確存在有分行不當，或是逕以「×××」區隔，或硬生生將一段或一句拆分成數行的情形，但並不算多見，而且其中恐怕也牽涉到出版社排版舛失的問題，不足為大病。相對地，這反而可視為古龍突破傳統武俠小說體式的創造性貢獻，尤其是「短句」、「極短句」的運用，可以藉簡單的畫面分割，就展現出韻味十足的情境。茲舉數例如下：

秋。

西山的楓葉已紅，天街的玉露已白。

秋已漸深了。——《決戰前後》

高原、黃土、風沙。——《劍神一笑》上

春夜、夜雨、巴山。——《劍神一笑》下

春天。江南。

段玉正少年。——《碧玉刀》

殘秋。

木葉蕭蕭，夕陽滿天。——《三少爺的劍》

就這麼的一個字、兩個字，古龍就能夠將整個人事時地物點染出一幅如詩如畫的景象，可謂是「不著一字，盡得風流」了。此固然頗得力於海明威，但其受中國古典詩詞的濡染，顯然也是不言可喻的了。我們不妨以宋人姜白石的「春曉。啼鳥。昨夜新寒、露桃開少」及元人馬致遠的「枯藤、老樹、昏鴉。小橋、流水、人家」與之相對看，即可見其一斑。古龍不但在小說中如此，就是書名，如《圓月・彎刀》、《流星・蝴蝶・劍》、《天涯・明月・刀》、《劍・花・煙雨江南》，也都富涵詩的意象。

換句話說，古龍簡淨凝鍊、如詩如畫的文字，其實是受多方面影響的，「轉學多師是汝師」，正是古龍所強調的「吸收」。既是吸收，必當有消化，古龍在吸收消化的過程中，無疑當數對電影蒙太奇手法的借鏡，最令人驚豔。

三、古龍與「蒙太奇」

在古龍一生之中，除了小說創作外，電影也是其「不解之緣」。眾所周知，古龍對電影的熱愛自「楚留香」之以西方電影〇〇七詹姆士・龐德為藍本後，就已初見端倪，其後《蕭十一郎》小說，則是先有劇本，然後再創作小說的；自一九七六年《流星・蝴蝶・劍》形成「古龍原著，倪匡編劇，楚原導演」的「鐵三角」之後，古龍更成為電影界炙手可熱的重量級人物；一九七九年，更自組「寶龍影業公司」，積極投入電影行業。古龍對小說和劇本的分別，是有相當清楚的認知的，「小說可以用文字來表達思想，劇本的表達卻只能限於言語、動作和畫面，一定要受到很多限制」[1]，但古龍「龍飛期」的小說，卻有明顯予以綜匯的現象，有非常濃厚的「小說劇本化」[2]跡象。本節前面所提到「某

1〈寫在《蕭十一郎》之前〉。

2葉洪生稱之為「擬劇本化」。《台灣武俠小說發展史》，頁二五〇。

某道」的不厭其詳，以及強調「冷」、「厲」、「沉」、「駭」等形容詞的言說模式，無疑是模擬劇本而來的，等於是對演員在演出時表情、聲音及動作的提示。不過，若論古龍小說與劇本的關係，則當屬他對電影「蒙太奇」手法的大量化用。

「蒙太奇」（Montage）一詞源自法語，指一個物體或建築體被「組裝」、「建構」起來的意思。在電影上，指的是特別具有藝術表現力的電影剪接手法，可以帶領觀眾跳脫空間與時間的限制，並向觀眾傳達更為、直接或深刻的情感與思想。

電影「蒙太奇」的技巧，主要是靠「剪輯」與「重組」的後製工作完成的，影片在拍攝過程中諸多原本具有順時性、連續性的一格格圖象，在重編組後，可以依隨著導演所欲表達的意旨，改變其敘事結構；這正如文學作家在進行創作時，將原本首尾貫串的一個完整故事，取其不同的每個事件，依其命意，採取不同的講說故事的方式，重新加以演繹。因此，電影與文學，都具有「蒙太奇」表現的同樣藝術功能。

電影拍攝過程中，分鏡、分場，是相當重要的程序，古龍深諳電影美學，故在「小說劇本化」的寫作過程中，也大量利用這種營構手法，化腐朽為神奇的將一個或許平淡無奇的故事，講述得奇峰並現、高潮迭起。程維鈞在〈蒙太奇手法在古龍小說中的運用：以《英雄無淚》為例〉[1]一文中，參照了鄒定武、劉成杰〈影視蒙太奇的分類及功用〉[2]的說法，對古龍小說「蒙太奇」手法的運用有相當精

1此為收入《神交古龍：曠代古龍 天涯知己》（台北：風雲時代出版公司，二〇二〇），頁二五九。

2見《西南師範大學學報》（哲學社會科學版），一九九二年第三期，頁一〇八至一一七。

湛、詳盡的說明，在此無法一一列舉，僅就己見，簡要論之。

古龍曾在《遊俠錄》書末的〈古龍附言〉中坦承，「《遊俠錄》這本書是一個嘗試，裡面有些情節承合的地方，是仿效電影『蒙太奇』的運用」，可見其極早就關注過電影與小說融匯的問題。事實上，不止《遊俠錄》，與此同時而可能稍後的《孤星傳》，也已加以有效運用了：

東方震冷冷一笑，道：「戰神手的動作倒快得很！」

「哈哈，不是老夫自誇，那東方五兄弟到了還不及半個時辰，老夫的拜帖便已發到，這種動作，哈哈——莫兄，你說快不快？」——廿二章，〈各逞心機〉

這是「浪莽山莊」的「神手」戰飛送請帖給「東方五俠」，邀他們參與端陽大會的兩句話，原本是相連在一起的（**可能排版問題**），但卻是同一時間的兩個不同的場景，就在「東方五俠」接獲請帖，感慨對方動作迅速之際，立刻轉筆由「神手」戰飛的自詡「快速」接下，營造出快速的節奏。同樣地，在最後「江南同盟」與「飛龍鏢局」決戰即將開打之際，有如下相連的三句：

裴珏默然良久，長歎道：「英雄，英雄……」

「英雄，英雄……」

端坐在客廳的紅木大椅上，「龍形八掌」檀明也正在喃喃自語：「英雄？英雄，誰是英雄？英雄又算得了什麼？」——五五章，〈英雄末路〉

裴珏正感慨所謂的「英雄」為何之時，也迅快的接上在「飛龍鏢局分行」中檀明對「英雄」同樣的省思，兩個同時異地的時空，迅速接連為一，而敘事的主體，遂為之轉換，可以說為此開了先河。到了「龍飛期」，古龍運用得更為廣泛，也更加純熟。

基本上，古龍最擅長的「蒙太奇」敘事手法，是將原有的連續性時間切割成較小的、單一的時間段落，以並列的方式，將各個時間段落獨立開來，省略了其間的相應動作及因果關係，但這又是「雖斷實續」的手法，因為讀者可以透過想像加以補足。這種分割的方法，使得在同一時間距內所發生的事件，得以加速完成，造成節奏的增快，張力的緊繃。這些被分割的時間，既可以依時間順序「串聯」，也可以將同一時間內不同地點的事件加以「並聯」，更可以打破時間次序，作「複式的聯結」（**複聯**）。

「串聯」是指在順時序的故事發展過程中，省卻了其中的某一個時間段落所發生的事件，而跳接至下一個時間點，如《蝙蝠傳奇》中，楚留香與胡鐵花乘坐的船為一片火海包圍：

> 接著，就是「蓬」的一響，剎那之間，整條江水都似已被燃著，變成了一個巨大的洪爐。
>
> 楚留香他們的人和船轉瞬間就已被火焰吞沒。
>
> ×××
>
> 水，熱得很！

楚留香和胡鐵花泡在水裡，頭上都在流著汗。

他們卻覺得很舒服。

因為這裡並不是燃燒著的大江，只不過是個大浴池而已。——一章，〈燃燒的大江〉

「×××」是古龍後來小說最常用來分隔場景的符號，其實就是「省略」、「留白」，因為每位讀者都一定能夠想像得到楚留香與胡鐵花絕對不可能被燒死在燃燒的大江中，其間必然有其得以狼狽逃脫的種種可能方法，依照一般慣例，自然可盡情加以詳描，但古龍顯然不願依循常規，因為再如何描摹，最終的結果都一定是安全逃生，其間的過程，在許多武俠小說中早已描摹殆盡，又何須步其後塵？於是，索性加以省略，讓讀者自行想像。場景立即從燃燒的大江（熱水），跳接到洗浴房熱氣騰騰的「熱水」中。「水，熱得很」，在此不但串聯了兩個不同時地的場景，而且也足以暗示出楚留香、胡鐵花逃生時的狼狽情狀，使得他們到大浴池中洗滌、紓解，也成為順理成章的事。古龍這種「無縫接軌」的技巧，正是得力於電影「蒙太奇」的巧妙運用，讀者依稀可以想見到電影鏡頭必將以冒騰著熱氣的水面為連接點的映象。

古龍「亢龍期」的小說雖未盡能愜人意，但對時間的掌握與空間畫面的切割，卻運用得更為純熟。《英雄無淚》是古龍刻意以線性時間的分割畫面「重組」作品的一篇「蒙太奇」代表作。此書以「正月十五」開首，以「二月二十七」告終，描寫在這段期間中長安的「長安大鏢局」與洛陽的「中州雄獅堂」角鬥爭勝的故事；事件發生的地點主要就在長安、洛陽，以及從長安到洛陽途中，如紅花集、李莊慈恩寺、關洛道上等，整個故事就是以明標時間、地點的方式依序而寫，有時連早中午晚的時序都一一點出，如「凌晨」、「三更前後」、「午」、「午後」、「有燈」，但卻不是流水帳式的逐日逐時而記，而是跳躍式的挑選了「某個時間」所發生的事來陳述，因此時間性極強，而隨著其時間的跳動，節奏也無疑就增快起來。時日之間的延續性是被切斷的，如第四、五兩章，就從「正月十八」跳到「正月二十五」，省略了十九至廿四日之間的事件，至於其間可能發生什麼事、書中人物可能的心理狀況如何，就交由讀者去自行想像了。

「並聯」是指將在同一個時間內，不同地點發生的事件並列，前述《孤星傳》中的例子即是，在《英雄無淚》中運用得更為普遍，通常的模式，是以「同月同日」標明，如第十章，敘寫「二月二十二日」這一天的事：

（一）

二月二十二日。

洛陽。

晨。

同年同月同日。

長安。

（二）

同日，洛陽。

（三）

在另外一條小街上，一家叫「老張饅頭店」的小館裡，牛皮正在吹牛。

這章共有三節，分別以（一）、（二）、（三）區隔，分寫在「二月二十二日」當天發生在長安與洛陽的事件。時間是清晨，先寫司馬超群冒著風雪趕到洛陽；緊接著，寫「同年同月同日」（此處可能有筆誤，應是「同月同日同時」），在長安，卓東來懷疑司馬超群裝病，且已經瞞著他離開了長安，因此找了醫生來確認，發現司馬超群根本沒喝醫生所開的藥，而是全部倒在水溝裡了；因此，更進一步逼問吳婉，終使得吳婉上吊自殺。在此，有關吳婉的自殺，古龍非常精煉的只用「死結」二字，就足以讓讀者不言而喻了。

然後，在（二）的部分，場景改為洛陽。寫前此未久發生過血戰的長街蕭條淒冷的場面，「一條夾著尾巴的野狗，伸長了舌頭在舐著石板縫裡還沒有被洗乾淨的血跡」，野狗無知，不曉得前夜到底發生了什麼事，但卻有一個人知道——牛皮。

於是，（三）立即跳接到「另一條小街」，牛皮正在一間饅頭店裡「吹牛皮」。牛皮是書中臨時蹦跳出來的人物，古龍藉他之口，將前此長街慘烈的搏戰如數家珍般的說出來，而陳說的對象，是一個陌生人，這個陌生人，不必明說，讀者就知道他是司馬超群。兜了一圈之後，又回轉到「初到」（所以陌生）洛陽的司馬超群身上。鏡頭轉換，看似跳斷，實則血脈相連。

牛皮一番慷慨激昂的陳述，是非常重要的，因為卓東來當初以四隻信鴿傳報戰況，只有兩隻達成使命，司馬超群只知道開始和結尾的情況，對卓東來已然有所懷疑，所以才會裝病，欲親赴洛揚打探底細。長街血戰的過程，古龍並未寫出，而是由牛皮轉述的，司馬超群雖已從卓東來口中知道「釘鞋」這個人，卻完全不曉得釘鞋竟是如此忠毅勇壯的烈士，這也使得司馬超群開始感慨到朱猛、釘鞋才是真正的英雄，為後面小高、朱猛、司馬超群的合力對抗卓東來埋下了伏筆。

長安、洛陽；長街、小街。同是二月二十二日，三個不同的事件（**卓東來逼死吳婉、長街的蕭條、饅頭店的對話**），竟如是的緊密繫聯起來，推動著後面情節的進展，是令人拍案稱絕的。

「複式聯結」是指將不同時間同一地點或不同點發生的事件，依書中人物意識的流動，顛倒、交叉的變動其時序，這是「意識流」表現的手法，也可名之為「交叉聯結」。我們不妨承接上面《英雄無淚》的部分來加以說明。

「長街血戰」發生的時間，是在「二月初七」，小說中僅僅寫了小高一劍刺殺了雄獅堂的叛徒蔡崇，然後「動亂的人群還沒有撲過來」，朱猛跟著現身，就戛然而止。真正的「血戰」，才正要開始。但在「二月二十二日」時，牛皮講說到一半多一點，釘鞋浴血混戰，「直到兩條手臂一條腿都已經被砍斷的時候才倒了下去，倒下去的時候嘴裡還含著從別人身上咬下來的一塊肉」，「釘鞋還沒有死，還剩下最後一口氣」的時候，突然出現了以下的段落：

×××

血洗長街，小高仍在苦戰。

朱猛抱起了釘鞋，想說話，卻連一個字都說不出，從眼角迸出的鮮血一滴滴掉在釘鞋臉上。

釘鞋忽然睜開了已經被鮮血模糊了的一雙眼睛，說出了臨死前最後一句話。「報告堂主，小人不能再侍候堂主了。」釘鞋說：「小人要死了。」

×××

這個以「×××」分隔的段落，極具畫面感，但明顯是「二月初七」血戰的場景之一，但卻如天外飛來，橫插入「二月二十二日」之中，既非倒述，又非回溯，就是一段回影，也許是當時的實景，也可能是司馬超群聽到時腦中的幻象，卻將兩個不同的時空交融為一，這是電影中才有可能見到的，無疑可以視為古龍借鏡電影「蒙太奇」的典範。

四、古龍的敘事風格──從「正言若反」到「正言而反」

古龍的武俠小說常予讀者一種「驚豔」的感覺，《三少爺的劍》中，形容謝曉鋒的劍，「從最不可思議的部位刺了出來，刺出時忽然又有了最不可思議的變化」(四章)，處處充滿著驚奇，而又處處美不勝收，帶給讀者莫大的閱讀喜悅。我曾經一度以「正言若反」來解析古龍如此「不可思議」的筆法，究竟是如何形成的，並由我的學生劉巧雲據此寫了一篇〈正言若反──論古龍武俠小說的特色〉[1]

1此文收入於林保淳主編的《傲世鬼才一古龍──古龍與武俠小說國際學術研討會論文集》(台北：台灣學生書局，二〇〇六)，頁六七至九十。

在會議中發表。「正言若反」，語出《老子》第七八章：

天下莫柔弱於水，而攻堅強者莫之能勝，以其無以易之。弱之勝強，柔之勝剛，天下莫不知，莫能行。是以聖人云：「受國之垢，是謂社稷主；受國不祥，是為天下王。」——正言若反。

「正言若反」是老子哲學思想中極重要的一種表述方式，但歷來的解說相當紛歧，基本上，老子是以「若」字來說明「道」是無法用任何語言傳達的道理，因為所有語言都有其限制，人們只能從其間彷彿捕捉到其中部分的特性，但絕不能誤以為這就是「道」的全體；故他常以相對的兩概念之不可執其一端來作對照，如美惡、強弱、奪與、歙張等，此與莊子〈逍遙遊〉的「小大之辯」，是同一機杼。但老子喜歡特別針對世俗的概念加以摧陷廓清。固然在這段文字中老子特別強調「柔弱勝剛強」的道理，也感慨世人徒知此理而未能實踐；但是，如果執著認定柔弱一定能勝剛強，恐怕也是大違老子之意的。「正言若反」的最佳解說，應將「反」字解為「返」，有回歸、回返之意，而回歸於「道」的本身。「道」是變動不居、周流六虛的，本身即是動能，故「反者，道之動」，正是「道法自然」的道理。因此，老子提醒世人，千萬不能被看似「正言」的表象所迷惑，而須歸返於「道」的自身，才能不偏不執，窺全體。

當時，如此的解說自有其整個有關於老子哲學的體系，非是本文所欲處理的問題。在這裡，我是藉老子的文句結構，尤其是兩個相對詞彙的運用，來說明古龍在敘事上所運用的特殊手法。

所謂「正言而反」，是指古龍無論是在用詞遣字、人物描述、情節推展上，都經常是有一個「正言」作鋪墊，但此一「正言」絕對不是他所要強調的，「正言」的對立面「反」，才是古龍刻意要凸顯的。《老子》一書的文句，向來有人將之與「詭辯」並論，而古龍利用這種「正反相形」的敘事方法，最大的效用，也正在「奇詭」二字。我們且看一段《霸王槍》中的文句：

杏花村是個小小的酒家，外面有小小的欄杆，小小的庭院，裡面是小小的門戶，小小的廳堂，當爐賣酒的，是個眼睛小小，鼻子小小，嘴巴小小的女人。只可惜這女人年紀並不小，無論誰都看得出，她最少已有六十歲。——《霸王槍》第三章

古龍連用了八個「小小」，從酒家到當爐的女人的嘴巴，一路形容下去，最後才凸出他真正想要描述的「不小」（亦即老），已經最少六十歲的女人。其實，這老女人的來頭可還真「不小」，她是丁喜的祖母，當年保定城方圓八百里內風頭最健的女人；而且，更重要的是，由她引帶出七十三斤七兩三錢重、一丈三尺七寸三分長的「霸王槍」主人「王大小姐」——只有不到槍身一半高的女人。小老、高矮、輕重如此懸殊的落差，豈能不讓人覺得奇詭？

在古龍的小說中，類似下列的句子，可謂俯拾即是：

一個人的內心如果充滿了自卑，往往就會變成一個最驕傲的人。——《英雄無淚》

世界上的事就這麼奇怪——最可怕，最醜陋的東西，在某一剎那間看來，往往比

什麼都美麗，比什麼都可愛。——《多情劍客無情劍》

一個最可靠的朋友，固然往往會是你最可怕的仇敵，但一個可怕的對手，往往也會是你最知心的朋友。——《多情劍客無情劍》

一個人若知道自己是呆子，就表示這人已漸漸聰明了。——《多情劍客無情劍》

一種已深入骨髓的冷漠與疲倦，卻又偏偏帶著種逼人的殺氣。——《三少爺的劍》

最危險的地方，就是最安全的地方。——《三少爺的劍》

只有看不見的危險，才是真正的危險。——《孔雀翎》

古龍以相對性極強的詞彙，講述出令人意外而又不失情理的道理，是古龍最擅長的造句方法，自卑／驕傲、醜陋／美麗、朋友／仇敵、呆子／聰明、疲倦／殺氣、危險／安全，在一般的語言邏輯中，往往是不能相容的，古龍將之並立而論，使原本互相矛盾的雙方，竟弔詭地獲得統一，這是「詭辭」，人世間許許多多的人事物，往往就是在矛盾中取得協調的，一個銅錢有正反兩面，必須「兼視」才能「兩明」，「正言」若「返」，才能真的體會出人世間的複雜與多變。

這是從文句的組構上而言的，不過，為了強調小說中的懸疑與奇詭，古龍雖曾坦承他「為了故作驚人之筆，為了造成一種自己以為別人想不到的懸疑，往往故意扭曲故事中人物的性格，使得故事本身也脫離了它的範圍」[1]，不過就其小說而言，卻也因此而營造出他與其他武俠作家完全不同的特色。「正言而反」，就是其最重要的法門。

古龍的人物設計，很明顯就是「正言而反」的，尋常人眼中所見，依慣性而認定（正）的人物，古龍一定會特別扭曲成「反」，如《多情劍客無情劍》中的大歡喜女菩薩，書中形容她：

> 她眼睛本來也許並不小，現在卻已被臉上的肥肉擠成了一條線，她脖子本來也許並不短，現在卻已被一堆堆的肥肉填滿了。
>
> 她坐在那裡簡直就像是一座山，肉山。

如此肥胖的女人，理當反應遲鈍，連站都站不起來，走更走不動的了，可她「不但反應快得驚人，輕功也絕不比別人差」，這分明是違背了物理學的定律的，可古龍就偏偏最喜歡作如此弔詭的設計，而且樂此不疲，在《白玉老虎》中，四川唐門的唐缺，「不但胖，而且胖得奇蠢無比，不但蠢，而且蠢得俗不可耐。這個人看起來簡直就像是塊活動的肥豬肉」，可他卻才是唐家兄弟中最可怕的一個，而且動作迅快如風，輕功高明。

1〈一個作家的成長與轉變——我為何寫《鐵血大旗》〉。

類似的例子極多，《劍神一笑》中，西門吹雪在山頂等待約戰的人，來了兩個怪人，先是一個穿著「超級重」的鐵靴的大胖子，「這個人又高，又大，又壯，又肥，卻又偏偏輕如蝴蝶」；緊接著，「這個時候絕嶺下又有一陣腳步聲傳上來了，一陣好重的腳步聲，就好像有一個八百斤重的大胖子，穿著一雙八十斤重的鐵靴子一樣」，可卻是一個穿著又薄又小的繡花鞋的「苗條」女人；此外，《賭局》中的柳輕侯，身高不過五尺三寸，體重四十八公斤，而且一隻腿長、一隻腿短，用的卻是重達三十三斤的黃金巨劍，顯然都是同樣手法。平心而論，古龍這種故作驚人之筆的手法，是很容易被識破的，不過，有時候卻反而能塑造出令人驚豔的人物，《陸小鳳傳奇》中的老實和尚和花滿樓，就是最令人為之眼睛一亮的人物。

「老實和尚」到底「老實」、「不老實」？這是讀者心中最納悶的。他甫一出場，遇到強盜搶劫，先是偷藏銀子，後來又覺得出家人不能打誑語，因此非常「老實」的向強盜招供，並貢獻出銀兩，可是「真老實」了；但後來這幾個強盜竟都不明不白的死在他們窩裡；而且，後來這一個「老實」的出家人，居然會去嫖妓；但所「嫖」的歐陽情，居然仍是「處女」，到底他「老實還是不老實」？在「陸小鳳」系列故事中，老實和尚忽好忽壞、似正似邪，作者從未加以交代，而也正因不予交代，反而使老實和尚在其出場的故事中充滿了詭譎的氛圍，正恰巧平添了以偵探、推理為本色的「陸小鳳」系列故事的懸疑性。

花滿樓則是另一成功的事例，他是個瞎子，眼前自是一片黑暗，但是，古龍寫道：

> 鮮花滿樓。花滿樓卻看不見。

因為他是瞎子。但他的心卻明亮得很。

看來一點也不像瞎子的花滿樓。——《陸小鳳傳奇》，頁十四

花滿樓卻還是同樣愉快，微笑著道：「有時連我自己也不信我是個真的瞎子，因為我總認為只有那種雖然有眼睛，卻不肯去看的人，才是真的瞎子。——《陸小鳳傳奇》，頁八三

古龍筆下的花滿樓，溫柔和善，永遠以樂觀積極的態度面對人生，眼雖瞎，心裡卻是一片光明，套用古龍的句法，「正因他為黑暗所籠罩，所以他見到了光明」，花滿樓無疑是古龍小說中最出色的人物之一。

當然，說到奇詭變化、不可思議，放眼武壇，古龍小說可以說得上是無人能望其項背的，而其得力之處，也正仰賴於「正言而反」：結束不會是真的結束，結束才是真正的開始；已死的人，其實並沒有死；最平凡的人，才是最聰明的人；最不可能的人，就是最可能的人；如果未能深諳古龍的筆法，就絕對讀不通古龍的小說。

在《孔雀翎》中，高立在幾經逃亡後，終於擊敗了青龍會「七月十五」的殺手，與情人雙雙在一個和平安靜的村莊定居下來，「他們日出而作，日落而息。他們過的日子平靜而甜蜜」，但古龍緊接著寫道：

只可惜這並不是我們故事的結束。

麻鋒來了，新一波的挑戰又將開始；然後，麻鋒死了，世上已沒有任何人能分開他們；但是：

只可惜這也不是我們這故事的結束。事實上，這故事現在才剛剛開始……只可惜開始往往就是結束。

因為孔雀翎竟丟失了，高立決定以「死」來賠謝，眼看著高立必死無疑了，但這就是結局嗎？當然不會，原來，秋鳳梧借給高立的孔雀翎根本就是假的，這真正美好的結局了。一波未平，一波又起，波瀾反覆，終始如環，哪個是開始？哪個是結束？正如古龍最後的章題，〈不是結局〉，或許，這又將是一個開始？

古龍顯然是故意強調「結束即是開始」的，計劃永遠不不上變化，而變化中又有變化，古龍是深諳其中三昧的，如《三少爺的劍》中，在短短六十頁中，就出現五次重大的變化：

（1）「大老闆」原先最倚重的是「竹葉青」，但在「鐵虎」出現後，才點出大老闆對竹葉青的懷疑，「小弟」才是他真正的心腹。

（2）茅大與仇二對付謝曉峰，卻不料茅大與謝曉峰本是舊識，雖有仇恨而恩情更深，故無意與謝曉峰對決；此時，小弟突如其來刺殺了茅大，原來小弟不但是大老闆心腹，且是慕容世家的私生子。

（3）單亦飛、柳枯竹、富貴神仙手、老和尚四個仇家，欲對付仇二，卻突然將劍鋒轉向，刺殺了大老闆；老和尚擊倒竹葉青，柳枯竹則制住了小弟。

（4）謝曉峰與慕容世家有舊交，欲救小弟。老和尚才道出「天尊」此一秘密組織，而小弟正是其中操控大老闆的人。並說明「天尊」勢力龐大，故基於江湖正義，寧可泯去與仇二的仇怨，與「天尊」對抗。

（5）小弟與單亦飛等人突然襲擊謝曉峰，就在危急之際，小弟突然以身體阻擋了柳枯竹刺向謝曉峰的劍，謝曉峰救出小弟而離去。竹葉青居然沒死。原來小弟就是謝曉峰的私生子，而「天尊」的幕後主持人就是慕容秋荻，小弟的母親。

是敵是我，是親是仇，變化只在剎那之間，如此詭譎離奇的筆法，真的是令人不可思議的。古龍以極端矛盾對立「正言而反」筆法營造詭異的情節，在復仇故事與偵探內幕中運用最廣，如《邊城浪子》中，傅紅雪一心一意為報毀家之仇，卻在最後才赫然發現，原來自己根本與這樁仇恨完全扯不上關係；而《白玉老虎》中，趙無忌苦心孤詣，欲報殺父之仇，到頭來才知道這完全是一場假局。艱辛困頓的追兇過程，與得知真相後的空虛茫然，形成強烈的對比，古龍正借此展開對「復仇」更深層次省思。

偵探內幕，是古龍援引偵探小說入武俠慣用的模式，大俠兼名探的主角，在幾經錯誤的嘗試後，往往才揭穿其中的內幕，卻原來是最不可能是幕後主使者的人，才是罪魁禍首。在《鳳凰東南飛》

中，陸小鳳受身負緝捕重任的金九齡所託，偵查繡花大盜，卻原來一切都是金九齡所布的局，捕頭正是大盜，最可疑的嫌犯卻成為破案的幫手，情節逆轉，處處驚疑，無疑大出讀者意料之外。

《決戰前後》雖非「偵探」（偵查案件）故事，但其運用的方式，也是以「真假」對諍所形成的落差組構而成的。西門吹雪與葉孤城的「世紀之戰」，蓄勢已久，所有的情節都環繞在此一武林三百年以來僅見的大事上，到底西門吹雪和葉孤城誰勝誰負？這不僅是書中所有人物所關心的，也是讀者最想得知結果的。李燕北與城南小杜在「賭」，讀者內心中又何嘗不在懸宕之中？賭局翻生波浪，讀者亦心如潮湧。古龍利用懸疑的手法，故布疑陣，老實和尚究竟老實不老實？葉孤城究竟有沒有受傷？城南小杜身邊的黑衣人是誰？這些都是謎團，也都讓人揪心繫念。古龍於此作了極盡其渲染能事的鋪排，但是，最後的結局竟是跌破了所有人的眼鏡：老實和尚老不老實沒有關係，葉孤城是真傷假傷無關緊要，黑衣人究竟是誰也無關宏旨，原來，萬眾所矚目的「決戰」，竟然是一個陰謀篡位的「騙局」，這才是古龍「正言而反」最精湛的演出。

五、「技進於道」——古龍的武學設計

武俠小說以「武」領銜，武學的設計，向來也是武俠小說家最刻意著墨的表現重點，自白羽以未修習過武術的作家，投身入武俠創作的行列，因而開啟了「武學文藝化」的先河以來，歷來作家，也都莫不殫思竭慮，別出新裁的以求出奇制勝，其中，金庸小說無論是從武學的來歷、武功習練的過程、武功招式的名目，到武學與文學、哲學的轉化、運用，成就都是有目共睹的，「降龍十八掌」、「黯然銷魂掌」、「一陽指」、「蛤蟆功」、「乾坤大挪移」等，至今猶讓人津津樂道。古龍向來與金

庸並稱，在這方面不僅不遑多讓，其文學、哲學的思致，或許乃更勝一籌。

武俠小說的武學設計，可以從中國傳統的武術流派及作家虛構的武功兩方面進行探討，大抵上皆是以武術為根基，而出之以想像虛構的模式，而尤以天馬行空的武學想像，表現最為亮眼。但無論作家有多少出人意表的創意，彼此之間輾轉相襲部分，終是難以避免。誠如米蘭昆德拉所說：「小說的精神是連續性的精神；每一部作品都是對於先前所有作品的回應，每一部作品都蘊含著小說過往的全部經驗。」

金庸在《射鵰英雄傳》中擷取唐代草聖張旭睹驚蛇而之筆意、杜甫〈觀公孫大娘舞劍器行〉的詩意，將書法藝術與劍法相融為一，固然是不凡的創意，但接踵模仿的不知凡舉，如司馬翎之以繪畫、獨抱樓主之以詩詞，皆頗有斬獲；至於眾所周知，由於武俠小說體式所限不得不然的「武林秘笈」，自還珠樓主首倡以來，更已成為武俠小說的重要模式之一，即便是金庸般宗師級的大家，作品中的《九陰真經》、《九陽真經》、《葵花寶典》、《辟邪劍譜》等，亦是未能免俗。古龍「潛龍期」的作品中，也脫離不了「武林秘笈」的拘限，以《孤星傳》的佼佼不群，裴珏還是頗得力於《海天秘笈》；不過，古龍自《絕代雙驕》以後，就決心擺脫開此一拘限，有意識的不讓他的武俠小說再受到「武林秘笈」的牽制，[1]此所以江小魚在蕭咪咪的洞府中，雖有乾坤五絕合著的武林秘笈，卻夷然無動於衷；在《多情劍客無情劍》中，更將由《武林外史》中的王憐花所撰的《憐花寶鑑》，隨著龍嘯雲的屍體，在無名山溝中任其湮滅。

1在《天涯・明月・刀》中，雖有《天地交征陰陽大悲賦》的名目，卻是虛擬的，從未在小說中出現。

「武林秘笈」一旦摒而不用，則書中人物所仰賴的，就不再是屬於外在的、奇遇式的助力，而必須由自家艱苦勇毅，結合著血汗、勞力、精力以及智力的磨淬，方能得以有成，此所以傅紅雪的刀法，是每天在沒有光的密室中，苦練三到五個時辰，連續十七年，才突破了先天殘疾的限制，一刀便足以斷人魂魄。無疑這就會由外而內，轉於對人物更深一層的摹寫。無論過去武俠小說中的人物，從武林秘笈中所學到的內功、心法、劍掌拳腳等功夫，基本上都屬「技」，而由「技」轉向於「人」，傅紅雪說，「有人就有刀，有刀就有人」，劍在，則人亦在，人劍合一，就可以契近於「道」。古龍這樣的一個小小的變動，就是一種「新」的創意，直接對他後來的武俠小說有深遠的影響。

金庸在武俠小說武學上的創發，最膾炙人口的，無疑是首見於《倚天屠龍記》，揉合了莊子「得魚忘筌，得意忘象」，以及佛家《金剛經》「法尚應捨，何況非法」精意的「無招勝有招」之說。此說的精奧處在「忘」，忘就是不黏不著，任其天機流衍，生生不息，應物而無窮，從有形的「技」，躍進到無形的「道」，這正是張三丰「太極劍」的精髓：

> 要知張三丰傳給他的乃是「劍意」，而非「劍招」，要他將所見到的劍招忘得半點不剩，才能得其神髓，臨敵時以意馭劍，千變萬化，無窮無盡。倘若尚有一兩招劍法忘不乾淨，心有拘囿，劍法便不能純。

這是張三丰「仰望浮雲，俯視流水」時悟出來的，這就是「道法自然」。古龍當然也是從金庸處獲得啟發的：

我那師兄將劍法全部忘記之後，方自大徹大悟，悟了「劍意」，他竟將心神全部融入了劍中，以意馭劍，隨心所欲。雖無一固定的招式，但信手揮來，卻無一不是妙到毫巔之妙著。也正因他劍法絕不拘囿於一定之形式，是以人根本不知該如何抵擋，我雖能使遍天下劍法，但我之所得，不過是劍法之形骸，他之所得，卻是劍法之靈魂。我的劍法雖號稱天下無雙，比起他來實是糞土不如！[1]

不拘囿於一定的招式，就是「無招」，「他人根本不知該如何抵擋」，則是「勝有招」，古龍是以道家「道法自然」的觀念詮釋的，故下文以自然萬物的原理為證，草木榮枯、流水連綿、日月運行等，皆是順應默化、生生不息的，唯是生生不息，故方能破除集狠、準、穩、獨、快於一身的「迎風一刀斬」。

這是《浣花洗劍錄》中紫衣侯在與胡不愁下棋時，於棋路中悟出的，胡不仇記憶力非常強，連傾翻了的棋盤，他都能絲毫不誤的將棋子擺回原來的位置，這已經是極難得的了，但紫衣侯認為即使胡不愁能將天下的武功秘笈記得滾瓜爛熟，還是無法擊敗東洋白衣人的「迎風一刀斬」，因為這將是「有招對有招」，以有對有，即有分別，即有高下，而顯然白衣人的雷霆一劍，就是最厲害的招式，誰還能勝得了他？熟知金庸武學妙義者，當然可以看出古龍在此受到金庸的影響之處。

1見《浣花洗劍錄》第八章，網路版。

不過，眾人雖皆知「得魚忘筌，得意忘象」是最高的境界，卻不知此一境界，是透過「筌」與「象」而來的，其間有個「工夫論」的過程，金庸於此，語焉而未詳，反倒是古龍藉胡不愁的「記」與「忘」作對比，闡述得更加通透。可惜的是，古龍在《浣花洗劍錄》中，並未將此理全面發揮出來，方寶玉最後擊敗白衣人，還是落在「技」的層次。原因很簡單，方寶玉是從三招殺手中，絞盡腦汁才悟出這個道理的，這三招殺手，一正一反一弱，方寶玉僅從正反間悟出一個「弱」字，故與白衣對決時，方寶玉是以「示弱」的方式取勝的：

> 白衣人步步進逼，寶玉掌中劍已被壓下。
> 群豪的身子開始顫抖，不住地顫抖。
> 突然，閃電般急退四步，寶玉整個人竟平平地跌了下去，撲地跌倒在白衣人腳前。
> 白衣人長劍若是落下，方寶玉便要身首異處，但他卻似大出意外，長劍竟不由自主頓了一頓，他畢竟無法再取方寶玉的眉心，無邊的大地，已護住了寶玉面目。[1]

白衣人凌厲的劍招是剛強猛烈的，唯有柔弱才能勝剛強，故方寶玉能夠獲勝；但「柔弱」畢竟還是「有招」，還是黏著於「筌」與「象」，古龍顯然還有一間之未達。

古龍自「見龍期」的武俠小說開始，逐劍捨棄了一般武俠小說詳盡繁複，一招一式，你來我往的

1見《浣花洗劍錄》末章。

比鬥過程，勝負之別，就在一剎那之間決定，簡單明瞭、乾淨俐落，造成其小說的快速節奏，李尋歡的武功，只須「小李飛刀，例不虛發」八個字；陸小鳳面對無邊的刀光劍影，也只須「靈犀一指」；傅紅雪則更只須「一刀」，其實得力之處，並不在於紫衣侯的那段話，而在於白衣人的那一劍。無論那一劍的風情可以如何的威猛凌厲，如何的風姿綽約，總是有劍，有劍就有招，在這裡，古龍較諸金庸更進一層是，他已不專注於寫劍過招，而轉向於寫拿劍的人，所以他反而特別著重於對決時的氛圍、心理狀態、思維觀念的「人」的摹寫，而寫「人」就是寫「劍」，劍是物、是器，而一旦與「人」結合，則「人就是劍」，「劍就是人」，這是古龍的「劍道」，也就是古龍的「人道」，古龍無疑將武俠小說的「技」，引導向「道」的層次，使武俠小說更增添了濃厚的哲學意味。

《多情劍客無情劍》中，百曉生的《兵器譜》是錄劍不錄人的，因為器為死物，人為活物，器有盡，人無窮，此所以呂鳳先捨戟用指，而天機老人終不敵上官金虹。此理在小李飛刀與龍鳳雙環對決的時候，古龍表明的最為清楚：

李尋歡道：「你的環呢？」

上官金虹道：「環在。」

李尋歡道：「在哪裡？」

上官金虹道：「在心裡！」

李尋歡道：「心裡？」

上官金虹道：「我手中雖無環，心中卻有環！」

上官金虹道：「好，請出招！」

李尋歡道：「招已在！」

上官金虹不由自主，脫口問道：「在哪裡？」

李尋歡道：「在心裡，我刀上雖無招，心中卻有招。」

這段充滿禪家機鋒的對話，從有形質可見的「器」（環、刀、招），轉向於「人」（心），上官金虹與李尋歡的境界，其實都已算達到相當高的境界，不過，由於是上官金虹已言之在先，李尋歡的引申發揮，未免就落了下乘。在此，「器」的高下，為「人」的高下所決定，此時的李尋歡仍是排名第三的「小李飛刀」，而上官金虹則是排名第二的「龍鳳雙環」，如果此戰真的付諸執行，李尋歡必敗無疑，此所以李尋歡會認為上官金虹「妙參造化，無環無我，無跡可尋，無堅不摧」，已是「巔峰」，已是「仙佛境界」。

但是，如此的境界，在排名第一的天機老人看來，距離武學的巔峰，還是「差了十萬八千里」，「手中無環，心中有環」，還是惑於有形可見的「有」，心仍有所罣礙，自然比不上「手中無環，心中也無環，環即是我，我即是環」；但即便如此，還是執著於「有」與「無」的名相，真正能夠達到「妙參造化」境界的，是「無環無我，環我兩忘」，這才是真正的巔峰。因此，天機老人與其孫女孫小紅，就有如是的對話：

老人道：「他們自以為『手中無環，心中有環』，就已到了武學的巔峰，其實還差得遠哩！」

少女吃吃笑道：「差多遠？」

老人道：「至少還差十萬八千里。」

少女道：「要怎麼樣才真正是武學的巔峰？」

老人道：「要手中無環，心中也無環，到了環即是我，我即是環時，已差不多了。」

少女道：「差不多？是不是還差一點？」

老人道：「還差一點。」

他緩緩接著道：「真正的武學巔峰，是要能妙參造化，到無環無我，環我兩忘，那才真的是無所不至，無堅不摧了！」[1]

「忘」，是將「有」與「無」同時消解，「環我兩忘」，無罣無礙，一任天機流行，這就是「道」，「技進於道」，一切就是自然而然。這不僅是「劍道」的最高境界，更是「人道」的極境，至矣，盡矣，蔑以加矣。論武學而能從哲學上闡其妙理，古龍無疑是第一人。

有趣的是，天機老人雖明知此理，但自身卻也並未做到，天機老人與上官金虹一戰，小說中沒有寫出，但終究是天機老人敗了。天機老人為何會敗？古龍以開放的態度，任讀者自由想像發揮，或許，血氣已衰的天機老人，無論筋肉、體力、精神，都無法與年方壯盛的上官金虹相較吧？這雖然只是個「猜想」，但也就從這個「猜想」中，古龍也還有更進一層的發揮。

1見《多情劍客無情劍》，頁九六二。

「環我兩忘」是古龍的「絕境」，但如仙如佛固是高妙絕倫，卻分明與「人」之間仍是有所扞格的，人非天生而聖者，即便如何勉以為之，也未必真能成聖，真能企及仙佛境界的能有幾人？「劍道」與「人道」之間，當如何取捨、努力？一生以追求「劍道」極致的白衣人，在臨死之前，「謝謝」方寶玉，謝的是什麼？小說中白衣人說：「你永遠不會知道，你我這樣的人活在世上，是多麼寂寞……。」白衣人為何會寂寞？這當然不能夠只從「高處不勝寒」來解讀，白衣人為了追求「劍道」，罔顧，甚至犧牲、蔑棄了一個人之所以生存在社會的意義與價值，到最後白雲飄渺，何所為而來？何所得而去？能不寂寞嗎？此正如司馬翎《武道・胭脂劫》中的魔刀厲斜，在赫然發現他一心一意追求的「最後一刀」，竟落在那把「魔刀」之上，這完全是「器」，又何與於「人」？因此，厲斜大徹大悟，重新回歸於「人」。

武俠小說是「入世」的，是必須讓俠客在整個社會舞台上活躍的，「劍道」固然高遠，卻藐焉難及，俠客所能致力，竟正在「人道」。在《決戰前後》中，古龍藉葉孤城與西門吹雪的一戰，闡明了箇中的道理。

《決戰前後》是以「人道」為重的一本小說，只講到「人即是劍」的境界，並未「劍我兩忘」。蓋無論西門吹雪與葉孤城是多孤高懸絕，是「劍」就要入世，既入世就不得不受「人道」的拘限，而也唯有將「劍道」落實於「人道」，俠客的生命才有意義——這正是《決戰前後》重要的命意之一。

公孫大娘曾評論葉孤城的「天外飛仙」一劍：

> 這一劍形成於招未出手之先，神留於招已出手之後，以至剛為至柔，以不變為

變，的確可算是天下無雙的劍法。[1]

劍、招、神、意四者相通，不變而有變，其實正是「人即是劍」的境界，故葉孤城可以篤定的說「我就是劍」[2]。西門吹雪的劍道境界，也造臻於此：

——他的人已與劍溶為一體，他的人就是劍，只要他的人在，天地萬物都是他的劍。

——這正是劍法中的最高境界。[3]

人在、劍在、道也在，這是古龍後期最高武學境界的論斷，明顯與《多情劍客無情劍》不同。從哲學思想上論，此說正如禪宗菩提、明鏡的「是」與「非」一般，是落於「劍道」下乘的，可是，這卻和古龍後期企圖發掘的「人性」息息相關。

「我即是劍，劍即是我」，是《決戰前後》中欲刻意強調的道理；然而，所謂的「我」，究竟為何？何者之「我」才是古龍所肯定的？我們不妨先看看紫禁城頂西門吹雪與葉孤城決鬥前的對話：

1《繡花大盜》，頁二一九。
2《決戰前後》，頁二五三。
3《銀鉤賭坊》，頁二七三至二七四。

西門吹雪忽然道：「你學劍？」
葉孤城道：「我就是劍。」
西門吹雪道：「你知不知道劍的精義何在？」
葉孤城說：「你說！」
西門吹雪道：「在於誠。」
葉孤城道：「誠？」
西門吹雪道：「唯有誠心正意，才能達到劍術的巔峰，不誠的人，根本不足論劍。」
葉孤城的瞳孔突又收縮。
西門吹雪盯著他，道：「你不誠。」
葉孤城沉默了很久，忽然也問道：「你學劍？」
西門吹雪道：「學無止境，劍術更是學無止境。」
葉孤城道：「你既學劍，就該知道學劍的人只要誠於劍，並不必誠於人。」
西門吹雪不再說話，話已說盡。
路的盡頭是天涯，話的盡頭就是劍。[1]

1《決戰前後》，頁二五三至二五四。

紫禁城上當代兩大劍客的決戰，就是在這段機鋒式的語言後開展的。學劍者該「誠於人」還是「誠於劍」？是這段對話最重要的部分。西門吹雪指摘葉孤城「不誠」，而葉孤城亦已默認。的確，葉孤城在這段傳奇中用盡了心思計謀，布弄各種疑陣，主要的目的就是想藉這場轟動天下的宗師對決吸引天下人的耳目，以暗遂其弒君篡位的詭計，西門吹雪所稱的「誠心正意」，顯然是非常儒家式且道德化的，這與歷來武俠小說中所設計的俠客形象如出一轍，葉孤城自覺虧欠，自然只得默認。「誠於人」是「人道」，故西門吹雪後來評述此戰時，也宣稱葉孤城「心中有垢，其劍必弱」[1]。

不過，此戰的結局，真的就是西門吹雪勝了嗎？從「冰冷的劍鋒，已刺入葉孤城的胸膛，他甚至可以感覺到劍尖觸及他的心」[2]看來，西門吹雪終是最後的勝利者；但是，就在決定勝負的最後一劍時，情況是：

> 直到現在，西門吹雪才發現自己的劍慢了一步，他的劍刺入葉孤城胸膛時，葉孤城的劍必已將刺穿他的咽喉。
>
> 這命運，他已不能不接受。
>
> 可是就在這時候，他忽然又發現葉孤城的劍勢有了偏差，也許不過是一兩寸間的偏差，這一兩寸的距離，卻是生與死之間的距離。

1《銀鉤賭坊》，頁二七三。
2《決戰前後》，頁二七一。

這錯誤怎麼會發生的？

是不是因為葉孤城自己知道自己的生與死之間，已沒有距離？[1]

對葉孤城來說，此戰「勝已失去了意義，因為他敗固然是死，勝也是死」[2]，「既然要死，為什麼不死在西門吹雪的劍下」[3]？葉孤城是不敗而敗，因此劍勢略作偏差，而滿懷感激地承受了西門吹雪的劍鋒——這不是技不如人。陸小鳳旁觀者清，早已看出葉孤城劍如行雲流水，而西門吹雪的劍，「像是繫住了一條看不見的線——他的妻子、他的家、他的感情，就是這條看不見的線」[4]。

西門吹雪的入世精神，本就是古龍欲加強調的，而入世的結果，牽連起心中冰藏已久的感情（**孫秀青及腹中小兒的親情愛情、陸小鳳的友情**），有牽繫，就難免有羈絆，此時的西門吹雪已不再是「劍神」，而是「人」，「因為他已經有了人類的愛，人類的情感」；而葉孤城呢？陸小鳳「從未發覺葉孤城有過人類的愛和感情」，「人總是軟弱的，總是有弱點的，也正因如此，人才是人」[5]，故西門吹雪所體會出的「劍道」精義落實於人與人誠摯真實的相處之道。這是「入世」了，然而「入而不出」，西門吹雪以「人道」為「劍道」極致，得道而失劍。葉孤城「入世」的結果，依然了無牽掛，「葉孤城

1仝上。
2仝上，頁二六九。
3仝上，頁二七二。
4仝上，頁二七〇。
5仝上。

的生命就是劍，劍就是葉孤城的生命」[1]，「入而能出」，以「劍道」當成「人道」，得劍而失道。「劍道」的精義，由此可見，實應「誠於劍」；然而，「劍道」如若不能「誠於人」，如葉孤城一般，究屬何益？在這裡，古龍事實上已否定了「劍道」與「人道」的關聯性，劍道的極致是「誠於劍」，而「人道」的極致才是「誠於人」。問題是，人生當追求「劍道」還是「人道」？葉孤城臨戰心亂，西門吹雪耐心等候；葉孤城臨戰一語，視破壞了他周詳計劃的陸小鳳為「朋友」，葉孤城早已決心死於西門吹雪劍下，因為他已無所遺憾，「劍道」對他而言已經印證完成，但人生在世，或者「人道」才是更具意義的——這是古龍最後的「悟」。

事實上，葉孤城是否「不誠」於人呢？當陸小鳳窺破陰謀，飛身救駕的時候，葉孤城慨然而歎：「我何必來，你又何必來？」[2]的確，名動天下、潔白無瑕、冷如遠山冰雪的白雲城主，緣何會墮入凡俗，陰謀弒君呢？他也誠於人，誠於「南王世子」（即《鳳凰東南飛》中的平南王世子，他的愛徒）。這恐怕才是葉孤城心中最大的「垢」。

葉孤城是西門吹雪的另一個身影，如果西門吹雪經此一戰，終於能明白，「劍道」須「入而能出」，即可如《劍神一笑》中的他一樣，可以拋妻棄子，一如天上白雲，悠遊於山巒崗阜，無瑕無垢，無牽無絆，終成一代劍神。

但是，這樣的「劍神」，就很明顯不是古龍所欲追求、凸顯的「人道」、「人性」了。古龍在《歡

1仝上，頁二六九。
2仝上，頁二五一。

樂英雄》一書的卷首宣稱：

> 武俠小說有時的確寫得太荒唐無稽、太鮮血淋漓；卻忘了只有「人性」才是每本小說中都不能缺少的。人性並不僅是憤怒、仇恨、悲哀、恐懼，其中也包括了愛與友情、慷慨與俠義、幽默與同情的。我們為什麼要特別看重其中醜惡的一面呢？[1]

古龍的「人性」其實正是指「人道」，因此極力欲排除人性中原也有的醜陋面相，而發揮其積極樂觀的一面，儘管後來諸作，有時並未依循此一原則創作（如《多情環》甚至強調「仇恨」），但「人道」顯然才是他此一主中最具體的主張！

「技進於道」，這是莊子在〈養生主〉中闡說的理念，庖丁是從解牛中悟出來的，這也屬「劍道」（刀道）的一環了，然而，其標的仍在於解牛，「道在屎溺」，「每下愈況」，「人道」又何嘗不能體現「道」？古龍一生與「劍道」無緣，而「人道」究又如何？這就交由讀者去評論了。

武俠小說一向都未為社會所重視，儘管在諸多武俠作家前仆後繼式的努力下，以為數不少的優秀作品，逐漸扭轉了這樣的觀點；而經由若干學界與民間研究者的呼籲與鼓吹，也逐漸取得了相當多的認同；但是，異議的聲音，還是相當龐大的。今已如此，更何況三十五年前的古龍，所承受的壓力之大，自非局外人所能想像的。古龍是武俠小說家中罕見的對武俠事業具有高度熱情的作家，一生戮

1 見〈說說武俠小說〉。

力，每以如何透過「新」與「變」的方法，為武俠小說這種最具有民族文化特色的文體，尋找到一條可長可久可大的路徑。儘管他的「新變」成效如何，有各種仁智各見的評價，但是其用力之深、用心之切，卻是必須加以肯定的。

古龍是武俠作家中最能夠掌握住社會脈動的一位，無論是在擷取中西日文學學作品、當代本影視媒介的表現方法，或是對當代社會人心的觀照上，都能夠有新穎而銳利的觀點，因而形成自我特殊的風格。陳曉林曾以「正」、「奇」兩個角度，分別評析武俠兩大宗師級人物金庸與古龍小說風格的差異，其中開章就點出，「金庸富史事，古龍具現代手法」[1]，富史事，故嫻熟於古典；具現代，故同步於當代社會，正一針見血的指出了古龍小說最重要特徵。陳墨也曾以金庸、梁羽生、古龍三人對舉，以金庸為「太極」——「歷史視野—江湖傳奇—人生故事」渾然如一，而「太極」下生「兩儀」，梁羽生得其「歷史視野—江湖傳奇」，而古龍得其「江湖傳奇—人生故事」，究有所偏[2]。

的確，古龍的作品向來缺少渾厚雄壯的歷史背景，僅僅在《蒼穹神劍》中驚鴻一瞥，但連熊賜履的年代都沒搞清楚[3]，陳墨說他「學」有不足，亦非厚誣；但古龍初創小說，正值台灣「暴雨專案」雷厲風行之際，最忌「以古非今」，在「寒蟬效應」下，遁而捨歷史而不為，亦是時代所迫，不得不

1見〈奇與正——試論金庸與古龍的武俠世界〉，《聯合文學》第廿三期，一九八六年九月，頁十八。

2見《港台新武俠小說五大家精品導讀》（昆明：雲南人民出版社，一九九八），頁三二一四。

3《蒼穹神劍》向來較少人論列，於此不妨略說。此書的主角熊倜，是清初名臣朱學大家熊賜履的後人，為康熙的廢太子胤礽心腹，因九王爭嫡，故全家遭害，熊倜為星月雙劍救出。這段故事，完全不符歷史實情，蓋胤礽皇太子之路前途多舛，但實則在雍正即位後二年（一七二四）方才病故；而熊賜履仕途順暢，以朱子學獲康熙重用，最高曾任吏部尚書之職，而歿於康熙四八年（一七〇九），烏有此書所描繪的事跡之可能？

然。當然，武俠小說是否非得以「歷史」為充要條件，尚可斟酌，不過，古龍小說明顯的以人生故事為藍本，寫盡人生各種百態，倒是不爭的事實，而古龍短暫而多舛的一生，與幾乎可以說是平穩愜適的金庸、梁羽生相比，其間可歌可泣、可喜可愕的切身經歷、感受，無疑也較金、梁來得更深沉而感慨，故其摹寫之深刻、細膩，尤其是對「人性」的觀照，顯然就未必是金、梁可以同日而語的了。

不過，無論金、梁、古有若何的差異，「江湖傳奇」都是這三位大家最集中摹寫之處，更是武俠小說極力鋪張揚厲的重點，曾自命為「江湖人」的古龍說：

> 自古以來，每一代都有他們的傳奇英雄，傳奇故事，這些英雄的聲名與精神永遠不死，這些故事的刺激與趣味，也永遠存在——

這是古龍在真善美第一版《鐵血傳奇》中序言的開首，古龍寫傳奇英雄、傳奇故事，其實本身也成為了傳奇，是武俠世界的傳奇。「死後是非誰管得，滿街聽唱蔡中郎」，古龍已矣，其一生的傳奇，可喜可愕，與他小說中的人物與故事一樣，既有刺激，也深饒趣味，其是非對錯，已隨古龍化為塵土，何須深究？重要的是，他的傳奇，包括他的書和他的人，將會為後人永遠傳唱下去。

第三章 從少年英豪到調和鼎鼐——上官鼎小說論

在台灣武俠小說發展過程中，家人同心，戮力於武俠創作的拍檔，頗不乏其人，父子後先創作的，有柳殘陽及其父親單于紅；兄弟檔的有蕭逸、古如風及上官鼎，可以說都是台灣武壇的佳話。相較於柳氏父子、蕭家兄弟的各別創作，上官鼎兄弟三人合力共創同部作品，而又能水乳交融、難以釐劃的例子，則是迄今武壇上相當罕見的。

第一節 上官鼎及其武俠之路

上官鼎之名，「上官」複姓源自於武俠說部無論是作者或書中角色刻意「摹古」的傳統；「鼎」字則取「三足鼎立」之意，暗示作品實由劉家三兄弟協力完成的。劉家三兄弟，主其事者為排行第五的劉兆玄，所著作品，常是自繪插圖，並於圖中繪一小鼎以作標識；他是在武俠小說家中出任公家職務地位最高的一位，擔任過馬英九內閣的行政院長，行政院長負責襄贊國務、調和鼎鼐，卻也與「鼎」字的意涵若有關聯，一名而兼二義，也頗令人稱奇。

劉家兄弟為湖南衡陽人，其父劉國運，畢業於黃埔軍校，曾任國民革命軍空軍司令部的參謀長，一九四九年隨軍來台，其後對建設國家空軍團隊及防空設備頗有貢獻，為二級上將銜。劉國運治家頗嚴，對小孩敦促甚力，雖軍人出身，然對傳統基礎教育頗為重視，故劉家兄弟六人：兆寧、兆華、兆漢、兆藜、兆玄、兆凱，皆自幼表現優異，分別獲得美國、加拿大博士，而於不同領域皆有傑出表現。

上官鼎之名，為兆藜、兆玄、兆凱三兄弟協力共創小說的筆名，鼎取三足之意，大凡故事劇情、人物設定、重要情節，皆三兄弟於課餘閒暇商量討論而定，然後各負責其中章節，大抵兆玄擅於思想、結構，兆藜長於寫男女情感交流，兆凱則優於武打橋段，各有所長。三兄弟本無軒輊，然後來由於劉兆玄名位較高，且由其倡導、通稿，故上官鼎之光彩，論者幾乎皆集矢於劉兆玄一身。劉兆藜於赴美留學後歸化美國，劉兆凱於學成後回台效力，於東元電機集團任要職，於武俠創作之路漸行漸遠；而劉兆玄則歷任顯職，猶未能忘情於武俠，自一九六八宣布封筆後，二〇一四年，靜極思動，又以《王道劍》為先鋒，陸續有所創作，故上官鼎之名的「鼎定」，也自當歸功於劉兆玄。

劉兆玄（一九四三～），出生於四川成都，幼年隨父來台，就讀於台灣師大附中，自小濡染於中國文史，扎下深厚的文學根基，一九六〇年，由於亟思擁有一把價格昂貴的舶來「空氣槍」，而計無所出，偶見新台出版社高價徵求武俠小說的廣告，遂生異想，會同了四哥兆藜、六弟兆凱，合力共創了《蘆野俠蹤》一書，幸獲出版，而無所知名。其後，古龍所撰之《劍毒梅香》一書，與清華書局因稿酬起了糾紛，僅完成四集後（一九六〇年七月），即擱筆不寫，出版社迫切欲請人續寫，上官鼎乃自告奮勇，於當年十二月開始，慨然接續，未料竟一舉而成名，遂使其步上了雖時日短暫卻廣為人所知的武俠創作之路（一九六〇至一九六六），《長干行》（一九六一）、《沉沙谷》（一九六一）、《鐵騎令》

（一九六一）、《七步干戈》（一九六三）等，陸續推出，皆頗獲好評。一九六六年，劉兆玄及劉兆藜赴美、加留學，劉兆凱獨自寫了《金刀亭》上半部，隨後亦出國深造，宣告封筆。

劉兆玄於加拿大取得碩、博士學位後，即回台服務，任教於清華大學，從理學院院到校長，一路順暢；其後為政府延攬入閣，歷任交通部長、行政院副院長之職。二〇〇八年，馬英九當選總統，劉兆玄時為東吳大學校長，受命組閣，任行政院長。二〇〇九年，內閣總辭。劉兆玄卸任後，接任國家文化總會會長，頗盡心於國家文化之推廣。

二〇一四年，劉兆玄受邀至福建寧德作訪問，聽聞得有關明代建文皇帝曾流寓於寧德的傳聞，認為是絕佳的武俠小說題材，遂於時隔四十六年之後，重拾舊筆，寫成《王道劍》一書，共八十八萬字。其後，以抗戰為背景的《雁城諜影》（二〇一五）、現代動作推理的《從台灣來》（二〇一六）、摹寫科幻政治的《阿飄》（二〇一八），以及歷史武俠類的《妖刀與天劍》（二〇二〇），各體小說，陸續出版，年近八旬，而創作力未曾稍減，亦頗令人動容。

在台灣武壇上，上官鼎雖亦享有盛名，但論者評價並非甚高，儘管若干報導曾謂金庸推許其為「台灣第一，天下第二」[1]，余秋雨亦云「台灣武俠小說寫得最好的是上官鼎」[2]，雖頗加讚譽，但仁智之見，各有偏好，恐亦未能一概而論。大體上，上官鼎前期作品，因其數量過少，僅僅九至十部，且又較乏顯著的特色，與當時名家自難相提並論，可視為重鎮之一，而未足與言大家；即便是二〇一四年

1 見沈怡：〈劉兆玄喜歡做好應該做的事〉，《聯合報》，家庭生活周報，一九九七年十二月廿八日。

2 見「前閣揆要拍『連續劇』！劉兆玄的俠氣人生（完整版）」，《改變的起點》，中視新聞，二〇一五年九月六日。

以老驥伏櫪之姿，重新開創，頗引人矚目，而在前此四十六年中，劉兆玄心力盡瘁於校務、國事，明顯對「後金古時期」台灣武俠的長足進展有所隔膜，故承繼有餘而創新不足，除了備受金庸影響外，與其前期作品相較，在技巧上亦並無多大突破。不過，相較於少年英銳的豪氣，劉兆玄閱歷既豐，感慨遂深，尤其是歷經政治事務的諸多紛擾，使其對政治的偏頗與糾葛，多有體會，而將其政治理想，一發之於武俠小說之中，而境界之開闊、思致之深沉，則亦迥然有異於少作及他人作品，也還是具有可觀性的。

上官鼎的武俠作品不多，《劍毒梅香》雖云續接，卻是其成名之作，《沉沙谷》與《七步干戈》則最令人稱道，《王道劍》雖是晚出，而反是最令人矚目之作。

烽原豪俠傳
上官鼎著
楔子
時間是大明開始，成祖當位，國勢昌隆……。
深沉宏亮的鐘聲在暮靄中悠悠地傳出去，這口鑄古銅鐘在山頂上已經響了數百年了，然而鐘聲給人們的感受仍是一樣的；和穆中帶著令人肅然的禪韻。
少林寺的屋宇在數十丈外就被山上的暮靄凝成一片黑沉沉的暗影，天，是漸漸向晚了。
「心如，是什麼時辰啦？」
發話者是一個鶴髮童顏的老和尚，他一面拈著一顆黑色棋子，一面偏頭向石盤旁侍候的小和尚發問。心如小和尚恭著應聲，答道：「大師伯，申時啦！」
老和尚對面奕棋的也是一個健朗的老僧，面色紅潤無比，卻怪的是前額下沒有一根眉毛，是以看來甚是滑稽。
那發話的老和尚拈著棋子一直沉吟不決，小和尚望著那石棋盤上勝負已明的棋局，忍不住道：
「大師伯，您這一子無論下什麼地方，都是輸定的了，依弟子看……」
老和尚「鐺」的一聲把手中黑棋子放回瓷罐中，大聲打斷心如的話，笑對無眉和尚道：
「一塵師弟，我們這盤棋從端午下到現在，仍是不分勝負，這才是棋逢對手，我看今天到此為止吧，哈哈——」

上官鼎的《烽原豪俠傳》，刊登於《自立晚報》五版1965.07.07

第二節 上官鼎前期作品述要

上官鼎的武俠小說，由於其中斷創作達四十六年之久，然後又再度奮筆而作，故明顯可分前後兩期。前期作品，經上官鼎本人確認，共有《蘆野俠蹤》（一九六〇）、《沉沙谷》、《長干行》、《鐵騎令》（一九六一）、《烽原豪俠傳》（一九六二）、《七步干戈》（一九六三）、《俠骨關》（一九六四）、《金刀亭》（一九六六，未完）等八部，而《劍毒梅香》（一九六〇）雖前四集為古龍所著，後由上官鼎接續完成，亦仍應歸屬於上官鼎。

一、後來居上的《劍毒梅香》

在台灣武俠小說發展的過程中，先行作者因故未完成作品，而轉由另一作者接續寫完的情況甚為普遍，通常，這名之為「代筆」。代筆往往造成作品風格、品質前後懸絕的差異，同時也使得作品歸屬不明，甚至連何人、何時、何處代筆，都頗難考索，這是台灣武俠出版中相當惡濫的現象。基本上，《劍毒梅香》也是經由古龍、上官鼎兩位作家之手完成的，但與一般代筆的情況略有差別，蓋兩位皆是一時名家，且起迄分明，標示明確，自不妨視為「合著」之作。不過，上官鼎的分量佔四分之三，嚴格而論，此書當歸於他名下無疑。

古龍的《劍毒梅香（第四集）》和上官鼎的《劍毒梅香（第五集）》（清華出版）

一九六〇年時的古龍，銳氣英發，以初生之犢的勇氣，揮筆進軍武林，開筆一連串就有《蒼穹神劍》、《劍氣書香》、《月異星邪》、《劍毒梅香》、《湘妃劍》及《孤星劍》六部作品，氣魄相當令人震驚。當時台灣武俠正值興盛時期，需稿孔亟，古龍文筆、才情俱佳，據〈古龍的武俠及感情世界〉（《時報周刊》二五〇期）所云，初寫小說時，第一集稿酬為八百元，但一經交稿，立即暴漲，古龍自信滿滿，遂要求當時負責出版《劍毒梅香》的清華出版社援例調高稿費，甚至要求先付版稅，但為清華的負責人拒絕，因此《劍毒梅香》只寫了四集（一九六〇年七月），古龍就輟筆停寫，而轉於《上海日報》開篇寫《湘妃劍》（九月），並為真善美出版社寫《孤星傳》（十月）。對此，古龍亦直言不諱，「那我只好替別人寫了，錢很重要，尤其是在窮的時候」[1]。因此，《劍毒梅香》的出版，整整中斷了五個月，直到後來上官鼎自告奮勇續寫，才又恢復出版（十二月）。

古龍《劍毒梅香》的前四集，主要敘述「七妙神君」梅山民與武林四大宗派掌門人在雲南五華山較技，卻為點蒼掌門「落英劍」謝長卿施詭計所害。恰巧此時孤兒辛捷在父母被「海天雙煞」焦氏兄弟凌辱而死之後，被縛於狂牛之上狂奔至五華山，這狂牛的四隻鐵蹄竟成了梅山民的救星。於是，辛捷就成了梅山民唯一的傳人。

辛捷承襲了梅山民的一身武功、百萬家財及聲名，以山梅珠寶號店東的身分，出現於文采風流的武漢三鎮。辛捷偶然間救得少女方少堃，卻因此得罪了武林中新起的魔頭——天魔金欹，又與金欹的師妹金梅齡有了合體之緣。年少多情的辛捷，夾雜在一連串恩怨難分的情與仇之間，先是情海生波，方少堃投身洪流、金梅齡遁入空門，又對「海外三仙」無極島主無恨生的女兒張菁深有好感；然後又因無恨生誤會梅山民薄倖，又誤認辛捷即梅山民，將他制服，關在堆放雜物的暗艙裡……。故事到此，古龍即輟筆不寫。

上官鼎出道與古龍約莫同時，在此之前，已有《蘆野俠蹤》一書出版（一九六〇，清華），啼聲初試，雖未盡理想，但情節變幻緊湊，已可概見其潛力。續寫之後，整個故事的脈絡，大抵皆能銜接古

1 陳融：〈江湖、女人、酒——古龍的武俠及感情世界〉，《時報週刊》二五〇期，（一九八二年十二月），頁一〇〇至一〇四。

龍所布的線索，俠骨多而柔情少。在俠骨方面，以辛捷追尋仇蹤為主，而輔以四大宗派恩怨的解決；另外則增添天竺番僧「恆河三佛」、「婆羅五奇」覬覦中原而遭擊退的情節。上官鼎於此，一仍《蘆野俠蹤》的舊貫，讓辛捷與吳凌風（「單劍斷魂」吳詔雲之子）屢獲奇遇（高人傳授武功、毒經、服食血果），最後終能手刃寇仇，一了恩怨，甚至為大漢顯揚聲威。但在柔情方面，雖敘寫了以辛捷與方少堃別後重逢、伊人已別有所屬的遺憾，也描繪了吳凌風與阿蘭曲折委婉、情天長恨的情感際遇，但分量既少又不夠深刻；金梅齡只出場兩次，而張菁亦無所發揮，頗為可惜。不過，此書在人物性格上的摹寫，倒有令人刮目相看處，如以辛捷的陰沉偏激，而塑造了個儒雅溫厚的吳凌風與之相襯，一濃一淡，相得而益彰；寫崆峒劍神厲鶚、武當赤陽道長的奸險，以及點蒼謝長卿煎熬於善惡之際的痛悔，也頗為出色。

上官鼎寫成《劍毒梅香》後，頗獲好評，可謂初步奠定了他在武俠創作的基礎。但據說古龍後來十分懊悔，因為他對書中以劍術、輕功、掌力、詩、書、畫、色七項絕技傲視天下的「七妙神君」梅山民，太過喜愛了，而此一原是他精心撰造的故事，卻為上官鼎意外承繼過去，失去了主導權，不免覺得萬分可惜。古龍在一九六一年的《遊俠錄》中仍念念不忘「七妙神君」，刻意延續梅山民——辛捷——丁伶——石慧的譜系；一九六三年，更索性重寫了一部《神君別傳》，以續前緣。

《神君別傳》共十二回，華源出版，前有楔子一回，〈此章原承先，重提舊事言七妙，彼文非繼後，再續新章話神君〉，詳細的交代了古龍自己所寫的《劍毒梅香》前四集的情節大要；故事由辛捷為無恨生囚困於船艙開始，寫無恨生的三桅船受到玉骨魔統領的「黃海十沙」海盜船攻擊，在混亂之中，辛捷受制的穴道解開，逃出生天，但後來所乘船隻破漏，辛捷沉沒海中，為浪濤所捲，漂流至一荒島，為一美貌而天真的少女咪咪所救。咪咪原來是辛捷的仇人「海天雙煞」為滿足其變態、淫穢的欲望，擄掠、豢養於荒島上的孤女，天真無邪，完全不懂人事。但卻無意間發現了江湖奇人「上大人」遺留下來的武功秘笈，習成了絕世武功。救了辛捷之後，兩人朝夕相處，互萌愛意。正巧「海天雙煞」來至島上，辛捷面對殺父母之大仇，無力鏟除，咪咪將上大人的武學秘笈與靈藥轉授給他。辛捷功力突飛猛進，在暴風雨侵襲的茫茫大海中，終於手刃大仇，與咪咪順著海流，朝回家的方向而去。

《神君別傳》一書，向來鮮少有人提及，蓋湮滅已久，偶然間重見人間，也是個異數。不過，此書十二回，僅僅讓辛捷得報父母大仇，攜美而歸，而於前四集的人（如方少堃、金梅齡、張菁等女子，毒君、天魔、四大派、海外三仙）與事（如梅山民與五大派之恩怨、泰山論劍）完全未作交代，且書中更未對七妙神君有若何著墨，與《神君別傳》之名未能相符（按，既是「神君別傳」，主角敬應是梅山民而非辛捷），頗有人懷疑今傳的本子未必是全帙（一說僅是「半部」）。不過，無論是全帙或半部，此書實未見有精彩之處，浪費筆墨處亦甚多（如第二回，花了整整一回的篇幅，只寫了「辛捷上錯了船」），尤其是海天雙煞對咪咪之「異想」、咪咪之所以能習得上乘武功、辛捷之功力突飛猛進等情節，簡直可以說是相當荒唐、惡濫的。想來古龍雖有意新開別傳，終究心餘力絀，只能草草了事。從此，佳人已屬上官鼎，七妙流傳不關古龍之事，《神君別傳》失卻原創性，只能徒呼負負了。

二、悲劇英雄的《沉沙谷》

《沉沙谷》是上官鼎最受人稱道的一部小說，葉洪生從「三長、兩短、一奇」的角度，予以評

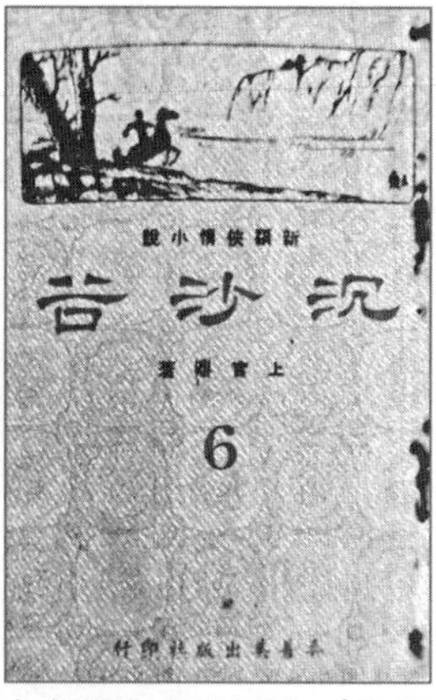

上官鼎的《沉沙谷》（真善美出版）

述，雖是優劣並陳，卻是揄揚有加，尤其是對上官鼎能在不到弱冠之年所展現的「少年英豪」之蓬勃朝氣，以及其最終壯志未酬的「悲劇」收場，大表激賞[1]，曹正文亦謂「《沉沙谷》是台灣新派武俠小說中寫得較為出色的一部佳作，一是情節曲折離奇，二是寫人的感情起伏很有層次。結構也很嚴謹，既擺脫台灣一些作家熱衷於寫神禽異獸的老套路，又沒有過濃的血腥味」[2]，也給予相當高的評價。

上官鼎和多數台灣武俠作家相同，早期創作頗因襲「舊派」格調，如《蘆野俠蹤》開首未久的主角文玉寧初入江湖，所遭逢到的白松幫與鐵龍幫的「河道」之爭，便是從平江不肖生《江湖奇俠傳》中平江、瀏陽因河川改道而生糾紛衍生出來；《沉沙谷》中最關鍵的仇怨由來，即伏波堡金寅達、姚婉、陸介之父的三角戀情，則是自白羽的《十二金錢鏢》中化生而出，雖略有變化，而因襲模仿之跡，猶宛然可見。不過曹正文所說的上官鼎擺脫了還珠樓主「神禽異獸」的「套路」，則是實情，亦非一味沿襲者可比。

在整體結構上，《沉沙谷》始於〈淒涼黃沙〉，而終於〈魂歸何處〉，都以飛鳥不渡、鵝毛不浮的「沉沙谷」為場景。而其間陰謀的設計、恩怨的消解，以及主角陸介武功的增長，都是在這片漠漠

1見〈少年英雄之死〉，收入葉洪生《武俠談藝錄》（台北：聯經出版公司，一九九三），頁四四三至四五七。
2見曹正文：《俠客行——縱談中國武俠》（台北：雲龍出版社，一九九八），頁一八八。

的黃沙之中，不僅緊緊扣合書名的《沉沙谷》，全書的色調，也可以用「沉」字來形容，整個氛圍是陰鬱而低沉的。書中的各個角色，幾乎內心中都如密雲不雨般籠罩著一股陰沉的低氣壓，老一輩的高手，動輒有年華老去、雄風不再的感慨，如念念不忘於「天下第一」的全真派青木道長，雖身在玄門，卻爭強好勝，無如卻在自己秣馬厲兵，自信可以在群雄大會時掙得天下第一的頭銜之時，卻偶然遭逢魔教五雄的挫折，全身功力喪失，精修數十年，卻始終無法恢復全身的功力，面對一干新近崛起的年輕高手，幾乎無時不刻都在感傷之中；魔教五雄中的任厲，因一時衝動，誤殺了情人的子媳，又不得不面對其孫子的尋仇，內心的痛苦與尤悔；即使如像令狐真的角色，因賭技輸招，不得不任天全教護法，卻又雅不願違背自己身為武林人物的初衷，也是滿腹辛酸；甚至連只出場不久的武當白芒道長，閉關三十年，猶對當年的觸犯門規，耿耿於懷，深愧師恩。對過往錯事、恨事的悼念，如陰影般籠罩全書。

年輕的一代，韓若谷、陸介、何摩的「兄弟」結義，除了個個都有悲慘的身世、難以告人的隱衷，如韓若谷肩負著其父金寅達的仇恨，刻意作假；陸介夾雜在毀家之仇、師門之譽、兄弟之誼、愛侶之矛盾中，時時為難；何摩面對深愛其祖母，卻又殺死其父母，而對他滿懷關愛的任厲，百般的為難，且三人之間，兄弟情誼既深，而又不得不陷於「同室操戈」的窘境，尤其是韓若谷，雖是反派，奉其「師父」之命行事，而自始至終都不知道原來「師父」就是其生父，他的所作所為，不過就如金寅達操控之下的傀儡。

在感情的摹寫上，查汝明、姚畹兩人有姐妹般的情誼，卻同時愛上了陸介，查汝明原是陸介自小訂親的未婚妻，陸介偏偏先愛上了姚畹，有意逃避；而姚畹雖與陸介深相愛戀，卻又不得不面對自己是陸介的「師姑」的倫常問題；最可憐的是陸介這個糊塗蟲，直到死前一刻，才赫然發現他所敬愛的結義大哥韓若谷才是罪魁禍首的蛇形令主、天全教主，更不知自己與姚畹的戀情，會牽涉到嚴肅的道德倫常糾葛。

《沉沙谷》中主要的角色，無一不處在如沉沙之中的境地，只能深陷其中，而難以掙脫；最後的結局，陸介與韓若谷恩怨兩消，同埋沉沙，而陸介一尺一尺的陷入沉沙之際，上官鼎以悲愴的色調，寫下了動人的一幕，這一幕是由三個畫面構成的，主畫面是：

> 陸介仰首望天，一陣涼風拂來，他立刻打了一個寒噤，也許是血要流完了吧，他覺得自己快要死了。
>
> 真氣悄悄地散去，足下的黃沙向上吞埋上來……
>
> 這時候，一聲尖叫驚醒了陸介：「陸哥哥……」
>
> 那是姚畹，那是畹兒！
>
> 陸介迅速地轉過頭去，遠處的石巖上，那秀髮飛舞著，白裙飄揚著，雖然那麼遠，可是他能清楚地看到畹兒的一肌一髮。
>
> 「陸哥哥……」
>
> 黃沙上卷，他又沉下了一尺！[1]

1上官鼎：《沉沙谷》（台北市：真善美出版社，一九九六年），第三十六回「碧血黃沙」，頁一三六二。

陸介在此時此刻，想到很多，姚畹，他最愛戀的人；查汝明、他未過門的妻子；青木道長，他敬愛的師父；何摩，他結義的兄弟；陸小真，他的妹妹；還有，魔教五雄……。但這一切都將隨他的身軀，掩沒於黃沙之下了。

第二個畫面是：

多麼可憐的查汝明啊，她正在向著沉沙谷這邊疾奔著。

這時候，大夥人衝到了更遠的對岸山巖上，他們正是查汝安，查汝明，何摩……

他們來得太遲了，什麼都看不到了，峰巒依舊，黃沙無恙，但是陸介呢？[1]

沉沙的絕岸上，是一群關心陸介的親人、朋友，但所見也只有一片無情的黃沙。而第三個畫面則是：

忽然他們看見了對面巖上的畹兒——

「那是畹兒！」

1上官鼎：《沉沙谷》，第卅六回「碧血黃沙」，頁一三六三。

「晼兒！晼兒……」

但是晼兒直如未聞，她美麗的臉頰上掛著珍珠般的淚水，臉上只是白紙般的茫然和空洞。

戛然一聲長鳴，兩隻大雁飛了過來，牠們互望了一眼，那像是說：「該歇歇了吧？」

「呼」一聲，左面的雙翅一斂，輕落向這彎沙谷，緊接著一聲驚鳴，這雁身沉了下去，牠奮力鼓撲雙翼，激起漫天黃沙。

在空中的一隻望著伴侶一點一點沉下去，終於沒頂，牠盤旋數圈，忽地一聲哀鳴，一直投入谷中。

晼兒默默注視著這一雙雁兒的悲劇，她的嘴角泛起一絲淒清的苦笑，在對岸眾人驚喊大叫之中，她一步步走向巖崖的邊緣……

晼兒，晼兒，你可千萬別尋死啊！[1]

上官鼎巧妙的利用有如電影畫面的交替切換手法，將此三個畫面交織組構而出，場面是悲愴而令人震撼的，尤其是藉那雙雁兒的殉情作點染，更格外動人心魄，詩化的筆觸、詩化的結構，連結局都有深濃、沉鬱的詩意，而這詩意，是悲愴的、無奈的、淒美的。上官鼎在這部小說中非常成功的營造

1 上官鼎：《沉沙谷》，第卅六回「碧血黃沙」，頁一三六四至一三六五。

濃郁的悲劇色彩，正是《沉沙谷》備受肯定的原因。

上官鼎的小說，向來有「少年英雄」的朝氣，但《沉沙谷》雖亦以少年英豪為主，可魯陽揮戈，終是難以盡掃此一陰影。

在此，《沉沙谷》的敘事手法，是頗值得注意的，上官鼎揚棄了傳統武俠小說時空延續性的摹寫方式，不再依單一人物的行動串聯時空，而改採跳躍的方式，將各個不同時地的場景、事件並列，點明即止，精簡而扼要，頗近似於後來古龍的寫法，已有「新派」之風，但葉洪生所稱許的「意識流」，其實不過是以「回憶」方式為之，距離「意識流」之拆碎時空、顛倒錯亂的瑰奇，還是太過遙遠。

《沉沙谷》在人物的摹寫上也是可圈可點的，其中魔教五雄的設計，是葉洪生最為稱道的，甚至將此五人與金庸《笑傲江湖》中的「桃谷六仙」，人屠任厲與《射鵰英雄傳》的老頑童周伯通相提並論。魔教五雄的確是與「桃谷六仙」有異曲同工之妙的，插科打諢、語無倫次，又彼此不服，各個想爭做「老大」，是書中「甘草型」的人物，相較於「桃谷六仙」實未必遜色；可惜的是，人物性格未能前後統一，書中有一大段魔教五雄與姚畹以「對句」賭勝的情節，既要對得工整，又必須集古，魔教五雄雖最終認輸，但觀其引經據典，都能說得頭頭是道，這與魔教五雄的性格，明顯是有衝突的，極可能是一時心血來潮，欲自炫其學，所以才會如此唐突，殊不知反而破壞了人物性格的統一性，且自露馬腳，凸顯出上官鼎於古代詩詞格律的隔膜（很多對句是不合格的）。至於人屠任厲，其實在五雄之中，可謂是「斯人獨憔悴」的，其內心的苦楚，須藉鷙鷹噬體來加以消解，與周伯通芥蒂於瑛姑的隱痛，實不相侔，更鮮少混入其他四雄之中嘻笑怒罵，是唯一不像「老頑童」的，則恐未必相關。

上官鼎在《沉沙谷》中花費相當多的筆墨摹寫人物內心的思緒，都頗足以呈顯出人性複雜而細膩的情感，從老一輩的青木道長、人屠任厲、天台魔君令狐真，到年輕一代的諸多男女俠客，陸介、何摩、查汝明、姚畹等，都能寫得絲絲入扣，且分別由其思緒中理出全書重要關鍵，算是相當成功的，如陸介的身世、毀家始末，即是由青木道長獨白式的追憶中和盤托出。可惜的是，對韓若谷的摹寫卻是相當平面化。

依理而論，韓若谷自始至終都是奉金寅達之命行事，無論是當天全教主、蛇形令主，或是後來以韓若谷本相現身，都是由金寅達一手安排的，金寅達實為韓若谷生父，但韓若谷卻是被蒙在鼓裡的，而其與陸介、何摩結交，自不可能完全泯除人性，於下手毒害二人時，心中沒有若何的衝突與掙扎，上官鼎只是屢屢用「白皙的臉上流過一種難以形容的神色」、「他白皙的臉上有一種奇異的表情」、「他嘴角上卻浮起了一絲奇異的苦笑」、「韓若谷的臉上流露出一絲奇特的神情，但卻是迅速抹過」[1]等形容提醒讀者韓若谷極可能是大有問題的人，殊不知就全書看來，韓若谷其實也不過就是金寅達為復仇及野心所操控的傀儡，本身就是個悲劇人物，如果上官鼎能將其內心作更深入的描繪，將其夾處於親情、友情間的多般無奈點化出來，《沉沙谷》必然會更有可觀。

上官鼎少年寫作，雖亦算是略明人事，畢竟閱歷未深，故此在情節營造上，時常犯了粗糙、浮淺的毛病，如陸介本於客棧中打雜，雖是勤懇工作，頗受馬胖子器重，但如果說午餐時還居然有「大魚大肉」可吃，恐怕就略嫌誇張；且當眾人皆不敢搭載姚畹時，他激於義憤，慨然承當，卻忽略了他是

1 上官鼎：《沉沙谷》，頁二五九、二七四、七九六、九二一。

個雜工伙計的身分，一來既非車馬行之人，二來又未獲得馬胖子的允許，竟就敢如此「自由」行事，與其身分是完全不相符的；而「神拳金剛」黃方倫既是成名已久的「武林三英」之一，又是姚畹的師兄，竟會如此輕易就被陸介打死，而姚畹居然沒有任何疑懼之情的描寫，在一小段情節中，就有如此之多破綻及不合情理之處，可見其青澀之處。至於金寅達居然能從眾家高手出手的遺跡中「悟出」武學，而成為一代宗師，雖說打破蹊徑，而其不合理之處，葉洪生既已點明，就無庸贅言了。

上官鼎寫《沉沙谷》之際，年方十八，在文字方面顯然仍未臻圓熟，故生澀不通之句，所在皆有，而隨文感慨，自傷老大之處過多，亦不免有「強說愁」之病，且年少不諳世事，有些細節也未遑兼顧，但少年駿發，通篇結構井然，思致深沉，情節奇突而不失枝蔓，人物特色鮮明，置之同時名家之列，竟毫不遜色，確也堪稱一「奇」字。只可惜其創作時間過短，作品過少，故聲名未彰，直到《王道劍》之後，才真正引人矚目。

三、兄弟情深的《七步干戈》

《七步干戈》，顧名思義，寫的是兄弟間的衝突與仇怨，這頗讓人立刻聯想到上官鼎也是家有六兄弟。上官鼎家中六兄弟，在大哥劉兆寧領軍下，步調齊一、感情融洽，早已傳為昆玉美談。劉兆玄對兄弟情誼的眷念，早在《鐵騎令》中就有所展現。《鐵騎令》這部作品，雖向來未受矚目，但這是他唯一一部企圖將武俠與史事結合的作品，雖只是點到為止，但已具有相當不凡的史識，對秦檜之所以必欲置岳飛於死地，能直指出高宗與徽、欽二帝之間的矛盾。書中以青蝠劍客挑戰「武林七奇」為骨幹，而著力描摹七奇中最富聲望的鐵旗岳家父子五人的事跡，父慈母愛、兄弟同心，各有奇遇；

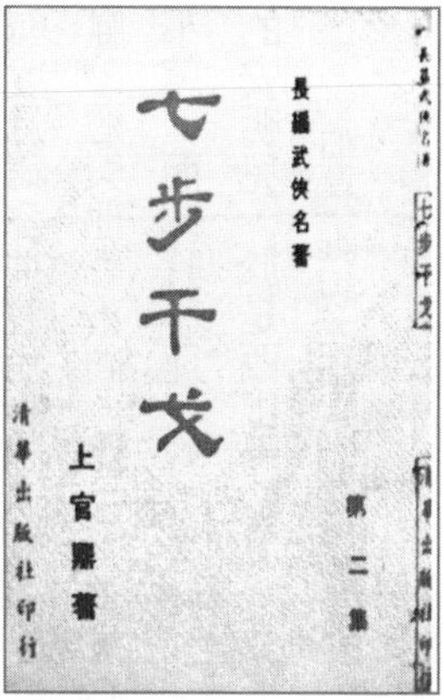

上官鼎的《七步干戈》（清華出版）

而於岳家芷青、君青、一方、卓方四兄弟的相互扶持友愛，顯然特別眷顧，甚至還以秦檜、秦允兄弟的一場萁荳相煎作了對比。《七步干戈》則更進一步，從誤會、衝突到渙然冰釋、醒悟的過程中，凸顯兄弟情誼之難能與可貴。

此書表面上以天劍董無奇、地煞董無公及董其心、齊天心兩代的兄弟反目為主線，但矛頭所指，卻是針對其中挑撥離間、設計陷害他們的禍首「天座雙星」（天禽、天魁），強調的反而是血濃於水的家庭父子、兄弟之情。就在故事的最後，當董家上一代的誤解冰釋時，董其心、齊天心這兩位堂兄弟，眼看著又要為莊玲這位可愛的女子拔劍相向時，董其心想起了三國曹家兄弟煮豆燃萁的故事，想到了董家兩位老人一世的仇怨，「七步干戈歷史豈能重演」？他毅然決然的就做了退讓。儘管這樣的退讓說服力明顯不足，且不免令人質疑，但卻非常一貫地凸顯了上官鼎作品的主要訴求。

造成董無奇、董無公兄弟反目的關鍵，在於武俠小說中屢用而未知檢點的「易容術」，相對於其他多數武俠小說神乎其神的「易容術」，上官鼎的運用，顯然就別出心裁得多。假固然足以亂真，但揭穿陰謀的關鍵，卻也正在於「易容術」的破綻——天禽、天魁的易容固然精妙，卻忽略了「歲月」及「心理變化」在董無公臉上所烙下的印痕，且假冒者一旦面對到真人時將立即被揭穿的窘境，可謂「成也易容，敗也易容」，這點上官鼎無疑是能更深入窾竅的。

《七步干戈》以上下兩代兄弟間的相爭為主線，上一代起因於奸人的陷害而造成誤解，奸謀一旦被揭破，兄弟仇怨自然能迅速渙然冰釋，回歸舊好，不必另生波折，因此《七步干戈》中上一代的董無奇、董無公兄弟，在上官鼎筆下，面目、性格過於雷同，較乏表現的空間；但下一代的齊天心、董其心兄弟，所面臨的卻是武林名位與兒女私情雙重的矛盾，尤其是後者，更是作者極力摹寫的。齊天心由於其父董無奇巧獲藏珍，富可敵國，故性格張揚、好大喜功，雖心存俠義，不免多有貴介公子跋扈高傲的習氣；而董其心幼年即隨父隱遁於鄉間，樸實寡言，卻深明世態。一高明，一沉潛，個性完全不同，臨事表現亦大異其趣，上官鼎對書中兩位男主角的描繪，是發揮得相當淋漓盡致的。尤其是董其心，為強調其深沉多智、思慮周密的性格，不但將書中揭穿陰謀的任務由其承擔、決心退讓的主動權操於其手，更將此書的副線——揭破凌月國主對中原的狼子野心及朝廷奸臣的撥弄，完全交託在董其心身上。這也使得全書在狹隘的兄弟鬩牆、揭露陰謀的格局之外，另有開展。書中所描繪的陝甘總督安靖原與凌月國之間的對壘交鋒場面，以及當朝徐大學士陰謀陷害忠良的場景，皆可圈可點。

當然，《七步干戈》下一代的矛盾，既以兒女私情為主，全書自亦多有兒女情長的描摹，其中最重要的女主角莊玲徘徊夾雜在齊天心、董其心之間，幽微的心事、不知何所選擇的矛盾，寫起來搖曳生姿，格外動人。而董其心與幼年玩伴小萍自幼及長的感情變化、與莊玲恩怨相爾汝的矛盾掙扎、與凌月國公主敵我難分的恩情，以及與陝甘總督之女安明兒似有若無的情愫，寫得情景如繪，非常細膩，迥與他書不同。書末，董無心在決心退讓後，再度回到家鄉，遇見了青梅竹馬、曾經小手誓約的小萍，而此時小萍已嫁為人婦、育有一子，幼年的情懷，早已淡忘，他悵悵而離去，想到了遠在甘肅的安明兒，於是西出陽關——

「但是誰說西出陽關無故人？」

全書雖至此結束，而一幕幕由上官鼎摹寫出的深刻的兒女情事，卻還是鮮明的留在讀者心坎中。

上官鼎早期諸作，從以上三部的迹要中，已可窺見其潛力，如能持續創作，未嘗不能有更大的進展；但劉氏兄弟當初不過以熱愛武俠之心，偶一涉足於武壇，自始並未以揚名武壇為志向，相反地，高才捷足而能上台灣最高學府台大的學子，多數皆以出國深造為首要目標，劉氏兄弟遂自此絕念於武俠，人各有志，而一時風會所趨，台灣武壇雖損一健將，但劉氏兄弟各有發展，各以其學識報效社會，雖是桑榆有失，而東隅有得，似亦無須遺憾。

只是，任誰也沒有想到，四十六年之後，劉兆玄居然寶刀不甘老，竟重出江湖。

第三節　政治理想《王道劍》——上官鼎重出江湖

從一九六六年，劉兆玄赴加拿大攻讀碩士學位後，只剩么弟劉兆凱孤軍奮戰，雖有《金刀亭》一書，但也未能通部完成，上官鼎封刀歸隱，本以為是金盆洗手了；可未料四十六年後，劉兆玄倦於仕途，武俠小說反成了他笑傲江湖的憑藉，將未能竟業的政治理想，託寓於武林之中。

一、上官鼎重出江湖

在金庸創造武俠的巔峰之際，尤其是一九八〇年遠景出版了整套的金庸作品集之後，武俠小說一夕爆紅，從野草閒花蛻轉成為園林珍賞，閱讀人口激增，相關的評析、研究也趁勢推波助瀾，將武俠小說拱上了文學的殿堂，這是武俠小說自有始以來最風光的時刻。

然而，當所有的光與熱都集中在「唯一的金庸」之時，黑洞式的排擠效應也隨之產生，讀者曾經

上官鼎的《王道劍》（遠流出版）

滄海，卻難為了其他許多無論是老將或新秀的筆鋒，讀者獨沽一味，武俠小說在風光的背後，老將束手，新秀踟躕，卻隱伏著解體的危機。儘管猶有若干有志者奮起，如奇儒之融冶佛理，以慈悲襟懷創寫《凝風天下》、蘇小歡之綰結史實，以戰亂背景思索人生定位，寫作《天地無聲》、溫瑞安之自鑄偉詞，以圖像詩意撥弄新奇文字，陸續有《刀叢裡的詩》及「少年名捕」系列、孫曉之虛構歷史，以政治思維相形英雄悲情，寫出未完的《英雄志》、黃易之借徑科幻及歷史，以玄幻及史詩雙管齊下，而有《尋秦記》與《大唐雙龍傳》，以及《日月當空》三部曲，而大陸的「新武俠」諸家，如小椴、滄月、步非煙、鳳歌、趙晨光、徐皓峰、時未寒等，也都持續有所肇造，但是武俠輝煌的時代畢竟已經過去，點水難生迴波，令人憮嘆。

後金古時代的武俠小說家，在大宗師金庸的「典範」壓力下，是肯定存在著布洛姆所說的「影響焦慮」的，在巍峨高峻的五嶽名山之前，應該如何突破、超越，開創出一道屬於自己的風景線？這是有志於武俠創作，或曾經在武俠創作中嶄露過頭角的人最大也最艱鉅的挑戰。

毫無疑問地，金庸武俠小說最引人矚目的是他善於藉用歷史的宏偉場景，營造出一個足以讓英雄叱吒風雲的氛圍，以歷史的厚重，負載著英雄的悲歡；而台灣近四十年的武俠小說發展，自一九五九年以後，備受政治的干擾與局限，走出的是「去歷史化」的格局，以想像虛構的江湖爭霸為主，精巧有餘，而氣魄未足，是以一九八〇年後的新銳作家，多多少少都不約而同的取徑於金庸，企圖藉歷史的渾厚以補靈巧之不足，無論是蘇小歡、溫瑞安、黃易、孫曉、徐皓峰等，都同一機杼，雖所創的成就亦有可觀，終不能與金庸相提並論，即便如黃易，儘管算是金庸、古龍之後曾經擁有過最多讀者支持度的，也還是略遜風騷，而其受金庸的影響之大，則是不言可喻的。

老一輩的台灣武俠作家，在引領風騷幾十年之後，只有雲中岳、柳殘陽和獨孤紅堅守陣容，持續創作到九〇年代，甚至廿一世紀，多數的作家急流湧退，並逐漸物故，司馬翎、古龍、高庸、雲中岳、柳殘陽等已是「無可奈何花落去」，只留下若干俠稗供後人憑弔、欷歔；不過，卻在此時，有了個令人石破天驚的消息出現：「上官鼎重出江湖」！這正是：「似曾相識燕歸來」！忝為一個投身武俠研究近三十年的讀者，心中的驚喜、雀躍，是可想而知的。

在上官鼎封筆的四十六年之間，劉兆玄始終致力於學術研究，除任教於清華大學，從教授一路攀升為院長、校長，早已無暇顧及武俠創作外，其後被延攬入交通部、國科會、行政院、文化總會，政務繁忙，料想更不可能重作馮婦。未料以古稀之齡，居然重新挑燈看劍，寫出《王道劍》一書，真可謂是「老驥伏櫪，志在千里；烈士暮年，壯心不已」，跌破眾多人的眼鏡。

二、武俠中的歷史

《王道劍》共廿八章，近九十萬言，共五冊，是一部揉合台灣武俠江湖爭霸之長及金庸藉歷史氛圍凸顯英雄境遇的武俠作品。在這部小說中，很明顯地受到金庸極大的影響，如書中關於明教的定位與描述，所謂左右護法、四大法王、五散人等教中的結構及明教與明朝開國的關係（國號、恩怨），幾乎都是套用金庸《倚天屠龍記》而來的，劉兆玄之企圖取徑於金庸，以開啟台灣武俠的另一方向，實乃無庸置疑。

武俠小說與歷史，向來是連體或孿生的，蓋小說創作，必然脫離不了時間與空間的因素，既有時空，則與「歷史」就無法脫離關係。當然，此處所謂的「歷史」不必嚴格的約限在「曾經發生」的範疇中，而是指小說事件發生、開展到結束的時空，而就在這寬廣的定位中，我們所說的「曾經發生」的歷史（無論是正史或野史），就得以涉足其間。在傳統俠義小說中，《水滸傳》取北宋末年宋江、方臘的史事作開展，《七俠五義》以北宋仁宗在位的時空為背景，無論是寫實或虛構，歷史都在其間起了相當重要的作用。

武俠小說肇興以來，號稱武俠開山之作的《江湖奇俠傳》儘管神怪謬悠，但仍點出相當明確的時空背景，如其中膾炙人口的「火燒紅蓮寺」明確發生在清代，而「刺馬」更取清末轟動一時的兩江總督馬新貽被刺的歷史事件作敷衍；還珠樓主的《蜀山劍俠傳》，是劍仙傳奇，所述往往非人間事，但一開首也點明了「康熙即位的第二年」，其他諸名家之作，亦莫不斑斑可考出其時空背景。

藉歷史寫英雄，正所謂「歷史考驗英雄，英雄創造時代」，歷史渾厚、磅礴的背景，正是英雄生命姿彩展現的最佳舞台。此所以武俠小說大宗師金庸的《射鵰三部曲》和《天龍八部》、《鹿鼎記》備受矚目的關鍵。

在台灣武俠小說發展史上，早期的作家也都頗著力刻劃其歷史背景，如郎紅浣之擅長描繪清代史事、成鐵吾之取雍正及年羹堯事跡，甚至步武還珠，以神怪謬悠取勝的墨餘生的《瓊海騰蛟》，也以明代英宗「奪門之變」復辟後的于謙後代為主角，可謂緊緊掌握住了武俠與歷史的關聯。儘管因一

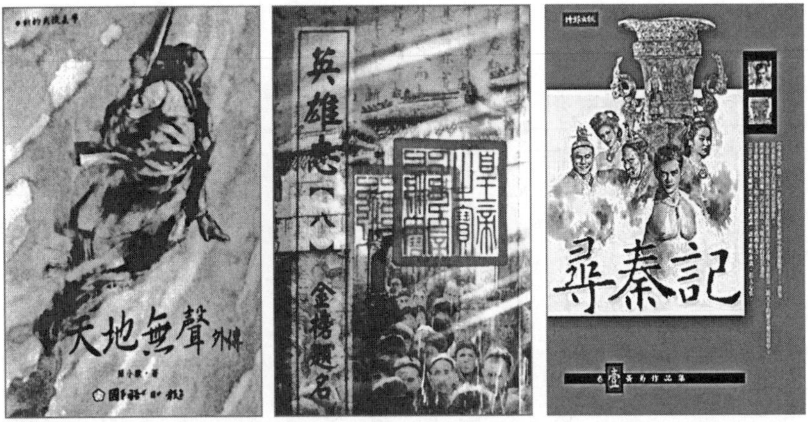

蘇小歡的《天地無聲》（國語日報社出版）、孫曉的《英雄志》（講武堂出版）以及黃易的《尋秦記》（時報文化出版）皆具深厚的歷史感

九五九年「暴雨專案」的影響，台灣作家為避免「以古非今」的政治干擾，轉而以「去歷史化」的手法，虛構了個恍惚模糊、不知今夕是何夕的「古代」時空，從而淡化了歷史背景的因素，但後期的雲中岳以復古作寫實，精確地摹繪明清兩朝的政治、社會實況；獨孤紅承襲郎紅浣，大量以清代康雍乾三朝為小說背景，也都算有所突破。甚至，上官鼎自己的《鐵騎令》（一九六一）也有所嘗試，點綴了南宋高宗時的秦檜與岳飛史事。

不過，總體而言，台灣武俠小說儘管因「去歷史化」而開啟了武俠小說的另一種新風格，也帶動了武俠小說「江湖爭霸」的新模式，但新穎生動、刻劃入微之餘，總讓人若有憾焉，歷史的渾厚，未能與俠客的生命相得而益彰，格局自然無法宏闊雄偉。因此，一九八〇年之後的台灣武俠作家，就不乏欲以深厚的歷史感以彌補其中之不足，如蘇小歡之以秦漢之際，尤其是荊軻此一歷史人物，創作了《天地無聲》，孫曉轉化了正史上的景泰、天順兩帝之間的歷史，虛構出氣勢雄渾的《英雄志》，施達樂以台灣歷史的傳奇人物林少貓，撰寫了具有台灣風味的《小貓》，但相較於香港黃易的《尋秦記》、《大唐雙龍傳》以及大陸作家如徐皓峰的《道士下山》系列，影響相對薄弱許多。

台灣武俠作家自一九八〇年後，雖不能說是繳了白卷，但嚴格而論，相較於過去台灣為武俠重鎮的成就，真的是心竭力絀了。《王道劍》的創作，說來也奇妙，也正是有此「歷史」背景的。

三、《王道劍》與歷史

武俠未必非與歷史作結合，才會有意義或價值，金庸的《笑傲江湖》就是非常典型的例證，而古龍多數的虛擬時空小說，更可作如是觀。但武俠小說欲與歷史作結合，卻不是一件容易的事，這牽涉到作者的「史識」（**包括知識與見識**）、史觀、史事的選擇及歷史運用技巧種種問題。

歷史知識是欲援取史事入小說的基本要求，知識的多寡，左右了所描摹的史實之確切與否，儘管小說純屬虛構，未必非真不可，但總不能悖離史實，在此，深厚紮實的歷史知識，以及廣蒐普求相關資料的努力，起了重要的影響力；而史識，則是有關這些史實背後原因的洞察。

劉兆玄雖是理工出身，但對傳統的中華文化及歷史，向來十分關注，歷史的知識，原就在一般水平之上，而難能可貴的是，他為了撰寫《王道劍》，除了《明史》外，不僅廣泛參閱了明初相關的載籍，更對今人的「新發現」，如二〇〇八年福建寧德所發掘的滄浪珠禪師金貝墓葬，頗多學者認為這即是流亡的惠帝最後安身立命之地（**儘管也有學者持反對意見**），其用力之勤，著力之深，是武俠小說作家甚難做到的。至於見識，早期在《鐵騎令》中，劉兆玄就能將秦檜之所以必欲置岳飛於死地的原因，直指徽、欽二帝與宋高宗之間的矛盾，與清初唐甄的論點若合符節，已可窺出其見識；在《王道劍》中，鐵鉉堅守濟南城，在「靖難」初起及朱棣攻下南京後，民心向背互異，劉兆玄能洞察其間人心的微妙異動，也可作如是觀。

所謂「史觀」，指的是觀察歷史所持的立場和切入的觀點，同一史事，因史觀之不同，就會有極大的差距，台灣早期作家郎紅浣，因為他本身是旗人的關係，對滿清一朝及相關人事的理解，就明顯與民初的舊派武作家不同，而具有同情同理的諒解；而成鐵吾的《年羹堯別傳》將年羹堯從歷史的束縛中解脫開來，成為一枚隱伏在清廷雍正身側的「反清復明」棋子，儘管未必符合史實，但也未嘗不能說是一種別開生面的新詮釋。金庸是帶有濃厚左派思想的作家（雖沒有梁羽生如此激烈），從早期《書劍恩仇錄》對所謂的「滿漢民族大義」的堅持，《碧血劍》對統治階級的惡感中略可窺出，直到後期的《天龍八部》、《鹿鼎記》才真有所擺脫，但自始至終，對封建統治階級是極不具信心的，其間的「史觀」都是極其分明的。

劉兆玄成長在特殊的與共產、左派嚴劃界線的台灣，台灣在傳承儒家思想的文化語境下，雖也強調「民」，但對「忠君」二字，事實上從未有多少質疑，因此在《王道劍》中往往可見他對歷史人物的功過，往往是並陳分列，如對殘酷的朱元璋和朱棣，都有若干較平情的議論，而對惠帝，在稱許其慈厚之餘，也點出他魄力、識見之不足。持不同史觀的人，或者會對此書中對明代二祖的「寬待」不以為然，但是，正反並陳，褒貶分列，歷史的功與過、是與非，留待讀者自己思考判斷，毋寧是更符合小說家分際的。

《王道劍》挑選了充分歷史懸疑性的「惠帝流亡」為主幹，在台灣，無論歷史小說或武俠小說，都鮮少有人觸及（或許「流亡」二字太敏感），只有雲中岳在《風塵豪俠》中略有發揮。有關明惠帝的生死、下落，歷來學者討論極多，終無定論，但基本上多數人傾向於相信惠帝並未死在南京城破之時，劉兆玄選擇了這段史事為主幹，無論從知識、趣味、懸疑性的角度來說，都是一個明智的決定，一則是此史事久已膾炙人口，二則是此史事充滿了懸疑性，故不僅讀者會感興味，而作者也具有更廣闊的發揮想像空間。

《王道劍》最引人矚目的，應該是劉兆玄擷取金庸歷史的優長，又擅於發揮台灣武俠本就最拿手的「江湖爭霸」，冶歷史與武俠為一爐，作了巧妙的結合。《王道劍》以明惠帝建文的流亡為核心，將明朝初年的史事，從明太祖殺戮功臣、建文實施惠政到成祖「靖難」、惠帝流亡，一一援據史書鋪敘，其中膾炙人口的錦衣衛之設立、胡惟庸藍玉之獄、傅友德之族滅、建文削藩、成祖興兵、靖難諸忠臣死節，乃至成祖即位後滅方孝孺十族、派胡濙尋訪建文下落、遣鄭和下西洋、命解縉編《永樂大典》等，皆有典有據，讀小說如讀歷史書，在武俠說部中是極難得一見的。

劉兆玄往往能藉史籍中短短的一句文字，就衍生出一大段重要情節，如有關靖難初起，王景隆圍攻北京城，《明太宗實錄》裡有「時城中婦女皆乘城擲瓦石擊之」[1]一句，表現出北京城居民對朱棣的支持，《王道劍》卻敷衍出男女主角傅翔與阿茹娜喬裝成醫師，展現出阿茹娜精通兵法的能力，描寫他們如何教導北京城居民自保，而得以堅守城池的一大段兼融虛實、相互化生的故事。較諸一般武俠小說之以大處、大格局著眼，重在為英雄模塑時代舞台，對史事僅輕描淡寫帶過，其細膩委婉，是別有特色的。

1《明太宗實錄》（台北：中央研究院歷史語言研究所，一九六六），頁四十。

在此核心之外，《王道劍》虛構了一齣印度僧侶自高自大，認為中土所有武學皆源於印度，故欲以此稱尊中原武林，以致結合政治權力，到處興虐的江湖爭霸故事。江湖爭霸，本就是台灣武俠作家擅長的專項，劉兆玄是斲輪老手，於此自是駕輕就熟，將明教、丐幫、全真教、少林、武當等中原各名門正派同仇敵愾，力挽武林危機的俠行義舉，描摹得十分出色，其中明教的方翼與章逸、丐幫的紅孩兒朱泛、全真教的完顏宣明，都刻劃得栩栩如生，尤其是藉少林中的楊冰（悟明）和武當中的坤玄子兩個印度派遣臥底的兩兄弟作對比，凸顯正義與邪惡的冰炭不同爐，更引人深思。

至於邪惡的一方，天地人三尊各有所執，地尊癡迷於武學並藉由達摩《洗髓經》的洗滌感悟到天下武學本應互有所補的道理，打破了舊有的邪派角色的格局，更值得讚賞。

四、「王道」與「儒俠」

劉兆玄晚年重出江湖，是頗具有雄心壯志的，書名《王道劍》，即是企圖以儒家（尤其是孟子）的「王道思想」為向來始終蒙受「霸道」惡名的武俠小說作新的評估與闡釋。所謂的「王道」，書中藉主角傅翔學武的體悟歷程，和盤托出，基本上認為武學一道，並非「以力服人」的，必須充分展現「王道」，才是最巔峰的成就，也才有真正的意義和價值。王道之劍，是擁有「生生不息，永生永續」的特質的，並不如霸道般電光石火，剎那間便終歸沉寂。如何才能生生不息呢？劉兆玄以「借力使力」、「後發先至」為解，並相當巧妙的結合了孟子的王道思想作解說。

劉兆玄刻意安排了傅翔體悟到「王道」奧妙的場景，是在書中具有關鍵地位的「鄭宅鎮」（鄭義門）——這不僅攸關於全書核心建文流亡的第一站，更與其所獲得的寧德考據資訊結合，成為故事中最後定論。鄭宅鎮是劉兆玄精心設計的場景，從全書一開始，鄭家娘子母女二人就是從鄭宅鎮逃難出來的，而其後建文流亡的最重要臣子鄭洽，也是鄭宅鎮的人。此鎮曾蒙太祖頒賜「江南第一家」匾額，並獲建文親書「孝義家」三字，但其特殊性還不在此，而在全鎮基本上遵循著孟子「數罟不入洿池，斧斤以時入山林」的精神經營地方，孟子謂：

> 不違農時，穀不可勝食也；數罟不入洿池，魚鱉不可勝食也；斧斤以時入山林，材木不可勝用也。穀與魚鱉不可勝食，材木不可勝用，是使民養生喪死無憾也。養生喪死無憾，王道之始也。（《梁惠王上》）[1]

「不可勝食」、「不可勝用」，即可「永續相傳，生生不息」，傅翔到此，習聞此語，頗有感悟，終於使他「脫胎換骨」，真正逐步進入「耀古爍今的武學極峰」，這就是「王道劍」。劉兆玄讓傅翔在此鎮第一次感到「悸動」，即是個「始」，恰好吻合孟子所說的「王道之始」。由此而論，無疑這是本書最重要的部分，故事的結局，也正是傅翔以此「王道之劍」破除了印度僧侶的「霸道」，而化解了整個中原武林的危機。

將政治學的「王道」與武學境界的「王道劍」綰合為一，對劉兆玄來說，是兼有武俠作家與政治家雙重身分的他相當理想性的結合，而精義就在「生生不息」四字。如果說「王道劍」是內聖，則

---

1 〔漢〕孟子著：《孟子注疏》（台北：台灣古籍出版社，二〇〇一六），頁十一下至十二上。

「王道」即是「外王」，這很符合儒家向來著重的「內聖外王」之道，此所以劉兆玄相當躊躇滿志的宣稱，這是武俠小說中首度以「儒家思想」為核心完成的一部小說。

「外王」是儒家的政治學，身為政治家又鍾愛儒家思想的劉兆玄，對「王道」有所傾慕自是不難理解，孟子說「養生喪死無憾，王道之始也」[1]，這個「無憾」的主體，孟子說是「民」，何謂「民」？《王道劍》中對朱元璋的屠戮功臣、無辜株連是批判甚力的，但卻又以在朱元璋治理下一般百姓的安居樂業，對朱元璋作了少許的肯定，儘管此論未必符合實情，蓋書中的〈鳳陽歌〉沒有引全，據趙翼的《陔餘叢考》，〈鳳陽歌〉全詩是「家住廬州並鳳陽，鳳陽原是個好地方。自從出了朱皇帝，十年倒有九年荒。」[2]

朱元璋裁抑富戶，小老百姓也未必受惠多少，但小說家自有見解，亦不必太過認真。倒是《王道劍》中以建文免除江南一帶的苛捐與朱棣回復原徵作對比，一慈和愛民，一強橫霸道，充分展現了劉兆玄對「民」的關懷與愛護，這也是一個政治家從政的基本原則。有意思的是，在《王道劍》中，出現了各色不一的種族，除了印度僧侶算是外來之人外，漢族之外的完顏宣明是女真人，阿茹娜和巴根是蒙古人，鐵鉉是色目人，因營救鐵鉉而賈禍的丁爾錫是波斯人，有官，有商，有小老百姓，都是久居中土的「民」，這與一般認知上明太祖驅逐韃虜之後的中國居民有所出入，卻是事實；劉兆玄藉著鐵鉉化解漢、蒙衝突的橋段，點出了他自身對「民」的看法：

1（漢）孟子著：《孟子注疏》，頁十二下。

2見清・趙翼《陔餘叢考》（台北：中華書局，一九六三），卷四十一，頁九二〇。

回、蒙族人團結互助固然值得嘉許，但外來族人等既已在中土定居，便該自許為華夏臣民，多與當地漢民和睦相交，大夥兒不分族別，互相幫助，大家一起過好日子豈不是好？便是商場上也可以協商合作，謀求共榮共利，何必弄得刀槍相向，流血街頭？[1]

既是在同一土地上生活，就理應不分族群，合睦相處，大家都是「民」，無分貴賤，不論貧富，同等看待，這段話語背後，隱藏著台灣在藍綠政爭下「此疆爾界、嚴劃族群」的化解心願，語重而心長，類似南陽知府祁奐假借族群之爭欲撈摸利益之輩，不知聞之又作何感想？

由此而論，《王道劍》不僅是一部上官鼎重出江湖的一部武俠小說，更是劉兆玄這位兼具政治家身分的作家政治理想的託寓。

五、《王道劍》的省思

劉兆玄的確是對儒家的「王道」思想情有獨鍾的，因此，不但藉《王道劍》呈露出來，更以具體的行動，欲付諸實踐。二〇一五年，劉兆玄成立「中華文化永續發展基金會」，結合朝野力量，為推廣中華文化而盡心盡力，「王道永續指標」（Wang Dao Sustainability Index, WDSI），就是其中特別

1上官鼎：《王道劍》（台北：遠流出版社，二〇一四年），頁八二三至八二四。

標舉的要務。劉兆玄對其內涵，有如下的說明：

> 目前建構中的王道指標包含三大面向。其一是全球倫理（Global Ethics），全球倫理是國家間基於王道思想而在國際上彼此和諧尊重，接納多元文化，倡導和平共榮；次第是包容性發展（Inclusive Development），包容發展是國家社會體系中於政、經、社發展過程間對人我關係有相互尊重與包容的共同預期，強調公義與調節；再者是環境永續（Environmental Sustainability），環境永續則期許國家社會在與自然環境的長久互動上，依循同根性、整體性與平等性的原則發展。[1]

劉兆玄對儒家及傳統文化的重視和堅持，從他過去的武俠創作與從政歷程中都是可以明顯看出的。劉兆玄雖非研治儒學出身，但對儒家思想的理解，由於其豐富的行政經驗，卻也對儒家的「內聖外王」是否真能如此理想的「一以貫之」，不免有所質疑。以他從政的切身經驗中，他深知歷來儒學家共通的誤解，將屬於「德」的「內聖」與屬於「能」的「外王」放在同一層次來看，恐怕是未必切實際的。在《王道劍》中，劉兆玄以鄭宅鎮居民履踐孟子「王道」思想的漁夫和樵子，堅持祖宗的傳

1 「不同於世界現有的指標數據，王道指標是唯一結合傳統中華文化價值和現代社會科學方法所創立的指標方法。我們試圖將中華民族流傳數千年的智慧轉化為概念化和數量化的指標，度量各別國家社會的發展是否健全與永續。因此，王道指標既保留強調環境的永續發展及社會的穩定公義，也強調每個國家在全球範疇下的倫理綱紀。」中華文化永續發展基金會網站-研究計畫：（https://www.fccsd.org.tw/study?id=39）（最後瀏覽日：二〇二〇／十／十四）。

統，的確是「數罟不入洿池，斧斤以時入山林」了，但鎮外之人如何約束？請看：

本地人若犯了三次，便不許他打漁了，外來人若不遵守，咱們會派人盯著他，一面苦口婆心勸誡，一面盯住他一舉一動，讓他不得自在。

外來樵子如果不遵守硬要入山伐木，村裡便派一個樵子跟隨他上山，一面苦口婆心相勸，一面全程監視……[1]

曾任行政院長高職的劉兆玄，顯然不會真的相信這種方法能杜絕外來人的覬覦。因此，劉兆玄特別另外標出「強大的力為後盾」，以「借力使力」的方式「生生不息」，這就是書中不止一次強調的「『內力外王』。此一「內力外王」，相當巧妙地以惠帝的懦弱與成祖的強勢，一敗一成，隱約作了諷刺，既承襲了「以德行仁」，又避免了孟子所批判的「以力假仁」，在《王道劍》中，「王道」是「德」，「劍」是力，唯有雄厚的實力作後盾，才有行「仁政」的可能。劉兆玄在書中藉天虛道長之口說：

中土自有武學以來，其最高精義非釋即道，你竟能從儒教之中循「王道」而創出生生不息永無止境的上乘武學，其出招與運氣，中庸之道足可與慈悲為懷之佛家與天

1 上官鼎：《王道劍》，頁一二四五。

人合一之道家相通，實乃我武林數百年來第一大新猷，可喜可賀啊！[1]

誇耀傳翔之語，也正是劉兆玄自矜所得之處，更代表了他一生從政的理想。儘管從傳統儒家思想的角度而言，劉兆玄並未將「中庸之道」與《王道劍》攸關之處闡釋清楚，也顯然與孟子王道思想中仰仗最大的是「德」而非「力」，大有不同；在孟子思想中，此一「德」，是內在具足，不假外求，以自我「涵養」而得之的，這也是孟子最重要的「養氣」學說：

> 其為氣也，至大至剛，以直養而無害，則塞於天地之間。其為氣也，配義與道；無是，餒也。是集義所生者，非義襲而取之也……行有不慊於心，則餒也。（《公孫丑上》）[2]

「以直養」、「配義與道」、「集義所生」，是「養氣」的最根本原則，絕不同於自意自必自固自我的剛愎，而有此集義所生之氣，自可「自反而不縮，雖褐寬博，吾不惴焉？自反而縮，雖千萬人，吾往矣」。武俠小說雖云以武為尚，但最引人動容倒未必是那些藝臻絕頂，千古無一的武功，而在俠客自身具備、符合仁義的「俠義」精神，司馬翎就曾在他的武俠小說中大力闡解過。

1 上官鼎：《王道劍》，頁一六〇〇。
2 〔漢〕孟子著：《孟子注疏》，頁九十下至九一上。

《王道劍》的取徑與司馬翎不同，一方面，他也強調「義」，如身負明教兄弟血海深仇，以及毀家滅族之仇的方冀、章逸與主角傅翔，為何會放下與朱元璋的仇恨，反而義無反顧的協助建文皇帝四處流亡？在明成祖朱棣的殘狠霸道下，建文諸臣何故寧死不屈不降？而同處朱棣陣容的徐皇后、姚廣孝、胡濙，又何以對建文多所迴護，豈非就在一個字——義！事實上，武俠小說中對「義」的發揮，已經是相當淋漓盡致了，就是上官鼎諸作，也不致疏略，但《王道劍》除此之外，卻更思索到「力」的問題，正義的執行，如果僅僅仰賴勸人警悟的「德」，恐怕也缺乏真正的效力，因此「內力外王」，雖未必符合儒家舊說，卻也不妨視為劉兆玄自家的體悟，而從武俠小說的「武」與「俠」的結合而言，似也更為貼切。

當然，以一位作家而言，即便劉兆玄曾出任過要職，熟諳於政治事務中的機竅與竅要，也未必能如思想家、哲學家般成功建立起自我的一套理論；但是，「王道」理想，向來是中國傳統政治家最高的期盼，但能否真正付諸實踐，恐怕還有待琢磨，尤其是方今「唯力是視」的全球政治形勢，孟子在「小國寡民」的前提下所推出的「王道」，置身於複雜的國際現勢中，恐怕將是戛戛乎其難的，即此。《王道劍》中「內力外王」的新解，或許對目前台灣空前艱難的處境，也能提供若干針砭吧！

從青澀少年伊始，上官鼎以年少英銳之氣，發諸於武俠小說之中，充分展現其初生之犢不畏虎的蓬勃朝氣，雖歷時短、創作稀，但已算卓有所成，在台灣武俠諸名家中，亦擁有一席之地；中斷四十六年，以老邁之身，猶奮臂而出，可見其對武俠之鍾愛。武俠小說自平江不肖生「開天闢地」以來，已深入人心，下起販夫走卒，上迄學者政治家，莫不深受濡染，已成為中華文化中根深蒂固的一環，劉兆玄的武俠創作之路，從學生時代，到政治家，一路走來，始終如一，正是最好的註腳。

葉洪生曾論上官鼎在武俠小說中的「三最」[1]——一是「最年輕」的武俠作家，年方十六七就投入武俠創作；二是「最早」封劍的武俠作家，一九六六年即急流湧退，輟筆向學；三是教育程度、地位「最高」的武俠作家，拿到博士，任過行政院長。其實，這還可新添「兩最」，一是創作時間「歷時最長」的武俠作家，中間雖曾中斷四十六年，而於晚年重作馮婦，直到二〇二〇年，尚戮力耕耘著武俠這塊園地；二是他是「最有意識」將他一生從政理念化入武俠小說情節的作家，《王道劍》其實就是他的政治思想著作。前後「五最」，塑造出在台灣武壇上堪稱「奇葩」的作家。

1見〈少年英雄之死〉，收入葉洪生《武俠談藝錄》（台北：聯經出版公司，一九九二），頁四四四。不過說到教育程度，同時期的陸魚，也拿到物理博士學位，不讓上官鼎專美，但上官鼎曾出任過清華、東吳大學校長，較陸魚更上一層。

第四章 刀劍叢裡賦新詩——溫瑞安小說論

一九八〇年代，台灣的武俠小說界呈顯出相當弔詭的現象：一方面老將紛紛封筆，創作量銳減，氣息奄奄，欲振乏力；而若干標榜「香豔」的色情武俠卻氾濫成災，大行其道。另一方面則是武俠小說的社會地位逐漸提高，從「小道」開始慢慢步入文學的殿堂；而武俠小說的讀者卻不增反減，急遽滑落。其中最關鍵的因素，除了電視武俠劇的衝擊之外，無疑是「金庸旋風」的影響。金庸小說在商品化的機制炒作下，迅速成為唯一的「武俠象徵」，幾乎壟斷了台灣武俠市場。因此往昔島內的知名老作家個個意興闌珊，陸續封筆退隱，而新人亦望而卻步；只剩下若干不肖書商糾合了一些「武俠痞子」，改以色情／搞笑伎倆招徠讀者，媚俗苟活。

金庸的小說能造成如此深廣的影響，儘管是在明顯的商品操作下形成的；但其作品的卓越表現，無疑才是真正的關鍵。自一九八〇年以來，橫梗在多數武俠作家心頭的疑問，就是：如何才能超越金庸？在武俠小說史上，金庸宛似泰山北斗，睥睨群倫，意欲超越，談何容易！才力弱、自信薄的作家，眼見大勢所趨，無力抗爭，乃頓生退出江湖之想；而若干仍富自信，不肯妄自菲薄的作家，則轉思從不同的路徑開創另一種異於金庸的風格。即令金庸小說氣勢宏偉，具「壯美」之姿，但又何妨逞其奇絕幽怪，營造另一種「秀美」的勝景？於是古龍所完成的「新派」，就成為多數作家另闢蹊徑的模仿對象。

事實上，由某種角度而言，古龍的「新」，也未嘗不是在金庸的刺激下開創出來的。古龍與金庸的交情建立得極早，自然也有管道蒐讀金庸小說。在一九七七年發表的〈關於武俠〉一文，古龍就特別推崇金庸：

> 他對這一代武俠小說的影響力，是沒有人能比得上的。近十八年來的武俠小說，無論誰的作品，多多少少都難免受到他的影響。

他也坦承：「我自己在寫武俠小說時，就幾乎是在拚命模仿金庸先生，寫了十年之後，在寫《名劍風流》、《絕代雙驕》時，還是在模仿金庸先生。」這話有多少可信度，姑置勿論；畢竟從古龍的作品中，我們非但無法明顯看出他「拚命模仿」金庸的確證，反而更能從其中窺見出其與金庸的異趣，尤其是在敘述手法上，從《孤星劍》就可見其端倪的快節奏場景轉換，以及分明與金庸「為國為民」俠客襟抱完全逆反，而偏重於個人人格、生命實感實受的英雄寫照，是與金庸大異其趣的。金、古二人，因其生命歷程與思想、觀念的不同，故筆下的武俠小說風格迥異，這是無庸置疑的。

不過，金、古二人雖是兩雄並峙，可貴的是卻無絲毫的「瑜亮情結」，先是金庸對古龍表示欣賞、肯定之意，並主動邀請他為《明報》寫《陸小鳳傳奇》（台灣名為《大遊俠》），古龍則投桃報李，謙沖為懷的推許金庸，亦是理所當然。揆諸古龍所寫的武俠評論文章，在一九七三年以前，是並未提到金庸的，甚至在一九六八年，為香港作家倪匡的《紅塵白刃》作序，雖盛誇倪匡融冶了鄭證因、朱貞木、王度廬、徐春羽、白羽與還珠樓主等「能令人一看他們的小說，就捨不得放下」的「六大家」中，也未提及金庸。

然無論如何，古龍早在一九六〇年代中期即已體認到「武俠非變不可」的社會現實；而他也堅持「求新求變」的兩大理想目標（提高武俠小說的地位和讀者的興趣），義無反顧地走下去。這也正是他在〈說說武俠小說〉（一九七一年）中，總結性地強調的重點。

《名劍風流》、《絕代雙驕》和《武林外史》是古龍一九六六年左右的作品，翌年即有最能展現古龍「新派」風格的《鐵血傳奇》（楚留香故事）問世。他以輕薄短小的「連環格」故事結構，取代了長篇敘事[1]；以散文式分行分段的疏宕，沖淡了厚實細密的描寫；以場景迅快的變幻，加快了小說的節奏。將他在此前已有獨到表現的偵探、推理（如《情人箭》、《大旗英雄傳》）特色，作更為淋漓盡致的發揮。這正是「求新、求變」！儘管有論者指出，這種文體、結構變化極有可能是取徑於東洋武俠小說（如柴田鍊三郎作品）；惟就整個歷史發展脈絡看來，很顯然此時古龍頗有「開宗立派」的雄心（見《鐵血傳奇》前言），他已完全走向與金庸不同的創作道路了。

古龍通過「求新、求變」而完成了「新派」，建立了他在武俠小說史上的地位，可以說是台灣唯一能與金庸抗衡的作家。而其迅捷明快、變化多端的敘事手法，也明顯與現代的社會生活節奏合拍，無論是讀者或作者，都極易取得共鳴。故「新派」一出，古龍即成為眾多武俠作家模仿的對象。極力

1嚴格說來，古龍一九六九年的《多情劍客無情劍》是中後期作品中唯一的長篇小說，但寫作手法已與前此不同。

規模古龍，風格幾可亂真的香港作家黃鷹姑且不論，後期名家如溫瑞安、奇儒、蘇小歡等，甚至後期如慕容美、秦紅，以及以「天心月」為筆名的司馬翎諸作，都有非常深濃的古龍影子。

其中溫瑞安的企圖心最為強烈，在金庸、古龍兩大家的籠罩下，排宕而出。他高舉「現代派／超新派」的旗幟，銳意改革，代表了一九八〇年代武俠小說「求新求變」的又一次轉折。

第一節　溫瑞安與「神州詩社」

溫瑞安（一九五四～），原名溫涼玉，祖籍廣東梅縣，生於馬來西亞霹靂洲。少年時期就嶄露頭角：九歲開始寫作，十三歲創辦《綠洲期刊》，十七歲創立組成新馬文壇最大、擁有十個分社的「天狼星詩社」。他自小對中國文學、文化就有濃烈的嚮往與熱愛，故一九七三年與同社成員黃昏星、廖雁平、周清嘯、殷乘風、方娥真等先後負笈來台求學，就讀於台大中文系（未畢業）。

溫瑞安到台灣後，以積極奮發的態度，將滿腔的愛國熱忱與生命力，投注於文學創作之中，先後有新詩、散文、現代小說發表於《中國時報》、《明道文藝》、《中外文學》等報刊雜誌，聲名鵲起，頗獲好評。一九七六年創辦「神州詩社」，是當時文壇上最活躍也最具影響力的社團。

「神州詩社」以「發揚民族精神，復興中華文化」為己任，在極其艱辛困頓的情況下開拓社務，舉辦文學討論會、座談會，出版詩刊、詩集，並廣收成員，相互砥礪，平日談文練武，朝氣蓬勃。

「試劍山莊」中人材濟濟，[1]所到之處，大受青年學子的歡迎；但也因之受到猜忌。一九八○年「神州詩社」在受到內外重重的誤解之下，[2]社員星散；而溫瑞安又被當局以莫須有的「為共宣傳」罪名羅織，在飽受三個月的牢獄之災後，被遞解回馬來西亞。天涯淪落，書劍飄零！直到一九八一年底，他才得以在香港找到棲止之地。

才情縱橫的溫瑞安在香港重新出發，再振「神州」雄風；左手寫詩，右手寫武俠，開創了他個人武俠事業的黃金時代。一九八九年溫氏創辦《溫瑞安武俠周刊》，每周一書，風靡了許多年輕讀者；並召集「神州」子弟兵，成立「自成一派合作社」，朝向創作、出版、電影、電視多元化發展，成果豐碩，令人刮目相看。

在香港站穩根基之後，溫瑞安更積極向大陸拓展其個人事業，演講、出書、授權、籌建武俠文化園區，所到之處，風靡萬千書迷。儘管其後的作品，如「少年名捕」系列，往往有拖沓及未能完結之敝，被部分讀者譏為「坑王」、「坑神」，且其自居於「武俠小說四大天王」之一，金、古、梁、溫，也未必能獲得太多的認同，但其自十六歲伊始，即熱心投入武俠創作的行列，並取法古龍「求新求

1「試劍山莊」是「神州詩社」的根據地，取「劍試天下，捨我其誰」之意，充滿了少年的豪氣與自信。社中成員多為一時俊彥，其中林燿德（小說、文學評論家）、林雲閣（報導文學家）、陳劍誰（九歌出版社總編）等，更是其中的佼佼者。

2有關神州星散的內幕，外人不得其詳，社中諸子也諱莫如深，且說詞亦各不同。溫瑞安在一九八四年為萬盛版《闖蕩江湖》所新寫的自序〈性情中人〉中提到：「當時何其倔強的我，如何在那三個月之內，遍嚐『兵敗如山倒』，被自己親如手足的人冤屈及背棄的滋味。」（頁五至六）另可參見葉洪生〈回首神州遠——追憶平反「溫案」始末〉一文，發表於一九九七年元月號《聯合文學》總一四七期。

變」的精神，欲在「後金古時代」重新為武俠別開生面的努力，卻是特別應予肯定的。

第二節　先向刀叢賦新詩

溫瑞安與武俠結緣甚早，早在大馬唸小學時，就受到金庸小說啟迪；讀到《書劍恩仇錄》（當時大馬盜印本改書名為《紅花十四俠》），對他筆下重情尚義的俠客及充滿家國民族之愛的江湖，興起了無限的嚮往；一九六四年小四時即有自繪本《龍虎風雲錄》的長篇武俠試筆之作，並於班上開講《血河車》故事，創下一口氣連講十六小時的紀錄。初二的時候，溫瑞安偶然讀到古龍的《多情劍客無情劍》，十分傾倒，乃引領他正式步向「武林」之途。他曾說：

> 我可以說自己十分鍾情於金庸的小說，但古龍絕對才是我武俠小說創作的「啟蒙老師」——當然他從來沒在實際上傳授我什麼，但在他的小說裏，有的是發掘不完的寶藏。[1]

一九六九年，溫瑞安十六歲，在香港《武俠春秋》（七二期）發表了第一部武俠創作《追殺》，

1見《溫瑞安筆下的人物・古龍》。

「筆意格局，完全是因襲古龍的」[1]。在自小浸潤在金庸、古龍兩位名家作品中，溫瑞安的武俠雛型已大致確立了。雖然在往後數年中，溫瑞安醉心於現代文學創作，也以現代散文、新詩與小說於文壇嶄露頭角，但金、古二人的影響，仍持續在發酵醞釀中。而其青少年時期現代文學的創作經歷，也成為他未來武俠創作的一大助力——其中尤以新詩為最。

一九七五年，溫瑞安在台灣出版了他個人的第一部詩集《將軍令》。此詩集中的詩歌，波瀾壯闊、意境深遠，不但展露了青年溫瑞安縱橫飛揚的才氣，更藉詩歌的形式傳遞了他對「武俠」的熱愛。英雄俠士的豪邁、末路將軍的悲壯、朋友兄弟的義氣，都在此詩集中淋漓盡致地發揮出來。試看他的〈水龍吟〉：

兄弟，俺自落日飲馬的江湖趕來
此刻俺正仰臥在屋頂的茅草上
任晚雲隨意飄過，任星星千道殞落
啊兄弟，接過嫂夫人三招後
俺就悄然走了，卻翻身上樑
看汝之鬚髮與劍飄飛
聽汝之蒼涼高歌吟哦

1 仝上。

六朝的興亡溺斃在汝眸中，兄弟啊
汝可知伊之珍珠簌簌自腮邊掛落？
俺別首望星，耳際是
兄弟啊汝與俺之橫槊長歌
向東去，滾滾遼河；向西去，青旗沽酒
往前啊兄弟汝與俺鐵騎銳馳啊哈哈啊
啊哈哈啊往後汝與俺乃長嘯生風的龍駒
兄弟汝走前七步，跨過黃河
兄弟俺大笑回首，掩蓋半壁山河
兄弟啊汝……
蘆花已白了西風的眸
女牆蒼涼著北塞的月

遄飛的逸興、深濃的情誼、雄豪的氣魄，透過詩的語言噴薄而出。黃昏星說溫瑞安在「豪情中帶著自己付出給這個大江湖的生命，隱藏著處於現代的他對傳統的回顧和看法」[1]，這是知音之論。因為溫瑞安向來就認為「武俠小說是最能代表中國傳統文化精神的，它的背景往往是一部厚重的歷史，發

1見〈武俠小說與文學之間的橋樑〉，《天狼星詩刊》第二期，一九七五年十一月，頁三二一。

生在古遠的山河，無論是思想和感情，對君臣父子師長的觀念，都能代表中國文化的一種精神」[1]。在年輕溫瑞安的心裡、夢裡，「中國」就是迷人、醉人的香醇美酒，他間關千里，負笈來台，本就是為了圓這一場夢[2]；而武俠詩，則是他夢境的草圖。

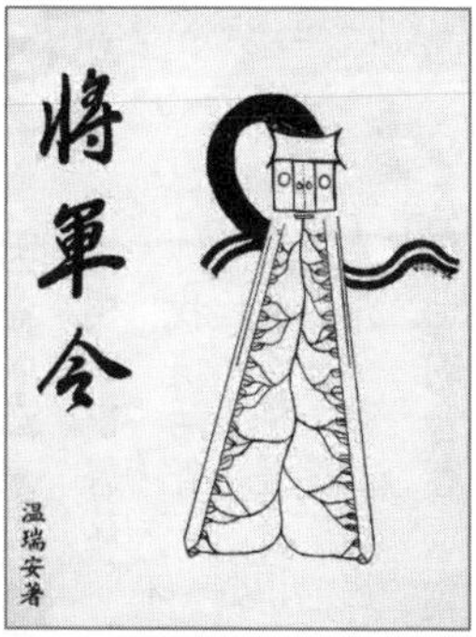

溫瑞安的詩集《將軍令》（天狼星出版）

熟諳現代文學技巧的溫瑞安，一開始就有意從刀叢中尋覓詩聲。一九七五年溫瑞安創作了《山河錄》（一九七九年出版），從詩題到意象，皆完全以中國為依歸——長安、江南、長江、黃河、峨嵋、崑崙、武當、少林、蒙古、西藏，十處名城古地、靈山勝水，構築了他的中國意象；而少林、武當等赫然在目，且看他筆下的少林和武當：

你試圖早日白衣下山
我欣賞你高飛的步履像平地的鷹

---

1 見〈古遠的回聲〉，仝上，頁三九。

2 在當時溫瑞安的心目中，「唯有」台灣才真正保留、延續了中國的傳統。林燿德曾寫道：「神州人的濃情和激盪，豪邁和溫婉，一個銳芒四射的社團，南天楚地的悲歌，北漠大荒的王朝。中華五千年來斑駁的青銅，拿在他們的手裡，都成了金光閃閃；一刀一斧，要來開朝，要來闢天下。」（〈浮雲西北是神州〉，收入一九七八年長河出版社之《坦蕩神州》，頁二七三。）甚至，溫瑞安本人當時予人的最深刻印象也就是「中國」。楊宗翰在評論林燿德時，引述了一段林燿德的文章：「大哥，就是中國。一個完整無缺、具體而微的中國。大哥就像是從億萬個中國人與神州土上反覆粹取精鍊、純度最高最高的，一滴精油。」（〈誰能瞭解你的哀愁是怎樣一回事——從林燿德到林燿德〉，《創世紀》一二七期，二〇〇一年六月）正代表多數曾參與過「神州詩社」的人的共同感覺。

你說你寂寞
我說黃河呢?長江呢
從峨嵋落身到崑崙
舞在長安?歌在江南
武當成了懷念
少林成了看不見……——《山河錄》之〈少林〉

我說武當啊我的激越我的悲傷
我感情裏不饒人的風
乍然的驚麗?最末的遺容
我皇皇栖栖還是要結義
授劍?束髮?解衣
因為大江來去?落日西盡
梧桐一夜碧落
妳我還活著
怎能不極登金頂?上閣樓
浩浩蕩蕩的迫出第一意氣
絕世的音容?啊武當

我們相守在年少
相忘於江湖？不見於
天地之悠悠……——《山河錄》之〈武當〉

「於是我乘機寫下了武當少林／當然有人看作一部武俠小說」，「中國啊我的歌／透過所有的牆／向您沉悲的低喚」[1]。《山河錄》以今古「舞（武）者」的翩翩英姿輪番起舞，舞動他的俠情，舞動他的夢想，舞出他的豪放與落寞；舞在神州勝地，舞在他虛擬的國度，舞在他澎湃的胸臆；「在暮色裡，我的濃情還在／千萬里外姑蘇起來／妳笑笑不再言語／我寂寞和急／寒夜淒冷一片／妳左手捏的是什麼字訣？／右手是第幾招瀟湘？」[2]異域僑居，久不聞中華禮樂的溫瑞安，在台灣，在武俠小說中，找到了夢土，找到了安身立命的所在。

第三節 《四大名捕》與《神州奇俠》

一九七六年，溫瑞安醞釀已久，代表著他武俠創作邁開第一步的《四大名捕會京師》問世，不但當時廣受矚目，而且也成為他後期一系列「少年」故事的源頭。此書以一般武俠小說中較負面、旁

1 見《山河錄》之〈西藏〉。
2 見《山河錄》之〈長安〉。

襯的人物（六扇門、鷹爪孫）扮演俠客角色，塑造了「冷血、追命、鐵手、無情」四大名捕——冷血堅忍冷靜劍法狠，追命豪爽勁邁腿功精，鐵手勇猛強悍拳無敵，無情智謀超絕善暗器。人物性格刻劃得入木三分，整個探案、捕盜的驚險、奇詭情節，皆特意為人物性格而設計，讓此四人的特點表露無遺。在人物設計上既一新讀者耳目，情節則於驚險懸絕之中以快節奏展現，因此大受讀者歡迎，乃奠定了溫瑞安未來武俠事業的基礎。

本書很明顯是模仿古龍「短篇連綴」及「偵探推理」模式創寫的小說，全書分為五個部分，以《兇手》、《血手》、《毒手》、《玉手》，帶出冷血、追命、鐵手、無情「四大名捕」，最後一部《會京師》，則由「四大名捕」攜手合作，大破十三凶徒，但卻未能揭露出背後的主使人物。在此書中，四位主角人物的性格、武藝，皆是非常分明的，可以體現出溫瑞安駕馭人物的功力，而情節於詭奇之中，又不外乎情理，節奏之快，亦令人目不暇接，這是溫瑞安的長處，也是令讀者著迷之處。

溫瑞安的《四大名捕會京師》（長河出版）

其中「無情」的設計，是較為特殊的，儘管以一個雙腿殘廢的人，既無法使用內力，光憑雙手之力，就能練就神乎其妙的「輕功」，就是連武功高絕的惡徒，都一一敗在他的手下，未免不符武俠常規，比金庸《天龍八部》中的段延慶還要令人覺得不可思議，但如此特殊的人物設計，卻是武俠小說中絕無僅有的，尤其是溫瑞安能深刻體會一個殘疾者內心的孤寂與渴盼，將其內心實則「多情」的一面發揮得淋漓盡致，尤其是在「玉手」中與「魔姑」姬搖花那段如假又真、似真還假的曖昧情感，將貌似無情的俠客，內心渴盼真情，因而不免多情的心理，摹寫得入木三分。

唯一可惜的是，姬搖花被寫成一味虛假的女魔頭，甚至連臨死之際，都不願輕易放過無情，世間豈真有如此視感情為無物的可怕女子，倒不免令人懷疑，且亦墮落於善惡分明的人物二分法，是本書相當大的遺憾。不過，這卻是《四大名捕》全書一貫的格調，善與惡，是不容妥協的，四大名捕既是執法者，亦是正義的代言人，嫉惡如仇，除惡須得務盡，故也不得不讓立於負面的惡徒窮形盡相。少年溫瑞安，此時血氣正旺，善惡分明，著眼在於俠客自身的當行與當為，故於負面人物少有寬假，亦與其少年心性有關。世事之艱，人心之變，此時尚無多大體會，直須到涉世既深、幾經顛跛後，才能逐漸成長。

《四大名捕會京師》在敘事上還算是舊的格局，連最初的回目安排也採取章回體的對句模式（如〈生辰成死忌，壽帷變孝帳〉、〈智破九迴陣，苦抗攝魂音〉、〈血染雪地赤，火衝半天紅〉之類）[1]；但整個情節的設計上，顯然深受古龍的影響，企圖將「偵探」納於武俠之中。它以執法的「名捕」為主角，使此書處處可見朝廷、官府的身影，與當時台灣武俠小說儘量不與「政治」牽扯在一起的「江湖」大異其趣。名捕追隨清官（諸葛先生），鏟除豪強，追緝凶徒，維護正義，這很有清代俠義公案小說《三俠五義》的影子，也代表著溫瑞安當時對俠的觀念——俠客是正義的扶持者，而正義則是與法律、國

---

1 這些「回目」散見於全書之中，缺乏妥善的安排，想來是隨筆提點所致。一九八四年萬盛的版本中作了重新的整理，與前者大不相同。

溫瑞安的《今之俠者》（明遠出版）和《白衣方振眉》（長河出版）

家站在同一邊的。[1]

《四大名捕》可以說是溫瑞安一鳴驚人的作品，影響力之大，也當是其作品中首屈一指的，尤其是在大陸，版行次數指不勝屈，影視的改編，更是頻頻推出，其後「少年名捕」的系列，竟乃成為其到目前為止創作的核心。一個故事，能延續出四十多年的生命，也可說是武俠小說中的奇蹟了。

一九七七年的《今之俠者》、一九七八年的《白衣方振眉》，基本上延續著這一精神。溫瑞安明確的意識到：「俠的態度恰好可以挽救中國之沉沉暮氣，除強易暴，拯救大陸億萬同胞，而且也可以把不理國事、只管考試的青年學子，變得朝氣蓬勃、豪氣長存！」[2]因此，溫瑞安在小說中刻意凸顯小說中的俠客，如何在現代與古代以激昂慷慨的意氣、九死不悔的勇氣保衛家國，維護正義的精神；並在其間著力描繪了同命相酬、惺惺相惜的知己之情。一九七八年出版的《神州奇俠》，就是

1此時的溫瑞安，青年熱血，義無反顧，對政治還很幼稚，與後來經歷過不白之冤後的他完全不同（據傳，當時「神州詩社」的成員還曾獲蔣經國召見，對他們讚譽有加）。故一九八九年後寫的《少年冷血》系列，筆調就對法律、正義與國家（主政者）有更深刻的反思與質疑了。

2見〈武者未為俠〉，《白衣方振眉》（長河出版社，一九七八年）自序。

最具體的代表者。

《神州奇俠》蕭秋水系列初寫於一九七七年，先有《劍氣長江》、《躍馬烏江》、《兩廣豪傑》、《江山如畫》四部，後又繼續完成《英雄好漢》、《闖蕩江湖》、《神州無敵》（一九八〇）共七部；另有《寂寞高手》、《天下有雪》（一九八〇年）兩部「正傳」。

溫瑞安的《神州奇俠》（長河出版）

全書主要敘述「浣花劍派」的蕭秋水結合一干少年英雄力抗權力幫（前半）、鏟除附逆於秦檜的朱大天王（後半）的故事。初期四部，風格明朗，意氣飛揚，極力摹寫義氣相交的朋友如何同心協力、義無反顧的對抗強權的故事。如《兩廣豪傑》中的「一公亭」之戰，寫蕭秋水、唐方、左丘超然、鐵星月、馬竟終五人為救文鬢霜的奮不顧身：

> 可惜——可惜，可惜他們五人都衝了過去！
> 五個人衝過去時都在想：自己一個人衝過去就好了。
> 五個人衝過去時都希望：其他四人不要一起衝過來。
> 可是他們五人都不約而同衝過去：雖然他們不熟悉文鬢霜，甚至連一句話也沒交談過，可是見死不救的事，就算打死他們這一群人也不會做的。

此時溫瑞安的「神州詩社」正在鼎盛之際，社員以義氣相結，如魚得水。書中寫的「神州結義」，其實正是「神州詩社」的化身；而其中的鐵星月（黃昏星）、邱南顧（周清嘯）、李黑（李鐵錚）、胡天任（胡福材）等人，也幾乎全是社內成員的寫照。但從《英雄好漢》開始，由於「神州」內鬨，引發了一連串後續的問題，使得神州分崩離析，風格明顯有劇烈的轉變；文字枯澀、語言拗口，激憤不平之氣瀰漫全書。蕭秋水性格大變不說，連若干被影射的叛社「摯友」[1]（如左丘超然），性格也前後不一；一直到寫《寂寞高手》後，才又逐漸恢復明朗開闊的格局——不過，整個故事系列卻早已走了樣、變了調了。

嚴格來說，《神州奇俠》系列人物眾多、支線龐雜，人物性格、主題前後未能關照，且殺戮血腥之氣甚濃，並非成功的作品；但在創作過程中，溫瑞安歷經內憂外患的磨鍊淬礪，從文字風格到主題意識，都明顯有所轉折。這對後期溫瑞安小說邁向成熟之路，再由成熟轉向為「超越」，有關鍵性的影響。

第四節　刀叢裡的武俠詩

一九八一年後，溫瑞安轉向香港發展，較之在台時期更形活躍。他身跨藝文、影視、術數各界，稿約應接不暇，曾有過同時寫十八篇連載、專欄的驚人記錄。從一九八一年到一九八六年間，溫瑞

1 溫瑞安同時期寫的《血河車》系列（《神州奇俠外傳》），也常有影射，將叛社諸子化身為惡人或小人，不過在後期再版時部分已經改名。這是溫瑞安一時激動下的洩憤之筆，但也可以想見此事對他產生的影響。

安完成了《殺人者唐斬》（一九八一）、《俠少》（一九八一）、《凄慘的刀口》（一九八四）、《小雪初晴》（一九八四），及《神相李布衣》系列、四大名捕的新故事系列、《殺楚》系列等數十部作品。在這些作品中，溫瑞安基本上還是延續前期的泛古龍風格（《神相李布衣》則從還珠、金庸轉出）；不過古龍的文字以淺白明快取勝，而溫瑞安則多了幾分詩的蘊藉，氣魄格局也較古龍恢宏，可以說是頗能展現自我才情的。其中《逆水寒》寫「鐵手」落草為寇，徘徊在「維法」與「違法」之間的矛盾與省思；《殺楚》寫「追命」捲入洛陽四大公子明爭暗鬥的漩渦，從而揭露了武林的黑暗面。無論人物性格、情節結構、主題意識，及文字的運用，都代表了溫瑞安此一成熟期的高峰，頗獲好評[1]。毫無疑問地，「詩意」是溫瑞安武俠小說中最吸引人的部分。

溫瑞安以詩成名，寫武俠也從未忘情於詩。對他而言，「刀就是詩，詩就是道」[2]；如何在武俠小說中借「詩意」、「詩法」開創出新的風格，始終是他戮力不懈的目標。早在《神州奇俠》系列中，溫瑞安就開始嘗試將現代詩融入武俠小說中，他讓三個劍魔傳人唱出鄭愁予的名詩〈殘堡〉，雖有點不倫不類；但當蕭秋水唱著他自己的詩：

我要衝出去到了蒙古飛砂的平原
妳要我留住時間

1參見陳墨《港台新武俠小說五大家精品導讀》之溫瑞安部分。
2見〈刀就是詩，詩就是道〉，《刀叢裡的詩》後記。

我說連空間都是殘忍的
我要去那兒找我的兄弟
因為他是我的豪壯
因為他是我的寂寞[1]——《劍氣長江》

卻也頗能刻劃出蕭秋水內心的情義。溫瑞安強調：

我「大膽」地用了現代詩，甚至自己的詩，其用心是不想偏於一隅。作為一個現代人，我是寧看飛機劃空而去，萬里無雲的超邁，而不願見滿城騾馬、老牛破車式的犬儒復古。[2]

現代人寫的武俠，為何不能有現代詩？其實不只是援用新詩，溫瑞安更進一步用詩的語言創作，如以下數段：

毋論走到千山萬水，仰望千重萬嶂，但心底的那條小徑還是往那欲泣無淚的深念

1見《劍氣長江》（長河版），頁二六二。
2見溫瑞安〈荒腔走板〉，《神州奇俠・跋》，頁四〇八。

中行去。[1]

蕭秋水聽得雙眉一揚，好像旭日深埋在黛玉青山的胴體間，忽然一躍，跳上雲層來，發出燦人的霞彩。[2]

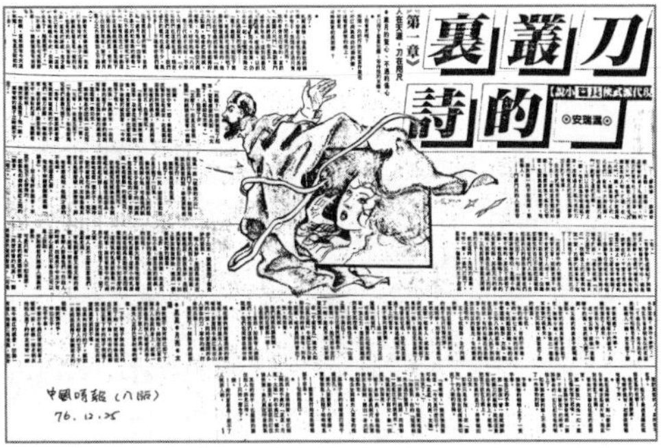

溫瑞安的《刀叢裡的詩》，刊登於《中國時報》八版1987.12.25

暗殺是摧殘偉大生命的事，「墨最」覺得一陣顫慄的美麗，毋論成敗！[3]

詩的語言凝鍊，與一般敘事文字不同，最適於描摹「情」與「景」，尤其是刻劃人物內心的情感。以詩法入小說，同一時期的奇儒與晚近的蘇小歡，都曾在這方面做過努力，但無疑還是以本為詩人出身的溫瑞安運用得最是得心應手。這幾段詩化的文句，宛若在金鼓交鳴中，忽傳來一曲悠揚的琴聲，耐人咀嚼。

一九八七年溫瑞安寫《闖將》，並同時在《中國時報》連載《刀叢裡的詩》。溫瑞安「用了大量的詩、詞以及嘗試以文字的重新組合，大膽標點，長短句交替，來加強文字內在的音樂性，和外

1見《神州無敵》第一章。
2仝上。
3見《寂寞高手》第四折。

在視覺的圖象效果」[1]；可說是最具爭議性的嘗試，頗為時人詬病。

《闖將》全書受到金庸《笑傲江湖》中的儀琳「獨白說書」敘事手法所啟發，通篇以連場「轉述」的呈現為主，是溫瑞安「現代派」武俠書的先聲；其中除廣引古今詩詞、歌曲，連文字、標點都運用得大膽而怪誕。如寫沐浪花帶領一群朋友逃避「蛇鼠一窩」的追殺，在沉黑的暗巷裡，一陣風吹來：

——可是風從何來？

（那麼寒洌。）

（那麼陰森。）

（那麼不像風，而像一塊濕布，往人臉上直塌過來）

沐浪花把手指上沾的水漬放到鼻端一嗅，失聲道：「血！」

眾人還不及失聲，就聽到心跳。

彷彿是在長方形的黑暗中，傳來的心跳。

（是誰的心跳？）

（是誰的心？）

（是誰的心？）

1見〈不得不爾〉，《闖將》後記。

（是誰的）
（是誰）
（是）
（？）
（）
有一個劍手突然倒下去。
他的心跳已停。[1]

溫瑞安利用標點符號的變化，將這種陰沉恐怖的氣氛及當局者內心惶畏的心理描繪出來，堪稱破天荒之創舉，其中所用的八個括弧，既是心跳，也是眾人的「心中疑問」，雖著字數的縮減，漸漸凝結、停頓，純粹就是詩法，連標點符號都可以當成文字來使用，不能不令人為之嘆服。類似的手法，在溫瑞安擺脫政治陰影的束縛之後，在香港是縱橫揮灑，得心應手，充分展現其詩人及小說家兩種身分的特色，如《殺人寫好詩》中〈斬馬〉裡冷血與薔薇將軍一戰的小畫面：

他、要、出、劍。
他，要，出，劍。

1《闖將》頁二一四。

他——要——出——劍。

他……要……出……劍。

全文僅僅「他要出劍」四個字，但卻利用了「、」、「，」、「——」、「……」四種不同的標點符號，依據標點符號的特色，將冷血內心中瞬息變化的心理，從果敢堅定到遲疑猶豫，一一呈顯出來，取代了可能必須長篇細摹才能表達出來冷血臨戰時的心理，要言而不繁，江上鷗及陳墨皆格外欣賞，[1]良有以也。

不僅如此，溫瑞安更將當時現代詩中常用的「圖像詩」手法，運用於武俠小說人物的具體動作上，使原本只能以呆板排列的文字，頓時間具有了十足的「動感」。如沈虎禪與姚八分的「八弓弩」一戰：

一
刀
砍
下
弓弓

1 見陳墨《港台新武俠小說五大家精品導讀》（昆明：雲南人民出版社，一九九八），頁四四八至四四九。

弓弓
弓弓
弓弓
齊揚！[1]

沈虎禪「一刀砍下」，姚八分的「八弓弩」上揚，刻意設計的文字排列效果，讀者可以恍如真的親眼目睹這兩大高手激烈的戰況一般，尤其是能兼顧到姚八分「八弓弩」的外號，一弓而八影，則更具有「動畫」的效果，儘管溫瑞安其實不乏「好玩」的心態，但其對文字的敏感程度，以及在「後金古時代」亟欲突破金庸與古龍兩大宗師的牢籠，別樹一幟的積極實驗態度，卻也是非常明顯的。

一九八〇年之後的台灣武壇，新秀作家以金庸、古龍為鵠的，嘗試以各種不同手法企圖超金邁古，溫瑞安可謂是其中最早，且最有意識的，基本上，他的取徑方式，即是「納新詩於武俠」之中，這當然與他身為一個詩人有關。「以詩法作文法」，是溫瑞安小說獨到之秘，這點，恐怕是學習當時名詩人余光中的散文風格而來的，也就正在溫瑞安提筆寫《四大名捕》之時，余光中詩化的散文集《聽聽那冷雨》、《焚鶴人》等文集正當流行，溫瑞安相當推崇余光中，不止一次率神州社員集體「朝拜」，就是詩社論文，亦每強調當自余光中的散文入手（筆者即屢獲建言）。《刀叢裡的詩》既以「詩」為題，自當更有發揮的餘地。

1《闖將》頁七六。

《刀叢裡的詩》（一九八七）正如書中主要門派「詭麗八尺門」一樣，是非常「詭麗」的。小說以天下各路英雄營救龔俠懷（無辜陷獄）的過程為主要內容，而溫瑞安借題發揮，等如將「神州舊事」做了一次總結。龔俠懷是「神州詩社」時期溫瑞安的化身（其實多數小說的主角都是他自己不同時期的化身），但除了剛開始時曇花一現外，主要的描寫對象則是那些千方百計營救龔俠懷的英雄豪傑——尤其著力描寫「劍俠葉紅」急人之難的義舉。

書中主題之一的「背叛」，其實早在《神州奇俠》中就已描寫過，「詭麗八尺門」中的那群小丑，無非就是當初「叛社」的諸人——陰謀誣陷、兩面三刀、落井下石，幸災樂禍，自不待言；另一主題「仗義」，則藉書中與龔俠懷交情泛泛，甚至原有不同恩怨過節的葉紅、王虛空、星星、月亮、太陽等人，表現出「大義當前，捐棄私怨」的偉大情懷。溫瑞安藉此對當初在「神州」落難事件時曾協助過他的朋友，表達了深切的感念。

《刀叢裡的詩》大有古龍「最可靠的朋友，就是最可怕的敵人」（反之亦然）的弔詭。但此處所謂的「詭麗」，最主要還是指其特意表現的風格。此書也採用現代小說創作的筆法進行，一開場就有濃厚的詩意：

——他會來嗎？

那個一向把行俠仗義當作是在險惡江湖裡尋詩的龔俠懷，
在這雪意深寒的晚上，
還是會來

這條寂寞的長街麼？

起筆相當的奇突，與「通俗」有極大的差距。現代小說與通俗小說的差異，「心理刻劃」是相當重要的分野。此書幾乎完全都是以人物內心的獨白構成的，敘述的視角跳蕩游移，卻始終與人物結合為一。其中如第二章寫葉紅看雪花的心理，短短兩百字，就將葉紅的氣度胸襟與寂寞感慨表露無遺；而第五章寫宋嫂，全知的敘述人與宋嫂的視角不斷輪替，則花了將近三千字，細摹宋嫂對「八尺門」中人的憤激心情，沉猛而暢快。這完全超越了一般通俗小說的規範，但由於溫瑞安對「神州」的感情原就極為深沉，故而轉化為人物的心理刻劃上時，便顯得格外真切。正因他是採用心理小說的方式寫作，遂使得全書「詩意」盎然，隨手拈來，都是些「詩句」：

只要在冬雪裡舞一場劍，把一生的情深和半生的義重都灌注在裡頭，大抵就是舞過長安舞襄陽而終於舞到江南的水岸……。[1]

北風在瓦巷那邊發出尖銳的呼叫，好像正在孤寂的厲聲呼喚著那一場迄今還沒有及時趕到的雪。[2]

1《刀叢裡的詩》第二章。
2同書第三章。

他知道那一顆比花生米還小的事物，是他生命裡的句號，他要把句子寫下去，就得把這句號去掉。[1]

葉紅頓覺人生如夢。他看見王虛空在雪裡舞刀，每一刀都像雪花，刀光勝雪。其實，究竟是人舞著刀，還是刀舞著人呢？是人動著，還是刀動著？究竟是人走過風景？還是人給風景走過？古之舞者，從汨羅江前到易水江畔，誰是哀哀切切的白衣如雪？今之武士，從大漠裡的長戈一擊，還是萬山崩而不動於色的壯士？古之舞者……等待再生，如同等待一個美麗的驚喜。其實刀就是雪，誰能在風雪裡不風不雪？[2]

在此書中，溫瑞安暫時擱下了《闖將》割裂文句、亂造圖象之「癖」，將自己轉化成了詩人；以詩人的眼目寫武俠、看俠客，刀叢裡自然處處是詩聲迴蕩了。

此外，《刀叢裡的詩》在遣辭用句上，也多有化腐朽為神奇之處：如「一下子，袍子無法無天的罩住了她」[3]、「把樂韻彈得既已為山九仞，卻又有不妨功虧一簣的揮灑自如」[4]、「（花）種得十分附庸風

1 同書第四章。
2 同書第四章。
3 同書第一章。
4 同書第二章。

雅，還帶點強辭奪理的美豔」[1]。在他的「點化」下，文字被賦予了新意、新生命，令人驚豔。至於運用標點造成不同的節奏感，如：

> 葉紅高呼。拔劍。返身。他已分心。分神。分意。
>
> 階前。李三天已掣了一劍在手。劍如流水。見風就長。劍美。美麗的劍。劍法更美。美得像一場若驚的受寵。劍如流水。流水如龍。劍兼追刺葉紅。劍刺葉紅背心。
>
> 就在這時候驀地自花店之旁香行之外的轎輿子裡倏然飛擲出一疋長長的錦緞上面繡著龍鳳對龍鳳牡丹聚寶盆神蝠松鶴像一道彩虹一簾幽夢般飛纏住李三天那一劍罩住了他的頭裹住了他的身影——[2]

前兩段全用句號，將人物動作切割成一幅幅獨立的畫面，刻意延緩節奏；下面立即以一連串毫無標點的八十七個字，強調千鈞一髮之際的快動作。一張一弛，很能借節奏表現出情節的張力。

不僅如此，現代小說（詩）講究意象，此書在第三章中，運用了象徵的筆法，將龔俠懷暗喻為一棵經冬雪摧殘而枯萎的大樹——「一棵大樹不死，就能養活許多生命」！作者通過葉紅之眼之口，來澆自己心中塊壘，頗有庾信〈枯樹賦〉的深沉與感慨。無疑地，《刀叢裡的詩》是溫瑞安在建立「溫

1 同書第六章。
2 同書第六章。

派」新風格的實驗過程中，最具代表性也最有生命力的作品。

第五節 「現代派／超新派」的突變

溫瑞安對武俠小說是抱著「捨我其誰」態度投入創作的，武俠小說如何才能與別種文類一樣有同等的文學地位？武俠小說應以何種「現代」的形式存在？武俠小說如何能發揮其在當代的文學作用？……凡此種種，始終是他縝密思考的問題。在台時期，他一面努力闡揚武俠文學，一面也深深感受到武俠小說「變」的重要性。溫瑞安自負不羈之才，舊的格局是無法拘束得了他的；儘管有金庸、古龍兩大家在前，他也不願寄人籬下。因此，從《四大名捕會京師》開始，他雖由古龍入手，卻有意先從題材（捕快）的選擇上別樹一幟。其後的《神州奇俠》則首度運用詩法，到了《刀叢裡的詩》事實上已頗能超脫金、古二家的牢籠，建立起鮮明的「溫派」風格了。但他還是精進不懈，努力求「變」。即使到了一九八七年，他還是強調「武俠小說必須突變，且到了非變不可的時候」[1]。

在創作《闖將》、《刀叢裡的詩》的同時，溫瑞安也為《聯合報》寫《殺了妳好嗎》（一九八七）、《請借夫人一用》（一九八八）、《請你動手晚一點》（一九八九）、《戰僧與何平》（一九九〇）等短篇小說。這些小說都是在「求變」過程中的努力嘗試。自一九八九年起，他開始密集實驗他武俠

1《闖將》後記。

小說「新類型出擊」的構想，將「周刊雜誌和叢書系列與武俠小說作一次天地人式的三結合」[1]，命名為「溫瑞安超新武俠」，並強調他只想「做點事」：

一，要為武俠文學做點事；二，要為武俠形式多面化、內容深刻化、題旨現代化、語言文學化做點事；三，要為文學大眾化、通俗文藝高質化做點事；四，要為發揚正義為武和俠者精神做點事。[2]

這就是溫瑞安欲「自成一派」的「超新派」伊始——儘管一九九八年才有〈溫瑞安超新派武俠宣言〉[3]，但實際的運作早就開始，而且也已將「超新派」三個字叫得震天價響。「新」而又要「超新」，當然是針對著一般所稱的「新派武俠」而來，同時可能也有對自己前期努力的不滿。溫瑞安一直是強調「武俠文學」的，也屢屢致意於「現代武俠」的創作，聲稱「超新派」是他的「第三十七變」[4]；但他卻始終未明確定義所謂的「現代武俠」、「超新派武俠」為何[5]。一般而言，大抵在一九八九年以前

1見〈他以劍替你感覺——代總序〉，《少年冷血》卷首。
2見《少年冷血之二》的出版後記。
3見《溫瑞安武俠世界》創刊號，頁一三七至一三九。
4溫瑞安有〈第三十七變〉一文，強調武俠小說的該「變」。
5陳墨認為溫瑞安的「武俠文學」、「現代派」、「超新派」是有區別的；但溫瑞安自己是常混用的，未可為據，而陳墨將「現代武俠」歸諸以現代為背景的武俠（如《今之俠者》，見《港台新武俠小說五大家精品導讀》），恐怕就大有問題了。

的作品是「現代武俠」（如皇冠出版的《刀叢裡的詩》等），之後的則是「超新派」（如皇冠出版的《少年冷血》等），應無疑慮。

不過，溫瑞安於此所自詡的「超新派」，固有別開生面之處，卻也只能在小範圍中展現其效果，畢竟，小說與詩歌的體式，還是有所不同的，運用得過於浮濫，就難免貽人以「文字遊戲」之譏，在流而不返之下，有時反而會自相牴觸，如《闖將》中沈虎禪與「一統劍客」李商一之戰，溫瑞安亦有如下的現代詩式描繪：

刀和劍，風和煙，千萬人裡的一觸
驚喜一場，各自分散，永不相忘
少年只有一次……花只開一次最盛
或許只走那末一次深夜的長街
未央。霧濃。獨行。
所有的期待不過是一盞燈
梆聲響起時樓頭有人吹簫
使你驚覺人生如夢……
（刀光劍影之後是什麼？）
（掠起的是身姿，落下的又是什麼？）
（誰殺了人？誰傷了心？誰才是那個在天之涯、地之角、寂寞的漢子？）

（是刀佩著人？還是人佩著刀？）
（是劍負著人？還是人負著劍？）
（誰是那撫劍的燃燈者？）
（誰是那寫詩的佩刀人？）[1]

詩是好詩，因詩而生的感慨也很深沉；但是突然出現在此處，又大量用七個括弧表達作者內心感觸，不免有些「文不對題」，令讀者難以捉摸。詩以「意象」為重，詩的意象，尤其是現代詩的意象表達方式，本就採取隱晦而含蓄的手法，讀者必須自我組構、串聯，方能體會出其深意，這就大大的提高了其讀者的門檻，必須對詩歌素有訓練的人才能進入其中；而小說則以人物與情節為要，講究的是人物鮮活、線索分明，讀者如未有詩的涵養，就很難接受此種的表現方式。

「超新派」究竟「新」到什麼程度？仔細閱讀溫瑞安一九八九年以後的作品，可發現他完全著力於語言策略的改變和標點符號的運用上；即以前文所舉的「我要出劍」而言，利用符號變化帶出人物心理變化之精湛表現，固可能收效於一隅，但究竟能對整體武俠文學的開拓有多大啟示作用，恐怕值得懷疑。且稍一不慎，就易蹈入文字魔障之中，樂此不疲，遂至於往而不返。如《馬上上馬》（一九九〇年）寫舒星一自廟頂襲擊納蘭一幕[2]，就變本加厲，由「文字遊戲」跳到「文字魔術」的泥沼了：

1《闖將》第十一章。
2第二十回。

他自廟頂飛射而下。
長空掠過一道白光。
著刀。納蘭身上迸噴一
道鮮血。怵目驚心。舒星

一一刀得刀正待退身但納
蘭手中青芒乍閃

。他急掠回廟頂

上。所過之處一橫血漬

此處文字是企圖鮮明「畫」出舒星一自廟頂飛躍而下，又急掠回廟頂的情狀。其構想固佳，卻全然忽略了「文學想像」的作用；因為讀者是要透過文字敘述來「看」小說故事，而非「看」由文字排列組合成的圖畫！如此本末倒置，刻意造作，不變成「異形」也難！

後期的溫瑞安小說沉迷於玩弄「文字魔術」，即以書名而言，幾乎部部古怪離奇：如《殺了你好嗎？》、《力拔山兮氣蓋世牛肉麵》、《白髮三千的丈夫》、《敬請造反一次》、《你從來沒有在背後說人壞話嗎？》、《沒有說過人壞話的可以不看》、《各位親愛的父老叔伯兄弟姐妹們》等等，指東打西，不知所云。有時他故意用一些名著的諧音字當書名，如《戰僧與何平》、《傲慢雨編劍》、《阿拉丙神燈》、《三角演義》等，以表現其「戲謔性」；有時則隨手謅個句子，如《一隻討人喜歡的蒼蠅》、《一條美麗動人的蜈蚣》、《一隻好人難做的烏龜》、《一隻十分文靜的跳蚤》等，以顯示其「叛逆性」。

總之，只要是方塊字，不論是廣告、口語、宣傳詞，他都有本事納為己有，運用自如。他一直頗津津於「限題限字限時」的創作方式，一方面說「好玩」，另一方面則是為了凸顯自己放浪不羈的才氣。因此，不但小說中的人名可信手拈來開玩笑，如阿里爸爸、阿里媽媽、馬爾、寇梁[1]、哈佛，紛紛出爐；回目標題也大玩其「語不驚人死不休」的把戲，且樂此不疲。如《驚豔一槍》自第二篇以下，用了四十五個局（佈局、和局、亂局、飯局、入局……等）、廿四個擊（反擊、猛擊、伏擊、狙擊、重擊……等）、十四個機（契機、天機、時機、神機、飛機……等）；而《傷心小箭》中故技重施，更從

---

1 馬爾寇梁是台灣某英語補習班創辦人的名稱。「阿里爸爸」則取「阿里巴巴」（四十大盜）諧音，餘類推。

「良機」到「專機」，共有形形色色與飛機有關的四十多個「機」；然後則是用「機」當詞首，又用了從「機鋒」到「機槍」的四十多個詞組——文字遊戲玩到這種程度，真令人嘆為觀止，不能不說是「走火入魔」了。

近世中國「新儒學」大師梁漱溟先生說得好：「人的思想是求通的，通不下去才變。總是變以求通，沒有變以求不通的。……不能向不通處變！」[1]這正是古今「通變／變通」之至理。溫瑞安的確是有強烈求新求變的意圖的，但文術多方，不是僅僅有文字變化一途可循，溫瑞安自己也明白，除了「形式多面化」外、內容深刻化、題旨現代化、語言文學化，更是可以著力之處，可惜溫瑞安小說概過沉迷於文字的「詭戲」，而忽略了武俠小說還有其他更廣闊的空間可以「變通」，就等於鑽入了死胡同中，連自己都難以脫身了。

從溫瑞安的創作歷程來看，在一九八七年以前，基本上還是沿著古龍的新派道路前進，於銳意改革中賦以詩情畫意；且對武俠小說文學化頗有建樹，故多為當代名家所期許。如古龍生前曾說：「溫瑞安只要對武俠小說寫得再集中一些，運氣也再好一些，那武俠小說以後就看他的了。」[2]高信疆也說：「這一代的武俠小說就看溫瑞安的了。」[3]倪匡則說：「現在的武俠小說就只剩下溫瑞安在獨撐大局了。」[4]

1這段話出於梁氏所作〈兩年來我有了那些轉變〉一文，原載於一九五三年《光明日報》，日期待考。
2見《溫瑞安武俠世界》第二期，〈百姓千家論溫派〉所引述。
3見《溫瑞安武俠世界》創刊號，〈百姓千家論溫派〉。
4仝上。

《刀叢裡的詩》堪稱神完氣足，即為顯例。但此後溫瑞安的「奇變」，則頗有令人訾議之處，葉洪生尤其不以為，但公道持論，溫瑞安的銳意革新，儘管未必能獲得多大的成果，但其精神，卻是相當可嘉的，途徑或許過於狹隘，但也代表著「後金古時期」眾多新興作家力圖為武俠重開新境的決心和勇氣，是不能抹煞的。在諸多評論中，陳墨的論評應是最公允的，「不論怎樣，它們導致的結果，是創新的探索和實踐，而勇於探新的藝術家正是人類文藝發展的可敬的先峰，總比那種一味守地墨守成規的藝術工匠要可敬得多，即使是先鋒探索失敗，試驗不成功，我們也不能對其失去應有的尊敬」[1]，此論當可作定評。

溫瑞安的武俠作品，產量極豐，到二〇〇〇年為止，已超過了四百部（絕大多數是中短篇），洵可謂是「超級多產作家」。平心而論，在一九九〇年代黃易未出現之前，溫瑞安的確是繼金庸、古龍之後，武壇上最閃亮的一顆巨星。少年仗劍的翩翩俠少，走過千山萬水後，羽翼漸豐，「發跡變泰」，終蛻變成為武林中仰望的對象；這彷佛像是武俠小說中「少年成長」的模式了。

溫瑞安台灣期間，以其青春熱血、文學志業，吸引了不少有為青少年的追隨，因政治關係流落香港，復能「自成一派」，再造盛況，已足令人稱奇；而一九九〇年以後，更將觸角伸往甫新改革開放的大陸，書籍版行、行蹤所到之處，更風靡了為數眾多的大陸讀者，在金庸、古龍、梁羽生、黃易之外，穩立根基了。武俠小說中的少年俠客，一旦躍居武林盟主之位之後，往往漸趨停滯，雖是聲名猶在，但在江湖人士心目中，恐怕也不如當年叱吒風雲時的令人嚮往。當「溫少俠」變成「溫巨俠」之

1見陳墨《港台新武俠小說五大家精品導讀》，頁四四四。

後，或許是因其「業務」拓展得過於快速，心分力散，或許是昔年壯志，已逐漸消磨，又或許是江郎才盡，彩筆失光，溫瑞安雖仍以「四大名捕」的「少年系列」，陸續有所創作，但聲勢與評價，皆呈顯出大不如前之勢，竟乃成為「坑王」之一，究竟其半生極力想推闡的武俠文學，應該何去何從？這還是他半生戮力追求、一心要圓的「中國夢」麼？看他晚近作品的表現每下愈況，總是讓人疑慮多過期盼，不免替他捏一把冷汗。

三秋一過武林就可把你迅速忘懷

這是溫瑞安自己的詩句。會不會一語成讖？你不知，我不知，但溫瑞安心中應是心知肚明的吧！

其他

第一章 說書藝人寫武俠——孫玉鑫小說論

在台灣近四十年的武俠小說發展歷程中，不同地域、職業、身分、年齡、教育程度的作家，紛紛投入，形成眾聲喧譁的局面，為台灣的武俠小說創造出繽紛多姿的不同風格。其中說書藝人出身的孫玉鑫，無疑是相當特殊的一位。

武俠小說的流衍，其實是從古典說部而來的，而古典說部又莫不與說書藝人的書場開講密切相關，眾所周知的《三俠五義》，原本就來自清朝道、咸年間北京說書藝人石玉崑的講書內容。民國舊派的武俠小說，無論是在敘述手法、主題呈顯或回目設定上，也可以看出相當濃厚的「說書」影子。實際上，古典說部與書場說書的關係，是相當微妙的。古典說部固然有文人模擬說書模式，將口語敘述轉為書面文字，透過印刷、出版，而廣為民眾所知；但是，說書一系，卻始終未曾斷絕，這點，從一九七〇年代中國大陸廣泛採訪、迻錄說書藝人腳本所獲得的龐大成果中，可以略窺一二。

口頭講說與書面文字的內容，最大的差異在於儘管主體的架構是不會有太大出入的，但口頭講說因場地、聽眾及時間的不同，有相對較寬廣的衍生與發揮的空間，尤其是添枝加葉，幾乎是可以無限延伸的，台灣說書名家吳樂天，講說日據時代「義俠廖添丁」的故事，可以連講廿一年還未講完，可見其彈性之大；而一旦轉化成書面文字，就是固定而不變、精簡而更完整的。即此，我們不妨透過對孫玉鑫武俠小說的觀察，來探討孫玉鑫是如何從說書跨越到小說創作的經歷的。

孫玉鑫（一九一八～一九八八），本名孫樹榕，山東青島人。由於經歷未詳，故其家世及到達台灣的時間俱無可考，據葉洪生所說，來台後以說書為業，其後兼寫武俠小說。一九五三年，首先在《自立晚報》上刊登《風雷雌雄劍》短篇小說，共卅四期，可以說是較早投入武俠小說創作行列的。孫玉鑫早期創作，頗具還珠樓主之風，神怪變化，不可方物，且仍未脫說書風格，其六〇年初曾撰《龍虎日月輪》、《太湖臥龍傳》二書，均用還珠樓主筆法，故事都未能終卷，情節後轉入《滇邊俠隱記》，方逐漸為人所知。一九六二年，孫氏改用西方文學新穎技法創作小說，作品也開始轉向成熟，孫氏也自立門戶，卓然成家。

孫玉鑫作品，以詭秘取勝，葉洪生謂其為「詭秘奇情派」的代表，「奇情」應是指其情節上的出奇而言，其中早期所作的《萬里雲羅一雁飛》（一九六一）、《威震江湖第一花》（一九六八）等，皆具有同樣的特色，頗堪一觀。一九七〇年後，孫玉鑫應該亦是受到古龍影響，文字風格丕變，開始捨棄了說書式的敘述方式，而以簡潔俐落的文字行文，節奏快、對話多，而情節的變化，更是極盡詭變之能事，《無毒丈夫》可謂是其晚期的代表作。

孫玉鑫的名氣不大，因此甚少引起讀者矚目，歷來對他的小說評述亦少，然自一九五三年起便開始投入武俠小說創作行列之中，蓽路藍縷之功，亦不可埋沒，故葉洪生曾將其列為「九大名家」之中，雖不免過於高抬，亦可見其長處。

第一節 奇詭著稱的《萬里雲羅一雁飛》

《萬里雲羅一雁飛》的書名，來自李商隱〈春雨〉一詩：「玉璫緘札何由達，萬里雲羅一雁飛。」此詩本是藉摹寫春雨情景以懷人之作，情人遠隔重樓，無由得見，故欲假借長天一雁，傳述衷情。但孫玉鑫斷章取義，開首卻以崔塗的〈孤雁〉為引子，頗有藉此一孤雁映襯書中主角楚雲之意，大有杜甫「萬古雲霄一羽毛」的用意。

此書相當難得的以歷史事件開場，藉南北宋之間秦檜以十二金牌召回岳飛，後在風波亭以「莫須有」之罪，殺害岳飛父子的故事開展。當時岳飛麾下將軍蕭震東，不忿秦檜之陷害岳飛，隻身闖入秦檜府中欲刺殺秦檜，但為秦檜所勾結的金人高手魯達所阻止，兩人棋逢敵手，勝負未分，但亦惺惺相惜，訂了三年後比鬥之約。

蕭震東本於岳飛被召返之際，受雲蒙禪師之託，收養了一來歷不明、沉默寡言的孤兒楚雲，便於此時攜楚雲返回故居「敬阜山莊」，靜候三年之後的挑戰。

蕭震東有一子蕭珂及一女蕭瑾，蕭珂個性褊狹善妒，對此來歷不明的野孩子忌恨有加，三番兩次欲加陷害，皆未能得逞，更增添其妒恨之心，但蕭瑾則對楚雲青睞有加。蕭夫人深知以蕭珂的性格，終必闖出禍端，故在病危之際，特地囑託楚雲未來一定要妥為照顧蕭珂。故事便是從楚雲與蕭珂「兄弟」的情仇開始發展。

武俠小說中的兄弟情仇，上官鼎的《七步干戈》、雲中岳的《絕代梟雄》都曾經著墨，但畢竟血脈相連，兄弟嫌隙雖深，卻不會波及到父輩。《萬里雲羅一雁飛》與前二書最大的不同，則在於蕭珂不但因忌恨楚雲，導致父子反目，更企圖殺害其父，大違父子應有的倫常。此書的前半部，幾乎都著墨在蕭珂如何懷挾著偏激、嫉恨之心，導致「敬阜山莊」最終破敗的過程，其中尤以蕭珂竟勾結了魯達，並欲殺害蕭震東最為駭人聽聞。

孫玉鑫如此的設計，從小說的虛構性質來說，原亦未嘗不可，在此偏畸的摹寫下，蕭珂應是狼子野心、大逆不道的一個極端負面角色，而且更可以與書中頗為強調的秦檜勾結金人的民族仇恨繫聯為一，而將其間的衝突性爆發出來。此雖事屬不經，卻也未必不能聳人耳目。但孫玉鑫不知為何，竟在後面的章節中「放棄」了這一很可以發展的情節，反而從一開首刻意強調的民族情仇逆轉成了平淡無奇的江湖爭霸，以致前面的鋪排，反成了無足輕重的贅疣。

其間最關鍵的轉折點，在於魯達這一角色設計上的缺失。據書中所述，魯達原是趙宋宗室，但卻為金人所收養，性格偏狠毒辣，故能與蕭珂氣味相投，同惡相濟。但是，如此關鍵性的人物，自從與蕭珂訂交，並傳授其武功之後，竟然反過來受制於蕭珂，成為一個失去自主意識的行屍走肉，致使蕭珂便輕易地拔足於功名富貴的泥淖之中，單純地只想在武林中成就其霸業，而儘管處心積慮欲掌控整個江湖，卻對民族情結堅定不移，對金人及秦檜的爪牙不假任何辭色。這固然堅守了民族的氣節，卻也辜負了前面對歷史背景的大肆鋪排，歷史上著名的奸臣秦檜，便整個退居幕後，只成點綴了。而最大的敗筆，也就在蕭珂最後的竟然痛改前非、改邪歸正上。

蕭珂的棄邪歸正，當然是得力於主角楚雲的「感化」。楚雲這一角色的設定是充滿神秘氣息的，他身負高強的武功，正是蕭珂武學的剋星，故蕭珂雖屢次加以迫害，卻終究難以撼動其分毫。楚雲既感激蕭震東的收養之恩，更牢牢堅守其養母臨終的囑託，處處關照、維護蕭珂，全書的後半，幾乎就全看楚雲如何忍讓、勸導蕭珂，並取代了蕭珂在全書的地位。這樣的安排，雖使得蕭珂成為一典型的「圓型人物」，但卻缺乏一個合理事件的安排，反而就令人覺得格外突兀了。

因此，全書的後半，重心也開始轉向江湖霸業與黃帝神刀的爭奪。蕭珂偶然間獲得一柄武林轟傳的神秘「黃帝神刀」，並訂好時程，欲藉此在敬阜山莊大會群雄，以遂其稱霸江湖的野心。照故事的走向來說，黃帝神刀的爭奪大會，理當是小說中最終的大會戰，蕭珂既已廣發武林帖，則只須在敬阜山莊積極籌謀規劃即可，但他卻不此之圖，反而隻身攜帶黃帝神刀在江湖中奔波流連，原本可預期的熱鬧非凡的武林大會，居然連開都沒有開成，反而是江湖上聞風而至的一群黑道白道的牛鬼蛇神、魑魅魍魎，群起騷動，連黃帝神刀的影子都沒看見，就彼此約鬥、會戰，勾心鬥角地打個不亦樂乎。這些來自三山五嶽的人馬，可以說都是瞬間「冒」出來的，群魔亂舞，前無伏線，光看回目，就有「狼山九醜」、「天山二叟」、「玄元令符」、「金蛇之約」、「伏魔洞主」、「苗山鬼嫗」、「百靈道長」、「五毒帝君」等十數個大有來頭的人物，而其間搖旗吶喊的的二三流角色，更是不計其數，看得人眼花撩亂。

孫玉鑫在此幾乎是有點隨心所欲的「請」出了他所能想得到的奇人異士，各具不同能耐的武功、各有其不同的心思，而最終的目的，則無非是在淬鍊並展現楚雲的本事，其中除了「黑河妖姬」呂無雙因愛慕楚雲，在混亂的戰局中，還點逗出若干情感的波折，稍有可觀之外，全都是一片喊殺喊打、大大小小的武鬥場面。戰局在鬥牛山一役劃上休止符，最後當然是群魔授首、非死即傷，而最突兀的，卻是黃帝神刀的秘密揭曉之後，這一讓天下群雄捨死忘生、拚了老命也要搶奪的神刀出鞘之後，書中寫道：

只見那宛如一泓秋水似的刀身上，隱隱鏤刻有字，為古篆體；一面是「除魔衛道」，一面卻是「永結同心」。（四十章）

張愛玲的小說〈傾城之戀〉說：

香港的陷落成全了她。但是在這不可理喻的世界裡，誰知道什麼是因，什麼是果？誰知道呢？也許就因為要成全她，一個大都市傾覆了。成千上萬的人死去，成千上萬的人痛苦著，跟著是驚天動地的大改革……。

「傳奇裡的傾國傾城的人大抵如此」，孫玉鑫這部《萬里雲羅一雁飛》，也是成千成百的人死去了，成千成百的人痛苦著，但卻沒有讓人覺得有任何令人「驚天動地」的感受，讀者也只能說，「不問也罷」了。

平心而論，《萬里雲羅一雁飛》儘管頗受葉洪生誇讚，故在孫玉鑫的小說中最為知名，但「詭秘奇情」雖則有之，卻因為了情節的「奇」，犧牲了不少更深入的人性刻劃，故除了楚雲與蕭珂稍有可觀外，其他的人物，幾乎都是過場跑龍套的角色，平平而無奇。究其原因，可能是孫玉鑫說書的慣技所造成的。

在此書中，孫玉鑫仍不脫說書的色彩，「且說」二字，隨處可見，而類似如下的說明，更是不少：

> 作者一枝禿筆，實難並述同時發生的兩件事故，恕我暫且按下大廳之上動手的事情，先提一下唐聿明和酒僧！（十四章）
>
> 趁他聚精會神詳參神刀的空暇，請容作者輕調禿筆，述說一下自呂梁分手的老道涵齡和白秀山。（十五章）
>
> 至於他師徒是否逃出白石掌鎮，暫時留待後述。（十六章）

說書人講書，隨興之所至，處處點染，原就是可以無限延伸的，故《萬里雲羅一雁飛》可以人物如走馬燈般輪番上陣，此正如古典說部《小五義》一般，枝節頻出，愛寫多長就可以有多長，這是本書最大的弊端了。

相對之下，孫玉鑫另一部小說《威震江湖第一花》，反而較富涵意趣。

第二節 頗堪一觀的《威震江湖第一花》

「復仇」是武俠小說中極為老套的主題，其模式大體循著：「仇殺——孤雛餘生——拜師學藝——尋訪仇蹤——雪恥復仇」的格套進行。基本上，此一模式的重點，多集中在後半段的尋仇、復仇階段，身負血海深仇的主角，在迅速的習成武功後，逐一將仇家斬除盡淨，最後元凶授首，正義重伸。偶爾，中間會凸出一段兒女情長的插曲，有情男女，因仇深恨重，而引發出若干夾雜於情與仇的矛盾與衝突。千篇一律，殊少變化，重心都擺放在復仇的主角，而被復仇者多數鮮少對抗能力，一如待宰羔羊，強弱對比甚是鮮明。

《威震江湖第一花》的故事脈絡，也大抵如此，「梅莊」一千三百餘口，外加奶娘何氏的家鄉三百多條人命，為全武林三十二個名門正派、三十六個黑道幫會闇夜圍殺，只逃出了個奶娘及孤女梅傲霜。在幾經艱困的避仇逃竄後，梅傲霜終於獲得當世第一高手「快活仙婆」收錄為門下，習成幾乎無人能敵的武藝後，按名尋仇，展開殘忍而血腥的報復，一一殲除了仇家，並將元凶房玨凌虐三日而亡。乍看之下，本書應就是泛泛無足稱道的通俗俠稗而已。不過，細閱之下，卻赫然可以發現孫玉鑫在舊有的模式中極力想突破窠臼的用心。

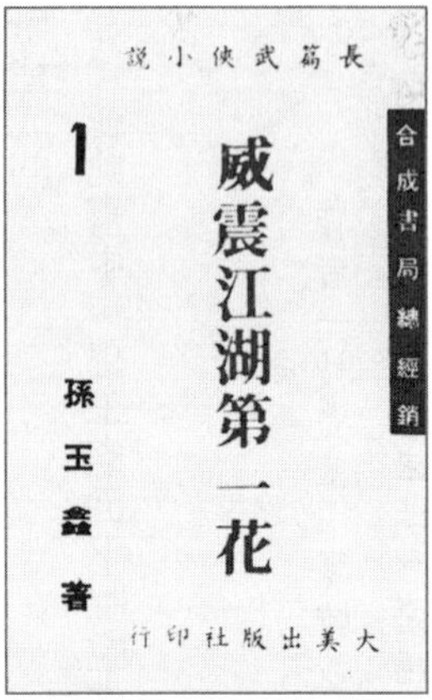

孫玉鑫的《威震江湖第一花》（大美出版）

首先是，「梅莊」這場慘絕人寰的血案，牽涉到整個武林的各門各派，黑白齊心、正邪匯聚，究竟「梅莊」因何會如此引起武林公憤，自是有深沉的陰謀。在陰謀未暴露之前，黑道邪派固是同惡相濟，但名門正派，當然更是深陷機阱，為人所利用。作者從黑白正邪兩方的不同態度，以前後兩次的屠戮，作了區隔，無疑就添增了對「復仇」究竟應該如何進行的疑義。而也在此疑義中，黑白與正邪是涇渭分明的。名門正派的悔過之心，諸參與的掌門人如少林、武當、峨嵋，皆知鑄成大錯，願以身當而悔罪；而黑道邪派，則為防範未然以自保，遂暗中集結，欲與梅家孤雛相抗衡。作者花費不少心力，刻劃被復仇者的立場、心思，突破了一般復仇故事中一面倒的格局，遂使整個故事波瀾起伏，較有可觀。

其次是梅傲霜拜師的過程，作者是刻意曲折迂迴的，與他書不是師父一見其根骨異常，即收為弟子，就是巧獲奇遇，一蹴即成的取徑大異其趣。當「梅莊」血案發生之時，當世第一高手「快活仙婆」即已察覺有所不妥，迨何家村被滅，只餘下奶娘孤女時，「快活仙婆」隨即千里奔波，一方面查探箇中緣由，一面欲援救孤女。但梅傲霜當時仍不明自己身世，只略知奶娘臨終前希望她能投拜名師，最好是能拜在「快活仙婆」門下，然後赴峨嵋山清音庵查明身世，以報大仇，而且慎重其事的叮囑類似「九世復仇」的誓言。其實就在故事開首不久，「快活仙婆」就已找到梅傲霜了，但作者故弄狡獪，就是不讓梅傲霜能順利拜師。兩人當面錯過，一直到全書一半後的篇幅，才讓梅傲霜得以繼承「快活仙婆」的衣缽，以一朵紅梅花（復仇之花）為標誌，「威震」了整個江湖。

全書最精彩的部分，也就在這「當面錯失」之後開展。梅傲霜幾經流離，居然蒙獲湯家堡的收容，認為義女。湯家堡雖非名門正派，但也是較具正義感的門派，在參與「梅莊」滅門行動後，暗中以紙條傳示何氏奶娘，並備馬供其逃逸，可以說是梅傲霜的救命恩人。但此時雙方都不知彼此情況，梅傲霜在湯家堡享受到流離失所十多年後難得的寧謐與愉悅的日子。更重要的是，她結識了湯家二少爺湯克業，且與他暗生情愫，並獲傳三招絕學。湯克業是武林第二高手「糊塗和尚」的弟子，但礙於師命，從不顯露自己武功，是以無人知曉。邪道中人懷疑當年是湯家堡有意洩露風聲，縱放梅家孤女，遂派雲萬里兄弟夜襲湯家。湯克業假冒其兄克圖名義，於堡外攔劫，也救了前來聲援湯家的「怪婆子」徒弟藍姑。藍姑對「假克圖」一見鍾情，「怪婆子」愛徒心切，上門請親，已成文定。但藍姑卻發現此克圖非彼克圖，意欲悔婚。克圖、克業為免尷尬，雙雙離家出走，梅傲霜也隨之離開湯家。

梅傲霜離開湯家後，憑藉著湯克業所傳的三招絕學，前赴四川。中間有不少波折，卻也是梅傲霜真正江湖歷練的開始。作者刻意安排了善與惡的矛盾與衝突，如少林、武當掌門對梅傲霜的悔罪，欲逐步淡化梅傲霜的復仇之心，且刻意摹寫梅傲霜本性的善良，與對世間人情事理的通澈了解，如化解「金刀無敵」段承與「無敵銀刀」郝華甫的金、銀之爭；媾合「夜叉鬼母」勝老太女兒勝玉琪與牛家場少場主牛維邦的婚姻等。梅傲霜的歷練過程，就是他心靈成長的過程。如此摹寫，自然會對未來梅傲霜的復仇行動，減少許多盲目的血腥與殺戮。而此時的「快活仙婆」，已經查探出一切的原委，以講說故事的方式，慢慢道出當初「梅莊」慘案的始末。梅傲霜在得知自己身世後，雖然還是無法放棄復仇的行動，以「復仇之花」大開殺戒，且手段頗為殘酷，但對若干悔罪者，如「南岳五劍」等人，也網開一面，唯是對元凶房玨與從惡的黑道人士，則痛下殺手。

最終的結局，是梅傲霜必須面對當初參與毀滅「梅莊」的幫兇，但卻又是對她曾有恩惠，且與克業相互愛慕的湯家堡，作一抉擇。這一段故事的鋪陳，作者是相當用心的，梅傲霜先禮後兵，在找尋到湯家後，先盡了一己「義女」的義務，承歡湯老太膝下三日，然後再正式展開復仇行動。最後幾章，雖略嫌冗長且不合情理，卻可以看出作者想要情仇兼顧、兩全其美的心思。最後是由湯正唸出了當初湯家暗中傳示何氏奶娘的字條內容，並由「快活仙婆」佐證，才算是圓滿無憾的讓故事有個美好的結局。

《威震江湖第一花》選擇了女性角色為復仇者，也頗能跳脫多數以男性為復仇主體的小說窠臼，但這點卻未必能為此書加到多少分。以男性為復仇主體，除了寫其艱辛的復仇過程外，肯定也必須塑造出其成功的「英雄」色彩，故男性主角也往往會被摹寫成「武林救星」之類的高大上人物。儘管老套，卻也是台灣武俠「爭霸江湖」格套限制下不得不爾的寫法。《威震江湖第一花》雖云復了仇、破了陰謀、恩仇了了；但既為女性，作者也很難擺脫武俠慣例，頗吝於在復仇之外，再為梅傲霜增添一些其他更重的責任。於是，恩仇既分，梅傲霜的結局，只有順從「快活仙婆」的安排，嫁給湯克業。雖說是「有情人終成眷屬」，很符合一般武俠讀者的期待，可梅傲霜這位曾經「威震江湖」的「第一花」，自此也只能與柴米油鹽醬醋茶為伴，最多相夫教子，終其一生了。這好像是武俠小說中女性角色的宿命下場。

大體上說，《威震江湖第一花》在企圖突破舊有窠臼上還是可圈可點的，除了主體的復仇故事外，穿插的有關克圖、克業與藍姑之間的情感波折，寫得也相當別有味道。不過，缺點還不少的，首先是梅傲霜闖蕩江湖，居然能憑藉湯克業所傳授的三招絕學，就能自保有餘、逢凶化吉，頗難說服讀者；其次是「梅莊」血案的始末，並未交代清楚，究竟「百禽先生」的兩個徒弟（房珏與梅父）間，有何深仇大恨？居然不惜如此抄家滅族、斬盡殺絕？再者就是，湯家明知自己對梅家其實有恩無仇，大可早點將紙條傳信之事說出，卻始終不願透露，直到必須血濺五步後，才臨危唸出，相當不合情理。最後則是，孫玉鑫是說書藝人出身，故在故事敘述的過程中，「說書人」的影子一直擺脫不去，經常自己跳出來向讀者「說明」某些尋常而淺顯的道理，更不免有詞贅繁瑣之嫌。

不過，質實而言，《威震江湖第一花》的確較諸《萬里雲羅一雁飛》有長足的進步，甚值得讀者一觀。

第三節　無毒乃丈夫的《無毒丈夫》

《無毒丈夫》（一九七二）是孫玉鑫晚期的作品，從其一貫的詭奇風格來看，此書仍然延續不變，但卻更加變化莫測起來，但文字乾淨俐落、節奏迅快，簡省掉許多外在景物的描寫，倒有幾分古龍的味道，但浮而不實，只求情節的多變，而忽略了較深層的人性描寫，且過多的不必要的冗長對話，卻蹈上了臥龍生後期小說的缺點，遂使得原本精彩可期的小說，虎頭蛇尾，許多本具關鍵性的人物，竟突然就消失不見，這很顯然與他慣於說書的故習脫離不了關係。

孫玉鑫的《無毒丈夫》（春秋出版）

《無毒丈夫》一開首下筆是很引人入勝的，一個武功雖然不高，但是備受江湖人物敬重的公門捕頭「老神鷹」，因為明成祖朱棣的「靖難」之變，不但鋃鐺入獄，且即將被綁赴菜市口斬首；於是，江湖英雄，以「至尊王」為首，紛紛趕赴京城，不惜干冒王法，欲加以挽救。這個開場，雜糅了歷史與武俠的元素，本是具有相當寬廣的開展空間的。尤其是孫玉鑫在前幾章詭秘多變的布局，令人目不暇接，頗令人有「揭密」的期待。儘管此一「秘辛」還是不能免俗的利用了武俠小說常用的易容術，群俠是企圖以假的老神鷹送入天牢，以救出真的老神鷹。但是，此一秘謀，早就被朱棣所識破，且「至尊王」雖表面上號召群雄，施展了李代桃殭之計，於法場上掉了包，卻暗中與朱棣勾結，欲藉此追索建文帝的下落。但他們卻未料到，負責掉包的神醫樂一帖，其實早已暗中製造了總共三個假的老神鷹，而真的老神鷹，早就被南海的珍珠島擄掠而去。其間錯綜複雜的陰謀詭計，在「無毒丈夫」抽絲剝繭的探查下，終於真相大白，因此率領群俠，前往神秘的南海珍珠島欲加以挽救。

「無毒丈夫」是全書的主角，冷靜睿智，常能料敵於機先，書名的「無毒丈夫」，是從「無毒不丈夫」的反面立說，也顯示出主角的正義與慈悲。前幾章的衝突、變化，幾乎就完全看他的表演，而附隨於他的群俠，如一條龍、屈老西、鵰燕雙俠、東嶽君等人，也都個性分明，各有特色，就是比較類似花瓶角色的美公子曉玉，也表現得可圈可點；尤其是珍珠島派在京城以歌妓身分作掩護的珍珠宮主，與無毒丈夫互有勝負的鬥智，更寫得相當精彩。在這裡，宮廷陰謀、草莽異心、神秘幫會、正直群雄，四方角力，孫玉鑫又故意處處含而不露、預留伏筆，顯然是作了大展身手的準備。

可惜的是，從第八章末群雄遠赴神秘的珍珠島查探開始，就往而不返，好似將前面的苦心經營完全棄之不顧了一般。其中的轉變，在於原本應該是窮凶極惡、專門擄掠英俊男人為奴的珍珠島，突然之間轉換了性質，反而變成苦心孤詣、為江湖壓服惡人的正派幫會，於是，不但前面所隱伏的「殘心萬恨客」、「嶗山道士」竟無下文，連老神鷹都消失得無影無蹤了。

接下來的故事，顯然還是以奇詭變化為主，先是無毒丈夫偷聽到珍珠島的真相，正巧遇到五行城的五行老企圖侵犯珍珠島，無毒丈夫便慨然相助，但終因實力不足，只能暫時退卻至秘城之中固守。不料此時為珍珠島所羈困的惡人雷、火二神脫困，竟與五行老鬥得兩敗俱傷，無毒丈夫遂能趁間鏟除雷、火二神，但珍珠島亦死傷殆盡，無毒丈夫與珍珠公主逃躲入秘室中，因受火神淫毒所害，兩人有了合體之緣。無毒丈夫誤觸機關，習得一佛所留下的晶壁武學，並明白了自己的身世。但珍珠宮主誤以為無毒丈夫始亂終棄，怒而離開。

半年之後，無毒丈夫習成武學，出洞一看，珍珠島已面目全非，巧遇迷宮主人公孫可，為其俘擄。原來公孫可趁珍珠島破滅之時，已然將島上群雄與珍珠宮主擒擄，囚禁於迷宮島中。無毒丈夫與公孫可激鬥，船隻焚毀，與反正的金姬飄流於大海之中，又為夙與公孫可有仇的吳奇夫婦及其孫女吳眉所救。無毒丈夫決心助吳奇夫婦一臂之力，率船艦攻打迷宮島。

孫玉鑫在這段情節中，有相當精彩的海戰摹寫，也算是別有收獲，但在情節上又故作詭秘，串聯起上一代一佛、二仙、三神、四聖錯綜複雜的關係，尤其是情聖、劍聖、色聖理之不清的男女關係。這且不去細說，最主要的是在無毒丈夫企圖以船艦攻打迷宮島時，公孫可人尚在海上，而迷宮島自家卻產生內鬨、窩裡造反。原來公孫可的妻子姜水柔早有野心，企圖把持迷宮島，故在面臨外患時，不思全力抗敵應戰，反而先行整肅異己。在海上的公孫可為臥底的四聖（非前所說的四聖）所迫，倉皇逃逸；在迷宮島上，姜水柔殘害弟兄，造成眾叛親離，且自知無法與無毒丈夫抗衡，遂率親信並劫擄群雄從秘道逃脫，無毒丈夫輕易便取得迷宮島的掌控權。

無毒丈夫為了援救群雄，鍥而不捨，循密道加以追蹤。姜水柔野心甚大，改組龍鳳幫，意欲爭霸江湖，找上八大門派開刀，但其實她也並非首腦人物，另有五里塢的一個祖奶奶全權宰制。無毒丈夫追蹤至五里塢，公孫可亦趕至，最後無毒丈夫擊殺祖奶奶，姜水柔自盡，公孫可痛改前非，吳眉、珍珠宮主嫁給無毒丈夫，結束全書。

從後面兩大段的情節看來，真的可以說是高潮迭起、變化莫測，但孫玉鑫只顧及到情節上的變化，出人意表的「奇」，固然隨處可見，大生波瀾，但很多關鍵的人物，都沒有詳細的交代，尤其是有關珍珠宮主與迷宮少主公孫梅真原是同父異母兄妹的身世，本是有神秘人物（**應該就是其父段天虹**）點醒，這是姜水柔最後無法掌控迷宮相當關鍵的事，但是，這個神秘人物居然就虛晃一招，就此消失得無影無蹤了。此外，當姜水柔腹背受敵，倉皇逃逸的過程中，居然還行有餘力地介入八大門派論劍的聚會，並展開無情的殺戮，更是完全不符情理。

總體來說，《無毒丈夫》只寫了三分之一的好書，後面的三分之二，雖緊湊多變，卻處處未能照顧周全，破綻叢生，儘管有可能是後勁不足、草率了事，但恐怕與說書的習氣大有關係。蓋說書者面對聽眾，習慣性地就當下的情節添枝加葉，只求語不驚人死不休的聳動效果，說到哪，算到哪，就渾然忘卻了全書前後應有的關照與對人物的深入刻劃。孫玉鑫的小說得力於「奇」，情節之變幻，果真足以令人拍案而驚，但其失也正在過於求「奇」，這也未嘗不是孫玉鑫雖亦有二十多部的武俠小說，卻無法與其他名家等列齊觀的最大原因。

第二章　書劍風流曹若冰

曹若冰（一九二六～一九九八），本名曹寅生，來台後改名曹力群，江蘇泰州（原泰縣）。自幼雅好文藝，一九四三年起，就以若冰、右木、冀薇等筆名發表新詩、散文、雜文、小品和短篇小說，一九四四年發表中篇小說《枕蓆底下的照片》，在家鄉已小具名氣，為其後的武俠創作，奠定了深厚的基礎。其後因與家人齟齬，投筆從戎，輾轉於揚州、上海、南京等地，一九四九年隨軍赴台，易名曹力群，退役任職於南部某報社。一九五三年離職，從事專業寫作。一九六一年，以舊名曹若冰，發表武俠長篇小說《玉扇神劍》，一炮而紅，後為南琪出版社網羅，為其主力作家，一九八〇年後，轉移陣地，在《民族晚報》撰寫短篇武俠，短小而精悍。

曹氏創作有《玉扇神劍》、《金劍寒梅》、《血劍屠龍》、《寶旗玉笛》、《魔中俠》、《女王城》、《絕情十三郎》、《魔塔》等數十部作品，為六〇年代台灣武俠小說代表作家之一，與金庸、古龍、梁羽生等合稱武俠名家「十八羅漢」。

曹若冰的武俠小說文筆簡潔，故事曲折生動，善寫打鬥武功技擊場面，描寫戀情婉轉多致，書中的俠客仁心厚道，正氣凜然中，亦不時網開一面，以道德感化留人餘地。作品風格，早年受還珠樓主影響，靈藥、秘笈及奇遇，俯拾可見，而故事枝連脈結，頗傷蕪纇，其後受古龍啟迪，文字簡潔明快，節奏感甚強，逐漸走出自己風格。曹氏作品，在台灣頗屈居司馬、臥龍、諸葛、慕容、古龍之下，但在海峽對岸，卻盛行一時，其《金劍寒梅》一書，風靡大江南北，發行量高達百萬部，連圖書館借書，都得預約登記，暢銷程度，在當年無出其右者。

曹若冰文采風流，個性超脫，外表瀟灑，但沉默寡言，為人較為拘謹。幼時家境富裕，頗受書史薰陶，一筆龍飛鳳舞的書法，享譽藝文界。早年隨軍輾轉各地，於地方風土人情，知之甚詳，這對其武俠小說之摹寫大陸山川風物，頗為得力，如《絕喉指》一書，細摹南京夫子廟、秦淮河畔風光、掌故，信手拈來，皆有佳致。

曹若冰是多產作家，長、中、短篇武俠小說號稱百部，但詳實的書目迄今未見整理出來，九〇年代，中國戲劇出版社曾出版過《曹力群作品集》，所收未全，而網路公開的芸芸眾作，真偽夾雜，殊難依據，猶待同好者繼續努力。

六〇年代的台灣武俠風起雲湧，一時名家紛紛投獻於創作行列之中，曹若冰無疑就是其中的健將之一。

台灣六〇年代的武俠，因受到政治的羈絆，開始淡化歷史，走向江湖霸業、人世情仇的路線，但在內容布局上，猶多受舊派作家，尤其是還珠樓主風格的影響。還珠樓主的小說，影響及於台灣武俠的，最主要是其環繞於佛道經典秘笈所開展出來的洞府、靈藥、秘笈、神獸及一連串因緣巧合的奇遇，但神獸由於過於荒誕不經，故六〇年代後逐漸褪色，而武林秘笈則一枝獨秀，成為台灣武俠最重要的模式之一，配合著江湖霸業與人世情仇，台灣武俠小說「去歷史化」的特色遂逐漸形成。

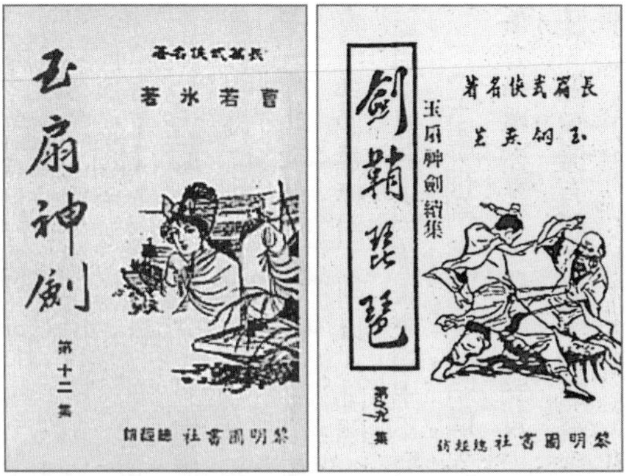

曹若冰的《玉扇神劍》與題署為玉翎燕的《劍鞘琵琶》（黎明總經銷）

《玉扇神劍》，一九六一年，由黎明圖書社發行，二十冊，故事未完；其後有題署為玉翎燕的《劍鞘琵琶》廿二冊，言明為《玉扇神劍續集》，衍繹同一故事，玉翎燕為曹若冰同時期名家，亦為曹氏好友，其故不得而詳。一九七九年金蘭出版社印行，分正集四冊，廿四章，續集三冊，廿九章，均掛在曹若冰名下；此書為曹若冰初試啼聲之作，亦為代表作之一，是曹氏作品中最長篇的一部。從此書中，我們可以具體而微的窺出台灣武俠小說的若干風格與特色。

《玉扇神劍》以「復仇」為引子，描寫主角蕭承遠幼時家中遭「川中五鬼」報復，一家慘死，唯其被玉扇書生所救，帶至華山授以武藝，預備以七年時間，在藝業完成後，展開追兇復仇之舉。這是台灣武俠中「遺孤復仇」運用最廣的模式之一。通常在此情況下，當初的行兇者一般被設計成勢力龐大、陰謀難測的武林絕頂人士，主角追兇的過程，也必然艱辛坎坷，屢有磨難。但也就在這點上，曹若冰初試身手，就表現出了創意，別出蹊徑。

在《玉扇神劍》中，「川中五鬼」不過是群挾怨報復的不起眼角色，除了以一開始的血腥殺戮，「造就」了一代豪俠外，於是書根本無足輕重，既無需主角千里緝兇，更提不上什麼艱辛坎坷，蕭承遠幾乎是不費吹灰之力，就得以報得家仇。《玉扇神劍》的主要脈絡，集矢於江湖霸業的「名氣」之爭，而此一爭奪，依武俠小說慣例，必取決於武功之高下；欲成就主角之武功，勢必得安排其一連串的「奇遇」，以增強其武功不可。

因此，蕭承遠不但有成名百年之久的前代高人玉扇書生教習武功，更無意間在山洞裡發現了數百年前的武林高手蒼虛上人所遺留下來的「蒼虛秘笈」，並巧食了五顆服食後百毒不侵、每顆能增加五十年功力的「朱仙果」。不僅蕭承遠如此立即一躍而成擁有百年功力的武林絕頂高手，連同環繞在他身邊的幾位女角，甚或親近的人，也都屢獲奇緣，如藍玉珍得以拜在崑崙二子的門下，學成「以氣馭劍」神功；王秋綺巧獲「藏珍圖」，習成「乾坤無極真經」的武功；何雲鳳則受一百五十年前的高人青城矮仙翁指引，引以入師門，學得「天都劍法」及「一指禪」。無論男俠女俠，武功都屢有增長，這自然是為了因應未來層出不窮的各類邪派高手所設計的。

《玉扇神劍》的江湖結構，除習見的名門正派如少林、武當、青城、峨嵋、點蒼、崆峒（後兩派偏於極端）等外，幫會主要有正派的青龍幫、邪派的黑鳳幫，主角蕭承遠初入江湖，自然不免與這些正、邪幫派有所糾葛，青龍幫由於有「玉面羅剎」何雲鳳的傾心愛慕，雖曾有過誤解與紛爭，最終不但成為助力，也藉由蕭承遠的協助，彌平了一場蕭牆之禍；黑鳳幫的幫主玉娘子，因其師與玉扇書生的積怨，廣邀幫手，矢志復仇，是全書諸邪派人士匯集的聚焦處。武俠小說中江湖霸業的爭奪保護戰，也就在蕭承遠誠心誠意敦請各正派人士除魔衛道，與黑鳳幫相抗衡，而在洞宮山揭開序幕。

不過，在此正邪大會戰中，蕭承遠並不如一般武俠小說中的主角肩負起所有的重責大任，曹若冰顯然故施狡獪，另闢途徑，著力摹寫正派人士不能同心同德的疑忌與猜嫌，蕭承遠反而無所施力，只能坐壁上觀，冷眼看正派人士死傷狼藉，而最終全中了苗疆鬼眼婆婆的蠱毒，也還是由玉扇書生登場化解。同時，身當邀集邪方的主帥黑鳳幫玉娘子，卻也大權旁落，在此役中幾乎無用武之地，玉扇書生一現身，玉娘子即被制服，然後被馴化、認錯。洞宮山之役，幾乎是草草收場的。其實，《玉扇神劍》雖援用了江湖爭霸的模式，但其重心並未置放於此，而是在於藉武林秘笈《蒼虛秘笈》和《乾坤無極真經》勾串出一波波的人物與情節，枝連蔓結，峰迴路轉，寫得極其熱鬧而曲折，這也是《玉扇神劍》最吸引人的地方。

全書的結構，以《蒼虛秘笈》為主線，蕭承遠習成秘笈中的武功，名震天下，遂引起了一波波自恃武功的魔頭，心生不服，一方面欲與之印證，一方面又妄圖謀奪，故天山怪叟、祁連三神君、青海骷髏怪、黑白雙怪、百獸至尊、百毒尊者、扶桑一叟、禿鷹西門番、苗疆鬼眼婆婆、邊陲五高手……，輪番登場，一波未平，一波又起；而為了與邪派人士抗衡，故不得不以「奇遇」加強眾男女俠的武功，並從原有的正派高手「二老一神尼」衍生，崑崙二子、青城矮仙翁、南海二絕姥姥等前輩高手（常是一、兩百年前成名的），也輪番上陣，而故事也就在這些新的人物不斷出現下，翻生波瀾，牽枝連葉的在書中逐步開展。

《乾坤無極真經》是另一主線，此經是無極派前輩高手無極散人與當時名家乾坤老人合著的一部武功秘笈，有兩幅「藏珍圖」傳世，相傳內容博大精深，故成為正邪派高手爭奪的目標，此經後為蕭承遠青梅竹馬的情人無極門人王秋綺所得，並與其師叔祖逍遙生化解了嫌隙，隱居於千山研習。這段情節，既牽涉到江湖人士的爭奪，又牽連著師門的恩怨，雖寫得相當曲折，但直到洞宮山之役結束，還是沒能顯出其重要性，如果依照武俠小說蕩魔除邪後即戛然而終的慣例，是難免有蛇足之嫌的，且後來蕭承遠「一龍四鳳」，與藍玉珍、何雲鳳、朱憶綠及朱怡紅姐妹結為連理，反而青梅竹馬的王秋紋被冷落在一邊，未有若何交代，也不太合情理。

《玉扇神劍》分正續兩集，續集最後的第十九章到廿九章，在洞宮山之役後，續寫蕭承遠與四位夫人隱居於太湖之後的事件，主要的作用有二，一是收拾伏線，將前此有關《乾坤無極真經》有關的人物，主要是王秋綺與孫宛紅作一交代；二是讓主角蕭承遠真正獨當一面，成為力挽狂瀾的江湖大俠。

原來，傳說中無極散人與乾坤老人合著《無及乾坤真經》是有隱情的，乾坤老人敗於無極散人之手，心常怨憤，花數十年時間參透真經武功後，靜極思動，化名為東方異，網羅了昔年肆虐江湖的餘孽阿修羅宮的護法，並拉攏骷髏怪，及武當門下不肖弟子臥雲道長，在嶗山成立「開天派」，欲一統武林。他們刺殺了少林掌門、掌傷武當掌門、殘害無極門下、騷擾二老一神尼、火焚太湖蕭承遠家，並在嶗山暗埋火藥，企圖將正道人士一網打盡。於是，蕭承遠在嶗山就不得不承肩起他原未能盡責的除魔大任，在與乾坤老人較技時，略勝一籌，而王秋綺則更因為保護師門，為人所迫，夾雜在愛情、恩情、師門之情的矛盾中，獲得較諸其他女俠更深刻的發揮，儘管也不得不於情場中退讓，但整體形象卻更為豐富飽滿起來。乾坤老人暗埋火藥的陰謀，是被孫宛紅破除了，孫宛紅此一角色，在「藏珍圖」爭奪事件中，是一枚暗棋，當初並未有太大作用，而在全書結尾，則將此伏線收束，成為瓦解陰謀的最大關鍵。乾坤老人較技輸人，陰謀未遂，而又悟及其受到骷髏怪的愚弄，於是，滿天陰霾，雲開月明，成功地為此書作了最完滿的結局。

此書以《玉扇神劍》為名，「玉扇」是蕭承遠師父玉扇書生的成名兵器，轉授給蕭承遠後，借此以凸顯蕭承遠的武功與英姿；書中有三把寶劍，分別是蕭承遠的碧雪劍、藍玉珍的聚瑩劍，都是削鐵如泥的神兵利器，而七星寶劍則更為神奇，其劍鞘上的七粒神珠，可以避水火之厄，且萬毒不侵，原為明室宮廷寶物，明亡後端世子的兩位郡主朱憶綠、朱怡紅分別流落民間，此劍不但為朱家兩姐妹相認的憑藉，更是蕭承遠與朱怡紅的媒妁，此三劍在全書中皆發揮了不小的功能。

書中另一支線，無疑就是蕭承遠與眾家女子間的感情紛擾，蕭承遠翩翩佳公子的瀟灑形象，使得凡是遇見到他的女子，都對他心生愛慕，從何雲鳳、藍玉珍、朱憶綠、朱怡紅到薛明慧、王秋綺，甚至原為邪派妖女的散花仙子，都願意為他改邪歸正，「眾女一男」的模式，在如今看來，真的是有點過猶不及了，但在六〇年代，卻是非常流行的寫法。有趣的是，書主女角行走江湖，都喜歡女扮男裝，也因如此，差點引起朱憶綠對藍玉珍假鳳虛凰的慕戀，也算是一個小插曲。

《玉扇神劍》全書以蕭承遠藝成下山為引子，以《蒼虛秘笈》、《無極乾坤真經》為主脈，揉合江湖爭霸、兒女情長為一，故事曲折多變，高潮迭起，文字又精煉順暢，是一部相當值得一讀的作品。

此書雖為曹若冰首部作品，但不知何故，在故事未完之際，居然由玉翎燕署名出了續集《劍鞘琵琶》，方才成為一結構完整之作品。依一般武俠出版慣例，初出茅廬的作家，假借前輩名家先行試劍，在讀者反響不錯後，方才「正名」的例子極多，如獨孤紅之《血掌龍幡》初題為諸葛青雲即是，但首部作品未完成，即由名家續完，其間曲折若何，相當令人困惑，也極耐人尋味。

肆 評說篇

第一章
日升月恆——台灣武俠小說的特色及其影響

從日據時代的台灣武俠小說萌芽伊始，先經一九四九年後前輩作家郎紅浣等人的開拓，中經一九六〇年代眾家武林健將的墾殖，直到一九八〇年因「金庸旋風」而漸趨式微的台灣武俠小說，如果暫不討論日據時代部分，也已足足有三十年的歷史。儘管各個作家風格異趨，各有特色，分別引領過一時風騷，但細究其內涵，亦自有「變」中的「不變」，而使得台灣武俠小說與大陸以五大家為主的「舊派」，以及以梁羽生、金庸為主的香港「新派」，展現出迥異的面貌，而彰顯出台灣此一區域文學的特色。

此一特色，一來與「南渡」士人去國懷鄉的「憂患意識」有關，一來也是肇因於當時整個的政治局勢的影響；而社會的進步、多媒體化的發達，更於其間有顯著的推波助瀾的作用。

第一節　懷鄉情結與京華想像

台灣一九四九年後的武俠小說發展，主要都是由中國大陸各省渡海來台的人士集體耕耘出來的，從郎紅浣以至一九八〇年間，戮力於武壇創作者，除了田歌、秦紅、陸魚等少數「台派」作家之外，九成以上都是來自大陸各地的「外省人」，在此，我們不妨以林保淳在《武俠小說概論》一書中所列的《台灣武俠作家點將錄》的三十四位作家為例，查看其出生地與創作時的身分：

表：《台灣武俠作家點將錄》中三十四位作家的出生地與創作時的身分

姓名	出生地	創作時身份	初創時間	創作年紀
郎紅浣	東北長白	文人	一九五一	五十四
孫玉鑫	山東青島	說書藝人	一九五三	卅五
臥龍生	河南南陽	軍人	一九五七	廿七
司馬翎	廣東汕頭	學生	一九五八	廿五
諸葛青雲	山西解縣	公務員	一九五八	廿九
高庸	四川西充	軍人	一九五九	廿七
上官鼎	湖南衡陽	學生	一九五九	十六
古龍	江西南昌	學生	一九六〇	十九
墨餘生	海南瓊山	軍人	一九六〇	四十二
武陵樵子	湖南武陵	軍人	一九六〇	五十
東方玉	浙江餘姚	文人	一九六〇	卅六
慕容美	江蘇無錫	公務員	一九六〇	廿八
獨抱樓主	湖南湘陰	教師	一九六〇	三十
蕭逸	山東荷澤	學生	一九六〇	廿四
陸魚	台灣苗栗	學生	一九六一	廿二

田歌	台灣基隆	自學	一九六一	二十
陳青雲	雲南大理	軍人	一九六一	卅二
柳殘陽	山東青島	學生	一九六一	二十
司馬紫煙	安徽	學生	一九六一	廿六
曹若冰	江蘇泰州	軍人	一九六一	卅五
秦紅	台灣彰化	自學	一九六二	廿六
東方英	湖南長沙	軍人	一九六二	四十三
雲中岳	廣西南寧	軍人	一九六三	卅三
獨孤紅	河南開封	文人	一九六三	廿六
雪雁	山東青島	學生	一九六三	廿二
秋夢痕	湖南邵陽	軍人	一九六三	廿九
溫瑞安	廣東梅縣	學生	一九七六	廿二
李涼			一九八〇	?
荻宜	台灣桃園		一九八二	卅四
奇儒	台灣		一九八五	廿六
祁鈺	台灣台中		一九八六	十九
于東樓	河北天津	出版家	一九八六	五十四
孫曉	山東		二〇〇〇	三十
蘇小歡	台灣台南	作家	二〇〇一	四十九

就這三十四位代表性的作家來看，在一九六三年之前，台灣武俠小說的重要作家幾乎都已經全數到齊了，而且除了田歌、秦紅與陸魚外，都是所謂的「外省作家」，而即便是「台派作家」，其摹寫

的江湖，也無不以大陸的地景為主。一九六三年以後，台灣武壇幾乎就是仰賴這些作家創出局面。一九七六年的溫瑞安以馬來西亞僑生來台就學，憑藉著一股對武俠的熱愛，開始投入武俠創作行列；一九八六年的于東樓出道較晚，以五十高齡才開始投入武俠創作，但因其自一九七三年開始經營武俠小說出版社（漢麟），常因出版需求，替作家代筆，向有「天下第一槍手」之稱，創作因緣頗類於春秋出版社的呂秦書之以「吾愛紅」筆名續寫臥龍生的小說；另外，二〇〇〇年的孫曉，以及稍後而未在表中的鄭丰（浙江青田），可以說是「外省作家」的餘波。

一九八〇年以後的台灣，雖然政治上開始有「本省」、「外省」的紛擾，但在文藝創作上，實際上已很難有省籍的區別，但在「金庸旋風」的衝擊下，仍孳孳不懈投入武俠創作的人，日逐減少，老一輩的作家，除雲中岳、柳殘陽、獨孤紅等少數外，皆紛紛擱筆，而二〇〇〇年後，或已物故，或已衰老，則只有上官鼎還重作馮婦，寫了《王道劍》、《妖刀與仙劍》外，全都是不分省籍的武俠愛好者勉撐局面，時移世易，武俠小說逐漸告別台灣，「後金古時期」的武俠小說，又回轉歸於中國大陸，而由「新武俠」別開生面。

從這些外省籍作家初創時的身分來說，基本上可分為來台第一代與來台第二代，其主要的區別，在於創作時的身分，大抵上，軍人或公教人員身分、報社編輯、文人等多數為隨政府南渡來台的第一代，學生身分者則多為第二代。其中報社編輯是相當重要的武俠推手，如未在名單內的伴霞樓主，除了自己本身熱愛武俠，積極創作外，更推薦、援引了如臥龍生般的作家；軍人出身的作家，大抵皆是因退伍後居家窮困，故除了對武俠的熱情外，更多些以此為謀生之階，所謂「著書皆為稻粱謀」的心態；至於學生身分者，則多半受到父執輩的影響，對其故鄉風土的憧憬懷想之情，甚為濃烈，當然，亦難免有如古龍般，為生計而不得不如此者。

縱觀而言，這些佔多數的「外省武俠作家群」，凸顯出台灣武俠的兩大特色，一是濃厚的「原鄉」情結，尤其是第一代的外省作家，輾轉流徙，遠離鄉梓，武俠小說以「古代中國」為主要摹寫場景的文體特色，最適合他們藉此將一股濃稠的鄉愁，化作他們的京華想像，藉書中的山川城市、歷史文化，撫慰自家的滿懷辛酸，無非就是「遠望當歸」之意。因此，他們的武俠小說對書中所涉及的地景，以及相關的歷史、文化，莫不詳加描述，五嶽名勝、塞北江南，或憑藉當年記憶，或蒐羅載記，一一覼縷而述，筆之所存，即心之所託，而大陸的風土民情、詞章典故，也隨之浮顯其間，歷來所謂「武俠小說是海外華人的中國文化教科書」之說，正可從此處獲得闡解。台灣武俠小說的「中國風」，是非常明顯的，這點，我們從台灣武俠小說少見有如諸葛青雲的《石頭大俠》般以台灣史地為背景的現象中，可以窺出。因此，台灣武俠小說也往往遭到台灣島內若干「台獨意識」者的排擠，諸多的所謂「台灣文學史」擯而不載[1]。

台灣武俠作家的筆名，頗有直接與其故鄉為名者，如武陵樵子之「武陵」、衡山向夢葵之「衡山」，而臥龍生則取其故鄉的「臥龍書院」為名，皆是對鄉梓的戀戀懷想。獨抱樓主在接受筆者訪談時，曾特別強調，在他筆下之所以常以兩湖為地景的原因，正是刻意為了紀念當時輾轉流離的一段故鄉記憶；東方玉在他的小說中，信手拈來，就是文史掌故、詩詞曲文，而如《泉會俠蹤》摹寫河南輝

1 擯而不載的理由，當然通俗文學始終受到漠視是一大原因，而武俠小說的「中國風」，包括了作家的外省身分及作品中濃厚的「大中國意識」，更是其振振有辭的反對理由。事實上，不僅武俠小說如此，在某些激進學者的筆下，連著名的詩人余光中、鄭愁予等，也往往因其外省身分而將之排拒於「台灣作家」之列。

縣百泉鎮的「藥市」，《東風傳奇》敘說陝西鳳翔的「酒會」，皆津津樂道；墨餘生是海南瓊山人，故《瓊海騰蛟》筆下將天下奇珍異寶、義士高人盡集中於海南島，自是有藉斯文以作家園懷想之舉，為海南張目；而說得最愷切明白的，無疑就是武陵樵子：

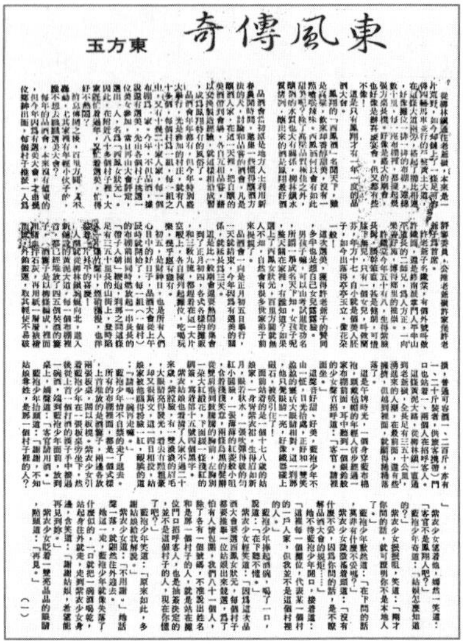
東風傳奇
東方玉

東方玉的《東風傳奇》，刊登於《台灣新生報》1987.05.11

> 茫茫神州大陸，共黨竊據倏已十三載，嶺南塞北，盡是胡塵，中原父老如火如荼，播遷來台，生活安定，海天遙望，益增懷念，故筆者屢屢以筆下荒誕不經之武俠說部，簡介山川人物，藉資彌深懷念[1]

武俠說部固然是「荒誕不經」的，但這些作家對故土故國的懷想，卻是真確難移的。當然，他們會省思其之所以只能遠望當歸、憑空懷想的原因，而國共內戰的政治因素，顯然就是他們會首先歸咎的，而其矛頭，自也難免直指彼時已全面建國的共產黨。因此，若干作家在武俠小說中，亦不乏以影射的方式作政治表態的，如墨餘生《瓊海騰蛟》中的「赤身魔教」，書中再三強調，其教徒「無一

1見武陵樵子《丹青引》第二冊，廿二章。

不是窮兇極惡之徒，偏是他們會假裝成為好人，人數又眾多，使你防不勝防，殺不勝殺。衹要你一惹上他們，立刻就如影隨身，趕也趕不掉，非要弄得你支離破碎不可」、「社會上多的是沒有頭腦的人物，無法辨別是非，反而變成惡人的應聲蟲」、「赤身魔教衹認識武力，認識強權，它根本就不講什麼道義，也不講什麼人性」，「赤身魔教」與「北極魔教」、「羅剎鬼國」相互勾結，分明就是影射共產黨，其中猶有一個魔頭「毛水西」，更明顯指涉毛澤東。「赤身魔教」本出於還珠《蜀山劍俠傳》，墨餘生將教主赤身魔女取名為「任可夫」、副教主為「勞民斯」，教中多是淫蕩狠毒之輩，無非在批判、醜詆共產黨。

無獨有偶，東方玉《縱鶴擒龍》中，則設計了一個「赤衣教」，將其摹寫成擅於蠱禍人心、手段陰險毒辣，妄圖統一江湖的邪惡幫會，教主茅通（影射毛澤東）勾結白骨教的「赤磷魔君」（影射俄共），以「萬派歸一，四海同赤」為號召，而手段殘酷，凡不聽命者，「赤旗所指，遍地骷髏」，其人「髻上插著一顆黃星，生得濃眉粗眼，臃腫橫肉，簡直醜俗不堪」；副教主朱缺（影射朱德）具「魔眼神通」，足以使人暫告迷惑，又利用「聖水」（影射共產思想）昧人神智，連正道人士，如華山西嶽老人、終南白鶴真人、少林一心大師、武當玉清真人等（影射當時投共諸人），盡遭蠱惑；而其手下藍飄波（江青，本名藍萍）、彭失意（彭德懷）、尤少異（劉少奇）、葉見陰（葉劍英）、傅老義（傅作義）、徐落後（徐向前）等，也都影射當時共產黨高層人士。書中巧妙的將當時國民黨「殺豬拔毛」的口號穿插其中，而「一杯水」、「靠攏分子」、「投共分子」、「污星毒腥」等用以批判共產黨的用語，更隨處可見。最後的結局，當然是正道獲勝，邪派殄滅，在洞庭君山的一場正邪大戰中，在正道人士同心協力下，群邪授首，武林終歸平靜！

就文學的角度來說，如此直接、坦率，而具有濃厚主觀意識的影射描寫，其實是相當拙劣的，而且也很難讓人信服。但是，如果衡情論理，他們都是在國共內戰中深受其苦、無家可歸的異鄉浪子，自難免有洩憤之舉，不足深究。其中東方玉的黨政關係十分密切，或者有藉以邀寵於國民黨之意，故其後能獨霸《中國時報》副刊達十年之久，故指陳較墨餘生更為激烈，要不為無因；而墨餘生是曾官拜少將的軍人，發為此論，自也與其立場攸關。且其時國民政府正大力推行其「反共抗俄」的政策，作家藉武俠小說表明其對政策的擁護，在當時雷厲風行的「白色恐怖」氛圍中，也無疑是足以保身全性的「政治正確」之舉，亦屬情可有原，未能純以現在的角度加以苛責。

武俠小說的地景，基本上都以中國大陸為核心，台灣的武俠小說，無論出之於本省或外省籍，除了諸葛青雲的《石頭大俠》與歐陽雲飛的《廖添丁》等少數作品以台灣為地景之外，清一色都是以中國大陸的地理、歷史與文化為背景，山川名勝、古城帝京，史實掌故、軼聞傳說，皆是濃濃的一片中國風味。但是，中國地大物博、領土遼闊，即便是外省作家，亦不可能周流遍至，而本省作家，更是足跡所限，從未親歷斯土，其筆下的中國大陸，基本上屬純粹的文化想像，而因武俠小說皆以古代為背景，故此想像皆為古典的中國想像。

台灣的古典中國想像，取徑是與香港大異其趣的，香港武俠在「廣派武俠」時期，就充滿了濃烈的「革命」氣息，有關廣東英雄如何竭力進行「反清復明」的工作，多所誇揚；而梁羽生則持左派立場，英雄事業，不是針對所謂的「剝削階級」，就是「民族大義」；早期的金庸，亦不免蹈此後塵，自《天龍八部》以後，才逐漸擺脫。

台灣的武俠作品，相對來說，對傳統中國「忠孝節義」的觀念，是多所肯定的，英雄事業，往往極少顯現在與朝廷的衝突，而在對不公不義的邪惡勢力的鬥爭。很讓人難以置信的是，台灣武俠小說對古代的專制帝王是鮮少批判的，除了延續著民初舊派題材的成鐵吾，在《年羹堯新傳》、《呂四娘別傳》中對雍正皇帝加以批判，以及雲中岳在其一系列以明朝為背景的武俠小說中，會對明朝皇帝多有微辭外，幾乎凡是只要涉及到朝廷的小說，都不會將政治窳敗、社會動蕩的罪責，歸咎於實際上應是禍首的帝王，而傾其全力集矢於對權臣、閹宦的批判，「亂自下作」，在這點上倒是相當能接續《水滸傳》的觀點的。

因此，武俠小說中的俠客，皆謹守「忠義」之分，而對一干「犯上作亂」的集團，如反王、流寇等，反而絲毫不予假借，甚至就是俠客建功樹名務須鏟鋤的對象。在這點上，台灣的武俠作家對古代中國的想像，幾乎很難逾越「正史」的觀點。這點，當然是自一九五九年以來「暴雨專案」的政治寒蟬效應所導生的。畢竟，在兩蔣時代，領導人的位階，幾乎就等同於專制帝王，對帝王有所諷刺、批判，無疑就是「以古非今」，饒有「影射」的嫌疑，故此多所禁避。不過，從另一個角度來說，卻也是承續了古代的傳統觀念，對人倫次序格外重視，君臣、父子、夫婦、長幼、朋友，一絲不苟，武俠小說之所以成為「海外華人的中國文化教科書」，正是由此而來的。其實不止是海外，對台灣來說，也是意義重大的。自甲午戰後，台灣被迫割讓於日本，五十一年的殖民，在日本強力抹滅、切斷台灣與中國關係的諸多政策下，台灣人得以從武俠小說中重新尋獲其歸屬感，並重建傳統中國文化的體系，使得台灣相對於當時的大陸，成為「中華文化復興的基地」，亦是功不可沒的。

台灣武俠小說筆下的中國，是文化的中國，更是具有優越文化的中國，武俠小說是一種文學的體式，故台灣的武俠小說亦格外刻意強調其文化的優越性，除了廣徵博引古典的詩、詞、文章外，更將舉凡琴棋書畫、花酒茶食，乃至於工藝建築、山水園林、勘輿象數等「雜學」，不無誇羨的融洽於小說之中，而傳統儒釋道三家的思想，更以不同的形式與層次，化入於武俠小說最重要的「武學」之中。在台灣武俠小說盛行的期間，由於海峽兩岸政治的隔絕，台灣武俠作家是從來未踏上過中國的，但是，他們卻可從古代的典籍中，勤蒐精剔，以構築其中國的想像，山川形勢、歷史掌故、詩詞文章，皆用以呈顯其美好而令人嚮往的一面，俠客遊蹤所至，即文化駐留之處，猗歟盛哉，美侖美奐。台灣武俠小說充分顯示了強烈文化中國的自信。

當然，這樣的自信難免也是一種自溺，是不無盲點的。武俠小說中的中國想像，當然是經過了抽離、篩選，避開了其原來可能有的缺失而成的，嚴格說來，就是一種「京華想像」。所謂的「京華」，就是指向來被目之為首善之區的國都。中國歷代建都之地雖多，但此處不必實指，而是虛擬的一個無論是政治、經濟、文化、社會都臻於最完善，最令人嚮往且自傲境地的一個空間，類似於唐代及後世詩歌中的長安，那個「長安不見使人愁」、象徵著一切盡皆美好的長安。在這一個想像當中的京華裡，國族的強盛、社會的繁榮，自是不在話下，即使偶有動蕩離散，也往往是個別的現象，且是部分的邪惡者所造成的，而俠客的任務，就在於消除這些反側，重歸於繁華榮盛，雖說天下大勢，「合久必分，分久必合」，但武俠小說中的江湖，「合」所象徵穩定與和諧，永遠是最終的歸宿。在現實當中本應有的許多複雜問題被簡單化成為正邪的對立，而勝利永遠是歸屬於正派的。「暴風不終朝，驟雨不終日」，台灣武俠小說總是對此有過度的憧憬，自然無法直指出真正問題的關鍵，因此批判的力道，是相當薄弱的，舊社會的體制，不只是被默認，更是台灣武俠小說亟欲加以維護的。

因此，台灣武俠小說對傳統觀念繼承的力道是非常明顯的，儒釋道三家的思想，始終貫穿於其中，浸至成為一種標準，而其中可能潛藏於這些思想中的問題，也就往往被因襲下來，乃至成為「暗傷」。最明顯的例子就是國族主義的氾濫。國族主義的心態，是完全以本國或本民族的角度去衡量一切事物的，自認本國本族擁有較他國他族的優越性與優先性，反映在武俠小說中的，就是對異域或異族的輕蔑與排斥。

台灣武俠小說中的江湖，門派分立，以黃河及長江流域為主要範圍的「中原」，永遠是居於正派的，相對之下，四裔之地，東夷（日本）、西戎（西藏、印度）、北狄（東北、蒙古、俄羅斯）、南蠻（五嶺以南）的區畫，是非常分明的，不是具有侵略中原的野心，就是凶殘狠毒、缺乏禮樂教化的，落居於此的門派，除了崑崙派由於有深厚的文化（神話）淵源支撐外，幾乎泰半被歸屬於邪派，從心性到武功，都是霸道或詭異的，祁連、雪山、陰山、崆峒、長白、天山[1]、點蒼、海南，在台灣武俠小說中多數都是邪僻的，而「中原」各大門派，少林、武當、青城、峨嵋、終南等坐落於佛道名山的，基本上都是「名門正派」。這是台灣武俠小說相當分明的「大中原文化主義」。

連帶著，在各大種族中，漢、滿、蒙、回、藏，由於所居地域的不同，其正邪乃至善惡的分野，也是壁壘森嚴的，武俠小說中的俠客，清一色都是漢族的英雄，且往往正因其能擊敗這些異族的高手，而更受到推崇，這是台灣武俠小說的「大漢族沙文主義」。除了備受禮樂薰陶教化的漢族之外，其他少數民族都被摹寫成「化外之民」，蒙、藏、回、苗等民族，往往都被醜化、低貶了，武俠小說中的「喇嘛僧」，無一例外的都可歸於邪派；而常見的對所謂「苗疆」的描寫，也總是充滿了施毒、

1 天山派在梁羽生小說中以正面形象出現，在台灣武俠小說中是很少看到的。

放蠱、大膽、豪放等不經的傳說。大抵上，除了雲中岳外，台灣的武俠小說家幾乎都很難脫離此一窠臼。

很顯然地，這是承續了自春秋時代以來「蠻夷猾夏」的觀念，而「京華想像」中饒具「皇皇天朝」的驕傲感，無疑就成了催化劑。這一觀念淵源久矣，也是中國歷代史書一貫的標準，只要略為觀覽歷朝史志中類似「四夷傳」的記載，就可以思過半矣了。台灣的歷史教科書，其實也都秉持著這樣的觀點，以漢族、漢文化為中心，盛誇其聲教及於四裔的赫赫事功，而對天朝之受到異族侵擾，則大引以為憾。

台灣的武俠作家，歷史知識程度參差不齊，早期作家可能部分較具有素養，但也缺乏專門名家，故襲而未改，而自一九六〇年以後，作者紛然而起，所擁有的歷史知識，則多從歷史教科書而來，更加重了此一趨勢，而「去歷史化」的特色，更推波助瀾，深化了此一觀念。

第二節　歷史何有於我哉——去歷史化

台灣武俠小說初起時還能緊扣於歷史，如郎紅浣一系列以清宮為背景的小說，環繞著清朝史事而開展，成鐵吾的《年羹堯新傳》、《呂四娘別傳》則集中摹寫雍正朝「反清復明」的事跡，就是在「暴雨專案」之後，如墨餘生的《瓊海騰蛟》以明代英宗、景泰的「奪門之變」為背景，獨抱樓主的《璧玉弓》摻雜入「反清復明」的尾聲，上官鼎《鐵騎令》之指名秦檜，甚至後來「去歷史化」最典型的古龍，在《蒼穹神劍》中也仍不免會以雍正奪嫡作為點綴；不過，隨著以「暴雨專案」為代表的文藝控制逐漸的加強，台灣武俠小說便也漸漸與歷史脫節，乃至於分道揚鑣，形成了「去歷史化」的特色，除了雲中岳與獨孤紅之外，鮮少出現與歷史掛鉤的武俠作品，即便偶爾涉及，也完全無足輕重。

武俠小說是以「武」領銜而命名的，其迥異於前此古典俠義說部的特點，也在於小說中對「武功」的強調，而由於「武」之拘限於傳統的「冷兵器」，故其最適合相應的背景，無疑就是在「熱兵器」尚無法發揮其無堅不摧功能的「古代」（大體為鴉片戰爭之前）。武俠小說憑藉的歷史背景，可以遠溯至商代，如鄭丰的《巫王志》，黃易的《尋秦記》以戰國末期為背景，王奇非的《任劍逍遙》、金光裕的《七出刀之夢》，則是少數以漢初、六朝為背景的作品，相對而言，大體上唐、宋、元、明、清五朝，為武俠小說最鍾意的時代，九成以上武俠小說都集中在這段所謂的「古代」期間。

在這個「古代」時期中，時距長達千年之久，政經體制、衣食起居，代有不同，熟習於中國歷史的人自然是了然於心的，但對於武俠小說作家來說，恐怕都只有模糊的概念，雖說亦明標時代，以歷史為經緯，如香港的梁羽生與金庸，皆擅長於藉用史事敷衍，但在他們的筆下，基本上都沒有太大的區別，頂多因清代在服飾、髮型的變化較大，在摹寫清代故事時，會著意於辮子、瓜皮帽、頂戴、長袍馬掛的區辨而已。台灣的武俠小說，正是在如此一個模糊籠統的「古代」氛圍中，開展出其「去歷史化」的路徑。

所謂的「去歷史化」，就是只將小說的背景定位於一個「不知今夕是何年」的一個「古代」之中，抽離掉原來應有的時代區隔與相關史事，並阻絕所有不可在「古代」出現的「現代」事物，別具一格的塑造出一個超然獨立的時空場景，讓小說中的人物活動於其間。武俠小說的江湖世界本就是一個充滿了理想化的世界，可以超離，可以寫實，也可以隱喻，相對於香港梁羽生、金庸的小說，台灣武俠小說因抽離了歷史因素，超離的色彩是更加濃厚的。中國的歷史，從歷代的史書記載中看來，無非就是一連串的政治鬥爭史，權力傾軋、朝代興亡，著重於權力核心——朝廷的變動與移轉，歷史一旦被抽離掉，則原來環繞於此一核心中最重要的一些成素，如法律與經濟，就明顯被弱化、漠視。現實世界中原本錯綜複雜的人際關係，也被簡化成簡單的善惡、正邪二元對立的概念。

武俠小說向來是「無法無天」的，其中最明顯的是「公權力」的全面撤退，不但邪惡的人物可以肆其凶燄、自作威福，殺人越貨、剝削凌虐，而無有效的公權力加以制裁，就是連快意恩仇、自命執掌正義的俠客，也常是滿手血腥、殺人如麻。美其名是「除惡務盡」，實則是視法律為無物。台灣武俠小說向來少有「公門」人物，衙差、捕快、錦衣衛、大內侍衛等執法者雖偶爾現蹤，不是無足輕重的過場人物，就是以負面形象現身。江湖人物，以不與官府牽扯上關係為榮，自足自在的江湖場域中建構自己的勢力範圍。

法律弱化，取而代之的是所謂的「江湖道義」，江湖道義的範圍甚廣，從不欺凌弱小、不取不義之財、信守承諾，到與女子動武不能輕薄等等，都有不成文的默契，而總括而言，則可以「正義」二字加以涵攝，而其根柢則是傳統儒家所強調的「忠孝節義」等道德原則。一九六三年，大美出版社擴大徵文——「特別大徵稿」，之所以刻意「忠孝節義」為主題，用命題作小說的方式，標出「少年頭、感天錄、烈婦血、刎頸盟」四題，公開徵求書稿，正可以看出此一趨向。

道德原則，本應是高於法律規範的，所謂「法律是最低的道德標準」即是。但是，這是在認可法律依舊能施其效應的前提下才足以成立的，而武俠小說中缺乏法律的最低約束，故所謂的道德原則就難免成為空泛的口號，墨子所說的「一人一義，十人十義」的弔詭現象，自然就層出而不窮。由於武俠小說的「尚武」，也最終使得其筆下的江湖世界淪為唯力是視，誰的武功最高，就可以由誰界定「正義」的「強權正義」現象。儘管武俠小說基於「正義必然戰勝邪惡」的原則，通常都會將代表正義一方的俠客模塑成武功最高強的人，但卻也難以擺脫「以暴易暴」的嫌疑。武俠小說以「武」與「俠」並提，事實上是不無悖論的。台灣的武俠小說既將代表公權力的官府都排除在外，自然也難蹈此敝。

中國的俠文化傳統中，「仗義輸財」是俠客外在行為模式中最引人矚目的，這點，從司馬遷摹寫郭解，就開始格外強調了。武俠小說中的人物，無論正邪，大抵都是視錢財如糞土的，雖未必個個都濟人急難、慷慨解囊，但武功與名望的追求，顯然都遠遠超過財富的欲望。出手大方，動輒高數額的銀兩、銀票、金葉子，卻甚少告知讀者，這些彷彿用之不竭的錢財，究竟是透過何種途徑而獲得的。俠客其實是個耗錢的事業，不要說是濟貧扶困，光是最簡單的青衫白馬、行遊江湖，穿州過府的一應衣食住行開銷，就非有足夠的財源來支應不可，更何況若干風流公子型的俠客，秦樓楚館、一擲萬金，究竟錢從何處而來？

台灣武俠小說特別喜愛「少年成長」的俠客模式，幼遭家難的主角，在一無依傍下，只要能夤緣習得高強的武功，就可以縱恣行遊於江湖之中，完全不必去顧慮到經濟的問題；而所謂的名門正派，動輒門下數百成千，食指浩繁，也從不明言其經濟來源。古典俠義小說中還會寫到英雄落魄，不得不「當鐧賣馬」，險被區區幾文錢逼死的好漢秦瓊，金庸在《笑傲江湖》中也還會寫到令狐沖缺乏盤纏，計無所出，只能去白剝皮家恐嚇取財的情節，但台灣武俠小說向來少有俠客窮窘的描寫，無疑是刻意淡化了這個問題。

雲中岳在《匣劍凝霜》中，還會寫道艾文慈為了生計，甚至不惜下海去賣蜜餞，每日賺上幾錢銀子以過活的窘境，反倒成了異數。司馬遷曾謂漢代俠客之多，主要是因為「財貨」的誘因，可到了台灣武俠小說家筆下，俠客卻是非與財貨劃清界線不可的，甚至貪財與否，寖至成為黑道、白道區隔的標準，多數在小說中有「孟嘗」名號的人，多屬於白道英雄，備受景仰，能夠像柳殘陽一般，直言不諱的交代俠客聚賭開娼、走私鹽茶以為財源的，少之又少。

法律與經濟，是任何社會中都無法迴避的重要問題，更是「歷史」所不容忽視，古往今來的歷史，基本上也就是這兩大問題的糾纏變動中一路流瀉而下，抽離這兩個因素，自然使得台灣武俠小說「去歷史化」的特色更加分明。

中國古代，朝代興迭，自有各種性質不同的史書覶縷記述，台灣武俠小說抽離歷史，擺脫了史實與史事的拘限，但也在「去歷史化」的進程中，有意無意地自我構築「江湖史」或「武林史」。

從歷時性的角度來說，小說此一體式所著意描寫的「事件」或「故事」，就是一段具有先後順序、因果關係的「歷史」。這點，台灣武俠小說常用的「世家」，如臥龍生的「南宮世家」、司馬翎的「皇甫世家」、東方玉的「黃山世家」，就是個值得分析的例子。

所謂「世家」，本是指世代顯赫的家族，司馬遷用以作為諸侯傳記的體例，「二十八宿環北辰，三十輻共一轂，運行無窮。輔拂股肱之臣配焉，忠信行道，以奉主上，作三十世家」，武俠小說顯然就是依仿《史記》而來，而排除了其濃厚的政治意涵[1]，專指在武林中代代相傳、卓有名望的家族。既是代代相傳，自有其歷史的痕跡，亦自有其興與衰，臥龍生《素手劫》中的「南宮世家」，一連五代，逐漸沒落；東方玉的「黃山世家」則以第三代主人萬鎮岳（《武林璽》）為核心，在他的許多武俠小說中不時出現，而盛衰不定。世家通常在武林中擁有盟主的地位，而其盛衰，也就往往成為武林平靜與動蕩的象徵，於是，一部部不同的「武林史」，就取代了正史的政治史，成為武俠小說重要的經緯。

武林史是模擬正史而塑造的，故往往在其中因襲了政治史中的規制，武俠小說中江湖人物的排名，司馬翎的《聖劍飛霜》有日帝、夜后，以及日月星三公，《帝疆爭雄記》由武林太史居州介以「公侯伯子男」五等的「封爵金榜」，敘列江湖人物；慕容美的《公侯將相錄》，依公、侯、伯、子、男、將、相、卿、尉的次序，將江湖中數十位高手排成「江湖風雲榜」；秦紅的《九品刀》，虛構了一個「武林城」，分設九堂，以「九品」考校天下武林人物；無論是爵位、品級，都是模仿朝廷的政治規制而來，很明顯就是對「歷史」的一種複製。在中國史書中，《春秋》無疑是中國史書中最重要的源頭，一九六九年十二月，就在港台武俠小說最盛行的時期，一個極重要的武俠雜誌創刊，題名就是《武俠春秋》，武俠小說家有意展現武林史脈絡的企圖，更是顯露無遺。

筆則筆，削則削的《春秋》，向來被目為政治人物的一種警戒，在孟子看來，是具有「正人心，息邪說，距詖行，放淫辭」功能的；台灣的武俠作家雖然未必真讀過《春秋》，對歷代儒家思想的史

---

1 相對來說，金庸《天龍八部》中的「慕容世家」反而是政治意味濃厚的，與台灣武俠小說的「世家」略有不同。

學觀點，恐怕也是不甚了了，但卻也還知道「春秋作而亂臣賊子懼」的粗淺道理，因此，無獨有偶地，臥龍生與古如風竟不約而同的寫了題為《春秋筆》的武俠小說。古如風的觀點較為簡單，他將「春秋筆」設計為一種犀利的兵器，配合著所謂的「春秋筆法」，心性正直的人就可以利用此一武功，在江湖中行俠仗義、鏟鋤惡人，書中的主角古浪，就是被阿儺子挑選出來的俠客。不過，古如風只從「懲惡揚善」的層面簡略發揮，而最終則走上「奪寶模式」的死胡同，未有深入的發揮。

臥龍生則顯然不失為大家，他將「春秋筆」與《春秋》繫聯為一，春秋筆主人稟承孔子「筆削」的史家精神，為武林作史，每逢十年，揭惡揚善，所謂「一雙劍，可以取人性命，但春秋筆殺死的，卻是一個人的聲譽，一個人的靈魂」（十四回），以此隱隱成為江湖中撥亂反正、揭發奸宄的一股正義力量，而春秋筆主人八次現身，八十年來也使江湖上維持著基本的和平與穩定，姦謀不生，梟魁斂跡。但如此的和穩狀態其實是一種假象，姑且不論為惡者可能會潛形秘蹤的為非作歹，亦且可能千方百計的銷毀其記載而後快，臥龍生更注意到了因執筆者主觀意識的偏差，以及代代相傳下執筆者的道德性問題，反而可能釀成江湖的動蕩。這本是史學中極重要的課題，可惜的是，臥龍生學識、才力皆不足以針對這點作更深入的發揮，仍舊過於相信春秋筆主人如「神」般的位置，而最後不免落於以武功宰制一切的威權窠臼，尤其是後面的情節荒腔走板，渾然忘卻了其原有的構想。

不過，由此亦可以見到台灣武俠作家是有意識去構築歷史之外的武林史的。八〇年代的奇儒，在他的小說中常會提到「武林戰紀史」，將其小說內容等同於歷史，而稍後徐錦成的小書《江湖閒話》，則模仿徐克的《蝶變》，設計了一個「記者」（史家）方紅葉，將八〇年代台灣政治、經濟、社會的情狀，以武林史的角度記述下來。不過，更鮮明的企圖則顯現在「武學譜系」的設計當中。

武俠小說以「武」領銜，武學設計當然是重中之重，各個武俠作家莫不絞盡心思，創發出足以一鳴驚人的武功，琳琅滿目的劍法、刀法、掌法、棍法、功法，無疑是武俠小說中極具炫惑力的一環，金庸小說中的武功名目，如降龍十八掌、打狗棍法、乾坤大挪移、黯然消魂掌、一陽指、蛤蟆功……，始終令人津津樂道。台灣武俠小說中的武功名目，雖比不上金庸的膾炙人口，但如古龍的迎風一刀斬、彈指神通、靈犀一指，柳殘陽的如來神掌（從天佛掌中化出）、七旋斬，也還是讀者耳熟能詳的。武俠作家盡力瘁力的設計其武功名目與招式，一旦推出，自然捨不得只用一次，因此，就不免在後續的作品中時時現蹤，既然現蹤，自得將其來歷詳加介紹，以此，武學的傳承路徑，一一具現，從而就構築成一個「武學譜系」，這就是武俠小說自足而不必外求的「歷史」。

此一譜系，其模式大抵源自於司馬遷在《史記・儒林列傳》的傳經模式，或是後代專以文人團體為範疇的〈文苑傳〉，只是專就武林人士而設計的。東方玉自從以《縱鶴擒龍》一舉成名後，其中最重要的「縱鶴擒龍功」，就從岳天敏而下，隱隱然帶出崑崙派的傳承系統。古龍在這方面的企圖最是明顯，早在《遊俠錄》中，古龍就由於未能忘情於《劍毒梅香》中的「七妙神君」，就刻意安排了梅山民——辛捷——丁伶——石慧傳承的譜系，而後期諸作，雖是主角不同，但其譜系還是大致可以勾勒得出來，如《多情劍客無情劍》中的李尋歡，可以上推自《武林外史》的沈浪，下推至《九月鷹飛》的葉開，更可能與《飛刀又見飛刀》中的李壞有關；而楚留香則顯然可以上推到《大旗英雄傳》的鐵中棠或夜帝，古龍後期的小說，總是忘不了提及其前期小說中的風雲人物，除了遙想前塵外，多少是有建立起其個人江湖武學譜系的念頭。武俠小說是長江後浪推前浪，一代新人換舊人，但潮起潮落，終歸於武林史的大海之中，波濤洶湧的翻生出一代一代的武俠傳奇。

台灣武俠小說沒有「歷史」，是「去歷史化」的，但卻又自有其歷史，而此一歷史則聚焦於風雲動蕩的「江湖爭霸」之中。

第三節 「武林爭霸」面面觀——台灣武俠小說模式論

陳墨曾提出過武俠小說有「民族鬥爭、伏魔、復仇、奪寶、情變、探案、學藝、爭霸、行俠、浪跡江湖」十大模式的說法[1]，基本上頗能夠勒出武俠小說一般的面相；但這十種模式並非孤立存在，而是在一部小說中相互串聯而出現的，而且從這些「大模式」中，還可以衍生出另外的「小模式」，如「情變」一項，固然多所變化，而「正邪男女戀情」，卻隱隱然成為「模式中的模式」，在武俠小說中被廣為運用。

台灣武俠小說對此十大模式的運用，也是採兼容並蓄的涵攝方式的，但與香港武俠小說相較，「爭霸」此一模式的涵蓋面最廣，也可以說醉具探討意義。所謂「爭霸」，專指「江湖爭霸」或「武林爭霸」，這是模仿了歷史上諸國紛爭的現象而來的，如「春秋五霸」、「戰國七雄」，或是隋唐之際的群雄並起、反王齊出；只是，在範圍上縮限於「武林」或「江湖」之中，而非史書中所說的「爭天下」。「江湖」或「武林」是武俠小說虛擬出來的一個專供遊走於其間的人物活動的場域。「爭霸」者，即是在此一場域中憑藉武功相互爭雄，較其長短，而其最終的目的，就是宛如爭天下者般的「一

1見陳墨《海外武俠小說新論》（昆明：雲南人民出版社，一九九四），頁七七至一六五。

統江湖」。

台灣的武俠小說的「去歷史化」，如前所述，是企圖以「武林史」取代「歷史」的，武林中門派分立，各擁實力，其實就如爭天下的諸侯，各立其國，但其所爭的，並不若歷史上的王圖霸業可以擁有操控全天下的政治、經濟與軍事實權，而更多的是「名」(或「利」)。武林爭霸的過程固然也是虛實兼用、驚心動魄，但其結果最多不過是獲得一個類似「武林盟主」的虛銜而已，相較於歷史上的王者、霸者，自是不可同日而語。

台灣武俠小說之以「爭霸」為主，最先乃是由葉洪生所提出的，他從最早提出「江湖九大門派」的臥龍生的小說《飛燕驚龍》切入，認為：

> 此書承《風塵俠隱》之餘烈，首倡「武林九大門派」及「江湖大一統」之說，更早於香港武俠巨匠金庸撰《笑傲江湖》(一九六七)所稱「千秋萬世，一統江湖」達九年以上。流風所及，台、港武俠作家無不效尤；而所謂「武林盟主」、「江湖霸業」等新提法，竟成為社會大眾耳熟能詳的流行術語了。

此一觀察是極有眼光的，蓋武俠小說的情節，正如《三國演義》所說，是「分久必合，合久必分」的，門派林立是「分」，「江湖大一統」是「合」，台灣的武俠小說就以此分分合合的過程為重點，而串演出一齣齣的武俠傳奇。

在此一「爭霸」的模式中，誠如張樂林所分析的，必然會涉及到幾個不可或缺的成素：爭霸者、爭霸的目的、爭霸的手段及過程，以及爭霸的結果。[1]就總體趨勢而論，爭霸者通常為邪惡的陰謀家，其爭霸的目的往往是虛而不實的「名」，而其手段則可謂是「無所不用其極」，過程則是攪擾得江湖大亂，而最終通常是歸於失敗的。在此，台灣武俠小說顯示出其「反霸」的特點，書中的主要角色，多半是站在「爭霸者」的對立面，且正因其摧壞爭霸者的陰謀而樹立起英雄形象的。「反霸」的俠客，常是不爭的，對所謂主盟武林，往往不屑一顧，但「不爭，故天下莫能與之爭」，雖是弔詭，卻也正凸顯出武俠小說所雜糅的道家色彩。

武俠小說以「武」為尚，故「爭霸者」必定擁有「武功」或「武力」（徒眾）的後盾；而「反霸者」欲與之抗衡，自然也必須具有優勝於對方的條件。「武林爭霸」的模式，其實重點就彷彿古典歷史演義小說常見的「鬥將」，全書就是以這兩方的敵對勢力為核心，而相關人物，各居於不同的陣營，環繞於此兩者周遭，形成阻力或助力——這就是武俠小說的「正邪之爭」，而「正義必然戰勝邪惡」，透顯出濃厚的理想色彩。

無疑地，「反霸」的俠客必然是小說中最著力描寫的對象，台灣武俠小說最喜用「少年成長」的模式，我們不妨就以此作開展，窺探其如何串聯起各個不同模式的。在此，本人徵得張樂林的同意，借用其圖來作說明：

1有關「爭霸江湖」模式的討論，目前尚乏人討論，河南大學的張樂林教授撰有〈武俠小說中「爭霸江湖」模式之分析〉一文，尚未正式發表，本人先睹為快，頗有採擇。

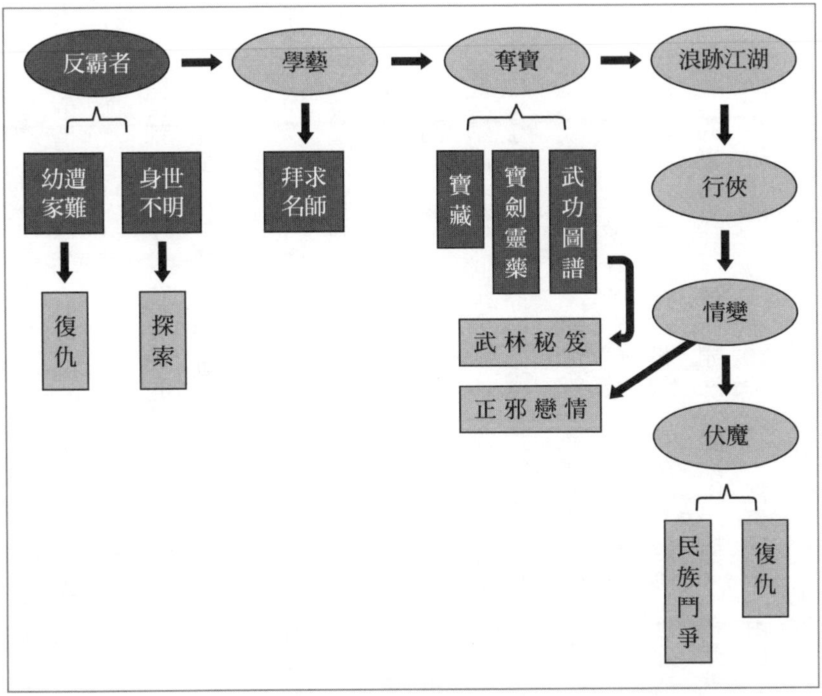

台灣武俠小說所用的模式

「反霸」的俠客，性格可以有多種形態，可剛強、可溫和、可嫉惡如仇、可悲天憫人，但看作者如何依情節而設定，但英挺的面貌（可剛可柔）與超人的武學穎悟，是必要條件。通常會設定他幼遭家難或者是身世不明；幼遭家難，將會以復仇為主線，而身世不明，則會增添探明身世的橋段，通常都會有出人意料之外的結果。

武林是武俠小說人物活動的場域，必須具有高強的武功，才能遊劍江湖，因此「反霸」者必須有「學藝」的過程，通常不是有名師教導，就必然會另有奇遇。此一奇遇，往往配合著「奪寶」的模式，而以「武林秘笈」的出現為主，或者是在深山古洞中巧獲因緣。「學藝」的過程，可能不止一次，「反霸者」必須透過不斷的砥礪、修習，以獲得最終能夠與「爭霸者」相抗衡的武功。在此，「武功」是有較寬廣的定義的，不一定是拳腳刀劍，以實打實的武術，也可能是智計謀略、陣法機關、醫理毒藥方面的「雜學」，其中的「易容術」別出一格，在台灣武俠小說中最受青睞。

武功學成之後，必須要踏入江湖，「浪跡江湖」、「行俠仗義」自然是不可或缺的，通常會先挑選一些小人物作為牛刀小試，以磨鍊他的武技或展現他的俠義精神。而在行俠仗義的過程中，必然會遭逢到一位或數位的女性，與他發生各種性質不同的愛情經歷，如是被其拯救的女性，則可能因感恩圖報或是仰慕其英風豪氣而死心塌地愛上他；如是女俠，則可能又多了種不打不相識，由誤會開始，而漸滋長出愛情；也可能有「邪派」的女子，對他一見鍾情，乃至受愛情的感召，棄暗投明。其間「正男邪女」的戀情模式，最有開展的餘地，「情變」在此就往往成為小說中渲染最多的情節，古典「才子佳人」小說中的「第三者」（小人），常可以派上用場。在這裡，武俠小說展現了濃厚的「大男人主義」，「反霸者」面臨不同的愛情經歷時，相對來說是「三心兩意」的，而女性則多數是一往情深、九死不悔。

「伏魔」通常被安排在小說的結尾，此時「爭霸者」的陰謀被揭穿，露出猙獰的面目，最後是正邪雙方的大對決，而「反霸者」與「爭霸者」的「鬥將」，無疑會是重頭戲。如果是勢力龐大的「爭霸者」，「伏魔」的過程會拉得較長，先除其次要者，再步步進逼，最後逼出幕後的罪魁禍首。「爭霸者」的隱身幕後，通常具有許多不可告人的隱衷，最常見的是以「偽善」的面貌加以掩飾，而最令人鄙夷的，則是與異族或異域暗中鉤結，甚或本身就是異族、異域前來侵略中原的，在此，民族意識必會特別受到強調。「爭霸者」註定會是以失敗告終的，其下場約有三途，一是惡貫滿盈，受其果報；一是大澈大悟、痛改前非，或是出家，或是歸隱；三是僥倖未死，逃過一劫，然後預伏下一部小說的契機。伏魔之日，通常就是小說的收束之處，也往往是反霸者「大仇得報」之時，因為此一「爭霸者」通常就是「反霸者」的「仇人」，於是又可兜轉回小說的開首。

由圖式的說明中可以見到，「爭霸」的模式，幾乎可以與陳墨所說的各大模式相互串聯，儘管在時序上會有參差變化，各模式的輕重多寡有所不同，武俠小說作家可以依自己所好，自由取捨，但萬變不離其宗，台灣武俠小說的主要內容，幾乎都可以「武林爭霸」加以涵括。

通俗小說往往因過於「模式化」而受人詬病，武俠小說的「模式」如此固定，自然也會引發若干的批評。從文學創新的角度來說，「模式」顯然就是個窠臼，極可能對作家造成束縛，而讀者熟悉於此一模式後，也會久而厭煩；但模式並非一開始就具有的，而是各個作家在不斷的、大量的嘗試之後，不約而同的形成的，而且有些模式，本身就是附生於此一體式之中，無法規避的。如「奪寶」中「武林秘笈」的衍生模式，就是在武俠小說制約於傳統武術觀念下，不得不運用的，因為如果沒有了武林秘笈的「速成作用」，無以解說少年俠客是如何可能擊敗前輩高手而嶄露頭角的，儘管有人可能以古龍後期的武俠小說幾乎不提武林秘笈，甚至有「反武林秘笈」[1]的趨向加以質疑，這固然是古龍的「求新求變」，但如果沒有前此的模式，古龍再如何變也變不出來，這是可以肯定的。武俠小說的「模式」，一如古體詩的格律，雖有定規，卻是可以多方加以變化的，杜甫精於格律，詩歌成就不愧於「詩聖」之名，李白擅長古風，飄逸蕭灑，而古風也是從擺脫律詩格律入手，不精通於格律，如何能夠擺脫？格套與創新，並不如我們想像中是如此壁壘分明的，武俠小說的「模式」，正不妨作如是觀。在模式之中，精益求精，或者於模式之中，加以變化，無論如何都脫離不了「模式」的效應。台灣武俠小說的「武林爭霸」模式，將各種不同的模式融冶於一爐，其實已是一種創新和變化，更何況眾多模式的加乘效果，其變化也是妙相紛陳的。

台灣的武俠小說家，在各大模式的運用上，各有偏好，如臥龍生最留心於「爭霸」，諸葛青雲最鍾情於「情變」，司馬翎最擅長於「行俠」，古龍對「探案」別有會心獨到之處，獨孤紅最關切民族大義，東方玉偶會標舉民族大義，而其手法則最常運用到「易容術」，雖說模式俱在，但也各有千秋，共同呈顯出台灣武俠小說多元繽紛的一面。

1古龍後期武俠小說的確已屏棄了武林秘笈，《絕代雙驕》中江小魚棄「乾坤五絕」的秘笈而不用，《多情劍客無情劍》中的《憐花寶鑑》，更是隨著龍嘯雲的屍體，被委棄於山溝之中，但古龍在前此《絕代雙驕》的情節中，已極力摹寫江小魚在惡人谷中十大惡人的悉心調教下的機伶、智計，而全不以武功取勝；而李尋歡出場時年已三十出頭，正是武功臻於顛峰的年紀，故事由此開展，其實是省略了他前面學藝的歷程，故已無需再有武林秘笈的助陣。

第四節　武俠小說的跨界演出——從影視到漫畫

在一九五〇年代以前，台灣甫從戰亂中平復，民生艱困，百廢待興；嘈擾之際，對通俗娛樂的追求與享樂，自然非當務之急，通俗文學在民間不過聊備一格而已。一九五〇年到一九七〇年間，台灣在政府和居民的戮力協作下，經濟逐步復甦，休閒娛樂的需求也漸漸增加；報刊的陸續開辦、廣播與電影媒體的興起，帶動了新一波的「文娛」休閒方式。閱讀報刊、收聽廣播、觀賞電影成為這一時期台灣居民最廉價也最普遍的生活方式之一。武俠小說在此時期由蹣跚起步到蔚為風潮，可謂多半得力於此。

一九七一年起，台灣的經濟逐漸擺脫了農村經濟的困局，開始邁向現代化，其中，一九七四年蔣經國所推動的「十大建設」，可以說是啟動台灣社會繁榮的一大關鍵。經濟起飛，社會繁榮，最顯而易見的就是一般大眾生活型態的改變。無線電視興起，取代了盛極一時的廣播劇、電影；坊間冰果室、咖啡廳、撞球間林立，更改變了過去以閱讀為樂的社會風氣。前者的影響顯然是更直接而具關鍵性的。在此，我們不妨透過台灣電視台的興起與其他通俗媒體的相互影響，來考查此一時期的武俠小說。

台灣武俠小說在發展的過程中，原頗得力於相關「通俗媒體」的推波助瀾。所謂「通俗媒體」，泛指社會上傳播通俗文化的載體，這些載體通常具有強大的傳播功能，儼然是主導社會娛樂休閒的最大力量。依其影響，先後有武俠電影、武俠廣播劇，緊接著是武俠漫畫和電視連續劇。我們且以此一時期最具影響力的「電視」為考察中心，分述如下：

一、電視武俠劇的崛起

台灣的電視事業，始於一九六二年二月教育電視台的開播；同年十月，台視開播，正式引領台灣進入「電視時代」。但此時台灣社會經濟仍在初步發展中，擁有電視的家庭相當少，因此尚未展現其龐大的影響力。一九六九年、一九七一年，中視、華視（由教育電視台改組）相繼開播，三家無線電台頓時成為台灣傳播媒體的主力。在一九七〇年代初期，台灣電視的普及率已高達百分之九九點二九，[1]螢幕也從黑白邁向彩色；電視遂挾著聲光媒體無與倫比的魅力，迅速取代了廣播的角色，成為人民生活中不可或缺的資訊、娛樂來源。

一九六四年台視播出由台灣文學名家鍾肇政編劇、陳淑芳主演的《江湖一奇女》（台語）單元劇，可以說是台灣電視史上「武俠劇」的先聲。但因劇情過於簡單、演員又非著名影視明星，且《江湖一奇女》僅僅一集即結束，因此未能引起普遍注意，只可說是武俠初步涉足於電視領域的實驗之作。直到一九七一年，在當時蔚為風潮的連續劇帶動下，武俠故事方能因利乘便，結合電視劇表演形式而展開了嶄新的一頁。

從一九七一年起，三家無線電視台即分別製播武俠連續劇。首先由中視的《大江南北》打頭陣，其後台視一口氣推出《江湖兒女》、《大刀王五》（國語）、《寶劍親情》、《萬里追蹤》四部國、台語武俠連續劇；甫成立的華視，也製播了由當時名歌星鳳飛飛主唱、主演的《燕雙飛》（台語）。在短短

1 見民國八十九年行政院新聞局編印的《廣播電視白皮書》。

的三年間，三台一共推出了將近三十齣國台語武俠連續劇，其盛況可知。

其中，華視的《西螺七劍》（一九七二，台語）、《俠士行》（一九七二，台語）、《保鑣》（一九七四，國語）及台視的《神州豪俠傳》（一九七二，國語）、《玉釵盟》（一九七三，國語）等數齣，最受矚目。《西螺七劍》以台灣民間武術傳承的「西螺七坎」為骨幹，播出之後甚獲好評，是第一部以台灣鄉土為背景的武俠連續劇。《俠士行》雖為虛構的故事，但男主角張宗榮本是廣播界的名人，投身電視事業，等如開啟了自己事業的第二春，「錢來也」一角未演先轟動；此劇亦捧紅了原為歌仔戲演員的女主角司馬玉嬌。《保鑣》以保鑣行業為背景，摻雜著江湖恩怨及兒女私情；其中老牌演員張允文的「賈糊塗」角色格外討喜，而女主角張玲則以此劇走紅，繼鄭佩佩、上官靈鳳後成為武俠電影中的重要演員之一。此劇播出長達二五六集，欲罷不能，是僅次於公案劇《包青天》的連續劇；後來在香港播放時，也風靡了整個香江，是台灣武俠連續劇唯一打入香港的力作。

至於《神州豪俠傳》及《玉釵盟》則均由臥龍生同名武俠小說改編完成，臥龍生自任編劇，是武俠作家跨足電視之始。其後諸葛青雲、田歌、高庸、獨孤紅等，也紛紛投效電視業，名噪一時，為往後的武俠劇奠定了深厚的基礎。

武俠劇的風行固然吸引了無數的觀眾，但當時的社會輿論則對此「武俠熱」深懷憂忡；一時之間，認為武俠連續劇將助長社會「好勇鬥狠」的風氣，批判聲浪極大。因此在一九七〇年代的末期，武俠劇一度遭到禁播。一九八〇年中視（國民黨營事業）索性取消了武俠連續劇，改播帶狀的益智性節目，最具「反武俠」政策指標意義。這一黨政運作，造成了武俠劇偃旗息鼓達兩年之久。

一九七九年由香港製作，鄭少秋、趙雅芝主演的武俠連續劇《楚留香》，一九八二跨海來台播映。此劇係據古龍名著《鐵血傳奇》(一九六七年)改編，是首部取材於台灣武俠小說的港劇；因原著曲折離奇，早已膾炙人口，加以編、導、演三者俱佳，一時風靡全台。而由黃霑作詞的《楚留香》主題曲——「湖海洗我胸襟，河山飄我影蹤……千山我獨行，不必相送」，更幾乎無人不唱！不但在台灣電視史上振興了武俠精神，並帶動了古龍最輝煌的十年風騷。其後，古龍的《陸小鳳》、《絕代雙驕》、《大旗英雄傳》等陸續製播，收視率一直居高不下。此時，金庸的武俠小說也挾著解禁後的無限魅力，將《射鵰英雄傳》、《神鵰俠侶》、《倚天屠龍記》、《天龍八部》、《笑傲江湖》、《鹿鼎記》等名著(無論港製、台製)，一一搬上螢光幕。一九九八年甚至寫下三家電視台同時播映《神鵰俠侶》的傲人紀錄。直到廿一世紀初，武俠連續劇依然魅力不減。

二、武俠電影的興盛

武俠小說轉拍成為電影，始於平江不肖生的《江湖奇俠傳》，其中的「火燒紅蓮寺」的情節，曾有一舉連拍十八集的驚人記錄(一九二八至一九三一)。一九四九年以後，「廣派」武俠小說在香港盛行一時，連帶著有關廣東俠客的電影，也一一陸續開拍，其中老武師關德興主演的「黃飛鴻系列」，即號稱有百部之多。

台灣是香港電影的主要市場之一，港製武俠片自台灣光復以來即盛行不衰。這些電影初期仍以「舊派」或「廣派」的武俠小說為藍本，在台灣配上閩南語發音放映；迨台灣武俠作家開始崛起後，逐漸取代了舊派的勢力，如臥龍生的《飛燕驚龍》、《玉釵盟》、《無名簫》，諸葛青雲的《奪魂旗》、《一劍光寒十四州》、《荳蔻干戈》，司馬翎的《劍神傳》、《金縷衣》、《八表雄風》、《聖劍飛霜》、《帝疆爭雄記》等，皆曾於一九六〇年代搬上銀幕。一九六六年胡金銓執導的《大醉俠》，一九六七年胡金銓的《龍門客棧》、張徹的《獨臂刀》紛紛告捷，標誌著武俠片邁入鼎盛時期。

台灣自製的武俠電影，則肇始於一九六一年由李泉溪導演、許金水編劇的台語武俠片《女俠夜明珠》，取自還珠樓主同名的武俠小說改編而成；其後陸陸續續有數十部開拍。台語片式微之後，武俠電影改以國語發聲，在胡金銓、張徹兩大武俠導演所掀起的《大醉俠》（一九六六年）、《獨臂刀》（一九六七年）武俠旋風刺激下，台灣自製的武俠電影（國語片）也風起雲湧，發展蓬勃。其中郭南宏正是台灣一九七〇年代最重要的武俠片導演之一，代表作是《劍王之王》。

一九七〇年代初，武俠電影由於受到李小龍（Bruce Lee）《精武門》（一九七二）的影響，轉趨為「功夫片」；一時之間，連西方也建立了「中國功夫」的觀念。不過，傳統以刀劍為主的武俠電影卻因之而稍歇。一九七一年香港導演徐增宏率先拍出由古龍編劇的《蕭十一郎》，打響了同名小說的知名度（按：一九七八年楚原曾重拍《蕭十一郎》）。但真正在武俠電影上將古龍捧成「天王巨星」的卻是楚原。一九七六年楚原以古龍原著改編的《流星・蝴蝶・劍》一舉成名，不僅創造了個人導演生涯的黃金時代，更使得古龍成為電影界的大紅人；在往後的十年間，古龍小說幾乎每一部都曾改編為電影。

金庸小說解禁前夕，張徹執導的《射鵰英雄傳》（一九七七年）正式以金庸原著為號召，掀起了一股「金庸電影熱」。此後，金庸、古龍小說雙雄並峙，均為港台影壇所重。如張徹、胡金銓等都熱中改編拍攝金庸原著；而楚原則偏愛古龍作品，個人共拍了十五部之多。迄至一九九五年國語片被「搞笑武俠」氣死為止，武俠電影仍非金即古，不亦奇乎！

總之，台灣上映的武俠電影約略有三個高峰時期：一是一九六六至一九七八年，以胡金銓和張徹的武俠作品為代表；一是一九七六至一九八二年，以楚原的古龍系列為代表；一是一九八〇至一九九五年，以金庸小說為代表。這三個時期（間有重疊），也正是台灣武俠小說受到電影衝擊最大的時期。尤其是古龍和金庸的小說，每當電影上映，租書店就供不應求。可見武俠片對武俠小說影響之大！

此外，一九六六年亦可視為武俠小說與電影關係轉變的一個分水嶺。在此之前，武俠小說改編成電影的數量，儘管較後來為少，且不名一家，不過就當時的出片率看來，數量還是相當可觀；而「根據原著改編」，充分尊重原作者，是其最大特色。再者，當時為配合長篇小說的故事情節，通常都不只拍一集；如臥龍生《飛燕驚龍》改編的《仙鶴神針》（一九六一至一九六二）拍了三集、柳殘陽《天佛掌》改編的《如來神掌》（一九六四）拍了四集、諸葛青雲同名小說改編的《碧落紅塵》（一九六六）拍了三集，等等。惟自一九六六年以後，除少數影片外，幾乎都是託名改編，內容卻往往與原著大相逕庭。至一九九〇年代，武俠片吹起「掛羊頭賣狗肉」的歪風，率意大幅更改原著劇情，就更不堪聞問了。

三、廣播與漫畫的迴響

台灣光復初期，經濟尚待發展，有聲傳播以廣播為主；一九五四年至一九六四年為台灣廣播的鼎盛時期，各大小廣播公司多達八十家左右。其間武俠廣播劇與「武俠說書」是特別受到歡迎的節目。

武俠廣播劇以劇團擔綱演出，通常是直接取武俠小說原文，敘述部分由主講者陳說，而對話則

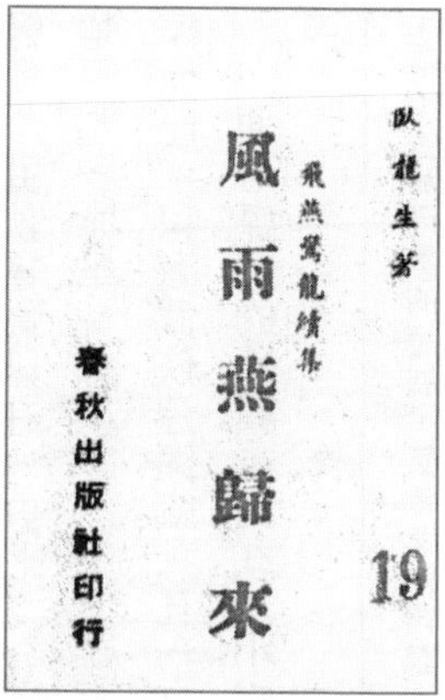

臥龍生的《風雨燕歸來》

分由團員模仿書中人物聲口道出；從頭到尾，就等於複述原文，幾乎可以對照小說原文來聽。早年台灣的武俠廣播劇究竟播演過幾齣，目前還未有人做研究統計；只知其中臥龍生的《飛燕驚龍》、《風雨燕歸來》、《無名簫》等名著，均曾播放過，而且廣獲好評。在當時百廢待舉的社會環境下，聽廣播劇殆已成為民眾夜間唯一的消遣（時段多在夜晚七至九時）。值得注意的是，武俠廣播劇常以閩南語開播，這對饒富傳統中國意味的武俠小說在台灣立穩根基，有非常重要的影響。

其次，中國廣播公司午間「武俠說書」節目則由著名評書家司馬翔包辦，一人身兼敘述、對話兩部分，以國語（普通話）主講到底。一九六〇年臥龍生代表作《玉釵盟》即被他「說」得活靈活現，名噪一時。司馬翔後來「說而優則寫」，曾撰有《神鵰劍侶》、《孤獨客》問世；讀者不察，往往以「翔」為「翎」，當成司馬翎小說來看，則不免謬以千里了。

至於台灣的武俠漫畫，始於一九五八年的葉宏甲漫畫《諸葛四郎大戰魔鬼黨》和陳海虹的《小俠龍捲風》（改編自墨餘生《瓊海騰蛟》）。其中，葉宏甲的「四郎真平」是武俠人物偶像化的開始；惟真正以武俠漫畫引起各方矚目的是陳海虹的眾多作品，以及他的弟子游龍輝和南台灣漫畫家許松山。

在一九六七年台灣國立編譯館執行「審查制度」以前，武俠漫畫風行全台，如洪義男、范藝南（本名范萬楠，東立出版創辦人）、淚秋等人，都是讀者耳熟能詳的漫畫家，也畫了百部以上的武俠漫畫[1]。這些漫畫，部分取材於電影、電視，不過大多數都是由武俠小說簡化而成；其中陳青雲的《血魔劫》、《殘肢令》、田歌的《武林末日記》、《車馬砲》等所謂的「鬼派」小說家的作品，最為漫畫家所青睞。「鬼派武俠」的特色在於情節簡單、人物眾多而無足輕重，但血腥殺戮氣息極濃，頗適合以畫面造成驚悚效果。在漫畫的推波助瀾下，「鬼派」小說也風行一時，可以略窺武俠與漫畫間的互動關係。

台灣的漫畫界，在國立編譯館審查制度的扼殺下，自一九六七年以後，幾乎停滯不前，市面上流行的全都是由日本盜印翻版的東洋漫畫。與金庸武俠小說解禁同時，由於受到香港黃玉郎所畫的《中華英雄》、《如來神掌》的影響，台灣武俠漫畫又告復甦，鄭問以中國水墨式的畫風，於一九八五年繪製了《刺客列傳》，其後《鬥神——紫青雙劍之一》、《阿鼻劍》陸續面世，成為當代武俠漫畫的大家。不過，當時流行的武俠漫畫仍以香港為主力。

綜觀一九七〇年代台灣的武俠多媒體：武俠漫畫因受制於一九六七年實施的審查制度，早已奄奄一息；武俠廣播劇則從一九七二年名廣播劇團團長張宗榮轉向華視發展後，也逐漸步入了後繼無人的窘境；武俠電影則在一九七二年李小龍的《精武門》一砲而紅下，轉向「功夫片」發展；一九七六年楚原的《流星・蝴蝶・劍》雖有興復武俠電影的態勢，但在五年之間，所造就的僅僅是古龍一位名家而已。只有武俠連續劇，在一九七〇年代引領風騷，一枝獨秀！

通俗媒體的蔚興，對武俠小說的傳播影響是不容置疑的，一九七〇年代武俠小說多媒體的呈現，

1關於台灣漫畫的發展，請參考洪德麟《台灣漫畫四十年初探》（台北：時報文化，一九九四）。

挾著影像、聲光的震撼效果，將虛擬的俠骨柔情，敷衍成刀光劍影、兒女情長的具體畫面，無疑對「武俠文化」的傳播，產生滲透人心的普遍影響力。

在一片武俠熱中，武俠小說從形式（如武技的展現）、內容（如「武林爭霸」、「武林盟主」、「武林秘笈」等情節模式）到精神（如俠義觀念），以及與武俠小說密切相關的文化要素（如傳統忠孝節義的道德、儒釋道三家的理念、民間五行陰陽術數等），都在有形無形中廣為散播，寖至成為民眾耳熟能詳的文化常識。我們僅僅從「武林盟主」、「武林秘笈」、「武林高手」、「江湖門派」、「武功」、「輕功」、「內功」等詞彙被廣泛運用在日常生活中，就可以明白其無遠弗屆的深厚影響力了。

的確，武俠小說與多媒體的互動，是一種擴散——使武俠小說擁有更廣大的群眾基礎；是一種轉化——使武俠小說擁有更豐富的表現方式；這當然有助於武俠文化的普及，可以說是武俠小說的「跨界演出」。但弔詭的是，這樣的擴散和轉化，反而對武俠小說的創作造成了令人意想不到的斲傷力。而此一斲傷力的「源頭」，毫無疑問地是來自電視武俠連續劇。

電視連續劇的特色，在於藉著「長時期播映，小單元懸疑」的方式，吸引觀眾追著看。「長時期播映」可以造成持續的影響力，使觀眾在心理上始終牽掛著有一樁「日常工作」，必須要按時完成。而當時的電視台選擇「八點檔」的黃金時段播出，正值傳統家庭共享晚餐後閒聚的時刻，無疑具有日日提醒、時時叮嚀的強大功效；再加上各時段密集的造勢宣傳，更使觀眾無時或忘，遂造成了「欲罷不能」的效果。武俠小說本就以長篇取勝，改編成四十集、六十集的連續劇，綽綽有餘；而《俠士行》、《保鑣》一播就是二二二集、二五六集，則更顯示了其長期浸潤人心的龐大力量，不可輕估。

「小單元懸疑」則充分利用了古典章回小說「欲知後事如何，請看下回分解」的書扣，在每集的結尾都故意留下一些懸而未決的「可能發展」，緊緊吊住觀眾胃口，使觀眾滿懷期待與興味地守在電視機前，欲一探究竟。武俠小說的故事曲折、情節離奇，正適合製造懸疑的空間。一九八二年的港劇《楚留香》，取古龍最擅長的推理、偵探情節敷衍，一時風靡全台，就是最顯著的例證。

武俠連續劇就在這兩種模式交叉運作之下，迅速而普遍地佔領了廣大觀眾的心，看連續劇已成為民眾生活中不可或缺的娛樂項目。其影響之深廣，無與倫比！高久峰曾就《楚留香》一劇如是說：

> 中視的《楚留香》開台灣播港劇的風氣之先，造成極大震撼，也引起一連串的社會現象：每到《楚留香》播映時間，街頭行人明顯減少，計程車也不做生意了；坊間出現一大堆以「楚留香」或「無花」為名的飲食店或茶藝館。各大媒體頻頻討論《楚留香》現象，國內演員抗議港劇播出影響其工作權益，立委還在立法院提出「港劇內容是否合宜的質詢」問題。《楚留香》主題曲「千山我獨行」甚至還成為送葬時樂隊所吹奏的歌曲。[1]

「諸事且莫作，先看武俠劇」！武俠連續劇的魅力，即此可見一斑。

至此，武俠連續劇已成為「黑洞」，攫奪了許多原本屬於武俠小說「忠實讀者」的心目，而轉為武俠劇的「忠實觀眾」。從讀者到觀眾的轉化，意謂著文字的感染力逐漸消褪，取而代之是直接訴諸

1 見〈武俠連續劇興衰錄〉，《高手雜誌》第十三期，一九九九年一月號。

感官刺激的圖像與影音。泛武俠文化中的種種要素，儘管依然可以透過影音散播開來，卻不必非讀武俠小說不可。從電視武俠劇興起後，武俠小說的讀者就一點一滴的開始流失；須運用想像力、靜心閱覽的武俠小說，終究不敵直接入目、當下獲得感官刺激的電視武俠劇——寖至於許多人對武俠的認知，居然是完全來自武俠連續劇！

讀者逐漸流失，武俠作家也善於窺風轉向；臥龍生、諸葛青雲等名家，紛紛改弦易轍，當起了編劇，而對於武俠小說的創作漫不經心。如臥龍生自一九七〇年後，創作量銳減，作品素質也急趨惡化；一九七二年其編製《神州豪俠傳》劇集時，就是取當時還在《中央日報》連載的同名小說所改編。左手寫書，右手編劇；兩手互搏，心力分散！武俠小說自然有如江河日下，漸去漸遠漸無聲了。一九八〇年之後，除了金庸小說成了當紅炸子雞外，其他作家的作品，已幾近無人聞問，雖說這是金庸小說所造成的排擠效應，但傳播媒體的兩面刃，卻十足造成了「成也蕭何，敗也蕭何」的弔詭現象，一方面，武俠文化得以藉此發揮其更廣遠的影響力，深入於社會人心，寖至成為最具有實力的民間思想，徹底奠定了俠客的正面形象；但卻也使得武俠小說的創作與閱讀人口，點滴流失，從大眾變成小眾，文字魅力逐漸消失，一九九〇年，電玩遊戲興起，緊接著網路蓬勃發展，連金庸都有不敵於電玩遊戲的勢態。

文字告退，圖像方滋，廿一世紀是文學沒落的世紀，儘管我們可以用「武俠不死，只是開枝散葉」，武俠文化已深入於中國人的身心之中來自我慰解，但就文學創作而言，仍不免會讓人不勝欷歔，何昔日之芳草兮，今直為此蕭艾也！

也就在這樣無可挽回的趨勢下，台灣武俠小說開始步向日暮途窮的窘境，一九八五年後，大陸趁改革開放之便，燃起武俠熱，新一代的作家紛紛湧現，武俠的重鎮，其實已巧悄移轉回大陸。滄海桑田，河東河西，武俠如此，情何能堪？

文學的發展，似有定律而又無定律；無定律是指其未來的發展將會如何，是絕難蠡測的，時代的變化，將會帶引文學朝著哪一方向走，誰都無法逆料；但她卻也是有定律的，而眾多的作者，以真正嚴肅的態度，投入於文學創作之中，無疑是文學之所以興盛的定律之一。

台灣武俠作家，據台灣武俠收藏家林志龍的統計，約有四百位，其中兩百位名姓無可考，不可謂之不多，但是否真能以嚴肅的態度創作武俠小說，恐怕還是令人存疑的。台灣武俠小說在發展過程中，光耀鮮麗的表面，其實早已暗藏著足可潰堤的蟻穴，金庸小說之所以能以旋風式的姿態，在短短幾年間就擊潰台灣如此眾多的作家，當然也是有緣由的。有關這點，就不得不從台灣武俠小說創作內在的困境中說起。

第五節　武俠創作的內在困境

台灣武俠小說發展的局限，主要在於武俠小說的創作與出版兩大環節之上。

就在武俠小說狂飆式的發展期間，在一九七〇年以後，其實已可見出疲態，當時原以武俠出版為大宗的「八大書系」，業務紛紛有停滯不前的現象；除了南琪出版社在一九七三年間因取得古龍小說出版權，還算頗有斬獲之外，其他各家在一九七〇年以後，就少見新人新作出現。一九七〇年七月，在武俠八大書系中向來執牛耳地位的真善美出版社，已發出「暫停出版新書」的通告[1]；其後雖仍有零星新書出版，但多半以再版舊作居多。一九七四年宋今人發表〈告別武俠〉宣言，而於一九七七年正式停業。[2]

真善美的停業，是一個相當重要的指標，象徵著武俠小說的逐漸式微。一九七〇年代中期，漢麟出版社創辦人于志宏將原來每集僅三萬字的三十六開本改成廿五開本（約二十萬字）的新版式，則可視為武俠小說盛衰之際的分水嶺。其後，萬盛、桂冠、金蘭、合成、漢牛、眾利、文天行等紛紛繼起，表面上似乎取代了原來「八大書系」的地位，實則卻是武俠市場惡性競爭的開端。

簡而言之，這些出版社大體缺乏商業道德，出書態度相當草率，往往只顧牟利，而罔顧讀者權益；再加上此時台灣有關「著作權」的意識逐漸抬頭，而政府還仍然援用一九六四年的舊法規，明顯地不合時宜。因此，出版商乘機見縫插針，鑽法律漏洞，致使出版市場為之大亂。關於這點，一心牟利的出版商固然是罪魁禍首，但恐怕作者本身也難辭其咎。這便是作者的創作心態問題。

一、著書都為稻粱謀

早在一九三〇年代，強調文學必須負有「使命」、揭櫫文學「改造社會」理念的左翼文人，就屢屢以「文丐」、「文娼」的輕蔑詞語譏諷當時的通俗作家。所謂「文丐」，大抵就是指以文字為媚俗

1見一九七〇年真善美再版發行的臥龍生《素手劫》合訂本第三冊末頁。

2詳細始末見本書第二章的引首及〈八大書系〉的部分。

手段，賣文討生活的意思；鄭振鐸則更「照他們那專好迎合社會心理一點而觀」，痛詆為「文娼」：

我以為「文娼」這兩個字，確切之至。他們像「娼」的地方，不止是迎合社會心理一點。我且來數一數：（一）娼只認得錢，「文娼」亦知撈錢；（二）娼的本領在交際應酬，「文娼」亦然；（三）娼對於同行中生意好的，非常眼熱，常想設計中傷，「文娼」亦是如此。[1]

這是個相當嚴厲的指控，簡直就是強烈而直接的人身攻擊了。儘管對「文丐」之說，通俗作家還能借力使力，以「做丐也沒有什麼不體面的」[2]自我解嘲，甚至以文丐「卻也看不起嘉禾章與博士帽」、「品格正是不凡」[3]自豪；但對「文娼」一語，絲毫不敢置辯。當然，這或許是「不屑與辯」，也或許是「不想對號入座」；但真正的原因，恐怕是鄭振鐸雖然罵得尖酸刻薄，卻也一針見血地刺中了他們心中的隱痛！

通俗作家以「遊戲之筆」為文，不避風花雪月、怪力亂神，意在提供讀者消閒娛樂之所需，於濁

1見鄭振鐸（西諦）〈文娼〉，原刊《文學旬刊》一九二二年九月十一日，第四九號；引自魏紹昌編《鴛鴦蝴蝶派研究資料》（上海：上海文藝出版社，一九八四）上卷，頁六四。
2見文丐〈文丐的話〉，原刊一九二二年十一月廿一日《晶報》，引自魏紹昌前揭書，頁一九二。
3見寄塵〈文丐之自豪〉，原載《紅》一九二九年三月第廿八期，引自芮和師等編《鴛鴦蝴蝶派文學資料》（福州：福建人民出版社，一九八四）上卷，頁一八五。

惡塵擾的現實之中，自尋一「快活」之地。[1]從文學多元化的角度而言，如此的觀點未必不能自成其說，以堂堂正正之旗，與左翼文人的各種「主義」抗衡。不過，當他們面對鄭振鐸筆下所謂「文學決不是個人的偶然興到的遊戲文章，乃是深埋一己的同情與其他情緒的作品。以遊戲文章視文學，不惟侮辱了文學，並且也侮辱了自己」[2]的批判時，卻多少有點心虛，不敢真的擺開陣勢，據理力爭。

文學創作可以有多種筆致、多樣風格，無論是「主義」、消閒、批判、諷刺……都未嘗不可，但最重要的是：作家本人必須將「文學創作」看成是件嚴肅的事！所謂「嚴肅」，倒不是非得強調文學的社會責任不可，而是指堅定信念，以誠懇、負責的態度創製作品；最低限度要能自我愛重，且肯定自己作品的意義與價值。但也就在這一點上，通俗作家卻很少人能做得到。一九三〇年代的作家在左翼文人開始嚴格批判通俗小說，將之視為鴉片、毒草之後，紛紛「悔其少作」，引以為辱（如白羽）；儘管其中部分是凜懼於龐大的政治或社會壓力，但未嘗不是對自己的作品缺乏信心，或當初根本就是為了「稻粱謀」而作所致。

通俗小說的商品化現象是無可諱言的事實，也唯有商品化，才能促進通俗文學的廣闊發展；但如果一味媚俗取容，心無定見，「著書都為稻粱謀」，就將成為通俗小說的致命傷。一九三〇年代如此，一九七〇年代的台灣武俠作家亦然。一九六一年夏，諸葛青雲在〈賣瓜者言〉一文中坦承：

1從一九一三年十一月《遊戲雜誌》發刊以來，「遊戲」便是當時通俗作家的主要創作信念；一九一四年五月發刊的《消閒鐘》也有「諸君心存遊戲，盍從吾遊」之語；一九二〇年十二月的《遊戲新報》、一九二三年的《快活》旬刊，都秉持同一觀點。參見上引魏紹昌、芮和師兩書。

2見西諦〈中國文人對於文學的根本誤解〉，原刊《文學旬刊》一九二一年八月第十號，引自魏紹昌前揭書，頁六一。

「避席畏聞文字獄，著書都為稻粱謀」。這是（清）龔定盦先生的兩句詩。但在今天這個言論自由、出版自由的自由民主世界裡，除了對國家民族有心叛逆，對人惡意譭謗以外，「文字獄」大可不必「畏聞」。那麼「著書」，尤其「著作武俠小說」，是不是「都為稻粱謀」呢？以我個人來說，百分之七十以上，應該說「是的」。[1]

儘管諸葛青雲仍舊不免為自己申辯，且從武俠小說足以「教忠教孝」處肯定武俠作品，賦詩以明志：「磊將軒昂劍客行，頭顱笑擲死生輕，神州狐鼠猖狂久，安得斯人使劍平？著書豈僅稻粱謀，白刃酬恩血濺讎，下筆莫忘扶正義，教忠教孝復神州。」不過，熟知台灣武俠創作事業的內行人，大抵也都清楚箇中所謂的「百分之七十是稻粱謀」，絕非誇張之言。因此，高庸也不諱言的表示：

從前武俠小說並不受重視，即使是名家如臥龍生、古龍他們，寫起武俠小說來，也不覺得有什麼成就感。於是大家寫武俠小說的心態就只是為了賺錢、討生活罷了。[2]

台灣的武俠作者多數為職業小說家，儘管他們出身背景不同，有軍人、學生、公務員、黨工、編

1見一九六一年八月二十日《大華晚報》第二版。

2參見《中華武俠文學網・武林點將錄》（http://www.knight.tku.edu.tw）中的〈高庸〉。

輯等，但除上官鼎兄弟、古如風、陸魚、獨抱樓主、雪雁等若干學生作家後來另有發展外，都在一夕成名或獲得出版社青睞後，即以撰寫武俠小說為衣食大計。他們自成一系，絕大多數未曾參與一般文藝組織，也不受文化界的重視，連一九九九年文建會出版的《中華民國作家作品目錄》中，也只收了金庸、古龍、荻宜三人。[1]面對文化界的輕視與排擠，武俠作家可以說是「點滴在心頭」！每一提及「武俠作家」四字，都有許多無奈與苦水；[2]只有獲得眾多讀者的喜愛以及優渥的稿酬，是他們「唯二」的回饋。

論及當時武俠作家的稿酬，據秦紅在一次訪談中透露：一九六〇年左右時，他在台灣菸酒公賣局上班，月薪約九百元；而當時的武俠名家蕭逸，一個月稿酬即有一萬多元，這對他改行投身武俠創作有很大的誘因。一九六三年秦紅處女作《無雙劍》的稿酬是一集八百元（約三萬多字），寫了五、六集後，就辭去工作，專心寫武俠了。[3]至於臥龍生，在接受陳墨訪談時，則表示：一九六〇年他的第五部小說《玉釵盟》在《中央日報》連載時，他的月收入高達五萬元之巨，是當時少尉軍官的三百多倍！[4]

1 荻宜（一九三七～）雖然也涉足武俠創作，但還是以其他文藝作品居多，被收入《中華民國作家作品目錄》中恐怕未必是因其武俠小說之成就。

2 在多數武俠作家的訪談中，是可以明顯感受到這點的；若干作家如古龍、臥龍生等，則屢屢形之於文字，請參見一九六一年八月二十日《大華晚報》第二版整版的討論。這種心理，即使連金庸也難以避免，金庸向來只承認他是「作家」，而非「武俠作家」。

3 參見《中華武俠文學網・武林點將錄》中的〈秦紅〉。經查一九六三年大美版《無雙劍》原刊本，每集約三萬六千字，與專訪內容略有出入。

4 見《港台新武俠小說五大家精品導讀》（昆明：雲南人民出版社，一九九八）第四卷〈臥龍生及其《絳雪玄霜》〉，頁三四七。

作家自述經歷，往往因年代久遠，記憶不清，所說數字很難為憑。一九六四年，黎明、大美兩家出版社為了劍虹的《少年頭》，引發「一稿兩賣」的爭議。當時劍虹的稿酬是每集一千兩百元和一千四百元[1]。以出版社出書的速度而言，每月約出四集；照此推算，劍虹當時每月的收入相當於五千元左右。而據二〇〇二年版《中華民國年鑑》載，從一九六一年到一九六六年，國民平均所得是五六六六至八八四八元。換句話說，以劍虹這位名氣不大的（應屬二流之末）的作家，在一九六四年光靠創作武俠的所得，就比一般國民高了七到十倍，其他作家更毋論矣！

無可置疑地，優渥的稿酬是刺激作家投入武俠小說創作的原動力，也因此帶動了武俠的熱潮與榮景；但社會地位的低落，卻使他們無法獲得來自文學創作所應有的榮耀與成就感。除了少數人之外，對其武俠作家的身分都相當隱諱低調，不欲張揚，此所以林志龍所記錄的作家，幾經考察，猶有兩百人無法確認其生平；甚至不免有點自暴自棄的心理，只想賣稿換錢。他們甚少關注文學創作的意義，最多不過對武俠創作還有幾分熱愛，像臥龍生所說的：「以我的拙筆，記述下這些心靈的幻想，原不敢用以惑人炫世，衹不過敝帚自珍而已！」[2]這些名作家可能在整個創作歷程中撰寫過數十部、幾千萬言的作品，但出人意料之外的是：他們之中居然沒幾個人清楚知道自己究竟曾寫過多少部小說[3]，更沒有任何一個人會珍惜、寶愛自己出版的作品！

1相關爭議，請參見雲中岳《傲嘯山河》（黎明出版社，一九六四年六月）第一集後所附的「啟事」。

2見臥龍生〈關於「玉釵盟」〉，一九六三年五月十七日《中央日報》第八版。

3這是通俗作家的常態，據側面了解，在武俠作家中，除了金庸、梁羽生、雲中岳、溫瑞安及近期的奇儒、黃易等人外，很少有人能夠「確知」其作品數目、書名及編年的。

陳墨在訪談臥龍生時，曾感慨：「一個作者不知道自己的作品有多少，當然是件奇怪的事，但又確實是有其原因，實情如此。」[1]這個「實情」，正肇因於作家卯足全力，純粹只是為了稻粱之謀！當作家創作的動機與目的，全都著眼於經濟效益的時候，其作品的品質當然就很難期待了，其「唯利是視」的心態，更連帶造成武俠出版的亂混。

二、被縱容的出版怪現象

作者對自己作品缺乏信心，無意自求精進，凡事「向錢看」，首先造成的就是作品粗製濫造的問題。一九七〇年代左右，差不多的武俠作家均已全員到齊，而且各自擁有為數不少的忠實讀者。以武俠小說在當時報紙副刊連載的情況來說，諸葛青雲、臥龍生、東方玉是最具名氣的作家，[2]而且幾乎都是好幾家報紙同時連載（海外的猶未計算在內）。例如：一九七〇年東方玉分別在《台灣新生報》撰《無名島》、《上海日報》撰《飛鳳傳》、《中國時報》撰《流香令》，有三篇連載；一九七一年臥龍生在《中央日報》撰《神州豪俠傳》、《自立晚報》撰《玉手點將錄》、《大華晚報》撰《飛鈴》、《台灣日報》撰《八荒飛龍記》，有四篇連載；而諸葛青雲則在《大華晚報》撰《五霸圖》、《自立晚報》撰《辣手胭脂》、《民族晚報》撰《九劍群花》，有三篇連載。

作者一心數用，分途並寫，創作品質是否能與名氣相符，顯然頗令人懷疑。臥龍生從一九六七年

1 見陳墨前揭書，頁三五一。

2 諸葛青雲連載的部數雖多，但大都屬於短篇；其中以「龍」和「釵」為名者，後來合併成《十二神龍十二釵》一部，嚴格算起來較臥龍生略少。

《雙鳳旗》起，就陷入自我重複的困境，不斷用同樣的情節模式、冗長對話，進行小說的鋪陳；東方玉則是易容術、女扮男裝、「眾美追一男」的模式，連番上演；而諸葛青雲則一貫任由俊男美女串演才子佳人的老戲，樂此不疲。總之一句話，就是乏善可陳！武俠小說作者熱衷「錢途」，不計毀譽，無視讀者的期待，以了無新意的成品濫竽充數，完全失去了前一時期銳氣英發的衝勁，焉能為武俠再延續生機！

尤可驚異的是，就連古龍、溫瑞安這兩位向來對武俠小說懷抱著理想與憧憬的作家，也不免隨俗浮沉。如一九七九年古龍舊作《大旗英雄傳》與《情人箭》，分別在《中華日報》（**改名《鐵血大旗》**）、《大華晚報》（**改名《怒劍》**）重刊，並為此寫了兩篇序。序中特別強調：

> 要把那些故事改寫，把一些枝蕪、荒亂、不必要的情節和文字刪掉，把其中的趣味保留，用我現在稍稍比較精確一點的文字和思想再改寫一遍。[1]

但若稍微核對一下原文，便知道所謂的「改寫」，只是虛晃一招；甚至連兩篇序文的內容（**文字**）都一模一樣，只是將書名作了改易而已！至於溫瑞安，在一九九八年由台灣花田出版社發行《溫瑞安武俠世界》雙周刊時，居然「原封不動」（**只少部分增減**）的將他十年前在香港發行的刊物移植

1見〈一個作家的成長與轉變——寫在「鐵血大旗」之前〉，一九七九年四月十三日《中華日報》。又，一九七九年五月廿九日的《大華晚報》，則改題為〈我如何改寫「怒劍」——一個作家的成長與轉變之前〉，題目雷同。

過來，完全忽略了時間的流逝與讀者需求的改變。如此輕忽、草率的態度，一派「吃定」讀者的樣子，正不知愛好武俠的讀者作何感想。

作者對自己的作品沒信心、對讀者不尊重，連帶著也引發武俠出版界許多令人目迷五色、駭怪非常的亂象。真善美出版社於一九七七年停業的原因或者真的可能是宋氏「年高體衰」，但出版業內劇烈而不擇手段的競爭，恐怕才是向以「正派經營」自豪的宋今人無法忍受的重要原因之一。

台灣武俠出版界的亂象，事實上早在一九六〇年代就已經浮現，一九七〇年代則更變本加厲。綜括而言，台灣武俠出版界大抵有如下幾個嚴重的濫惡現象：

1．代筆氾濫：

所謂「代筆」，指的是作品中部分內容是由他人「捉刀」代寫的。這是武俠小說界的常態，因為作品發表於報章，往往延續二、三年之久；一旦臨時發生事故，又不能暫停連載（因同步出書），就不得不倩人代筆了。

在台灣當紅武俠名家中，除司馬翎、慕容美等極少數幾位外，包括臥龍生、諸葛青雲、古龍、蕭逸、上官鼎、柳殘陽等等，幾乎都有倩人代筆續寫的紀錄。而代筆者往往瞻前不顧後，敷衍了事，只圖交差。如臥龍生的《鐵劍玉珮》，本來以鐵劍與玉珮為書中兩大主幹，朱羽代筆後，居然連玉珮都突然失去蹤影了。如此草率，作者卻恣意為之，視讀者為無物，武俠小說豈有不沒落之理！

2．借殼上市：

台灣武俠出版界以牟利為優先考量，儘管尚頗能獎掖後進，但對新手始終缺乏信心，因此經常以名作家「領銜」的方式，先作「試銷」，待讀者有較佳反應時，才予以「正名」。如一九六五年獨孤紅首部發表的作品《血掌龍幡》，借用諸葛青雲名號；一九七〇年單于紅的《紫拐烏弓》、《江湖浪子》打著柳殘陽旗號；一九八〇年李涼的《奇神楊小邪》則假託臥龍生之名，都是「兩廂情願」的例證。其始作俑者雖頗難查考，但所以會發生這種詐欺行為，當與出版社為了確保銷路而「買空賣空」、唬弄讀者有很大關係；而作者在知情下欣然出借招牌，美其名曰提攜後進，亦無非是利益均霑而已。

借殼上市還有一種是假借「校訂」、「口述」、「某某人故事」的名義行銷的，其中以掛名諸葛青雲、柳殘陽、臥龍生、古龍四人的情況最為普遍。如此沆瀣一氣，兒戲武俠，僥倖成功者固然可以脫穎而出，平步青雲；而失敗者則不僅永遠湮沒無聞，且徒令各名家作品中橫添許多無法確考的庸劣貨色，對武俠小說(及研究)本身造成嚴重的傷害，固不待言。

3．冒名偽作：

武俠小說冒名偽作的氾濫情況非常複雜、混亂，有導源於政府「禁書」政策的；如金庸小說在一九五九年遭「暴雨專案」嚴禁之後，首先有莫愁出版社用「綠文」之名出版《萍蹤俠影錄》(借梁羽生書名盜印《射鵰英雄傳》)；繼而在一九七〇年代，南琪出版社則假借司馬翎之名，陸續印行《神武門》與《小白龍》(即《鹿鼎記》)、《一劍霜寒四十洲》與《獨孤九劍》(即《笑傲江湖》)、《劍客書生》(即《書劍恩仇錄》)、《懺情記》(即《倚天屠龍記》)等書。此時，甚至連聲勢正盛的古龍也來蹚渾水；如南琪出版社印行的《漂泊英雄傳》，即是打著古龍旗號、假手溫玉抄襲《連城訣》的偽作。

當時司馬翎移居香港（因故不能返台），無法制止，猶算情有可原；但古龍不但人在台灣，且與出版社關係良好，何以竟會出此下策？依常理推斷，古龍極可能是在默許的情況下，放任出版社胡作非為！此外，梁羽生的多數作品也都在「司馬嵐」的化名下，在台灣大量印行。這是「暴雨專案」的後遺症造成的惡果，梁羽生對此亦無可奈何。

另一部分的冒名偽作，源於著作權法修訂時的漏洞。在一九八五年之前，著作權法一直援用舊法[1]，紕漏百出。若干不肖出版社便利用法律漏洞，搶在作者之前，先行將作者名號註冊成專用商標，使得原作者本人反而無法使用。彼等遂肆無忌憚，將許多低劣作品用張冠李戴、魚目混珠的方式掛名出版。後來這些「名家註冊商標案」雖獲得司法公正裁決，但先前所出之書卻已造成市場混亂。

在一九七〇至一九八〇年代間，坊間出版了大量上官鼎（一九六七年封筆）、司馬翎（人在香港）、臥龍生（為此打了官司）等人的作品，多數都是偽冒的。一九九〇年代，皇鼎出版社盜印早期老作家郎紅浣的《古瑟哀絃》諸書，亦掛上雲中岳之名。凡此種種，層出不窮，令人瞠目結舌。

4．剽竊抄襲：

武俠小說的剽竊抄襲，多數也是在戒嚴禁令下衍生的。由於被禁行的小說不易覓得，故偶有秘本者，就以奇貨居之，從中抄襲、改竄，行「瞞天過海」之計。目前所發現的抄襲作品，清一色是

1中華民國著作權法在一九二八年制定，原僅四十條；其後續有修訂，但大體上只是部分條文的修正（最後一次在一九六三年），未涉及根本結構的變動。及至一九八五年，全面修法成五十二條；一九九二年修成一一七條，至一九九八年才告底定。

金庸的：如一九六一年鈺釗[1]的《寒鋒牒》剽竊《雪山飛狐》，只將人名、綽號改換，小說情節完全同相同；一九六四年歐陽生的《至尊刀》則掠取《倚天屠龍記》，改換其中的人名、人物關係、地理位置而成；一九六四年荊翁的《天龍之龍》改寫《天龍八部》，人物相同，但情節有出入；一九六七年溫玉的《獨臂雙流劍》，在全書的後面三分之二篇幅，全套用《笑傲江湖》故事。其他如幻龍的《殺人指》（一九六四）雜取《神鵰俠侶》故事內容、石天龍的《傲視武林》（一九六七）則改編《笑傲江湖》而結局不同。這些都是已經發現的，而未經發現者究竟有多少？恐怕就有待有心人持續查考了。

5．隱名割裂：

由於武俠小說被目為「不登大雅之堂」之作，武俠作家既多是「為稻粱謀」而投入武俠創作行列，也往往羞於示人，在武壇中，唯溫瑞安敢於以真名發表，其他作家都是「姑隱其名」，而代之以筆名，致使在台灣約四百位的作家中，能考查出名氏、里籍、生平的不到一半，這對後來的武俠研究者造成相當大的困擾。冒名偽作之所以大量出現，未始不是因此而生。台灣的〈著作權法〉真正實施的時間較晚（一九九二年），在此之前是相當混亂的，出版社往往趁此機會蓄意張冠李戴，蒙騙讀者，同一作家名稱下夾雜不同作家的作品出版，真偽難辨。武俠小說的篇幅通常都相當長，七〇年代末期，出版社更往往將一書割裂成二書，上半部援用舊名，下半部就另行取名，如司馬翎的《金浮圖》

1 鈺釗為大美旗下的作家，另著有《金蛟鞭》、《怒戈金箏》、《鐵旂血》等書（皆一九六〇年左右出版），但其後默默無聞，亦不知何許人也，就割裂成《金浮圖》、《仙劍佛刀》；雲中岳的《匣劍凝霜》割裂成《匣劍凝霜》、《秘簡飛虹》；柳殘陽的《天佛掌》，更索性分成《如來八法》與《邪神門徒》。

代筆、借殼、冒名、剽竊、割裂，是台灣武俠出版界非常惡劣的現象。真偽混雜、玉石難分，使得有關台灣武俠小說的真實創作情況陷入漫天迷霧之中，即使是專家學者，都不易分辨；再加上出版社出書，往往任意改換書名、割裂原作、不標明初版／再版年代，或者真偽參半，使情況更形糾結複雜——武俠出版可以如此惡濫，是令人難以置信的。陳墨在研究台灣武俠小說的過程中，曾吃過一場大虧，使得他寫的《新武俠二十家》錯誤得離譜；尤其是有關臥龍生的部分，「錯誤率幾達百分之九十九」！他在探查過原委後，說了段語重心長的話：

> 這些大作家、名家這麼做，不僅敗壞了自己的聲譽，敗壞了武俠小說的聲譽——武俠小說的迅速衰落不振，固然有很多原因，但與上述假冒偽劣之作過多，顯然有一定的關係——它敗壞了市場規則，而且也敗壞了社會風氣！[1]

至於誰該為此負責呢？顯然出版社與作家是必須共同承擔的；而讀者則以逐漸冷漠、淡然的態度，默默以「拒絕閱讀」來抗議。武俠小說發展至此，遂每況愈下，終於淪入難以自拔的泥沼了。

1 仝前揭書，頁三三五九。

三、武俠小說創意的枯竭

在外有電視連續劇如黑洞般吞食了多數武俠小說的讀者，內有作家創作態度上的偏差、出版業者惡劣的出版行為兩相擠壓下，台灣武俠小說殆已無法再維持榮景；而作品本身因襲模仿、自我重複，創意枯竭，更使武俠小說不得不走上沒落之途。

台灣的武俠創作，在發展之初，頗乞靈於「舊派武俠」——博採平江不肖生、趙煥亭及北派五大家的小說風格，雜糅變化，而逐漸擺脫細膩冗長、插敘橫生的敘事方式；雖然故轍猶存，尚有融合陶鑄之功。如郎紅浣取法顧明道、王度廬，情致委婉纏綿，而兼有講史之長；成鐵吾借徑於趙煥亭、文公直，歷史感濃厚，而頗能自見史識；伴霞樓主、孫玉鑫、墨餘生等人，則步武不肖生、還珠樓主，神奇詭怪，而趣味橫生。其他如臥龍生、司馬翎、諸葛青雲三家，則後出轉精，各有創獲。此時台灣讀者漸次與武俠小說交會，初而覺得新奇有趣，繼而樂在其中，萌生欣羨、愉悅之情。武俠這個「成人童話」乃能在往後的二十年間，英姿颯爽，風華獨盛，受到社會大眾的普遍歡迎。

在一九七〇年代之前，台灣重要的武俠小說家幾乎已全員到齊，並創作了各具風格、特色的作品，無論是「鐵血江湖派」、「才子佳人派」、「新派」或「鬼派」，都擁有為數不少的作家，各擅勝場。在累積了二十年的閱讀經驗後，台灣的武俠迷早已熟稔了武俠書的各種套路與創作手法；只要一提及武俠小說，無不能娓娓道來，如數家珍。

在二十年的武俠發展期間，武俠迷的數量不斷成長；一個世代緊接著一個世代，投入閱讀的行列中，成為武俠小說最堅實的後盾。惟老讀者經過長期閱讀的薰陶，自身的閱歷、見識也在成長；對武俠小說的優劣，多少都有自己的一把尺，已不似初入武俠世界時的囫圇吞棗，飢不擇食。而新生代的讀者[1]，在整個社會轉型，有五花八門的娛樂項目可供選擇之下，其所以會閱讀武俠小說，無寧是期望武俠小說更能滿足他們的心理需求、契合他們的心靈脈動。換句話說，無論是新、舊讀者，對武俠創作的要求都有所提高；一九七〇年代的武俠小說實際上已面臨到較以往更嚴峻的挑戰。

俗話說「守成不易」，守成之所以不易，是因為此一「成果」必須珍惜、固守，且能延續下去；而唯有不斷創新發展，與時俱進，才能使作家／作品的生命持盈保泰，長存世間。很可惜地，此時的武俠作家、出版社非但未能意識到此一問題，以更積極、嚴謹的心態創作精彩、優秀的小說，以更負責、務實的態度出版雅俗共賞的讀物；反而故步自封，停滯不前，遂與讀者的願望背道而馳。

武俠小說創作向來以情節、人物及武功的營造、描寫為核心；而情節的設計，顯然又是其中的關鍵。在二十年來的台灣武俠小說發展中，武俠小說的情節設計，事實上已經有長足的發展，甚至已衍生出許多共同的模式。陳墨曾經歸納出武俠小說的十大敘事模式：民族鬥爭、伏魔、復仇、奪寶、情變、探案、學藝、爭霸、行俠、浪跡江湖[2]。一提到「模式」，就很容易讓人與「千篇一律」、「公式化」聯想在一起，因而遭致很多批評。

其實所謂的模式是自然形成的，武俠小說的類型特色本就較易集中在這些模式上發展。陳墨說得好：「欣賞這種有著相對固定的模式的故事，正是人們閱讀武俠小說及一切通俗小說的共同默

1 據中華民國行政院主計處的統計，一九五六年台灣人口總數約有九三六萬人，一九七〇年則成長為一四七七萬人，十五年間，人口成長了近四五〇萬人。無疑地，這些增衍的人口將有為數不少的人成為武俠的讀者。

2 見《海外新武俠小說論》（昆明：雲南人民出版社，一九九四），頁七七至一六五。

契。」[1]更重要的是，這些模式彼此交互運用，正如《老子》所說的「道生一，一生二，二生三，三生萬物」；是武俠小說曲折動人、繽紛多姿的張本，並非一成不變的。但就一九七〇年代的武俠小說情節設計看來，對武俠小說陷入「公式化」的批評，卻也不能完全看作是無的放矢，或純粹為反對而反對。

武俠小說的「公式化」，導源於多數作家彼此間的抄襲、套用及自我重複；這也是一九七〇年代武俠小說停滯不前，無法開創新境的癥結。

抄襲、套用與模仿不同，模仿「師其意不師其形」，有時還能「奪胎換骨」，另開新境；而抄襲、套用則完全是依樣畫葫蘆，照搞照搬，乏善可陳。如單于紅套用柳殘陽的「黑道爭霸」模式，不但情節無所變化，連人物的性格設計也幾乎雷同。柳殘陽固然是獨樹一幟的武俠名家，但其小說流派的局限性亦很大；以他為亦步亦趨的對象，自然是每況愈下，一蟹不如一蟹了。至於台灣武壇上的「鬼派」作家如陳青雲、田歌、江南柳、孤獨生等人，彼此互相因襲，人物如走馬燈般輪轉；一任血腥、殘酷的畫面流瀉紙間，更是不忍卒睹！

同時，生搬硬套往往也「只得其形，未得其神」，喪失了其模仿對象原始設計的精神。例如自金庸開創「五方奇人」的模式後，諸葛青雲《奪魂旗》也來個「東僧、西道、南筆、北劍、(中)奪魂旗」；而「中奪魂」真真假假，有善有惡，本為妙構，可惜卻完全忽略了金庸設計「中神通」所採取

1 仝上，頁七八。

的「虛列」及「鎖扣」的筆法，[1]不免買櫝還珠！臥龍生在《飛燕驚龍》中開創的「武林九大門派」及《玉釵盟》中「一宮、二谷、三大堡」等江湖版圖區劃，尚可謂是別出心裁；但其後各家紛紛起而效尤，就陳陳相因，落入俗套了。論者曾指出：

臥龍生所倡導以武林秘笈掀起江湖風波、群雄逐鹿以及正邪雙方大會戰的寫法，成為一九六〇年代台灣武俠小說新模式。同輩或後起作家競相模仿效尤，不知伊於胡底！[2]

一旦淪為「俗套」，多數作家又不具王國維所稱的「豪傑之氣」，欲妄想推陳出新，自然是戛戛乎其難了。

武俠創作的模式，畢竟是與整個小說的類型特色密不可分的。讀者雖會因似曾相識的情節，而深感「如出一轍」，但還不算是最嚴重的問題；作者也還可以用「英雄所見略同」、「無巧不成書」或「借鏡取法」等理由自圓其說。例如金庸《笑傲江湖》（一九六七年）寫「君子劍」岳不群就與臥龍生

1「中神通」王重陽在金庸小說從未正式現身，是「虛列」，與《碧血劍》中的夏雪宜類似，都是書中隱然關涉到情節的人物；藉中神通導引出許多重要的情節，此為「鎖扣」。

2見葉洪生《武俠小說談藝錄》頁四一三。

《玉釵盟》(一九六〇年)寫「神州一君」易天行的人物塑造若合符節,即為顯例。[1]不過,如果作者自我蹈襲,前後作品「換湯不換藥」,那無論如何都不能再有任何藉口了。

台灣武俠作家在成名之後,多數缺乏自覺意識,更渾然忘卻了他們所面對的讀者是與時俱進的;總是想用輕便省事的「複製」伎倆來搪塞讀者,坐享其成,不思自我突破。臥龍生自《雙鳳旗》(一九六五年)以後的作品,如《鏢旗》、《玉手點將錄》、《金筆點龍記》、《天龍甲》等,幾乎都套用同樣的「陰謀」的公式,由外而內,逐漸逼出真相;一旦真相大白,卻不了了之。只見全篇充滿了拖沓冗長、不知所云的對話,距其成名諸作的水準,判若雲泥,卻一部接一部出版!

另如東方玉的小說,自其武俠成名作《縱鶴擒龍》(一九六〇年)起,即多半不出此一模式:某少年風流瀟灑,為大眾情人,年未弱冠便名震武林。此時必有一玩世不恭的奇人,與其結為忘年之交,做為大靠山;又必有一女扮男裝的俠女,傾心愛慕、暗中庇護。局中人仗著如假包換的「易容術」,揭穿江湖陰謀,似乎不費吹灰之力。像這樣接二連三地炒陳飯,竟也成為當紅「名家」!其自我陷溺如此之深,欲求突破與創新,真不啻癡人說夢!

在台灣武俠小說家中,真正談得上有自覺意識、亟欲突破創新的大家,屈指數來,不過司馬翎、古龍兩位而已。司馬翎自一九六二年撰《聖劍飛霜》擺脫舊派窠臼後,銳意創新,《纖手馭龍》、《劍海鷹揚》、《檀車俠影》等書,均斐然可觀。特其以「人性」善惡、衝突為描寫重心所展現的思辨、

1 詳見葉洪生〈論金庸小說美學及其武俠人物原型〉,收入《金庸小說與二十世紀中國文學》國際學術研討會論文集(香港:明河社,二〇〇〇年),頁二八七至三二〇。另如金庸《天龍八部》(一九六三年)中的「武學女博士」王語嫣(玉燕)同樣是由臥龍生《玉釵盟》(一九六〇年)中的「武學女博士」紫衣女蕭姹姹脫胎而出。如是種種,不一而足。

推理能力，以及與時俱進、圓融無礙的「武道」精神境界，皆獨步當世，不作第二人想。後起之秀如香港玄幻作家黃易，師法其意，進而標榜「天道」之秘，亦難免鑿枘不入，望塵莫及。

一九七二年司馬翎返港定居，一度輟筆；一九八〇年前後改以「天心月」筆名重出江湖，尚企圖借鏡古龍式筆法，推出《強人》系列作品，另創新猷。儘管司馬翎小說後期成就如何，論者見仁見智，莫衷一是；但其始終自覺地力求突破、精進不懈的寫作態度，在台灣武俠小說家中是無人能出其右的。由其「敬業」（絕少倩人代筆）的精神而言，則「據史復古」的武俠作家雲中岳或庶幾近之。

古龍自一九六四年作《浣花洗劍錄》奠定「新派」基業以來，一貫以求新、求變的理念，積極拓展他的武俠事業，是武俠小說領域中最早將「創新」的理論形諸文字的作家。他公開為文批評武俠小說「學藝」、「除魔」的俗套與公式，並宣示其以「東洋為師、非變不可」的決心。[1]

他強調：「要求變，就得求新，就得突破那些陳舊的固定形式，嘗試去吸收。」他反詰：「誰規定武俠小說一定要怎樣寫，才能算『正宗』！」[2]

因此，他率先採用散文體式行文，運用詩化的語句分行分段，造成文字簡潔明快的效果；擷取意識流的錯綜時空，布設蒙太奇式的場景組合，加快小說的節奏感；並以「正言若反」的筆法，塑造特立獨行的人物與詭異離奇的情節；更獨創一種特殊的「非敘述人」的對話體，自問自答，極為別緻。如一九七八年萬盛版《天涯・明月・刀》的開篇楔子：

1請參見本書第二章有關古龍的論述。
2見《多情劍客無情劍・代序》。

「天涯遠不遠？」
「不遠！」
「人就在天涯，天涯怎麼會遠？」
…………
「他的人呢？」
「人猶未歸，人已斷腸。」
「何處是歸程？」
「歸程就在他眼前。」

這些對話，既非書中人物所言，亦非作者代言，完全無法確定「敘述人」是誰；而在撲朔迷離中，卻又隱隱與全書的主題密切相關。這種橫空飛來，完全突破舊式武俠小說的寫作方式，儘管許多讀者不能接受，而在《中國時報》連載時慘遭腰斬，但的確是古龍的開新，也是創意。古龍之被譽為新派武俠的「革命家」／「完成者」，良有以也！

古龍的小說向來以情節的詭奇變化著名，但他盛年時已意識到僅憑情節的詭奇變化，已無法再吸引讀者了；因為「人性的衝突才是永遠有吸引力的」：

武俠小說已不該再寫神，寫魔頭，已應該開始寫人，活生生的人！有血有肉的人！

武俠小說的情節若已無法再變化，為什麼不能改變一下，寫寫人類的情感、人性的衝突，由情感的衝突中，製造高潮和動作。[1]

固然這兩段引文對古龍自己來說，早已是「老生常談」了；惟如此的識見，在武俠小說界仍不啻是暮鼓晨鐘！可惜的是，古龍雖身體力行，在後期作品中極力描寫其所謂的「人性衝突」，但一則他「為變而變」，陷入了人性反覆的死胡同中，無法作更深層的解構；一則自一九七七年以後，酒色交攻下虛弱的身體也大大削減了他的創作動能[2]，以致不得不再度找「槍手」代筆。最後只有齎志以歿，空留俠名在人間。

更遺憾的是，「新派武俠」的後起者，一意學步古龍；除黃鷹的《大俠沈勝衣》及溫瑞安早期的《四大名捕會京師》諸作，還稍有可觀者外，無論申碎梅、司徒雪、丁情及其他泛泛的仿效者，往往只得其形而遺其神，相去不可以道里計。

創意枯竭是古今中外任何作家的致命傷，而其枯竭，則源自於其「束書不觀」，台灣武俠作家早期還會多方參照前人的作品，力圖振拔，遇到自己未必熟悉的中國大陸山川城鎮，也尚肯孜孜查考典

1 這兩段引文的原始出處，見《天涯・明月・刀》（一九七四年，南琪出版社原刊本）首章〈武俠始源〉，其後以〈關於武俠〉為題，刊登在香港《大成》雜誌（一九七七年六月到十一月）；萬盛新版書（一九七八年）則改為〈寫在《天涯・明月・刀》之前〉。但後來又在《聯合文學》（第二十期，一九八三年三月）以〈談我所看過的武俠小說〉之題發表。均一字不易。

2 一九七七年以後，古龍僅有《碧血洗銀槍》、《新月傳奇》、《英雄無淚》、《七星龍王》、《午夜蘭花》、《獵鷹・賭局》六部可視為是他自己創作完成的作品，其他皆為冒名偽書。

籍，但成名之後，稿約既多，分身已是乏術，而風花雪月，亦佔去太多時間，根本沒留給自己充裕的時間多方閱讀，臥龍生就曾坦承，他成名後是從不看別人的小說的，更無論是其他可供創作的知識來源，方仲永之傷，如何能免？儘管再奮筆力作，也無法巧奪造化，使其回春。武俠小說曾在台灣風起雲湧，盛極一時；但隨著古龍創作後期（一九七七至一九八五）的衰歇，台灣武俠終於也欲振乏力，日薄西山了。

第二章 台灣武俠小說的出版與傳播

中國武俠小說的興起，頗有賴於民初蓬勃發展的報刊雜誌，通常是由作者先行在報刊雜誌上以連載的方式發表，迴響既大之後，再由出版社匯集成書，版行於世，流通於市面。台灣的武俠小說，基本上也是依循同樣的渠道，寖漸流播於民間。

台灣光復之初，擺脫了日據時代嚴格控管的報刊雜誌拘限，一時之間，各家報紙、期刊，紛紛湧現，為武俠小說奠築了發表的廣大基地。武俠小說向來以休閒娛樂的傾向，為大眾所樂於接受，而日報、晚報，在刊登的性質上是頗有區別的，晚報出刊於下午四時左右，此時恰逢民眾工作一天後亟欲休閒的時刻，故除非有「號外」式的聳動新聞，其所刊登的內容，也多傾向於迎合這些讀者。因此，晚報就順理成章的成為孕育台灣武俠小說的溫床。

光復初期，《自立晚報》、《大華晚報》、《民族晚報》三大晚報，無疑就成為培育台灣武俠作家的搖籃。這點，我們從早期武俠名家的作品，如太瘦生、孫玉鑫皆以《自立晚報》為根據地，而諸葛青雲的首作《紫電青霜》也發跡於《自立晚報》；郎紅浣自《古瑟哀絃》起，一系列清宮作品，則皆發表於《大華晚報》；《民族晚報》則是伴霞樓主的主要發表園地。除此三大晚報外，臥龍生的首作《風塵俠隱》則刊載於台南的《成功晚報》。

在晚報系統藉武俠小說而擴增其影響力的同時，日報系統也逐漸開始加入戰局，成鐵吾的《南明俠隱》發表的《上海日報》，雖是香港報刊，但台灣也有傳播，可謂是日報刊登台灣武俠小說的濫觴。在日報系統中，《中央日報》、《聯合報》、《中國時報》是最重要的武俠發表報刊。成鐵吾應該是武俠小說於日報系統開闢草萊的第一人，一九五六年五月一日，就開始在《中國時報》的前身《徵信新聞報》刊載《呂四娘別傳》，其後又在一九五九年八月廿九日，於《中央日報》發表了《龍江風雲》；伴霞樓主則在一九五八年八月卅一日，於《聯合報》發表了《鳳舞鸞翔》。此外，《中華日報》也是小有影響力的，一九五八年十二月十三日就刊登了香港作家石沖的《劍底鴛鴦錄》。

日報系統中的「副刊」，是台灣藝文界最看重的發表園地，主編都是文壇上舉足輕重的人物，如《中央日報》的孫如陵、《聯合報》的瘂絃；《中國時報》的高信疆等，都引領過不同時期的風騷，當時「客廳即文壇」的盛況，始終為藝文界所津津樂道，多年來培養了無數的文學名家，一般的小作家，也莫不以能刊登於其上為榮。武俠小說向來是不登大雅之堂的，能於副刊上連載，當然就是一個極大的肯定，而且稿酬相當優渥，在不同時期，從千字三十元至一字一元，雖非頂級，衡以當時的平均稿費，卻也算是不菲的收入。武俠小說的連載，是日日相續的，平均一天刊載一千字，一個月三十天，收入自是相當可觀；更何況，武俠小說雖經刊登，版權依舊在作家手上，挾著日報的聲威，出版商皆會迅速簽約出版，一魚可以兩吃，足資稻粱之謀，故亦隨之產生不少武俠專業作家，這也是台灣武俠小說吸引許多作家傾心投入，締造盛況的原因之一。

報章連載，固然頗具「欲知後事如何，請看明日分解」的心理期待作用，無如遷延時日，不能一氣呵成，總是難以讓武俠迷一次過足「癮頭」，因此出版商的合集出版，乃成為讀者的最愛，也促使了當時許多出版商紛紛以出版武俠小說為主要營運策略，甚至更出現了專業的武俠小說出版社，這就是葉洪生所謂的「八大書系」。

第一節　台灣武俠小說的「八大書系」

所謂「八大書系」是指在武俠創作興盛期（尤其是一九六〇年代），專門印行武俠小說，且與作者建立長期合作關係，出書最多、各擁山頭的八大出版社而言。依次是：「真善美」、「春秋」、「大美」、「四維」、「海光」、「明祥」、「清華」及「南琪」。他們分別網羅並培養了一批專屬武俠名家，自成系統，作為號召。這八家出版社的品流頗雜，水準參差不齊；能長期維持讀者口碑的僅有「真善美」、「春秋」、「大美」及「四維」等四家而已。

除了「八大書系」之外，當然還有更多其他性質不同的出版社加入武俠出版的陣營，如「玉書」、「光大」、「黎明」、「第一」、「新生」、「先鋒」、「翰林」、「莫愁」、「大東」、「立志」及「奔雷」等，但多數偶一為之、因勢趁風而已，甚至旋起旋沒者，也不在少數。既未有培養作家的企圖，更缺乏開創武俠事業的雄心，儘管亦曾為台灣武俠小說的發展推波助瀾過，但相較於「八大書系」，未免遜色不少。

「八大書系」可以說是培養、造就台灣武俠作家的溫床，尤其是一些新出道或無緣及時為報紙網羅的武俠作家，更有賴於出版社的圓成。就傳播學的角度來說，台灣武俠小說之所以能在通俗小說中獨佔鰲頭、普遍流播，「八大書系」是功不可沒的。

「八大書系」所出版的武俠小說，大抵以台灣作家為主，偶有香港作家的作品，除了有若干名家會偶爾遊走於各大出版社外，基本上是各有班底的，對武俠小說各有其相當明確的發行宗旨，大抵上，傳揚儒家忠孝節義的精神、弘揚傳統文化，是其共同的目標，如大美出版社在一九六三年，擴大「特別大徵稿」，即以「忠孝節義」為四大主題，用命題作小說的方式，標出「少年頭、感天錄、烈婦血、刎頸盟」四題，公開徵求書稿，更標舉出「情節新穎脫俗，氣氛氣魄雄偉」的文學要件，不過，類似像真善美出版社社長宋今人般能正面宣揚武俠作品的價值，且指明其具體創作路線及規範的，尚屬罕見。

由於競爭激烈，武俠小說也供不應求，故也頗樂於提拔後進，經常有各種徵稿啟事及相關創作比賽的獎勵；但畢竟還是商業宣傳模式，作品精粗無擇，又復憐惜工本，以營收為優先考量，故無論是小說內容與裝楨形式，都只能說是差強人意。當時著作權法尚未受到重視，武俠同道之間，往往頗具俠氣的「一言九鼎」，彼此信任，除真善美出版社有標準、固定的簽約合同外，多數是一紙憑據都不存在的，無論是買斷、版稅、年限、範圍，都是模糊而籠統的，因此著作權的歸屬，在後來就衍生出非常多的糾紛，有的至今官司仍無定論。

一、「真善美」書系

真善美出版社成立於一九五〇年，由宋今人獨資創辦。最初是以出版丹道、佛學、武術及健康書籍為主；並發行《仙學雜誌》，提倡養生之道。一九五四年以後，方始出版武俠小說。乃以成鐵吾的

50年代台北市上海路（現改名林森北路）的真善美出版社

歷史武俠名著《年羹堯新傳》（共三十五集）打頭陣，引起各方矚目；繼出《呂四娘別傳》、《江南八俠列傳》，亦轟動一時。不久，伴霞樓主、司馬翎及墨餘生等又相率加入該社陣營，遂如虎添翼，成為「八大書系」中無論作品品質、裝楨印刷都最受稱道的出版社，至今仍頗受收藏家的寶愛。

一九七四年，宋今人因年事已高，又倦勤於武俠，發表了〈告別武俠〉一文，萌生退意，而於一九七七年底，正式宣告結束武俠業務，專心弘揚「仙學」，不復再有新書出版，最多不過將舊書合集，有三十六開三冊合訂本及廿五開本而已。

一九九一年，其嗣子宋德令旅居美國後，返台重振父業，出版了古龍《浣花洗劍錄》等七部版權作品及上官鼎「少年英雄」系列，但終究無法再締佳績。其後，因台灣武俠漸趨沒落，真善美轉往大陸發展，以授權方式在大陸版行名下作家的版權舊作，是「八大書系」中碩果僅存的出版社，但也近乎名存而實亡。

宋今人（一九一一～一九八四）是一位少有的武俠出版家，早先以出版道術、養生、仙學書籍為主，自轉而朝武俠發展之後，獎掖後進、栽培新秀，可謂不遺餘力，司馬翎雖屬早期名家，但其聲名之流傳，多仰賴於宋氏的推介、宣揚，其作品泰半皆由真善美出版（共廿六部），可以說是真善美最主力的作家；而臥龍生、成鐵吾、伴霞樓主等的優秀作品，亦多由真善美出版，古龍轉型期前後諸作，亦由其發行。尤其難得的是，經由他的大力推介，陸魚、易容等新秀作家，雖說作品較少，在其揄揚之下，竟也舉足輕重，名聞遐邇。

宋今人對武俠小說是深有期盼的，一九六〇年，真善美出版社「誠意徵求武俠小說稿啟事」中，曾羅列了七項要求，作為出書標準：

（一）氣氛：古雅高潔，樸實雋永，發人深思，勿入庸俗。
（二）文字：通俗流暢，簡煉有力，活潑生動，乾淨俐落。
（三）故事：結構緊密，神秘曲折，前後一貫，合情合理。
（四）內容：教忠教孝，勸善懲惡，兒女英雄，行俠仗義。
（五）人物：不論正邪，各有個性，男女老幼，適如其份。
（六）武功：刀劍拳掌，新奇驚險，玄而又玄，言之成理。
（七）言情：纏綿悱惻，清麗絕俗，合乎人情，純潔是尚。

這七項標準，除了兼顧文學創作內容與形式的要求外，所謂「教忠教孝」、「純潔是尚」，更可以看出宋氏對武俠小說社會影響的關注。這點，與他在一九六六年「重酬徵求俠情小說稿啟事」所重申的「六要」，可以說是前後呼應的。

（一）要水準較高，含有人生哲理，雅俗共賞的。
（二）要有教育意義，能增長知識，啟發智慧的。
（三）要合乎我國倫理、道德、因果、報應、歷史、地理、文物制度的。

（四）要有離奇曲折的故事、驚天動地的情節，和千變萬化的趣味的。

（五）要刻劃人物個性，入木三分的。

（六）要文字精簡有力、天真活潑、生趣盎然並富幽默感的。

一九七四年，宋今人更進一步的在〈告別武俠〉中，不但為其心目中「正規的武俠書」作了定義，也針對臥龍生、司馬翎、古龍、上官鼎、陸魚等名家作了扼要的評介，更以其豐富的閱稿經驗，直接就武俠創作提出了具體的建言[1]。這些建言，主要都集中在有關於內容摹寫，如「真假之界限」、「武功之限度」、「歷史之真實」、「情節之合理」、「人物之分寸」等，有積極的強調，亦有消極的禁避，較之前此提綱挈領式的規範，無疑更具有「武俠創作指南」的意義，可謂是當時最全面而完整的「武俠創作論」。尤其是以下關於「人性弱點」的一段闡說，更是別具隻眼，格外值得重視：

> 人有七情（喜、怒、哀、樂、懼、愛、惡、慾）六欲（眼、耳、鼻、舌、身、意所產生的情欲），自出生以至老死，莫不在此中流轉。古往今來，人永遠是這樣的；唯有出世的宗教徒、聖哲賢者或能減少，甚難破滅。這是人性的弱點！
>
> 針對這些弱點，來寫武俠書。首先創造一群具代表性的人物，編織一個接近當年

1此文收錄在真善美出版社出版、司馬翎著的《獨行劍》第廿九集（一九七四年六月）的書末。其所謂「正規的武俠書」，必須是：（一）時在數百年前，多在元、明、清三朝。（二）地在中國大陸及邊疆，偶涉番邦。（三）書中人物分正邪兩派，最後正派勝而邪派敗。（四）男主角允文允武，英俊仁厚，武功高強；女主角美豔多情，武功亦高或更高。（五）用刀劍，不用槍炮。（六）特別強調武功、體能、靈丹、秘笈等等。（七）行道江湖，快意恩仇，尊師重道，退隱山林。

現實社會的故事；有根有據，有真實感。於是在動作和言語中，在江湖、在廟堂、在街市、在鄉村發生種種事，儘量激發這些人性的弱點；使之喜，使之怒，使之哀，使之懼，使之愛，使之惡，使之欲。一而再、再而三的撞擊它，自始至終的揭發；澈底的、赤裸裸的、活生生的粉碎它！達到高潮時，作者已不能自己，讀者也透不過氣來；跟隨著書中的發展，喜亦喜，怒亦怒，哀亦哀……到最後，書中人與讀者已打成一片。

有如洪流，沖入大海；有如野火，足以燎原。此際最關緊要！導入正途，即是積極的、理想的、美好的人生；流入邪途，則是野蠻的、惡性的、醜陋的末日。這是個意識形態問題；我們要把武俠情操，在盡情激發之下，趨向善良的一面，昇華再昇華。變化人性，對國家、社會、人世有好的影響。看過這樣的書，你能忘得掉嗎？

有關「人性」的問題，武俠小說作家金庸、古龍、蕭逸、溫瑞安等，都有相當深刻的體認，但往往說得模糊籠統，而宋今人以一個出版商的身分，竟也能說得如此清晰明達、頭頭是道，當然是足以令人刮目相看的。

真善美出版的武俠小說，前後有一〇五套，一時名家，泰半網羅，可以說是台灣武俠小說最具影響力的一家，無論是小說的內容、文字的校對、外表的裝楨，都是當時首屈一指的；更難得的是，能與作家明訂契約、賓主利益共享，出版時間的版次分明，鮮少冒名、代筆之作，偶不得已，如司馬翎之《浩蕩江湖》，後半因司馬翎無法續完，而由雲中岳代筆，亦有清楚交代，尤便後人考索，皆非同時出版社所能望其項背者。

真善美所屬作家陣容，以成鐵吾（別署「海上擊筑生」）、郎紅浣、墨餘生、伴霞樓主、司馬翎（別署「吳樓居士」）、臥龍生、諸葛青雲、古龍、古如風、蕭逸、上官鼎、陸魚、易容等最為知名。今將其主要作家作品出版年份（以初版首集為準，與報上連載略有出入）列舉出來，並作必要說明如下：

＊司馬翎小說——計有《關洛風雲錄》（一九五八年）、《劍氣千幻錄》（一九五九年）、《劍神傳》（一九六〇年）、《鶴高飛》（一九六〇年）、《白骨令》（一九六〇年）、《八表雄風》（一九六一年）、《仙洲劍隱》（一九六一年）、《劍膽琴魂記》（一九六一年）、《聖劍飛霜》（一九六二年）、《掛劍懸情記》（一九六三年）、《帝疆爭雄記》（一九六三年）、《鐵柱雲旗》（一九六三年）、《纖手馭龍》（一九六四年）、《飲馬黃河》（一九六五年）、《紅粉干戈》（一九六五年）、《金浮圖》（一九六五年）、《劍海鷹揚》（一九六六年）、《焚香論劍篇》（一九六六年）、《血羽檄》（一九六七年）、《丹鳳針》（一九六七年）、《檀車俠影》（一九六八年）、《浩蕩江湖》（一九六八年）、《武道》（一九六九年）、《胭脂劫》（一九七〇年）、《玉鉤斜》（一九七〇年）、《獨行劍》（一九七〇年）等二十六部。

＊伴霞樓主小說——計有《萬里飛虹》（一九五七年）、《羅剎嬌娃》（一九五九年）、《青燈白虹》（一九五九年）、《神州俠侶》（一九六〇年）、《姹女神弓》（一九六〇年）、《八荒英雄傳》（一九六〇年）、《紫府迷宗》（一九六一年）、《斷劍殘虹》（一九六一年）、《天魔女》（一九六二年）、《天帝龍珠》（一九六二年）等十部。

＊臥龍生小說——初由玉書出版社起家，交真善美出版者有《鐵笛神劍》（一九五九年）、《無名

簫》（一九六一年）、《素手劫》（一九六三年）、《天涯俠侶》（一九六三年）、《天劍絕刀》（一九六四年）、《還情劍》（一九六七年）等六部。但其最著名的作品悉由春秋出版社重金購去，與真善美書系結緣不深。惟《無名簫》、《素手劫》二書佈局奇詭，亦馳譽一時。

＊**古龍小說**——早期真善美書系傾力栽培的武俠新秀，計有《孤星傳》（一九六〇年）、《劍氣書香》（一九六〇年）、《湘妃劍》（一九六一年）、《情人箭》（一九六三年）、《大旗英雄傳》（一九六三年）、《浣花洗劍錄》（一九六四年）、《鐵血傳奇》（一九六七年）等七部。

＊**蕭逸小說**——成名後加入真善美書系者，計有《金剪鐵旗》（一九六一年）、《虎目娥眉》（一九六二年）、《壯士圖》（一九六三年）、《桃李冰霜》（一九六四年）、《還魂曲》（一九六四年）等五部。一九六四年四月真善美書目將《龍吟曲》標明蕭逸／古龍合著，各撰五集，故不予計入。

＊**古如風小說**——以《古佛心燈》（一九六一年）成名，另有《天涯歌》（一九六二年）、《海兒旗》（一九六三年）、《沙漠客》（一九六三年）、《紅袖青衫》（一九六四年）等書。他也是真善美出版社重點培養的作家，與古龍、陸魚同屬「新派」後起之秀。可惜為出國留學故，很早便退出武壇。[1]

＊**諸葛青雲小說**——其加盟真善美書系較晚，計有《彈劍江湖》（一九六四年）、《碧玉青萍》（一九六四年）、《書劍春秋》（又名《無字天書》，一九六五年）、《咆哮紅顏》（一九六七年）、《大情俠》（一九六七年）、《孽劍慈航》（一九六八年）、《血連環》（一九六八年）等七部。

1 古如風處女作可能是永安出版社所印《狼形八劍》（一九六一年），與《古佛心燈》約略同時。又明祥書系所出《金佛》（一九六一年）、海光書系所出《霜蹄雁斷一劍程》（一九六一年）則僅見書目，無可查考。

＊墨餘生小說——多集中在一九六〇年左右出版，計有《瓊海騰蛟》（一九五九年）、《海天情侶》（一九六〇年）、《明駝千里》（一九六一年）三部曲，及《雷電風雲》（一九六〇年）、《劍氣縱橫三萬里》（一九六一年）、《金劍飛虹》（一九六二年）等書。宋今人曾謂「女讀者最愛看」《瓊海騰蛟》三部曲，並改編成《小俠龍捲風》漫畫，風行一時。（詳後）

＊陸魚與易容小說——陸魚是除司馬翎以外，宋今人最賞識的武俠新秀。其處女作《少年行》（一九六一年）及《塞上曲》（一九六二年）如詩如畫，為台灣武俠原刊本封面上首度標明「新型武俠」名目者。[1]對於同時期的古龍以及整個「新派」的形成，影響極大。

易容初由代筆起家，曾為臥龍生代筆數部小說，因受到宋今人重視，乃為該社撰寫《王者之劍》（一九六四年）、《河嶽點將錄》（一九六六年）及《大俠魂》（一九六八年）三書。宋氏愛才，每以易容小說未獲讀者看重而感到惋惜。

此外，上官鼎成名作《沉沙谷》（一九六一年）和《烽原豪俠傳》（一九六三年）亦由該社出版。另如郎紅浣《青溪紅杏》（一九五九年）、《黑胭脂》（一九五九年）、《四騎士》（一九六〇年）及海上擊筑生《南明俠隱》（一九五九年）、《南明俠隱後傳》（一九六〇年）等書，均為真善美早期所出武俠小說，今已湮沒不彰。[2]

1《少年行》封面標明「新型俠情小說」，而《塞上曲》則標明「新型武俠」名目。

2郎紅浣早期作品多由國華出版社印行，真善美僅得三部。海上擊筑生《南明俠隱》曾於一九五五年在《上海日報》連載，出版較晚。其書目則另有《獅谷逃龍》與《青鋒奇俠》，今皆不傳。

二、「春秋」書系

春秋出版社成立於一九五〇年代中期，發行人為呂秦書，故又稱呂氏書店（蓋取「呂氏春秋」之意）。該社最早由小說出租店起家，熟知讀者喜好，故草創初期即先將臥龍生、諸葛青雲網羅在旗下，成為出版社兩大台柱，奠定下基礎，遂能成為與真善美並列的書系之一。呂氏夫婦頗有商業頭腦，對武俠出版甚有雄心，一九七一年，還創辦了台灣專門刊載武俠小說的雜誌《武藝》。台灣的武俠雜誌，最早創刊的是《武俠小說旬刊》（一九五七年由玉書出版社發行），其後尚有《藝與文》月刊（一九六〇年由臥龍生、司馬翎、諸葛青雲、伴霞樓主等合辦），但皆未能引人矚目，更無法與香港的武俠雜誌等量齊觀，《武藝》後來居上，聲勢頗為浩大。直到一九八四年五七五期為止[1]，長達十四年，成為能與香港《武俠世界》、《武俠春秋》、《武俠與歷史》並重於一時的武俠重鎮。

《武藝》的創辦模式相當特殊，是與香港羅斌的環球雜誌社合作的，分台版與港版兩系統，呂氏自創「武藝雜誌社」，負責台灣出版發行業務，港澳與東南亞則交由環球負責。台版最初由古龍出任主編，且有臥龍生、諸葛青雲任編輯顧問，陣容相當堅強，並首刊古龍的《桃花傳奇》，港版則由鄭重主編，但第五期開始，古龍卸下主編任務，由塞翁主編（即呂秦書筆名），內容稍有不同。以創刊號為例，其別如下表：

1 據目前收藏家上海的陳昌杰（蠹覺）俠友提供資料，五七五期可能是最後一期。本小節相關資料，多為其熱心提供，在此申謝。陳昌杰另有〈港台合作的半部精品——台灣武藝雜誌簡介〉一文，可以參看。見新浪博客中的〈蠹覺的武俠驛站〉。

表：《武藝》台版與港版的內容差異

台版			港版		
篇名	作者	頁次	篇名	作者	頁次
桃花傳奇	古龍	三	桃花傳奇	古龍	三
聶政	司馬紫煙	卅七	銅錢功	秦成	卅六
江湖奇譚	朱羽	五九	翡翠船	諸葛青雲	卅七
八荒飛龍記	臥龍生	六十	孤獨客	朱羽	五七
分屍滅跡	龍驥	八十	豪門俠隱	臥龍生	九五
翡翠船	諸葛青雲	九四	雍乾飛龍傳	獨孤紅	一一六
無字天書	陳青雲	一一二	聶政	司馬紫煙	一三七
武俠小說今昔觀	管見生	一三五	分屍滅跡	龍驥	一六〇
孤獨客	朱羽	一四〇	虎堡逃龍	陳青雲	一七三
雍乾飛龍傳	獨孤紅	一七五	雲海雙英	曹力群	一九七
漫談少林武當	拾穗生	一九七	孤劍驚虹	林非	二一五
鬼裁縫	人畏	一九八	練功秘訣	魂沌書生	二三三

從刊載內容上分析，顯然兩版各有不同的企圖與器重的作家，台版頗刊登一些武俠評論，而港版則無；台版較少插圖，而港版則特別重視，且敦請名家董培新作插畫；台版特別鍾愛朱羽（即人畏），而港版則另看重高庸（林非）與曹若冰（曹力群）；台、港版的書名，不太一致，臥龍生的《八荒飛龍記》港版題為《豪門俠隱》；陳青雲的《無字天書》，港版則題為《虎堡逃龍》。

《武藝》剛出版時為半月刊，由台灣先行出刊（每月一日、十六日），香港繼之（五日、二十日），第七期起改為旬刊（台版一日、十一日、廿一日，港版五日、十五日、廿五日）。第四三期以後，台版、港版開始有分流的跡象，台版又改回半月刊，四二期《武藝》內頁的廣告，提到「新舊交替」、「應興應革」，顯然雙方已有些齟齬，但還勉強維持合作關係，港版則仍維持旬刊。但自八十六期（一九七四年七月）始，台版《武藝》由原來的三十二開本，改為十六開本，且由塞翁完全主持，港版似乎就停止發行了，應該是呂秦書終止了與環球的合作，其間的變化原因為何，頗耐人尋味。其後的《武藝》，忽而改旬刊，忽而改周刊，步調頗亂。《武藝》的全盛時期，當為一九七一至一九七四年之間，此時台灣武俠漸從高峰而下，宋今人也正於此時抽身，告別武俠，唯呂秦書仍奮勇不懈，十四年之間，培養作家無數，也是大功一件，台灣武俠小說動輒長篇巨幅，《武藝》則多發表中、短篇小說，如雲中岳、柳殘陽的短幅武俠，賴以留存，更是珍貴。但強弩勢衰，其後多以舊作填充，炒其冷飯，最終亦只能飲恨告退。

呂秦書甚有商業眼光，交遊甚廣，故能網羅臥龍生、諸葛青雲、古龍三大名家，也培養出司馬紫煙、獨孤紅、宇文瑤璣等新秀，自一九七一年後，更採一魚兩吃方式，與《武藝》互相配合，先逐期連載，再出單行本，不但書稿不缺，作家亦得以有豐厚稿酬，可謂兩蒙其利。

呂秦書對《武藝》有甚高的期望，除自己身任主編外，更陸續發表過《歷盡滄桑一美人》、《聖劍殲情》、《俠女情仇》、《衝冠一怒》、《迢迢天涯路》等作品，其經營態度，也自此時期開始轉變，在一九六〇年代，呂氏還不脫僥倖之心，以牟利為尚，故還曾盜印金庸的《射鵰英雄傳》，且欲跨足於文藝／社會、偵探／間諜、漫畫／連環圖畫等項類[1]，但《武藝》甫有成就，他就積極欲推動新一波的武俠浪潮，而且鎖定了「每篇以四萬字至五萬字」的短幅武俠，祭出了「萬元徵稿啟事」（**其實是六千、四千各一名**），內容要求「以發揚武德、描述濟困扶危、誅奸鋤惡之俠義行為為主旨。情節務求奇詭緊湊，刺激生動，力避黃色及其他邪僻之描寫」[2]，儘管可能由於其出身軍旅，文化水平有限，故不如真善美的宋今人之卓有識見，也略遜於大美張子誠的一貫熱心，但風雲際會，呂氏眼光精準，手腳又快，故能與宋氏並列為台灣武俠出版界「雙雄」之一，亦非倖致。

由該社早期書目所列作家陣容顯示，計有：臥龍生、諸葛青雲、孫玉鑫、古龍、獨孤紅、司馬紫煙、宇文瑤璣等為主力；而慕容美、柳殘陽（**中期**）、東方玉（中期）及金陵、蕭瑟等亦間有插花之作，但為數不多。茲羅列如下[3]：

＊**臥龍生小說**——計有《飛燕驚龍》（一九五九年）、《玉釵盟》（一九六〇年）、《天香飆》（一九六一年）、《絳雪玄霜》（一九六三年）、《金劍雕翎》（一九六四年）、《風雨燕歸來》（為《飛燕驚龍》後傳，一九六五年）、《飄花令》（一九六七年）、《天鶴譜》（一九六八年）、《指劍為媒》（一九六八年）、《翠袖玉環》（一九六九年）、《鏢旗》（一九六九年）、《血劍丹心》（一九七〇年）、《寒梅傲

1見諸葛青雲《姹女雙雄》（一九六五年）夾頁所附春秋徵稿廣告。
2見《武藝》十三期（一九七一）內頁廣告。
3春秋書系的出版時間，往往只印當時出版年月，不論版次，故在未得初版的情況下，只能據現有版本略估。

霜》（一九七〇年）、《神州豪俠傳》（一九七〇年）等十四部。

＊諸葛青雲小說——以處女作《墨劍雙英》（一九五八年）起家，即為該社長期效力，與臥龍生並列兩大武俠泰斗。計有《俏羅剎》（一九五九年）、《紫電青霜》（一九六〇年）、《天心七劍蕩群魔》（一九六〇年）、《一劍光寒十四州》（一九六〇年）、《半劍一鈴》（一九六一年）、《折劍為盟》（一九六一年）、《荳蔻干戈》（一九六一年）、《鐵劍朱痕》（一九六一年）、《奪魂旗》（一九六一年）、《霹靂薔薇》（一九六二年）、《玉女黃衫》（一九六三年）、《碧落紅塵》（一九六三年）、《劫火紅蓮》（一九六三年）、《江湖夜雨十年燈》（一九六三年）、《劍海情天》（一九六四年）、《浩歌行》（一九六四年）、《姹女雙雄》（一九六五年）、《四海群龍傳》（一九六六年）、《梅花血》（一九六七年）、《霸海爭雄》（一九六八年）、《武林三鳳》（一九六八年）、《劍戟公侯》（一九六九年）、《鑄劍潭》（一九六九年）、《洛陽俠少洛陽橋》（一九六九年）、《劍道天心》（一九六九年）、《百劫孤星》（一九七〇年）、《翡翠船》（一九七〇年）等，約在二十八部以上。[1]

＊孫玉鑫小說——計有《滇邊俠隱記》（一九六〇年）、《柔腸俠骨英雄淚》（一九六一年）、《血手令》（一九六一年）、《不歸谷》正續集（一九六三年）、《大河吟》（一九六三年）、《怒劍狂花》（一九六四年）、《斷魂血劍》（一九六四年）、《玄笛血影》（一九六四年）、《無影劍》（一九六五年）、《血花》（一九六六年）、《十年孤劍萬里情》（一九六六年）、《玫瑰滴血》（一九六七年）、《黑

1《荳蔻干戈》前八集由明祥出版社印行，自第九集起改由春秋出版。又除《江湖夜雨十年燈》是分由古龍、倪匡、司馬紫煙代筆續完外，另《霸海爭雄》是由隆中客代筆，《洛陽俠少洛陽橋》是由蕭瑟代筆；基本上已不能算是諸葛青雲作品，在此聊備一格。

石船》（一九六八年）等，約十三部左右。[1]

＊**古龍小說**——計有《護花鈴》（一九六二年）、《名劍風流》（一九六五年）、《武林外史》（一九六六年）、《絕代雙驕》（一九六六年）、《俠名留香》（一九六八年）、《多情劍客無情劍》（一九六九年）、《蕭十一郎》（一九七〇年）等七部[2]。

＊**司馬紫煙小說**——計有《環劍爭輝》（一九六一年）、《江湖夜雨十年燈續傳》（一九六三年）、《萬里江山一孤騎》（一九六四年）、《白頭吟》（一九六四年）、《髗羅剎》（一九六四年）、《羅剎劫》（一九六五年）、《寶刀歌》（一九六五年）、《金僕姑》（一九六六年）、《情劍心焰》（一九六七年）、《荒野遊龍》（一九六八年）、《燕歌行》（一九六九年）、《一字劍》（一九七〇年）、《英雄》（一九七〇年）等，約十三部左右。

＊**獨孤紅小說**——計有《雍乾飛龍傳》（一九六六年）、《滿江紅》（一九六七年）、《丹心錄》（一九六八年）、《玉翎雕》（一九六九年）三部曲、《豪傑血》（一九六八年）、《檀香車》（一九六九年）、《聖心魔影》（一九六九年）、《俠種》（一九六九年）、《刀神》（一九七〇年）、《響馬》（一九七〇年）、《武林春秋》（一九七〇年）等書。

1《血手令》未見原刊本，春秋再版於一九七八年，共二十集；而瑞成出版社卻有一九六一年版書目。又春秋另出一種《血手令》（一九六五年），亦署孫氏名；惟自第十一集起，卻改書名為《血手雙令》，標明孫玉鑫／奇人合著，拖至三十一集結束。孰是孰非，莫可究詰。而《怒劍狂花》則另見文川書社版，亦甚奇突。可見春秋版本之亂。

2按《俠名留香》為《鐵血傳奇》後傳，分成《蝙蝠傳奇》和《桃花傳奇》二部曲，一九七八年由漢麟／萬盛改版發行。據一九六九年春秋出書廣告稱：《割鹿刀》（正集稿中）、《俠名留香》（業已出版）、《多情劍客無情劍》（即將出版）；實則並無《割鹿刀》一書，很可能其後改名《蕭十一郎》，以人代刀名。

＊宇文瑤璣小說——計有《幽冥谷》（一九六三年）、《紅塵劫》（一九六四年）、《路迢迢》（一九六四年）、《劍影飛魂》（一九六五年）、《劍夢殘》（一九六四年）、《豔尼傳》（一九六六年）、《瀟湘夜雨江湖路》（一九六六年）、《彩雲歸》（一九六七年）、《青萍浪子》（一九六七年）、《燕雙飛》（一九六九年）、《翠雨江寒》（一九七〇年）等書。

三、「大美」書系

大美出版社成立於一九五八年，以張子誠為發行人，是台灣武俠「八大書系」中最具有企圖心的出版社，深諳出版行銷的謀略，屢以具體的徵文活動推促武俠小說的流傳，並以「首倡武俠小說革新運動，闡揚民族固有道德精神」為己任，極力培養新血、開拓武俠新領域，一時風頭甚健，睥睨諸家。

一九六〇年代初，即已開始舉辦武俠小說徵文，一九六二年，更別出新裁的以邀稿方式，約集了東方玉、慕容美、丁劍霞、劍虹、玉翎燕五位所謂的「名家」，輪番上陣，以接力方式創作了《群英會》一書，共三十集一〇七回。

一九六三年，更擴大「特別大徵稿」，以「忠孝節義」為主題，用命題作小說的方式，標出「少年頭、感天錄、烈婦血、刎頸盟」四題，公開徵求書稿，並強調「這四部書，本社盼能與《遊俠列傳》、《水滸傳》等書同成為一時代之代表作」，儘管成效不彰，僅有高庸的《感天錄》、范瑤的《烈婦血》、劍虹的《少年頭》三部入選，但其所特別標舉的「要求」中，除一般文學性的「文字通順流暢，簡潔有力」、「情節新穎脫俗，氣氛氣魄雄偉」、「高度賞閱價值，尤須深刻感人」外，還強調

「絕對避免黃色」，不可不謂是用心良苦，值得肯定。

同年，更繼《群英會》後，推出了依序由慕容美、東方玉、玉翎燕、劍虹、秦紅、令狐玄（高庸）、陽蒼、東方英、范瑤、丁劍霞等十位作家輪流合撰的《武林十字軍》一書，共二十冊，一〇七回。這是一部「接力式」的小說。再度邀集十位名家，創作了《武林十字軍》一書。

據大美出版社的廣告，此一號稱「氣勢磅礡，結構完整」的「無比巨獻」，張子誠是寄予相當大的厚望的：

一、本書的第一特點是「新」，揚棄陳腔爛（濫）調，故事情節，風格筆調，亦無不以新面目出現。

二、本書堅守純武俠形式，闡發忠孝節義的固有民德，排斥偵探之恐怖，與言情之黃色。

三、本書承受第一部集體名著《群英會》之經驗，特別著重於結構之密合與完整。

四、本書吸引西洋影片《六壯士》等優點，把握氣氛之沉濃與場面之浩大。

五、本書講求文字之簡潔優美，以適應最廣大之讀者。

大美出版社的「特別大徵稿」啟事

六、以上各點，將為本社今後所有新品之蒿（嚆）矢。

不過，《武林十字軍》在原先預定的幾位作家，稍有變動，上官雲心、文嘯風、獨抱樓主三人並未參與，而是由秦紅、范瑤及東方英所取代。從最後底定的名家中看來，基本上多為大美旗下的主力作家，除陽蒼不知何許人外[1]，皆是後來武壇的健將。

迨及一九六四年二月，大美又以「紀念創社六周年」為名，公開徵聘「基本作家」二十位，並提出具體辦法如下：

一、為吸收新人，俾使武俠內容獲得更新起見，本次徵聘暫以初次寫作者及已作嘗試而未獲成功者為主要對象。

二、凡對國學有相當造詣，文字方面有完全的運用表達能力，且自信富於情感與幻想者，均所歡迎。

三、有意應徵者，請先來函通知，並於三月底以前交一萬字短文一篇；有現成作品者，可以作品代替。

四、本社就所收短文與作品中比較選擇，一經選定，該文作者即屬本社作家。本社除將結果在本版各書中刊出外，並分別專函聯絡，約請撰寫正式書稿，同時供應適合的故事與必要資料。

五、首部作品，本社保有修改權；決定出版後酬勞一律以每本八百元起付。

此外，為保證上述辦法能夠落實執行，該社「同時徵求武俠故事一百則」，內容於次：

1 據本人所收書目，陽蒼另有《霧林魔劍》、《寫笛殘旗》二書，皆為大美所出版。

凡有現成的武俠故事，或擅於構想奇突而動人的故事，而無暇自傳成書者，可將其故事以『大綱』或『電影本事』之方式寫出，投交本社。本社採用後，當視其價值，酬以最優厚之代價。編寫『大綱』或『本事』時，請著重四個要點：

一、寫出故事開頭的氣氛。

二、重要轉折或關節至少須兩個以上。

三、結尾。

四、標明主旨。

顯然此番大美有備而來，在一定程度上彌補了前兩次武俠徵文比賽之不足；並有相關的配套措施，以資因應。尤其是他提出「武俠文壇新勁旅，大美陣容新血輪」及「老作家的溫床，新作家的搖籃」這樣鏗鏘有力的口號，為大美派張目，更令同行刮目相看。

總之，大美書系所謂「首倡武俠小說革新運動」固是良法美意，卻因種種原因而難乎為繼，終成畫餅。幸有慕容美、東方玉、東方英、高庸、秦紅等長期效力；又曾廣邀諸葛青雲、孫玉鑫、獨孤紅等名家助拳，因此加盟該社及由其培養出的武俠作家亦復不少，遂可與真善美、春秋二大書系爭一日之長短，亦堪告慰武壇。茲擇要分述如下：

＊**慕容美小說**——計有《英雄淚》（一九六〇年）、《混元秘籙》（一九六〇年）、《黑白道》（一九六一年）、《劍海浮沈記》（一九六一年）、《風雲榜》（一九六二年）、《不了恩怨不了情》（一九六三年）、《血堡》（一九六三年）、《燭影搖紅》（一九六四年）、《公侯將相錄》（一九六四年）、《俠種》

（一九六五年）、《祭劍台》（一九六五年）、《一品紅》（一九六六年）、《金步搖》（一九六六年）、《金筆春秋》（一九六八年）等十餘部。[1]

＊東方玉小說——計有《縱鶴擒龍》（一九六〇年）、《神劍金釵》（一九六一年）、《情天劍侶》（一九六一年）、《紅線俠侶》（一九六二年）、《翠蓮曲》（一九六三年）、《毒劍劫》（一九六四年）、《石鼓歌》（一九六四年）等書；連同春秋書系所出《飛龍引》（一九六五年）、《九轉簫》（一九六七年）、《引劍珠》（一九六七年）、《同心劍》（一九六八年）、《武林璽》（一九六九年）、《流香令》（一九七〇年）等書，共有十餘部。

＊東方英小說——計有《河漢三簫》（一九六二年）、《竹劍凝輝》（一九六三年）、《鐵血江湖》（一九六三年）、《武林潮》（一九六五年）、《道與魔》（一九六六年）、《烈日飛霜》（一九六七年）、《魔俠傳》（一九六八年）、《血路》（一九六九年）、《鐵膽雄心》（又名《霹靂聯珠》，一九六九年）、《龍種凡胎》（又名《紫鏢囊》，一九七〇年）等十餘部。[2]

＊丁劍霞小說——計有《神簫劍客傳》（一九六一年）、《八方風雨會中州》（一九六一年）、《逍遙遊》（一九六二年）、《一劍橫天北斗寒》（一九六三年）、《玉牒金刀》（一九六三年）、《還珠記》

---

1 其中《英雄淚》、《混元秘籙》署名「煙酒上人」，為慕容美初出道時的試筆之作。而《燭影搖紅》於《中國時報》連載時曾遭腰斬，但單行本卻供不應求，迄二十六集結束。大美出版社發行人張子誠見銷路太好，又找人偽續十四集，至四十集總結全書。惟慕容美始終不予認可，每每引為憾事。至於《群英會》、《武林十字軍》因係集體創作，故不予計入。

2 一九七〇年代東方英作品另有《彈劍行》（一九七一年）、《虎俠情仇》（一九七二年）、《洗心環》（一九七三年）、《霸海心香》（一九七四年）等四部長篇武俠小說，以及五十多種中短篇武俠小品；於一九八五年封筆，退出武壇。

（一九六四年）、《十年一覺英雄夢》（一九六六年）等書。[1]

＊高庸小說——計有《感天錄》（一九六二年）、《長恨天》（一九六二年）、《聖心劫》（一九六三年）、《罪劍》（一九六五年）、《天龍卷》（一九六六年）、《玉連環》（又名《霸劍豪門》，一九六六年）、《風鈴劍》（一九六八年）、《大悲令》（一九六九年）、《俠義行》（一九七〇年）、《紙刀》（一九七〇年）等書。

＊秦紅小說——計有《雙無劍》（一九六三年）、《武林牢》（一九六四年）、《英雄路》（一九六五年）、《九龍燈》（一九六六年）、《迷俠》（一九六七年）、《斷刀會》（一九六七年）、《戒刀》（一九六八年）、《過關刀》（一九六八年）、《蹄印天下》（一九六九年）、《一劍破天荒》（一九七〇年）、《千乘萬騎一劍香》（一九七〇年）等書。

＊劍虹小說——計有《人頭塔》（一九六一年）、《無情燈》（一九六二年）、《生死門》（一九六二年）及《少年頭》（一九六三年）等書。其中《少年頭》獲大美第二屆武俠徵文比賽佳作獎，同時入選者尚有范瑤《烈婦血》（一九六三年）。[2]

此外，特別值得一提的是玉翎燕，本名繆倫；一九三一年生，河北人，國軍政工幹校畢業，其首

---

1 丁劍霞《一劍橫天北斗寒》（一九六三年）問世十八年後，東方玉用同樣書名於《中華日報》連載武俠長篇（一九八一年九月至一九八二年十二月），但未見出版。類似者尚有慕容美《俠種》（一九六五年）與獨孤紅《俠種》（一九六九年），故事內容卻毫不相干。

2 劍虹《少年頭》參加大美徵文獲選後，又交黎明出版社於一九六四年二月排印；因而此書有版權糾紛，導致劍虹退出大美派作者行列。而范瑤《烈婦血》外，另有《天譴錄》（一九六四年）、《天龍八音》（一九六九年）兩部；餘見四維書系。

部作品《絕柳鳴蟬》（一九六一年）亦在大美出版，並曾應邀參與《群英會》、《武林十字軍》集體創作，頗受重視。但因其書大多由黎明出版社印行，故不能列入大美派作家行列，特附誌於此。玉翎燕其後任職於警總，官至副司令，曾親歷過警總「暴雨專案」的實施，惜未能將來龍去脈和盤托出，令人遺憾。

四、「四維」書系

四維出版社成立於一九六〇年，發行人是姚蕭明珍；曾連續六年出版「周年紀念特選佳作」，培養了一批武俠作家，如武陵樵子、柳殘陽、雲中岳、秋夢痕、憶文、雪雁、范瑤等。四維書系品流甚雜，亦無商業道德可言。最令人詬病者，厥為假冒上官鼎之名出版《瑤台怨》（一九六四年）、《陽關三疊》（一九七〇年）、《古道》（一九七一年）等書，而引起作者本人異議。實則劉氏兄弟僅寫過半部《金刀亭》（一九六六年，一至十六集），即於翌年登報公開宣佈封筆，相率出國留學。故此冒名偽作概與正牌「上官鼎」無關。[1]惟影響所及，導致一九七〇年代坊間大量炮製上官鼎偽書；四維出版社當為始作俑者，難辭其咎。茲將其旗下重要作家分述如下：

＊武陵樵子小說——計有《十年孤劍滄海盟》（一九六〇年）、《征塵萬里江湖行》（一九六二年）二部曲、《水龍吟》（一九六一年）、《斷虹玉鉤》（一九六三年）、《玉轡紅纓》（一九六四年）、《絳闕

1又《瑤台怨》第一集出版於一九六四年四月（原刊本），而第二集以後則拖到一九七〇年四月出版；便因劉兆玄兄弟出國後，無人制止之故。

虹飛》（一九六五年）、《牧野鷹揚》（一九六六年）、《草莽群龍》（一九六七年）、《屠龍刀》（一九六七年）、《朱衣驊騮》（一九六九年）、《踏沙行》（一九七〇年）等書。

＊**柳殘陽小說**——計有《玉面修羅》（一九六一年）、《天佛掌》（一九六二年）、《金雕龍紋》（一九六三年）、《驃騎》（一九六四年）、《博命巾》（一九六五年）、《梟霸》（一九六六年）、《梟中雄》（一九六七年）、《大野塵霜》（一九六八年）等書；加計早期新生出版社所印《金色面具》（又名《蕩魔志》，一九六九年）、《魔尊》（一九六四年）、《霸錘》（一九六九年），以及春秋出版社所印《斷刃》（一九六八年）、《血笠》（一九六八年）、《千手劍》（一九六八年）、《渡心指》（一九七〇年）等書，亦有十餘部之多。

＊**雲中岳小說**——計有《劍嘯荒原》（一九六四年）、《亡命之歌》（一九六五年）、《天涯路》（一九六五年）、《古劍懺情記》（一九六六年）、《大地龍騰》（一九六六年）、《絕代梟雄》（一九六七年）、《劍影寒》（一九六七年）、《八荒龍蛇》（一九六八年）、《風塵豪俠》（一九六八年）、《鐵膽蘭心》（一九六九年）、《劍壘情關》（一九六九年）、《匣劍凝霜》（一九六九年）以及《青鋒驚雷》、《莽野龍翔》等書。[1]

＊**憶文小說**——計有《疤面人》（一九六三年）、《虎子雄心》（一九六四年）、《冷雨香魂》（一九六五年）、《繡衣雲鬟》（一九六六年）、《金杖螢光》（一九六六年）、《擒鳳屠龍》（一九六七年）、《魔掌佛心》（一九六七年）、《金斗萬豔杯》（一九六八年）、《玉女奇俠》（一九六八年）、《氣傲天

1 雲中岳《青鋒驚雷》、《莽野龍翔》二書初版年份不詳，估計應為一九七〇年左右的作品。

蒼》（一九六八年）、《劍花吟》（一九六九年）、《縱橫天下》（一九六九年）、《傲視群雄》（一九七〇年）以及《雙劍俠》、《奇麟異鳳》、《爭霸武林》等書。[1]

＊秋夢痕小說——計有《烽火武林》（一九六二年）、《雷煉神鎖》（一九六三年）、《翠堤潛龍》（一九六三年）、《海角瓊樓》（一九六四年）、《大盜大道》（一九六五年）、《萬世雷池》（一九六六年）、《黃金客》（一九六六年）、《睥睨群倫》（一九六七年）、《苦海飛龍》（一九六八年）、《日月無光》（一九六八年）、《鳳凰神》（一九六九年）、《黃沙夢》（一九七〇年）等書。

＊雪雁小說——計有《翠梅谷》（一九六四年）、《龍劍青萍》（一九六五年）、《玉劍霜容》（一九六五年）、《藏龍鼎》（一九六七年）、《鈴馬劫》（一九六七年）及《冷劍冰心九州寒》、《邪劍魔星》、《湖海遊龍》等書。[2]

＊范瑤小說——計有《煉神記》（一九六五年）、《神眼劫》（一九六五年）、《花衣死神》（一九六五年）、《奪命神卜》（一九六六年）、《江湖一蛟龍》（一九六七年）等書。

此外，陳青雲雖以「鬼派」大本營—清華（新台）出版社起家，但一九六〇年代後期亦曾為四維書系效力。計有《黑儒傳》、《索血令》、《復仇者》、《孤星零雁記》、《殘虹零蝀記》、《血劍留痕》、《怒劍飛魔》等書；各約二、三十集不等，為中下階層讀者所歡迎。

1 憶文《雙俠劍》等書初版年份不詳，估計應為一九六〇年代後期作品。

2 雪雁小說版本甚亂，如《血海騰龍》除有新生版（先）／四維版（後）外，另有先鋒出版社一九七五年版。而四維書系凡標明「初版」者，年份亦多不確，特附誌於此。

五、「海光」書系

海光出版社成立於一九五七年，負責人是黃根福／黃克平，原由海光租書店起家；出版武俠書後，即自兼總經銷業務。其經營方式類似春秋出版社；旗下作家有獨抱樓主、萍飄生、歐陽生、白虹、公子羽、公孫龍等人。當時除獨抱樓主是異軍突起之外，其他皆未成氣候。故一九六五年左右海光即後力不繼，宣告歇業，其市場佔有率較黎明、先鋒等二級書系猶次；早年也只有靠獨抱樓主一柱擎天，勉撐大局。

惟由一九六〇年底海光出版社刊登的「發掘新作家，創造新風格」徵稿啟事中顯示，該社對於作者的權益保障，似比一般武俠出版商為優。即在「稿酬面議」外，另訂給付作者版稅的辦法：

（A）二千冊以內無版權稅。

（B）二千冊以上者付予作家版權稅為定價百分之五。[1]

如果所說屬實，則其出版條件之優厚對作者可謂非常有利。但據當年海光台柱獨抱樓主回憶說，印象中似乎並無其事，很可能只是一種宣傳伎倆而已。但不知何故，該社始終未能培養出一批武俠生力軍，以與其他書系抗衡。故自獨抱樓主封筆後，海光即因缺少名手號召而欲振乏力，過早退出武俠出版行業。正因如此，其原刊本在市場流通不多，筆者僅可就其早年出版概況分述於次。

＊獨抱樓主小說——計有《南蜀風雲》（一九六〇年）、《青白藍紅》（一九六〇年）、《璧玉弓》（一九六〇年）、《恩仇了了》（一九六〇年）、《古玉玦》（一九六一年）、《叱吒三劍》（一九六一年）、

[1] 見獨抱樓主《璧玉弓》（台北：海光出版社，一九六〇年）各集夾頁廣告。

《七巧鈴》（一九六二年）等書；加計大美書系所出《雙劍懺情錄》（一九六一年）、《迷魂劫》（一九六一年）、《人中龍》（一九六一年）以及春秋版《金劍銀衣》（一九六二年，筆名冷朝陽）等早期作品，亦有十一部之多。

＊萍飄生小說——計有《武林恩仇錄》（一九五九年）、《京華俠蹤》（一九五九年）、《斷腸鏢》（一九六〇年）、《無情寶劍有情天》（一九六一年）、《聯劍揚鑣》（一九六一年）等書。另有《劍底鴛盟》、《龍騰虎躍》、《鈍劍缺刀》及《閻王令》諸作則出版情況不明。

＊歐陽生小說——計有《龍翔鳳舞》（一九六〇年）、《風虎雲龍》（一九六一年）、《蟠龍劍》（一九六一年）等書。另有《至尊刀》[1]、《龍馬金戈》諸作則出版情況不明。

＊其他——如白虹《劍氣沖霄錄》（一九六〇年）、《奇正十三劍》（一九六一年）、公子羽《浩氣英光》（一九六〇年）、《虎爪龍劍》（一九六〇年）、《七巧連環鏢》（一九六〇年）、公孫龍《碧血江山兒女情》（一九六〇年）《紫龍印》（一九六〇年）、石磊《一劍震武林》（一九六〇年）、《江湖行》（一九六一年）、玄弓《香冷金猊》（一九六〇年）、《骷髏劍》（一九六一年）、金羽《玄弓》（一九六一年）、《劍影琴心》（一九六一年）以及古龍《遊俠錄》（一九六〇年）、伴霞樓主《了了恩仇》（一九六〇年）等等。

1按：《至尊刀》一書乃抄襲自金庸《倚天屠龍記》，只不過將其中人名、門派名改換。

六、「清華—新台」書系

清華書局（出版社）成立於一九五〇年代末，發行人是陳葆祺，原由新台書店出租小說起家。出版武俠書後，封底標明出版者為清華書局，印刷者為清華書局印刷所，但封面卻標明新台書店印行。因此不知情者常誤以為是兩家出版社，實係一套人馬兩塊招牌之故。

一九六〇年代初，新台書店曾兩次舉辦「十二萬元獎金徵稿」活動，令應徵者趨之若鶩[1]。惟如此大手筆卻未發掘出什麼武俠新秀，反倒是在重金禮聘之下，先後有上官鼎、南湘野叟、陳青雲、田歌、白虹、蘭立、曉風、冷楓、履雲生、歐陽雲飛等加盟該書系，長期撰稿。

早期「清華—新台」書系尚有曹若冰《寶旗玉笛》正續集、《龍飛鳳舞碧雲天》、《劍氣撼山河》；易樵生《丹旗鎮五嶽》、《聖劍鎮八荒》、《雕劍鎮武林》以及金陵《亡魂谷》、《月落烏啼》、《傲視蒼穹》等書。惟旋起旋滅，為時均不長。

「清華—新台」書系除早期出版上官鼎、白虹等優良作品贏得社會好評外，幾乎可以說是「鬼派」武俠小說之天下，連封面設計都鬼趣森森、鮮血淋漓，但卻吸引不少讀者的喜愛，尤其是陳青雲、田歌的作品，影響力相當大。

一九七五年以後，「清華—新台」書系與「明祥—新星」書系合併；前者只負責印行，而統一由

---

1 新台書店舉辦的「十二萬元獎金徵稿」活動，分為兩期，共十四部小說入選。第一期八部，計有若明《血谷幽魂》、洪嘯《八寶圖》、陳中平《天星神劍》、白玉石《竹劍鐵書》、馮靜《海魔》、劉四毛《追魂書生》、司馬嘯雲《神燈崖》及鐘鼓樓主《血洗毒龍潭》；第二期六部，計有白龍《木靈神龍》、冷星《雷神傳》、金劍鳴《黑手印》、劉勳《金榜恩仇》、華倫《鬼箭銀鈴》及周餘心《魅影驚魂》。據稱每期應徵者極踴躍，多達一百餘部；但卻未出一位名家。

新星出版社重出舊書。以下僅就所搜集到的原刊本部分，分述於次。

＊上官鼎小說——計有《蘆野俠蹤》（一九五九年）、《劍毒梅香》（代古龍續完，一九六〇年）、《長干行》（一九六一年）、《鐵騎令》正續集（一九六一年）、《七步干戈》（一九六三年）、《俠骨關》（一九六四年）等書。[1]

＊南湘野叟小說——計有《玉珮銀鈴》（一九五九年）、《恨海情天》（一九六〇年）、《金銀雙燕》（一九六一年）、《碧島玉娃》（一九六二年）等書。[2]

＊陳青雲小說——計有《鐵笛震江湖》（一九六二年）、《音容劫》（一九六二年）、《血魔劫》（一九六三年）、《殘肢令》（一九六三年）、《鬼堡》（一九六四年）、《血劍魔花》（一九六四年）、《醜劍客》[3]（一九六五年）、《死城》（一九六五年）、《劍塚癡魂》（一九六六年）以及《血榜》、《殘人傳》、《血帖亡魂記》等書，為「鬼派」大當家。

＊田歌小說——計有《天下第二人》（一九六二年）、《陰魔傳》（一九六二年）、《血河魔燈》（一

---

1 上官鼎書目為劉兆玄親自審定。惟據高庸聲稱，《長干行》第三集以後是他代筆所作。又《鐵騎令》另見先鋒出版社書目，皆存疑待考。

2 按：南湘野叟本名谷治心，湖南人氏，生平不詳。一九六一年三月曾為《玉珮銀鈴》、《恨海情天》二書的原創性問題，與諸葛青雲在《徵信新聞》報上大打筆墨官司，以是聲名大噪。其出道甚早，年紀亦較長，大約為評書名家孫玉鑫同輩人物。谷氏在一九六〇年代成書不多，但至一九八〇年代，以「南湘野叟」掛名的武俠小說竟多達四五十種，姑且存疑。

3 《醜劍客》在當時頗受歡迎，可以說是陳青雲最著名的代表作之一，但其中有三大段情節是抄自金庸的《射鵰英雄傳》。

九六三年）、《人間閻王》（一九六三年）、《武林末日記》（一九六三年）、《黑書》（一九六四年）、《血路》（一九六四年）、《俥馬炮》（一九六四年）、《南北門》（一九六四年）、《鬼歌》（一九六五年）、《天地牌》（一九六五年）以及《心燈劫》、《血屋記》、《魔影琴聲》、《鬼宮十三日》等書。

＊**白虹小說**——計有《天殘七鼎》（一九六一年）、《吼血錄》（一九六二年）、《七聚三合劍》（一九六二年）、《血河車》（一九六三年）、《煉魂鐘》（一九六三年）、《神劍天弓》（一九六四年）及《飛雲逐月錄》等書。

＊**蘭立小說**——計有《一鱗半爪》（一九六二年）、《狂簫怒劍》（一九六三年）、《長生殿》（一九六四年）、《吞天鐵血旗》（一九六四年）、《天火爐》（一九六五年）、《沙漠飛駝》（一九六五年）等。另如《劍底游龍》、《玉龍血劍》、《玉獅》、《血仇恩情》等書，則由奔雷出版社印行。

＊**曉風小說**——計有《挑燈看劍錄》（一九六二年）、《古堡蛟龍》（一九六二年）、《屠龍驚鳳》（一九六三年）、《魔影香車》（一九六三年）、《黑谷神魔》（一九六四年）、《大漠驚魂》（一九六四年）、《草莽龍蛇》（一九六五年）、《銀河古鼎》（一九六五年）以及《雨橫風狂》、《牛鬼蛇神》等書。

＊**冷楓小說**——計有《金鉤掛玉》（一九六二年）、《藍鷹神劍》（一九六二年）、《沈劍潭》（一九六三年）、《雪山盟》（一九六三年）、《天龍環》（一九六五年）及《九指神劍》、《玉菩提》等書。

＊**履雲生小說**——計有《金蘭碑》（一九六一年）、《笛語弦心譜》（一九六二年）、《青牛怪俠》（一九六二年）、《烈馬傳》（一九六三年）、《雷霆印》（一九六四年）、《無緣刀》（一九六五年）、《紅葉蕭蕭無情谷》（一九六五年）等書。

＊**歐陽雲飛小說**——計有《無影門》（一九六三年）、《地獄門》（一九六三年）、《毒龍谷》（一九

六四年）、《魔妓》（一九六五年）、《魔鬼書生》（一九六五年）及《鬼王笛》、《乞丐王子》等書。

七、「明祥─新星」書系

明祥出版社成立於一九五〇年代末，發行人是費明洋。一九六一年該社曾邀集所謂「八大名家」聯合執筆，出版《武俠天下》專刊；儘管為期不久，無疾而終，亦風光一時[1]。該社最早為蕭逸、令狐玄（即高庸）、古龍、古如風等武俠新秀的創作搖籃；卻因經營不善，而未能建立長期合作關係。其餘除老作家蠱上九外，多為散兵游勇，皆不成氣候。因此明祥與海光一樣，在一九六〇年代中期即逐漸式微，令人惋惜。

新星出版社成立於一九六〇年代末，發行人是陸義仁。因起步較晚，並未培養出任何知名作家，只能靠「打遊擊」討生活。一九七五年左右，該社先後將明祥、清華二書系的版權買下；再委由清華／新台書店重印，吉明書局總經銷。至此，該社乃成為「鬼派」武俠小說大本營；但也欲振乏力，不久即遭市場淘汰，而為廿五開大本武俠書所取代。

明祥出版社的經營方式是頗有問題的。如諸葛青雲《荳蔻干戈》（一九六一年）、《玉杖昆吾》

1明祥所謂「武俠天下」八大名家在一九六一至一九六二年，前後共有三份名單。除古龍、司馬翎、伴霞樓主、臥龍生、諸葛青雲、蕭逸、蠱上九等七位外，另有一名由鳳雛、冷楓、冷風（？）三人交相取代。因缺原刊本，難以核實，可能「冷風」即「冷楓」之誤。蓋冷楓處女作《暮鼓晨鐘》（一九六一年）由明祥出版，或與鳳雛為同一人，待考。

（一九六一年）二書即因故而由春秋出版接手印行，即為顯例[1]。是以明祥初起時意氣風發，頗有席捲「武俠天下」之志；未幾即因人謀不臧，而風流雲散。否則古龍、蕭逸等新秀多由此發跡，大可倚為長城；又何致於為人作嫁而坐失良機呢？明祥興衰之速，殊可發人深省。今將早期明祥書系出版概況略述於次：

＊**蕭逸小說**——計有處女作《鐵雁霜翎》（一九六〇年）、《七禽掌》（一九六〇年）、《浪淘沙》（一九六一年）、《天魔卷》（一九六三年）等書。[2]

＊**蠱上九小說**——計有《劍語梵音錄》（一九五九年）、《雲天劍華錄》（一九六〇年）、《河嶽流雲錄》（一九六一年）、《天涯恩仇錄》（一九六一年）及《雙瑛復仇記》、《雙劍塚》等書。

＊**令狐玄小說**——計有處女作《九玄神功》（一九五九年）、《繡劍瘦馬》（一九六〇年）、《蜒蚰儒衫》（一九六〇年）、《毒膽殘肢》（一九六一年）等書。

＊**其他**——如古龍《失魂引》（一九六一年）、《劍客行》（一九六二年，其後又以《無情碧劍》書名重印）、鳳雛《古劍凝霜》（一九六一年）、《俏紅線》（一九六一年）；五華山民《雙劍春秋》（一九六一年）、《玉笛黃衫》（一九六一年）、《八千里路雲和月》（一九六二年）；齊東野《石破天驚錄》（一

1 諸葛青雲《豈蔻干戈》前八集由明祥出版，自第九集起改由春秋出版；作者並在內頁刊登「重要啟事」，略謂：「因該社（明祥）業務關係，僅發行至第八集，即告停頓……」而《玉杖昆吾》前二集由明祥出版，一九六三年四月春秋改書名為《劫火紅蓮》重新出版，內頁仍有「明祥出版社」字樣。

2 蕭逸《浪淘沙》、《天魔卷》二書僅各寫了三、四萬字不等，即由明祥出版社找人續完。茲據一九九一年三月蕭逸致葉洪生函。

九六一年）、《一劍千劫錄》（一九六一年）；怡紅生《玉燕金虹》（一九六一年）、《太虛混元劍》（一九六一年）等等。以及武陵樵子《灞橋風雪飛滿天》（一九六一年）、古如風《金佛》（一九六一年）、醉仙樓主《北天山》（一九六二年）、伴霞樓主《龍崗豹隱》（一九六二年）等客串之作，皆為數不多，聊備一格而已。

八、「南琪」書系

南琪出版社成立於一九六五年，發行人是黃仲全。初由南琪書社起家，從事批發通俗小說業務；並與華源出版社結盟合作，凡華源所出武俠書，均標明南琪書社印行。因此該書系最早可上溯到一九六一年，為蕭瑟、晨鐘（即田歌）、溫玉、幻龍、金鼎等二三流武俠作家初出道之溫床，本無可稱述。但在一九七〇年代中，該社卻抓住商機，大量出版古龍、臥龍生、孫玉鑫、柳殘陽乃至司馬翎、司馬紫煙等小說；或真或偽，或真偽參半，莫可究詰。今將其早期武俠小說出版概況略述於次：

＊蕭瑟小說——計有《碧眼金鵬》（一九六三年）、《大漢金鵬傳》（一九六五年）二部曲、《神劍射日》（一九六五年）、《淬劍煉魂錄》（一九六六年）、《潛龍傳》（一九六七年）、《神火焚天》（一九六七年）、《鐵劍金蛇》（一九六九年）等書。[1]

1 《碧眼金鵬》為原刊本書名，但一九七七年南琪版封面卻誤植成《碧眼金雕》（扉頁仍印《碧眼金鵬》），遂以訛傳訛。又其續書《大漢金鵬傳》之後半部由「蕭塞」接手寫完。按：蕭瑟本名武鳴，生平不詳。聞以《旋風曲》（？）起家，一九六三年因撰《落星追魂》（旋風出版社印行）而成名。同年仿司馬翎《劍氣千幻錄》人物、佈局作《碧眼金鵬》，居然有三分神似；而其演武寫情亦有所發展，奇幻處尤有過之。蕭瑟文筆流暢，可列入二流武俠作家之首；惟作品良莠不齊，致難成大器。

＊幻龍小說——計有《冷虹劍》（一九六二年）、《蒼穹血影》（一九六二年）、《煞星末日》（一九六二年）、《孤天星月》（一九六三年）、《閃電驚虹》（一九六三年）、《傲視江湖》（一九六三年）等書。

＊溫玉小說——計有《劍玄錄》（一九六五年）、《尼嬰記》（一九六六年）、《聖劍凡心》（一九六六年）、《獨臂雙流劍》[1]（一九六七年）、《傳燈錄》（一九六八年）、《風流箭》（一九六八年）等書。[2]

＊其他——如晨鐘《陰陽劍》（一九六一年）、《劍海飄花夢》（一九六二年）、《血龍傳》（一九六二年）、《魔窟情鎖》（一九六三年）及金鼎《血劫》（一九六二年）、《魔劍》（一九六二年）、《雌雄榜》（一九六三年）、《閻羅宴》（一九六四年）等等，皆乏善可陳。

另在成名作家中，司馬紫煙交南琪出版的作品較多；計有《千樹梅花一劍寒》（一九六四年）、《孤劍行》（一九六五年）、《金陵俠隱》（一九六八年）、《情俠》（一九七〇年）、《英雄歲月》（一九七〇年）、《一劍寒山河》（一九七〇年）等六部。

一九六〇年代的南琪書系人單勢孤，敬陪末座。惟自一九七三年起，古龍與春秋呂氏交惡，其作品大半為南琪取得。計有《九月飛鷹》（一九七三年）、《火併》（一九七三年）、《大遊俠》（一九七三年）、《多情環》（一九七四年）、《天涯・明月・刀》（一九七四年）、《劍・花・煙雨江南》（一九七四年）、《金劍殘骨令》（一九七四年）、《武林七靈》（一九七四年）、《風雲男兒》（一九七四年）、

1《獨臂雙流劍》原以獨臂劍客而能施展雙劍為噱頭，頗具創意，但全書在演述至三分之一時，竟突然轉向，以改換人名的方式，大抄金庸的《笑傲江湖》。

2《劍玄錄》為溫玉處女作，坊間多誤為古龍作品，當係南琪混淆視聽之咎。

《邊城浪子》（一九七六年）、《白玉老虎》（一九七六年）等等；其中不乏舊書重刊、改頭換面之作。[1]

此外，掛名臥龍生的小說亦多；如《搖花放鷹傳》（一九七〇年）、《煙鎖江湖》（一九七一年）、《玉手點將錄》（一九七一年）、《金鳳剪》（一九七二年）、《無形劍》（一九七三年）、《花鳳》（一九七五年）、《金筆點龍記》（一九七五年）等書，多屬泛泛之作，名存實亡。

至於司馬翎後期作品，除《人在江湖》（一九七五年）尚多可觀者外，餘如《情俠蕩寇志》（一九七四年）、《白刃紅妝》（一九七四年）、《杜劍娘》（一九七五年）及《豔影俠蹤》（一九七五年）等書，則虎頭蛇尾，真假參半，多由他人續完；其他名家更無論矣。

最離譜的是，南琪主事者竟乘司馬翎移居香港（因故不能返台）之際，冒用司馬翎筆名大量盜印金庸小說；如《劍客書生》、《獨孤九劍》、《神武門》等偽書皆是。[2]而南琪置原作者於不顧，恣意妄為，尤無商業道德可言。至此，台灣武俠小說江河日下，不得不步履蹣跚地走向衰亡之途。

儘管台灣出版武俠小說的出版社無慮百數十家，難以一一列舉，但「八大書系」無疑佔了其中的絕大部分，各書系互爭雄長、競出奇招，施出渾身解數，延攬、培養、挖掘名家、新秀，不遺餘力，雖因主持人學問見識、理念抱負、道德觀念的差異，所版行諸書，良莠不齊，尤其是完全不注重版權與出版時間、版次問題，致使歸屬難明、顛倒錯亂的情況，所在皆有，但時潮所趨，金玉與泥沙俱下，自亦在所難免，卻也締造了台灣武俠小說一時欣欣之盛，還是值得加以稱道的。

1南琪版《金劍殘骨令》即真善美版《湘妃劍》（一九六一年）；《風雲男兒》即真善美版《孤星傳》（一九六〇年）。

2《劍客書生》即金庸《書劍恩仇錄》；《獨孤九劍》即金庸《笑傲江湖》；《神武門》即金庸《鹿鼎記》。巧的是，一九八〇年代大陸也冒用金庸之名大量盜印司馬翎小說達十種之多。

第二節 台灣武俠小說的版式與傳播

一般而言，台灣武俠小說通常都是先交由島內報紙及期刊發表，有了口碑之後，就會匯集成冊，分集出版，但小說連載遷延時日，讀者難以久待，且癮頭不能滿足，故往往有超前出版之例；往往連載未完而書已上市，但成名作家則是分集與連載並行，甚至是書早已出版，而由於名氣甚大，故特邀連載，如古龍的《大旗英雄傳》、《情人箭》即是。

當時台、港兩地的交流，在人員上雖頗有限制，非公務（含商務）或探親，台灣人是不能到香港的，但在文化上的交流，基本上不但未有設限（除非涉及政治），且是交流頻繁的，尤其是香港，本身為自由港，向來未對文學作品有若何的設限，故台灣的武俠作家，也經常在香港報紙、期刊上發表，但其間更改作者名稱或替換書名的情況，無論是主動、被動，都屢見不鮮，以致造成「一書二名」、「一名二書」，甚至「名書各異」的混亂情事。乃為有志研究者平添無窮阻力與困擾，學者著書立說，每因失考而多有舛誤，亦莫可奈何。[1]

一般出版武俠書多採用分集印行方式，每部月出二、三集，每集字數約三至四萬字不等，早期的

---

1 如臥龍生《飛燕驚龍》改為金童《仙鶴神針》、《天香飆》改為馬正璧《碧血寒濤》、司馬翎《劍氣千幻錄》改名《武林第一劍》等皆是。致令大陸所印《中國武俠小說辭典》（河北石家莊：花山文藝出版社，一九九二年）等類書凡涉及台灣作家作品部分皆錯誤百出；而曹正文《武俠世界的怪才》（上海：學林出版社，一九九〇年）、《中國俠文化史》（上海：上海文藝出版社，一九九四年）及陳墨《海外新武俠二十家》（北京：文化藝術出版社，一九九二年）等專書，亦多失實之處，令人扼腕。

排版緊密，且常大段落不分段，故字數較多，後期則巧於分行、分段，字數較少。每版印數為兩千至三千不等（端視作者名氣大小而定）；暢銷書的作品可一印再印，往往供不應求。當裝訂成冊後，即統由特約經銷商（或自兼總經銷）發往全省小說出租店及坊間書報攤去，或租或售，隨時補貨。因此武俠小說每月的總銷售量、流動量極大，遠遠超過同時期社會言情小說、歷史小說、偵探小說和間諜小說的總合。

小說出租店是武俠小說流傳的最重要據點，全盛時期全台最少有三千多家，向來有「文化地攤」之稱。開設小說出租店甚是簡易，只要有個十坪大小的空間（客廳大小），有時連店名都不必有，只須陳列若干書架，購書上架，即可開門營業，且無須繳稅。所出租的書，早期是小說漫畫並重，自當局開始嚴格審查漫畫之後（一九六二），台灣漫畫無以為繼，遂成小說獨霸的局面，其中歷史、偵探、言情皆有，但無疑以武俠為大宗，佔約八至九成。

小說出租店原都是各自獨立營業，但一九九〇年後，開始有連鎖店出現，其中最有名的「十大書坊」，原先不過是新北市三重的小小租書店，利用了當時電腦登錄租書軟體（孟波系統）[1]，一舉擴充成龐大的企業，最多時有一百三十多家加盟店。不過，此時武俠已漸漸式微，在港漫、日漫的帶動下，漫畫捲土重來，其後則是動漫、影片的光碟，二〇〇〇年後，武俠小說除了金庸、古龍還能偶爾見到外，已可謂全面絕跡了。

1 「孟波」是日本漫畫家北條司《城市獵人》（シティーハンター，一九八五至一九九一連載）中男主角冴羽獠的中譯名，台灣早期即有盜版，很受讀者喜愛。

1960年代的台灣武俠小說出租店

1960年代三冊訂為一本的武俠小說

小說出租店的經營方式，以租借為主，偶有販售。店家先須進書，進書的管道，可逕赴各縣市大、中盤商處挑選，亦有時會有負責業務的配送員，每周兩次將新書及目錄送到店中，以供揀擇。一九七〇年之前，武俠小說單冊的訂價是十元，一九七〇後調整為二十元，購書價是六至七折，因薄冊不易保存管理，故進書之後，常用兩片厚紙板將三冊合訂成一本，五〇年代是五角、六〇年代是一元、七〇年代是兩元，出租給讀者。

店家會在讀者還書後，在後頁的紙板上註記時間，以成本來說，每一小本（三冊），租期二至五天，每本一元，大約租二十次，不到三個月，就可回本，以後就是純利了，這對當時賦閒家居的中高年齡層來說，也是不小的貼補，故全台各村里鄉鎮，連金門、馬祖離島皆處處可見。

台灣武俠小說的內文，原本都只有文字，未附插圖，最早是真善美出版社於一九五七年所印東海漁翁《四海英雄傳》（即香港老作家蹄風著《遊俠英雄傳》）及《清宮劍影錄》二部曲，每回附有三幅雲君所繪插圖，饒有古趣。

雲君是香港著名的插畫家（本名姜行雲），曾為許多武俠小說畫插畫，其中為金庸所繪者，最為人所寶重，真善美可能直接就援用了香港小說的插畫。不過，而從一九五九年起，真善美書系開始選擇

另人為《玉釵盟》、《奪魂旗》所繪的插畫

上官鼎《沉沙谷》中的插畫

性的為武俠小說配圖。如司馬翎《劍氣千幻錄》前四集每回配兩幅插圖（畫者不明），以後則無；陸魚《少年行》每章則配一幅插圖，畫者另人；而上官鼎《沉沙谷》則自繪插圖，別開生面；但古龍《孤星傳》卻全無插圖。可見配圖與否，並不一致；端由發行人主觀認定，可有可無。

最特別的是，春秋出版社也力邀「另人」為臥龍生《玉釵盟》、諸葛青雲《奪魂旗》畫插畫，其中《天香飆》所繪插圖，每章多達四至十五幅不等，堪稱所有武俠書之最。而先後由明祥、春秋兩家出版社印行的諸葛青雲《荳蔻干戈》，更陸續採用另人、南丁、三毛、王三等四位畫家的插圖，乃首開一書多繪者的紀錄。

至於其他書系所出小說亦間有配圖，惟不及真善美、春秋兩家之多。總之，此風延續至一九六五年為止，終不復見。也許是因當時武俠出書量太大，為圖省事之故。

另人（一九二〇～一九七九），本名李靈伽，福建閩侯人，師事葉克濂，工山水、人物畫，與臥龍生、諸葛青雲交情深厚，故常為此二人的武俠小說畫插畫。曾居台港二地，後來移居美國。另人即「伽」字的分拆組合，是台灣武俠插

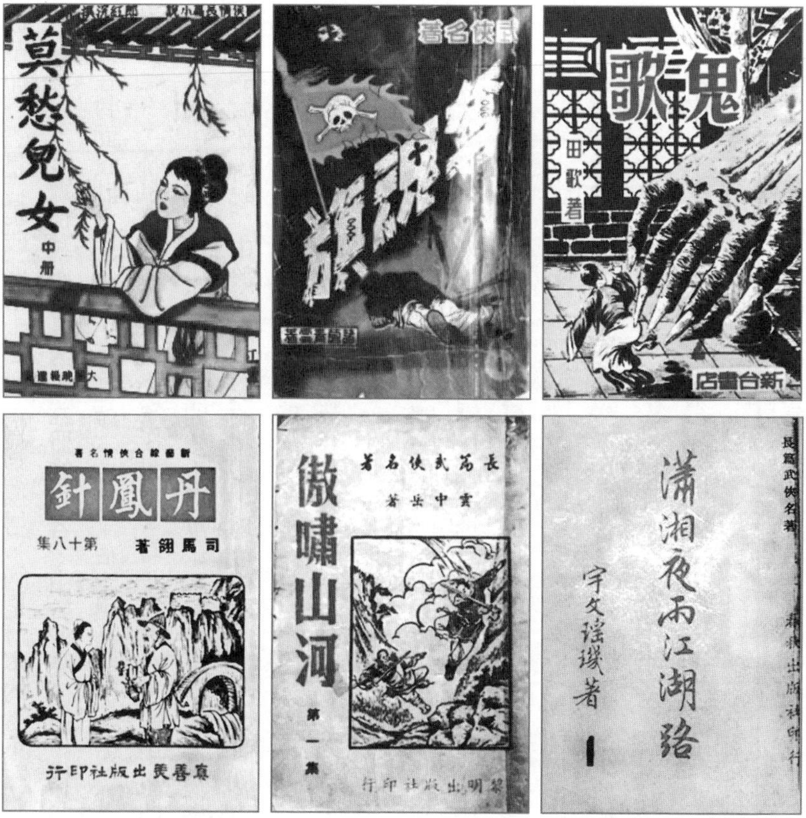

台灣武俠小說封面的演變

畫家中可與香港雲君相提並論的名家。

在封面設計和開本大小上，台灣武俠小說變化十分明顯，從五〇年代到七〇年代，各有不同風格，從趨勢上看，是愈趨愈簡，從彩圖、單色調、黑白圖，到純粹只有書名和作者，可見出版社基於省儉成本，是越來越因陋就簡了。

在開本上，原先都是三十六開本薄冊，頁數在一百頁上下，但收藏不便，且佔空間，因此，一九七二年，于志宏成立漢麟出版社，一九七三年開始出版武俠小說，乃興起武俠小說的「版面革命」，首先是改成三十二開，頁數擴增，約是薄本的七集左右[1]；其後，又改為廿五開本，字體、行距稍大，頁數稍減，約是薄本六冊的內容，由於清簡便捷，遂為各家出版社廣為援用，幾乎成為定制。在封面設計上，各家出版社頗不一致，但常聘請美術名家設計，如著名畫家龍思良（一九三七～二〇一二）就常為古龍的武俠小說作封面，有「古龍小說御用封面畫家」的名號。大抵上，從一九八〇年以後，台灣武俠小說的版式開始千變萬化，裝楨、開數各有不同，封面也爭奇鬥豔、各逞巧思，此時的武俠小說，由於金庸小說的影響，地位已有顯著改變，就不是「武俠」二字可以羈限，從租書店走向客廳，那又是另一個時代的故事了。

武俠小說版式的改變，也連帶著影響到小說內容的變化。早期的武俠小說，雖是薄薄一冊，但都起碼會分回次，通常是三個回次，回目最早是援據舊派武俠傳統，以對聯式的回目呈現，其後漸改為單句或四字，偶爾會有「母章子題」出現，但版式改變後，尤其是舊書新版，就必須重訂章節，原書的回目就隨之而消失，不是另行標目，就是索性以一、二、三取代，原味盡失，是非常可惜的。

不僅如此，由於武俠小說的篇幅通常都是長篇巨幅的，出版商就往往將一書割裂成二書，如文天行司馬翎的《金浮圖》、《仙劍佛刀》二書，其實就是《金浮圖》；皇鼎將臥龍生的《金劍雕翎》割為兩部，《金劍雕翎》與《岳小釵》，這還算是未違離原書，至於柳殘陽的《天佛掌》，大美出版社分成《邪神門徒》與《如來八法》，更完全棄原名而不用了。台灣武俠小說書名之混亂，由此肇端，對研究者來說，欲理清頭緒，還真得另下一番工夫。

---

1 真善美出版社則受其影響，將三冊合為一冊，開數仍維持三十六開。

「八大書系」大抵從一九七〇年代末期開始沒落，起而代之的，首先是漢麟出版社，其後萬盛、金蘭、眾利、文天行、皇鼎等，也曾盛行一時；一九七七年，賴阿勝的桂冠出版社出版古龍《多情劍客無情劍》、《三少爺的劍》諸書，響起一般文史書版社版行武俠小說的號角；一九八〇年，沈登恩的遠景出版社取得金庸小說版權出版《金庸作品全集》，這兩家出版社的加入，奠定了武俠小說的文學地位。

這些文史出版社的銷售管道，與武俠小說的「總經銷」方式不同，是以台灣全省各大小書店為據點的，武俠小說開始可以堂堂皇皇的進入書局當中，但也無形中壓縮了武俠專業出版社的生存空間。二〇〇〇年以後，台灣武俠沒落趨勢明顯，武俠小說的出版，插花點綴，已是無足輕重，目前唯有王榮文遠流出版社的金庸小說還能有一定銷量；而武俠評論名家陳曉林的風雲時代出版社，則是目前僅見願意出版台灣武俠作品的文史出版社，早期台灣武俠名家的作品，多已湮滅殆盡，幸賴有此一線生機還未斷絕，但相對於昔時盛況，也只能臨風憑弔了。

第三節　台灣武俠小說的境外傳播

港、台武俠小說雖淵源自大陸舊派武俠，但大陸自一九四九年以後，禁絕武俠小說的創作與出版，故所謂的「新派武俠」，乃是港、台二地所推動發展起來的，歷經三十多年的發展，兩地各有所擅，相較之下，香港有金庸一枝獨秀，梁羽生附翼，其他作家較難與之抗衡，質勝於量；而台灣則古龍獨撐大局，司馬翎、臥龍生、諸葛青雲、蕭逸、司馬紫煙、秦紅、高庸等名家雲起風從，量勝於質。儘管地別兩處，但因文化交流不斷，彼此聲息互通，多有沾溉，可謂同時撐起了新派武俠的大纛，於海隅偏陬，不僅維武俠命脈於不墜，更發揚光大，共同締肇了武俠一時的盛況。

一、大陸的「台灣武俠熱」

大陸於一九七八年底決意「改革開放」，鬆弛了前此嚴格的管制，對武俠小說的觀感，也為之丕變，港台二地的武俠小說，順此風潮，揮軍北上，開始在大陸風起雲湧，帶動了新一波的大陸「武俠熱」，到一九八五年後漸趨高峰，已是勢無可擋的潮流。一九八八年，王海林的《中國武俠小說史略》、一九九〇年，羅立群的《中國武俠小說史》出版，正標識著大陸「新武俠」世代的崛起。

事實上，早在一九八〇年前後，港台武俠小說「潛入」大陸的現象已經產生，故一九八二年四月，大陸國家出版局局長邊春光就曾宣布：「為了遏制武俠小說氾濫成災的趨勢，國家決定三年內禁止武俠小說出版發行。」同年四月三日，國家出版局發出〈關於堅決制止濫印古舊小說的通知〉亦稱：

> 鑒於近年來俠義、言情、公案等舊小說的出版已經太多，自文到之日起，不許繼續出版。所有正在印刷的這類小說一律停印，已印好的暫時封存，聽候處理。……從港、澳、台引進的所謂新武俠小說、言情小說等，也照上述規定執行。[1]

1 轉引自俞子林：《改革開放與武俠小說風波》，收錄於《書林歲月》，上海書店出版社二〇一四年版，一二〇至一二一頁。

可見當時武俠小說的出版，「氾濫」到了何種程度，乃至於必須由官方出面「制止」。但是，在睽隔了武俠三十年之久的大陸讀者而言，卻是如渴牛飲水，難以自抑的，一九八五年三月十九日，經中共中央宣傳部批復同意，文化部印發〈關於當前文學作品出版工作中若干問題的請示報告〉稱：「最近有不少出版社要求出版新武俠小說。這類作品的出版，必須注意擇優。……內容健康，具有一定影響的代表性作品，包括港、台的新武俠小說，可以『擇優出版』。為防止『選題』的重複，加強出書的計劃性，這類作品的出書計劃須經出版社上級主管部門審核同意後，報送我部出版局批准後出版。」同年六月十八日，再發〈重申從嚴控制新武俠小說的通知〉，雖云「從嚴控制」，其實已是官樣文章，無法阻遏了。

大陸的「武俠熱」，孫犁認為「目前通俗學作品的突起，有它歷史的特殊遭遇。這是十年動亂，文化傳統瀕於破產和長期以來思想禁錮的結果，是對過去的一種反動，一種回流」[1]；顧臻（俠聖）亦認為「港、台武俠小說一進入大陸就廣受歡迎，大概可以算是當年大陸文學界長期偏食後的一種自然反應；如果說這是對大陸文學全面發展進程中斷多年後的一種回補，也不算過份吧」[2]，無論是「回流」或「回補」，都展現出陸讀者激切的渴盼。王春桂認為，「大陸的武俠小說熱、通俗文化熱，實

1見孫犁〈談通俗文學〉（《人民日報》一九八五年一月十四日）。
2見顧臻〈滄海橫流卻是誰〉發表於二〇〇二年五月十四日「舊雨樓／清風閣／觀嵐亭」網頁（www.oldrain.org），

質上也是一種港台文化熱」[1]，與大陸隔絕數十年之久的台灣，也就在這樣的「回流」、「回補」、「文化熱」當中，水乳交融的「文化回歸」於中國大陸。

當然，在一時的「熱」力激蕩下，如此的「回歸」，註定是會產生許多「盲亂」的現象的。

台灣的武俠小說「進軍」大陸，大抵上，港澳地區因地緣之便，率先領軍，以金庸、梁羽生打頭陣[2]；而台灣則自一九八七年開放探親旅遊後，蜂湧而入，算是後來居上，幾乎席捲了大陸武俠市場的大半壁江山。台灣的武俠小說，應是以曹若冰一九八五年在寧夏人民出版社出版的《金劍寒梅》（**印數十萬套**），首開由正規出版社印行的「正版」台灣武俠小說；但應未經作者正式授權，疑為「偷跑、盜印」之作。值得一述的是，也就在一九八五年，已旅居美國的台灣作家蕭逸，應中國國務院「僑辦」邀請，回大陸參訪省親，備受禮遇，遂於一九八七年九月，與中國友誼出版社正式簽約，出版《馬鳴風蕭蕭》等書，此為台灣武俠小說正式授權之始。

不過，在大陸出版的台灣武俠書，情況非常混亂、駁雜，武俠評論名家張贛生，於一九九〇年請人至天津兩家大型批發書肆（**自負盈虧兼營租售**）登錄六百五十筆港澳版及台版武俠書目，共計八百

1見王春桂〈八十年代大陸通俗文學興盛之鋒將——武俠小說熱〉，收入淡江大學中文系編《俠與中國文化》（台北：台灣學生書局，一九九三），頁六二一。

2一九八一年二月一日廣州文學雙周刊《南風》創刊號以連載梁羽生《白髮魔女傳》為號召，開風氣之先，大受歡迎。同年六月，花城出版社在有力人士支持下，借用廣東人民出版社名義，大膽突破禁令，公開出版梁羽生《萍蹤俠影錄》，是為香港武俠作家「登陸」第一人。同年七月，廣州《武林》雜誌創刊號跟進，連載金庸《射鵰英雄傳》（改題《黑風雙煞》，共四章）；同時科普出版社廣州分社則翻印金庸《書劍恩仇錄》。其後梁羽生《江湖三女俠》、《七劍下天山》又輪番登場，乃掀起「金梁小說熱」，擴散到大陸各地，名振八方。

曹若冰《金劍寒梅》

蕭逸《馬鳴風蕭蕭》

七十九種，其中兩百二十九種為台灣版，六百五十種為港澳版。港澳版中以（澳門）毅力出版社為大宗，其作者群中除金庸、梁羽生及倪匡外，絕大多數皆為台灣作家；計有古龍、臥龍生、司馬翎、諸葛青雲、雲中岳、蕭逸、慕容美、秦紅、東方玉、上官鼎、柳殘陽、墨餘生、武陵樵子、司馬紫煙、獨孤紅、雪雁、憶文、秋夢痕、曹若冰、陳青雲等等。以此可見大陸坊間的台灣武俠類目，是遠遠超過香港的，但其間偽冒之書極多，難以辨別，臥龍生的作品竟高達一百二十種以上（三分之二是偽書），令人咋舌。

一九九〇年，台灣的武俠作家制處於青黃不接時期，老將競相擱筆，新秀躑躅不前，市場在金庸獨占鰲頭下，遭到極度壓縮，大陸等如是新興市場，故作家乃至於出版商，紛紛有鮭魚之思，亟欲於大陸尋求「第二春」。但多數作家都已年近老邁，又不熟悉大陸出版體制，故往往只能委由「中介者」代勞，洽商出版事宜。在諸多「中介者」中，漢麟出版社的于志宏最為活躍，他遊走兩岸，相識滿天下，居間奔走遊說，圓成不少台灣作家的第二春夢想。一九九四年，江蘇文藝出版社與台灣萬盛出版公司合作，由江上鷗（李榮德）主編，選取了臥龍生《天香飆》、司馬翎《劍神傳》、諸葛青雲《紫電青霜》、古龍《蕭十一郎》、高庸《天龍卷》、慕容美《風雲榜》、柳殘陽《斷刃》、秦紅《九龍燈》、孫玉鑫《萬里雲羅一雁飛》九家作品，編成《台灣武俠小說九大門派代表作》系列叢書[1]，並敦聘台灣武俠評論名家葉洪生作〈總序〉及各部小說的導讀，可謂是海峽兩岸通力合作的創舉。據聞于志宏亦在其間出力不少。

但于志宏畢竟商人利重，在媒介時每多出格之舉，亦未與作家明訂契約，故中間亦引發不少版權及出版糾紛，秦紅在他「聊備一格」的部落格（類似博客）中，即對他不無微詞：

《台灣武俠小說九大門派代表作》系列叢書

> 八年前（按，二〇〇三年），前漢麟出版社老板于志宏（已歿）先生，來舍拿去：第七把飛刀、俠歌、西出陽關一劍客、一劍染紅長白雪、武林一條街、武林第二街。說要為我介紹給大陸出版，之後即無下文。于先生歿後，我發現江蘇文藝出版社在網路上有過廣告介紹，因于先生已不幸往生，我便無從追究。

台灣武俠小說在台灣出版的情況，本就非常混亂，其間偽冒諸作，已是層出不窮，而西進之際，復因大陸「武俠熱」過於激揚，頗有供不應求的趨勢，再加上版權觀念尚未確立，故盜版、翻印之書，甚為猖獗，「中介者」於其間巧為撥弄，

1 原構想是出十家，但因上官鼎的《沉沙谷》版權未能喬定，只得九家。

或一書多賣，或改易作者，或更換書名，張冠李戴、魚目混珠的問題，更加嚴重，我們從葉洪生對一九八〇年代台灣武俠小說在大陸出版情況的簡要分析及羅列的相關書目中，即可見其混亂到了何種地步。[1]

值得注意的是，在大陸流行的台灣武俠作品，反而是二、三流的作家較受矚目，曹若冰、陳青雲、蕭逸等在台灣未必廣有讀者的作家，反而在大陸有相當高的評價，相信這應該是取決於西進的先後次序以及有無正規出版社出版的關係。蕭逸由於是中共統戰的重要對象，故坊間未敢造次，其他名家，從臥龍生、司馬翎而下，到古龍、曹若冰、陳青雲等，「名下」的偽書之多，是令人瞠目結舌的。這情形大抵要到一九八八年後，才逐漸獲得改善。

有趣的是，台灣的武俠小說家的作品，由於版權分屬各不同出版社，故都是各出版社自出自書，分鑣而進，鮮少有匯集「全集」的事例，唯一九八八年，遠景出版社繼《金庸作品全集》後，推出了《蕭敬人作品集》，其後萬盛出版公司亦推出《古龍武俠精品》（一九八八）、《溫瑞安作品集》（一九九三），但還是統整為難；但大陸卻於此時期中百川歸海，陸續出版了許多台灣武俠作家的全集或精選集，先由《諸葛青雲武俠大系》（七十二種，湖南文藝出版社）打頭陣，繼而《雲中岳新武俠小說全集》（時代文藝出版社）、《臥龍生作品全集》（太白文藝出版社）、《柳殘陽作品全集》（太白文藝出版社）、《古龍作品全集》（珠海出版社）、《高庸作品全集》（珠海出版社）、《獨孤紅作品全集》（內蒙古人民出版社）、《慕容美作品集》（內蒙古人民出版社）、《司馬翎作品集》（浙江文藝出版社）、

1見葉洪生、林保淳合著，《台灣武俠小說發展史》第四章第四節。

《司馬紫煙作品集》（遠方出版社）、《溫瑞安作品集》（花城出版社）、《蕭瑟作品集》（太白文藝出版社）、《秋夢痕作品集》（中國文聯出版社）等等，陸續出籠。

雖然其中難免摻雜贗品，但大體而言，對於去偽存真、正本清源也起了一定程度的作用。台灣武俠作品在大陸「武俠熱」的推促下，著實也風光了十來年之久，可惜的是，這波「武俠熱」來得猛迅，去也倉促，二〇〇一年，大陸《今古傳奇武俠版》創刊，著意培植新一代的武俠新秀，「新武俠」開始嶄露頭角，台灣武俠相形之下遲滯未進，就逐漸淡出大陸市場了。

二、台灣武俠小說與東亞國家（含港澳）

武俠小說「文備眾體」，又富涵中華文化內容，不但向來廣受兩岸三地的讀者青睞，更吸引過許許多多的海外華人，故素來有「武俠小說是海外華人的中華文化教科書」的美譽，凡是有華人的地方，必然就有武俠小說。

在前文中已經提過，台、港兩地雖在政治上有所區隔，但文化上的關聯卻是密切無比的，就武俠文化來說，不僅台灣武俠作家的作品，得以在香港的各大小報刊及雜誌上刊載，且香港所拍攝的武俠電影亦常以台灣為重要的市場。香港最重要的《武俠世界》、《武俠春秋》、《武俠與歷史》三大武俠雜誌，自始至終，都不乏台灣武俠作家的身影，一時名家，幾乎無一不在這些雜誌上發表過小說。

在報紙方面，以目前所知，最早應是由司馬翎首先建立了灘頭堡，一九五九年，《劍氣千幻錄》在《真報》連載，到一九六九年，十年之間，司馬翎在《真報》上連續刊登了八部作品，這應該是得力於司馬翎本身即是香港僑生的地利之便；一九七八年後，司馬翎後期的「極限、強人」系列作品，

1962年《明報》刊載的《如來神掌》

均發表在《工商日報》上，則更是司馬翎返港後最重要的園地。與司馬翎同為「三劍客」中人的臥龍生與諸葛青雲，不甘後人，亦於一九六一開始連載，《明報》刊出了臥龍生的《碧血寒濤》（即《天香飆》，署名是馬正璧）、諸葛青雲的《乾坤五絕》（即《奪魂旗》，署名上官青），其後，香港的《天天日報》、《新報》、《工商晚報》等，「三劍客」的武俠作品，始終大受歡迎，連帶著其他作家，如慕容美、秦紅、司馬紫煙、東方玉等名家之作，亦頻頻刊載，其中最值得一提的是，柳殘陽的《天佛掌》在一九六二年為《明報》所連載，改題為《如來神掌》（署名上官虹），並由富華影業於一九六四年開拍成電影，「如來神掌」在香港武俠界風行四十餘年，盛況不衰，已經成為經典中的經典，《如來神掌》可謂締造了「半部」香港武俠史。

香港在未回歸之前，雖名義上是為英屬領地，但基本上居民還是華人為主，武俠小說早在此前就已有其深厚的魅力及廣大的讀者，故台灣武俠作家在香港傳衍知名，並不足為奇；但對遠離故國已久，且周遭皆是異族的海外華人來說，意義就不止如此單純了，在異族環伺、中華文化備受打壓的情況下，傳統文化不絕如縷，武俠小說反而是他們汲引、學習中華傳統文化最重要的津梁。一九七〇年代，馬來西亞的華僑溫瑞安，正是透過了當地華文報紙所連載的金庸、古龍等武俠小說，對武俠產生莫大的興趣，更因之嚮慕中華文化，率領了一干「神州結義」兄弟，萬里不辭遠的渡海到台灣，一面讀書就學，一面創作耕耘，最終成為武俠小說創作名家。

台灣的武俠小說，早在五〇年代末期就與東南亞國家有相當密切的互動，據目前所得的資料[1]，一九五九年，臥龍生在泰國《世界日報》、《星暹日報》所刊載的《玉釵盟》、《鐵笛神劍》當屬最早；緊接著，是一九六〇年諸葛青雲在泰國《星暹日報》刊載的《折劍為盟》、《一劍光寒十四洲》；司馬翎稍晚，一九六三年，在新加坡《新生日報》刊載《八表雄風》。在一九七〇年以前，「三劍客」的武俠小說，可以說是東南亞國家華文報紙的主力，其後，其他諸家紛紛挺進，林非（高庸）、蕭逸、秦紅、東方玉、東方英、司馬紫煙、獨孤紅、慕容美、雲中岳、柳殘陽、曹若冰等，無慮數十家，欣欣之盛，完全不遜於台灣本島。

其中泰國《世界日報》、《星暹日報》、新加坡《星檳日報》、《聯合晚報》、《星洲日報》、《南洋商報》、馬來西亞《中國報》、《華僑日報》，越南（南越）的《建國日報》、《遠東日報》等，都是台灣武俠小說家所倚重的園地。其中《星檳日報》更於副刊中特闢「武俠」專頁，在版面上一口氣就刊登五部台灣的武俠小說：天鈞閣主的《神州劍俠傳》、諸葛青雲的《劫火江湖》與《奼女雙雄》、古龍的《紅塵白刃》、司馬翎的《滄溟珠劍傳》（一九六六），可見當時台灣武俠作品受到歡迎的程度。據當時著名的間諜小說家鄒郎所說：

1 以下相關東南亞台灣武俠流衍的資料，承北京顧臻（俠聖）慨然提供，特致謝忱。

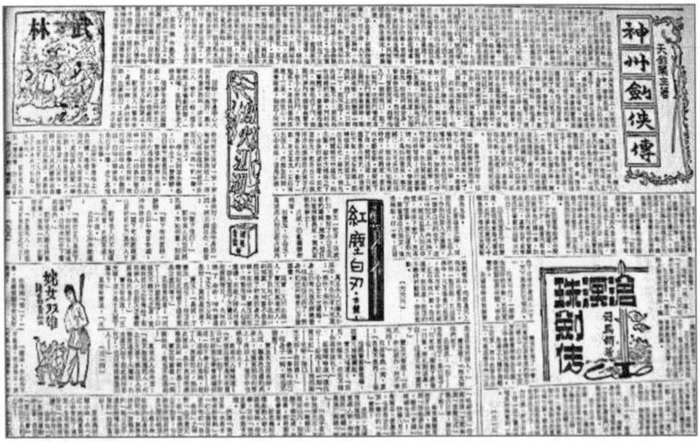

1966年2月28日新加坡的《星檳日報》副刊一口氣刊登五部台灣的武俠小說

> 那時候，我們都經常有幾個長篇小說在報連載，海外那些中文僑報的老輩報老闆們還有交情，一稿在台灣連載，至少可以獲得香港、新加坡、馬來亞或菲律賓四地之中的二地中文僑報轉載……古龍人緣最差，幾乎沒有一篇連載不被報社腰斬。[1]

儘管古龍小說常是有頭無尾地被腰斬，可是據顧臻的考查，從六〇至八〇年代，在新馬、南越、泰國三處，古龍的小說就有廿四部曾連載過，這還是「人緣較差」的，如鄒郎等有「交情」的作家，臥龍生約有十七部、諸葛青雲約有三十部、司馬翎約有九部，這還是不完全統計，可見東南亞華人社區對台灣武俠小說的渴盼與重視。

台灣的武俠小說不僅在東南亞地區普受歡迎，就是東北亞的日、韓兩國，也有相當顯著的影響。天津的馬志強曾在日本東京的舊書拍賣商手中收購到一批真善美、春秋

1 鄒郎〈來似清風去似煙〉，據顧臻〈古龍海外別樣紅〉所引，《古龍武俠論壇》https://bbs.gulongbbs.com/forum.php?mod=viewthread&tid=9302。

岡崎由美翻譯的古龍小說《邊城浪子》

出版的薄本武俠，可見當地的日本華僑，也有對武俠深感興趣的。不過，台灣武俠小說在日本流行的狀況不明，翻譯台灣的武俠小說也稍晚於金庸，直到一九九九年，才有早稻田大學的岡崎由美，繼一九九八年的金庸小說翻譯之後，才陸續翻譯了古龍的《辺城浪子》（一九九九年）、《多情劍客無情劍》（二〇〇二年）、《金鵬王朝　陸小鳳伝奇シリーズ一》、《繡花大盜　陸小鳳伝奇シリーズ二》、《決戰前後　陸小鳳伝奇シリーズ三》五部，但銷量平平，似乎並未引起重視。

但是，與日本一水之隔的韓國，情況就大不相同了。在韓國與大陸尚未建交之前，韓國與台灣的關係是非常密切的，就是連武俠小說也受到普遍的歡迎。據李致洙的〈中國武俠小說在韓國的翻譯介紹與影響〉所述，第一部被譯為韓文的台灣武俠小說是尉遲文的《劍海孤鴻》[1]，由金光洲翻譯成《情俠誌》，發表在一九六一年六月十五日至一九六三年十一月廿四日的《京鄉新聞》，後來集結成書，開始引起矚目；其後，古如風的《豪遊記》[2]繼之；一九六六年，金一平譯介了臥龍生的《玉釵盟》，改名為《群俠誌》，自此掀起了韓國的「臥龍生熱」，臥龍生的武俠小說開始在韓國大為流行，翻譯者

1尉遲文是台灣武俠早期作家，但生平不詳，目前僅知有《劍海孤鴻》（一九六一）、《古劍吟》（一九六一）兩部作品，均真善美出版。

2古如風（一九三八～）為蕭逸之弟，本名蕭安人，一九六一年，以《狼形八劍》崛起，共有《古佛心燈》、《海兒旗》等八部作品，但不知此《豪遊記》所本為何書。

一時並出，甚至有一書而有好幾本譯作的，如《無名簫》就分別有康湖、金剛、金修國等人的譯本。據李致洙所說：

> 而從一九六八年開始「臥龍生」這位在武俠小說史上占一席之位的作家的小說，就由幾個翻譯家來介紹。以後，「臥龍生」這三個字對一般喜好武俠小說的韓國讀者來說就幾乎成為「中國武俠小說」的代名詞。[1]

韓國第一部翻譯的武俠《情俠誌》小說

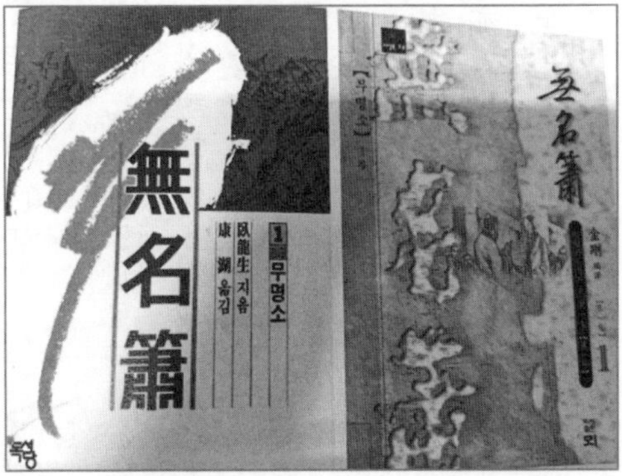

臥龍生的《無名簫》譯本

臥龍生的聲名遠播，據本人於一九七〇年代所接觸到的韓國留台學生（台大），幾乎每一個人都知道有臥龍生，反而對金庸還未必知曉，可見其風靡的程度，甚至還出現了冒名的偽作。

這些譯本，實際上並未授權，恐怕連原作者都未必知曉，

1見李致洙〈中國武俠小說在韓國的翻譯介紹與影響〉，收入《俠與中國文化》，頁八一。

其來源基本上是從韓國的華文報紙《韓華日報》間接援引的，可見當時韓國的僑報也盛興連載台灣的武俠小說。總計自一九六一年起，台灣武俠小說作家的作品，至少有尉遲文、古如風、司馬翎、上官鼎、臥龍生、諸葛青雲、郎紅浣、雲中岳、陳青雲、古龍、蕭逸、蕭瑟等被翻譯介紹。不過，還是以臥龍生佔大半壁的江山。

臥龍生獨霸「韓國江湖」的局面，一直延續到一九七八年，方始漸告消歇，取而代之的，則是韓國人自己以韓文撰寫的「中國武俠小說」，據《韓國出版年鑑》記錄，僅僅一九八一年一年，韓國從事武俠小說創作的作家就有二十餘人之多，出版了數量不少的作品。這些「韓式」中國武俠小說的作者名（筆名）及書名，都是極富中國風味的，更有趣的是：

> 在內容方面上看，韓國創作武俠小說除了只有作者是韓國人之外，都很像中國武俠小說，作品的地理背景亦為中國，登場人物也是以少林、武當等九大門派為中心的武林人士，武術方面也是在中國小說中習見的。[1]

中國的武俠文化在異域的土壤中生根、發芽、茁長，乃至開花、結果，無疑台灣的武俠小說在其間的推波助瀾是功不可沒的。直到一九八六年，金庸小說《射鵰英雄傳》被金一江更名為《英雄門》在韓國譯介出版，重新掀起了另一波的武俠小說譯介風潮，但基本上已是以香港作家為大宗，台灣的

1 同上注，頁八七至八八。

韓國學者李晉源的《韓國武俠小說史》

作家除臥龍生、蕭逸、蕭瑟、古龍的寥寥之作外，就逐漸未能再引人矚目了。

中、韓兩國的歷史淵源由來已久，雖說各具其民族特色，別有其文化的發展，但都受到濃厚的中華文化的濡染，則是相同的，這也是為何中國的武俠小說能契合韓國人的心靈，從譯作到自創，發展出「韓國武俠小說史」，而究其實質內涵來說，韓國武俠小說史幾乎就可以視為中國武俠小說史的一種延伸。韓國學者李晉源（韓國綜合藝術學校傳統藝術院助理教授），在他所寫的《韓國武俠小說史》（二〇〇八）中，就非常濃厚的表現出這種趨向，正不妨視為中國武俠小說的「教外別傳」。

二〇〇五年，正當台灣的武俠小說沒落之際，韓國作家全東朝所撰寫的武俠小說《墨香》，在韓國大受歡迎，韓國的 EYA Interactive Limited 公司將其開發製作成電腦遊戲軟體，專門鎖定大陸玩家，於二〇〇八年在中國推出《墨香 ONLINE》（後改名為墨湘）；在此之前，即不遺餘力地展開宣傳，甚至敦聘了大陸「新武俠」名家滄月代言，並撰寫《墨香外傳》，在大陸造成極大的轟動，至今猶廣受歡迎，但其淵源所自的台灣的武俠，竟故步自封，無所進展，毋寧令人感慨萬千。

第四節 【附說】

台灣武俠小說的收藏

台灣武俠小說雖是曾盛極一時，但因一直未能受到應有的重視，一般公私立圖書館向來也鮮少收藏，故旋起旋滅、或毀或棄，書都不存，雖經有心人鉤稽探索，而失落者泰半，至今難窺全貌。一九九五年，台灣淡江大學中文系林保淳始發願蒐集武俠小說，成立「淡江大學通俗武俠小說研究室」，廣蒐博尋，而書劍飄零既久，雖經盤包下兩家武俠小說出租店，並博徵捐輸，後有葉洪生慨贈藏書約五千冊，早期三十六開版本，賴以保存，卻僅能聊備一格，多數的武俠俠小說，散佚民間，一代通俗文學作品，花果難尋，有心人莫不扼腕傷悼。

二〇〇〇年後，由於金庸小說為武俠小說取得了「文學身分證」，為武俠小說打開新的局面，於是開始有民間愛好武俠的人士，不惜投下重貲，開始收藏；透過活絡的網路拍賣市場，以及親歷窮鄉僻壤、異國異地的苦心蒐羅，許多散落於民間私人收藏的武俠作品、報刊、雜誌，漸聚漸匯，已絕版的珍貴舊本，陸續浮現，雖說是亡羊補牢，卻也勉強算是為此一代文學，留下了見證，不能不說是武俠小說的功臣。

目前大多數的民間收藏家，以大陸居多，北京、上海、天津、杭州，都有不少武俠愛好者，勤加蒐羅，甚至遠赴馬來西亞、新加坡等國，訪賢搜佚，漸成大觀。這些收藏家，如北京趙躍利（鱸魚膾）、顧臻（俠聖），上海李劼白（諸葛慕雲）、盧軍（盧克包），杭州潘淳（潘潘），皆庋藏弘富。其中尤以天津的馬志強所收最多。

馬志強自幼年時期即深好武俠，並曾習武，自清華大學畢業後，仍念念難忘情於武俠，故不惜重貲，將其從事建築業所得盈餘，求購港澳台舊本武俠作品，至今已蒐羅四、五萬冊作品，近四百家作品，四千餘部，並編成《百劍爭鳴》一書上下冊，圖示相關作家及書目，其中不少從未有人提及的作家及作品。馬志強蒐羅的範疇極廣，除武俠小說外，相關的武俠雜誌、報紙單張、宣傳品，應有盡有，台灣武俠的洋洋大觀，盡見於其書，可謂「武俠藏書第一」。

林志龍「老武俠」藏書之一隅

馬志強編《百劍爭鳴》(上)(下) 書目封面

台灣相關的庋藏，除了淡江大學之外，目前藏書較豐富的是台灣眾利出版社的顏雲，約有八千多冊，並編有書目。此外，林志龍亦以收集武俠小說為職志，目前台灣藏家之中，可謂無出其右者。

林志龍學歷不高，以開計程車為業，自幼嗜讀武俠，及長，專以收藏武俠為己任，設立「老武俠」部落格，考訂版本、辨析真偽、諮訪作家，目前共收有二萬餘冊，四百位作家、四千部作品。其所收諸書，以廿五開本為主，雖較難還原台灣武俠小說初起時的風貌，卻足以測觀出中期發展的若干現象。難得的是，他考訂作者，將摩雲生、宇青等無名的作家一一作了採訪記錄，尤為難得。目前正籌組「台灣武俠傳說」公司，著手於台灣武俠的數位典藏工作。

《漢書‧藝文志》中說，王官失而諸子百家興，大概「禮失而求諸野」，武俠小說向來不受重視，因此公家機構幾乎毫無典藏，幸賴有民間私人藏書家涓滴留存，且民間的武俠研究者，積年累月的浸潤於武俠之中，其功深力厚者，往往不遜於學院的學者，武俠小說源起於民間、深耕於民間，武俠的研究與整理，亦駸駸然有拓展於民間的趨勢，亦足見其與民間互動關係之密切。

第三章 台灣的武俠小說研究

武俠小說基本上是以其所挾持的巨大影響力引起矚目的，因此，相關的評論，亦在武俠小說恩怨情仇或刀光劍影的昂揚樂聲中，翩翩起舞，可以見到明顯「隨時以宛轉」的現象——亦即武俠小說流行面愈廣，相關的評論意見也愈多。就學術研究的立場而言，這種充分受限於「流行」的評論，顯然缺乏一種獨立與嚴肅的精神，尤其是武俠小說在內容上向來為學者所不屑於齒及，而其產銷機制又充滿了濃厚的商業氣息，因此整個評論的傾向，以譏彈批判為多，真正的「研究」，反而未見成熟——不僅強烈的反面意見，可以憑主觀順口而出，就是正面的肯定觀點，亦籠罩在一股商品化的氛圍中。

第一節　台灣武俠小說研究概況

台灣的武俠評論，基本上可以皇甫南星在一九七九年發表的〈忍不住而說的幾句話〉為斷限，分成兩個時期，而其間金庸武俠作品的解禁，是一個重要的分水嶺。金庸由於個人政治立場與台灣當局有忤，其作品之流傳，屢遭封禁，或者被改頭換面的以司馬翎等人的名義出版（如《鹿鼎記》即割裂成《神武門》與《小白龍》，韋小寶被改名為任大同），除了少數專家外，一般人並不曉得箇中緣由，更無人撰文介紹討論。

一九七九年，台灣當局正式解禁金庸作品，並由政府出面延攬他參與國建會，《中時》、《聯合》、《自立》三大報紛紛搶刊其作品及相關討論，迅速形成了一股「金庸旋風」。皇甫南星的文章，正是以反對的立場，企圖「力挽狂瀾」的，以目前仍方興未艾的「金學研究」看來，此文以魯陽揮戈的姿勢，為自民初以來的「武俠壓抑」，寫下了一個句點。

在一九七九年以前，台灣相應的武俠評論，除了馮承基、羅龍治及葉洪生少數評論者外，基本上延續的是三十年代左翼文人的觀點，關心的是武俠小說內容對社會所造成的「負面影響」[1]，從而將之定位為「次級文類」[2]，主張以「文藝控制」的手段，遏止小說的流行。這類的評論，儘管文章並不多見，論點也很主觀，但由於大體透過報紙社論或新聞報導的方式宣傳，並直接付諸相關行動（例如影

1 這些「負面影響」，大抵不脫離怪力亂神、逃避現實、好勇鬥狠之類，最常見的批判方式，就是舉社會新聞中的「逃家學道」、「荒廢功課」為證。

2 「文類等級」的觀念，是自「文學類型」概念中衍生的，文學類型的區劃，原是概括性的一種方便解說，其意義在於自類型區劃的過程中，透過對某種類型特色的掌握——如取材、表現手法、歷史成規等一整套相關的理論，更精確地體認到作品及其創作活動的性質。就理論上說，各文學類型之間僅具有相互影響、部分重疊的因素，並無所謂的「等級差異」，但是由於時潮、政治、社會道德等種種觀念的介入，乃不可避免地含有濃厚的價值判斷，於是就出現了「文類等級」觀念，有意無意間將某種文學類型的地位褒崇或貶抑。在中國文學史中，「文類等級」的觀念一直是深入人心的，例如古文、詩詞、小說三者，就明顯有抑揚浮沉的現象，民初由於梁啟超諸人極力提倡小說的緣故，使小說在一夕之間，擺脫了傳統被目為「小道」的束縛，躍居各種文學體裁之首，但在此時，卻又在小說本身類型劃分的爭議上，再度浮現，此即「典雅小說／通俗小說」的區劃，武俠小說之被定位成「次級文類」，實際上代表了通俗小說的普遍命運。

視、漫畫的審查制度及幾次的查禁專案），卻產生極大的輿論壓力，足以使學者望武俠而卻步。

皇甫南星的觀點，基本上可以視為前期評論的典型：

……武俠小說之所以不值得過分重視和提倡，倒不是因為它全憑虛構或不能反映現實的社會人生，而是在武俠小說中我們很少能找到偉大的理想和優美的情操足以提昇我們生命的；

……古時紂用象箸而箕子為之深憂，因為有了象箸必配以金盃，有象箸金盃必配以玉案華筵，有了玉案華筵必配以樂舞，如此類推下去，商朝危矣。一雙象箸是侈靡的開始，而商紂果然因此而亡。武俠小說的提倡更甚於一雙象箸。因為從此以後，大家可把讀武俠小說看作高級的事，把逃避現實當作正常；

……我們社會供人排遣閒暇的東西已太多了，從連續劇到東洋漫畫都是，武俠小說充其量不過其中一種，不值得也不該提倡；

……譁眾取寵，混淆視聽，更增國家處境的艱窘，於人於己，兩無裨益。[1]

皇甫南星的隱憂，於文中歷歷可見。值得注意的是，此文的發表很明顯是針對著金庸小說解禁後所流行的「金庸旋風」而來，然而，時移世易，已經無法再說服人心了。台灣的武俠評論，也自此後

1 引文見《書評書目》第二十六期，一九八六年十月，此處引述不連貫。

開始逐步真正展開。

事實上，儘管社會輿論的壓力龐大，若干家長甚至「禁止」青少年閱讀武俠作品，不過，自由而多樣化的作品風格、商業社會的個人心理需求、娛樂媒體之缺乏等等因素，皆有助於武俠小說迅速地攫獲了大量的讀者，就連若干表面上可能斷然否定武俠小說的文人學者，也曾是其中之一。於是，武俠小說的地位就顯得尷尬而曖昧起來，一方面，它是無法登大雅之堂的通俗作品；一方面，它又不能不讓人正視其存在的意義和價值，而此時的社會狀況較諸民初的擾攘，已大相徑庭，不可能再有強力規範的文學控制出現，因此，也就在武俠小說的尷尬與曖昧中，武俠評論展現了另一個發展的契機。

此一契機的展現，是從企圖「發掘」武俠小說的「優點」著眼的。在濃厚的武俠壓抑氛圍中，欲衝決而出，勢必須有新的視角，馮幼衡的〈武俠小說讀者心理需要〉，於一九七六年，以社會學的方式，調察訪問了武俠小說的讀者，從讀者的心理需求，印證了尋求娛樂、認同、對傳統價值的肯定、發洩情緒、逃避現實、補償心理等讀者閱讀心理的假設，並以為「現代武俠小說雖然還沒有多大的文學價值，但其對民間的影響，將來未必不能在文學史上佔一席地」[1]，就是一次頗具意義的嘗試。

羅龍治〈武俠小說與娛樂文學〉一文，則從武俠小說類型風格的特性——無論是取材、內容、筆法，皆充滿「思古之幽情」出發，肯定了武俠小說所傳佈的傳統倫理價值，並自「娛樂」的角度，宣稱「寒鴉數點，流水繞孤村的寂寞景象，也都變成了現代大眾的娛樂消遣品」[2]，也是一種新的視角。

1見《新聞學研究》第廿一期，一九七八年五月，頁四三至八四。
2見馮幼衡前文所引。

在此，「娛樂」一詞被重新界定，超越了純粹肉體感官美感的追求，而與心靈體會結合為一，十分具有前瞻性。可惜的是，類似的篇章不多，亦缺乏後繼者的發揮。

不過，假如將此時批評者所透露出來的俠客觀念作一番省思，卻是極富意義的。大體上，此時期的整個批評趨勢是傾向於「反武俠」的，然而此一「反武俠」卻未必是「反俠客」，事實上，清代所建立的義俠形象，在港台等自由地區，非但未受質疑，反而在武俠作品多姿多采的刻劃下，塑造成了一種新的偶像──無論面貌、武略、文韜、智慧、道德、異性人緣，皆無懈可擊的人物，方足以當得「大俠」之稱。

此類經由文學美化而成的俠客形象，往往先入為主地影響了學者對歷史上之俠客的認知，一九六七年，旅美學者劉若愚著成《中國之俠》一書，儘管以歷史研究的態度分析遊俠的「信念」，但仍無法避免這個缺失，即是一個例子。劉若愚的著作，直到一九九一年才有周清霖和唐發饒的中譯本，不過熟習外文的學者，如唐文標、侯健等，皆曾閱讀過，應亦受到某種程度的影響。

一九七六年十月，高信疆主持人間副刊，別開生面的舉辦了一次「當代武俠小說大展」，許多學者型的作家降尊紓貴，各以自己心目中的俠客為基準，撰寫短篇武俠小說，一方面反映了這個現象，一方面也為武俠小說的研究開啟了新機。

一九七九年，金庸的作品解禁，兩大報紛紛以大篇幅介紹金庸，並刊登了著名學者如曾昭旭、孟絕子、段昌國等人的評介文章，為武俠時代的來臨，揭開了序幕。一九八〇年九月，遠景出版社正式發行金庸十年修定後的作品《金庸作品全集》，七月，倪匡《我看金庸小說》出版，為武俠時代掀起了高潮。此後，文人學者一改舊態，津津樂道，敢於放膽暢論武俠，雖然其間不免含有濃厚的商品化色彩，且幾乎都以金庸作品為評介核心，但也匯聚了菁英的文人學者，為武俠評論注入了一股清新的活力，不但金庸的作品獲得前所未有的重視，其他武俠名家，如梁羽生、古龍等，逐漸浮出檯面，成為一時重鎮，連帶著，相關武俠的討論也一波一波展開，以下將幾次重要的討論臚列，以窺其一斑：

一九八三年，聯經出版《近代中國武俠小說名著大系》，並附多家評論。

一九八四年一月，《中國論壇》製作武俠專題。

一九八四年十月，《聯合報》製作《俠之美》專輯。

一九八六年四月，《幼獅月刊》製作《武俠縱橫談》專輯。

一九八六年九月，《聯合文學》製作《武俠小說專輯》。

一九九〇年五月，《國文天地》製作《永遠的中國俠》專題。

一九九二年四月，淡江大學中文系主辦「俠與中國文化學術研討會」。

一九九二年春，葉洪生編《台灣十大武俠名家代表作》，並作評介。

一九九六年九月，淡江大學開設「武俠小說」課程，由林保淳授課。

一九九八年五月，淡江大學、東吳大學及漢學研究中心舉辦「中國武俠小說國際學術研討會」。

一九九八年十一月，遠流出版社與中國時報舉辦「金庸武俠小說國際學術研討會」。

此外，一九八七年底，香港中文大學主辦「國際首屆武俠小說研討會」，一九八九年一月，香港中文大學中文研究所主編《武俠小說論卷》，一九九八年五月，美國科羅拉多州立大學舉辦「金庸小說與二十世紀中國文學國際學術討論會」，雖非在台灣舉辦，但參與者不乏台灣的學者。在短短的十數年間，即能有多次的集中討論，盛況可謂是空前的。[1]尤其可貴的是，學術單位不惜「降尊紓貴」，投入武俠討論的陣營，香港中大、台灣淡大、東吳、漢學研究中心皆主辦了武俠學術性研討會，台灣的學術界，前此儘管不乏以古代俠客為題材的研究，一九七六年也有了馮幼衡從社會學、心理學角度作《武俠小說與讀者心理需要之研究》；但自一九九二年開始，才破天荒允許以武俠小說為研究題材，截至二〇〇三年為止，已有十幾本博、碩士論文通過，迄二〇二〇年為止，更多達近百本碩博士論文；而一九九六年，淡江正式開設「武俠小說」課程，都是一個極富前瞻性的開始，至此，武俠小說研究方始稱得上是研究。

在這波武俠研究的風潮中，值得注意的是武俠小說原來具備的商品化特徵，藉著評論的展開，更獲得了印證。[2]我們幾乎可以說，武俠研究是在一種商品化的機制下受到催生的。在商品化的催生下，金庸一時間成為時代的寵兒，幾乎成為了武俠小說的象徵。金庸本身是一個相當傳奇的人物，由於政治立場上的堅持，使得他在海峽兩岸的對立中，處境尷尬，兩面為難，但自從兩岸關係「解嚴」後，此一尷尬，反而成為縱橫捭闔於兩岸的憑藉，無形中已成為媒體的焦點，甚具新聞價值；而他的武俠作品，又能突破兩岸政治禁忌的荊棘，流傳不歇，連帶著也成為眾所矚目的目標。

1 在大陸方面，自從改革開放以後，接受了港台經驗的洗禮，通俗文學創作從復甦到熱潮暨銷歇，可謂是港台武俠小說發展的縮影。由於觀念的轉變，大量關於武俠的學術性、通俗性論著，紛紛湧現，武俠小說亦獲得前所未有的重視。儘管由於資訊的隔膜與舊有觀點的陰影未能滌除，疏漏處頗多，但一股將武俠小說作理論架構定位的趨勢，也已逐漸形成。

2 評論商品化的現象，也見之於大陸研究武俠小說的風潮中，武俠既成為社會時髦的讀物，連帶著武俠評論也成為奇貨可居的商品，出版社既懸購重金以求，學者因祿利之迫，肯率然販售知識的，亦所在可見，於是一部部草率成書，破綻百出的「武俠叢書」，紛然出爐，葉洪生譏之為「盲俠」，實非無的放矢，深中其弊。

現代文學作品的商品化，藉助於新聞的性質，遠較過去為重，金庸此一新聞價值，自然成為其作品促銷的一個基礎。遠景出版社出版《金庸作品全集》，顯然經過充分的規劃，一方面鼓勵、邀請知名學者，於各大報間發表金庸武俠評論，以作先聲，一方面又緊鑼密鼓地籌劃出版事宜，更在短短幾天之中，邀請金庸好友倪匡，在五天內即撰成六萬字的《我看金庸小說》。由於媒體上的宣傳，再加上金庸小說潛在的魅力，遂使武俠時代成為了「金庸的時代」，遠景出版社欲罷不能地出版了二十幾本暢銷的《金學研究叢書》，正是明證。

「金學」的商品化性質，從嚴肅的評論立場而言，是具有重大瑕疵的，[1]因為這些「急就章式」、充滿個人隨性主觀認定的評論，不免會混淆了武俠小說的真實面貌。事實上，金庸的武俠小說成就，不等於武俠小說的成就，過分推崇金庸，甚至類似「古今中外，空前絕後」[2]的阿諛之詞，無異即以金庸作品橫掃一切武俠小說，以金庸作品為絕對的標準，宣告了武俠小說的死刑，同時更埋沒了其他武俠作品的價值。因為，金學研究，充其量只說明了「武俠小說應該如何」或「可以如何」的問題，但對「武俠小說究竟是如何」的問題，卻無法顯現出來。畢竟，是武俠小說，而非金庸的武俠小說造成台灣近一甲子以來的武俠小說盛況。

然而，武俠評論的商品化，卻也對武俠研究開啟了一條坦途，畢竟，評談武俠既是眾所關注的焦點，其間自必亦有些較嚴肅、較學術性的文字，而即使是歌功頌德式的評論，亦難免有吉光片羽之

1關於金庸小說研究，筆者曾撰〈「金學研究」及相關論著目錄〉一文，即將出版，可以參看。
2見倪匡《我看金庸小說．自序》（台北：遠流出版社，一九九七再版）。

處，如珍珠之出於瓦礫，彌足寶貴。就在此一坦途上，我們可以看到台灣武俠研究實際已有了相當大幅度的進展。

第二節 「武俠研究」諸面相及相關問題

從研究的角度而言，「武俠」原就是個誘人的題目，此所以儘管在對武俠小說極力批判的浪潮中，依然有許多學者熱衷於探究所謂「俠客」的面貌，從章太炎的〈儒俠〉和梁啟超的〈中國之武士道〉開始，馮友蘭（一九三五，《原儒墨》）、陶希聖（一九三七，〈西漢的客〉）、顧頡剛（一九四〇，〈武士與文士的轉換〉）、錢穆（一九四二，〈釋俠〉）、郭沫若（一九四三，《十批判書》）、勞幹（一九五〇，〈論漢代的遊俠〉），到劉若愚（一九六七）、孫鐵剛（一九七三，《古代的士和俠》）、唐文標（一九七六，〈劍俠千年已矣〉），都曾針對此一問題發表過重要的論述。

不過，「武俠小說」既屬一種文學類型，被界定成「武＋俠＋小說」[1]，自然不能僅僅討論其主要人物形象的歷史意義，而需就文學層面作更深入的考察，在此，文學的主體性是必須獲得強調的，否則，談不上是文學研究。然而，民初武俠小說自興起以來，儘管負荷著許多學者專家的批判與關注，只是，他們關注的面向，並未從文學的主體性出發，例如題材選擇的自主性、俠客文化的形成、小說實際的文學藝術成就等等，反而過多的以社會功能的角度，針對武俠小說所引發或可能引發的社會效

1 見倪匡《我看金庸小說》，頁九。

應，提出批判或辯護。

文學社會功能的相關討論，原是文學理論中極為重要的一環，無論是持正、反兩方面理論的學理，都以不同關注的焦點，提出了頗能自圓其說的理論，自不能以此指摘學者的不是。然而，文學理論本身，最大的意義在於提出一個「可能依循的準則」，而非一種「強制性的規範」，文學創作者於此有依其意志作自主選擇的權利；過度強調其功能性的一面，姑不論所謂「功能」的詮釋，往往隨時遞變，難以劃一，例如「教化意義」與「娛樂消閒」兩種對峙的觀念，從功能角度而言，即大有討論的空間；更重要的是，其背後所支撐的觀念，一直是一種超於文學層面的「威權」，此一威權，非但決定了作者「應該寫什麼」，更規定了讀者「應該讀什麼」，即此，文學的自主性，殆將消失得無影無蹤，反成為文學的致命傷，最終就演變成「題材決定文學藝術性」的局面。

很明顯的，這種觀念忽略了在整體文學構成環節中的「讀者」要素，讀者的多面向需求遭到抹煞。質實而論，這些學者所要求於文學的，無非是在模塑出他們心目中所認可的「合格的國民」而已！問題在於，社會多元化的發展，將徹底粉碎此一觀念。只是，這種觀念挾著傳統文學觀的力量，早已形成一種「顛撲難破」的文化迫力，至今仍深入人心，難以鋤拔。一部分的學者，可能連幾部武俠小說都沒看完，即敢放言高論，肆意譏彈；即使有若干學者明知此論所隱藏的危機，同時也真正心儀某些作家與作品的手采，也怯於冒天下之大不韙，不敢提出異議，頂多以玩票性質，針對某部作品，聊抒心聲罷了。

從一九七九年至今，情況大有改觀，武俠研究的進展相當迅速，在短短的十幾年間，就已經有數以百計的論文出現，無論是短幅、長編、專著、論集，甚至鑒賞辭典，皆琳琅滿目，斐然可觀。大體上，此時武俠小說的地位和價值，雖然未必已形成共識，但一股將武俠小說重新定位的趨勢，已然無法遏止。為清晰眉目起見，我們可以分以下幾個層面來討論：

一、俠客意義的釐清

在唐文標於一九七六年發表〈劍俠千年已矣〉[1]之前，「俠客」一詞往往是籠統而曖昧的浮現在學者主觀的意識中，無論是持若何觀點的學者，皆很明顯地忽略了在長達二千年之久的「俠客存在史」中，各個時代所賦予的俠客意義是絕不可能一致的，尤其是文學作品中的俠客，基本上是一種主觀意識的投射，與歷史上的俠客未必吻合，任何人企圖以一種單一的觀念去作詮釋，皆不免顧此失彼。唐文標首先發現了這個問題，認為：

> 「遊俠」這些現象，在各個朝代是有不同意義的，粗略來分，也許可以分為先秦時代，兩漢時代，晉唐時代，和宋明以後的現代。最少，也應分為唐以前，唐以後的不同。

儘管唐文標並未細論俠客在各個不同時代的不同意義究竟如何，但此一顧及時代殊異性的區分，顯然是相當睿智的，尤其，他指出了唐代文學史上小說體裁的劃時代的重要性，暗示了「歷史之俠」

1見《中華文化復興月刊》第九卷第四期，一九七六年五月，頁四四。

與「文學之俠」的分野，是一個極具關鍵性的啟示。因為，這對我們研究判斷古典俠義小說或探源現代武俠小說精神的根源，皆有直接的影響。

韓國學者崔奉源在一九八六年出版的《中國古典短篇俠義小說研究》，正因為忽略了各時代的殊異性，所論固然可謂卓然成家，亦難免令人遺憾。一九八七，龔鵬程的《大俠》，以唐人小說為主體，針對此一問題，開始有了明晰的劃分和進一步的探討，可謂相當能醒豁時人耳目。一九九二年，筆者於淡江論劍時發表的〈從遊俠、少俠、劍俠到義俠——中國古代俠義觀念的演變〉及後來的〈唐代的劍俠與道教〉，皆陸續作了較為深入的探討。當然，相關的問題還很有討論的空間，眾人所論，亦未必就是定論，不過，俠客的形象至此已不再模糊籠統，亦足謂是一個進展。

俠客觀念的釐清，是台灣武俠研究中最值得稱道的一環，相對於大陸當時的武俠研究，仍依違在「全盤肯定」或「全盤否定」的意識形態中，很明顯是超越許多。[1]

二、「專家／專著」的研究

相對於過去武俠評論的對象，往往皆是「泛論武俠小說」的性質而言，此時對單一作家或作品的關注，明顯是一大進步。金庸的解禁，幾乎造成了「武俠時代＝金庸時代」的特色，在商品化機制的催生下，一九八〇年，倪匡《我看金庸小說》出版，其後八一年到八四年，從《再看》到《五看》，

1大陸學者在俠客的理解上，往往忽略了「歷史」問題，唯陳平原的《千古文人俠客夢》（一九九二），能擺脫僵化的觀念。相當有趣的是，大陸學者雖然在資訊上明顯不足，但龔鵬程的《大俠》一書，似皆所熟知，但卻對此書意見視若未睹。

共出了五本專門討論金庸作品的小說，推動了金學研究的熱潮。此後，大量的金庸研究專書，紛紛出爐，港台方面，有楊興安《漫談金庸筆下世界》及《續談金庸筆下世界》、三毛等《諸子百家看金庸》一至五集、溫瑞安《析雪山飛狐與鴛鴦刀》及《天龍八部欣賞舉隅》、蘇墱基《金庸的武俠世界》、陳沛然《情之探索與神鵰俠侶》、潘國森《話說金庸》、薛興國《通宵達旦讀金庸》、舒國治《讀金庸偶得》、丁華《淺談金庸小說》等，二十餘種；大陸方面，僅陳墨一人，即有《金庸小說賞析》、《金庸小說之謎》、《金庸的武學奧秘》、《金庸小說的愛情世界》等書，其他則曹正文《金庸筆下的一百零八將》、董焱《金庸小說人論》，亦陸續出版。在整個武俠小說史中，金庸已儼然成為一種「典型」，至今，「金學」也還是一種「顯學」。

大體上，台灣的金庸評論者，皆屬「金學」的愛好者或擁護者，從金庸自身的經歷、金庸的武俠作品，到作品中的人物、愛情觀、歷史意識，無一不是令人津津樂道的關注焦點。不過，早期這些評論所表現的方式，大多是以「讀者欣賞」的角度出發的，主觀的情緒充斥於字裡行間，較乏嚴肅的研究態度，同時，歌功頌德的意味過濃，是否即能當作金庸的「蓋棺論定」，尚待考驗。相對於大陸的陳墨，以數十年精力鑽研金庸，成就不免遜色。然而，在廿一世紀之後，情況就稍有變化，熟悉西方文學理論的新生代學者，開始套用敘事學、女性主義、空間美學等理論，更深入挖掘金庸小說的內在結構，也有若干令人眼睛為之一亮的成果。

無論從作品的成就或受享的盛譽而言，金庸都是一個異數，除金庸而外，其他作家所獲得的關注，明顯相形見絀，梁羽生在創作的聲譽，僅次於金庸，但所謂的「梁學研究」，儘管有人炒作，但無論是在海峽兩岸，都一直無法形成氣候，一九八〇年，韋青已編有《梁羽生及其武俠小說》一書，但目前所知的專著除佟碩之（羅孚）的《金庸梁羽生合論》、潘亞暾及汪義生合著的《金庸梁羽生通俗小說賞析》外，尚有待發掘。至於台灣，除了約在十本左右的碩士論文外，單篇短論皆尚少，顯然梁羽生還未受到台灣學者的鍾愛。

號稱「武林怪傑」的古龍，算是台灣武俠研究的重鎮，是僅僅次於金庸最受矚目的研究對象，在單篇論文方面，陳曉林〈奇與正：試論金庸與古龍的武俠世界〉及周益忠〈拆碎俠骨柔情——談古龍武俠小說中的俠者〉、龔鵬程〈武俠小說的現代化轉型——「古龍精品系列」導讀〉，都頗具獨到的眼光；在成書方面，繼大陸曹正文《武俠世界的怪才——古龍小說藝術談》專書之後，陳康芬的《古龍小說研究》，首開古龍小說研究之風，雖成果猶待加強，卻是最早的碩士論文專著，其後，翁文信的《古龍新派武俠的轉型創新》（二〇〇八）則體大思精，成果斐然。大體上，除了專書之外，台灣對古龍武俠小說的研究，大抵集中在由林保淳主編的《傲視鬼才一古龍》（二〇〇六）一書中。

除了古龍小說外，葉洪生、林保淳、楊晉龍、對司馬翎情有獨鍾，分別有〈世代交替下的武林奇葩——司馬翎「武俠美學」面面觀〉、〈蒙塵的明珠——司馬翎的武俠小說〉、〈《孟子》在司馬翎武俠小說中的應用及其意義〉諸文，也有若干碩士論文面世。除此三家外，其他作家，皆明顯未受到重視。倒是廿一世紀之後，後起之秀如黃易、溫瑞安、鄭丰，乃至大陸作家徐皓峰的相關研究也逐漸增多。

總體而言，除開金庸、梁羽生不論，台灣的武俠研究者，多半略於前期作家，而對新興作家較為關注，其原因可能是因為台灣前期的武俠小說作家、作品數量龐大，學者聞見不廣，故往往退壁三舍。

在台灣諸多評論武俠作品的名家中，真正能展現武俠評論功力的，恐怕還需首推葉洪生。葉洪生早年以〈武俠何處去〉（一九七三）開始表現出他對武俠小說的關懷，二十年來，陸續發表了三十篇以上關於武俠小說的評論文字，除了具體呈現他對武俠小說深刻的認識外，涉及內容甚廣，包括了武俠小說的定位、武俠小說發展史、名家名著剖析、主題與情節之分析、當代評論之評論等，更實際負責規劃了《近代中國武俠小說名著大系》、《台灣武俠小說十大家》等叢書的出版，成果斐然，有目共睹。尤其是在「專家／專著」的研究中，成果最為輝煌。

一九八二年，《蜀山劍俠評傳》出版，可謂是繼徐國禎〈還珠樓主論〉之後的唯一一部討論還珠專著。最重要的是，他不名一家，舉凡在中國武俠小說史上具有「點」的作用的作家、作品，皆曾投注過研究的心力，一九八二年的〈驚神泣鬼話蜀山〉、〈悲劇俠情之祖——王度盧〉、〈俠義英雄震江湖〉、〈倒灑金錢論白羽〉諸作，對民初武俠小說既已有所論列；一九九四年，於《武俠小說談藝錄・葉洪生論劍》中，除了民初作家外，更對其他從來乏人問津的作家，如司馬翎、古龍、臥龍生、慕容美、上官鼎、高庸等，一一作了介紹。無論其所論述的內容是否能夠自成一說，至少，在為武俠小說史上建立「據點」上，是初步做到了。

在諸多評論當中，我們尚可窺見一個可喜現象，那就是學者專家的探討雖以個人主觀意識為主，但在方法及討論的主題上，卻是繽紛多姿的，敘事學觀點、哲學性思維、歷史文化角度、文學史角度、社會學探討、心理學探討、神話角度等，似乎無不可援引，一九八七年，遠流出版的《絕品》一書，號稱「十一位名家提出十二種金庸讀法」，選錄了舒國治、陳沛然、曾昭旭、陳曉林等十二篇文章，即非常具有代表性。假如能將研究範圍拓展至其他武俠作家，武俠研究相信能夠有更大的進展。

三、廣泛的「武俠文化」研究

武俠小說的發展，並非孤立無緣的，其背後有著自千百年累積下來的「武俠文化」作支撐，因此，在衍傳之下，與當代的政治、社會、經濟都有極其明顯的互動關係，不僅僅只能從文學的層面加以探討。

武俠小說是具有相當濃厚的娛樂、休閒性質的，因此，連帶著也對許多充分具有娛樂、休閒意義的各種新興媒介產生極大的影響。自二十世紀初期電影、漫畫、廣播興起，武俠就是最重要的表現題材之一，而電視興起之後，單元劇、連續劇，武俠也是熱門的題材；至於網路時代，以武俠為主的電玩、動畫、手遊，更是廣泛受到年輕世代的喜愛。在武俠小說的傳衍下，這些廣受矚目的新興娛樂項目，自然也成為學者關注的焦點。

有關「武俠文化」的研究，大抵以電影，尤其是張徹、胡金銓、徐克、楚原所導演的武俠電影最受青睞；電視連續劇，則是香港以金庸小說改編的最多，古龍次之；電玩遊戲、手遊也開始受到矚目；漫畫，除了在若干台灣漫畫史中肯定會特闢一單元予以介紹外，目前尚不多見，葉宏甲「諸葛四郎」系列近兩年開始有人關注，但未成氣候；至於廣播，則目前仍未見相關論文出現。值得注意的是，有關武俠文化產業的拓展，也已有人邁開腳步，著手研究。

台灣的「武俠文化」相關研究，大抵廣度已足，但深度則有待加強。

四、有待加強的類型研究與台灣武俠文學史

武俠小說，即使不計古典俠義說部，至今也已發展了七十多年的歷史，由於過去的壓抑與漠視，幾乎是一片尚待開發處女地，究竟其來龍去脈為何，鮮少有人關注。一旦武俠小說時來運轉，成為因應市場需要的「顯學」，比較具企圖心的宏觀學者，很自然地欲鉤勒出武俠小說發展的全貌。於是，「武俠文學史」及「武俠史」等類型的著作，終將紛然呈現。

在大陸方面，一九八八年，王海林的《中國武俠小說史略》首度完成了具拓荒性質的著作；其後，一九九〇年，羅立群的《中國武俠小說史》，繼踵而起；一九九一年，劉蔭柏的《中國武俠小說史・古代部分》、一九九二年，陳山的《中國武俠史》、一九九四年，曹正文的《中國俠文化史》，相繼出版，則不僅論述文學史發展，更廣泛地觸及了武俠相關的文化、歷史背景，皆各有所長。大致上，這些小說史類型的著作，對古代俠義小說和民初時期的武俠作品論述較為翔實，見解亦周致，但是由於資料上的闕失，一觸及港武俠小說的部分，就舛誤百出，尤其是王、羅二位，受譏為「盲俠」，實難以致辯。

學者熱衷於武俠文學史的建構，宣示出「武俠時代」的來臨，就從這一點上看，已具有非凡的意義。基本上，文學史的建構，是經由串聯各時代個別作家的點，形成主線，再由同時代作家的點，鋪陳為面，最後則以縱觀的方式，為其歷史發展作定位而形成的。在此，各別作家的點，無疑是最基礎的。然而，如何選擇點，卻視建構者的文學發展史觀、對作家的具體掌握之不同，而各異其趣。上述這些小說史類型的著作，「點到為止」的性格濃厚，但在其他方面，皆騰挪著相當大的空間，可供學者繼續努力。更嚴格一點來說，或許連「點到為止」的工作，都必須再加強，畢竟，專家、專著的研

究，也尚在拓荒。

至於台灣方面，有關武俠文學史的論述，龔鵬程的《大俠》、葉洪生的〈中國武俠小說史論〉是早期僅有的相關論述。二〇〇五年，葉洪生與林保淳合著的《台灣武俠小說發展史》面世，可謂是破天荒的一部區域性的武俠文史學專著，但由於港台武俠小說實際引領了「新派武俠」小說的風騷，因此儘管僅以台灣為標的，卻也無異於對「新派武俠」小說作了概括。

《台灣武俠小說發展史》依時序對幾個不同時期的台灣武俠小說發展的背景、趨向、作家、作品，作了相當深入且廣泛的介紹與分析，頗獲學界重視。但由於時序頗長，只能作重點的連綴，遺珠之恨，往往而有，未來應仍有相當大的拓展空間，就有待於後起者的努力了。

五、亟待建立的通俗文學體系

武俠小說是從小說此一文學體裁下區分出來的一種類型，與武俠並列的，可以是言情、偵探、歷史、神怪、諷刺等等，分類的方式儘管可以不同，但無疑具有某種程度的差異性質可以掌握。武俠小說既是一種類型，則其類型特徵為何？具有何種特殊的表現方式？在整個武俠小說的評論中，這個理論建構上的問題，一直缺乏探討。一九八六，筆者在〈從通俗的角度談武俠小說〉中，企圖自「正統（雅）／通俗」的對立中，為武俠小說作定位，基本上認為武俠小說作為一種通俗的文學，應有其自身的一個評價標準，未必可以純粹自正統文學（甚至純文學性）的角度，予以評議，但所論尚淺，不足稱道。可惜的是關注這個問題的學者甚少，相對於大陸的研究，仍然是亟待開發的領域。

近數十年來，通俗文學研究逐漸興起，一九九一年，張贛生的《民國通俗小說論稿》、一九九二年，周啟志主編的《中國通俗小說理論綱要》及陳必祥主編的《通俗文學概論》、一九九三年，陳大康的《通俗小說的歷史軌跡》，皆致力於通俗小說理論的研究，張贛生、陳必祥二書，皆直接針對武俠小說作了論述。大體上，他們之所以重視通俗文學，是為了強調通俗文學中所呈露的中國文學的特性，而此一特性，絕非以西方傳統為標準的現代文學能涵括的，武俠小說在這一方面的成就，確實成了最佳的證明。此外，一九九〇年，陳平原發表了〈類型等級與武俠小說〉一文，一九九二年，出版《千古文人俠客夢——武俠小說類型研究》，一九九三年，又在《小說史：理論與實踐》中，也比較深入的探討了武俠小說類型特色的問題，皆頗有成果。但相對來說，台灣完全付之闕如，還有很大的進步空間。

文學作品的存在意義，關鍵在於讀者，沒有讀者（作者也可能是讀者），就沒有文學。讀者是「發現者」、「探索者」、「感動者」，是文學生命的延續者。從文學創作的過程而言，「作者」是賦文學作品以生命的人，無論基於何種創作動機、目的，文學作品在作者母胎之中孕育，就有了生命，而作者也一如懷孕的母親，可以深切感到胎中嬰兒成長過程中帶給她的生理與心理、感性與理性的悸動。但文學作品生產下來後，卻是道道地地的「不肖子」，一如《封神演義》中的哪吒，定然有個「析肉還母，析骨還父」的過程，而以讀者的閱讀，作為他「重生」的荷枝與荷葉。

作者是時空中的定點，而讀者則跨越時空，普遍存在於文學作品誕生後的廣緲時空中；作者是單一不變的個體（即使是所謂的集體創作，也可作如是觀），而讀者則是複雜多變的群體，既擁有互異的性格，更以互異的眼光，進行閱讀活動。從這個角度而言，所有對文學作品的解讀（賦予意義），皆是主觀而帶有濃厚個人色彩的。因此，文學作品的意義，也就因讀者的差異而有不同的解釋。

通俗小說的命脈，唯在讀者。即此而論，身為通俗小說重要環節的武俠小說，自不妨從這一個角度切入，嘗試去探索其自主獨立的理論體系之建立。可惜，目前這個論題，始終未見有學者願意深思，二〇〇〇年，曹昌廉的《「閱讀」的當代武俠小說──論當代武俠小說評議與閱讀理論下新的武俠小說觀》，頗有順此架構其　理論的企圖，但由於功候未深，尚有許多值得商榷之處。

通俗體系未立，連帶影響及於對「武俠研究」的認知，前文所臚列的諸範疇，幾乎完全受到壓縮，多數鮮少有論列者。「武俠研究」的園地，儘管在拓荒者勤力耕耘下，已逐漸從荒原變為苗圃，但卻一如沙漠中的綠洲，零星點綴，未足以悠遊玩賞，這是「武俠研究」目前的窘境。

第三節　期待一個「武俠研究」的時代

文學或歷史研究，最重要的就是原始資料，武俠小說在長期遭受忽視之下，已有逐漸湮滅的危機，而且大多數的作者，寖將凋謝，如不及時加以整理，恐怕在五年、十年之內，縱欲研究，也將面臨文獻不足的困境，而使武俠小說從此只成為歷史上令人懷想、遺憾的煙雲。武俠研究目前尚可以拓展的方向仍然很多，例如東南亞華人地區、韓國等地，無論是翻譯或原文刊載的武俠小說，皆曾造成當地相當大的影響，廖建裕〈金庸的武俠小說在印尼〉、李致洙〈中國武俠小說在韓國的翻譯介紹與影響〉二文，皆討論過，是一個跨國界研究的極好主題，值得提倡。

不過，筆者認為，武俠研究的當務之急，還是在建立一個完善的資料庋藏中心，廣泛蒐羅武俠小說的相關資料，作為研究的基礎。工欲善其事，必先利其器的道理，在目前武俠小說研究中，往往受到忽略。至目前為止，我們還不知道究竟這七十多年來，武俠小說究竟投入了多少的作家、創生了多少作品，甚至連作者為誰，都不甚了了，於「論世知人」，不免是一大遺憾。一九九〇年代，大陸出版了若干鑒賞辭典，如寧中一編的《中國武俠小說鑒賞辭典》、胡文彬等編的《中國武俠小說辭典》、劉新風等編的《中國現代武俠小說鑒賞辭典》、溫子健編的《武俠小說鑒賞大典》、宣森鍾編的《中國武俠小說鑒賞》，在介紹、保留武俠小說方面，固然卓有貢獻，但是錯誤舛訛處，亦所在可見。基於此，收藏、整理武俠小說的工作，應是刻不容緩的。

在這方面，林保淳在淡江大學中文系設立「武俠研究室」，從「文」（收藏、整理小說）與「獻」（採訪作家、出版家、評論家）雙方面同時進行。在「文」的方面，由於出版上的種種問題，除庋藏、登錄現有的武俠小說之外，為作家「正名」，列為相當重要的工作，因此，極力蒐集報刊雜誌及武俠專刊所連載的武俠小說書目，作為刊別正偽良好途徑；在「獻」的方面，鑒於老成逐漸凋謝，亦曾積極展開採訪工作，但由於起步較晚，前賢凋零殆盡，成果有限。

武俠小說在台灣的發展，已經是歷有年所了，無論是作家、作品的質與量，都相當的可觀，但從研究的角路來說，無疑還是備受局限的，相對於香港作家金庸小說浸漸已發展出「金學」的趨勢，顯然還有長足的進步空間。

從研究對象的開展性而言，其實台灣的武俠小說擁有較金庸更廣大的文本與更多樣化的風格，同時，在環繞著台灣特殊的歷史、教育、經濟、政治背景中，可資探討的課題，更不會遜色於金庸，而到目前為止，仍未能形成氣候，這是相當令人不解與遺憾的。

推究其緣由，首先應是台灣學界在表面上雖不敢明著排斥、抵拒台灣武俠小說的研究，可骨子裡依然承續著過去的觀念，視通俗、武俠文學為不登大雅之堂的小道，故願意投身於研究行列，並以之為一生志業的，屈指能數，偶有論述，也不過是隨俗應景、聊作點綴而已；甚至有許多偏狹的學者，在「去中國化」的意識形態下，竟認為武俠小說為中國的產物，不足與於台灣文學之列，阻滯了相關研究的進路。

其次，則是由於長期對武俠小說的漠視，導致豐富的武俠小說作品零散佚失，既無人為之保存、收藏，更無法為之整理編目，縱使有心，也往往有巧婦難為之嘆；再加上當時作家多以創作為稻粱之謀，雅不願以真面目示人，故一旦凋零，即問道無由，除了若干知名作家猶有吉光片羽可尋外，多數作者，名姓無考，更無法藉以知人而論世，遑論研究。

在這情況下，欲探本究源對台灣武俠小說作研究，困難度當然是非常高的。如果真的欲展開對台灣武俠小說的研究，當務之急，就是建立一個完整的資料庫，此一資料庫可雙管齊下，一是勤力蒐羅現存或佚失的武俠小說各版本，加以保存、典藏，並製作、整編出相關目錄，以之作為研究者的憑藉；一是探訪作家及其後人、親友，詳細記錄其生平及經歷，為其畢生對台灣武俠小說的貢獻留下歷史。此二者，雖非一朝一夕可以完成，但卻是值得作為一生的志業。

武俠小說是一種能充分展現出傳統中國特色的一種小說類型，放眼全世界文壇，實在找不出類似的題材，無論是西班牙的「騎士小說」或日本的「劍客小說」，均無法與武俠小說等量齊觀。武俠小說可以說是深植於中國文化土壤中的文類，與中國這片廣大土地上的民眾，共息共存，影響非常深遠。台灣武俠小說，也正因此而凸顯出其不可忽視的意義與價值。

近十幾年來，通俗小說的研究已逐漸受到國際的重視，台灣武俠小說作為一種通俗文學的型式，毫無疑問必當能與世界性的眼光同步；而站在一個民族立場，台灣的武俠小說儘管別開一枝，也充分展露了一個民族固有的特色，自然也應該是學者嚴肅思考、面對的一個重要領域！在此，我們衷心期盼著一個台灣武俠研究時代的來臨。

伍

衰微篇

第一章 「金庸旋風」及其衝擊

中國現代武俠小說的發展，毫無疑問地，應以台、港兩地為重鎮。這不僅是因多數的武俠作家、作品皆直接生產、印行於台灣與香港，更因台、港是武俠小說最大的集散市場。在中國大陸尚以武俠小說為厲禁的年代，台灣與香港可謂是「唯二」可以自由出版、流通的區域。

此一時期的台灣，為數高達四百名以上的作家、三千部以上的武俠作品，透過報章雜誌的連載、出版社的印行、租書店的傳播、廣電影視媒體的推波助瀾，迅速滋衍形成通俗小說的主流，並營造了為時長達三十年的武俠盛況。相對於這些為數眾多的作家、作品，金庸無疑是一個標竿；他不但標誌著當代武俠小說的最高峰，同時也是中國武俠小說史上的重要里程碑。無論從政治、經濟、文學的角度而言，他都具有一定的影響力，足以管窺全豹，透視台灣武俠小說發展的整個流程。

第一節 金庸小說在台灣

台、港兩地，雖說自一九四九年以後，分別為英屬殖民地與國民政府轄地，在政治上頗有異趨，但經濟、文化方面卻還是緊緊繫聯為一的，兩地人民的往來，雖亦受到限制，但主要以台灣單方面的限制較多，如台灣居民如欲前往香港，在一九九〇年之前，只有以探親名義或商務來往為由，才能獲得許可；但因國民黨政府將香港（含澳門）視為與中國大陸鬥爭的「前線」，故也頗留心於對香港人心的爭取，商務往來十分頻繁，更以「僑生」名義，提供甚多香港居民來台就讀大學的機會，每逢雙十節，照例也都有香港各界組成的代表團前來祝賀，書籍文化、影視作品的交流，雖有一九五九年「暴雨專案」對香港武俠小說的禁令，基本上還是暢通無阻的。

一、從曇花一現到嚴申禁令

金庸崛起於一九五五年，不旋踵已成為海外高知名度的作家。在台灣地區，金庸作品很早就有流傳；一九五七年時時出版社盜印（未經授權）了金庸的《書劍恩仇錄》、《碧血劍》及《射鵰英雄傳》三書，可以視為金庸小說進入台灣的先鋒。其中，最引起讀者矚目的是《射鵰英雄傳》一書。《射鵰》於一九五七年開始連載於《香港商報》，迅即不脛而走，受到前所未有的歡迎與重視。向來認為武俠小說可以躋身文學殿堂，甚至曾發願創作武俠小說的學者夏濟安，在此書刊載未久，即慨嘆：「真命天子已經出現，我只好到扶餘國去了。」[1]而已故的武俠鬼才古龍也曾回憶他年輕時，每天清晨鵠候在某出版社門口，等待著出版社老闆請託香港友人用醬甕裹以香港舊報紙，「偷渡」金庸《射鵰

1 這個故事是由林以亮傳述出來的，見陸離〈金庸訪問記〉，此文收入《諸子百家看金庸（五）》（台北：遠流出版社，一九九七，頁十五至三六）。

英雄傳》連載來台的舊事[1]。言下不勝心嚮往之。

就在港報連載《射鵰》期間，台灣的出版商即開始以「翻版」、「改頭換面」的方式，不定期地陸續印行這部作品。我們有理由相信，以《射鵰英雄傳》所展現的武俠魅力，如果可以依正常管道發行，一定會對台灣本土的武俠創作產生正面的影響。但由於當時台灣特殊的政治因素，金庸小說並未能夠普及，多數的讀者及作家恐怕都未曾聽聞過金庸的名字；有緣得閱其書者，大抵僅限於若干與海外有接觸管道的藝文、學界人士。因此就事論事，金庸小說首次「登台」的實質影響面並不大，充其量只影響到個別武俠作家而已。但萬萬想不到，一項突如其來的政治禁令，卻以迅雷不及掩耳之勢遏阻了這可能的發展；致使後來評論家所謂的「金庸時代」及其「旋風」被迫推遲了二十年。

一九五〇年代的台灣，為了「反共防共」，可以說是杯弓蛇影、草木皆兵的，在出版自由上查核甚嚴。金庸因其「左派」立場，且早期如《碧血劍》中，對台灣當局目為「流寇」的李自成，多所讚譽，早就列名於不受歡迎的人物，更嚴格禁止其作品在台灣印行。就在時時出版社印行金庸三書不久，台灣省保安司令部即以「台灣地區戒嚴時期出版物管制辦法」第二條及第三條第三款，對上述三書予以查禁、沒收。一九五八至一九五九年間，莫愁書局為了因應此一禁書措施，遂將《射鵰英雄傳》改題《萍踪俠影錄》（**書名取自梁羽生同名小說**），假「綠文」之名印行，應可視為金庸小說在台灣「地下流通」的起點。從此，金庸小說在很短的時間內即遭取締，「化明為暗」，成了禁書。

1古龍對金庸小說之推崇，屢見於言表，不止一次公開承認他的小說極力模仿金庸，認為他「復興」了武俠小說（參見古龍〈談我看過的武俠小說〉，《聯合月刊》第二十期，頁七四。此文共六篇，從一九八三年二月起連載。但此文早在一九七七年六月，即以〈關於武俠〉之題，刊於《大成》雜誌第四三期。

關於金庸小說遭到查禁的說法，歷來論者多半認為，乃由於《射鵰英雄傳》的書名取自毛澤東〈沁園春．詠雪〉詞「成吉斯汗，只識彎弓射大鵰」一語[1]。在當時台灣視中共政權為洪水猛獸，舉凡有一事一物相關即惹上中共嫌疑的肅殺氛圍中，《射鵰》居然敢與毛澤東掛鉤，自然難以在政治魔掌下超生。此說相信是可以成立的，因為即使到了一九七九年金庸小說得以解禁，遠景出版公司第一次版行的《射鵰英雄傳》，為了避免嫌疑，特意改成《大漠英雄傳》[2]，還是難逃查禁的命運，足見當局對此書仍不免耿耿於懷[3]。由此可知手握權力者的「自由心證」之害，正是欲加之罪，何患無辭！

台灣當局的禁書政策，自始即缺乏一套有效的政令及管理機制，不但「人治」為患，而且時鬆時緊。金庸的小說雖然在最初流傳之際，即遭查禁的命運，但起先不過和其他多數所謂「附共」、「陷共」的文人學者一樣，儘管列名查禁，卻還沒有嚴重到被嚴密監控的地步；因此，在一九五九年之前，還是可以見到光明、合作等出版社，堂而皇之的以「金庸」之名盜印他的小說。但「暴雨專案」

---

1 儘管金庸曾否認「射鵰」二字與毛澤東詞的關係，並舉古代詩文為證（參見費勇、鍾曉毅編《金庸傳奇》，廣東人民出版社，一九九五年，頁廿四）；但「查禁」一事，原本即可「莫須有」一番。金庸即使真的自出心裁，但衡諸歷來「文字獄」的過程，恐怕只要識者「有心」，就視為罪證確鑿，難以豁免了。關於這點，沈登恩在與警總交涉的過程中，感受最真切，於〈出版緣起〉中曾經有所說明。

2 沈登恩〈出版緣起〉就提到此書改名為《大漠英雄傳》後，警總還是以「與射鵰英雄傳雷同」的名義，查扣了此書（頁五）。

3 據《金庸傳奇》所云，一九八五年台灣電視公司欲開拍《大漠英雄傳》連續劇，在送審時，仍遭警總封殺出局。（頁廿四）

（此波行動，明顯是針對金庸而來）[1]的實施，卻橫掃了所有金庸在台灣以各種形式出版的小說。

自此以後，金庸小說的公開流通暫時劃下休止符；直到一九八〇年金庸小說正式解禁，捲土重來，才又展現出前所未見的蓬勃氣象。

二、禁令下的金庸小說眾生相

在當局的嚴令禁止下，金庸小說儘管未能正式發行，流傳不廣，卻始終或明或暗的發揮著影響力。就實際層面而言，金庸的作品依然在地下流通著，但「金庸」這兩個字卻等於是被湮滅了。

從一九五九年開始，坊間仍然不時可見到金庸的作品，但是為了規避當局的查禁，書商巧妙地仿照《萍蹤俠影錄》的故技，以改頭換面、張冠李戴的方式出版；截至一九七二年金庸洗手歸隱為止，除了《白馬嘯西風》、《鴛鴦刀》之外，其他作品幾乎都曾盜印過，而且發行的數量還不少。

大抵上，金庸小說的流通時期可以區分為前後兩階段：在一九七二年以前，流傳於台灣的金庸小說，管道多端，除了本土的翻印本之外，有些是由旅客從香港、東南亞等地攜入的；而台灣的盜印書也有些是直接取香港版本影印製版，既可節省排版費，於查緝時也可規避刑責。

本章附錄所列「暴雨專案」查禁金庸諸書（若干為他人仿作），出版者多屬香港出版商，基本上可依其數量判斷為影印出版或海外攜入者。此時當局的查緝行動相當嚴密，想來也曾受過「高人」指點，無論書名如何變換，皆難逃一劫。

1 參見本書〈出版禁令與暴雨專案〉一節。

一九七三年以後，台灣的政治氣候丕變，當局將心力完全投入於所謂「黨外」政治書刊的監控中，無暇顧及武俠小說；本土出版商遂抓住此一空子，大量出版各種非法的金庸小說。

其中，改換作者及書名的「盜印」方式最為普遍，除《射鵰英雄傳》外，如《書劍恩仇錄》（改名《劍客書生》）、《碧血劍》（改名《碧血染黃沙》）、《倚天屠龍記》（改名《殲情記》）、《連城訣》（改名《漂泊英雄傳》）、《笑傲江湖》（改名《一劍光寒四十洲》及《獨孤九劍》）、《鹿鼎記》（改名《小白龍》及《神武門》）等皆是；而作者題名，則以「司馬翎」最為常見，「古龍」、「翟迅」等偶然一用，只要不標出「金庸」之名，通常都可以苟延殘喘於一時。

除了盜印諸書外，金庸小說的「偽本」，也在此一時期偶爾出現。「偽本」原有兩種情形，一是「純粹偽作」，將與金庸完全無關的小說，徑題為金庸的著作，以收魚目混珠之效；如《查禁圖書目錄》[1]中所列的《江湖三劍鬧京華》（疑為梁羽生的《龍虎鬥京華》），即為一例。

不過，此類敢於標明「金庸」之名的書籍，於禁令嚴格實施之際，罕得一見，蓋未有書商膽敢「犯禁」。反而是另一種「託名偽作」（有人稱之為「續書」），於此時頗為流行。

「託名偽作」指的是依據金庸小說的內容加以補充演述，或啟其前，或繼其後，或取其中人物另起爐灶，這些書多半集矢於《射鵰英雄傳》，如《射鵰前傳》、《射鵰後傳》、《南帝段皇爺》等書即是。這些書應是香港作家所撰，惜已難以查究名姓，台灣書商不過檢現成便宜盜印而已。

此外，台灣猶有「仿冒金庸」之作流傳。「仿冒」之作，指的是暗中抄襲金庸小說中的部分或重

1金庸當時應是屬於「附共者」之列。有關金庸在此書中遭禁的相關資料，請參見本章附錄。

要情節，改為己作出版；如前文曾提及的《寒鋒牒》、《至尊刀》、《獨臂雙流劍》、《傲視武林》、《殺人指》諸書，皆大篇幅挪移金庸原著，連台灣當時極富盛名的「鬼派」作家陳青雲，在其頗受推崇的《醜劍客》一書中，就有三大段的情節，是明顯抄襲《射鵰》的[1]。

在金庸遭禁的狀況下，不肖作者蓄意抄襲，宛然以金庸小說為「武林秘笈」，欺世盜名賺稿費，居然亦能風行一時，足見金庸作品之優秀；而一般讀者大眾對金庸原著的陌生，亦可略窺一斑[2]。台灣當局查禁金庸小說，從一九五七年開始，到一九七九年為止，一共延續了廿三年；雖然時鬆時緊，亦不可不謂是「雷厲風行」。

弔詭的是，金庸小說雖然失去了一般讀者市場，卻在學術文化圈中盛行不衰，尤其是大專院校的教授，多津津樂道；而政府高官如蔣經國、嚴家淦、孫科、宋楚瑜等政要名流，「據說」也無不對金庸小說滿懷興趣、耳熟能詳[3]。金庸小說雖受層層壓抑，但其魅力自在，遲早將如旭日東昇，劃破渾沌的黑暗。

1在這段時期中，金庸的武俠小說在台灣以各種不同的面貌出現，可以說得上是遍地開花，楊曉斌的《紙醉金迷》（台北：遠流出版公司，二〇一九）收錄得相當齊全，可以參看。可惜的是，剽竊諸作的考證，由於散在各不同小說之中，未能詳考，要為一憾。

2據馮幼衡在一九七八年五月所發表的〈武俠小說讀者心理需要之研究〉（《新聞學研究》第廿一期，頁四三至八四）指出，在她所作的調查中，當時讀者所喜歡的作家，金庸雖進入前八強，但名次遠落於古龍（五六・八六％）、臥龍生、（四七・〇六％）、獨孤紅、柳殘揚、東方玉之後，僅較司馬翎、諸葛青雲稍高，佔廿五・四九％，可見金庸直到解禁前一年，還未廣獲讀者喜愛，較諸其後的盛況，簡直不可同日而語。

3見《金庸傳奇》，頁廿二。此說並無實據，有誇大其辭之嫌。

三、金庸小說時代之來臨

嚴禁金庸小說本是政治運作，金庸小說解禁也導因於政策的鬆綁。事實上，從一九七三年金庸以《明報》創辦人身分到台灣訪問，並會見了當時的政府領導人蔣經國、嚴家淦時，政治嗅覺敏感的人早已就聞到「解禁」的氣味了；因而坊間趁此時所大量印製的翻版叢書，當局睜隻眼、閉隻眼，並未加強取締（**按：此一時期改換作者及書名的金庸小說出現最多，識貨者不難購得**）。迨及一九七九年，醞釀已久的「國建會」，盛傳金庸即將成為海外特邀嘉賓，眼明手快的出版商私下運作頻繁，更早已安排了各種腹案；只待時機成熟，就準備一鼓作氣，打響「金庸」這塊金字招牌。

一九七九年九月，遠景出版公司發行人沈登恩在歷經兩年的反覆陳情後，終於獲得當局首肯，以「金庸的小說尚未發現不妥之處」[1]，同意解禁出版。從此撥雲見日，金庸小說的光芒得以遍照台灣大地，宣告「金庸時代」的來臨。

不可諱言，武俠小說的「金庸時代」是經由精密設計、完美包裝而呈顯出來的，是文學、政治及商業三合一的縝密組合——以金庸作品的文學素質為基礎，配合著政策鬆綁的時機，再加上一連串有計劃的商業行銷手法，交相「炮製」而成。其中沈登恩與當時以《聯合報》總編張作錦、《中國時報》副刊主編高信疆為首的報業人士，及以倪匡、曾昭旭、王邦雄為代表的藝文界名家充分合作，是這個「捧金運動」的策劃者與急先鋒，各路人馬分進合擊，共同為宣揚金庸而努力。

1見沈登恩「金學研究叢書」前所附之〈出版緣起〉，頁三。

沈登恩是「總設計師」，包辦整個的行銷策略。先是與《聯合》、《中時》兩大報達成默契，邀約藝文、學術界名家，於兩報副刊上強力推介金庸作品的文章，以為前鋒；繼而《聯合報》於一九七九年九月七日起連載《連城訣》，《中國時報》於九月八日連載《倚天屠龍記》，製造「搶登」聲勢。另又情商倪匡於短期內趕寫《我看金庸小說》系列專書，作為呼應；進而於一九八〇年十月十二日香港《明報》刊登〈等待大師〉的廣告，擴大影響力；最後則陸續推出皇皇鉅著《金庸作品集》，完成了第一波的造勢行動，也確立了金庸小說在台灣屹立不搖的「武林至尊」地位。

一九八六年，金庸小說的台灣版權高價轉讓予遠流出版社，袖珍本、典藏本、普及本，三管齊下；於是金庸小說開始走入家庭，連續數年高居書市排行榜中銷售冠軍。武俠小說的「金庸時代」前後長達二十年，是否能跨世紀寫下光輝燦爛的新頁，則有待於時間的考驗了。

四、多媒體、多向度的金庸小說

金庸小說之從傳統租書店延伸，開始步入家庭，就中國武俠小說發展史而言，是一次破天荒之舉。儘管這未必代表武俠小說全面獲得社會輿論的肯定，但是卻極具象徵意義；武俠小說，至少金庸的武俠小說，是可以具有「文化櫥窗」性質的。這對有心從事通俗小說創作的人而言，自是莫大的鼓舞。更重要的是，在金庸小說普遍流傳的推動、刺激下，通俗文學原所具有的特色——消閒娛樂，迅速擴張，在當時台灣社會五花八門的新、舊娛樂項目中，占有一席相當重要的地位。金庸小說，不僅是平面式、書面式的小說，正朝著多媒體、多向度發展。

早在金庸作品普遍流傳之前，台灣電影、漫畫、廣播及電視連續劇等通俗媒體，與武俠小說的

「通俗性」結合，就已取了堅實肥沃的發展土壤[1]。金庸小說在前此的社會基礎下，挾著眾望所歸的魅力，可謂集其大成。

據資料顯示，金庸小說改拍成為電影，始於一九五八年由胡鵬編導、曹達華主演的香港粵語片《射鵰英雄傳》。其後，金庸小說開拍成電影的約莫有五十部以上，清一色為港產影片。由於禁令之故，金庸小說改編的國語片《射鵰英雄傳》（由香港邵氏製作、張徹導演）要遲至一九七七年才開始獲准在台灣上映。在以後的二十年間，又陸續開拍了三十部左右；而一九九三年則連拍六部之多，達到新的高峰。綜觀這些影片，早期還頗忠實於金庸原著；但自一九九〇年《笑傲江湖》起[2]，擅改原著成風，以致「名存實亡」之作大量出現，多半乏善可陳。

金庸小說改編的漫畫，據傳早在一九七〇年代即有《神鵰俠侶》面世，但未見其書[3]。一九九七年東立出版社出版香港黃玉郎的《天龍八部》，其後，何志文的《雪山飛狐》、馬榮成的《倚天屠龍記》陸續推出；遠流出版社則自一九九八年起出版李志清的《射鵰英雄傳》、黃展鳴的《神鵰俠侶》漫畫本。上舉部數雖不多，但亦可略窺金庸武俠漫畫化之一斑[4]。

金庸小說改編的電視劇，香港早在一九七〇年代就已紅紅火火；台灣則於一九八三年由台視首度

1有關台灣武俠小說多媒體的發展，本書另有專篇，茲不贅述。
2參見陳墨《刀光俠影蒙太奇——中國武俠電影論》（北京：中國電影出版社，一九九六），頁四八八至五一二。
3沈登恩主編之「金學研究叢書」中，曾刊載一幅早期《射鵰英雄傳》的漫畫封面，但未注明為何時何地何人之作，待考。
4有關金庸小說改編成的漫畫，邱健恩的《漫筆金心》（台北：遠流出版公司，二〇一九）論述極詳，圖文並茂，可以參看。

引進《天龍八部》，開啟了台灣金庸武俠連續劇的先河。其後，無論是港產片或台灣三家電視台自製的劇目，無一不受到觀眾熱烈歡迎。一九九八年甚至有三家電視台於同一時間推出《神鵰俠侶》打對台的輝煌紀錄，可見其搶手的程度。

一九九〇年代的新興媒體如電腦遊戲及網路，「金庸旋風」的裙角也多有波及。電腦武俠遊戲始於一九九一年十月，由精訊公司出版的《俠客英雄傳》[1]拔得頭籌，其後陸續有各種武俠電玩問世。一九九三年三月，智冠科技取得金庸授權，推出了《笑傲江湖》遊戲軟體，正式揭開了金庸小說在電腦遊戲界的一片天地；尤其是《金庸群俠傳》，融合了金庸十四部作品為一，玩家可以自己融入遊戲中作各種嘗試，受到空前的歡迎[2]。

新興的網路，在一九九〇年以後迅速發展，武俠題材成為熱門項目；而金庸小說的相關網站，更是一枝獨秀。遠流出版社規劃的「金庸茶館」，人潮滾滾，是在當時叫好又叫座的金庸小說專業網站。其他大小相關網站，無慮數十個之多，可見金庸小說在人為炒作下之魅力四射、八面威風！

第二節 「金學」與「定於一尊」

金庸小說的解禁，肇因於政策的鬆綁；儘管在金庸風潮的席捲之下，商業化的運作始終貫穿其

---

1 一九九一年一月，大宇公司的《軒轅劍》亦可視為先聲，然其內容取自於《倩女幽魂》，神怪味重於武俠味，故不予列入。

2 參見曹昌廉之〈武俠遊戲之沸騰江湖〉一文，其後的相關發展，更是琳瑯滿目，令人目不暇接，在此姑不贅述。

中，各種多媒體趕搭金庸列車，卯足全力以爭取讀者、觀眾的媚態畢露；但是在這一片沸沸揚揚的喧嚷聲中，卻也有更深一層的文化省思。

長久以來，「金庸＝禁書」形成一個台灣反文化的標籤；禁錮已久的人文心靈，藉金庸小說的解禁，尋得了一個宣洩、奔騰的出口。此次金庸風潮的製造者，不乏當代藝文、學術界的名家。在這些文化人的眼中，金庸遭禁是一個象徵，一個封閉停滯的文化象徵。文化需要的是自由、活躍的空間，思想更需要多元、雙向的交盪刺激；僅僅政策的鬆綁，對單一作者「網開一面」，是絕對不足以帶動文化發展的。因此，他們有志一同，意欲藉著大肆宣揚、鼓吹金庸，醒豁世人耳目，沖刷禁閉已久的心靈。於是，一場藉由「金學研究」以鼓動風潮、造成時勢的社會運動，就此拉開序幕。

所謂「金學」指的是對金庸小說的批評與研究，儘管無論在方法、理論及實際成就上，當時「金學」的研究只能算剛剛跨出一小步[1]；但就武俠小說（甚至通俗小說）的認知而言，卻具有啟迪作用。長久以來，通俗小說始終局限於傳統「不登大雅之堂」的觀念中，無法獲得社會應有的重視；而相關的評論，不是隔靴搔癢，就是充滿了誤解與偏見，甚至連一篇嚴肅認真的討論也概付闕如。

金庸小說解禁之後，「金學研究」成為眾所矚目的新議題，從市井小民到知識階層，無不津津樂道。尤其是文藝、學術界，從報章專題製作、大學開課、學生社團成立，到學術研討會舉辦、碩博士論文以金庸小說為題，萬花齊放，百鳥爭鳴，可謂極一時之盛！藉著金庸小說的開疆闢土，武俠（通俗）小說在某種程度上，卻也獲得了「文學身分證」，這不能不說是拜金庸小說之賜！思想觀念既已

1有關當時「金學研究」的問題，請參見林保淳《解構金庸．金庸小說研究現況》（台北：遠流出版社，二〇〇〇年六月，頁二二四五至二二六六）。

解放，未來對武俠小說的進一步研究，對通俗小說理論的建構，無疑就十分令人期待了。在這一點上，是特別值得大書特書的，截至二〇二〇年為止，有關金庸小說的研究，幾乎已成為學術界新闢的園地，無數的論文、專書、散論，一一出版，連帶著也激起了對武俠文化研究的熱潮，無論如何，都應該歸功於金庸。

金庸小說的優秀素質，在學者專家的極力闡揚、推重下，普遍深入讀者，幾至形成了武俠小說的「典範」。就讀者而言，能在通俗文學讀物中盡情領略、欣賞到如此高水平的作品，無疑是令人逸興遄飛的。然而「典範」通常意謂著霸氣，不霸，不能樹立權威；不霸，不能自成典型。讀者在「曾經滄海難為水」的情況下，復受到學者專家強而有力的引導，極易先入為主，以金庸為「唯一」！因此排擯百家，獨尊金庸，視為理所當然。當初與金庸並轡而馳的梁羽生，早已被遠遠拋落塵外；而台灣從「三劍客」到「鬼才」，也一一明珠蒙塵，其他作家更無論矣。金庸是龍捲風，風威所及，無一倖免！因而造成強大的「排擠效應」，武俠小說變成了金庸的專稱。在金庸，也許是實至而名歸；在讀者，自也不能不說是正確的選擇；然而對有心投身武俠創的新手而言，卻也形成了最大的障礙。

自一九八〇年以降，台灣武俠作家只有古龍以俶詭之才勉撐大局。古龍歿後，老成凋謝，新秀束手，武壇冷落，書劍飄零。原本武俠愛好者冀望金庸能重振武林雄風，再領武俠風騷，掀起另一次「百花齊放」的創作高潮；未料金庸「一洗萬古凡馬空」，卻使早已委頓不堪的台灣武壇，為之「空群」！老讀者只能白頭話舊，吁嘘憑弔五〇、六〇、七〇年代的武俠，嗟嘆不已。

第三節 「排擠效應」下的誤解

金庸小說在台灣所產生的「排擠效應」（張大春謂之「黑洞現象」），是相當驚人的；而其間也產生某種程度的誤解，尤其是在所謂的「影響」層面上，認知相當混淆。首先是有關台灣武俠小說發展是否受到金庸「影響」的問題。

從「影響」層面來看，無論是從金庸初露鋒芒，即一舉醒豁台灣部分武俠迷的耳目；到嚴行禁令，依然以各種管道地下流傳；乃至解禁之後，異軍突起，立刻席捲全台，並成為多媒體的寵兒而言，金庸小說對台灣影響之深遠，是無可置疑的。儘管這些影響主要施用在「廣義的」金庸小說讀者身上，但武俠小說的作者往往也都是「讀者」，因此這些影響事實上也包涵了台灣的武俠作家。

在台灣武俠作家中，自承受到金庸小說影響，且公開為文推崇金庸小說的，古龍是第一個；在台就學時期的溫瑞安，成立「神州詩社」，甚且規定必讀金庸的《書劍恩仇錄》。其他作家如諸葛青雲、高庸、雲中岳、柳殘陽、秦紅等，也皆對金庸小說表示推崇；[1]同時，我們從若干抄襲金庸小說的「偽本」中，也足以證明金庸小說在作者群中的「影響力」。不過，矢口否認曾受影響，甚至強調「早年從未看過」金庸小說的名家亦復不少，如臥龍生、蕭逸等皆曾作如是表白。當然，作者的表白未必全然可信；但以彼等全盛時期「分身乏術」的情形來看，也未嘗沒有可能。

1此皆從訪談中所知，其中高庸曾坦承受到《射鵰》的激勵（《葉洪生論劍》，頁四六〇）；秦紅則極力推揚金庸，並謂金庸小說的水平，幾度令他欲擱筆不作，後來的創作，則以金庸小說為禁區，極力規避類似的描寫。

台灣武俠作家故步自封、閉門造車的「惰性」相當嚴重，尤其金庸小說曾長時期被禁，這些作家自己寫書猶不暇，也未必願意費心蒐讀其書。何況當時金庸出道不久，尚無後來的名氣之大！因此，金庸對台灣早期武俠作家的影響，應該沒有想像中的普遍，而這恐怕正是台灣武俠小說在整體表現上不如人意的原因之一。

有趣的是，金庸小說對武俠創作的影響，儘管未必一如想像，但「暴雨專案」（以金庸小說為導火線）的後遺症，卻直接或間接「影響」到多數作家的創作取向。論者曾謂：「基於政治禁忌，多數武俠作家皆避免以歷史興亡為創作背景；甚至為求省事，乾脆將時代背景拋開，而進入一個『不知今夕何夕』的迷離幻境。」[1]針對台灣武俠小說「去歷史化」的特色，學者唐文標也曾剴切言之。[2]的確，相較於「舊派武俠」、「香港武俠」之善於搬弄史事，虛實並用，台灣武俠小說則極力避免與歷史「掛鉤」。箇中原因多端，主要還得歸咎於政治禁忌；尤其是作者唯恐招來類似於金庸小說「顛倒歷史，混淆是非」的罪名，寧可選擇明哲保身之道，這也是可以理解的。

持平而論，在台灣早期武俠作家中，如郎紅浣、成鐵吾，皆擅長描寫清宮軼事，尤其是成鐵吾的《年羹堯新傳》、《江南八大俠傳》、《呂四娘別傳》，藉雍正奪嫡、身死無頭的傳說開展，頗具「歷史武俠」的格局；成鐵吾三書，均作於一九五五年前後，大抵都在禁令頒布之前，其故可以深思。

1見《葉洪生論劍》，頁七五。

2武盲（即唐文標筆名）在〈怎樣著寫武俠小說〉一文中，謂：「在台灣苦練的師伯師兄們，大概為了避免繁瑣的小考據，或史事認識的麻煩，都採用泛武林武俠主義，一切接『古』，但既無古事，亦無古人。」（《大成》雜誌，第六六期，頁五六，一九七九年五月）在此，唐文標所說的「古事」範圍很廣，不僅僅指歷史背景而言。

在此以後，「去歷史化」的情形越見嚴重；除雲中岳敢為「歷史武俠」張目外，唯有獨孤紅以擅寫清初康、雍、乾（尤其雍正）三朝軼事聞名。對明史熟稔、並常在小說中傳神描摹明代生活的雲中岳曾表示，政府當局的確經常「關切」以史事為經緯的武俠作品。凡此種種，應足以印證前說。在這種情況下，台灣武俠作家普遍缺乏對歷史的關懷，拱手揮別歷史的宏偉與壯闊，亦可能是其不如人意的另一因素。

其實就武俠論武俠，「去歷史化」並非是什麼大缺憾、大罪過。金庸小說的「歷史感」濃厚，以假亂真，固然能引人入勝；而古龍小說大膽「自我作古」，亦可睥睨當世，風靡一時。問題不在某些作者能否結合史事，而在多數作者完全拋開時代背景，無中生有，甚至錯亂了歷史時空、事件。然而儘管台灣武俠小說普遍缺乏「歷史感」，且刻意規避歷史興亡大事，紛紛朝向江湖恩怨、武林霸業發展；卻也給讀者提供了一個反思的機會，足以讓我們重新考量金庸小說在台灣武俠小說發展史上的意義，並澄清一個最大的誤解：即梁羽生、金庸的「新派武俠」，促成了台灣武俠小說的成長。

「新派武俠」的定義，至今仍未有定論；「新派」應自何時而始，論者也莫衷一是。一般說來，有梁羽生、金庸「開創新派」[1]及陸魚、古龍「完成新派」[2]二說。新舊之分，主要是在強調一個歷史流

1多數的武俠小說史作者皆採此說，不煩一一列舉。梁羽生則自詡對於新派武俠小說有「開山劈石」之功。見佟碩之（梁羽生筆名）〈金庸．梁羽生合論〉，收入韋清編《梁羽生及其武俠小說》（香港：偉青書店，一九八〇年）頁七四。而此前一九四〇年代的朱貞木則早有「新派武俠之祖」美稱，出處待考。

2有關這點，葉洪生認為「新派」是「由後起之秀陸魚過渡到古龍手上完成」的（《葉洪生論劍》，頁三六八）；而宋今人則公開推崇司馬翎為「新派領袖」。其中，司馬翎的《劍神傳》（一九六〇）、陸魚的《少年行》（一九六一）及古龍的《浣花洗劍錄》（一九六四）是三部標竿式的作品。

程的演變；如果在某個定點（或附近），事物及觀念產生了較大的變化，則不妨以此定點為界，區分「新」與「舊」。當然，新與舊之間應不應有連繫，或連繫的程度、範圍如何，將直接影響到新舊的區別；「新派」之不同論點，正肇因於此。在此，我們妨簡要回顧一下在前面的章節中所述及的台灣武俠小說的發展。

蕭逸的《鐵雁霜翎》

梁羽生的《龍虎鬥京華》

台灣武俠小說之興，始於一九五〇年代。從一九五一年郎紅浣以《古瑟哀絃》初試啼聲以來，發展迅速；迄一九五九年的「暴雨專案」為止，重要的武俠小說名家都已有極具分量的作品產生：如擅長演述歷史武俠傳奇的成鐵吾（一九五五，《年羹堯新傳》）、格局宏闊的臥龍生（一九五七，《風塵俠隱》）、綜藝俠情的司馬翎（一九五八，《關洛風雲錄》）、莊諧並陳的伴霞樓主（一九五八，《劍底情仇》）、情致纏綿的諸葛青雲（一九五九，《紫電青霜》），皆已嶄露頭角。而從一九六〇年起，獨抱樓主（一九六〇，《壁玉弓》）、古龍（一九六〇，《蒼穹神劍》）、蕭逸（一九六〇，《鐵雁霜翎》）、東方玉（一九六〇，《縱鶴擒龍》）、慕容美（一九六一，《黑白道》）、上官鼎（一九六一，《沉沙谷》）、柳殘陽（一九六一，《玉面修羅》）、高庸（一九六二，《感天錄》）、秦紅（一九六三，《無雙劍》）、雲中岳（一九六三，《劍海情濤》）、司馬紫煙（一九六三，續《江湖夜雨十年燈》）、獨孤紅（一九六五，《紫鳳釵》）等，亦紛紛投入，幾乎多數的武俠名家都已全員到齊。換句話說，在一九六六年之前，台灣的武俠小說已有長足的發展；而郎紅浣出道時，尚較梁羽生的《龍虎鬥京華》（一九五四）、金庸的《書劍恩仇錄》（一九五五）為早，足證台灣的武俠小說絕非是受金庸的影響才產生的。

不僅如此，早期台灣的武俠小說，無論是回目的訂定、情節的鋪敘、敘事手法的運用，大抵皆承襲所謂「民國舊派武俠」而來，殆與「現代洋才子」[1]式金庸小說大異其趣；更足以說明台灣武俠小說是自足地成長、茁壯而後才形成多種多樣的風格特色。個別作家縱有借鏡、取法，亦甚有限，實不宜以偏蓋全。嚴格說來，金庸小說之發揮較大影響力，最多也只在一九六六年以後，那時台灣重量級武俠作家大半已打完他們這一生最輝煌、最美好的仗，而開始走下坡了！

從金庸小說在台灣流傳的總體趨向來看，很明顯地，一九五九年的「暴雨專案」及一九七九年的「金庸解禁」，是兩個重要的定點；實際上，攸關台灣武俠小說發展興衰的歷史，也以這兩個定點為參考座標。

一言以蔽之，早期台、港兩地的武俠作家皆為「道上同源」——他們共同立足於中華文化土壤，也都師承於「舊派武俠」，在創作基礎上並無若何差別。惟以彼等遭逢世亂，流寓海外，遂自覺或不自覺地將這一分離鄉背井的失落感投射到武俠創作上來，聊以寄託故國之思。因此早期台、港武俠小說不論優劣，多以「神遊」（想像）中的大陸風光、歷史古蹟、地理環境、風俗民情為故事素材，

1有關「現代洋才子」的提法，出於佟碩之（梁羽生化名）所作〈金庸／梁羽生合論〉一文，收入《梁羽生及其武俠小說》（香港：偉青書店，一九七七年），頁七四至一一五。意指「金庸接受西方的文化影響，尤其是好萊塢電影的影響」，而「好萊塢電影的特點之一是強調人性的邪惡陰暗面」。

乃形成兩地武俠作品共通的「擬古」特色；同時也決定了往後武俠小說偏愛中國山川、文物的民族性格。但畢竟台、港的生活環境迥異，遂有「因地制宜」的不同結果產生[1]。

比較起來，英領下的香港是個自由貿易港，思想開放，政治忌諱較少；兼以金庸、梁羽生均在報界工作，見聞寬廣，又通外情，故能將「中學為體，西學為用」的創作方法靈活運用，推陳出新。而台灣則長期處於「保密防諜」的政治陰影下，禁忌特多！因此早期武俠作家的思想包袱過重，為求明哲保身，只能拾「舊派武俠」之餘唾，在虛擬的江湖世界中討生活了。

金庸小說最早於一九五七年「偷渡來台」，原本有可能帶動台灣武俠創作朝向「文史結合」的康莊大道發展；卻因「暴雨專案」全面封殺而告消歇。這對台灣而言，是幸或不幸，殊難斷言。因為寫作——特別是從事武俠創作，靠的是才學、文筆和想像力，三者缺一不可。以金庸一人之「歷史感」，豈能推動時代的巨輪，扭轉武俠創作方向？何況以現代小說技巧來看，金庸的「創新」手法似乎亦甚有限，未必能領導潮流「超越前進」、「一統江湖」。

總之，一九五九年後的台灣武俠小說，基本上受到相當嚴重的政治干預；查禁金庸小說就是個明

---

1 香港武俠小說，在梁、金之前，有所謂的「廣派武俠」，內容以摹寫廣東英雄為主，而語言運用上夾雜著大量的粵語，梁、金之作，於此頗能摧陷廓清，此一意義，甚足探究。歷來批評武俠小說的學者，經常詬病其中舛誤過多的地理環境，塞北江南、東鄰西境，往往不知所云。實際上，武俠小說中的古城名都、黑水白山，多半是「想像」中的故國。既屬想像，符不符實情，並不是如此的重要，重要的是，讀者默識心通，也不至於將武俠小說當「地理志」來讀，這是一種文化的虛擬、故國的想像，而寖漸形成的特色。類似的例子，可從韓國的武俠小說中尋到。據韓國學者李致洙研究，韓國的武俠小說自一九七八年興起後，自行創闢了「中國式的韓國武俠小說」，「除了只有作者就是韓國人之外，都很像中國武俠小說。作品的地理背景亦為中國，登場的人物也是以少林、武當等九大門派為中心的武林人氏，武術方面也是中國武俠小說中習見的」（〈中國武俠小說在韓國的翻譯介紹與影響〉，《俠與中國文化》，頁八七至八八）。

確的指標，充分顯示了政治對文學箝制的弊害。由於金庸的明下暗上，台灣武俠小說展現了迥異於金庸小說「為歷史翻案」、「開古人玩笑」的特色，「去歷史化」是一重要表徵。然而在多數作家不斷的努力耕耘下，卻也另闢新境，呈現出百花齊放的局面。如臥龍生的奇情幻設、司馬翎的推理鬥智、諸葛青雲的文采風流、古龍的求新求變、慕容美的詩情畫意、上官鼎的少年英雄、秦紅的成人童話、柳殘陽的鐵血江湖、雲中岳的援史入俠等等，皆曾各放異采，吸引了廣大讀者的目光。其中古龍於一九六六年脫穎而出，為武俠小說寫下新的史頁，並締造了個人最輝煌的十年風騷（一九六六至一九七六），得以與金庸隔海唱和，分庭抗禮！

一九七九年金庸小說解禁，配合著商業化的行銷手段，造就了「金庸時代」的來臨；而媒體的集中報導、宣揚，則為武俠小說爭取到了正名的機會。但在表面上對武俠歡呼聲中，卻因過度推崇金庸而產生的「排擠效應」，卻使得百家息鼓，新秀偃旗！非但無法再度開創台灣武俠的新局面，反而在武俠小說日益式微的窘境中，雪上加霜，幾乎扼殺了武俠小說僅存的命脈。

《金庸作品全集》的出版，可以視為台灣武俠小說發展由盛而衰的一大分水嶺，金庸雖是香港作家，但其動向，卻隱隱支配了台灣武俠小說後期的走向，文學的影響，常是跨地域的，因此，本書雖寫的是「台灣武俠小說史」，但對金庸這位作家，卻是絲毫不能加以疏略的，一九八〇年後的台灣武俠小說，在金庸的刺激、影響之下，不但量變，而且有了明顯的質變，在「後金古時期」開始步履蹣跚起來。

【附錄】金庸小說查禁書目（據一九七六年版的《查禁圖書目錄》）

表一：違反戒嚴法部分

書名	著作譯述者	出版者	出版年月日	開數	頁數	查禁機關	查禁日期	查禁字號	查禁原因
碧血劍	金庸	時時出版社	一九五七年十月十五日	三二	七五六	台灣省保安司令部	一九五八年一月八日	明旭〇〇二一	二一3
萍蹤俠影錄	綠文	慧明公司	一九七二年十月	三二	八大冊	台灣警備總部	一九七三年四月廿三日	莊激二八六一	（三）3・6
書劍恩仇錄	金庸	時時出版社	一九五七年九月十五日	三六		台灣省保安司令部	一九五七年十二月十二日	安練一四七九	二一3
射鵰英雄傳	金庸	時時出版社	一九五七年	三二	四〇〇	台灣省保安司令部	一九五八年一月八日	明旭〇〇二一	二一3
降龍十八掌一至廿三集				三六	一一五六	台灣省保安司令部	一九五八年四月八日		二一3
碧血劍別傳	金庸	合作出版社				台灣警備總部	一九五九年十一月廿三日	憲恩〇八六四	二一3
射鵰英雄新傳	金庸	光明出版社		三六		台灣警備總部	一九五九年十一月廿三日	憲恩〇八六四	二一3
江湖三劍鬧京華	金庸	友聯出版社		三六	一八〇〇	台灣省保安司令部	一九五九年十一月廿三日	憲恩〇八六四	二一3

案：「二一3」，指的是根據「台灣地區戒嚴時期出版物管制辦法」第二條及第三條第三款，予以

查禁；金庸小說多半以此為查禁名目。唯其中《萍蹤俠影錄》一書，引用的是第三條的第三款及第六款「混淆視聽，足以影響民心士氣或危害社會治安者」。

表二：「暴雨專案」部分【一九五九年十二月卅一日（四八）憲恩字第一〇一八號代電頒發】

名稱	作者姓名	出版者	冊數	數量	備註（筆者所加）
南帝		光明出版社	二十	一四三九	衍《射鵰》故事
金蛇劍			四	一六八六	疑《碧血劍》
一燈大師			六	一六八四	衍《射鵰》故事
亢龍有悔		香港光明出版社		六六	衍《射鵰》故事
神鵰俠侶		鄺檜記報社		十八	
神鵰俠侶				三九	
飛狐外傳		鄺檜記報社		二	
雪山飛狐	金庸			一	
雪山飛弧	梁風			四八	疑《雪山飛狐》
金蛇秘笈傳		建業書報社	八	八	疑《碧血劍》
南帝段皇爺				三七八	衍《射鵰》故事
射鵰英雄傳		華風出版社		二九五	
書劍恩仇錄		呂氏書社		二一二二	
鐵掌水上飄	胡海樓			二九八	疑《射鵰》
鐵掌水上飄	湖海樓主	榮華出版社		三八六	疑《射鵰》
老頑童周伯通			四	六〇九	疑《射鵰》

第二章　「後金古時期」的台灣武俠小說（一九八〇之後）

一九八〇年，台灣的遠景出版社所出版的《金庸作品全集》，可以視為台灣武俠小說由盛而衰的分水嶺，儘管古龍直到一九八五年方才過世，但在一九八〇至一九八五年之間，古龍因「吟松閣事件」（一九八〇年十月）手腕重傷，已無法親手操觚創作，其後雖猶有「大武俠時代」等書，以口述、錄音或倩人續筆等方式出版，但受酒色摧殘的身心，已瀕臨強弩之末的窘境，也已是人所共知的事實了。因此，我們不妨將一九八〇年金庸擱筆（其後猶有修改）、古龍沉寂之後的這一段時間，定名為「後金古時期」，以表彰金庸與古龍兩位大家對武俠小說的貢獻。

一九八〇年後的台灣社會，在蔣經國領導下，發展得極為迅速，政治逐漸鬆綁，而一九八七年的「解嚴」，更使台灣充滿著自由的活力，經濟發展成就空前，成為所謂的「亞洲四小龍」之一，民生富裕，社會和樂。但台灣的武壇，在這樣的情勢中的發展，其實反而不是那麼樂觀的。經濟的發展，帶動了多元化的娛樂活動，電影、電視的普及，尤其是錄影帶的盛行，固然展現出民生進步發展的一面，但卻使得武俠小說原有的休閒娛樂功能逐漸喪失優勢；而政治上的解嚴，雖是消除了創作上的禁忌，使各類型、各題材的小說繽紛而出，卻也使得武俠小說獨霸通俗小說界的局面，漸次受到挑戰，不得不突出奇兵，以因應社會的需求。不過，一九八七年隨著政治的解嚴而開放的「大陸探親」，則又使得兩岸的經濟、文化交流逐漸頻繁而熱絡，為大陸的武俠小說重新出發注入了活水。

就整個台灣武俠小說的發展趨勢而言，在蓬勃熱絡的二十年風光後，是逐漸在走下坡的，若干老將創意枯竭，已是師老兵疲，而新秀雖仍黽勉從事，無如魯陽揮戈，終是難挽大局；武俠讀者大量流失，雖有女性讀者的助陣，也僅能勉維小局，無能開拓；前此風光一時的「八大書系」龍頭真善美出版社，於一九七四年〈告別武俠〉，頗具先見之明，而一九八〇年後，專業出版社更紛紛歇業，後續的出版社皆只能慘淡維持，唯出版金庸、古龍、黃易的遠景（遠流），萬盛、萬象，猶能偶見榮景，但多數武俠書籍已漸稀少，到二〇〇〇年，則僅剩風雲時代一家獨撐大局了。

武俠小說出版社的衰歇，可視為台灣武俠小說沒落的先兆，讀者的流失，也使武俠小說出版社不得不翻空出奇，不擇手段地以媚俗的內容吸引讀者，致使所謂的「香豔武俠」一時大行其道，飲鴆止渴般地加速了台灣武俠小說的沉淪。

第一節 武俠老將的「封劍」

「後金古時期」台灣武俠小說最令人遺憾的，無疑是當年於武壇上奮勇爭先、揚名立萬的「老牌」作家，一來可能因創意枯竭，二來因「金庸旋風」的影響，吸攫走多數讀者的眼光，紛紛有了「金盆洗手」的歸隱念頭，若干「不服老」的作家，雖仍欲堅守陣地，但強弩之末，也是欲振而乏力。

在此，「金庸旋風」的影響無疑是最為巨大的。金庸小說在台灣的流行，對金庸而言，自然是「實至名歸」的，畢竟，金庸小說的成就，雖然未必如倪匡所說的「古今中外，空前絕後」這麼誇張，但衡諸台灣武壇，諸子固亦可說是各具特色，但也必須承認，無論是從氣魄、格局或文學成就上說，除了古龍能與之雙峰併峙外，是明顯略遜數籌的。在金庸小說尚未解禁之前，流傳未廣，故其他諸家得以各逞其異，分途競飆，而金庸騏驥一出，「一掃凡馬萬古空」，自是所向無前的了；尤其是他的小說從「嚴禁」到「解禁」的過程中，充滿了傳奇性質，再加上商業化的宣傳，無疑更具有絕大的魅力，足以吸引大批的讀者，對其他作家造成「排擠效應」。在此「排擠效應」下，許多作家難免心灰意冷，索性「見好就收」，高庸在接受訪談的過程中，即坦言，他再如何的努力，恐怕也無法超越金庸、挽回頹勢，故此萌生了退意。相信類似高庸有如是「自知之明」的作家，應當不在少數。

在此，我們不妨回顧一下，點數一些老將二、三十年的筆耕成就及其最後的趨向，稍作說明。

在台灣第一代的武俠老作家中，郎紅浣、成鐵吾及太瘦生於一九六〇年代初就已相繼「封劍歸隱」，可不必論；其他則多與台灣武俠創作之盛衰時期同進退。我們經由市場（含報刊連載部分）調查，粗略歸納／統計出近二十位知名武俠作家的創作概況，依其創作時序，簡述如下：

一、孫玉鑫

一九五三年以《風雷雌雄劍》（《自立晚報》連載，未結集成書）起家，代表作是《血手令》、《不歸谷》。其書多由春秋、瑞成、大美、南琪等出版社印行，共約三十七部，皆以「詭秘奇情」見長。一九七二年以後，即少有新書問世。其最後一部作品可能是南琪出版的《血劍》（一九七四年），但未得確證。孫玉鑫於一九八八年去世，享年七十歲，為第一代老作家中創作生命最長者。

二、伴霞樓主

一九五七年以《萬里飛虹》起家，代表作是《八荒英雄傳》及《神州劍侶》、《劍底情仇》、《青燈白虹》三部曲。其早期作品多由真善美出版社印行，頗具傳奇色彩；一九六三年接手經營奔雷出版社，仍創作不輟，前後共約三十部。其最後一部作品是四維出版的《風雲夢》（一九七一年），旋即退出武壇，赴港定居，不知所終。

三、臥龍生

一九五七年以《風塵俠隱》、《驚虹一劍震江湖》起家，代表作是《飛燕驚龍》、《玉釵盟》。其書多由春秋、真善美、南琪等出版社印行，因適合一般大眾口味，廣受歡迎，當時有「武俠泰斗」之稱。惟自一九七三年臥龍生轉任中華電視台節目製作人（自兼編劇）起，即罕有武俠真品問世，坊間多為代筆偽書。據其老友李費蒙（即漫畫家牛哥）在〈臥龍生坎坷江湖行〉[1]一文所述：臥龍生名成利就之後，熱衷於投資各種賺錢生意；舉凡天上飛的（航空公司）、海上漂的（漁船）、地上種的（果園）、路上走的（柏油馬路）、頭上戴的（假髮）、桌上吃的（鵪鶉蛋）等等，不下十餘種之雜。但因經營不善，終告失敗。從此臥龍生發財夢醒，再想重拾舊業，卻已時不我予了。

1詳見牛哥〈臥龍生坎坷江湖行〉，原載一九九〇年十二月十七日《中國時報》副刊。

一九八〇年以後，臥龍生殆已欲振乏力，無心創作，偶有撰述，皆草率成章，雖自願降價求售，終是乏人問津，乃以「賤賣筆名」（掛名）牟利；台灣武俠出版市場之亂象，他委實難辭其咎。其最後一部作品可能是文天出版的《飛花逐月》（一九八三年，《青年戰士報》連載），但亦有偽續之嫌。臥龍生於一九九七年病故，享年六十七歲。終其一生，共寫下三十八部武俠小說（據其自云）；其中約十部係倩人續完，而託名偽書則不可勝數。

四、司馬翎（吳樓居士）

一九五八年以《關洛風雲錄》起家，代表作是《劍神》三部曲及《劍海鷹揚》。其書多由真善美出版社印行，文情跌宕，號稱「最受大學生和留學生歡迎」。一九七二年一度輟筆，赴港改行經商；復出後聲勢大不如前。一九七九年以「天心月」筆名撰寫《強人》系列小說，試圖改走古龍新派路線，則毀譽參半。其最後一部作品是《飛羽天關》（一九八三年），卻於《聯合報》連載時遭到腰斬，未能結束；後由皇鼎出版社找人一續再續，文情蕪沓不堪！司馬翎卒於一九八九年，只有五十六歲。終其一生，共寫下四十部武俠小說（其中五部由他人續完），多富於創意，而以「推理鬥智」筆法馳名於世。

五、諸葛青雲

一九五八年以《墨劍雙英》起家，代表作是《紫電青霜》及《奪魂旗》，極富奇幻色彩。其書多由春秋、真善美、大美等出版社印行，約有七十部左右，為著名多產作家。一九七三至一九七八年他一度輟筆，曾轉戰電影圈，由編劇、導演到投資拍片，幾乎破產。復出後，重操舊業，卻已無復當年盛況。其最後兩部中篇作品是《大寶傳奇》（一九八六年，《民族晚報》連載）與《傲笑江湖》（一九八八年，港版改名《大俠令狐沖》），皆以金庸小說為故事底本，再續新篇；惟不為世人所重，乃決意封筆。[1] 諸葛青雲歿於一九九六年，享年六十七歲。在第二代武俠名家中，其作品最豐，報紙連載亦最多（在六十部以上）；惜精品甚少，名過其實。

六、高庸（令狐玄）

一九五九年以《九玄神功》起家，代表作是《天龍卷》、《風鈴劍》及《紙刀》。其文筆洗鍊，長於蓄勢，刻畫人物亦見功力。其書多由大美、明祥、南琪等出版社印行，共有二十五部。一九七六年他應聘為中華電視台編劇，協助臥龍生製作連續劇。翌年發表其最後一部作品《魔劍恩仇》（一九七七，《中國晚報》連載），即告別武壇。高庸於二〇〇二年去世，享年七十歲。

七、古龍

一九六〇年以《蒼穹神劍》起家，代表作是《鐵血傳奇》（楚留香傳奇）、《多情劍客無情劍》及《蕭十一郎》；文筆新穎，饒有偵探／推理小說之風。其書多由真善美、春秋、南琪等出版社印行，

1 諸葛青雲最後所撰短篇武俠小說《五福臨門》（一九八九），僅在《聯合報》連載了十七天，未見結集出版；而《大寶傳奇》實為續書中的成功之作。

共有七十二部（其中十二部係倩人代筆續完），褒貶不一。一九六六至一九七六年古龍獨領「新派武俠」風騷，無人能攖其鋒；此後其創作力衰退，乃沉湎酒色，難乎為繼。一九八〇年以降，掛名古龍之書大部分是由友人代筆；同年他自組「寶龍電影公司」，拍了一些武俠片，亦未能挽狂瀾於既倒。其最後一部作品是《財神與短刀》（一九八五，未完），旋即病逝，享年僅四十八歲。

八、獨抱樓主

一九六〇年以《南蜀風雲》起家，代表作是《璧玉弓》，擅長演武寫情。其書多由海光、大美等出版社印行，共有十一部。由於他投身武俠創作時，仍在中學任教，屬於半職業性作家；故一九六二年出版《金劍銀衣》（筆名：冷朝陽）之後，即不再涉足武壇風雲。在第二代武俠名家中，他是最早封筆的一位老將，故作品相對較少。

九、上官鼎

一九五九年以《蘆野俠踪》起家，代表作是《沉沙谷》與《七步干戈》，頗能體現出「英雄出少年」的浪漫精神。其書多由清華、真善美等出版社印行，共有十部（包括為古龍代筆的《劍毒梅香》在內），皆為作者就讀高中、大學時期所撰。其最後一部作品是《金刀亭》（一九六六，實際上由劉兆凱獨立創作），因出國留學而未能寫完，即告別武壇；乃由四維出版社找人續完，令人遺憾。「上官鼎」是劉氏三兄弟集體創作的筆名，出道時年齡最小的劉兆凱只有十六歲；在第二代武俠名家中，堪稱是絕無僅有之特例。其中劉兆玄為主要執筆者，二〇一四年復出江湖，有《王道劍》、《妖刀與仙劍》

諸作。

十、蕭逸

一九六〇年以《鐵雁霜翎》、《七禽掌》起家，代表作是《馬鳴風蕭蕭》（原名《鐵骨冰心》）與《甘十九妹》，寫情別具一格。其早期諸書多由明祥、真善美等出版社印行，一九六五年因故一度中輟；後轉戰電影、電視圈，長期擔任編劇工作。一九七四年復出，曾撰寫中篇劍俠小說《長嘯》等四部。一九七六年赴美定居，仍創作不輟。其最後一部作品很可能是《笑解金刀》（一九九一年，《時報週刊》連載），但出版情況不明。總之，蕭逸三十年的筆耕生涯，前後共寫下五十多部長、中、短篇武俠小說（其中十部由電影劇本改寫成書）。在第二代武俠名家中，其創作生命之長，僅次於獨孤紅、雲中岳、諸葛青雲，而與東方玉、柳殘陽在伯仲之間。二〇一八年，病逝於洛杉機，享年八十三歲。

十一、東方玉

一九六〇年以《縱鶴擒龍》起家，代表作是《北山驚龍》，文筆流暢，構思奇絕。其書多由大美、春秋等出版社印行，共約五十部；惜泰半自我重複，未能創新。由於他曾任蔣經國秘書，黨政關係深厚，故在一九六〇至一九八九年間，幾乎包辦了《台灣新生報》及《中國時報》的武俠連載專欄。其五十部作品全是先連載、後出版，無一例外。其最後一部作品是《玉辟邪》（一九八九年，《台灣新生報》連載），隨於一九九〇年封筆，二〇一二年逝世，享壽八十九歲。

十二、慕容美（煙酒上人）

一九六〇年以《英雄淚》起家，代表作是《風雲榜》與《天殺星》，饒有詩情畫意、逸趣橫生之致。其書多由大美、南琪等出版社印行，共有三十二部。作者曾長期擔任公職（稅務員），故一向視武俠創作為「副業」；一九七二年以後，因市場不景氣，鮮有新作問世。迄至一九七九年提前退休，始專事寫書。其最後一部作品是《拾美郎》（一九八三年，《台灣日報》連載），不久即因中風而輟筆；終於在一九九二年病故，享年六十歲。

十三、田歌（晨鐘）

一九六一年，以晨鐘為筆名，發表《陰陽劍》等作品，後改以田歌之名，發表《天下第二人》，風格詭變多端，為台灣「鬼派」創始者。其後轉往電視界發展，擔任製作人及編劇，遂逐漸淡出武壇。二〇一二年，退休家居至今。

十四、柳殘陽

一九六一年以《玉面修羅》起家，代表作是《天佛掌》、《梟中雄》、《梟霸》二部曲，善於描摹黑道幫會生態。其書多由四維、春秋、南琪、合成等出版社印行，共有四十餘部（短篇小說未計入）。一九七二至一九七七年創作量銳減，每年僅寫一書。其最後一部作品是《明月不再》（一九八九年，《聯合報》連載），似有時不我予、預告封筆之意。一九九〇年左右赴美依親，乃宣告退隱江湖。二〇一四年病逝，享年七十三歲。

十五、雲中岳

一九六三年以《劍海情濤》起家，代表作是《八荒龍蛇》與《大刺客》，善於運用史料與武術技擊。其早期諸書多由黎明、四維、南琪等出版社印行，約有三十餘部。一九七三年以後，則因時轉勢易，改寫中、短篇小說，不料愈戰愈勇，源源不絕。其後期諸作大多發表於香港《武俠春秋》半月刊與台灣《武藝》雜誌，而由皇鼎出版社印行。其最後一部作品可能是《劍影迷踪》（一九九八年），另一部《烈火情挑》則始終未見出版。迄至一九九九年封筆為止，其武俠作品（包括短篇小說集）總計竟達八十部之多。在台灣第二代武俠名家中，其創作生命之長（三十五年）僅次於獨孤紅。二〇一〇年逝世，享壽八十歲。

十六、秦紅

秦紅的《九龍燈》

一九六三年以《無雙劍》起家，代表作是《武林牢》與《九龍燈》，文筆輕鬆幽默，饒有現代武俠之風。其早期諸書多由大美、南琪等出版社印行，一九七四至一九七六年一度輟筆。復出後，改寫武俠中篇，則交漢麟／萬盛出版，總共有四十二部。其最後一部作品是《獨戰武林》（一九八六年），隨即封筆，改行經商。今已退休，賦閒家居。

十七、司馬紫煙

一九六一年以《環劍爭輝》起家，因續寫《江湖夜雨十年燈》（諸葛青雲掛名）而成名，代表作是《金僕姑》與《大英雄》。其早期諸書多由春秋、南琪等出版社印行，約近三十部。一九七二年以後，其寫作重心轉移到歷史傳奇小說及俠義動作小說上去，各有十多部；武俠小說則相對較少，屈指可數。其最後一部作品可能是《鷲與鷹》（一九八二年，《台灣時報》連載）；不久即移民中美洲的多明尼加共和國，迄至一九九一年去世，享年僅有五十歲而已。

十八、雪雁

一九六三年，以《血海騰龍》獲新生書店所賞識，同時又將舊稿《寒梅谷》由四維發行，皆為其念師大化學系時所作；其後歷任教職，仍多有撰述，一九八一年，出任台東女中校長，因教務繁忙，遂至擱筆，一九九一年退休，賦閒家居。

十九、秋夢痕

一九六三年，以《翠堤潛龍》起家，風格略近鬼派，其後中輟十年；一九八〇年後，重作馮婦，風格大變，頗耽溺於情色的描寫，為「香豔武俠」的一員。一九八九年，病逝於嘉義，享年六十六歲。

二十、獨孤紅

獨孤紅的《雍乾飛龍傳》（春秋出版）

一九六五年以續寫《血掌龍幡》（諸葛青雲掛名）起家，代表作是《雍乾飛龍傳》及《滿江紅》、《丹心錄》、《玉翎鵰》三部曲。其書多由春秋、大美、南琪、四維等出版社印行，約近五十部。一九七〇年代武俠小說開始式微，他遂應臥龍生之邀，進入華視編劇；則以寫電視劇本為主，武俠創作為輔，勉強維持不輟。其最後一部作品可能是《京華遊龍》（一九八五年，《中華日報》連載），迄至一九八八年封筆，再無新作問世。二〇〇二年，應上硯之邀，寫成《關山月》一書，當為其最後一部作品。卒年不詳。

其他知名作家：如武陵樵子、南湘野叟、東方英、蕭瑟、曹若冰、雪雁等人，亦多半於一九七〇年代退出武壇。其中唯有玉翎燕（陸軍少將繆綸）曾任《青年日報》發行人，因職務之便，得以活躍於一九八〇至一九九〇年代的報刊武俠陣地（時輟時續）。其最後一部作品是《殺手之劍》（一九九五年，《中華日報》連載）；至此，老一輩武俠作家乃偃旗息鼓，全面退出報紙武俠連載專欄，為這鼓盪風雲垂一甲子的「成人童話時代」劃下了休止符。

由以上簡略回顧台灣武壇的興衰可知，一九七一至一九七六年是一個攸關武俠創作「生死存亡」的關鍵時段——依次有伴霞樓主、司馬翎、孫玉鑫、臥龍生、諸葛青雲、慕容美、柳殘陽、秦紅、獨孤紅、高庸等人，或退隱，或輟筆，或減產，或改行（轉戰影視圈發展）；而雲中岳、司馬紫煙及蕭逸則相率調整寫作策略，以武俠中短篇取代長篇故事，甚至改撰歷史傳奇小說，以因應時變。故一九八〇年以後，中短篇武俠作品一時蔚為風尚[1]；但也不過是強弩之末，無力扭轉頹勢，又如何能抵擋「金庸旋風」？

當此之際，以古龍為師的後起新手相繼崛起於台、港兩地；如溫瑞安（台灣起家，香港成名）、奇儒、蘇小歡及香港的黃鷹、龍乘風等，皆有所表現。但優秀作者寥寥無幾，屈指可數，遠不能與一九六〇至一九七〇年代百家爭鳴的盛況相提並論。在台灣武壇老成凋謝、新秀未成氣候之下，洵可謂「蜀中無大將」。此所以金庸小說得以所向披靡，定於一尊，亦是歷史發展之必然，無須深異。

一九八〇年代，是台灣武壇老將逐漸封刀歸隱，而新秀猶待琢磨的階段，在一九九〇年之前，多數的老牌作家，物故的物故、淡出的淡出，已可預見武壇蕭條的景象，但若干出版社為衣食之計，卻別走偏鋒，妄圖以香豔、色情的內容，挽回積勢，遂更使得台灣武俠走向不歸之路。

第二節　色情武俠作品泛濫成災

台灣武俠小說到了一九八〇年代，由於讀者銳減，出版狀況大不如前，若干出版社為了維持生計，並吸引年輕的讀者，遂改絃更張，一股腦將所謂的出版道德、武林俠義束諸高閣，推出了極盡其

1從一九八〇年起，台灣各報多視武俠小說為「雞肋」；除極少數名家作品之外，大都登載一日刊完的武俠超短篇。其中如曹若冰、隆中客、溫瑞安、黃英雄、白翎等皆有多篇發表；而秦紅、雲中岳亦不免受制於「速戰速決」的規約。

媚俗能事的「香豔武俠」系列。一時之間，坊間租書店充斥著一堆打著武俠招牌，卻實際以「色情」[1]（pornography）為號召的武俠小說，流惡無窮，可謂雪上加霜，更加速了武俠小說的沒落。

一、武俠小說中的「情色」描寫

武俠小說中的「情色」（erotic）描寫，早在舊派武俠中就可略見端倪，如還珠樓主的《蜀山劍俠傳》第十二回〈白日宣淫，多臂熊隔戶聽春聲；黑夜鋤奸，一俠女禪關殲巨盜〉中，寫慈雲寺的和尚智通與女飛賊楊花的淫事；第二〇五回〈魁影爆冰魂，灩灩神光散花雨；佛燈飛聖火，曇曇幻境化金蛛〉中寫黑丑與香城娘子史春娥的通姦，都不免有若干情色的描繪。但前者不過：

> 誰想將她小衣脫去以後，就露出一身玉也似的白肉，真個是膚如凝脂，又細又嫩，婉嗒哀啼，嬌媚異常。不由得淫心大動，以方丈資格，便去占了一個頭籌。誰想此女不但皮膚白細，而且淫蕩異常，縱送之間，妙不可言。

後者雖較露骨，也只說道：

1 「色情」（pornography）與「情色」（erotic）的區別，向來有許多爭議，在此基本上以「色情」指與「性」有關且以刺激性欲為主的描寫內容；而「情色」則指內容牽涉到「性」，但不強調性交動作，也不以刺激性欲的描寫。請參看葉慶元〈網絡色情之管制：從傳統之管制模式出發〉（《世紀中國》網站，二〇〇三年一月上網）一文。

妖婦本來生就絕色，這時全身衣履皆脫，一絲未掛，將粉腰雪股，玉乳纖腰，以及一切微妙之處，全都現出。又都那麼穠纖合度，修短適中，肌骨停勻，身段那麼亭亭秀媚，毫無一處不是圓融細膩。再有滿樹桃花一陪襯，越顯得玉肌映霞，皓體流輝，人面花光，豔冶無倫。妖婦又工於做作，妙目流波，輕嗔薄怒，顧盼之間，百媚橫生。

引人遐思固然難免，但卻點到為止，重情境之設色，而未在色情上作鋪張揚厲之舉。《蜀山劍俠傳》以仙魔之鬥法為核心，而仙魔之別，往往就在情欲的斂抑與放縱；為了凸顯正道的修身及道德，故刻意以邪魔之縱放情欲為對比，其間自然不免會有若干基於情節之「必要」而插入的片段。

台灣的作家中，從早期的諸葛青雲、司馬翎，到稍晚的古龍、向夢葵、獨抱樓主、獨孤紅，也多有情色的片段描寫；其中如獨抱樓主《迷魂劫》中的「六虺」諸女與歐陽漱石調情的描寫，就不免令讀者血脈賁張，而有非非之想（十五章）。

司馬翎尤為箇中翹楚，對女體的描述與形容，風情駘蕩，活色生香，如《焚香論劍篇》寫赤身教搖魂、蕩魄二仙的「媚功」（第七章），果真具有搖魂蕩魄之力，屬情色描寫中的上乘文字；至於牽涉到情欲的場面，如《金浮圖》第三十二至三十三章寫薛陵面對白英的誘惑，先是兩人赤身相擁，場面旖旎，卻不及於亂；其後朱公明進來，薛陵躲在一側，聽見他們的雲雨之聲，情欲已受激蕩；最後寫白英欲誘惑薛陵，薛陵陷入天人交戰的情景。其中朱公明的淫惡、白英陷溺於情欲中無法自拔的可憐、薛陵內心情欲與理智的衝突，揉合成一相當具有誘惑力的情欲氛圍，媚而不淫，佚而不蕩。司馬翎不直接寫情欲纏綿的動作，而純就情景的鋪設寫情色，可謂是武俠小說中最擅長情色摹寫的能手。

儘管台灣的武俠小說中不乏情色的片段，甚至在當初保守的社會環境下也難免遭致若干「黃色」的批評。不過，既是片段，充其量不過是聲色的點綴，點到為止，在床笫之間，分寸的拿捏還是謹守其分；而且，在情節上多半是為了凸顯淫惡與良善的主題而設。大體上，這些情色描寫的主要對象，都是江湖中以淫蕩著名的女魔、淫娃，以色事人，面首萬千，縱情而恣放，渾不知名節之可貴。顯然，這與武俠小說中「女俠」形象的塑造是有關的。

武俠小說中的「女俠」，有其淵遠流長的傳統，從明代鄒之麟的《女俠傳》、徐廣的《二俠傳》、馮夢龍的〈情俠〉以來，女俠的形象就被嚴格範限在傳統的貞女與節婦之中，即便其中有許多妓女為俠者，但也透過對「愛情」或其他更高層次的理想（如國家、民族）之執著，而抵消了她們與「貞節」間的衝突[1]。

在武俠小說中，女俠形象非常豐富，既可如小龍女般高潔出塵、黃蓉之精明伶俐、任盈盈之溫婉深情、端木芙之智巧靈慧、沈霞琳之天真無邪、沈君璧之楚楚可憐；也可如風四娘之豪邁曠放、花玉眉之風情冶豔、谷寒香之含垢忍恥、雲散花之縱任情性。但幾乎都是以正面的角度予以摹寫，不會與淫佚、放蕩、縱欲、風騷等情節有若何關聯；即使像後者屬於「開放型」的女俠，風四娘動不動喜歡在大庭廣眾下洗澡，花玉眉衣著暴露、舉止媚態橫生，谷香寒出賣色相、以身換技，雲散花曾經與多

1 參見林保淳〈兒女情長入江湖——古典小說中的「女俠」形象〉，收入《古典小說中的類型人物》（台北：里仁書局，二〇〇三），頁一五三至二〇六。

位男人發生關係，但作者最多讓讀者眼睛吃吃冰淇淋，絕不會讓她們過度「曝光」在讀者眼前，更遑論有任何床笫纏綿的描繪了；而且，風四娘的豁達、花玉眉的真情、谷香寒的堅貞、雲散花的自覺，正是作者透過其稍嫌踰閑蕩檢的行為刻意表現出來的主要性格。

換句話說，香豔、冶蕩的情節，多半發生在小說中的負面（女性）人物之上，如古龍《多情劍客無情劍》中的林仙兒、司馬翎《武道．胭脂劫》中的謝夫人。這是為了反襯正面性女俠而凸顯的邪派人物，自還珠樓主以來已成慣例，不過在台灣武俠小說家中似更進一層，如寫林仙兒的淫蕩狠毒，是為了展現古龍深心中對一些企圖心過旺、為了達成目的不擇手段的「女強人」之批判，是注入了個人主觀意識在內的；而司馬翎寫謝夫人從淫欲發展到嗜血的衝動，則是為了對「情慾」與「暴力」的關係作更深的詮釋。在主題的貫串下，如是的描寫，無疑也承擔了情節布局的重任。

儘管這些情色的描摹，在若干較敏感的讀者眼中，難免會激起情欲的遐想；但這並非作者的命意所在，更非企圖以此吸引讀者。甚至，若干作者還會刻意避開原來可以有的情色場面。如司馬翎在《玉鉤斜》第一章中，公孫元波和歌妓小桃，原本會有床笫交歡的場面，但作者卻以：「這是因為我們有一條規矩，凡是參加我們陣營，變成了一家人，就嚴禁有非禮越軌之行，也就是說，我們已不能發生男女關係了。」加以稀釋。在台灣武俠小說中，能見到如下的文字，已是很讓人面紅耳赤、心驚肉跳了：

> 於是，北雙那碩長而壯健散發著男人特有氣息的身體，亦同那少婦白如脂羊的胴體一樣完全赤裸。

接著，一場「陰陽肉搏戰」已是正式開始……

良久，不，很久……

很久……

北雙氣喘如牛，渾身無勁……

少婦仙仙欲死，浪哼連連……[1]

不過，在一九八〇年後，整體情況卻出現了急遽的變化。

二、始作俑者的《奇神楊小邪》

一九八〇年左右，文天行出版了署名「臥龍生」的《奇神楊小邪》一套六冊的武俠小說；沒多久，因銷路奇佳，遂於再版時正式宣告原作者是：李凉！這是李凉在武俠小說中第一次露面，但當時除了出版社外，很少有人知道他是何許人的。網路《龍騰世紀書庫》上介紹他：

李凉，東海經濟、LAS VEGAS CASINO研究所，早年曾經拚資電影，並親自參編導工作，且創造出幽默武俠，紅遍港台、大陸，每部稿酬高達百萬以上，為最暢銷作家之一，目前任職TAIDE公司執行董事，精於地產、金融、珠寶、育樂事業經營，

1見單于紅《血煞星》第卅九章〈墜落嬌娃樂一鼎〉。

為一企業專才。由於其對小說不能忘情，故再次執筆，此乃喜愛武俠者一大福音。其品有《企業前瞻論》、《外星人》、《美智子的誘惑》及《奇神楊小邪》等十餘部，尤其幽默武俠系列，讓人讀來興味盎然、詼諧有趣。誠如金庸所言：幽默是最佳人際橋梁。李涼屬天才型者，其文活潑生動，選材每中要害，且耐力驚人，在經過十年商場歷練，重新執筆，必將再創旋風。

這段介紹，有點不正不經[1]，是刻意誇張渲染的一種廣告性文字，不過大體也可略知其經歷頗多，創作領域亦頗廣。文中所謂的「興味盎然，詼諧有趣」，倒真是他武俠創作的一貫風格——只是，如此的「幽默」，未必使人敢「領教」。

從《奇神楊小邪》開始，李涼就企圖以突梯滑稽、詼諧不經的風格別樹一幟，筆下所塑造的楊小邪目不識丁、不學無術（連「天理昭彰，屢報不爽」都會講成「千里迢迢，屢報不爽」）；武功不濟（最多會自創「浪子三招」），但「跑功」天下第一；好賭骰子，精通賭博門道；人精鬼靈，嘻笑怒罵，動輒就是「三字經」——活脫脫就是個痞子。這很顯然是以金庸《鹿鼎記》中的韋小寶為藍本模擬出來的，只多了個楊小邪「萬毒不侵」而已。全書的內容，以楊小邪浪跡江湖，憑藉著一些古怪精靈的鬼門道與三教九流的人物「混」在一起為主線，偶爾做些「行俠仗義」的事，更不時與一些江湖女子產生無邊的情愛糾葛。

---

1 如「拉斯維加斯賭博研究所」、「稿酬高達百萬」等，都是故作誇張、驚人之舉。

他以這種韋小寶式的人物，創作了一系列的「幽默」作品，如《楊小邪發威》、《笑笑江湖》、《酒狂任小賭》、《江湖一擔皮》、《神偷小千》、《妙賊丁小勾》、《淘氣小活寶》、《小鬼大贏家》等等，從書名中即可略知其風格及內容。金庸在武俠小說中創造韋小寶，實際上含有「顛覆武俠」的企圖，於嘻笑玩鬧之中，饒有深沉的諷刺意味，因此並非武俠創作中的常態；而李涼卻「以變為常」，刻意裝瘋賣傻、作乖搞笑，取韋小寶之形而遺其神，不僅糟蹋了韋小寶，更使一九八〇年後的武俠小說陷入了深濘的泥淖之中，至今猶難以拔足。

李涼的文字原就不通，如《奇神楊小邪》的開首幾段：

> 老君廟，老君廟，它，不是廟，而是地名，位於隴西境內，河西走廊最末端，嘉峪關西南方，祁連山下。
>
> 老君廟雖在關外，卻熱哄非凡。
>
> 嘉峪關，長城最末端，城高數丈，氣勢宏幛，和玉門關同稱生死關。
>
> 近人有云：「若出嘉峪關，兩眼淚不乾。」逢此大漠飛沙滾滾，想活還得老天同意才行。
>
> 祁連山，祁連山，好牧場，山高險峻，白雪罩頂，山下一片牧草，馳騁草原上，大漠兒女疏狂不羈。

無論遣辭用字或句子結構，都有文理不通的毛病；偏偏他又喜歡夾雜一些現代化的俗語、方言，如：雖（倒霉）、恨號（很好）、殺米威（什麼話，閩南語）、「馬蓋」（什麼，客語）、代誌（事情，閩南語）、「陰溝裡去」（英語 English）等，以造成「笑果」，遂往往令人（老讀者）不忍卒睹。可是，出乎意料之外的，時下一些年輕人對這種「無厘頭」式的小說卻趨之若鶩，李涼的小說大行其道。《奇神楊小邪》中雖然讓楊小邪打情罵俏，處處留情，但有關情色的描寫極少，倒還算是較正派的寫法。不過，既以如此的人物為主角，則難免不會漸趨下流；李涼在往後的小說中，不能自持，也逐漸色情了起來，如《超霸的男人》中的兩段描寫：

> 她更摟臂一抱。他不由趴上胴體！敏感的部位緊貼上，她已亢奮！她便邊吻邊摟拖他上榻。她的下體更廝磨不已！不久，他已被磨出火氣。小兄弟為之橫眉豎眼。不久，她透不過氣的鬆唇連喘。[1]
>
> 不久，他已把她剝光，立見她的褻褲已濕一大半！
>
> 她不但健美，而且熱情，加上久識之愛意在如今引爆，所以，春潮便似三峽洪流般溢個不停！
>
> 不久，他已欣然上馬，她大方的迎賓納客。
>
> 又過了好久，她已哆嗦不已！她嗯喔啊唉叫個不停！他樂不可支啦！他便改以「隔山打牛」追殺著。

1 第七章，〈美女投懷又送抱〉。

又過不到半個時辰，她已茫酥酥！她呻吟的一直喚哥！她淚汪汪著！她汗下如雨！哆嗦的胴體為之更迷人！

她那淚眼為之更扣人心弦！又過不久，他終於送禮。兩人終於水乳交融啦！[1]

這兩段文字，聲音、動作、姿勢、性器官都出爐了，很明顯已踰越了「情色」的範疇，開啟了淫濫的「色情」武俠之風。

三、色情武俠的淫濫

李涼崛起之後，由於大受年輕讀者的歡迎，類似的作品紛紛出籠，皇鼎出版社甚至打出「香豔武俠」的招牌，用以吸攬顧客，於是松柏生、李輕鬆、郝松、顏斗等作家一時並出（**據說其中也有老牌作家化名淌渾水的**），競相以色情為號召，其中的松柏生創作量尤其驚人，居然高達二百餘部，小說出租店裡，滿排書架都是他們的作品，原有的武俠書幾乎都消匿無蹤了。

這些作品，單從書名上就可以看出受到李涼的影響，如松柏生的《賭棍小狂俠》、《怪童鬧乾坤》、《混小子發燒》、《龐客大賭仙》，李輕鬆的《頑童桃花命》，郝松的《阿通正典》，顏斗的《大膽好小子》等，皆是模擬楊小邪的。其主要內容，不過就是以深諳江湖鬼門道的一個混小子，憑藉著隨機應變的本領、嘻笑遊戲的口舌、逢凶化吉的運氣，在「頑笑化」的江湖中無往不利的故事。內容

1 第十七章，〈嬌俏女承露沾霜〉。

雖不能說完全千篇一律，但模式雷同，殊無可觀之處；實則就是為了販賣色情而已。這點，在書名中已可輕易發現，如松柏生《香菇連環泡》、《棍王巴大亨》、《桃花女鬥豬公》、《曠女鬥刁龍》、《波霸俱樂部》、《巨棒出擊》等等，充滿了性象徵與性暗示，明眼人一望即知葫蘆裡賣的是什麼藥！有些即使書名還算「正派」，但掛羊頭賣狗肉，骨子裡還是「色情」。

將這些小說歸類於「色情」，是絕非誣枉的，試看李輕鬆《虎嘯雲舞》（書名也不通，這是這類小說的通病）在第二章〈夢幻樂園春光無限〉的描寫：

> 突然，眼前一亮，只見一雙晶瑩高聳的玉乳和乳頂上嫩紅的乳蕾展現在雲遮月的眼前，禁欲十幾年的他，似乎比十幾歲的毛頭小夥子似乎還要衝動，他炯炯的目光似要透視世間的一切。
>
> 在漫長的等待中，齊水蓮終手解除了所有的束縛，以一具豔力四射的天體投人雲遮月的懷中。
>
> 深情而漫長的吻，直吻得齊水蓮淚水腮頰而下，吻得她全身痙攣，吻得她心花怒放。
>
> 春山怒凸，小腹平坦，萋萋芳草，活水流動的桃源洞，修長的玉腿，加上心悸的嬌喘，早已令雲遮月春心蕩漾。
>
> 騎士終於跨上了戰馬，戰場上戰鼓已經擂動，嬌羞的呻吟在無盡的快意中已控制不住而成放浪的嬌呼。

哇操！二人還未進入狀況就已有一種捨生忘死的感覺，彷彿這個世界上除了性愛是永恆的，其他一切都已死亡。

…………………（中略）

翻騰中的兩具肉體終於合二為一，瘋狂的躁動大有天翻地覆之勢，身下的木床在呻吟，桌上的杯盆叮噹作響，連窗戶紙都被震裂數處，戰況之激烈非言語可以形容。

齊水蓮從雲端至地面已數個來合，雲遮月終於達到興奮的頂點頂，一泄如注。可齊水蓮的檀口再次吻上了雲遮月，丁香數度，暗香流動。

雲遮月在齊水蓮的刺激下竟然再度興奮。

齊水蓮挺身而起，跨坐雲遮月之上，巫山暗合，雲雨再起，齊水蓮彷彿開足馬達的機器般，拚死地搖晃旋動，上下起落之間嬌呼連連，完全一派浪婦作風，刺激得雲遮月完全失去思考能力，心中只想到要一展男性尊嚴，把這場戰爭進行到底。

極度迷幻中的二人再次進行交叉換位，動作是那麼的熟練自然，當東方日出時這場大戰才算告一段落。

在這一章中，全以床戲為主，平心而論，如果將色情場面刪除，此書也沒有什麼其他可觀的內容了。類似的描寫，幾乎觸目皆是，甚至還有更誇張的，如顏斗的《大膽好小子》第七章〈美人排隊來報到〉：

她一走到他的身前，立即蹲身及張口含住「香菇頭」。

他剛一怔，她已經開始吸吮了！

一陣陣酥癢立即使他的「雞母皮」猛跳「曼波」，他輕撫她的雙頰道：「小霜，妳這招挺高明的哩！」

小霜無法一口兩用，便邊吸吮邊以纖指撫捏著「槍身」及「彈藥庫」那兩粒「子彈」啦！

哇操！有夠「賀（妙）」！

他的呼吸急促了！

那根寶貝更硬更粗了！

「好小霜！真夠味！有夠賀！」

她聽得大樂，吸吮得更起勁了！

纖指更忙碌的撫摸了！

又過了盞茶時間，他按捺不住的起立，她立即將雙掌朝池沿一按，雙腿一張，那對雪臀便高高翹起。

他望著尚在滴落津液的「桃源洞」口一眼，那根寶貝剛對準洞口，她已經迫不及待的將雪臀向後一頂。

一聲脆響之後，「香菇頭」立即頂到一團嫩肉。

這樣的描寫，如果還不是「色情」，那是睜眼說瞎話了！

情色，有時不免是武俠小說於劍拔弩張之際吸引讀者稍獲溫柔喘息的手法，如果運用得當，未嘗不具意義；但如果以此為招徠的手段，連篇累牘都是一片做愛叫床的場面，就有點「等而下之」了。一九八〇年代以後，色情相襲成風，連名家黃易在《尋秦記》中都深染此風，有相當大的篇幅是色情片段（**但後來由時報文化再版時已刪除盡淨**）。此時的社會風氣較以往開放，年輕的讀者對性百無禁忌、欲望無窮，作者以此當招攬的手段，無疑是切合著社會潮流的，武俠小說的「媚俗性」在此也呈露了其可能一往無遺、流宕不返的弊病。一旦作者失卻了對作品嚴肅性的要求，武俠小說就注定了要走上墮落的不歸路。

民初以來武俠小說情色描寫的發展趨勢，是從「情色」轉向為「色情」的。色情的出現，就某種程度而言，破壞了原有的武俠小說精神，因為：（1）在有關性愛場面的描寫上，逐步大膽而露骨，赤裸裸的展示了橫流的物欲，多數的小說，簡直就可納入色情小說的類型。如郝松的《阿通正典》，就被網路上的色情小說網站廣泛收錄。（2）在描寫對象上，不但淫娃、蕩婦、魔女被窮形盡相，連正道的女俠也被迫袒裼裸裎，以身體，而不是以其性格特點吸引讀者；而男主角也一改以往飄逸瀟灑或崇高偉大的形象，成為市井混混之流——無論男女主角都失去了原有的丰采。可想而知，這對熟悉舊的「武俠世界」的讀者，會造成多大的傷害！舊的武俠世界一旦崩潰，武俠小說也就名存而實亡了。而這一切，始作俑者的李涼是不能辭其咎的。

當然，色情小說的存在意義與社會價值，是還容有討論空間的；可是，既以武俠為名，就應符合武俠小說的類型特色，虛構的江湖世界中，本充滿了許多人理想的寄託和精神的嚮往，這不應該被以打武俠之名賣色情之實的一些小說所破壞。如果真的認同色情小說，何妨就直接明標色情，而無須用武俠作幌子？可嘆的是，武俠的元氣，在色情的淫濫下，真的就「一洩如注」了！

陸 期待篇

第一章 女性武俠作家的崛起

武俠小說中的「武」字，本就是富涵陽剛氣息的字眼，而「俠」，在傳統中亦多指涉向男性，是以武俠小說的讀者，也以男性居多，而從事於武俠創作的作家，在一九八〇年以前，也幾乎是清一色的男性。金庸武俠小說在一九八〇年《金庸作品全集》的出版，由於金庸本身的高知名度，再加上其作品的高水準，不但一舉將武俠小說從「不登大雅」拱上了文學的殿堂，可以說是武俠小說發展史上劃時代的大事；同時，也使得武俠創作及閱讀的生態，起了顛覆性的結構轉變，女性讀者的大量增加，以及女性武俠作家的崛起，就是其中最具指標意義的。

金庸的武俠小說頗擅於寫情，尤其是《神鵰俠侶》一書，向來有「情書」的稱譽，其中以楊過為核心，從小龍女開始，歷郭芙、程英、陸無雙到公孫綠萼、郭襄，不同性質的感情內涵、不同的戀愛心態、不同的戀情波折，都寫得娓娓動人，一闕引用元好問的「問世間情為何物，直教人死生相許」，更不知風靡、沉醉了多少的年輕男女。就男女兩性的大別來說，無疑女性對愛情的憧憬、渴望及堅持，是遠遠超過男性的，是以傳統的言情小說，也莫不以女性熾熱、幽微、深濃、堅定的感情世界為主體，而普遍獲得女性讀者的喜愛，明代湯顯祖的《牡丹亭》、清代曹雪芹的《紅樓夢》，皆可作如是觀。金庸武俠小說的流行，無疑也直接面向了女性讀者，能以其深摯動人的愛情摹寫挑動女性的心絃；再加上金庸筆下，亦不乏有類似黃蓉、趙敏等美貌與智慧兼具的女子，足以使當代女性興起「小女子當如是也」的想望，這使得原以男性為主的武俠小說，開始拓廣其讀者層面，而吸引了為數眾多的女性。連帶著，具有創作才華的女子，也應運而生，投入武俠創作的行列，為武俠小說注入了一股新生命、新氣象，而有了可能與男性作家筆下不一樣的江湖世界。

一九八〇年後的武壇，女性作家的崛起，無疑是一個重要的文學現象，在這方面，顯然中國大陸在改革開放後風起雲湧的「新武俠」浪潮，相較於已逐漸趨於式微的港、台兩地，是更有發展空間的。因此，大陸出現了相當多的女性武俠作家，滄月、步非煙、沈瓔瓔、盛顏、楚惜刀、趙晨光……等，各以其不同的風格，在大陸武壇上嶄露頭角；台灣雖是略為遜色，但也打破了慣例，出現了若干武俠女將，其中較為知名的，當推荻宜、祁鈺與鄭丰。

台灣女性武俠作家點將錄

台灣女性作家極多，知名的更是不少，但從事於武俠創作的就寥寥可數了，幾乎全都是男性作家的專擅，偶爾有些男性作家會依循著民初男作家以女性化的筆名撰文的故技，故意「反串」，如宇文瑤璣、紅豆公主等，有時不免會混淆視聽，但其實都是道道地地的男性。自一九八〇年後，才開始真正有女性武俠作家的出現，以創作時序來說，荻宜應該是台灣第一位。

一、**荻宜**（一九四八～），另有筆名靈空子，本名謝秀蓮，台灣桃園人。雖然曾考上世界新專編輯採訪科，卻放棄沒有繼續升學；初中畢業後，即開始工作，曾在製藥廠、孤兒院作過事。從初中時代就開始一般文學創作，十七歲時於「新生報」首度發表作品〈剪報與我〉，廿一歲始從事廣播、電視的編劇工作。一九八二年發表《七巧神鞭彩虹劍》武俠小說作品，此後兼具一般文學作家與武俠小說作家的雙重身分，是一位橫跨純文學與武俠文學的特殊女性作家。荻宜於中國武術、奇門雜學及琴棋書畫等武俠小說常見的內容著力頗深，又能以女性的特殊觀照摹寫原來陽剛之氣濃厚的「江湖世界」，以細膩的思緒、委婉的情感取勝，曾博得名作家司馬中原的大力讚賞，是武俠小說界中難得一見的女性作家。主要作品有《女俠燕單飛》、《明鏡傳奇》、《雙珠記》等。

荻宜的《女俠燕單飛》

《雙珠記》（一九九三）以清初三藩中的平西王子吳三桂絞殺永曆帝，其後興兵反清的史事為經緯，從中虛構了一個心懷故明、精曉命理的勘輿大師梅正之，以及其徒梅松，企圖以命理休咎、順天應人之理，說服吳三桂保明反清；而吳三桂終究利欲薰心，不僅絞殺了桂王，且其後發兵起事，一一皆在梅正之預料之中的故事，忠臣義士、仁人孝子之氣，洋溢全書，可以說是極具傳統武俠小說強調忠孝節義的一部小說。

吳三桂引清兵入關，其後又反清自立的歷史，可以說是稍知歷史典實的人都知曉的事件，但鮮少有武俠作品以此為題材加以發揮，僅見金庸的《鹿鼎記》記韋小寶映襯康熙事功時帶上一筆，而主要著墨在韋小寶身上，對吳三桂只是平面化的描述，未有更進一步摹寫這一位千古遭人唾罵的「漢奸」

內心複雜的一面。《雙珠記》或多或少受到了《鹿鼎記》的影響，也援取了金庸對陳圓圓的定位，且最後更將桂王的小公主與著名的「獨臂神尼」繫聯為一，書名「雙珠」，指的就是小公主與梅正之的女兒梅芝羽，她們為報君父之仇，化名潛入吳三桂王府中，但全書對她們著墨不多，反而都是在看梅正之、梅松師徒二人的表演。

梅氏師徒都以命相、勘輿之術，受知於吳三桂，吳三桂心懷異志，想藉二人之力為其權力欲望作背書，而梅氏師徒也想以「前知」之術，勸服吳三桂。作者對吳三桂的摹寫，基本上不脫吳偉業〈圓圓曲〉中「衝冠一怒為紅顏」的定論，且更進一步渲染其「好色」的本性，雖說對他內在的心思，如夾雜在效忠於明廷或清廷之間的掙扎，也偶有觸及，但終歸不脫見利忘義的梟獍人物，未免單薄一些，但中規中矩，不逸離傳統的評價，倒也算是能平情以論。但也就因拘泥於傳統評價，卻使得其格外用力摹寫的梅氏師徒完全失去了應有的作用。

吳三桂的歷史，史實俱在，無論如何都更改不了，因此作者在傾其全力對梅氏師徒占斷、預測的神奇上，雖是極盡巧思，幾乎所有的預言都完全應驗，但終究歸於枉然，反而削弱了兩人的份量。不僅如此，讀者早已透過歷史知曉吳三桂的一切，書中一而再、再而三，不厭其煩的「點醒」吳三桂，其實都成了贅筆，反倒讓讀者覺得梅氏師徒的迂闊，既知吳三桂之絕不肯聽從，何不索性奮其一擊，豁出其性命與吳三桂一拚，反而更讓人熱血沸騰、酣暢淋漓？平情而論，《雙珠記》雖屬武俠小說，但幾乎等如是在寫吳三桂後期平西王的歷史小說，山婆婆、楊娥、柳無根（三王爺），甚至連梅芝羽、柳劍冷（小公主），都英雄無用「武」之地，就未免可惜了。

當代女性主義者，常對「HISTORY」有所疑義，認為應該有「HERSTORY」的女性視角，荻宜身為女性，其實本是可以期待她擺脫男性視角，對吳三桂、陳圓圓都應有若干迥異於男性史觀的看法，可惜的是，似乎還是頗令人失望的。

不過，身為女性的荻宜，在筆觸上倒是頗具有女性細膩而敏銳的特色的，尤其是對書中女性的角色，從頭飾到臉龐、身段，乃至一顰一笑都柔媚多姿，有許多細節，都是男性作家所看不到、寫不出的，也是其特色之一，只是，同一女子，每次出場都花如許多筆墨描摹，就小說而言，是否合宜，就見仁見智了。

二、**祁鈺**（一九六七～），本名謝佩錡，台灣省台中人，十九歲開始從事文學創作，以《巧仙秦寶寶》知名，其後陸續有《試馬江湖》、《排骨遊龍》諸作，而以《巧仙秦寶寶》系列作品（另有《武林少寶》、《七個面具》、《神仙秘笈》、《九迷山風雲》共五部）最受讀書歡迎。九〇年代以後，另以謝上薰為筆名，發表了數十部以上的言情小說作品，儼然成為新生代的偶像作家。

祁鈺是一九八〇年後的女作家，十九歲就開始步入武壇，而此時正是李涼所開宗的輕鬆、幽默、無厘頭之武俠風氣在台灣大行其道的時期，因此，祁鈺的初部作品《巧仙秦寶寶》，也難免受此影響，大暢其突梯滑稽、幽默無厘頭的「嘻鬧」作風。值得慶幸的是，祁鈺畢竟還是女性，因此如李輕鬆、郝松等男性作家猥濫的色情歪風，並未闌入於此書之中，儘管此書因為初試啼聲，筆力未臻純熟，作者又年紀尚輕（其實許多老作家的初創年紀往往不足二十歲，但一九八〇年代的十九歲，因時代、社會的變遷，其成熟度是不可同日而語的），思慮未熟，見解未透，全書破綻甚多，並非佳作，但較諸同時期的其他作品，還是頗足稱道的。

此書以一位自幼在少林寺長大的小女孩（剛足十一歲）秦寶寶為女主角，粉妝玉琢，人見人愛，卻又調皮搗蛋，處處惹禍生事，仗恃著少林寺和「金龍會」（後來還有四川唐門）的庇護，笑鬧由她，幾乎沒有王法。全書基本上就是以她隨性之所之的「闖蕩江湖」為基本架構，隨意點染，情節相當散漫，無意義的事件和對話充斥於全書，熟於「老江湖」的武俠讀者（如筆者），幾乎是難以卒讀的，然而，卻在當時受到許多讀者的歡迎和擁護，以筆者所見的版本來說，此書就被借閱過七十餘次，可以概見一斑。

本書雖寫江湖，但筆下的江湖，不見真的豪氣干雲的英雄，如書中的男主角衛紫衣，分明是以柳殘陽《梟霸．梟中雄》中的燕鐵衣為藍本，衛紫衣的「金龍社」，也一如燕鐵衣的「青龍社」，但在衛紫衣身上，我們看不到燕鐵衣的豪邁與氣魄，反倒多情而溺愛；「金龍社」中諸子，也與「青龍社」中的硬漢大異其趣，怕老婆的怕老婆、愛鬥嘴的拚命鬥嘴，柳殘陽筆下的「黑社會」，宛然變成了「慈愛的大家庭」了。本書也沒有一般武俠小說的「江湖多風波」，江湖恩怨、名利權勢之爭，刀光劍影、慘烈廝殺的畫面，也淡去很多。

許多風波，常常是秦寶寶自己「惹」出來的，儘管書中也有不少所謂的「陰謀」、「野心」，但作者的安排卻非常不合情理，如金龍社的北京分舵主陳東昇，暗中勾結「屠龍幫」，究竟動機為何？毫無交代，而「屠龍幫」幫主文鳳眉，居然是因求親於衛紫衣未遂，因此故意挑釁，明顯是缺說服力的。尤其可怪的是，當衛紫衣發現陳東昇背叛了「金龍會」之後，所採取的第一個動作，居然是將其罪狀「送去」給陳東昇，然後才由陳東昇在震驚之餘，約期向衛紫衣挑戰，如此「彬彬有禮」的江湖，還是第一次在武俠小說中見到。大抵由於作者年紀尚輕，世事不明，例如秦寶寶花錢如流水，動不動就贈人幾十兩銀子，十幾件衣服，居然認為要價三萬兩銀子是「合理」的，對古代經濟完全沒概念；又如她幼年時欲放火燒少林寺藏經閣，居然有其「燒掉裡面的武林秘笈，寺僧可以更專心修行」的荒唐理由（衛紫衣還認為甚有道理），藏經閣豈只有武林秘笈？因此，作者筆下的江湖世界，往往讓人覺得格格不入。作者自謂其書可目之為「童話武俠」，如果從童稚之不諳世事而言，倒是有幾分真實。

然則，何以如此粗糙的作品，會吸引如此之多的讀者喜愛？這點，應該歸功於她所塑造的女主角秦寶寶與男主角衛紫衣之間若有似無的愛情。秦寶寶是以男扮女裝的姿態在書中出現的，與衛紫衣相差了十九歲（年約三十），原以兄弟相稱，後來逐漸默默滋長愛苗。衛紫衣對秦寶寶的溺寵、愛眷，是非常特殊，而且也是非常理想化的，既有如兄般的義氣，又有如多情伴侶的呵愛，這顯然頗能投合當時許多少女的愛情夢幻——大體上，應該是女性讀者為此書的主要擁護者吧！

不過，也正在於秦寶寶本身的設計上，使此書又多了許多不近情理之處。這裡主要是兩個問題：一是秦寶寶的性別，一是秦寶寶的年齡。

秦寶寶雖是女身，但自己卻不承認是女身，所行所事，皆自以為是男身，除了衛紫衣外，好像都沒有其他人知道。為何秦寶寶不願承認自己的性別？難道她會「單純」到連男女生理上的差異都懵然無知嗎？同時，在少林寺的十一年，難道沒人知道她是女的嗎？金龍社諸子，與她相處數年，也不知道她是女子？這是不可能的事吧？作者將秦寶寶作了女身的定位，在書中多處地方暗示，但卻又未能掌握好分際，故自相矛盾、不通情理之處，所在皆有，如文鳳眉施展「迷魂大法」，秦寶寶破陣時，居然會為那些寬衣解帶、大跳迷魂豔舞的女子所迷誘，還好衛紫衣傳音提醒，秦寶寶不是女身嗎？又豈會為女子所誘？

在年齡上，秦寶寶出場時定位是剛滿十一歲，而且體弱多病，但以十一歲的小女生，思慮卻十分周密，常能見微知著，防範於未然；身體孱弱，卻到處趴趴走；而且居然會作詩歌、懂得醫理，還讓人相信她會配製「長生不老丹」，這分明是不符常情的；而更重要的是，衛紫衣年紀已經三十，居然會愛上一個十一歲的小女生，這位「金龍社」的魁首，「寡人之疾」也未免太嚴重了些！

另外，值得一提的是，此書最早是題署為「臥龍生著」的，新興作家由老牌作家先行掛名，以觀其後效，這是武俠出版界的「慣例」，此書發行量不惡後，先是「祁鈺、臥龍生」並列，最後在祁鈺當紅下，才作最後的「正名」。

荻宜與祁鈺的武俠作品，知者不算太多，荻宜是老牌作家，其他類型小說及散文，早已頗具知名度，雖因雅好武俠，甚至自題書齋名為「鐵琴銅劍樓」，但二〇〇〇年以後，也逐漸淡出武壇；祁鈺以武俠嶄露頭角，但在台灣迴響不若大陸，其後改寫言情小說，亦不復從事武俠創作。二〇〇〇年以後，台灣武俠式微，專業作家紛紛轉向他途發展，此亦大勢所趨，女性武俠作家在大勢所趨下，雖有波瀾，卻難以形成潮流，直到鄭丰的出現，才算真的醒豁世人耳目。

三、**鄭丰**（一九七三～），本名陳宇慧，祖籍浙江青田，為台灣著名政治家陳履安女公子，祖父陳誠，更是台灣早期舉足輕重的政治人物。自幼表現優異，師大附中畢業後即赴美深造，取得金融學士學位，後在香港荷蘭銀行任職。鄭丰自幼即嗜讀武俠小說，對還珠樓主有所偏愛，其後閱讀金庸小說，更是愛不釋手。一九九八年至二〇〇五年期間，鄭丰隨夫婿定居英倫，開始著力於武俠小說

鄭丰的《靈劍》

鄭丰的《天觀雙俠》

撰述，完成《多情浪子癡情俠》一書；二〇〇六年，大陸原創武俠網站「紅袖添香」舉辦「二〇〇六年武俠大賽」，鄭丰以此書投稿，榮獲首獎及最受歡迎之作品，自此聲名鵲起，其後改名為《天觀雙俠》在台灣出版，在武俠低迷之際，創下十二萬套銷售量的佳績。其後陸續創作，完成《靈劍》、《神偷天下》、《奇峰異石傳》、《生死谷》、《巫王志》及短篇集《杏花渡傳說》，至今仍持續創作中。

《天觀雙俠》之書名，取之於主角凌昊天及趙觀之名，全書也是以這兩位性格不同、際遇各異的主角為主線，展開一段既有報仇雪恨，又有爭盟武林，更有為國禦侮的一段江湖故事。此書除台灣外，皆以《多情浪子癡情俠》出版，「多情」指趙觀之處處留情，「癡情」則指對鄭寶安始終情癡不變的凌昊天。

「報仇雪恨」的主幹，主要來自趙觀，全書故事也是由他開端。趙觀自幼遭蒙家難，其父不詳失聯，母親開設妓院情風館，從小於市井中長大，圓滑狡獪，足智多謀，後又遭變故，母親身死，遂流浪江湖之中，憑藉其母所傳授的毒術及學自成達的武功，展開了一段尋父、報仇之旅。在此段過程中，他僥倖成為百花門門主，並與青幫結交，助其平定內亂，而得兼任青幫辛武、庚武兩壇壇主。後來為了護衛陳若夢、陳如真姊妹，為西藏喇嘛所擒，又夤緣習得「拙火無上定神功」，功力大進，並逐漸發現有關當年滅門案的線索。幾經探訪，終於發現原來是火教的餘孽「修羅王」作祟，真相因而大白。

「爭盟武林」則主要集中在凌昊天身上。凌昊天出身醫門世家「虎嘯山莊」，父母凌霄、燕龍，在江湖中鼎鼎有名，在勦滅「火教」段獨聖一疫上，為武林建功樹業。但凌昊天生性跳脫頑皮，不喜受到拘限，經常私逃下山，後又因師妹鄭寶安之故，離家出走。凌昊天闖蕩江湖，除了本身就具有家傳的武功外，又修習得「無無神功」，武功更上一層，援丐幫、訪武當、會少林，志得意滿，睥睨武林。

「為國禦侮」則是趙觀與凌昊天，再加上後來成為龍幫幫主的鄭寶安三人攜手完成的。凌昊天聲名正噪時，受到奸人及修羅會及藏教喇嘛的誣陷，正邪群起圍攻；此時趙觀意外捲入朝鮮王朝的王位之爭，之後回到中土，繼續追訪元凶，並於凌昊天瀕危之際，施予援手。此後雙俠遠遁塞外，暫離是非，與蒙古王公結交，開設「天觀馬場」。其後朝中奸臣嚴嵩勾結日本倭寇，雙俠連袂返回中土，分別出任青幫、丐幫幫主，發現一切的事件都是火教段獨聖之女修羅王的陰謀詭計，最後聯結了龍幫，協助戚繼光擊敗東洋「武尊」伊賀大郎，蕩平倭寇。

當然，未能免俗的是，在這三個主要的情節中，亦穿插著男女戀情，趙觀風流倜儻、處處留情；凌昊天傾心鄭寶安，終始不渝，分別緊扣住原書名的「多情」與「癡情」，其中後者的情感波折摹寫得較曲折深刻，鄭寶安原有未婚夫，而凌家三兄弟皆分別愛上了她，而凌昊天亦曾與蕭柔、文綽約二女發生情愫，而最終念念難忘的還是鄭寶安。小說愛情線的張力較強、衝突較多，最後鄭寶安為日本織田信長夫人所迫，不得不前往東瀛，有情人一朝分離，但凌昊天「無論多久都願意等」，數年後，鄭寶安歸來，凌昊天的癡情方才有了回報。

鄭丰最傾心於金庸，故此一處女作也饒有金庸的影子，如凌昊天之受冤屈，顯然就步趨了《天龍八部》中蕭峰的故轍，尤其是《鹿鼎記》，對此書影響更深。從全書格局上看，有中原武林，有扶桑，有朝鮮，也有蒙古，依稀幾分《鹿鼎記》的規模，而出身青樓的趙觀，與《鹿鼎記》中的韋小寶頗為相似，最終娶了六位妻子，儘管鄭丰自謂其所安排，是「丁香代表善於用毒的百花門人，周含兒代表他出生於市井煙花，李畫眉代表幫派中人，司空寒星代表他狠毒冷靜的殺手性格，陳如真代表他豪俠的一面，公主則代表他的智計謀略和領袖之風」[1]，各有其命意，但除了建寧公主外，雙兒、蘇荃、曾柔、沐劍屏等人的影子，都不難在這幾位妻子身上看到；出身名門，卻個性佻達、任性的凌昊天，則可視為韋小寶「一分為二」的化身，鄭寶安無疑就是阿珂，只是更多了分深情罷了；最大的不同是兩人後來皆具有高強的武功，弭亂除暴、揭露陰謀，不必仰賴皇帝的威勢而已。當初出版社顯然也察知到這點，故刻意以「女版金庸」大力宣傳。

金庸武俠小說是鄭丰最心儀的，故初創作品之亦步亦趨，自是在所難免，但金庸之所長，在其閱歷之豐厚、文史之精熟，鄭丰雖生長於書香之家，但文史造詣，畢竟難以企及金庸的深度及廣度，故時有舛誤之處，如趙觀假扮成杭州富少，與名門子弟行「四字令」酒令，卻懵然不知「四字令」對「平上去入」規則的嚴格要求，「皓月當空」、「笑靨清波」、「大袖清風」、「桂馥飄香」等，皆明顯不符；而其描述趙觀出身之地的情風館，既是妓院，卻一派和樂融融之氣，顯然因教養關係，對世事的黑暗面較為隔膜，且趙觀協助周含兒，從蘇州至北京，風波既多，路途更是迢遙，而趙觀、周含兒皆不過八、九歲，何得有此能耐？凌昊天以十五沖齡，即能在群雄大會上一舉震服天下英豪，也

1見鄭丰〈我寫《天觀雙俠》〉，《天觀雙俠》卷四（台北：奇幻基地，二〇〇七），頁一四八九至一四九〇。

未免失之誇張，凡此，皆是囿於閱歷，學金庸固佳，而其不足之處，亦不免亂其陣腳，是否能稱得上「女版金庸」，恐怕亦是見仁見智。

不過，初試啼聲之作，當然不宜作太多的苛責，更重的是，鄭丰亦明顯知其步趨金庸的局限，在其後續諸作中，逐步改其先轍，以多樣化的題材、內容，試圖擺脫金庸的牢籠，《靈劍》以超現實的靈能和咒術為主題，演述《天觀雙俠》的「前傳」，雖於歷史敘述上偶有舛失（如寧王朱宸濠之死），而醫俠凌霄、燕龍夫婦之起而對抗，涉及到「邪教」如何蠱惑人心之可怕；《神偷天下》別開生面的以「小偷」為主角，具有濃厚的對「竊國者侯，竊鉤者誅」之嘲弄，令人驚豔；《奇峰異石傳》則摹寫大時代下（隋唐之際）少年英豪如何在相互扶持、相互認知中，找尋到自己生命中的定位；《生死谷》之援取《蒼蠅王》、《饑餓遊戲》靈感，刻劃少年殺手的心路歷程；《巫王志》之夾雜商周歷史、《山海經》神話，而帶有濃厚的奇幻色彩，都別出蹊徑，頗有可觀。

鄭丰與前述荻宜與祁鈺的最大不同，在於她是有意識的逐步將其身為女性的關照，注入於武俠之中，充分凸顯其女性的特殊視角，尤其是對女性的摹寫，大有突破歷來男性武俠盲點之處，為讀者帶來「另一種江湖」之可能，這未嘗不是已逐漸趨於式微的武俠小說可以期待的新樂章。

鄭丰的武俠小說，在女性主體意識、化被動為主動這兩點上，可以說是「後出轉精」的，從《靈劍》的燕龍開始，就逐漸蛻轉，已不再受到男性筆下充滿「玩賞」意味的貌美、溫順所拘限，如《奇峰異石傳》中的宇文還玉，「在女孩兒當中，又很難說得上妍麗嬌美。他的面容也並非不端正，只是表情神態、動作言語，處處都充滿了男兒氣」[1]，而是以其智慧與謀略嶄露頭角；《生死谷》中的裴若然，也是倚仗著她冷靜的頭腦、分析事理的能力，而一舉攀升為「殺道」首領，並從而解散了「殺道」。

在女性特有的豐沛情感層面，身為女性的鄭丰自然能遠較其他男性作家更細膩而婉轉，無論是主要、次要角色，都寫得絲絲入扣，尤其是《靈劍》中的燕龍，為了整個江湖大計，不惜以身為餌，獻身給火教的段獨聖，其堅忍卓絕，與一般男性作家刻意保持女主角的「貞節」相較，無疑是令人眼睛為之一亮的；至於武俠小說中男性作家所吝於摹寫的女性同性間的情誼，《靈劍》中同為雪族的燕龍與扶晴、《奇峰異石傳》中宇文還玉與李靜訓，也較能擺脫過於相羨相信或相嫉相妒的狹隘格局，而有新的開展；《生死谷》是鄭丰小說中最能超越男女戀情的一部小說，女主角裴若然非但在全書的比重中遠勝於男子，且其以「殺道」領導人的身分周旋於天猛星、天殺星等諸多男性殺手中，其相互扶持、相互照顧，為理想、為未來共同努力奮鬥，而絲毫不及於男女之私，更自覺的表現出鄭丰擴大女性視野的雄心，而這也是她逐漸擺脫「女版金庸」形象的重大啟點。

相較於二〇〇〇年後大陸「新武俠」中崛起的「女子武俠」盛況，台灣女性武俠作家無論在質或量上，皆明顯有落後的趨勢，這當然是肇因於廿一世紀的武俠小說發展，在大陸改革開放後，重心已回移到大陸本土有關，大陸群芳競豔，台灣聊開數枝，不免令人惋惜。

不過，誠如韓雲波所說的，「女性寫作應該達到多角度剖視女性的性別經驗、性別意識、性別審

1 鄭丰《奇峰異石傳》卷二，（台北：奇幻基地，二〇一三），頁六八四。

美特徵、性別價值標準等全方位的女性文化」[1]，大陸「女子武俠」的發展，儘管尚未能企及於此，有「三大沉溺」（自我幻想，華麗審美、非常態的心理），但其「三大突破」（細膩的心靈、唯美的風情、新麗的時尚）[2]，也是頗有可觀的。台灣的女性武俠，由於參與者少，「沉溺」尚未之見，但其「突入」之處，倒也未必多讓，但目前僅僅鄭丰一人孤軍奮戰，能否為台灣武俠創造另一番新貌，猶有待時間的考驗。

1見韓雲波〈論二十一世紀大陸新武俠〉，《西南師範大學學報》，二〇〇四年第四期，頁一五三。
2見韓雲波〈女子武俠之三大突入、三大沉溺〉，《今古傳奇（武俠版上半月版）》，二〇〇七年十期。

第二章
新秀發新猷

自一九八五年一代「武俠鬼才」古龍謝世後，其筆下風流人物如楚香帥、李尋歡、蕭十一郎、小魚兒、陸小鳳等英風俠影，幾幾乎成為絕響；江湖大業唯靠溫瑞安的「神州奇俠」系列及黃鷹「大俠沈勝衣」系列，勉撐殘局。雖然前此已有李涼以滑稽突梯之筆，別樹「楊小邪」一幟，然影隨風從者，多流於濫惡之途，一任「韋小寶」式的人物，造下無邊風流罪過。一時之間，鏽劍羸馬，踽踽江湖，武壇冷落，群英束手！愛好武俠的讀者，不免為之扼腕嘆息。

緊接下來的二十幾年中，武俠小說的讀者銳減，導致有心投入武俠創作的新秀也逐漸卻步不前。儘管由於網路的發達，各種武俠網站紛紛設立，匯集了原來散處於海內外各地的武俠愛好者；彼此切磋「武學」，相濡以沫，但夠水平的佳作仍然有限。儘管彼等或因襲前人，或缺乏開創性，或作品數量有限；與前此武俠名家相較，仍有一段距離。但是，武俠小說雖是已敗象畢呈了，但在若干新秀，還是願揮魯陽之戈，以挽回此一頹勢，紛紛以各種不同的路徑，欲「超金邁古」，其作品亦不乏有可觀之處。在新秀之中，奇儒、蘇小歡、張草的異軍突起，以及香港黃易的後來居上，倒也能一新讀者耳目。

第一節　慈悲佛心說奇儒

奇儒（一九五九～），本名李政賢，台灣高雄人。東吳大學數學系畢業，一九八五年開始投入武俠小說創作行列，立刻以《蟬翼刀》一書，蜚聲武壇。一九八九年，歸心向佛，改名李善單，成為佛乘宗第三代傳人，於淡水創緣道觀音廟，信眾頗多，但爭議亦不小。唯其於武俠情有獨鍾，封筆十年後，又欲以《凝風天下》（二〇〇三）別開新猷，雖反響未臻理想，亦自有其寄託。奇儒多才多藝，除小說創作外，亦繪得一手好畫，佛學、武俠、繪畫，為其生命中三大寄託。武俠作品有十五部，其中以《蟬翼刀》、《凝風天下》最受矚目，陳墨則特別欣賞其《砍向達摩的一刀》（一九八八）。

奇儒的《蟬翼刀》

大抵而言，奇儒創作時期的武俠文壇，在古龍開拓濡染之下，無論人物造型、情節結構、場景安排，均走向了一個嶄新的「仿古」時代。溫瑞安的「神州奇俠」系列，雖欲極力跳脫開古龍影響，強調俠氣與正義，而且在行文風格上，如詩如畫，頗有詩俠的意趣；但場景、結構，甚至是精短而矯捷的段落，還是不脫古龍風味。而黃鷹[1]在偵探／推理上深得古龍

1 黃鷹（一九五六～一九九一），本名黃海明，又名黃明，另有筆名盧令，為諸多「仿古」作家中最能得其三昧者，但其為香港人，故本書不予論列。

三昧，「大俠沈勝衣」系列及《天蠶變》諸書，亦深受讀者歡迎。

古龍風格為後學取徑處甚多，諸家各取一隅，變化相生，皆有可觀。例如古龍以密集方式塑造偶像人物的「類廣告」筆法，也在溫瑞安的蕭秋水、黃鷹的沈勝衣身上再現。尤其溫瑞安在近幾年來，不遺餘力地宣揚少作「四大名捕」（無情、鐵手、冷血、追命），更幾乎就是「武俠活廣告」，卻樂此不疲。但溫郎才盡，能否再上層樓，就未敢斷言了。

奇儒創作時間，略晚於溫、黃二人，除了承襲古龍風格，於推理得其七分（緊湊度不夠，理路也略見瑕疵）外，整體場景的跳蕩騰躍、變幻莫測，也展現出相當功力。同時，奇儒也很明顯地饒有溫瑞安的詩情畫意之風（據奇儒所言，他未曾看過溫瑞安的小說），可謂英雄所見略同。

例如在他的第一部成名作《蟬翼刀》（此書曾由中視改編為週日八點檔連續劇）中，奇儒在插敘天蠶絲、蟬翼刀、紅玉雙劍前代恩怨情仇的一大段落中，以非常細膩的「文藝式」筆調，藉三個不同的視角，融抒情與敘事為一爐，纏綿悱惻、哀惋動人處有如宋詞長調。其中類似「淚眼模糊這世界，全然變形。對方的痛楚，牽引自己忍不住的難受；一放縱，轟然倒在美麗的過去」等濃稠宛轉的情語、韻語，俯拾即是。在武俠小說陽剛粗豪、樸質少文的世界中，鬟鬟綽約，搖曳生姿，頗令人驚豔。儘管這不免有點賣弄文采之嫌，但卻頗能吻合人物的思想與性格，究屬難得。武俠小說原就是文納眾體的一種小說類型，可以有金庸的雄深雅健，可以有古龍的靈光獨耀，自然也應有奇儒的溫柔婉約。奇儒能走出屬於自己的一種風格，也算是別出新裁了。

從《蟬翼刀》一舉成名後，奇儒又陸續創作了十四部作品。在這些作品中，奇儒塑造了蘇小魂此一新的英雄人物。蘇小魂沒有李尋歡的愁思哀怨，不如楚留香的風流倜儻，不如陸小鳳的無拘瀟灑，甚至「塌鼻子，小眼睛」，也實在貌不驚人；但卻十足具備了所有俠客應具備的特點，機智靈敏、急公好義、武藝高強，皆不在話下。

就單一人物的塑造而言，蘇小魂較缺乏生動而深刻的描繪，這是很大的缺憾；而且奇儒分心型塑了過多的次要角色，如北斗、潛龍、俞傲、大悲和尚等，也分散了蘇小魂的魅力。不過，蘇小魂上續前代天蠶絲、紅玉雙劍、蟬翼刀的情仇，下開了蘇佛兒、魏塵絕、李嚇天、談笑、王王石，乃至百年之後的諸多英俠，蘇小魂始終都是一條主線，隱隱約約地貫串其中；遂使奇儒的江湖世界，充滿了某種歷史感（**儘管他對歷史的認識往往不夠清晰**）。這與金庸的《射鵰》三部曲及古龍不時地在小說中提及沈浪、鐵中棠、李尋歡、小魚兒等名俠的用意相同，有助於開拓專屬自己的武林霸圖。從這點看來，奇儒事實上是頗具野心的。

十五部作品，[1]說多不多，說少不少，事實上也還不足以展示出一個作家的真正能耐（**金庸雖也不過十五部，但長篇巨構，氣魄宏偉，自當別論**）；然奇儒的潛力雄厚，大有發展空間。其首先引人入勝之處，在於他的「武學」。

武俠小說既然以武為名，自然不能不於武學上深濃著墨。在整個武俠小說發展歷史上，金庸是「武學文藝化」的完成者。他以文學的想像，營造了一個多彩多姿的「武藝世界」；「黯然消魂」之後，武功可以與文學結合，而不必如前輩名家之受拘於實際的武術。古龍於此更進一步，索性擺脫武

1奇儒的作品，細目如下：《蟬翼刀》（一九八五）；《大手印》、《聖劍飛鷹》、《快意江湖》（一九八六）；《談笑出刀》、《大悲咒》（一九八七）；《宗師大舞》、《砍向達摩的一刀》、《武出一片天地》、《帝王絕學》、《大俠的刀砍向大俠》、《柳帝王》（一九八八）；《武林帝王》（一九八九）；《扣劍獨笑》（一九九〇）、《凝風天下》（二〇〇〇），共十五部。

打的場面，從「無招勝有招」，到「手中無劍，心中有劍」，將劍道與人生化合為一。而司馬翎則首創以精神、意志、氣勢克敵制勝的「武藝美學」，揭櫫「超凡入聖」之道。武功寫到此處，可謂至矣盡矣，足令其他名家束手了。這也形成了一種壓力與限制；新興作家能否在前輩的劍影下另創武學新招，事實上就是最具挑戰性的考驗。

武學如何在小說中開展出新境界？這是非常有趣的問題。此前，古龍的約束力比想像中要大得多；因為古龍根本就企圖用「無招」以顛覆舊有的武俠世界。一旦招數皆已「化」去，所有更張似乎都成多此一舉。古龍在描述武器上，完全採取素樸的方式，越平淡越無奇，越能展示出高深的武功。以《多情劍客無情劍》為例，阿飛的劍，只是一把鈍劍；而李尋歡的飛刀，毫無足奇；龍鳳金環固然名稱聳動，卻不過雙環而已。古龍小說中，從不強調神兵利器，「兵器譜」上排行第一的是天機棍——一根平凡的長棍而已。古龍重在寫人，「人」才是天下最犀利的武器；在《七種武器》中，古龍淋漓盡致地表現出他的觀點。這是古龍開創的一條新路，但也只有古龍能走。「取法乎上，僅得乎中」！任誰想要模仿，都難免「死在句下」。

近二十年「新」出道的名家，多半師法古龍，但又不願受古龍羈絆。奇儒在這方面，倒頗能推陳出新，開創另一條「背反」古龍的路徑——那就是在武功與武器上的更張。

當代名家中，溫瑞安以武術「剛擊道」自命，刻意摹寫武打場面，融宗教（尤其是藏密）思想於武功；黃易取法司馬翎，則將佛教與道家之說共冶於武學之爐，甚至汲取東洋「魔道」觀念。這些顯然都是針對「武」字而開闢的新手法，將武學與哲理融合為一，成果相當可觀。實際上，奇儒才是繼司馬翎之後「武學哲學化」的佼佼者。從《蟬翼刀》開始，奇儒就刻意以他自己所學所好的佛、道思想，大量轉移於新的武學詮釋——如蘇小魂精擅的「大勢至無相般若波羅密神功」、唐凝風和龔天下修煉的「大自在解脫無相禪功」，均巧妙地將佛學與武學結合為一，令讀者大開眼界，不讓司馬翎《劍氣千幻錄》（一九五九年）的「般若大能力」專美於前。

黃易算是新出的名家，溫瑞安創作雖早於奇儒，但別闢蹊徑，則在奇儒之後；這三位作家有無相互影響，孰高孰低，頗難判斷，但至少英雄所見略同。這也可看出新一代作家的努力趨向。然而奇儒的開展性，由於得力於他自身對佛學的信仰，卻顯得格外有意義。

奇儒自謂是台灣佛教「佛乘宗」的第三代傳人，佛學思想的造詣在武俠小說作家中是很難一見的。佛學要義博大精深，不易一一陳說，然「慈悲為懷」，則是人所共知的。「慈悲」二字置於武俠之中，頗見牴牾；畢竟武俠小說最後的裁斷，還是一個「武」字；儘管佛家可以「降伏魔怨」之說自解，「我不入地獄，誰入地獄」！但血腥殺戮之氣過濃，還是難免有違清淨慈悲之旨。相信這是奇儒自身極大的矛盾。

奇儒花費頗多的心思在武器的設計上，若干武器簡直新穎別致得令人匪夷所思！蟬翼刀、天蟬絲，固然均見特色，不落前人窠臼；而像談笑的「臥刀」、杜三劍那柄隨時可以「拼裝」的「怪劍」，以及潘雪樓那布滿孔隙、可拆可組的「凌峰斷雲刀」，更是想像瑰奇，魅力十足。在《三國演義》中，關公的青龍偃月刀、呂布的方天畫戟、張飛的丈八蛇矛，早已成為英雄的象徵了；奇儒回復此一傳統，是一樁相當有野心的嘗試。

但顯然這並非極致。以奇儒精心構思的唐門暗器「觀音淚」而言，「觀音有淚，淚眾生苦」，其施用主在「慈悲」（奇儒引《大智度論》加以闡釋，意謂觀音「利生念切，報恩意重」，故「毀、譽、苦、樂、利、衰、稱、譏」等「八風」難動；無奈「恆心心為第九種風所搖撼」，第九種風即「慈悲」）。然而以一絕毒至狠暗器（唐門以用毒知名，已是武俠小說的不易模式），如何能承載起如許之慈悲？「佳兵不祥」，古有名訓。奇儒自謂「武俠兇殺之意太重，有違佛法慈悲之念」，因此封筆十年，不再續寫，正因心中矛盾無法化解。

十年間，奇儒一心向佛，弘揚「佛乘」，封刀絕筆，於此關竅似是悟通了。因此，重新出山，以圓融的佛性智慧、更臻凝鍊的文筆，重新架構了他的武俠小說新世界——這就是他的《凝風天下》。

這一新武俠世界，處處是佛家悲憫的情懷，處處是對現世圓融的觀照，而又處處粧點出詩情畫意；以禪學論武，以禪意抒文，更以人文與自然的水乳交融，寄寓著他的理想。有關奇儒的武俠小說，陳墨的評析最為深入，「蟬翼者，禪意也」，奇儒的武俠小說，就是在「說禪」。

禪的要義在「慈悲」，《凝風天下》特別強調人與自然環境的關係，佛家說「眾生平等」，自然亦是一「生」！人與自然的和諧，正如《華嚴經》所謂：「有情無情，同圓種智。」更是一大慈悲。《凝風天下》中龔天下三次現身，無論在詩雨如綿的江南、北冥極地的冰原、狂沙漫天的大漠，都透顯出如一的特質。作者藉著龔天下與狗、熊、駱駝（以及後來的八大異獸）的無比親膩，喻示著人文與自然的和諧與互惠，一如溫溫泉流，濕暖著讀者的心靈。

「龔天下」者，「恭天下」也，尊重天下眾生也。人世之紛擾無定，以強凌弱，無非皆自視其高，卑視眾生，自以為是「萬物之靈」。一個「恭」字，足以將自己拉至與眾生、萬物平等的地位，如此尚何忮何求，尚有何紛紛擾擾？「觀音有淚，淚眾生苦」！《凝風天下》想表達的是觀音之淚，也是奇儒佛心與慈悲心的更上層樓。

的確，「襲天下」是武俠人物中未曾創造過的奇人，靜默謙恭，心懷慈悲，能與眾生（動物）溝通。奇儒如果能善於掌握此一「慈悲」的特點，縱筆揮灑，以更集中的筆力，塑造鮮活的人物形象；以更清晰顯朗的筆致，烘托出佛學的精義（奇儒往往直引原文，未能闡釋明白，頗為可惜）；同時在人性善惡上，能更切合現實中的狀況（奇儒書中，所有人物似皆深明佛理，往往當下頓悟，脫胎換骨），或者能新創武俠小說的另一局面，這就要看他後續的成果了。

第二節 蘇小歡《天地無聲》與張草《庖人誌》

蘇小歡（一九五二～），本名蘇浩志，原為藝文名家，台大哲學系畢業。其為人低調，平生經歷不肯示人。《天地無聲》[1]（二〇〇一）是他初次嘗試的武俠作品。作者雄心勃勃，預計寫一百萬字；並有意繼金庸之後，於「香火法脈，似欲斷絕」之際，突破瓶頸，再創「高尚的武俠小說」，讓讀者再次領略到武俠小說特有的「閱讀美感享受」。「高尚」就是「高品質」的意思，高品質的通俗說部將會是怎樣的一種小說？在《天地無聲》中，我們看到了他融匯典雅與通俗的嘗試。

《天地無聲》的主體架構，是由《史記・刺客列傳》中荊軻刺秦王、高漸離砸筑復仇的史實開展。取徑於歷史，而以虛構的高漸離之弟「高漸遠」為核心；主題在凸顯兵燹戰亂的時代，人命的

1此書於《中央日報》連載時，以《西方有劍》為題，是系列小說中的第一部，後續作品猶在醞釀中。他認為武俠小說不應只是「成人的童話」，一般兒童也可以進入這個世界中，享受馳騁想像的快意，故於二〇〇二年又撰寫了《天地無聲外傳》，專供小朋友閱讀。這是台灣武俠小說史上唯一的「兒童武俠」創作。

蘇小歡的《天地無聲》外傳（國語日報出版）

價值為何？生命的意義何在？在朝不保夕的危懼之中，自身又將如何安頓？一代鬼才古龍在晚年對自己作品的省思時，曾經慨歎過，武俠小說應該闡揚、發揮的，就在「人性」二字。《天地無聲》在整體筆法上，乞靈於古龍處甚多，也重在「人性」上的發露；無論是家國、朋友、兄弟、情人之間的情愛，與個人生命的定位，皆有深刻入微的描繪與反思。文筆優雅動人，與其主題相得益彰。個中亦頗有藉史發揮的用意，如寫高漸遠繼承兄志，擊傷秦王，使其七日後死亡；作者自謂「彌補千古之憾」，自也展露了作者個人的史識。

歷史云云，在《天地無聲》中只是個引子、穿插；作者無意寫歷史，這和黃易的《尋秦記》大相逕庭，而各有巧妙。論者頗嫌《尋秦記》不似武俠，正因其步步關涉史實，於「武」字刻劃較少；而《天地無聲》雖以當時大事為粉底，卻不直寫荊、高刺擊秦始皇經過，而將筆鋒掉轉至充滿想像逸趣的天魔會、志士會、三大名觀、無名老人等江湖草莽。因此整體看來，武俠意味甚濃，也便於其天馬行空的發揮。不即又不離，頗得金庸三昧。

《天地無聲》在敘事技巧上，以大篇幅的意識流筆法敘述，頗用匠心。這種時空錯亂的敘寫方式，固為西方典雅小說之慣技，然武俠作家如司馬翎、古龍、秦紅等皆有過嘗試，其優點是整個情節張力緊繃，結構細密，甚耐咀嚼；但熟悉時序正敘的武俠小說讀者，是否樂於接受，就有待考驗了。

此書的語言魅力十足，幾令人有如詩如畫的感覺。溫瑞安自寫《神州奇俠》蕭秋水系列故事以來，頗刻意於援引現代詩筆法入小說；但白話詩一入古代世界，而由古人吟唱而出，終覺兩不相應。

《天地無聲》書中不乏動人的詩篇，而由仿古歌謠到白話詩章，皆安排得恰到好處；與情節、人物、背景緊密結合，相得益彰，自是遠勝於溫瑞安的生硬。尤其是在描摹情感的部分，更有如晶瑩剔透的散文詩，耐人咀嚼，作者所謂的「新武俠美學」，在此得到充分印證。

武俠這條路該往何處去？說實話，沒有人曉得。武俠小說會不會一如《天地無聲》的主題背景音樂，「漸離漸遠漸無聲」？更沒有人能論定。但在武俠小說式微沒落的今日，唯有不斷地有人願意作新的嘗試、新的努力，才能突破瓶頸；或許《天地無聲》的溝通典雅與通俗，在這方面會引發一些啟示與動力吧？

張草（一九七二～），本名張容嵻，祖籍廣東南海，生於馬來西亞沙巴州首府亞庇（Kota Kinabalu），馬來西亞華僑第三代。其後來台就學，一九九八年取得台大牙醫學系學位。一九九八年亦開始創作，最擅長寫科幻題材，首作《雲空行》系列，即以歷史、科幻、奇幻交融而聞名；一九九九年，以科幻小說《北京滅亡》獲「第三屆皇冠大眾小說獎」首獎，其後並出版《諸神滅亡》及《明日滅亡》，構成「滅亡三部曲」。《庖人誌》是其《職人三部曲》之一，二〇一〇年出版，則是難得的武俠作品。

武俠小說的江湖世界中，無論是錚錚鏜鏜的俠客英雄、毒毒惡惡的巨奸大憝、遮遮掩掩的偽君子、循循縮縮的濫好人、陰陰詭詭的真小人，都深切的明白，江湖，或者說是武林，是他們唯一淋漓盡致地展現自己所長的舞台。此一舞台，如果是構設在一個動亂的時局中，則更無異是如虎之添翼，得以讓他們匹馬煙塵，所向無前。他們通常會想像自己是一顆碩大無朋的巨石，將投注於江湖之中，激起無數的驚濤駭浪。人在江湖，無論是勝是負、是成是敗，能夠瀟瀟灑灑的走上這麼一回，也就算是不枉一生的英雄歲月了。從這個角度來說，江湖是積極的、奮發的，具有無限光明前景，值得有心人士踴躍投入其中的。

只可惜，這樣的江湖，基本上都只是小說家言。小說和歷史一樣，喜歡著墨於引領風騷的英雄人物，從未想到，一將功成萬骨皆枯，千千萬萬粉身碎骨的無名屍骸，堆垛了英雄名將的崇高地位，那些陷陣鏖戰犧牲的士卒固無人記得，荒村廢墟、城池溝壑下輾轉流離的普通老百姓，更是無足牽掛，美麗的英雄傳說，對他們而言，真真是個無可挽回的錯誤。武俠小說，多得是美麗的傳說，卻很少有人書寫其中荒誕而悽慘的錯誤。

《庖人誌》是非常另類的武俠小說。「庖人」者，廚師也。歷來武俠小說以引車賣漿者流為主角的不是沒有，如古龍《三少爺的劍》寫在妓院裡打雜的「沒有用的阿吉」、于東樓《短刀行》寫揚州名廚師小孟、秦紅《戒刀》寫剃頭師傅去無終，都是「小隱隱於市」的大英雄，未來的江湖，正有待他們去開創建設。但《庖人誌》中的廚師阿瑞卻不一樣。他的身世連自己都不明白，也從來沒想過狹窄的廚房之外，還會有怎樣的一個世界。他是青城「叛徒」，武功小有根柢，廚藝刀工很是過得去，但距「庖丁解牛」的境界，還相差著一大截。他隱居於市集，廚房的世界就是他唯一的世界。可廚房世界本就是現實世界中的一環，當鑣頭司徒徹從外面廳堂被打入廚房的那一刻，兩個世界便合為一體，阿瑞就不得不再度走入江湖。

張草的《庖人誌》

然而，這是個怎樣的江湖，怎樣的世界呢？

明末時期，朝中有閹宦弄權、黨派相爭，地方有流寇作亂、烽煙四起；而清人虎視眈眈、屢開邊釁，國敗家亡，危在旦夕。這本就是寫草萊群雄奮發崛起的最佳時局。金庸的《碧血劍》以這一時代背景，塑造出袁承志這樣的英雄；梁羽生則在一系列的小說中塑造了「天山派」的志士。台灣的武俠小說，由於政治忌諱，「去歷史化」地輕易放過了這一個天翻地覆的時代，正不能不說是一樁最大的遺憾。儘管在書寫袁承志和天山群雄的過程中，金、梁二人皆會有不同程度的觸及到戰亂之際哀哀生民的苦難與折磨，但英雄志士之恫瘝在抱，難免還是以居高臨下之姿，視民如傷，而未見得真能體會到「民傷」若何。苦難生民的哀戚，究竟仍與英雄了不相涉。以此而言，《庖人誌》不僅是台灣罕見的以亂世為舞台的武俠小說，將閹宦、流賊、官軍之荼毒百姓，覶縷述出；更難得的是，以一般尋常百姓、一般普遍人性為摹寫重點，寫出了在此一板蕩的時局中，苦難洊臻的悲哀。

《庖人誌》中唯一可稱得上是英雄的，只有阿瑞一人。可阿瑞一點都不想做英雄。龍蛇起陸，英雄得志，這不是《庖人誌》的主題。阿瑞是個平凡而單純的小人物，他無意趁亂崛起，更無心建功樹名，只是為了反對住持朱九淵與張獻忠的通同一氣，受到迫害，而逃隱於廣東佛山一味堂當個廚師。當鄭公公挾著閹宦的威權，逼得他不得不出來一戰時，「他終於明白，他此時此刻，不為過去，不為將來，不為馬老師傅，也不為龔師傅，亦不為廣西老布摩或威遠鏢局等一大堆亂七八糟的人物」，「他只為當下此刻的正義而戰」！什麼是「當下此刻的正義」？這豈是所謂放諸四海皆準的「正義」？亦不過是卑微地欲維護自我一己的身家性命而已。因此，就在眾人一團混戰的時候，突然傳來李自成攻破北京、崇禎皇帝自縊煤山的惡耗，一切紛爭都告終止，國已破、家已亡，爭名爭利爭意氣，還有什麼意義？如何在亂世中苟延性命，並於其中攫得若干利益，才是最實際的。

阿瑞平生無大志，事實上連被目為叛徒的「冤情」都無須洗雪，在亂世之中，人人都是為自己、為家人、為親友而活，便縱有一些欺詐、奸巧、無恥的勾當，與鋪天蓋地而來的戰禍相形之下，簡直等如雞毛蒜皮，無足深究了。朱九淵和鄭公公是書裡「奸惡」的代表，為了掩飾不名譽的私通，朱九淵狠心地欲置翠杏於死地，並企圖鏟除阿瑞這孽種，更異想天開的想登基當皇帝，惡固是惡矣，卻只令人感到可憫可笑，青城山有幾多兵力，足以與流寇、清兵分庭抗禮？鄭公公早年被童伴欺辱去勢，入宮掌握權勢之後，先是展開屠村的報復，隨後就帶著二、三十個護衛，饑不擇食的妄想擁立，奸亦奸矣，卻等如蚍蜉撼樹，根本無礙於大局，只顯得荒謬無謂而已。大局如此，渺小的個人究竟能起如何的作用？一顆小石子，投入於波濤洶湧的大海中，是連一絲絲的漣漪都激蕩不起的。阿瑞找到了生母、認了外祖、救了彩衣，隱避在深山的岩穴中，「他心底湧起一股溫暖，流遍周身，驅走了山林潮濕的寒意」，他明知不可能，但「仍然希望，這一刻將是永恆」，這是多卑微的希冀，多無奈的「英雄」！

《庖人誌》寫的不是江湖霸業，不是武林叱吒，莽莽亂世，哀哀百姓，深沉的描繪出在天崩地裂的時勢中，人的無奈，人的不得已，是既真切又感人的。

自金庸、古龍兩大名家牢籠百家之後，武俠小說似乎已經進入了無可突破的瓶頸階段，新進作家無不絞盡腦汁，求新求變，試圖打開此一停滯不前的僵局。黃易從科幻入手，變之以玄幻；奇儒援佛理寫武俠，力求禪悟；溫瑞安則變換文字，以奇譎為戲，各有所長，亦各有所短。但皆是從取材上、文字上入手，很少有作者從「敘事」的手法與視角上改絃更張，為武俠小說找到新的出路。溫世仁武俠小說百萬大賞的首位得主吳龍川是唯一採取不同敘事手法經營的作家，《找死拳法》別開生面的新嘗試，是很具有創意的，但學術味太強，讀者不易卒讀，武俠的生路，究竟還是未能打開。《庖人誌》的出現，應該是令人驚豔的一次突破。

張草學醫出身，對易學、老莊、陰陽五行之說，別有心得；筆鋒銳利，曾在科幻小說創作中廣獲好評。深厚的國學根柢，使他在轉向創寫武俠時，得力更多，在〈奕士志〉中，寫符十二公的奇門遁甲，於陣法變幻中，理致井然，頗具司馬翎的神髓；《十牛圖》的揉合禪境與武學，也令人眼界頓開。但全書最引人矚目的還是整個敘事手法的突破。

《庖人誌》分〈庖人〉、〈山伕〉、〈中官〉、〈奕士〉、〈阿母〉、〈桑女〉六個章節，儘管還是以第三人稱全知的手法敘述故事，但能以敘事時間的交錯手法，分別以這六節中的主要人物展開整體情節的架構，深入的描繪了其中主要人物的形象與思維。故事時間是在明朝天啟年間到崇禎十七年八月，但在主敘事的崇禎十七年間，分別插入了阿瑞母親翠娘的經歷、閹宦鄭公公的生平，將明末整個朝政與社會的亂象，勾勒得鮮明而生動，可謂是相當新穎而成功的嘗試。尤其難得是，作者筆觸的重心，不純在「英雄」，而藉若干不起眼的小人物，如挑夫、奕士、桑女，串連起整個故事，就連鄭公公，也讓讀者可以細細追摹其內心思想的變化過程，相當寫實而動人。儘管在視角的轉化、運用上，《庖人誌》還未完全能掌握透徹，尋母的繡姑，最終也嫌沒有交代，但本人相信，這將是一個極具意義的開始。

武俠小說，也許真是「無可奈何花落去」了，但讀了《庖人誌》，倒令人頗有幾分「似曾相識燕歸來」的喜悅。

也許，武俠的春天也不會太遠了？

第三節 但開風氣不為師——附論黃易

黃易本名黃祖強（一九五三～二〇一七），香港人，是近年來在武俠小說界聲名直追金庸的作家。無論在港、台、大陸，他都擁有甚多的愛好讀者；在網路上，更是武俠論壇的焦點人物。嚴格說來，黃易本不應在「台灣武俠小說史」上列名；但網路無遠弗屆的深厚影響力，卻使得他具備了足以跨越地域限制的條件。在目前武俠凋零的蕭條景況下，無論是就對讀者的影響或供當前的台灣武俠創作者取徑而言，都不能不加以重視，故附論於此。

通俗小說有五大類型：武俠、言情、歷史、偵探及科幻；而其中「整合性」、「游移性」最強最大的文類，實無過於武俠小說。原因在於武俠小說在整個發展的歷程中，曾經吸納過其他各類型的質素，甚至轉化成為它的主體之一。首先，「俠」固然是可以超越時代的限制，但是「武」之限定於傳統兵器、武藝，使得武俠小說必然具有或明晰或朦朧的「歷史背景」；其次，武俠小說遠源於唐代劍俠小說，其神怪幻設的情節，亦不妨說是原始的「科幻」（玄幻）；三者，在清代的俠義小說中，武俠與公案結合，創造了膾炙人口的《三俠五義》；最後，也是影響武俠小說最深遠的，是自清代《俠義風月傳》以來的言情傳統，被武俠小說逐漸吸納進來，寖至形成了武俠小說「俠骨柔情」的特殊風格。

是故，武俠小說實際上跨越了類型範疇，而且在創作上也都有令人刮目相看的表現：金庸小說藉歷史的背景展開宏偉的布局，波瀾壯闊；司馬翎、古龍小說專注於推理、偵探，針線綿密；王度廬小說以纏綿悱惻的愛情見長，委婉細緻；而還珠樓主的神怪幻設，則令人目眩神搖。他們的作品，都是經過時代淘煉，能夠歷久不衰的佳篇；可見武俠小說在類型的開展性上，是遠勝其他類型小說的。

大體而言，現代武俠小說的基本格局，還是以「俠骨柔情」為主流。在受到「古代」的歷史情境限制下，「情感」的發展畢竟有限；而在大量的作品集中描摹下，實已淋漓盡致，不易有所表現。至於歷史、偵探、推理，既有金庸、古龍、司馬翎三大家，後起之秀實際上也難以突破。因此，在當今武壇上，欲創作「新武俠」小說的作家，無不嘔心瀝血，亟思突破；黃易的《尋秦記》、《大唐雙龍傳》，正是在類型上欲有所突破的作品。

黃易是個極具企圖心的專業作家，作品以科幻（玄幻）和武俠為主，是當今最受歡迎的通俗作家之一。據報導，他的作品在一九九〇年代以來，銷售量已達百萬冊以上。相對於現代武壇上的蕭條，黃易無疑為武俠注入了一劑強心針——武俠是具有「無限的可能性」的！他擅長寫長篇武俠，《尋秦記》將近二百五十萬字，而《大唐雙龍傳》更長達五、六百萬字；此外，《翻雲覆雨》、《破碎虛空》等書則屬中短篇創作。

黃易自覺性極強，向來認為「武俠是中國的科幻小說」，有心藉武俠展現人類超越自我的可能性。武俠小說的「武」，原本就富涵著道教修煉自我，上合天道的精神；假如我們能擺脫一向對道教的偏見，事實上未嘗不能認同「藉武道以窺天道」的理想性。以此而言，黃易可以說是更深入地展露了「武」的意蘊，其開創性是值得分外重視的。《翻雲覆雨》中的「唯極於情者才能極於劍」、《破碎虛空》中的與天地合一，飛馬昇逝，都可以說是黃易自身對「武道」境界的嚮往與領悟。

相對於黃易醉心於「武道」的闡釋，《尋秦記》走的是另一條路徑；而這條路徑顯然也是黃易經過精心構思，擘畫出來的「新天地」——即「科幻式武俠」。

從唐代劍俠小說到民初還珠樓主的《蜀山劍俠傳》系列，武俠小說的「玄幻」，已經擁有很長的發展歷史。然以道教術數為基礎所開展出來的武俠「技藝」，儘管充滿了瑰奇的想像、絢麗不可方物的色彩，卻不免讓人覺得匪夷所思；是神仙式的道侶，而非人世間的英雄。江湖縱然具有濃厚的虛構成分，可是卻須立足於「現實之可能」；因此，這一派超乎「可能想像」之外的玄幻武俠小說，在現代社會中不得不沒落，而這也正是其「可能」的發展空間。如何將極盡幻設能事的神怪式小說優點擷取入武俠小說，使其與現代文明結合，而又能讓讀者能夠接受？黃易從他的另一項專業「科幻」中獲得了靈感。

《尋秦記》的「科幻」，首先在於藉用二十世紀西方電影最流行的「回到未來」的方式，通過時光機器，將主角項少龍送回了中國歷史上的戰國時代——西元前二五一年，秦始皇登基前五年，中國文化史上影響深遠的嬴政，目下仍落魄於趙國。熟知中國歷史的人都知道，戰國是中國大一統格局出現前的混亂時期，而秦始皇的登基即位，正象徵著一個新時代之即將來臨。作者賦予了項少龍「參與」這個時代的智識與野心，使項少龍逐步展開他「尋秦」的計劃；而作者則藉著項少龍，將當時舉足輕重的人物和事件，一一「見證」出來。黃易本身對中國歷史雖未必有深刻的瞭解，但在安排情節時，明顯先作了充分的比對，因此在歷史時序上若合符節，可以想見他的用心。

黃易的《尋秦記》

不過，問題卻在於：項少龍以一個廿一世紀的現代人，介入古代的歷史中，以「先知」的角色，透視了整個歷史發展的全局；而且以其現代的知識，縱橫並影響於當代——如利用冷束彈與神經彈原理製作的「風燈」、以「鉻」金屬製作的寶劍、特種部隊「烏家軍」等，皆遠遠逸出歷史小說的格局。黃易並無意藉項少龍呈現他對歷史的詮釋或解讀，反而意圖虛構、塑造一個劃時代的英雄人物，使他具備了一切武俠小說人物應有的優點；而且除了縱橫捭闔的智謀運用外，解決問題的方式，還是以「武功」為主（項少龍一入古代，在極短的時間內就學會如「墨子劍法」般的武功，正不脫武俠小說慣有的學藝模式）。因此，《尋秦記》可以說是藉歷史背景寫武俠，而乞靈於科幻的一部作品。黃易原就擅長於科幻小說，《尋秦記》正是黃易武俠小說的科幻夢。

武俠與科幻的結合，在武俠小說亟欲尋求新題材、新表現方式的迫切下，顯然是值得嘗試的「奇想」；而黃易的成功，也多少見證了讀者的需求。儘管《尋秦記》仍不免有若干媚俗的傾向，尤其是對情欲場面的大量細節描繪，既緋又黃，曾招致不少的批評（《尋秦記》後來重新修訂，作了大量的刪節）；但其開創之功，卻引人深思，值得肯定。

無奈這種「回到未來」的方式，本身便有極大的限制，一部《尋秦記》就等於將此一結合寫完寫絕；包括黃易在內，任何作家都不可能再讓時空倒轉，使主角重回古代！在此，牽涉到的是武俠小說與科幻小說在本質上的對立與衝突。武俠小說的背景，既限於清末以前，則書中人物本身原就被預期著缺乏「科學」觀念。至於其所謂「武」，在既定的武俠傳統中又被限制在冷兵器和武術；而科幻小說則以「新觀念」、「新科技」為主，勢必與武俠的本質產生衝突。從還珠樓主神怪風格的後繼乏人中，我們已可見到武俠小說的讀者不太允許超乎「歷史情境」的構思；而科幻小說則必然是要超乎歷史情境的——除非「新武俠」足以重塑、再造一個傳統，方有跨足「科幻」的可能。

因此，《尋秦記》的取勝，乃在其「題材」之新穎，而無法在文類的結合上為武俠小說開創出一條新的路徑。武俠小說的科幻夢，恐怕也只能到此為止；想要再領「科幻武俠」之風騷，或許唯有乞靈於「天降外星人」來為武俠英雄伐毛洗髓了。

另一部值得一提的是《大唐雙龍傳》。

常言道：「時代考驗英雄，英雄創造時代。」在中國歷史上，俠客出現最頻繁的時期，就是易代之際，深合荀悅所說「世有三游，皆生於季世（亂世）」的道理。

從隋煬帝大業十二年（六一六）李密、翟讓於瓦崗起兵反隋，草澤群雄，後先崛起，到唐太宗貞觀四年（六三〇）西北胡族共奉李世民「天可汗」之號，迅即形成統一強盛的帝國為止，不過短短的十五年；而舊小說每稱「十八家反王，六十四路煙塵」，以形容當時群雄並起、共逐隋鹿的盛況與亂象，可知其間勢態之詭譎、變化之多端，正可以說是「天教亂世出遊俠」的最佳寫照。

武俠小說可以藉史發揮，也可以極力「去歷史化」，原無一成不變的寫法，更不見得就會有高下優劣的區別；不過，如欲配合歷史，於亂世、季世中選擇，毫無疑問地，必能找到個絕佳的歷史場景，作俠客的舞台。黃易在《尋秦記》選擇了六國紛亂的戰國末期，已具慧眼；而《大唐雙龍傳》選擇了隋末唐初，更顯示了他對歷史和俠客相互關係的深刻體會。

《大唐雙龍傳》以寇仲、徐子陵這兩個虛構的人物貫串全書，其文雖長達五、六百萬字，事件百餘樁、人物百餘位、大小戰役數十場，而經緯井然，有條不紊，無論是演武功、寫人物、談戰略、設機謀，所在皆有可觀；無怪乎能迅速崛起，成為當代武俠的顯學。就歷史武俠的題材而言，黃易的成就是多方面的，但不太容易用短短的幾百字講清楚；只能說閱讀時由於其雄渾開闊的氣勢，真令人有

黃易的《大唐雙龍傳》

驚心動魄之感。壯闊的歷史，就應有如此壯闊的筆法，否則何以喚起讀者的歷史臨場感？

當然，在震撼之餘，也仍不免會有些少的遺憾。首先，此書以「超長篇」（直追《蜀山劍俠傳》）的架構鋪敘，但整體情節，幾乎全以寇仲、徐子陵兩位主角作雙線發展。雖然漠北、嶺南空間廣闊，處處可見「少帥軍」與當時群雄間的爭勝，頗能凸顯這兩位虛構人物的英風俠氣；但作者在書中似乎太過於強調了「武」的娛樂價值。全書以極大的篇幅細寫寇、徐武功精進的過程，不但寶典秘技層出不窮；且刻意安排了多場「武功試煉」的拚鬥，而過程往往大同小異，頗傷蕪累。據我們的看法，如能刪削其中至少三分之一的無謂打鬥場面，論者所謂「媲美金庸」的成就，方才能有著落。

其次，則是屬於文化層面的缺憾。

在傳統說部中，以隋唐為背景的小說不少，重要的至少有《說唐演義》、《瓦崗寨演義》、《隋唐演義》、《隋史遺文》等數種；這些通俗小說共同構成了一般讀者對隋唐之際的文化認知，故如秦叔寶、尉遲恭、羅成、程咬金、徐懋功、李靖等或文或武的英雄人物，都是民間耳熟能詳、津津樂道的。民間的戲曲中，不斷有相關戲碼在舞台上串演。秦瓊的殺手鐧、程咬金的三板斧、羅成的回馬槍，甚至還成了至今仍然沿用的俗語，可知其影響之深遠。這是屬於傳統文化中的珍貴資產，歷史無論如何寫，這些人的身影永遠是鮮明而巨大的。藉歷史寫武俠，卻輕易地捨棄了這些演義人物，不得不令人感到惋惜。

第四節　武俠的未來路

在台灣、香港蓬勃發展了近五十年的武俠小說，自「金庸旋風」席捲武林，「黑洞效應」持續擴大，名家退隱，新秀失色。「一代鬼才」古龍英年早逝後，將近二十年來，雖有溫瑞安「以詩情入武學」，別立蹊徑，開「超新派」之門戶，《少年冷血》轟動香江；奇儒封筆十年復出，「冶佛理於武爐」，以慈悲心化干戈氣，《凝風天下》震動一時；黃易「援科幻入武俠」，兼蓄金庸歷史、古龍奇詭、司馬翎玄理於一身，《尋秦記》、《大唐雙龍傳》喧騰眾口；蘇小歡以如詩如畫之筆，探賾人性，《天地無聲》大聲鏜鞳；然不過寥寥數人數部，勉撐大局。相較過去的盛況，武俠一道，可謂式微已久。

武俠小說的沒落，可能的原因很多，或許是情節用盡，或許是名家難以超越，也或許是讀者閱讀習慣改變，種種不一。當然，我們可以說，武俠的「沒落」其實是一種擴散，一種轉型；多媒體影音的展現，如武俠電腦軟體、漫畫、影視的蔚興，不僅成功地吸引了新生代的「讀者」群，更深播了傳統俠義精神、文化的種籽。以李安的《臥虎藏龍》、張藝謀的《英雄》電影為例，武俠與傳統中國美學的結合，就在年輕的觀眾心海裡烙下了深刻的印象。似乎只要是中國人的江湖還存在的一天，武林舊夢就永遠不會消歇。不過，武俠小說基本上是以文學型態呈現的，就文學論文學，實不能不承認其「沒落」的趨勢——從出租店裡武俠小說的版圖逐日縮減，為多媒體所取代，便足可說明此一殘酷的事實。

自一九九〇年以來，台灣文學作品的市場愈形逼仄；無論是作家或是出版業者，都對此文學式微的現象，充滿了無力感。的確，這是個「文學沒落」的世代，在社會功利主義瀰漫的環境中，文學於功利的「無用」，是最易受到質疑的。通常我們將文學粗分為「典雅」與「通俗」二系，其間固然不時存在交相毀譽的傾軋現象，但不可否認的，此二系間的共生共長，卻也在傾軋中顯現出來。甚至我們不妨說，「通俗」文學才是文學沒落與否的指標；一旦連「通俗」文學都欲振乏力時，文學欲維繫住強勁的生命力，恐怕更是戛戛乎其難了。是則作為台灣通俗文學主流的武俠小說，首當其衝，又該何以自處？

回顧武俠小說的慘淡，可以從傳統租書店的轉型中略窺端倪。由於武俠小說向來被定位於消閒娛樂的層面，一般人不太願意花費巨貲收藏這類型的作品；因此，整個流通的管道，幾乎完全仰仗遍布於大街小巷的租書店，以「收費圖書館」的方式開拓市場。據估計，武俠小說全盛時期，全台各地的租書店約有三千多家；目前，這些租書店幾乎不是關門歇業，就是被迫轉型。取而代之的，是像「十大書坊」、「小胖漫畫」、「漫畫王」、「皇冠漫畫」等的連鎖書坊。然而，其間列櫃待租的，卻以琳琅滿目的漫畫書為大宗，言情小說其次；偶有幾櫃的武俠小說，也都踡屈於壁角，乏人問津。租書店原是武俠小說的命脈，可是轉型後的租書店，非但不足以再撐持武俠小說流通的任務，更反過來以青少年喜愛的漫畫取代、擠壓了武俠小說的生存空間——武俠小說至此，若無法再有所更張，恐怕註定是要沒落的。

常言說得好：時代在變，潮流在變，人們的思想觀念也在變！既然小說出租店是由社會供需所決定，而且也已完成了它的階段性任務（一九五〇至一九八〇年代流通、推廣武俠小說，滿足讀者休閒生活需求），則其在商言商，改變經營形態，亦屬必然，不可逆轉。因此在新的形勢下，欲重振武俠雄風，當有待於出版商的覺醒；而遠景出版公司正是一個成功的典型。

自一九八〇年遠景出版《金庸作品集》（首次修訂本）以來，出版商事實上已開始思考新的行銷方式。沈登恩（遠景發行人）的策略，儘管純粹出之以商品的考量，挾著金庸在當時的新聞性，藉媒體的力量大事傳銷，以致造成了輝煌一時的「金庸旋風」；但坦白說，在對整個武俠小說的定位上，他卻是頗具眼光的。

扼要而言，《金庸作品集》的成功，關鍵在於沈登恩強調出「珍藏」武俠小說的意義與價值，這一方面使得武俠小說能超脫休閒娛樂的限制，走向文學殿堂；一方面也擺脫了租書店的束縛，得以正式列入家庭的櫥架。在此，沈登恩是以訴諸權威的策略而成功的。他邀集了許多名重一時的學者、專家、作家，在報紙、刊物上發表推廣意味極濃的介紹、分析文章；一則作閱讀指導，一則也不乏慫恿購買的企圖。台灣社會對權威的抗拒力向來薄弱，有如此多的「權威」推崇金庸，自然會形成一種潮流與趨勢；再加上金庸小說的確是不凡的作品，於是整個銷售管道暢通無阻，連精美的典藏本、大字本、再版本都有許多讀者趨之若鶩。

《金庸作品集》的成功，對武俠小說的拓展而言，有功有過：「功」在武俠小說從此得以獲得社會的正視，不必再是偷偷摸摸躲在棉被中閱讀的「閒書」；而其「過」則在於從此可能斷絕了武俠小說再出發的生機。所謂「五嶽歸來不看山」，金庸是巍巍泰嶽，是武俠小說高山仰止的頂峰；許多年輕的讀者心目中往往只有金庸，完全忽略了其他優秀的作家。殊不知，越過泰嶽的絕頂，高空俯瞰，依然還有許多秀麗、嫵媚的群山，各自展露著他們迥異於金庸的丰采！這便期望有眼光、有見識、有企圖心的出版商如何「發潛德之幽光」、「啟夕秀於未振」，以導正讀者獨沽一味的偏食習慣了。

近十幾年來，很樂於見到若干出版社願意出資重印其他名家的作品，如遠景的《蕭敬人全集》、萬象的《台灣武俠十大名家》、真善美的《古龍作品集》、《上官鼎作品集》、風雲時代的《古龍作品全集》（**真善美的《司馬翎全集》則一直在難產中**）；儘管這些套書在銷售量上不盡理想，可是站在一個武俠愛好者的立場而言，實在是心存感佩！

這幾套具有「投石問路」性質的懷念之作，選定的正是台灣武俠小說家中最足以與金庸分庭抗禮；且長久以來，也是託名偽書充斥，以至於明珠蒙塵的幾位作家，意義非同凡響。儘管在實際規劃上，這幾家出版社各有所堅持，但就大方向而言，正本清源，還作家的本來面貌，是基本原則；其次則是闡幽顯微，將此數大家的精華之處，透過導讀的方式，呈現於讀者面前。如此乃能豁開讀者心目，於金庸的泰嶽聳峙之外，還能領略到奇兀崢嶸、秀麗挺拔的桂林山水！

就整個行銷策略而言，各家出版商在讀者對象的設定上有共通的趨勢：一是舊有的武俠愛好者，一是新世代的年輕人。就前者而言，精美的封面包裝、清晰的版面安排、大小適宜的開數設計，將有助於他們典藏的意願；對於後者，訴諸權威的介紹、深入淺出的導讀，亦將有助於新生的世代領略到更廣闊的武俠世界——多種多樣，各取所需。或許通過這樣的薰陶冶煉，能激發出彼等的創作熱情，重啟武俠生機，也未可知。

「九州生氣恃風雷，萬馬齊瘖究可哀」！金庸、古龍俱往矣，武俠百無聊賴，究竟應何去何從？關心、喜愛武俠的人士，夙夜思維，無不苦心焦慮，亟思為中國特有的武俠世界，高舉起照路的明燈。然江湖夜雨瀟瀟，明燈照向何方？這不得不令人深思。

武俠小說向來被歸屬於通俗說部，通俗說部在中國綿延數百年，自有其因循的傳統；尤其是敘述的模式，多採第三人稱全知的視角，且以正敘、補敘、插敘為主，故事性極強，也極具休閒娛樂的效果，因此廣受中國讀者的歡迎與喜愛。然而相較於自魯迅以來開展的「西方式現代寫實主義文學」（**典雅小說**），在藝術技巧上，大多有所不足；也因此通俗說部始終難登大雅之堂，而備受譏嘲與冷落。其中只有金庸是唯一的例外。

通俗與典雅，向來涇渭分明，各行其是。但在西方文化強勢的運作下，典雅小說的作者群卻表現得相對傲慢，經常以不屑的眼光，對通俗說部冷嘲熱諷，甚而大肆抨擊。大抵有志於典雅小說創作的人，皆不願「降志辱身」，涉入通俗的行列。一九三〇年代的白羽，以「文藝青年」不得已而改寫武俠小說糊口，終生引以為恥，正是最佳的例子。

相對地，通俗說部的作者則顯得過分謙卑，以致於赧顏羞慚，甚至索性表明了「著書只為稻粱謀」的泰然自若[1]；對自身作品的不尊不重，簡直到了駭人聽聞的地步。不過，我們也可輕易窺出，通俗說部的作者，對現代文學技巧是肯加以學習和吸納的。從「新派武俠」的梁羽生、金庸，到司馬翎、古龍、陸魚、秦紅，皆有心藉用部分典雅小說的優長，為通俗說部注入新的生命力量，同時也取得了相當的成就。可惜的是，如此的努力仍然有限，且金庸、古龍的珠玉在前，難以超越，以致此後武俠小說的發展，面臨到一定的瓶頸。

為了突破此一瓶頸，奇儒、蘇小歡及黃易皆各自戮力以赴，展現了後起之秀重開武俠機運的雄

1 如諸葛青雲即以此自況、解嘲，參見第三章第二節。

心。他們的取徑雖各有不同，但皆相當一致的集矢於同一個方向——融合典雅與通俗。奇儒擷取現代環保觀念，強調人與自然的協調；蘇小歡則取詩意、畫境、樂韻入武俠，極意發揮其美感效應；黃易則一以科幻，一以歷史，為武俠匯入新思維，皆卓然有所樹立；而「故事性」則始終為其主軸，未嘗放失。他們雖不免顧此失彼，瑕瑜互見，卻正展現了此一融合的必要——能否在符合中國人閱讀習慣的故事性前提下，適度地以現代小說的藝術技巧予以展現，自塑一種「中國式武俠文學」？這是當前最值得重視的課題。

誠如宋人晏殊〈浣溪紗〉詞云：「無可奈何花落去，似曾相識燕歸來。」曾在二十世紀大放異采的武俠小說，今已繁華落盡；花開花謝是自然規律，固不以個人意志為轉移。然而由奇儒等的創新突破，我們卻也看到一線「風雨燕歸來」的曙光。值得期待，值得觀察。

二〇〇一年是新世紀的開始，我們衷心祝禱武俠的文學春天重返人間，為歷史寫下新的一頁；也不枉我「上窮碧落下黃泉，動手動腳找材料」（借傅斯年語），苦心孤詣地重寫這部台灣武俠小說史了。

第三章
溫世仁的「百萬武俠小說大獎」

台灣武俠小說自一九八〇年代起開始走下坡，但對武俠猶懷信心的人士，始終不願見到曾經風靡達三十年之久的武俠小說漸去漸遠漸無聲，除了若干新秀作家仍戮力耕耘，以魯陽揮戈之姿，企圖於「後金古時期」擺脫金庸與古龍兩位大家的牢籠外，更難得的是，有熱心的讀者，於事業有成之後，眼見台灣武俠日薄西山的處境，願意以一己之力，為武俠小說另開生面。

二〇〇三年，台灣上市電子公司英業達集團總裁溫世仁（一九四八～二〇〇三）成立「明日工作室」，延攬劉叔慧等年輕作家，開始以企業經營概念，投入武俠小說創作的行列。溫世仁從幼年開始，就對武俠小說深感興趣，對悲天憫人、見義勇為的俠客，更是無限嚮往，因此，在事業成功之後，不但身體力行，將其俠義胸懷，踐履於大西部的黃羊川，為當地的貧困百姓開闢了一條通往城市文明的道路，更發願將盡全力宏揚武俠精神、延續武俠命脈。

可惜，壯志未成，遽然而逝。二〇〇五年，溫氏家族承其遺志，由其弟溫世禮主持，與聯合報、淡江大學中文系合作，轟轟烈烈的舉辦了「溫世仁武俠小說大獎」，獎金高達百萬，號召全球華文寫作者共襄盛舉，為台灣武俠小說重開新運。

從二〇〇五年到二〇一四年，總共舉辦了整整十屆，邀請評審的名家，幾乎涵括了兩岸三地的重要作家及武俠研究專家，也培養了許多新秀作家，總計十次大獎，除了三次首獎從缺外，共有七人獲獎：吳龍川《找死拳法》、趙晨光《浩然劍》、黃健《王雨煙》、施達樂《浪花群英傳》、徐行《踠狗》、慕容無言《二十年》、沈默《在地獄》。

溫世仁的「武俠小說大獎」，是當時台灣所有文學獎中獎金最高的，故吸引了不少海內外各地的武俠愛好者參與，其評選過程精嚴審慎，故得獎作品皆頗獲好評，亦熱銷一時，為低迷的台灣武壇力振頹風，卓有貢獻。

除此之外，「明日工作室」更積極投入武俠出版工作，編輯群也繼承了溫世仁遺願，出版了以秦、漢之際為背景的《秦時明月》共八部作品；同時，更委託導演華志中拍攝了《武俠六十——台灣武俠小說發展史》、《向大師致意：來自過去的未來人——古龍》記錄片，為台灣武俠小說留下了彌足珍貴的資料。可惜自溫世禮歿後（二〇一二），因故未能持續下去，令人有明日黃花的感慨。

在諸多得獎人中，大陸與台灣大約平分秋色，台灣武俠新秀中，吳龍川的《找死拳法》創意特殊，以新文藝的筆法及前衛的「前後對讀」技巧鋪陳故事，令讀者眼界大開，可惜其後忙於教學工作，未能賡續；而施達樂、沈默，則續有創作，頗值一述。

第一節　施達樂的《小貓》

施達樂（一九七〇～），本名施百俊，台灣屏東人，台大商學博士（二〇〇三）、康乃爾電機碩士

施達樂的《小貓》

（一九九五）、台大電機系學士（一九九二），今（二〇二〇）為國立屏東大學文化創意產業學系教授兼教務長，為台灣重要的文創研究者與創業專家。著有《小貓：林少貓傳奇》、《走出二二八——以愛相會》、《浪花》、《秘劍》等各式創作，曾獲文化部電視劇本創作獎、國家出版獎、溫世仁武俠小說百萬大賞、華文世界電影小說獎等。堅信「台灣英豪，天下第一」，刻劃台灣人的真性情。

台灣現當代的武俠小說，若以郎紅浣《古瑟哀絃》（一九五一）為起點，在施達樂《小貓》（二〇一六）問世之前，已發展超過半世紀，其中雖名家輩出，且各自創新求變，但書中故事大多發生在故國神州，主題不外奪寶爭霸，缺乏「現代化」與「本土化」，而《小貓》這本「前所未見台客武俠」的誕生，正是對於上述缺乏的回應，並且立下一個可供後起創作者借鑑之範例。

《小貓》是施達樂二〇〇六年參加第二屆溫世仁武俠小說獎之競賽作品，得評審獎，二〇〇八年由明日工作室出版。其故事從一八六六年開始，以屏東人小貓（林少貓）為主角，寫他歷經台灣本為清朝統治，後割與日本，接著台灣民主國成立，最終仍為日人接收等時期，逐漸從少年流氓成為抗日英雄的過程。

在武的方面，小貓的「流民神拳」由阿猴客家庄主林天福所傳，「宋江陣法」則為台南白龍庵的猴師所授。「流民神拳」除了是武功外，且蘊含「台灣智慧」，如「鑽孔鑽縫」，此招道理是正面對決打不贏，台灣人就「出怪招耍『奧』步（賤招、爛招），在夾縫中求生存」，搞到對手受不了放棄時，

「咱就贏」。「宋江陣法」中的「沒羽箭」，是梁山好漢張清傳下的暗器手法，小貓將它教給部下王民祖，王之後人某天看到這祖傳秘訣，竟悟出投球之法，「幾年之後，揚威世界棒球殿堂，人稱『台灣之光』」。另外，書中小貓的死敵陳圓，原為小貓父親養子，後投入野村彌助門下，習得示現流秘劍，作者寫小貓與陳圓的幾次對決，都張力十足，且結果出人意表，不流於俗。

在俠的方面，施達樂認為過去某些武俠小說偏離《水滸傳》的「忠義」傳統，在毫無根據的時空中談情說愛、打打殺殺，軟趴趴地不著邊際，所以他書中所寫的小貓，雖是民間草莽，沒讀書，不識字，卻發誓要「保護阿猴人，保護台灣人」，忠於自己、家庭、朋友、國家，濟弱扶傾，行俠仗義。另外，小貓的紅粉知己——阿會，也不只是個襯托男主角的花瓶，她貌美又具膽識，是「堅強如母獅」的「女太閣」，全力輔佐義軍，不為台奸金樓梯甘言利誘，書中甚至把抗日史上著名的「林小貓十條」，寫成是由她向後籐新平所提。

由於本書作者是屏東人，大學前皆在高屏居住，故對當地物景、風俗相當熟悉，其寫阿猴城的地理，大武山的巍峨，東港的王船祭，慈鳳宮的媽祖信仰，皆隨手捻來，形容細緻，如「東港是下淡水溪下游諸鎮中最繁華的中心，商賈雲集、漁業發達。但沒想過『繁華』竟是這般模樣，連廟裡都貼金箔，純金的金箔，那東港人豈不是富上了天？」，又或者是「萬丹鯉魚山上的泥火山猛烈爆發，泥漿沖天，鄉人將瓦斯點上，十里外可見熊熊火光」，並用以暗喻小貓之怒，台人之恨。

《小貓》之缺點，批評者意見主要有二，一是故事太「依附史實」與「缺乏想像」的問題，對此施達樂於〈後記〉則有所辯駁，平心而論，《小貓》的確是部有明確歷史背景的武俠小說，但「虛」「實」比例尚待進一步分析。有趣的是，除史有明文記載外，施達樂在「傳奇」筆下，「虛構」小貓與不少歷史人物的往來，如黃飛鴻、胡適、孫文、霍元甲與郇和等等，甚至還互相影響啟發。以孫文為例，他來台時跑去向小貓請求資助革命，大談「三權分立」（好武但不愛讀書的小貓卻以為對方是武林高手，說的是「三拳分力」），最後二人惺惺相惜，小貓雖沒捐錢，卻贈與「宋江陣圖譜」，讓他日後可去洪門求助，當武昌革命終於成功時，孫文「手裡緊抓著一本發黃的簿子」，咀嚼著小貓的話：「絕不放棄」。另外，書中亦有對與台灣相關歷史人物之臧否，不時以古諷今，如寫台灣民主國的短命，唐景崧與丘逢甲的攜款逃亡，稱他們是「流芳百世的愛台人士」，並有俚曲歌頌其「有夢美，燒炭隨，忠義亭做風波亭」，「手牽手，心連心，守護台灣把命拚」；寫「台灣之祖」辜顯榮幫助日人打退台灣「土匪」陳魚，日本總督獎其忠義，於是要辜騎馬出發，「直到日落以前所經過的土地，永世屬於辜家」，「百年後，當地仍有上萬頃辜氏莊園，……，仍有顯榮之風」。在這方面，施達樂藉林少貓傳奇的敷衍，隱然譏刺台籍「漢奸」以及台灣主政者李登輝，亦頗具政治批判力，且能逸離「史事」的牢籠，天馬行空的將許多未必與台灣相關的人事附會進來，所謂過於「依附史實」，猶待斟酌。

《小貓》的第二缺點，則在於人物對話的文字上。施達樂表示小說的目標讀者是華文人士，所以書中不同族群間用普通話對談，只有「台人（包括福佬、客家、原住民）間以河洛話（閩南語）對話。書寫時盡量『形音義』並重，若『形音義』無法並呈，先從『音』再從『形義』，不一定以台語典正字來寫，以求能讀出台語中特殊的韻味，所以台灣人雖愛自稱「爾爸」，但字面上實在難唸，因此，我喜歡用網路火星文『林杯』，比較易懂有趣，必要時再加上釋義註解，而不是寫錯字」。

對話使用閩南語，的確更具本土氣息，但何以連客家人士都運用閩南語，而不講客家話，顯然是不能自圓其說的；除此之外，對現今大多不諳方言的年輕讀者來說，易造成閱讀障礙；在字詞下再加註解，則難免打斷閱讀節奏；至於以語音相近的網路火星文代替台語典正字，雖然新潮有趣，卻也導致不熟網路的讀者一頭霧水，更何況網路用語汰換率快，會不會十年後該詞已不流行，到時新一代的《小貓》讀者反而會覺得書中充滿難解詞彙。尤其是其書恐怕只能流傳於閩南語流行的區域，對大多數的華文讀者而言，其隔閡之嚴重，未免就影響到其評價，這點，多數的大陸讀者直言「看不懂」，或許是施達樂必須多作思考的。

在《小貓》之後，施達樂二〇〇八年以《英雄本色》投稿第四屆溫世仁武俠小說獎，亦獲評審獎肯定，二〇一〇年由明日工作室發行（發行時改名為《本色》），該書仍用小貓為主角，書寫另一種故事發展的可能性，部分情節及場景似曾相識，可視為《小貓》之「同人誌」。

施達樂是在二〇〇〇年台灣「本土化意識」下的新生代作家，從他的武俠小說中可以略窺到此一風氣，從其開拓了武俠小說書寫的格局來說，無疑是應加以肯定的，尤其是他與其他所謂的「本土作家」有極大的不同，雖強調台灣本土特色，卻不會有割裂、偏離的意識，對故國文化仍多所肯定，這更是值得稱賞的。

第二節　沈默的《劍如時光》

沈默（一九七六～），本名沈信呈，文化大學文藝創作組肄業，為台灣新銳武俠小說作家，自一九九九年起，即發願投入武俠小說創作行列，據其自云：「我將自己的武俠創作分為兩個階段，第一階段是一九九九年到二〇〇三年，出版了三十二本武俠小說。第二階段是二〇〇九年到現在，累積有九本。」其創作量之豐，恐怕是台灣現今仍在寫作武俠小說之最佼佼者。其長篇《誰是虛空（王）》、《七大寇紀事》、《武俠主義》、短篇〈尋蛇〉先後獲得溫世仁武俠小說獎的肯定，尤以《在地獄》、〈晚年〉獲得第九屆長、短篇武俠雙首獎最是亮眼，而本書《劍如時光》則通過國家文化藝術基金會第十二屆「長篇小說創作發表專案」五十萬元補助，台灣當代小說名家駱以軍，認為沈默的作品，「它們之所以好，就是一股殺氣、霸氣，滅了之前我們熟悉的、以金庸集大成的中國武俠小說的故事播放習慣」[1]。

《劍如時光》（二〇一九）一書情節跨越七百餘年，講述在天荒原一地發生的興衰故事。其以寰宇劍院為軸，從寰宇神鋒劍被鑄造、神仙關夫妻離異分別創仙劍室、神刀關開始，止於初雪家族被天驕會所滅。然而其故事內容支線紛雜，敘述者主要以倒敘寫成，第一章即是結局，然而又分為五路敘述，這五路敘述的主角彼此間隔，短者七十餘年，長者二三百年，五位被敘述的主角都和寰宇神鋒劍又千絲萬縷的聯繫，劍院在幾百年來更迭，功夫有失去亦有創新，甚至劍院在問天鳴一代即已滅絕，但後續的衛狂墨與初雪照，卻仍可看到寰宇劍法的遺留。而在主線故事外，打造寰宇神鋒的羅家、維繫武林高手健康的醫家房氏、還有當初離異的仙劍室後人、神刀關等

沈默的《劍如時光》

1見林夢嫣紀錄，〈小說傷身，而人生是復健—《劍如時光》新書發表會，駱以軍＆沈默〉(2019.07.01)http://mypaper.pchome.com.tw/shensilent/post/1379070060。

等穿插在故事之間，交織出一本既鬆散又緊密的故事網。

作者野心甚大，將受眾群預設為熟稔武俠小說的讀者，並且以非常文藝性的敘事筆法來構築。尤其試圖書寫「武俠學問」，既探討招式、內功配合的辯證，亦想回答武功之源從何而來，在江湖興衰間是如何流傳？在初雪照這寰宇故事的最後一代則著重著寫為何江湖須得打打殺殺？為何總是得相互侵略？除此之外亦有神兵利器究竟如何而來？招式是創於人還是因運兵器而生？還有涉及醫理的討論，如究竟「造派」貴養生為善，還是「破派」將不善者割除速效？

在過往分析武俠小說，多得著眼於武功如何描寫，但《劍如時光》多著墨之處卻是修練過程以及江湖打滾多年後年老衰敗的身體，其「談」武術多而「用」武術少，在故事中會留意到伏飛梵、問天鳴等人如何創造武學，會留意到舒餘碑、衛狂墨年老力衰，一個昔日赫赫威名之人，臨老要人把屎把尿，全身散發惡臭，而最終決鬥反而是像小孩子打架，一起失足跌落山崖的反高潮。

沈默自己在訪問中提到，他希望：「在武俠小說中投入非武俠的元素，藉此探索可能性，並努力把真實人生帶入武俠，或者說，還給小說。」《劍如時光》明顯的在武俠框架上有積極的突破，不僅僅是敘事方法上，同時在題材與故事聚焦的核心都有所轉化，然而其又必須立基於過往的小說，若無對固有江湖、秘笈、武學有所接觸，則其故事中羅家鐵匠的地位、武學人重視名聲等等設定又會沒有著落。這樣一脈的武俠小說與廿一世紀初的突破又有所不同，蘇小歡、張草等人尚是在傳統中汲取新的敘事養分，而沈默的操作更接近在現代小說中加入武俠元素。這樣的操作方式，或許較難吸引傳統小說的愛好者，而閱讀樂趣也從通俗轉入須具備更多的精神與時間去理解，但終究是令人期待，往後的武俠究竟可以發展成什麼模樣？

施達樂與沈默，分別代表了二〇〇〇年以後台灣武俠小說的兩條徑路，前者極力開拓武俠的新領域，摹寫台灣本土英雄，擺脫了武俠小說一貫以中國大陸為背景的書寫，且由於其對台灣風土、文化的熟悉，寫來親切近實，相較於諸葛青雲的《石頭大俠》、歐陽雲飛的《廖添丁》，無疑是更有可觀的；後者則是企圖援引新文藝的技巧，對武俠小說慣有的內容作省思，重新為武俠小說作定位，其間所具有的哲理分析意味，頗能加深武俠小說的厚度與高度，儘管可能因此而不為傳統武俠讀者所喜好，卻也未嘗不能為武俠小說別開一個生面，在雅俗之際尋得一個平衡點。

第四章 武俠小說的政治、社會批判

中國小說向來與政治、社會脫離不了關係，早在唐人小說之時，就已可以看到文人如何以「傳奇」這種新興的體裁，作政治託喻的工具，《周秦行紀》、《牛羊日曆》，甚至著名的《虯髯客傳》，都摻雜有濃厚的政治因素；明末東林黨、閹黨之爭，也可見到雙方不同政治立場的人，「假小說以寄筆端」，肆意以小說作為攻擊政敵的武器，閹黨的《放鄭小史》、《大英雄傳》詆毀東林固是不留餘地，《魏忠賢小說斥奸書》、《檮杌閒評》等，則在魏忠賢失勢後，大張旗鼓地抉發閹黨之奸，我們可以說，中國小說自始至終都是與政治脫離不了關係的。

武俠小說也是一樣，尤其是「新派武俠」的崛起，梁羽生的系列清朝背景小說、金庸的《笑傲江湖》，其間政治觀點、政治諷喻的味道之濃厚，更是讀者耳熟能詳的。台灣武俠小說亦不遑多讓，在兩岸局勢緊繃之際，墨餘生的《瓊海騰蛟》、東方玉的《縱鶴擒龍》，更是以一偏之見，對異己立場的政黨多所抨擊。政治糾葛，孰是孰非，向來是難以遽加判斷的，但對文學中的這種現象，倒是不容不加以重視。

政治批判，無論如何，都一定會涉及到對負面社會現象的誇張與渲染，有時候，政治批判的意圖，反而是假社會批判的外衣出現的，即便號稱「寫實」的作品，如《金瓶梅詞話》，其間仍可窺見出對當時政局的不滿與憤慨。政治與社會，雖非中國小說唯一關注的焦點，但其頻繁出現的現象，正可供後起者聞之而驚怛，並從而作分析、解說，以窺探其意義之所在。

台灣自一九七〇年代「黨外」崛起，乃至一九八七年「解嚴」以後，政治時局變亂莫測，民進、國民兩黨競爭劇烈，而社會亦因此有極大的政治變化，在文學作品中亦有相當多元的表現。武俠小說雖屬娛樂性較強的通俗作品，但也不乏有作家藉武俠體裁以抒發其政治觀點及社會批判，一九八〇年以後的台灣武壇，於此亦有幾位值得重視的作家。相較於一九六〇年代的武俠作品，這些作家的作品，主要以台灣的內部矛盾為主，而對於中國大陸則鮮少述及，政治意味與社會批判交揉為一，擺脫了純粹就古代說故事的局限，而與當代台灣的政治、社會景況密合為一。其中張大春的《城邦暴力團》以漕幫的歷史源流為線索，從清代敘及台灣國民政府，既古代而又現代，以「鼠國」為寓言，將幫派與政治間的矛盾、衝突與糾結不清的現象，作了深刻的諷刺；徐錦成的《江湖閑話》，則以現代的外衣，將武俠化入當代社會，作亦莊亦諧的政治、社會諷刺；樓蘭未的《光明行》，則以古代當現代，對政治的險惡、宗教的荒誕，作了深入的反思。雖取徑各異，角度不同，篇幅也各有長短，但都能使武俠小說跨出新的一步，豐富了武俠小說可以拓展的內容。

第一節　張大春的《城邦暴力團》

張大春（一九五七～），山東濟南人，生於台北，筆名大頭春，於一九八二年取得輔大中文系碩士學位，其後曾擔任《中國時報》及《時報周刊》記者，亦曾在文化及輔大擔任講師，主持電視及電台節目等，言辭犀利，但頗能一針見血，極具個人風格。張大春是台灣當代著名的小說家，博學宏肆，理識精到，有甚佳的國學素養，連古典詩歌皆當行出色，為著名歷史學家、小說家高陽關門弟子，對歷史、文學、文化的見解都有獨到之處，更能深悉社會現象、洞察人性，故其小說往往能以深厚的國學根柢及對都會敏銳之觀察，自〈將軍碑〉、〈自莽林躍出〉開始，便別出一格，批判、解構、重組其個人意識，不僅著作量豐沛且不落俗套。

張大春對武俠小說亦格外關注，先有與古龍武俠同名的《武林外史》發表於《中國時報》，頗有意以歷史小說筆法創寫武俠，但連載未完；其後在一九九九至二〇〇〇年由時報文化出版《城邦暴力團》四冊，一舉震驚世人耳目，多為武壇新秀所取法，新生代作家沈默更視為「聖經」。由於其作品嘻笑怒罵，不拘一格，筆鋒又犀利如劍，亦夙有「文學頑童」雅號。

張大春的《城邦暴力團》

《城邦暴力團》初版共四卷，爾後另有十週年紀念版（上、下二冊）。書中寫道：「唯淺妄之人方能以此書為武俠之作。」其實乃是反語，然而卻引發不少爭議，黃錦樹認為張氏試圖證明自己也有寫作傳統武俠小說之能力而作此書，但又故意叛逆傳統，全書雖然結構複雜，仍是張氏創作初期被迫害妄想症的語言風格；詹宏志留意到張大春寫作從「呈現者」到「議論者」再到表演者，認為是對武俠小說、江湖概念的反諷；倪匡就書中錯綜複雜的謎語、奇門遁甲等文化符號認為此書是非常中國式的小說，譬之金庸、古龍後的新突破。

張大春在《城邦暴力團》中，既是「作者」，亦是書中的角色。內容講述民國五四（一九六五）年中秋夜，漕幫老爺子萬硯方被養子萬熙槍殺於南海植物園，此事既涉及政府塵封的政治秘辛，亦參雜天地會與漕幫爭鬥的江湖百年恩怨，萬老爺子臨死留下一闋《菩薩蠻》，暗示著事情的始末與真兇。大弟子萬得福追尋兇手三十年，與老爺子合稱七賢的錢靜農、魏誼正、李綬武、趙太初、汪勳如、孫孝胥等打交道，原來解謎關鍵正是原本「只想像隻老鼠一般活著的輔仁大學中文系碩士研究生」張大春。在書中，張氏父親張達曾加入漕幫，父親的一個老侄兒張翰卿是漕幫光棍，與孫孝胥孫女小五曾有情愫、與孫小六是青梅竹馬，另外與高陽有師徒之情，也是彭子越（岳子鵬）有名無實的徒弟。

追查過程涉及抗日、國共內戰，串聯一九四九年國民政府遷台的鬥爭內幕、桐油借款、戴笠空難，以及青幫、洪門、竹聯、四海的地下幫派變遷史，更有五〇年代西門町新生戲院大火等社會要聞，而角色活動場景在舊時代台北城，如中華路、新公園、碧潭後山……。主角張大春莫名被捲入這場江湖恩怨，既與情治單位交手、又躲避江湖追殺，一路抽絲剝繭，竟然逐漸釐清了自清朝以來江湖上門派會黨錯綜複雜的恩怨情仇，乃至民國近代的國家大事背後的真相。

挾著穎異的天資、文字的高敏感度，以及他博識多聞的學問功力，張大春宛如變戲法般地「變」出了上起清初康熙、乾隆時的「江南八大俠」，中歷國府時期的「清洪幫」，下迄當今社會的「竹聯幫」之「黑道譜系」；箇中引經據史，旁及醫藥術數、武功源流的考鏡，再加上若干「嚮壁虛構」、「存心作偽」的「自鑄偉詞」，原來只具有符號性質的文字，在他筆下雲翻雨覆，剎那間變幻出不可思議的華彩，比如「魔幻與武俠並存」書中張大春擺出了魔幻的奇門遁甲，並煞有介事地描繪了周遭隱藏著觀察、調查我們的隱形人，就像現實中的情治人員一樣，透視並掌握著我們不欲人知的私領域或秘密，一旦需要時便拿出威脅我們，如此超乎邏輯的寫作方式，卻又寓示著完全合乎邏輯的想像。另外，張大春寫武功亦頗具詩意，如：

滿街看熱鬧的人祇見他站個不丁不八的步子，那一身玄色長袍卻好似一隻碩大無朋的氣球一般鼓了起來。他肩上的「飄花令」白巾則無風自舞，霎時間飛入了半空之中。眾人尚來不及詳觀上下，這玄袍已倏忽縮緊，方圓百丈之內的各色人等但覺胸口猛地承受一股極重且極熱的壓力，祇聽「轟」的一聲巨響，空中原先旋舞飄飛的白巾已碎成千萬片楊花一般大小的白點，紛紛向報館的樓窗射去——偏就是：白蟒衝天吹驟雨一旋龍踞地捲殘雲一豪俠獨掃千夫指一天下何人不識君？……這報館偌大一幢三層的樓房便在這轉瞬之間教那碎成千片萬片的白巾給砸了個滿目瘡痍。窗門上的玻璃盡成齏粉不說，連樓頂上的屋瓦也寸寸斑斕、無一塊完好者。正面青石砌成的樓牆更是好似蜂窩麻面一般，累累落落，看上去又如一位大匠以之為幅員，畫了一張布滿雨點皴法的山水——祇不過落筆之處的墨跡是白色的。——《城邦暴力團（一）》，頁一六二至一六三

文字抑揚跌宕，場景氣勢逼人，詩句古意盎然，而整篇讀來，則足令人感受到別具特色的武俠美感。配合著他刻意營造出的錯雜纏結之敘事時空、真實與虛構混揉的「自我介入」，交織出一片魔幻

詭異的色調，似真非真，如假非假，很成功地引領讀者步入他蓄意塑構的「圈套」與「騙局」之中。

說「圈套」、「騙局」，其實沒有厚誣張大春，不但其「自成一家之言」的所謂「黑道譜系」，是個騙局；就是他自言此書是企圖突破已經「一洗凡馬萬古空」的金庸武俠小說「黑洞」，自定其位為「武俠小說」的說法，也是個「圈套」；更有甚者，當今的社會（城邦）——包涵了政治、文化、經濟各層面，無非也是個讓人「無所逃於天地之間」的「大圈套」。身在社會中的所有人，當局而迷，不明究裡，唯有「鼠眉鼠目」的張大春之流，才能洞察此一「圈套」的底細。

這個「圈套」的一系列精心設計，是由七本書開始的。這七本書，來歷十分清楚，作者、書名、出版社、總經銷，一一載明，而出版期則「剛好」與敘述者在「三民」書局閱讀的順序相符，在第三冊頁八五，張大春如是寫著：

《食德與畫品》魏誼正　五四、十一

《神醫妙畫方鳳梧》萬硯方　五四、十二（上市時作者已歿）

《天地會之醫術、醫學與醫道》汪勳如　五五、一

《上海小刀會沿革及洪門旁行秘本之研究》陳秀美（疑為錢靜農化名）　五六、一

《民初以來秘密社會總譜》陶帶文（即李綏武之化名）　六一、一

《七海驚雷》飄花令主　六六、一

《奇門遁甲術概要》趙太初　六六、七

這七本書，「當然」是虛構的，但是，張大春卻「請」出了已故的歷史小說巨擘高陽來「背書」，眉批夾注的評點、闡發不說，更語重心長「點明」其間的「可能奧秘」。高陽在歷史研究上的造詣，向來是有口皆碑的，「恭請」前輩為此虛構的「秘笈」佐證，毫無疑問地，是有意「除虛就實」，增添《城邦暴力團》的可信度。在這裡，我們可以看得出張大春企圖擷取金庸、古龍兩大家的優長，而加以「轉精」的用心。

金庸假歷史為鋪墊的武俠創作，早在讀者口耳喧騰中，樹立了「典範」。張大春向以金庸為「武俠黑洞」，欲極力擺脫的雄心，自是督促他創寫《城邦暴力團》的重要因素之一。以張大春深厚的國學根柢，逕取史實，「模仿」金庸「亦虛亦實」、「化虛為實」的手法，以慷慨壯烈的歷史背景為豪傑英雄樹立形象，自亦可行；但朝華已披，夕秀難振，踵襲前賢，畢竟非當行本色，料想他也是萬萬不可能再為的了。翻空出奇，借金庸蹊徑，而別走途轍，當是《城邦暴力團》的創作路線。金庸的特色在依附歷史，千變萬化中，自有其規律可循；《城邦暴力團》則自創歷史，表面上黏附野史奇譚，而終究一派荒唐之言。在這裡，徐克導演、林志明編劇的電影《蝶變》，起了重要的影響。

從《食德與畫品》到《奇門遁甲術概要》，張大春巧妙地運用了他豐贍的歷史知識，擷取信史、野史、傳說、小說中的散片，規模宏偉地構築了他的「江湖史」，從清初的「江南八俠」到當今黑道的「竹聯幫」，居然同氣連枝式的貫串了起來，這是多聳動聽聞的「歷史」！偏偏張大春就有這種本事，我想，學術背景是他的得力處，因此「變造」得相當高明，幾乎可以「亂真」。這七本書，就是記載這段虛構的「江湖史」的「偽書」——可以說是另一種形式的「武林秘笈」。這很容易讓我們想起《蝶變》中的《紅葉手札》。

電影《蝶變》

《蝶變》是一部在七〇年代相當重要的武俠電影，開啟了徐克新銳的導演風格。此劇是由林志明編寫的，很多評論者從此劇中窺見了《蝶變》模擬西方電影技巧的關竅，但卻少有人論及此劇與已故武俠鬼才古龍之小說的神似。細心的讀者都很容易發現，古龍的小說，有其自成一套的「江湖史」，從《武林外史》中的沈浪、王憐花，到《多情劍客無情劍》的李尋歡、阿飛，到《邊城浪子》、《九月鷹飛》中傳紅雪、葉開，以及隨處皆不忘提點的「百曉生兵器譜」，古龍的「江湖史意識」，是十分明晰的。我們不敢確定，徐克與林志明是否曾受到古龍的影響，但《蝶變》中的方紅葉，覼縷記載武林秘辛，手撰《紅葉手札》，就是一部具體而微的「江湖史」，與古龍正有異曲同工之妙。

無論是《蝶變》或古龍，「江湖史」的締設，都是純粹虛構的，目的在於凸顯另一個異於尋常知聞的世界，此一世界，是獨立而自足的，《蝶變》的七十二路烽煙，無須任何歷史的佐證；古龍自沈浪而下的譜系，也無須傳記譜牒的支持；不必以真濟假，以假亂真，一個是新派武俠的「電影」，一個是新派武俠的「小說」，光是精彩淋漓的畫面、影像，曲折離奇的情節、人物，就夠讀者（觀眾）陶醉沉迷於其中了。這個「江湖史」，早已經文類慣例賦予了「約定俗成」的意涵，虛構（假），就是最大的共識。

《城邦暴力團》顯然有取於其「假」，但卻蓄意破壞此一共識，他要讀者深深陷入透過學術考證、史學知識營構出來的「假」中，信以為真。因為這個「假」的建構，非常弔詭的，居然是一連串

「真實」的散片所組織起來的。所以說這是一個圈套，一個騙局。

然則，張大春的意圖何在呢？「鼠眉鼠目」的他，其實窺見了當前社會中一隅的實情：「江湖」真的是無所不在的。然後，他揶揄、諷刺、批判，並化為耿耿隱憂。張大春自我調侃是隻「老鼠」，其實用意在強調他的「鼠眼」中所窺伺到的「鼠國世界」。「老鼠」向來與「人類」並存，「瞻之在前、忽焉在後，倏而滅、倏而生」，「鼠國—竹林市」（竹林裡老鼠豈非最多？）則是「一座看不見的城市」（冊一，頁二六）。其實，「鼠國」就是一般所稱的「江湖」，「老鼠」就是「江湖人物」。

在傳統武俠小說中，「江湖」是英風爽颯、嶔崎磊落的「俠客」，行俠仗義、快意恩仇的舞台；儘管其間正邪善惡，淆然難辨，但一往無前之氣、大開大闔之風，還是清晰可見，與「老鼠」之畏首畏尾、瞻前顧後，大相徑庭。《城邦暴力團》以老鼠隱喻江湖人物，一時之間，英氣俠氣，零銷盡淨，實際上導因於「俠客」悲情的宿命。對此，張大春無疑有深刻的理解。

自《韓非子》排擠「五蠹」，宣稱「俠以武犯禁」以來，雖經司馬遷在同情的了解下，賦予了道德上的意義；但在傳統的專制政體中，俠客，尤其是擁有武勇，甚至武力的武裝團體，向來受到深刻的猜忌，從秦朝開始，我們就看到歷史如何以強制、壓抑的手段，播弄著號稱為「俠」的一群人物。「俠客」是歷史上的實存人物，可他們不像武俠小說中那麼風光；風光的俠客，通常都變節成俠客的劊子手，漢高祖、明太祖的前例可以為鑑。這本是意料中事，俠客是「國士」，誠如蘇東坡〈養士論〉所論，是有心於權力鬥爭者最佳的前鋒，因此不得不「養」；而俠客一旦受「養」，介入權力過深，又恐其「養虎貽患」，是又不得不壓制。俠客，流轉在「養」與「壓制」之間，注定是悲劇人物，《水滸傳》梁山群雄的遭際，就是一種典型。俠客的真實歷史，就是這樣一路巔簸寫下的——伴隨著的是一片巨大的「陰影」。

在此，《城邦暴力團》頗具歷史的洞識，擺脫了武俠小說中，俠客「事了拂衣去，不留身與名」的坦蕩，而直指俠客醉心於名與利的實質。俠客欲烈烈轟轟、建樹功業，是求「名」；慷慨赴難、仗義輸財，無「利」更不可能。因此，現實中的「俠客」，鑄幣掘塚，甚而以企業化經營圖利；或者勾結牽連，以身從政，是自古皆然的，「黑金」可謂是歷史悠久的俠客行當，最不濟的俠客，才會去打家劫舍。說穿了，武俠小說中的俠客，是被過度美化了的「超現實人物」。真實的，無所不在的俠客，儘管的確屬「國士」之流，卻在名韁利鎖中，墮落為孳孳為利、汲汲求名的「黑道」。

為求名與利，現實的俠客，介入經濟與政治之深，在張大春筆下，有相當程度的披露，尤其在政治上，陰謀迭現，更令人毛骨悚然：如新生戲院的大火、陸運通的飛機失事、洪波自殺、軍統局……等等，都是俠客在幕後操控（或受操控）。顯然地，如此披露的用意，當是在譏刺當時甚囂塵上的「黑金掛鉤」、「黑道治國」。從這點看來，我們不能不承認，張大春的筆鋒，是銳利而深刻的。

《城邦暴力團》的「江湖史」，縱越了三百多年，從前清康熙到當今社會，其間自然有其「歷史的演變」。在此，張大春難免具有「貴古賤今」的觀點，從天地會、江南八俠而下，似乎越具「古味」的俠客，行事越有「古風」，而每況愈下，到民國以來，就越發不堪聞問了。這關鍵何在呢？俠客理想性的喪失、文化素養的闕如、價值觀的向下沉淪，有以致之。這點，我們從張大春的「江湖演變史」中，是可以對照出來的。

所以張大春說：

那樣一個世界正是我們失落自己的倒影。——《城邦暴力團》冊一，頁二一

失落，其實正是墮落。張大春用不一樣的筆致，點出了俠客與政治錯縱複雜的關係。正如同歷代由俠客出身的帝王一樣，在擁有權勢之後，又往往反過來屠戮俠客，俠客不是權勢的晉身之階，就是政治的一枚棋子，這就注定了俠客必然的悲劇宿命。在這裡，張大春是對政治展開相當深切的諷刺與批判的。

最後值得一提的是，張大春此書的「密語設置」極富趣味，有其新奇之處；而偶用長達五十字以上的長句，雖稍嫌饒舌卻頗有情韻綿緲之況味；又在情慾書寫上，露骨中帶著含蓄，放肆中又有些許保留，亦值得細觀。綜而言之，張大春作為「現代武俠小說」的開創者，確實有其不凡之處。

第二節　徐錦成的《江湖閑話》

徐錦成（一九六七～），台灣彰化人，淡江大學中文學士、台東師院兒童文學所碩士、佛光大學文學所博士、成功大學中文系博士後研究，著名兒童文學研究者，曾主編九十二到九十四年《童話選》（九歌），著有小說集《快樂之家》、《方紅葉之江湖閑話》、《私の杜麗珍》及論著《台灣兒童詩理論批評史》等書，現任高雄應用科技大學文化創意產業系副教授。

八〇年代以來，台灣武壇唯金庸獨霸，老將封筆，新秀沉寂，坊間小說出租店充斥著的都是以李涼《奇神楊小邪》引領起的「香豔武俠」，英風俠氣，轉眼銷磨於脂粉綺陣之間，其時，溫瑞安遠走

香江（一九八一）、古龍仙逝（一九八五），而奇儒於一九八五年初創《蟬翼刀》後，未數年亦封筆，皆令許多武俠同好扼腕興嘆。九〇年代，萬象圖書的林葉青有心力破僵局，除引進香港作家黃易的《尋秦記》、《大唐雙龍傳》之外，更於一九九七年底創辦武俠專刊《高手雜誌》，挖掘新秀，著意培養武林少俠，如高久峰、九把刀等就是出自《高手》的，而徐錦成也是其中之一。

《江湖閑話》原本刊登在《高手雜誌》（一九九八至一九九九），其後重加整理，由花田文化出版（二〇〇〇），僅一冊，十九個短篇。

本書全名為《方紅葉之江湖閑話》，主角方紅葉，源於一九七九年香港導演徐克的《蝶變》（另名《紅葉手扎》），在劇中，方紅葉以一位不懂武功的書生，置身於「七十二路烽煙」的江湖亂世，欲以一隻筆為時代作見證，寫下了《紅葉手扎》。沈家堡「蝴蝶殺人事件」，是方紅葉親身參與的一樁秘案，方紅葉在此兼具了偵探（類似英國作家克莉絲汀筆下的白羅神探）與記者的雙重身分。平心而論，這是非常有創意的新武俠電影，因此不但評論者極力推讚，票房成績也令人刮目相看。徐錦成非常推崇徐克的電影，對《蝶變》更情有獨鍾，因此就借用了這個角色，寫了他唯一的一部武俠小書。

徐錦成的《江湖閑話》

在此書中，徐錦成塑造了一個深受各方敬重的「江湖記者」方紅葉，這當然是作者自身的投射，在書中，作者為他鉤繪了清晰的履歷——他在「笑書草堂」中撰寫了二十五卷的《紅葉手扎》，由灞橋書齋印行，一直都是暢銷書，但也因之遭到「偽冒」；正計劃撰寫《武林通史》，上卷「諸子的舞台——武林新紀前史」、下卷「風煙的年代——武林新紀史」，預估將有百萬言；此書為小品之作，不過用來「閑話江湖」而已。

書中的方紅葉，隱居牛背山（徐克《笑傲江湖》電影中令狐沖隱居之地），在「江湖文學與武學研討會」發表過論文，是「武林金象獎」決審委員，也曾列席「年度江湖十大衣著人士選拔」；所交往熟識的朋友，有武林怪醫「屢試不爽」秦百試、愛唱戲又懂迷藥的「戲迷」、鑄劍大師西門鑄劍、開兵器出租公司的折劍老人、開武藝補習班的公孫大叔等。《閑話》所記，社會奇案、江湖大事、武林名家、異域高手、歷史掌故，大小事均有。從這些經歷、交往人士及記述內容中可以知道，書中雖以古代中國為背景，且亦充滿少林、武當、華山、峨嵋等門派，但其所指涉的「江湖」，其實正是當今的社會。此書將許多社會通俗、流行的事物，如日本漫畫怪醫秦博士（即怪醫黑傑克）、原子小金剛，甚至當代的政治事件（棄黃保陳）[1]納涵於故事中；又喜用「別解」的成語，如「六神五指」（六神無主）、「三長兩短」、「伐弔游槍」（滑調油槍）、「無三小路用」（閩南語，意謂沒半點用處）等。顯而易見的，作者企圖以輕鬆、戲謔、嘲諷的筆法，營造一個「當代的江湖」。作者謂「江湖就是人，人就是江湖」（頁二九），江湖在哪？也就在當今這個社會，在他的筆下。

作者熟悉武俠小說裡江湖世界的架構，把現實社會的種種現象，或嘲弄，或揶揄，或勸說，或影射，雖以方紅葉為敘述人，但抒發的卻是自己主觀的見解。十九個短篇，每篇各有主題，時而嘲諷

1 「棄黃保陳」是台灣政治史上重要的一個「名詞」，一九九四年，台北市長選戰開打，陳水扁、趙少康、黃大洲代表三個不同黨派競選，競爭非常激烈，坊間流傳「棄黃保陳」的謠言，意謂李登輝不願見到呼聲甚高的趙少康當選，而黃大洲又欲振乏力，故轉而傾全力以扶植陳水扁，「棄黃大洲而保陳水扁」，最後則真的由陳水扁當選。此事後續效應非常大，「棄保」策略，廣為運用於選舉策略之中。書中將「棄黃保陳」別解成棄「黃保陳」，相當有創意。

現代社會，如「馬貴妃」分明譏刺「瘦身美容」、「海風喇嘛」批嘲神棍、「皮球雙煞」及「松崗龍二」諷刺閉關自守、「公孫大叔」隱刺補習班；又時而自抒見解，如借「藍三姐」論復仇、借「歐陽一拳」論專心哲學、借「小飛龍梁益」論止戈為武等，嚴格說來是頗傷混雜的，但卻都是當時社會上頗引人詬病的政治、社會問題，反應出二十世紀末台灣社會的一斑。其文筆輕快有致，雜揉今古於一爐，也算別出一格。這是武俠小說的一項新嘗試，藉古寓今，亦莊亦諧，創意十足。

以時事入小說，在當時是頗有市場的，但在時過境遷之後，人們對此一時事早已逐漸淡忘，恐怕就未必能夠再激起若何的回響，足以快一時之聽，而難以續久長之業，這是《江湖閑話》的硬傷，因此此十九篇短文，雖在連載時頗受歡迎，但成書之後，反而未見有其銷路，而徐錦成顯然亦志不在此，聊為嘲戲一番後，雖仍保持著對武俠閱讀的熱情，但無論是創作或研究上，都還是回歸於其所鍾意的兒童文學領域之中，而無後續之作了。

儘管如此，在眾多千篇一律的武俠小說中，能有此別開生面的小書，也算是異軍突起，可以聊備一格，以窺覘台灣武俠小說風格之廣了。

第三節　樓蘭未的《光明行》

樓蘭未（一九六七～），本名徐景馨，台灣桃園人，清華大學畢業，台灣大學材料所博士，曾任職於台灣科技業龍頭的台積電、聯電等公司。工作餘暇，喜讀金庸小說，且獨沽一味，對金庸極其推崇，亦因此而引發創作興趣，甚至暫辭工作，花三年時間專力寫作。《光明行》成書，苦無發表機會，遂成立「徐某編輯出版社」，自印自銷。其作品宏肆雄健、格局巨偉，而又綿密緊湊，深獲當代作家沈默及駱以軍的推崇，駱以軍以「華麗又恐怖」加以形容，並嘆服其「翼若垂天之雲，摶扶搖而上者九萬里」的故事規格，是廿一世紀台灣武俠作家的一顆新星。

樓蘭未可以說是台灣武俠小說的「後進」與「後勁」，直到二〇一八年才出版他的第一部，也是唯一的一部武俠小說《光明行》；但其來勢之勇猛與慓悍，卻是令人嗜舌的。基本上，他對武俠小說的熱愛，緣起於金庸，對金庸小說的推崇既高到極點，也將金庸視為永恆挑戰的對象，這與「後金古時期」的新進作家是如出一轍的。有別於其他武俠作家之處，在於他能擷取金庸武俠小說宏大的敘事格局，將所謂的「江湖」以綿密的網線縱橫交錯，而又不失條理的組構完成，書雖以《光明行》為名，實則在意的是在這表面的光明背後，人性暗黑、醜惡的一面，因此，其間的明嘲、暗諷，自是不在話下，而尤其針對著政治的違背人性，以及當前西方宗教的「亂象」（當然這是他主觀的看法）的反感，他毫不諱言地表示，「我其實就是想開罵啊，這才是重點，寫成武俠小說的形式只是順便，剛好被我借來K世界。《光明行》的正面是武俠，但背面真正想寫的是人神決裂的時刻，尤其是對《聖經》系統造成世界混亂的怒氣」。

樓蘭未的《光明行》

《光明行》有九部曲，全書共兩百六十餘萬字，歷時三年方才寫完，雖不算是最多的，但也是堂皇巨著了；但九部之中，針線綿密，相互照應，沈默稱其「而世間人際如網，看《光明行》層層疊疊的權力與組織構成，繁複的點線面，就更能體現這點，各種稀奇古怪的關係（包含鬼神預言、宿命轉世等等），繽紛繚亂層出不窮，奕棋也似（樓蘭未對此道顯然有研究，也把它寫進《光明行》），讓人深陷難逃」[1]，倒也非虛誇之言。

《光明行》的時代背景設在西漢末年，王莽篡漢之前，故事由斐來與郎平兩個主角開展而來。斐來故事涉及了四川青衣羌國紅門寺的輪迴轉世與王權爭奪，而郎平則為秦贏正後裔東海世家十皇之長子；其間又與以陶勉為首，下轄皇元宮、九雲觀、三聖宮、金刀門、黃玉門、白鹿派、青龍幫、紅水幫、夸父山……等幫派，立下「江湖人只與江湖人爭」的陶公會；另又有統領數十萬人，欲趁亂世稱霸天下，下轄醫幫、命幫……等雄心壯志的楚幫地藏王；其間又夾雜著王莽與漢室的爭奪等等，從朝廷到江湖、從政治到宗教，皆一一涵攝其中，其層面之廣，是頗令人駭異的，氣魄之雄渾，也不在話下。儘管西漢末年，從歷史上看，墨家早已式微，且墨家之與俠客的關係，也未必如樓蘭未所認知的一般，但小說正不妨由此騰挪變化、翻空以生奇，重要的是作者如何藉用這樣的一個背景，大抒其當代的憤慨，此乃今人以古人為杯酒，而大澆其塊壘的模式。

《光明行》的政治批判，樓蘭未坦承就是基於台灣政治的亂象而發的，其接受台灣武俠研究學者蔡造珉訪談時，便直率承認：

在台灣，政治是一件無法閃躲的事，你因為政治，每天充斥著憤怒、憤懣、傷

1見沈默〈【目擊武俠】：人間崩壞——閱讀樓蘭未《光明行》第一部—第三部〉、〈刎頸之交〉《武俠故事》（第九十六期，2018.04.27）：https://vocus.cc/wuxia/5ae2b0f2fd89780001c37181

心、難過等各種情緒，這實是不願卻又莫可奈何之事，所以《光明行》裡承載了許多我對政治的看法。[1]

台灣政黨藍綠對立，媒體各依其立場，大肆造作許多不實的「假消息」，誣白為黑，漂黑為白，導致社會對立、人心撕裂，有識者早就痛心疾首，奈何個人力量不足以撼動大局，只能聊藉小說以書憤，此亦是其不得已處。在小說中，寫道大善人陶公自殺，只因死之前說了一句「逼我死者，東海世家」，隨後自刎而死，因此天下便開始追殺東海世家，然而，在此之前，所有人連「東海世家」是什麼幫派、位於何處、成員有誰……等都連聽都沒聽過，卻在不明究底之下，能夠鼓動群議，紛然加以指摘，人云而亦云，此正對應於台灣所謂「名嘴」、「網紅」之憑空造說、嚮壁虛造，卻能鼓動群眾的社會現象，書中有一名叫「解震武」的角色，正與台灣當前的某位名嘴同名異姓（音近），且看書中對他的形容：

> 這個惟恐天下不亂的頭號功臣，自然就是解震武了。要說口齒清楚、辯才無礙、相貌堂堂，又非常正經的樣子，自然吳駝子、鄒胖子等人自嘆不如……從長安來的密報裡怎麼說，解震武可以三倍五倍的膨風，一點都不會不自然，世上就有人有這樣造謠、扯風的才能，東海世家找上了解震武，就是撿到了一隻珍貴無敵的看門狗……。

1 此處感謝蔡造珉先生慨然提供。

——《光明行》第七冊，頁二八三

這簡直就等如直接指名，而不只是「影射」了，熟知台灣政局的讀者，大概都能知道其內情，以「看門狗」加以形容，正不能不說是尖銳的批判了。

有關宗教的批判，《光明行》中出現了楚幫的帝君信仰、東海世家的大河銘壇、斐來為青衣羌國紅門寺九殿丘梁古轉世、佛教達摩剛來中土準備傳教等等，各有所思所想，但樓蘭未卻往往直指其因教惑民、聚斂錢財以及其間因利而興的各種權力鬥爭。此輩中人假宗教為藉口，藉神道以設教，其實都是一連串的假神跡、真權謀，而信徒無知，如楚幫的信徒，在高喊「為我帝君，浴火焚身，為我楚幫，當靡者王」這樣的口號時，竟會誤以為真的就能攻無不克、戰無不勝，樓蘭未簡直就是將這些宗教看成是白蓮教、義和團之流了，其「反教」的強度是可以窺出的。

敢於批判政治、揭露人性如何在政治的陰影下遭受到變形與扭曲，熱衷於藉武俠外衣作實質政治批判的作家，並不罕見，儘管樓蘭未對政治的解讀，不如出身政治系專業的孫曉來得深刻而具省思能力，但其力道還是深沉而勇猛的；不過，膽敢冒天下教徒之大不韙，直接從《聖經》而下，批判耶、回二教為「亂源」，卻是從來沒有人敢嘗試的。也就在這一點上，樓蘭未賦予了武俠小說嶄新的任務。

台灣的武俠小說，在一九六〇年開始實施的「暴雨專案」威逼下，武俠作家視政治為畏途，鮮少敢於武俠作品中涉及於政治的；但自解嚴以來，風氣大開，部分新進作家對「無所逃於天地之間」的政治，多有感觸，於時網禁既開，便也毫無顧忌地武俠小說當政論，對當前的政治局勢抒發強烈的質疑、不滿與批判，其實也就等同於社會批判。武俠小說向來是相當能夠「涵攝眾體」的，既可以言情、可以偵探、可以歷史、可以科幻，又何嘗不能政治？一九八〇年代後的台灣武俠，政治寓意深長的武俠作品，可謂也替未來武俠小說能著墨的空間，再度拓增了一個新的領域。

第五章 孫曉《英雄志》的「顛覆」與「創新」

自《金庸作品集》出版，而一代鬼才古龍仙逝後，武俠小說在金、古兩大家優秀作品的「陰影」下，如何「超金越古」，重新開創武俠小說的新格局、新境界，在「後金古時代」的武俠作者群中，是一個百般糾結、難以緩解的迫切命題，溫瑞安、奇儒、蘇小歡、張草等後輩作家，或以詩化語言，或以音樂意象、或以佛家慈悲，從文字技巧、意象經營、主題嵌鑲等手法，欲有所變革，但總脫離不了舊有的武俠小說格局，武俠小說中所強調的「正義」、「仁義」以及俠客堅持的信念、行事風格，始終不會有人去質疑，更鮮少有人能深入探究所謂的「正義」、「仁義」的底蘊究竟「是如何」、「可以如何」的深刻命題。

孫曉的《英雄志》儘管到目前為止尚未全部完成，但其中所展現的爆發力量，是石破天驚，饒具有顛覆意味的，《英雄志》「解構」了過去的武俠主題，亟欲重新「建構」新的武俠風格，與大陸韓雲波所標榜的「新武俠」隔海遙相呼應，可謂都是在美國學者哈羅德・布魯姆（Harold Bloom，一九三〇～）所說的「影響焦慮」（The Anxiety of Influence）下的一種突破嘗試。但是，如論作品氣勢之磅薄、主題之深刻、技巧之新穎，以及其顛覆力道，《英雄志》無疑是其中翹楚，無人可以比擬的。

大陸評論家以「金庸封筆古龍逝，江湖唯有英雄志」盛加讚譽，雖略有橫掃一切之嫌，但如稍改一字，「江湖新有英雄志」，則允稱為實至而名歸。

第一節 孫曉．《英雄志》．後現代．政治

孫曉（一九七〇～），本名孫嘉德，山東臨清人，出生於台北。一九八六年就讀建國中學，一九八九年入台灣大學政治系，一九九六年入美國羅賈斯特大學（University of Rochester）攻讀公共政策碩士（Master of Science），二〇〇〇年創辦講武堂出版社，為台灣現時深受對岸關注之武俠小說作家。作品有《英雄志》、《隆慶天下》等。

孫曉為人相當低調，因此相關履歷不詳，然對武俠小說情有獨鍾，是後金古時代最具思辨力、開創力及革新思維的武俠作家。但在台灣的名聲不大，出版之路頗有坎坷，故索性成立「講武堂」自印自銷；但在大陸，卻頗受矚目，向有「金庸封筆古龍逝，江湖唯有英雄志」的讚譽，許多報章、電視皆以專文、專訪推介，並屢有拍成影視作品的協議與宣傳。然此二書迄今皆未完稿，足為可惜。[1]不過，就以《英雄志》已有的規模及其深廣層度而言，已不在黃易之下，可謂是後金古（後現代）時期最優秀的武俠作家。

1 本章完稿時，孫曉已完成全書的寫作，於二〇二〇年起由長江文藝出版社出版，先出八冊，目前正陸續出版中，但未能窺其全豹，故仍以其原來舊版的廿二冊為評論基準。

《英雄志》一書，於一九九六年開筆，二〇〇〇年由其自創之講武堂出版社出版，迄二〇〇八年為止，共出版廿二冊，未完。其後刪削補完，二〇一〇年十二月，由長江文藝出版社出版，目前只出八冊。

孫曉的《英雄志》

孫曉自謂《英雄志》是「一部後現代色彩濃厚的文學作品」，這句話有兩個重點，一是孫曉很明顯地揚棄了傳統武俠小說「通俗」的寫法，而向純文學靠攏，因此在龐大的結構、眾多的人物中，往往選擇迥異於傳統武俠的各種純文學筆法，如敘述人、敘述視角的多樣化等，如他甚至選擇了在書中完全不起眼的平民角色王一通來看在怒蒼、餓鬼圍城之際，京城中的紛擾亂象；又以「小泥鰍」（朱陽）之眼，倒敘「靖江王」的出身。儘管在運用上頗傷雜亂（何以朱陽又會上了怒蒼山），但一心求變，以純文學所擅長的敘事手法經營故事的「革新」，還是可圈可點的。不過，最重要的還是「後現代」一語。

「後現代」是源自於西方二次大戰後所興起的一種思潮，但如何「定義」，卻始終缺乏定論，其實，就後現代的理論來說，「定義」根本就違反了「後現代」的精神，台灣自一九八〇年後逐漸有羅青、林燿德等文化工作者「翻譯」並引進後現代主義[1]，造成了頗深遠的影響。儘管不易精確「定義」，但「後現代」所顯示的基本精神，還是可以重點拈出的，那就是對一切公認價值、理念的懷

1見廖炳惠〈台灣：後現代或後殖民？〉收錄於周英雄、劉紀蕙編，《書寫台灣——文學史、後殖民或後現代》（台北：麥田出版社，二〇〇〇）頁九三。

疑，強調多元解釋的重要性，肯定「眾聲喧嘩」中的每一種說法都是可能有其理據且必須受到重視的。在此精神之下，上帝、真理、道德的「威權」完全被解構，個人主義昂升，就武俠小說來說，向來為武俠傳統所倚重，甚至是命脈之所在的「仁義」、「正義」就直接面臨了挑戰與顛覆。

在整體寫作策略上，孫曉的確是非常「後現代」的，他讓書中所有的角色，盡其可能的讓他在自己的角度、立場發聲（這也是他之所以會採取多元敘述視角的原因），上至帝王、將相、權臣、貪官，下至俠客、野心家、叛逆，乃至升斗小民，都交代出其之所以會有如此觀念、作為的根本立場及原因，如書中狠惡殘毒的角色薩魔，他也會推本溯源，從他身上無數大大小小的疤痕、斷棄的舌頭中，為薩魔的狠辣行事尋找到心理動機，從而也不無憐憫地為他悲悼。不過，政治系出身的孫曉，此書最終極的關懷面向，不是文學，也不是心理學，而是政治學——「正道」與「政道」的辯證。政治是孫曉精心擘建的舞台，他讓小說中最重要的四位人物（觀海雲遠），在有各自不同的生命經歷後，共同在此一舞台上展演。

以武俠小說中虛構的「江湖」與現實政治綰合，實際上很早就出現，民初陸士諤「江南八俠」系列、廣派武俠中一系列以洪熙官、方世玉為主角的小說，借小說以呼應「排滿革命」的新民國；台灣武俠作家墨餘生的《瓊海騰蛟》以「赤身魔教」、東方玉的《縱鶴擒龍》以「赤衣教」影射共產黨，皆含藏濃厚的政治元素；而金庸的《笑傲江湖》，更是借「江湖」與「朝廷」的置換，對文革時期的大陸政治鬥爭展開辛辣而直截的諷刺。其中的「是與非」、「對與錯」，是極其分明的，而這顯然迥異於「後現代」的精神。後金古時期，如張大春《城邦暴力團》凸出秘密會社（漕幫、洪門、清幫、竹聯幫）從清初到民國時期與「政治」環結糾葛的複雜關係，徐皓峰《道士下山》描寫「政治」如何假借江湖勢力以遂其陰謀的行徑，雖皆已涉入到熱兵器的時代，未必盡符所謂「武俠」的「古代」特色，但也可視為一種嶄新的江湖視野，有力的顛覆了傳統（尤其是新派武俠）政治與江湖分趨的觀點，驚悚地指出了政治力量的無遠弗屆及其可怕。《英雄志》顯然是走同樣觀照方向的，而取徑略異，它不直接批判政治（政治本是人群社會無可避免的），亦不直接顯露書中「權臣、反逆、儒生、武將」所持的政治理念（理想）、行事、手段的「是非」評斷，而是借這四個分別具有不同個性、觀點與行事風格的主角一生驚險的際遇，平攤在書中所刻意營構的政治舞台中，讓他們自己為自己說話，造成眾聲喧嘩的效果，然後導人去深思「政治」究竟如何才是「正確」的，或者，有沒有所謂的「政治正確」。

孫曉的敘事策略一開始就很明顯具有「政治」企圖，故事起始於〈楔子一〉的「武英十五年十二月初十正午，北京」[1]，這是一場「前皇蒙難，新皇登基，勳臣全家受戮」的政治好戲；〈楔子二〉的起始「景泰元年一月初三傍晚，西域天山」[2]，則點出了新皇即位的年號。這種寫法，與著名史學家黃仁宇的《萬曆十五年》開場是非常類似的。但稍具中國歷史常識的人，都知道「景泰」是明朝代宗朱祁鈺的真實年號，而「武英」雖屬虛構，但也極易從「景泰」推想到明英宗朱祁鎮的廟號，而後武英「政變」，又改號「正統」，此書故事雖為虛構，歷史也是架空而出的，但顯然是有意以明代英宗與

1 孫曉：《英雄志（一）：西涼風暴》（台北：講武堂出版社，二〇〇〇年）頁一。
2 孫曉：《英雄志（一）：西涼風暴》（台北：講武堂出版社，二〇〇〇年）頁十三。

代宗兄弟鬩牆的史事作粉底[1]。因此，儘管年號有虛有實，作者卻藉此將有明一代許多眾所熟知的政治大事，如權臣、閹宦、廠衛、三大案、流寇的諸多事件，明用暗用的穿插於全書架構之中，擺明了就是一部以「政治」為經緯的武俠小說。因此，本書的「江湖」就與一般武俠小說亟欲擺脫政治的牽絆與羈鎖不同，無所逃於天地之間的「政治」，如一網無所不覆蓋的天羅，無孔不入的滲透進書中每一個角色當中。

政治向來是錯綜複雜的，在政治魔手播弄下的《英雄志》中，江湖是無法超離、遁逃於政治的，更不必只是隱喻，它就是政治的一環，書中英雄的使命，不是如何在江湖中建立事功，而是如何在龐大的政治壓力下，與政治磨合、協調或是反抗、搏鬥。因此，書中迷信暴力，殘狠霸道，有類於一般武俠小說中負面魔頭，欲以武力征服天下的崑崙派「劍神」卓凌昭，最終的結局，並不是授首或挫敗於「正義」的俠客，而是在與權臣江充作政治角鬥下的犧牲品，反倒是與他對立的伍定遠出手援救了眾叛親離的他；而以「智仁勇」三劍戰勝「劍神」，挫其凶燄的華山派掌門寧不凡，則因畏恐政治無所不入的魔掌，選擇了隱世遁逃之路；同時，原應絕俗離塵，清高淡遠，以佛家慈悲啟悟眾生的少林天絕，反倒一反武俠常規，深深陷溺於武英、景泰二帝兄弟鬩牆的政權爭奪戰中，而死在書中最具有濃厚政治寓託意味的楊肅觀之手。這是一部寫「俠客政治學」的小說，正如孫曉自己所坦承的：「俠

1 明英宗正統十四年（一四四九），發生「土木堡事變」，英宗被擄，代宗景泰帝即位；景泰八年（一四五七），發生「奪門之變」，英宗復辟，改號天順。

客與帝王，俠客與朝廷，俠客與國家，這不就是千年來讓人癡迷的主題嗎」[1]。

《英雄志》深化且複雜化了一般武俠小說與政治的關係，使得原來賴以維繫江湖俠客的行事標準「義」的定義，直接受到衝擊，而透過此一衝擊，我們更可以省思到所謂「義」的諸多矛盾，甚至足以顛覆「義」的存在。

第二節　四大主角「觀海雲遠」

最能夠體現《英雄志》中俠客行止的，無疑就是「觀海雲遠」四大主角中盧雲所揭櫫的「正道」。什麼叫「正道」？盧雲說：「正道，就是對的事情。大是大非之前，並非拳頭大小、人多人寡便能左右。皇帝也好、百姓也好，都不能折我分毫。」[2]衷心服膺於宋儒張載「為天地立心，為生民立命，為往聖繼絕學，為萬世開太平」四句話的盧雲，顯然是以儒家的「仁」為其思想核心的，故其解釋「仁」：

> 盧雲伸指向地，道：「您瞧這個仁字，左邊是個人，右邊是個二，仁者，二人也。兩人之間的事，便是『仁』了。凡事都替另一人想，那便是發乎心。待得所作所為皆

1見講武堂：〈新武俠時代的山東『三劍客』——孫曉訪談〉，網友自他處轉貼於「講武堂」網路論壇，原出處不明 http://goo.gl/vBeYRC。

2孫曉：《英雄志（十四）：正統王朝》（台北：講武堂出版社，二〇〇一）頁一二一。

是為旁人好，那便是止乎行，也就差相彷彿了。」

……（中略）

盧雲伸手自指，又朝楊肅觀一指，道：「楊郎中此言大謬。仁無所不在，便僅你我兩人在此，也可以有『仁』。」……「仁不見得要拋頭顱、灑熱血，也不見得要英雄偉業。便是蟲蠅小事，也可以近仁。只要心裡存著善念，即便施捨一碗飯、送出一杯水，在那捨己為人的一刻，都能讓夫子動容。」[1]

以「仁」為核心，連結「義」字，這就是「俠」：

俠就是夾，左邊是仁，右邊是義，頭頂灰天，腳踩泥地。只因存愛，所以存恨，只因心慈，所以心悲，只因成王敗寇，所以濟弱扶傾，只因天下無道，所以以武犯禁。[2]

這是非常典型的「儒俠」範式，而盧雲一生經歷、行事，心存仁念，顛沛必於是，造次必於是，仰不愧於天，俯不愧於地，的確也真不愧於「儒俠」二字。書中寫當楊肅觀發動政變，欲使正統復

1 孫曉：《英雄志（十四）：正統王朝》（台北：講武堂出版社，二〇〇一）頁一〇八至一〇九。
2 孫曉：《英雄志（十五）：鎮國鐵衛》（台北：講武堂出版社，二〇〇二年）頁一九八。

辟，將柳昂天抄家之際，此時的盧雲功名正盛、嬌妻在房，金玉錦繡般的前程在望，可就是僅僅為了一個襁褓中的嬰兒，奮而不顧身家，千里奔逃，甚至為此與秦仲海絕裂，「明知不可而為之」，正是此一儒俠精神的寫照。俠以「仁義」之心行其「正道」，雖經顛沛流離、荊棘坎坷，最終必然能伸張正義、克服邪惡，獲其令名，這是一般武俠小說不會踰越的原則，可是，《英雄志》中的盧雲，正如胡媚兒呼天搶地埋怨的「都是你害的」，面對紛至沓來的一連串因政治鬥爭衍生的事故，一柄奉行「正道」的寶劍，又能濟得了什麼事？這個「正道」，曾經深深打動他的岳父顧嗣源，使他在移宮案遭囚自盡前，還振振其辭地宣稱，「天地大無恥，吾對之以二字，曰：正道」[1]，死而不悔；也讓始終與他敵對的百花仙子胡媚兒深受感動，願意改邪歸正。可是，柳昂天抄了家、胡媚兒滿門遭囚、秦仲海遠走怒蒼、顧嗣源獄中自盡，甚至，十年歸來後，已經達到「劍神」境界的盧雲，面對千萬餓鬼的兵臨城下，也只能作一個自清的旁觀者而已。正道云乎哉？此書未完，我們不知道孫曉將會作如何的結局，但是從全書天羅地網式的政治魔障制約下，被譽為「天下最後一道聖光」的盧雲，能將他熾烈的光芒，照亮人世間每一個黑暗的角落嗎？恐怕是很難讓人有樂觀的期待的。

在此，問題的癥結也就顯示出來了，什麼叫「對」的事？是誰訂定了評斷對錯或是非的標準？儒家自孟子以後，宣揚「義內」，欲將標準歸返於人原本就具有的善性（四端）之中，「自反而縮，雖千萬人吾往矣」，這是何等的英雄氣概！但人性果真是純善而無惡的嗎？儒家思想的要義，落實在個人的「誠正修」之上，強調個人內在德性的涵養，社會是由個人聚合而成的，每個人如果都能從

1孫曉：《英雄志（十六）：業火魔刀》（台北：講武堂出版社，二〇〇二年）頁三一六。

自身修德做起，則以此推衍，社會自然可以浸漸完善，而達到「齊治平」的境界。「仁」字从二人，正如盧雲所說的，是兩人相處應有的道理，但盧雲（實際上也是儒家）卻忽略了，社會是「众」，多一個人，就多一份變數，「誠正修」之後，是否就一定能「齊治平」，顯然不見得是可以如此水到渠成的。宋明儒者從人的善性出發，強調只要能「求其放心」，「人皆可以為堯舜」，但外在社會的變數如此複雜多變，儒者不得不歸返內心，「操之在我」，但過分集中在「我」，到頭來，就難免落入「人皆自以為是堯舜」的危局，王陽明心學的末流，不也就在此呈露出危機？政治，是管理眾人之事，千奇百怪的人心，千奇百怪的社會生態，盧雲所信仰的儒家思想，真有能力處理如此複雜多變的社會事務嗎？更何況，誠如司馬遷所感慨的「侯之門，仁義存」，「已饗其利者為有德」，擁有威權的人，誰不能假借此一「仁義」名目，以圖遂一己個人之私？書中的楊肅觀，就是個非常引人深思的例子。

楊肅觀是《英雄志》中隱隱操控所有政治大局的人，出身名門，但來歷神秘，原來是人所傾羨的「風流司郎中」，入柳昂天門下，成為「觀海雲遠」四大助手，後來設計殺死師父天絕，抄滅柳昂天一家，助武英復辟，成為國師，成立「鎮國鐵衛」，展開鐵腕、專制的統治手段，可謂「翻手為雲覆為雨」，是典型的梟雄。但是，楊肅觀倒未被孫曉負面描寫為只是一個權利欲熏心，為個人功名富貴不擇手段的人，他有他的政治理想，抱著佛家慈悲精神，由佛入魔，「我不入地獄，誰入地獄」？

他深切了解政治的複雜性，認為唯有以專制集權的方法，才可以讓整個社會的大多數人獲得安寧與福祉。他將操控「鎮國鐵衛」的秘密機構稱為「客棧」，將國家視為一個企業，層層節制，他自任「大掌櫃（CEO）」，用嚴密且殘酷的「紅海策略」，鏟除一切可能的反側或反動勢力。他決意當一個「願天下罪孽，盡歸吾身」的「修羅王」，以創建一個安和樂利的「佛國」為己任。他也精通儒學，深知儒學之弊，但更懂得如何利用儒學，為自己的思想作鋪墊，試看他是如何詮釋盧雲所說的「正道」的：

> 楊肅觀環顧堂下，道：「政者、正也。子率以正，孰敢不正？這個政道，其實也就是正道，然諸位可曾想過，古人造這個「政」字之時……」手指提起，定向牆上那個「政」字，道：「為何要多加一個『文』字邊？」
>
> 牟俊逸冷笑道：「拿著正字做文章啦。」楊肅觀微笑道：「說得好，正道者，所行皆為對的事。政道者，所言必是對的事。這個「言」字呢，便是要讓你打從心裡相信，我所作所為的這一切……」行下台來，俯身望向牟俊逸，握住了他的手，靜靜地道：「都是對的事情。」[1]

看來楊肅觀也是相信世間是有所謂的「正道」的，但取徑卻完全迥異於盧雲，他巧妙的借孔子的話語，「增字解經」，一方面凸顯了他集權專制的政治理念，在此「子率以正」，絕非儒家所說的「以身作則」，而是「我引導你們走向應走的正路」，這就是「對的事」，任何人都不允許做出「不對」的事（孰敢不正）；另一方面，則更貫徹了政治理想在施用時的一切必要手段，假借名義，從「文」字所有的「文飾」、「粉飾」出發，引導、告知，「讓你打從心裡相信我所做的、所說的都是對的」，歷

1 孫曉：《英雄志（二十二）：八王世子》（台北：講武堂出版社，二〇〇八年）頁三九三。

來擁有絕對威權的專制政體，不正是利用這方法來蠱惑、愚弄天下老百姓嗎？

孫曉借用盧雲、楊肅觀對「正道」的不同定義，質疑了世間真的是否有所謂「正道」的迷思，正如《莊子・齊物論》所說的，「仁義之端，是非之途，樊然淆亂，吾惡能知其辯」？盧雲和楊肅觀在《英雄志》中最後的結局如何，因為書未完成，我們不得而知，但據書中的脈絡，以及此書援取的「後現代」精神，盧雲必然須黯然隱退，而楊肅觀則肯定可以建立起一個他心目中理想的「佛國」，持續以鐵腕、專制的方式，統治天下百姓。因為，「後現代」的精神是不相信任何中心價值或理念、權威，而物極必反，未來必然走向渴盼有一強而有力的穩定力量，維持社會既定的和諧與安定，正如顧嗣源所說的：

> 百姓們心中所繫，便是有一口安穩飯吃，誰當權、誰主政，於他們都是一般。改朝換代也好、弔民伐罪也好，這些都是王公大臣的事。誰能讓大家吃得飽，孩子平平安安長大，閨女穩穩當當出嫁，誰便是孔子周公，這你懂了麼？[1]

的確，多數老百姓辛苦奔忙一輩子，所求為何？所欲何在？在未能達成馬斯洛（Abraham Harold Maslow，一九〇八至一九七〇）所提的「生理」及「安全」需求之前，一切恐怕都非當務之急吧？政治是菁英所玩的把戲，而在人類諸多不同層次的需求間縱橫捭闔，這就是「政道」，而未必即

1 孫曉：《英雄志（十四）：正統王朝》（台北：講武堂出版社，二〇〇一）頁一二〇。

是放諸四海皆準的「正道」。

同時，社會因為是「众」所組成的，人人想法不同，誠如《莊子・齊物論》所說，「彼亦一是非，此亦一是非」，眾人是其所是，非其所非，未必即有真是非；更何況，世間事態，恐怕也無法以「是」（對）或「非」作簡單概括或二分。在《英雄志》中，伍定遠的角色，就顯得格外具有引人反思的力道了。

伍定遠本為西涼的一個小小總捕頭，由於緝捕責任及他自己相當平民化思想的影響，他不顧一切名利前途，不畏一切豪勢貴戚，一心一意，就是想將犯下「八十三加一」滅門慘案的崑崙派中人（以卓凌昭為首）繩之以法。在伍定遠心目中，「八十三加一」並不是簡單的數字「八十四」而已，而是代表人性的徹底毀壞，因此，他鍥而不捨，萬里追兇，完全將自身的安危利害置之度外。從執法者的立場來說，殺人者死，無論是幾條人命，都是執法者理應勿枉勿縱，追查到底的，但伍定遠雖覺得八十三條人命固然慘絕人倫，但最終使他願意拋棄一切，「就是爛成白骨，也要追魂到底」，為之一搏的卻是最後齊家公子的一條命——「八十三加一，那是滅人滿門！」這是相當特殊的邏輯，但卻代表了庶民百姓素樸的，凡事應留點餘地的思維，這也是人性最後的一線寄託，這也才是他所認定的「公道」、「正道」。

此一素樸思維，是有相當大的矛盾存在的，因此，當一代武林梟雄也鬥不過代表政治權勢的江充，落得崑崙十三劍眾叛親離，死傷狼籍後，伍定遠不但救了他，且也同樣基於不願意見到卓凌昭「滿門被滅」的慘劇，有意縱脫。前後之間，看似落差極大，但都是庶民「不為已甚」的心理在支撐著。不過，在他歷盡折磨與滄桑，畜緣入了神機洞，學得天山心法，成為「一代真龍」，並搖身一變當上了武英復辟後統領全國軍馬，重權在握的「大都督」之後，卻才真正面臨到他素樸思維的難處。

在此之前，他已逐漸發現到政治與他所想像的是完全不同的，柳昂天和楊肅觀甚至瞞著他，欲與卓凌昭協議，讓伍定遠放棄追究卓凌昭的罪責，這已讓他大吃一驚，世間的「公道」與「正道」究竟是怎麼一回事？可以因權勢的消長而重新定義的嗎？但直到當千萬餓鬼兵臨城下之際，身為前線督軍、護衛著京畿三百萬人性命財產安全之責的「大都督」，才真正面臨到他思想上無法解決的抉擇問題。

在嚴厲軍令下劃出的界線，一個懵然無知的小孩，糊里糊塗的往界線蹣跚步去，手挽強弓的伍定遠，該不該將這小孩射殺，以盡其護衛京師安全的責任？還是，體諒他不過是個無知的孺子，就放他過來？人皆有惻隱之心，伍大都督果真如此沒有人性嗎？但如果放他過來，後面千萬的餓鬼潮湧而上，京城三百萬生靈，豈非將盡無噍類？伍定遠內心衝突掙扎著，第一箭是故意射偏了，但第二箭呢？射還是不射？射是對的，還是不射是對的？世間的事，本來就不是可輕易以對錯來分辯的吧？書中寫伍定遠還是射了，這是一個普通人所會做的正常考量，伍定遠職責所在，理當以盡責為優先考量。

但這卻完全違反了儒家所說的「殺一不辜而得天下，不為也」的信念，伍定遠將會在後人的口上蒙多少罵名？如果是盧雲，肯定他是不會射下這一箭的；如果是楊肅觀，肯定第一箭就射殺了這小孩。只有伍定遠，才會猶疑矛盾，心無定見，以當下局勢作判斷，不必去多思考未來，這才是真正一般人的想法吧？有意思的是，孫曉顯然對伍定遠充滿了愛憐之心，不願讓伍定遠蒙上無人性的譏訕，因此，這一箭是射出了，卻被素有「儒將」之名的陸孤瞻以長鞭挽救了這一小孩的性命。但是，這卻未能為此一矛盾尋找到解決之道，孫曉於「眾聲喧嘩」中，凸出了這一聲音，但卻也未加若何判斷，真的是非常「後現代」的。

或許，我們也可以作另一設問，如果是秦仲海，他射還是不射？在《英雄志》中，秦仲海有個不羈的靈魂，恣情縱性，豪爽大度，是個自由派的人物。他是含冤而死的功臣之後，也是曾獨當一面的有功將領，更因功高震主，為政治所迫害，乃至身遭慘刑。在他師父方子敬協助下，他不但以攀登雪峰展現了驚人的個人意志力，終於擺脫了身體的桎梏，讓他的武功突破了形骸的限制，更展現了他欲與天齊高，與威權抗爭的決心，「火貪一刀」出鞘，勢將烈火焚城，玉石俱滅。

《英雄志》顯然是以明末流寇李自成為影子來寫這個叛逆、反賊的，「怒蒼山」等同於「梁山泊」，可他並不是時時刻刻「望天王降詔招安」的宋公明，更不是權力熏心欲取明朝而代之的李自成。表面上不羈的他，實際上從心理到外在行止，都處處充滿了有形無形的羈絆，他可以為維護怒蒼山兄弟的性命，犧牲極可能是他的親骨肉的孩童（柳昂天與七夫人之子），也可以高揭怒旗，無所畏懼的興兵對抗不義的朝廷；他是暴力，是烈火，是狂飆。

如果他有政治野心，千萬饑餒瀕死的餓鬼，就是他最大的本錢，大可讓他如摧枯拉朽般，席捲整個故事中的國度。但是，秦仲海敢恨，待遇之不公、經歷之慘刻，讓他有理由高揭怒旗，反抗到底；但他不敢愛，明明與言二娘兩情相悅，但在知道原來小呂布還在人世時，立即退卻；他不能愛，當千萬無以聊生的饑民投靠他的時候，他居然不能引領他們走上革命的路線，反而退縮遁逃，丟下怒蒼山的兄弟、饑民一走了之。「業火魔刀」本應出鞘，但卻最後歸鞘了。「他日若遂凌雲志，敢笑黃巢不丈夫」，在秦仲海身上反成了一個反諷，很簡單，秦仲海這個自由的心靈，是無從羈鎖，無可牽絆的，他幾曾有過「凌雲」的雄心與壯志？

秦仲海是典型的政治威權反抗者的代表，有怒氣、有暴力、有衝動，但絕無理性的觀照，更乏前瞻的遠光，是「當下即是」的反應。如果是他，在餓鬼壓境下，想來也必然是會射的，因為不射，問題不能解決，至於未來可能引發的訾議或批評，甚至良心上可能的愧疚，那都是以後的事了。

「觀海雲遠」，四位主角，也代表了四種面對、因應政治的不同心態，《英雄志》將之並列，不作若何的軒輊，儘管也嘗試將希望寄託於「最後一道聖光」，但我相信，即便是孫曉，也未必對盧雲的儒家之道，有多少信心吧？不過，也正因採用了「眾聲喧嘩」的敘事策略，也使得此書欲深入探究的有關「政治」各個層面，較諸前此的武俠小說（甚至其他現代小說）有更多引人迴思的空間。

儘管《英雄志》的主題是政治，但它的表現模式仍是武俠的，俠客一生艱困的經歷、武功的寖增、思想的成長，雖可影射於政治，但還是武俠的常規，與張大春的《城邦暴力團》相較，無疑更該歸屬於武俠小說。

第三節 《英雄志》顛覆中的創新

武俠小說向來以「俠骨」及「柔情」為兩大支柱，在「俠骨」方面，《英雄志》以龐大的篇幅、複雜多變的情節，集中於「觀海雲遠」四位性格、行事、觀點互異的主角之上，僅以此設計而言，就較之金庸的《天龍八部》更為大膽新穎，而因其依循「後現代」的原則，故不作任何道德或價值的評斷，只以其應有之人性本然加以發揮，無偏無倚，莫好莫惡，故書中的俠客優劣互見，瑕瑜畢呈，即此已等於在顛覆傳統武俠之中，饒具創新的意義。

至於「柔情」方面，《英雄志》的摹寫，也不乏精彩之處。儘管新手初試的前幾集，筆力稍弱，未免有重蹈舊轍之處，如盧雲與顧倩兮的愛情故事，終不脫傳統才子佳人「公子落難，小姐垂憐」的格套，但讀《英雄志》卻如倒嚼甘蔗般，愈到尾端，愈覺其滋味之甜美，如盧雲十年後自邊荒歸來，於灰暗閣樓中，重新見到舊日落魄時賣麵的扁擔、碗櫃與爐炭，都被細心擦拭過存放在一角，這一場景，與金庸《神鵰俠侶》中，楊過於十六年後在絕情谷底宛然見到當初與小龍女共度的古墓辰光，是何其神似？但金庸接下來的「重逢」，猶不免令人有俗套之感；而盧雲此時，狀元的手采早已褪色為遭人通緝的罪犯，心儀的佳人也已如章台之柳，攀折於「風流司郎中」楊肅觀之手，此情此景，前後觀照，寫得令人回腸九轉，唏噓難已。

《神鵰俠侶》向有「情書」之目，蓋因此書所摹寫的情感諸事，深深動人心肺；但孫曉寫情，除盧雲與顧倩兮這段「公子中狀元後」，因政治關係而又陡生波折的愛情故事外，銀川公主與盧雲礙於尊卑而無法諧滿的戀情；胡媚兒與盧雲因敬生愛，又共歷艱辛的患難之情；瓊芳對盧雲有若郭襄之於楊過的孺慕，以及秦仲海與言二娘交織著兄弟情義與兩情相悅難處的孽戀；豔婷與伍定遠及楊肅觀既有情又有出軌的緋色之愛；甯不凡與瓊玉英閃躲於朝廷禮法的隱秘之戀，尤其是其中寫娟兒與阿傻（小呂布）這段有點癡傻卻一往情深的隱隱約約的戀情，腦部受傷又重新甦醒的小呂布，能否追憶起當時癡傻時百般呵護他的娟兒？追憶起之後，又如何面對曾與秦仲海有過深情的髮妻言二娘？孫曉寫情，皆讓深陷情愛圈中的有情男女，面臨外在許許多多不可解、難以逾越的困難與界線，不但迥異於一般武俠小說的寫法，英雄情多，卻偏無情以對，其間深刻動人之致，個人以為絕不遜色於《神鵰俠侶》的。

從「後現代」的角度來說，武俠的成規，是孫曉必須打破的，因此，我們會看到書中武林秘笈隨地亂扔，而足以增添數十年功力的「靈藥」，居然被一隻狗給吞食去了，其間反諷的意味是相當濃厚的。不過，《英雄志》最引人矚目的，還是在敘事技巧上的突破。

孫曉曾自謂其創作所採的是「傳統筆法，後現代意識」[1]，但事實上，《英雄志》的敘事策略相較於傳統武俠，無論是舊派五大家或新派金、古，都可謂頗為新穎的開創。「後金古時代」的武俠作家亟思突破前輩諸家的牢籠，在技巧上可謂嘗試多方、兢兢業業。傳統武俠創作多數採取古典說部「順序、第三人稱全知視角」的敘事方式，儘管偶有突破，如古龍之以「類意識流」的手法，模擬電影蒙太奇場景的運用，在敘事上取得跳宕的變化；司馬翎的《倚刀春夢》用第一人稱的視角創作；張草的《庖人志》[2]分從六個敘述人的角度開展故事，頗令人驚豔。但古龍向以中長篇取勝，《倚刀春夢》、《庖人志》亦僅屬中篇，而《英雄志》以長篇巨著著意為之，其企圖心之強，無疑在眾家之上。

孫曉雖為政治系出身，但對近現代中西文學名著亦相當稔熟，其有意採取純文學的敘事技巧經營《英雄志》是非常明顯的。大體上，《英雄志》雖仍以順序為主，但時間的序列，頗有意錯亂，如卷二十二《八王世子》中的第八、九兩章《小泥鰍》，在餓鬼圍城、京畿一片風聲鶴唳中，突然調轉時序，拉回景泰年間，倒敘了朱陽（小泥鰍）蒙難閉躲於楊家的前事，且以小泥鰍為敘述人，將楊肅觀

1孫曉：《孫曉文集》，眾籌本，二〇一六年版，第十五頁。

2此書出版於二〇〇九年，在《英雄志》已頗富聲譽之後，不敢確定其手法是否受《英雄志》影響，但其刻意變幻敘述人的技巧，則略同於《英雄志》，可視為「後金古時代」武俠作家的「突圍」之舉。

與朱家的關係點出，作為後面的鋪墊，從嚴格的角度來說，技巧未必圓熟，但其用心則是相當值得讚賞的。

《英雄志》最有力的突破，還是敘述人的多樣變化，孫曉有意藉不同立場、身分、觀點的人物的眼睛，將事件始末交代出來，如此寫法，不但得以讓讀者深入人物內心，窺知其思想、性格，且以「後現代」的筆法如實呈現，不作任何評價，反而可以讓事件全貌通透地展現出來，《小泥鰍》兩章如此，而卷十八《吾國吾民》中，藉一個在餓鬼圍城中的小老百姓王一通的視角，呈露京畿當時的亂象，並繫聯起書中幾位重要人物看待餓鬼兵臨城下時的心態及行止，以小見大，而又不會虛設（**因其後秦仲海慫恿王一通搶劫**），可謂相當成功。

儘管《英雄志》未完，但即使以現已完成的部分而言，其魄力之大、設想之精、運筆之巧、涵意之深，無論如何，在後金古時代的武俠小說中，都可謂擲地有聲的一部佳作。

結語：無可奈何花落去

在台灣、香港蓬勃發展了近五十年的武俠小說，自「金庸旋風」席捲武林，「黑洞效應」持續擴大，名家退隱，新秀失色。

「一代鬼才」古龍英年早逝後，將近四十年來，雖有溫瑞安「以詩情入武學」，別立蹊徑，開「超新派」之門戶，《少年冷血》轟動香江；奇儒封筆十年復出，「冶佛理於武爐」，以慈悲心化干戈氣，《凝風天下》震動一時；黃易「援科幻入武俠」，兼蓄金庸歷史、古龍奇詭、司馬翎玄理於一身，《尋秦記》、《大唐雙龍傳》喧騰眾口；蘇小歡以如詩如畫之筆，探賾人性，《天地無聲》大聲鏜鞳；張草的《庖人誌》細摹江湖悲歌；也有荻宜、祁鈺、鄭丰等女性作家的加入，再加上溫世仁大獎鼓吹下，亦培植出施達樂、沈默等作家；張大春、徐錦成、樓寒未，亦藉武俠作政治、社會批判，頗能為武俠開出新境界，而孫曉更以既顛覆又創新的《英雄志》，劍指武俠小說所遵奉的「正義」本質，帶給武俠的未來幾許厚望，甚至連老將上官鼎也不甘隱退，重出江湖，然不過寥寥數人、數部，勉撐大局。

雖則因為有前賢作踏腳石，作品水平往往未必遜色於前此的作家，但相較於過去，尤其是五〇、六〇、七〇年代的盛況，真的是不可同日而語了。廿一世紀以來，武俠重心，已明顯歸返大陸，而「新武俠」諸家，雖極力奮作，無如讀者愈趨愈少，從大眾變成小眾，武俠一道，可謂式微已久矣。

武俠小說的沒落，可能的原因很多，或許是情節用盡，或許是名家難以超越，也或許是讀者閱讀習慣改變，種種不一。當然，我們可以說，武俠的「沒落」其實是一種擴散，一種轉型；多媒體影音的展現，如武俠電腦軟體、漫畫、影視的蔚興，不僅成功地吸引了新生代的「讀者」群，更深播了傳統俠義精神、文化的種籽。以李安的《臥虎藏龍》、張藝謀的《英雄》電影為例，武俠與傳統中國美學的結合，就在年輕的觀眾心海裡烙下了深刻的印象。似乎只要是中國人的江湖還存在的一天，武林舊夢就永遠不會消歇。不過，武俠小說基本上是以文學型態呈現的，就文學論文學，實不能不承認其「沒落」的趨勢——從出租店裡武俠小說的版圖逐日縮減，如今竟不易尋找得到，全為多媒體、網路所取代，便足可說明此一殘酷的事實。

自一九九〇年以來，台灣文學作品的市場愈形逼仄；無論是作家或是出版業者，都對此文學式微的現象，充滿了無力感。的確，這是個「文學沒落」的世代，在社會功利主義瀰漫的環境中，文學於功利的「無用」，是最易受到質疑的。通常我們將文學粗分為「典雅」與「通俗」二系，其間固然不時存在交相毀譽的傾軋現象，但不可否認的，此二系間的共生共長，卻也在傾軋中顯現出來。甚至我們不妨說，「通俗」文學才是文學沒落與否的指標；一旦連「通俗」文學都欲振乏力時，文學欲維繫住強勁的生命力，恐怕更是戛戛乎其難了。是則作為台灣通俗文學主流的武俠小說，首當其衝，又該何以自處？

回顧武俠小說的慘淡，可以從傳統租書店的轉型中略窺端倪。由於武俠小說向來被定位於消閒娛樂的層面，一般人不太願意花費巨貲收藏這類型的作品；因此，整個流通的管道，幾乎完全仰仗遍布於大街小巷的租書店，以「收費圖書館」的方式開拓市場。據估計，武俠小說全盛時期，全台各地的租書店約有四千多家；目前，這些租書店幾乎不是關門歇業，就是被迫轉型。儘管在九〇年代，猶有「十大書坊」、「小胖漫畫」、「漫畫王」、「皇冠漫畫」等的連鎖書坊取而代之，勉維之而不墜。然而，當時列櫃待租的，卻以琳琅滿目的漫畫書為大宗，言情小說其次；偶有幾櫃的武俠小說，也都蹉屈於壁角，乏人問津。二〇〇〇年之後，更是連這勉維於一線的生機，都已全然斷絕了。租書店原是武俠小說的命脈，可無論再如何轉型，都無法將沉浸於網路、癡迷於圖像的讀者挽拉回來。武俠小說的生存空間，萎縮至此，即便再有所更張，恐怕也難以挽救其沒落的命運。

「九州生氣恃風雷，萬馬齊瘖究可哀」！金庸、古龍俱往矣，武俠百無聊賴，究竟應何去何從？關心、喜愛武俠的人士，夙夜思維，無不苦心焦慮，亟思為中國特有的武俠世界，高舉起照路的明燈。然江湖夜雨瀟瀟，明燈照向何方？這不得不令人深思。

武俠小說向來被歸屬於通俗說部，通俗說部在中國綿延數百年，自有其因循的傳統；尤其是敘述的模式，多採第三人稱全知的視角，且以正敘、補敘、插敘為主，故事性極強，也極具休閒娛樂的效果，因此廣受中國讀者的歡迎與喜愛。然而相較於自魯迅以來開展的「西方式現代寫實主義文學」（典雅小說），在藝術技巧上，大多有所不足；也因此通俗說部始終難登大雅之堂，而備受譏嘲與冷落。其中只有金庸是唯一的例外，雅俗共賞，備受關愛；然特例終不能成為通例，況且時移世易，即便再有如金庸般的大家出現，能否賡續一代的輝皇，恐怕也很難令人有樂觀的期待。

通俗與典雅，向來涇渭分明，各行其是。但在西方文化強勢的運作下，典雅小說的作者群卻表現得相對傲慢，經常以不屑的眼光，對通俗說部冷嘲熱諷，甚而大肆抨擊。大抵有志於典雅小說創作的人，皆不願「降志辱身」，涉入通俗的行列。一九三〇年代的白羽，以「文藝青年」不得已而改寫武俠小說糊口，終生引以為恥，正是最佳的例子。

相對地，通俗說部的作者則顯得過分謙卑，以致於赧顏羞慚，甚至索性表明了「著書只為稻粱謀」的泰然自若；對自身作品的不尊不重，簡直到了駭人聽聞的地步。不過，我們也可輕易窺出，通俗說部的作者，對現代文學技巧是肯加以學習和吸納的。從「新派武俠」的梁羽生、金庸，到司馬翎、古龍、陸魚、秦紅，皆有心藉用部分典雅小說的優長，為通俗說部注入新的生命力量，同時也取得了相當的成就。可惜的是，如此的努力仍然有限，且金庸、古龍的珠玉在前，難以超越，以致此後武俠小說的發展，面臨到一定的瓶頸。

為了突破此一瓶頸，奇儒、蘇小歡、張草及黃易皆各自戮力以赴，展現了後起之秀重開武俠機運的雄心。他們的取徑雖各有不同，但皆相當一致的集矢於同一個方向——融合典雅與通俗。奇儒擷取現代環保觀念，強調人與自然的協調；蘇小歡則取詩意、畫境、樂韻入武俠，極意發揮其美感效應；張草取跳宕的時序，組構篇章；黃易則一以科幻，一以歷史，為武俠匯入新思維，皆卓然有所樹立；廿一世紀以來，台灣武俠小說雖是明顯式微，但女性作家、溫世仁新秀、上官鼎老將，以及張大春、徐錦成、樓蘭未、孫曉，猶奮發不懈，各有展現。

大抵上，廿一世紀的台灣武俠作家，對武俠小說的摹寫，除了「故事性」始終為其主軸外，更明顯企圖將個人的思想觀念、社會觀察融治入武俠的體式當中，已逐漸擺脫通俗文學的讀者取向，而更在意於作者個人對文學興觀群怨的發揮。儘管這些作品猶不免顧此失彼，瑕瑜互見，卻正展現了此一融合的必要——能否在符合中國人閱讀習慣的故事性前提下，適度地以現代小說的藝術技巧予以展現，自塑一種「中國式武俠文學」？這是當前最值得重視的課題。

誠如宋人晏殊〈浣溪紗〉詞云：「無可奈何花落去，似曾相識燕歸來。」曾在二十世紀大放異采的武俠小說，今已繁華落盡；花開花謝是自然規律，固不以個人意志為轉移。然而由前此諸位台灣作家的創新突破，我們卻也看到一線「風雨燕歸來」的曙光。值得期待，更值得觀察。

廿一世紀已走過了五分之一，武俠小說在台灣頗有日暮途窮的窘態，作者既是寥寥可數，讀者更是大幅銳減，大陸「新武俠」諸家的繼代，是否能繼往開來，重造武俠盛況，恐怕也未必可以厚望。武俠已矣，風流總被雨打風吹去，燕子會不會再捎來一個新的春天？當它歸來，又會是怎樣的一個春天？誰也不敢逆料。事實上，也不必多作揣測，文學的生命，自會尋找它最適合的出路，我想，武俠小說也是，就任其隨自然而運轉吧。

繁花落盡，可當年的千紅萬紫，還是依稀猶在眼前的；落紅不是無情物，或許，化作春泥後，還是足以在來年開出美麗的花；而即便是滿庭荒蕪，曾經有過的燦爛，還是可以挑動心絃、深植人心的。武俠小說曾經的歲月、曾經的繁華，都是應該深深刻鏤的，名花異種，固能為園囿生色，而尋常草卉，亦足以悅目賞心。《台灣武俠小說史》，不僅僅只是簡單的歷史記錄，更是對這些栽培出如此琳瑯繽紛的苑囿的藝工，最深切的銘記與懷念。

附錄

台灣武俠作家點將錄

以創作武俠作品先後排序

1 林朝鈞[1]

紫珊室主，原名林朝鈞，亦用林紫珊為筆名，台灣台南人。曾任《風月報》編輯，生平極力推廣通俗小說，在《三六九小報》、《風月》諸報刊屢有作品發表，被目為「花柳文學作家」。曾因《花情月意》這部通俗言情小說，引發一場有關通俗文學究竟屬下流抑或風流的爭論，是日據時代相當重要的一場文學論爭。據首期編者附識，林朝鈞尚有《戰地情人》、《可憐三女性》、《守錢奴遊花園》諸作，是位通俗性強、題材廣泛的作家。

2 鄭坤五

鄭坤五（一八八五～一九五九），字友鶴，號虔老、駐鶴軒主人、不平鳴生，台灣高雄鳳山人。其父鄭啟祥為清朝駐打狗把總，乙未事敗，攜鄭坤五潛返漳洲，中學畢業後隨姐回返鳳山九曲堂。鄭坤五少年即工古詩文，回鳳山後

1 林朝鈞生卒年不詳，是日據時代作家，為台灣首用「武俠小說」之始，故置於首位，以示尊崇。

始開始學日語，任法院通譯，諳熟日本對台法規，出任大樹庄長。其後因作詩批評日本當局，遭到革職，轉作代書，並開始積極從事文藝創作。於任《台灣藝苑》編輯期間，創作大量的漢詩，並在《三六九小報》長期發表各類雜文，也於一九三一年刊出第一部小說《大陸英雌》（未完）。鄭坤五對台灣藝文工作甚是留心，亦積極參與各種詩文人之會，主張以台灣本土的民俗、史地為創作題材，一九四一年發表於《南方》的《鯤島逸史》，正是最具體的實踐。台灣光復後，先是出任《光復新報》編輯，後轉任屏東女中教師，退休後居家療養、寫作，一九五九年病逝於高雄。

3 郎紅浣

郎紅浣（一八九七～一九六九），本名郎鐵丹，祖籍長白，為滿洲旗人，生平已無可考。一九五一年，在掌故名家高拜石推介下，於《風雲新聞週刊》開始撰寫《北雁南飛》，因故中輟；旋於《大華晚報》創作《古瑟哀絃》，此為郎氏武俠小說之處女作，亦為台灣有史以來的第一部長篇武俠小說。其後十年間，陸續撰有《碧海青天》（一九五一）、《瀛海恩仇錄》（一九五二）、《莫愁兒女》（一九五三）、《珠簾銀燭》（一九五四）、《劍膽詩魂》（一九五五）、《玉翎雕》（一九五六）、《青溪紅杏》（一九五八）、《黑胭脂》（一九五九）、《四騎士》（一九六〇）、《酒家花海》（一九六一）等十一部作品。其後又有《青春鸚鵡》（一九六四）、《鹿苑書劍》（？）二部。

郎氏文筆清新，剛柔兼濟，擅用京白，對話狀聲狀色，極為傳神；尤善描摹小兒女情態，情致纏綿，婉轉動人。其作品多以清初宮廷宗室恩怨為背景，由於長居北京，故相關場景、器物、典章文物、風俗習慣之描寫，均極考究。小說風格取法於舊派顧明道、王度盧，兒女情長，風雲氣少，然綢繆深情，娓娓動人，一時無倆。郎氏承繼武俠舊派脈絡，於台灣首開武俠創作之途，可謂台灣武俠小說的先趨者，對台灣武俠小說的興盛，影響深鉅。

4 孫玉鑫

孫玉鑫（一九一八～一九八八），本名孫樹榕，山東青島人，早年未受完整教育，來台後以說書為業，是台灣較早投入武俠小說創作的先行者之一，一九五三年即有短篇《風雷雌雄劍》刊載於《自立晚報》（共卅四期），其後又有《龍虎日月輪》、《太湖臥龍傳》二書，然未能終卷，故事轉入《滇邊俠隱記》，乃成「春秋」書系名家。

孫玉鑫小說布局奇詭，文筆流暢，著重推理，尤善於處理交叉式人物對話及肢體語言。早年受還珠影響，描述武技過分誇張渲染，是為一弊，但人物對話栩栩如生，頗得力於其所擅長之說書技藝。一生創作武俠三十餘部，以《萬里雲羅一雁飛》（一九六一）、《不歸谷》（一九六三）、《黑石船》（一九六八）、《威震江湖第一花》（一九六八）、《無毒丈夫》（一九七〇）、《七十二將相》（一九七一）最為知名。

5 臥龍生

臥龍生（一九三〇～一九九七），本名牛鶴亭，出身商賈之家，自幼對古典小說如《三國》、《水滸》、《紅樓》乃至《兒女英雄傳》、《七俠五義》皆深有所好，而於舊派武俠作品更多所濡染。一九四八年隨軍來台，於軍中任行政指導之職，漸接觸到西方小說如《俠隱記》、《基度山恩仇記》等以故事曲折離奇取勝之翻譯作品。一九五六年因「孫立人事件」牽累，被迫退伍，為盜粱謀計，遂嘗試武俠創作。因其祖居南陽臥龍崗，故以「臥龍生」為筆名，一九五七年於台南《成功晚報》發表處女作《風塵俠隱》。惟啼聲初試，並未受到廣泛重視；同年稍後，又於台中《民聲日報》連載《驚鴻一劍震江湖》，始漸知名，遂一意投入武俠創作行列，終成台灣早期武俠作家中最引人矚目的一顆巨星，在「台灣三劍客」（諸葛青雲、司馬翎）中成名最早，流傳最廣。

牛氏一生創作作品頗多，然坊間真假參半，能確定為真品的約四十餘部，多為百萬以上的長篇。其中以《飛燕驚龍》（一九五八）、《玉釵盟》（一九六〇）、《天香飆》（一九六一）、《無名簫》（一九六一）、《素手劫》（一九六三）等最為知名，作品屢經廣播、電影傳布、改編，皆深受讀者歡迎。尤其是《玉釵盟》一書，在當時最重要的《中央日報》上連載，一時家喻戶曉、洛陽紙貴，極為轟動，奠定了牛氏一生的武俠基業。

牛氏武俠小說結構龐大，氣勢宏偉，初受還珠樓主影響，炫惑瑰奇；後取法朱貞木，而以曲折詭秘為長。自《飛燕驚龍》開創了「武林九大門派」、「江湖大一統」格局後，對台灣武俠的「江湖爭霸」模式有極大的影響。牛氏學歷不高，然善於規摹化用，才華洋溢，除古龍外，當代無人能出其右，無論是情節之變幻、人物之生動、命意之深刻，皆有可觀，早期諸作，論者皆以為不遜於金庸。惜自一九六四年以後，聲名既盛，利源廣進，遂為所拘，屢有倩人代筆、借名混用之舉；而創意急遽萎縮，自我重複過甚，自《雙鳳旗》（一九六五）首創「武林陰謀」模式後，《鑣旗》（一九六九）、《神州豪俠傳》（一九七〇）、《玉手點將錄》（一九七一）、《金筆點龍記》（一九七二）屢蹈故轍，文字冗沓、對話枝節，一蟹不如一蟹，聲勢如江河日下，自一九八〇年後遂不堪聞問矣。

6 諸葛青雲

諸葛青雲（一九二九～一九九六），本名張建新，山西解縣人，台北行政專科學校（後來的中興大學法商學院）畢業，曾任總統府第一科科員。出身書香門第，國學根柢深厚，自幼雅好詩詞文章及古典小說，詩詞歌賦，信手拈來，即為佳作，又精於書法，龍飛鳳舞，自成一格。及長，以文筆典麗，詩才佳妙，蜚聲士林。少時曾隨父親轉戰四方，遍歷大江南北，增廣不少見聞，故於各地名勝佳景、人物掌故，娓娓可道，使其小說充滿古典文學之趣。

諸葛青雲於武俠說部中，最鍾情於還珠樓主，嘗自謂能將《蜀山劍俠傳》回目倒背如流，故其初入武壇，即步趨還珠，一九五八年的處女作《墨劍雙英》，即以老讀者耳熟能詳之至寶「紫青雙劍」為引子，祖述峨眉派第三代傳人李英瓊等劍俠飛昇成道、封存仙劍之遺事，緬懷《蜀山》之情，溢於言表，其後諸作，如《紫電青霜》（一九五九）、《天心七劍》（一九六〇）、《一劍光寒十四州》（一九六〇）而下，每每取徑還珠，化為己用。台灣武俠說部，源自於舊派五大家，還珠一系，沾溉者多，然亦步亦趨，較少變化，唯諸葛青雲最為當行，本色既在，又能加以變化，可謂還珠以後的第一人。

諸葛青雲為台灣武俠小說「才子佳人派」中的佼佼者，書中每喜以俊男美女配對，男主角風度翩翩、瀟灑出塵；女主角則或清麗脫俗，或伶俐大方，或溫婉多情，且必然有情人皆成眷屬，頗傳承了舊派武俠中朱貞木「眾美同歸」的風格。諸葛青雲以古典詩文根柢入小說，故文字典雅綺麗，饒有丰致，然聲口過於雷同，無論俠士名人、販夫走卒，皆一派斯文，博通辭章，在人物性格的刻劃上，略遜與他齊名為「三劍客」的臥龍生、司馬翎一籌。

諸葛青雲以創作小說為正業，一生之中，寫下八十餘部小說，多數皆先由報紙連載，後由出版社集結成書。其書不循一般軌轍，每以突破創新為要務，然一則刻意為之，反有損於全書渾然之格局，如《奪魂旗》上部，刻意不摹寫女性人物，而自矜於能一反武俠「柔情」之故套，實則過於牽強；二則其創意之所在，不在情節、不在人物，更未在敘述手法上更新，反而拘泥於書名的奇變，如《霸王裙》（一九六六）刻意將「霸王」與「裙」作性別上的異位、《武林八脩》（一九七一），刻意模仿「八仙」、《五霸圖》（一九七一）則規仿「春秋五霸」等，雖有巧思，而格局不大，其後因傾慕金庸，更續貂《大俠令狐沖》（一九八八）、《大寶傳奇》（韋小寶之子）等，自甘陸沉，則竟不堪聞問矣。唯一九七六年，諸葛青雲有《石頭大俠》一書，破天荒將武俠故事的時空背景，從中原挪移至台灣，一反武俠生態，雖筆力不足，且於台灣史地、名物有隔閡，故未能引人矚目，然創意之新穎，卻是頗值稱道的。

7 司馬翎

司馬翎(一九三三~一九八九),本名吳思明,廣東汕頭人(一說揭陽),為將門之後,自幼即好奇嗜古,於學無所不窺,自經史子集、詩詞歌賦、琴棋書畫,乃至土木建築、堪輿風水、佛老玄理,涉獵均廣。一九四七年隨父移居香港,入新法書院就讀,曾因嗜讀《蜀山劍俠傳》,學業一度中輟。一九五七年以僑生身分來台,就讀於政治大學政治系。然其始終未能忘情武俠,故次年即以「吳樓居士」之名,嘗試撰寫武俠小說,處女作《關洛風雲錄》(一九五八)一舉成名,欲罷不能,遂自動休學一年,決心朝武俠創作之路邁進。

一九五九年,吳氏以「司馬翎」筆名於香港《真報》發表《劍氣千幻錄》,更廣獲海內外讀者好評。此後,他交替使用吳樓居士、司馬翎二名,陸續發表了數十部作品,無論數量、質量均有可觀,遂與臥龍生、諸葛青雲鼎足而三,並駕齊驅。

吳氏博通雜學,於佛道理致別有會心,故於武功摹寫別創一格,既講究哲理境界,又奇巧變化,繽紛琳琅,深受高知識讀者所肯定。吳氏多數作品均由真善美出版社發行,發行人宋今人對他讚譽有加,推崇其為武俠小說「新派領袖」,是台灣武俠小說發展中的關鍵人物。吳氏作品自《關洛風雲錄》(一九五八）、《劍神傳》（一九六〇）、《八表雄風》（一九六一）三部曲後，即展現不凡氣勢，但仍多少受「舊派武俠」影響；《聖劍飛霜》（一九六二）之後，逐步邁向新派，被目為武俠小說的一代奇才、新星，號稱「最受大學生及留學生歡迎」的作家。

作品博綜廣揉，善於融冶，文字風格舒徐沉緩，以理致動人，推理鬥智之深切、精神氣勢之圓足，向為識者所稱道；尤其是有關女性方面的摹寫，無論是在情欲書寫的解放、女智女權的肯定上，均遠超於其他諸家，可謂是武俠界中第一位特別強調女性的作家。

吳氏之作，質量均佳，幾乎部部可觀，其中《劍神傳》以一代儒俠石軒中、白鳳朱玲為主角，波瀾起伏，情節深刻動人；《纖手馭龍》（一九六四）寫純厚的少年俠客裴淳、智計多端的少女薛飛光，人物性格鮮活生動，而情節則精彩迭現；《飲馬黃河》（一九六四）寫皇室苗裔朱宗潛的堅忍勇毅、以氣勢凌駕群雄，令人豪情澎湃；《劍海鷹揚》（一九六六）寫刀君羅廷玉、劍后秦霜波，穿插才女端木芙，無論推理上的逞智鬥巧、武學上的超凡入道，均深刻蘊藉；至於《丹鳳針》（一九六七）寫俠女雲散花的情與欲，《武道》（一九六九）與《胭脂劫》（一九七〇）細摹情欲與暴力的一體兩面，亦迥出時流，具有名家氣勢。

吳氏一生重要作品均在台灣完成，一九七〇年代末期因事返港，以「天心月」（取吳思明各字之半）為筆名，另起爐灶，取法古龍的快節奏經營小說，有

《強人》系列的短篇作品，亦頗有妙筆；一九八三年在《聯合報》連載《飛羽天關》，惜因故腰斬，齎志以沒，遺作由皇鼎出版社倩人續完。

8 上官鼎

上官鼎（一九四三～），湖南衡陽人，此名為劉兆藜、劉兆玄、劉兆凱三兄弟集體創作武俠的共同筆名，而主要執筆者，實為劉兆玄。劉氏三兄弟自幼即嗜讀武俠小說，一九五九年，劉兆玄就讀於師大附中，為掙零用錢，遂約集四哥兆藜、六弟兆凱共寫武俠小說，以「三足鼎立」之喻意取名「上官鼎」，處女作《蘆野俠蹤》即獲得新台書店採用。一九六〇年，接下古龍為新台書店所撰寫而未完的《劍毒梅香》續寫工作，遂逐漸引起矚目。自一九六一年起，陸續完成《沉沙谷》（一九六一）、《七步干戈》（一九六三）、《俠骨關》（一九六四）等十餘部作品。

劉氏作品喜以少年英雄為題材，文情搖曳生姿，頗富少年的浪漫精神及理想色彩，尤多關注於手足之情、朋友之義的描寫。儘管由於作品多為兄弟輪替創作，故水準不一，且於情節上多有矛盾，然亦備受讀者喜愛。一九六七年後，劉兆玄負笈加拿大留學，中止創作，而坊間冒「上官鼎」之名者甚眾，即此可見一斑。上官鼎雖僅出道七年，然豐厚的稿酬卻成為劉氏三兄弟後來出國深造、取得理工博士的經濟支柱，亦為武林佳話。其中劉兆玄自台大化學系畢業後，赴加拿大取得化學博士，返國後又出任清華大學校長、交通部長、行政院副院長、行政院長等要職，是武壇中聲名最顯赫的一位。

上官鼎諸作，文情並茂、搖曳生姿，頗具「英雄出少年」的浪漫精神與理想色彩，書中特別著力於描寫兄弟之情、朋友之義，但對於男女情愛的摹寫，則顯得略遜一籌，有時候更難免會因刻意強調某些特定主題意識而犧牲、扭曲了書中人物的性格；且兄弟同心，未必才力亦相同，三人輪番上陣的寫法，不免也有不少顧此失彼的窘狀。這或許正是上官鼎雖成武俠重鎮，卻未能蔚然成大國的原因。

但劉兆玄在封筆四十六年之後，重出江湖，撰寫《王道劍》（二〇一五）一書，再度受到矚目。

9 墨餘生

墨餘生（一九一八～一九八五），本名吳鍾綺，海南瓊山縣人，少時負笈中原，遍歷神州之半，後入中央軍校炮科十三期，一九四九年隨政府來台，居於台北，官拜少將。其他不詳。墨餘生創作時期較短，約集中在一九六〇年前後，目前所知共有《瓊海騰蛟》三部曲、《南疆劍影》、《金劍飛虹》、《摩雲太子傳》、《劍氣縱橫三萬里》、《雷電風雲》、《情河劫》、《仇征》等十部。

10 古龍

古龍（一九三八～一九八五），本名熊耀華，江西南昌人。生於香港，十三歲時隨父母移居台灣。後因父母離異，憤而棄家出走，自食其力。熊氏自幼喜愛文藝創作，一九五六年即曾發表〈從北國到南國〉短篇小說；後入淡江英專就讀，更廣泛接觸到西洋文學作品，奠定了他深厚的創作根柢。一九五九年，熊氏因經濟拮据，無奈休學，有鑒於武俠創作中「三劍客」名利雙收的實例，遂決心步上武俠創作之途。一九六〇年，《蒼穹神劍》、《劍氣書香》、《孤星劍》等書面世，古龍之名，逐漸嶄露頭角，被視為具有潛力的武林新秀。

初創武俠，古龍雜取北派五大家筆法，並參照司馬翎風格，頗有意自我開創，而一時急切於求快，未遑求精求密，故作品平淡無奇，唯《孤星傳》為可以稱道之力作。一九六三年，《情人箭》、《大旗英雄傳》始著力經營，無論文筆、創意、布局、人物及情節，皆甚有可觀，正式確立了他在武俠小說史上的定位，與當時「三劍客」等名家，並駕齊驅。

一九六四年，《浣花洗劍錄》揉合了東洋劍客小說的風格，以戰前氣氛、精神意志，化繁為簡的突破了傳統武學描述的格局，成為「新派武俠」中最具開創性的一部作品，也宣告了新武俠時代的來臨。其後，古龍銳意求新求變，《絕代雙驕》（一九六六）活靈活現的塑造出機靈活潑、調皮搗蛋的江小魚，可謂是金庸《鹿鼎記》中韋小寶的前身；《武林外史》（一九六六）則以作者形象為粉底，開啟了「浪子遊俠」的先聲。

一九六七年，《鐵血傳奇》面世，風流俠盜楚留香的瀟灑身影播散人間；一九六九年，《多情劍客無情劍》取徑於王度廬，小李飛刀李尋歡的深情、悲苦，更搏得了許多讀者的同情與喜愛。這兩部小說的成功，也明確奠定了古龍在台灣武俠小說史上不作第二人想的大師地位。其後的《蕭十一郎》（一九七〇）、《流星．蝴蝶．劍》（一九七一）、《大遊俠》（一九七三，陸小鳳系列）、「七種武器」系列（一九七四）、《三少爺的劍》（一九七七）等作品，也無不備受讀者的喜愛。

一九八〇年後，由於金庸小說的解禁、開放，諸多名家紛紛金盆洗手，退出江湖，唯有古龍還稍有能力與此旋風抗衡。然此時古龍因生活秩序失調，酒色過度，身體逐漸耗弱，雖偶有若干作品，創作力已大為遜色，且頗多槍手代筆之作，可觀者不多。一九八五年，「小李飛刀成絕響，人間不見楚留香」，一代「武林鬼才」寂寞的告別了人間。

古龍在武俠小說史上與金庸齊名，而開創性與影響力則是武林中的第一人。他擅於擷取、化用西洋、東洋文學作品中的精華，無論是在敘事手法的創新、情節的設計、人物的塑造，甚至橋段的運用上，都有濃厚的東、西洋作品的影子，如《浣花洗劍錄》化用了日本吉川英治、柴田鍊三郎、小山勝清等描寫宮本武藏的小說；《流星・蝴蝶・劍》則模擬Mario Puzo的《教父》以及明顯套用了日本著名漫畫《帶子狼》（小島剛夕繪、小池一夫作）的橋段。

古龍武俠小說最明顯的特色是其參照了偵探小說的筆法，情節布局饒富詭密懸奇之致，擅長以「正言若反」的手法鋪敘。同時，他也充分轉借了影視媒體的特色，以蒙太奇的電影技法，獨創場景變幻、節奏迅快、文字簡潔俐落的類似散文詩的風格，《蕭十一郎》正是其中的代表作。

至於在文類整合上，古龍上承朱貞木，將偵探、推理的手法發揮得淋漓盡致，楚留香、陸小鳳不啻是中國武俠小說中的福爾摩斯、亞森羅蘋。古龍的取精用宏，為武俠小說注入了新的生命，對後起的作者，如黃鷹、溫瑞安、奇儒、黃易、蘇小歡等皆有直接與深遠的影響。古龍也涉足於電影事業，除了授權作品改編為電影外，更親身執行編劇任務，對武俠文化的傳播，也可說是舉足輕重的關鍵人物。

11 高庸

高庸（一九三二～二〇〇二），本名王澤遠，四川西充人。其父王纘緒，號稱「四川王」，為國共內戰時期的高階將領，曾任最後一任四川省主席，家境優渥。高庸小時生活闊綽，但其父於國共內戰後期，為援救其子王澤浚，不得已投共，高庸則以海軍軍官身分隨政府軍撤退來台。因其父關係，不得不自海軍退伍，而家道寖落，為了維持生活，曾不得不以開設武俠小說出租店維生。

王纘緒向有「儒將」之名，故高庸家學淵源，熟稔古典文獻，因利趁便，遂開始嘗試創作武俠小說。一九五九年，以「令狐玄」為筆名，創作《九玄神功》等數部作品，頗受還珠樓主之影響，但並未引起廣泛矚目；一九六二年，改筆名為「高庸」，以《感天錄》入選當時大美出版社舉辦之武俠徵文比賽佳作，開啟其新的創作生命，成為與秦紅、東方英齊名的大美作家班底。

「高庸」之名，原在自期能「高過金庸」，但後來頗感孟浪，遂謙稱乃「高於平庸」之意，以作自嘲，但其一系列小說，則頗受讀者青睞，功力不在臥龍生等名家之下。一九七六年轉任電視編劇後，即較少有作品面世，一九八〇年，《金庸作品集》面世，遂決意退出江湖。其一生創作近三十部左右，代表作有

《天龍卷》、《紙刀》等。

高庸作品不易覓得全帙，一九九九年，珠海出版社曾印行十四部《高庸作品集》，共三十冊，僅得其半。

高庸文筆精煉，語言流暢，故事節奏緊湊，並常有出人意表，不落俗套的情節設計，常令讀者拍案叫絕。《紙刀》中對各式暗器、機關的細膩描寫充滿巧思；《天龍卷》中打破門派之見的天龍門武功及主角出版武林秘笈傳布天下的情節安排，以及《罪心劍》中首度以「鴉片」毒害取代一般武俠小說中的毒藥，都可見高庸對小說情節的妙思佳構。

高庸小說中的主角，都擁有悲天憫人的俠者情懷，對傳統忠孝節義的道德情操格外關注，往往在其所安排的混亂江湖環境中，刻意凸顯仁義、博愛、寬容的精神之可貴。高庸的武俠小說並非只打算「單純說故事」，在其情節安排上，常可見諷刺之義隱含其中，對照現今社會，頗有相似之處，這也是其作品特出之處。

12 東方玉

東方玉（一九二四～二〇一二）[1]，本名陳瑜，字漢山，浙江餘姚鸚山人，生於上海市，畢業於上海誠明文學院中文系。廿九歲隨政府來台，曾先後在國防部、救國團等黨政機構任職。他的專業是詩，一九五〇年創立香港梅嶺詩社，出任社長，其後又任中華學術詩學研究所研究委員、世界詩人大會總顧問、台灣詩書畫家協會秘書長等。

一九六〇年以詩人之雅投身於武俠創作之列，以東方玉之名，在《台灣新生報》上發表《縱鶴擒龍》，一舉成名。其筆名由來，是因「陳」字右邊是東，左邊有類方字，而瑜則為「美玉」，故以之為名。早期作品，頗受還珠樓主影響，有「奇幻仙俠」之致，其後改走「超技擊俠情派」路子，三十年創作不斷，多數在《中華日報》、《台灣新生報》及《中國時報》上刊載，尤其是《中國時報》，自一九七〇年登載《流香令》後，十年來連載不斷，迄一九八〇年的《泉會俠蹤》，共有十三部之多，只有在古龍連載《天涯・明月・刀》（一九七四，共四十五集）時暫告中斷，幾乎等於是《中國時報》專屬作家，可見其受歡迎重視的程度。

1 有關東方玉的生年，有一九二一、一九二三、一九二四、一九二五四説，此處依據浙江餘姚陳漢山紀念館資料。

一九九〇年，東方玉封筆，轉寫有關國術、氣功的武術著作。綜其一生，創作了約五十部左右的武俠作品，其中《縱鶴擒龍》、《九轉簫》（一九六七）、《流香令》（一九六九）、《珍珠令》（一九七一）、《武林璽》（一九七六）等，皆享有盛譽，在台、港二地及東南亞都擁有不少讀者。由於其知名度頗高，故鄉鸚山也引以為榮，特別為他設立了「陳漢山紀念館」加以紀念。

東方玉的作品，模式化的跡象非常明顯，大抵上易容術、毒藥、女扮男裝、武林陰謀這四項成素，幾乎是每部小說都必備的環節，而男主角英俊瀟灑，允文允武，輕易就博得眾多江湖俠女的青睞，一往情深，數美同歸，更是未能免俗的了。不過，由於他是中文系出身，對文史掌故極為熟稔，詩詞曲文，信手可拈，整體文風俊雅蘊藉，也形成自具一格的風味；再加上他早年周歷大陸各地，對各地方民俗風情頗為熟悉，如《泉會俠蹤》摹寫河南輝縣百泉鎮的「藥市」，《東風傳奇》敘說陝西鳳翔的「酒會」，娓娓述來，情致宛然，也算是不可多得的奇趣。

13 慕容美

慕容美（一九三二～一九九二），本名王復古，江蘇無錫人。學歷不詳。王氏早年傾心正統文藝創作，其後棄「文」就「武」，以武俠小說成名。

一九六〇年以煙酒上人筆名開始撰寫《英雄淚》及《混元秘籙》二書，未獲重視；其後改用慕容美之名，以亦莊亦諧，充滿詩情畫意的筆調，推出《黑白道》（一九六一）、《風雲榜》（一九六二）諸作，廣獲好評，遂陸續推出《血堡》（一九六三）、《公侯將相錄》（一九六四）、《祭劍台》（一九六五）等作。王氏本業餘作家，一九七九年始辭去稅務員公職，專心創作，作品精而不多，二十七部之中，多半犖然有可觀者。

王氏武俠風格不一，然文筆奇佳，才情具足，擅於營造情節，是八大書系中「大美書系」的台柱，有「大美一美」的美稱，足與臥龍生、諸葛青雲、司馬翎等「三劍客」分庭抗禮。

14 獨抱樓主

獨抱樓主（一九三〇～），本名楊昌年，湖南湘陰人。因早年喪父，貧苦失學，故十六歲即投筆從戎。一九四七年奉母來台，始繼續完成學業。一九五五年畢業於師範大學國文學系，先任教於師大附中，後更歷任靜宜、政大、師大各校講師、教授及系主任等職。二〇〇〇年從師大退休，一生致力於現代文學、古典小說之研究，成果極為豐碩，有學術專著及現代小說、散文、戲劇、評論等數十種。

楊氏創作武俠，為時不長，大抵為在師大附中任教時所作，自一九六〇年處女作《南蜀風雲》始，迄一九六二年的《金劍銀衣》，共寫了十一部作品，多數為十集左右的中短篇，《恩仇了了》（一九六〇）、《迷魂劫》（一九六一）稍長（約二十集），唯《璧玉弓》長達三十六集，可謂是楊氏的代表作。儘管創作時間不長，楊氏對俠稗的深情始終未減，對後起諸秀及從事武俠研究者獎掖有加，多次擔任武俠論文及創作的評審，晚年更試圖重新出發，草創《失劍記》（未完），以學者兼作家的身分，不遺餘力的推廣武俠。

蓋楊氏早年顛沛流離，輾轉於荊、湘、川各地，且性格俊爽瀟灑，每藉武俠小說寄寓其京華想像、流連嚮慕之思，以及俠客任俠重義、纏綿悱惻之情，以博學鴻儒之才識，發為俠骨柔情之文章，雖成就略遜於臥龍、司馬、諸葛、古龍等名家，要亦台灣當時有數的重要作者之一。

楊氏為八大書系中「海光」的台柱，身當台灣武俠舊與新交替之際，作品受還珠樓主、王度廬等前輩名家影響甚大，取精用宏，間有新意，可視為轉型期的代表。代表作《璧玉弓》文筆典麗，故事曲折離奇之至；享譽歷久不衰，足可與「武壇三劍客」同期作品一較高下。楊氏善寫情欲，其寫情寫欲之活色生香，堪稱獨步；故分集出版時，常遭撕頁之厄。至若楊氏諸作演武敘事之神奇莫測，亦多膾炙人口，可謂紅極一時。

15 蕭逸

蕭逸（一九三六～二〇一八），本名蕭敬人，祖籍山東荷澤，幼年居於南京，其父蕭之楚，為抗戰名將。一九四九年隨父母移居台灣。建國中學畢業，先就讀於海軍官校，因志趣不合而輟學，轉讀中原理工學院化工系。一九六〇年，同時發表《鐵雁霜翎》、《七禽掌》兩部武俠，一舉成名，其後創作不斷，先後有五十餘部作品問世。一九七六年，舉家遷往美國落衫磯，遂入籍美國，但仍然與台灣文藝界多有聯繫，且致力於海外華文創作的推展工作。一九九三年，被推舉為北美華文作家協會會長。

蕭逸出身簪纓世家，博通典籍，少年時酷愛文學，曾發表過短篇小說〈黃牛〉，並常投稿於《野風》、《半月文藝》等雜誌，二十歲後，對武術、瑜珈等漸感興趣，善於養生。一九六〇年投入武壇，作品凡經三變，早期以復仇、柔情為經緯，取法還珠樓主與王度盧，風格纏綿、情致婉轉；七〇年代後，幻想奇異，以還珠樓主為典範，大寫劍仙御氣，然尚難擺脫蹊徑；八〇年代後，增入歷史情境，尤其醉心於明朝宮廷野史，逐漸展現出成熟的大家風範，《甘十九妹》、《馬鳴風蕭蕭》、《無憂公主》、《飲馬流花河》、《西風冷畫屏》諸作，皆頗有可觀。然此時台灣武俠創作已漸近尾聲，故反響不大，反而在改革開放後的大陸較受到重視。一九八四年，台灣遠景出版社曾有《蕭敬人作品全集》面世，其後一九九八年，大陸太白出版社亦有《蕭逸作品集》出版。

16 陳青雲

陳青雲（一九二八～一九九九），原名陳崑隆，雲南省大理州雲龍縣人。早年從軍，投身抗日行列，一九五〇年，隨軍自蒙自徒步抵達越南金蘭灣，一九五三年抵達台灣高雄市。一九六〇退役，後從事武俠小說創作。為了表達對家鄉和親人的思念之情，他以故鄉的橋名「青雲」為筆名，同時寓志步登「青雲」，展開了武俠小說的創作。

陳青雲是「新台—清華」書系的當家作者，一生創作豐厚，論者稱之為台灣「鬼派天下第一人」，作品受廣大讀者歡迎，與當年「正宗武俠泰斗」臥龍生為同一暢銷級別的作家。他愛寫邪魔歪道、恐怖血腥、陰森怪氣題材類作品，想像豐富，故被目為「鬼派」，代表作有《殘人傳》、《鐵笛震武林》、《殘肢令》及《鬼堡》、《死城》等，據說《死城》曾版行五版，每版五萬冊之多，可見其受歡迎的程度。但從創作時間來說，田歌早過於他，故「鬼派」誰為「大當家」，尚有爭議。

「鬼派」作品，向來不為學界所重視，每以「惡濫」歸之，但陳青雲未予置辯，其弟陳昆俊及其遺屬，皆頗不以為然，認為陳青雲後期作品，才是他最得力之作。實際上，自一九七一年後，陳青雲的確大變風格，揚棄了殘酷血腥的「鬼派」作風，以懸疑推理、鬥智鬥力為主，如《索血令》、《復仇者》等，雖書名驚悚，但已別開新面，迄一九八九年《怪俠古二爺》止，約共創作了五十多部作品。

17 武陵樵子

武陵樵子（一九一〇～），本名熊仁杞，以其筆名來看，當是湖南武陵人（今常德）。生平履歷不詳，僅知其自大陸來台後，任職國防部高級參謀（上校），此時即開始創作武俠小說，一九六二年與同僚盧讓泉（東方英）同時退役，專力為四維出版社寫武俠說部，是四維有數名家之一。一九七〇年後，逐漸淡出武壇，共創作近二十部武俠，其中以《十年孤劍滄海盟》（一九六〇）、《丹青引》（一九六一）、《灞橋風雪飛滿天》（一九六一）等最為知名。

武陵樵子為大陸來台人士，雖出身軍旅，而雅好詩章，故小說書名，多典麗婉雅，以七字詩語、詞牌名稱命名構思，頗具情趣。武陵樵子前半生輾轉流離，遠離鄉關，對故國山川風物，多所緬懷，故小說裡亦往往藉書中角色遊蹤，指點江山，細數風情，具有相當典型的「京華想像」風格。

18 曹若冰

曹若冰（一九二六～一九九八），本名曹寅生，來台後改名曹力群，江蘇泰州（原泰縣）人。自幼雅好文藝，一九四三年起，就以若冰、右木、蕒薇等筆名發表新詩、散文、雜文、小品和短篇小說，一九四四年發表中篇小說《枕蓆底下的照片》，在家鄉已小具名氣，為其後的武俠創作，奠定了深厚的基礎。其後因與家人齟齬，投筆從戎，輾轉於揚州、上海、南京等地，一九四九年隨軍赴台，易名曹力群，退役任職於南部某報社。一九五三年離職，從事專業寫作。一九六一年，以舊名曹若冰，發表武俠長篇小說《玉扇神劍》，一炮而紅，後為南琪出版社網羅，為其主力作家，一九八〇年後，轉移陣地，在《民族晚報》撰寫短篇武俠，短小而精悍。

曹氏創作有《玉扇神劍》、《金劍寒梅》、《血劍屠龍》、《寶旗玉笛》、

《魔中俠》、《女王城》、《絕情十三郎》、《魔塔》等數十部作品，為六〇年代台灣「超技擊俠情派」武俠小說代表作家之一，與金庸、古龍、梁羽生等合稱武俠名家「十八羅漢」。曹若冰的武俠小說文筆簡潔，故事曲折生動，善寫打鬥武功技擊場面，描寫戀情婉轉多致，書中的俠客仁心厚道，正氣凜然中，亦不時網開一面，以道德感化留人餘地。

作品風格，早年受還珠樓主影響，靈藥、秘笈及奇遇，俯拾可見，而故事枝連脈結，頗傷蕪纇，其後受古龍啟迪，文字簡潔明快，節奏感甚強，逐漸走出自己風格。曹氏作品，在台灣頗屈居司馬、臥龍、諸葛、慕容、古龍之下，但在海峽對岸，卻盛行一時，其《金劍寒梅》一書，風靡大江南北，發行量高達百萬部，連圖書館借書，都得預約登記，暢銷程度，在當年無出其右者。

曹若冰文采風流，個性超脫，外表瀟灑，但沉默寡言，為人較為拘謹。幼時家境富裕，頗受書史薰陶，一筆龍飛鳳舞的書法，享譽藝文界。早年隨軍輾轉各地，於地方風土人情，知之甚詳，這對其武俠小說之摹寫大陸山川風物，頗為得力，如《絕喉指》一書，細摹南京夫子廟、秦淮河畔風光、掌故，信手拈來，皆有佳致。

曹若冰是多產作家，長、中、短篇武俠小說號稱百部，但詳實的書目迄今未見整理出來，九〇年代，中國戲劇出版社曾出版過《曹力群作品集》，所收未全，而網路公開的芸芸眾作，真偽夾雜，殊難依據，猶待同好者繼續努力。

19 陸魚

陸魚（一九三九～），據《台灣武俠小說發展史》所說，本名黃哲彥，台灣苗栗人。畢業於台大物理系，後赴美國馬里蘭大學取得物理學博士學位。其他平經歷不詳。

但此書亦云「他早年是一位新詩作者，曾自費出版過《哀歌二三》、《端午》兩本現代詩集」，據此，陸魚應該就是在台灣一九六〇、七〇年代相當引人矚目的新詩作家方旗。不過，在相關方旗的介紹上，卻都說他出生於一九三七年，是台北市人，與《發展史》小異，猶有待釐清。

方旗的詩，傳統古典韻味濃厚，馬來西亞的溫任平曾推許他的詩令人「驚豔」，是他所屬的天狼星詩社入室弟子的必讀書；也有人因此說溫瑞安的《山河錄》也承襲了他的詩風（溫瑞安亦是天狼星詩社中人）；但他向來獨來獨往，不僅自費出版詩作，與詩壇中人也甚少交往，故相關資料闕如（只知後來定居美國，在馬里蘭大學任教）。

陸魚在二十二歲時開始從事武俠小說創作（宋今人一九六一年《少年行》的介紹中所說，本書即由此逆推其生年為一九三九），第一部作品《少年行》雖僅十集（約四十萬字），卻已為當時真善美出版社的負責人宋今人大為嘆服，譽為「新型武俠」，且出版後佳評不斷，被推為當時武俠小說的「前五名」之一（另一部為司馬翎的《劍氣千幻錄》，可惜不知另三名為誰）；但一九六二年到一九六七年之間，卻只有《塞上曲》（八集）出版，其後遂如彗星一閃，就杳然消失於武壇，讓讀者為之驚惋。

陸魚小說作品雖少，創作時間也短，卻在台灣武俠小說史上標識著一個轉型的里程碑，被葉洪生許為台灣「新派武俠」的催生人之一，與古龍並重。其作品採現代小說的敘事筆法敘寫，深入人物內心作心理分析，且常以新詩筆法融入，宋今人謂「《少年行》的風格、結構、和意境，除掉特別強調武功這一點外，實可媲美歐洲十八世紀的文學名著，並不遜色」，可見其評價之高。

20 柳殘陽

柳殘陽（一九四一～二〇一四），本名高見幾，山東青島人，生於重慶。早年隨父來台，定居於台中。年輕時曾一度參與黑道幫會，家中賓客盈門，深諳幫會門道，更受到其中義氣相激、恩怨讎報的行事風格濡染，為人重義，個性爽朗。其父曾任台灣中部警備司令部警備處長，因此得以廣閱家中許多因「暴雨專案」而被禁行的武俠小說，由此而與武俠小說結上不解之緣。一九六一年，在員林的崇實高工畢業前夕，他試投其處女作《玉面修羅》，竟一炮而紅，從此踏上終身的專業武俠作家之途。

高氏武俠向來有「鐵血江湖派」之稱，筆下人物性格堅定自信，無畏無懼，行事狠辣，作風強悍；內容則多半恩怨讎仇，氣義激蕩，斬盡殺絕，屍積如山——概括而言，陽剛勁健，似鐵如鋼；殺伐慘烈，腥血橫溢，正是名副其實的「鐵血」。正因如此，高氏武俠的評價也趨向兩極化，惡之者對其間「黑道江湖」之氣義與鮮血流迸的殘忍場面，大加抨擊，以為此將助長社會暴戾之氣；而好之者則驚悚於其快意恩仇、睚眥相報之行，藉慘烈殘酷的殺伐，紓解胸中的憤懣與不平，且有幾分嗜血的滿足，譬之為「暴力美學」。見仁見智，正不必求同。

自一九六一年始，高氏即以此特殊的風格縱橫武俠界，頗獲讀者喜愛。據一九九四年柳氏於大陸版《柳殘陽全集》中《青龍在天》的後記中所述，截至一九九四年止，柳殘陽共創作了七十一部作品，《全集》收了六十三部，並鄭重聲明，除此之外，「不再有柳殘陽小說作品」。不過，由於其中有多部是原來一書而拆成兩書的，而且在一九九四年之後，他仍偶爾有作品問世，如筆者本身藏有《狼君不老》、《天劫報》兩部手稿，創作力相當驚人。

諸小說中以《天佛掌》（一九六二）、《梟霸》（一九六六）、《梟中雄》（一九六七）、《斷刃》（一九六八）等最為知名。其中《天佛掌》在香港被改編為電影劇本《如來神掌》，是台灣武俠作家中少數能跨海鷹揚的一位。

21 田歌

田歌（一九四一～），本名沈幸雄，台灣宜蘭人。生長於蘇澳的小漁村，自幼家貧，中學畢業後即無力升學，十五歲就一個人獨自到台北謀職。曾接受電影課程訓練，充任場記，後來因覺得自身學識淺薄，轉入一家書店當店員，利用時間苦讀、自修、並勤於閱讀各類書籍、小說，刻苦自學，終於有點根柢。一九六一年，適值台灣武俠小說盛行，頗有意從事武俠小說寫作，即辭去工作，以筆名「晨鐘」，發表、出版了《陰陽劍》、《劍海飄花夢》、《魔窟情鎖》（此書曾被楊麗花改編為歌仔戲）等作品，被譽為台灣最年輕的本省籍武俠小說作家。其後改用田歌筆名，發表《天下第二人》、《陰魔傳》、《血河魔燈》、《吊人樹》、《鬼宮十三日》、《黑書》等共廿五部作品，在當時造成轟動，極受年輕讀者喜愛，成為新台書系的扛鼎作家。

一九七〇年，從藝文界轉往影視界發展，為電影、連續劇編寫劇本，並自任導演，在影視圈頗富盛名，尤其是所編導的諸多閩南語電視劇，如《阿公店》，本土風味極濃，曾造成萬人空巷的收視效果。一九七三年，轉任製作人，遊走三台，製作出多齣知名閩南語連續劇，直到二〇一二年，仍孜孜不懈地投入。

田歌的武俠小說，節奏緊湊，人物駁雜，氣氛以陰森鬼趣知名，喜用效果慘淡血腥的字詞表現，並擅於揉雜武俠小說的各種元素為一，時有誇張到無厘頭地步的想像，故事情節破綻過多，因此評價始終不高，往往被歸為武俠小說的「濫惡」之流（鬼派），但在當時卻也吸引不少讀者的青睞，形成非常獨特的通俗小說流衍現象，正是研究通俗小說的最佳切入點。

22 司馬紫煙

司馬紫煙（一九三五～一九九一，一說一九四一年生），本名張祖傳，安徽人，台灣師範大學國文系畢業，另一筆名為司馬。一九六一年，以本名創作《環劍爭輝》，開始步入武壇，但未引起矚目。一九六二年，諸葛青雲應香港《明報》之邀，以「司馬紫煙」為筆名，連載《江湖夜雨十年燈》，然因稿債累積過多，分身乏術，亟欲覓得代筆之人，遂由當時春秋出版社的呂秦書介紹，由張祖傳續寫第十一至二十集，由於筆力矯健、姿采動人，大獲諸葛青雲讚賞，乃慨然將「司馬紫煙」筆名轉贈給他，故《江湖夜雨十年燈・前傳》二十集雖仍署名諸葛青雲，實為二人合力完成，《後傳》三十集，則題為司馬紫煙，為其所獨立完成。自此，司馬紫煙之名廣為讀者所知，自六〇年代伊始，迄其沒身為止，共創作近百部武俠作品，題材廣泛，不居一格，而搖曳生姿，精彩之作頗多，論者推為台灣有數名家之一，其中《千樹梅花一劍寒》（一九六四）、《刺客列傳》皆曾改編成電影。

司馬紫煙為台灣通俗作家跨類寫作的翹楚，一生創作通俗説部甚多，舉凡武俠、言情、歷史、推理、社會小説，皆有佳作，往往彼此融匯，故一部之中，各類題材皆能安排得錯落有致，相當具有可讀性。其代表作有《江湖夜雨十年燈後傳》（一九六三）、《金僕姑》（一九六五）、《荒野遊龍》（一九六八）、《英雄》（一九七〇）、《煞劍情狐》（一九七一）、《大英雄》（一九七九）、《劍嘯西風》（一九八五）等。

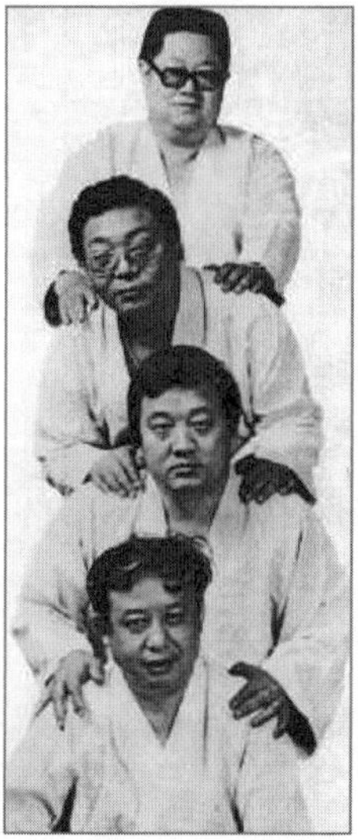

自上而下：諸葛青雲、獨孤紅、司馬紫煙以及臥龍生

23 東方英

東方英（一九一九～），本名盧讓泉，一九一九年生，湖南長沙人。相關生平不詳，僅知其為中央軍校十七期運輸科畢業，曾任國防部上校高參，一九六二年退役後，即開始武俠小說創作，為大美出版社主力作家，被冠以「正宗俠情王牌」及「情節派王牌」稱號，頗為知名。不過，東方英作品「俠重於情」，擅寫英雄俠客艱困的際遇及其俠懷仁心，但往往拙於寫情；其小說情節曲折多變，不拘一格，但常不免以「易容」應急救變，略嫌便捷，然寓意頗深，力破常規，亦不失其為可觀。目前所知第一部作品為《河漢三簫》（一九六二），其後陸續有《竹劍凝輝》（一九六三）、《武林潮》（一九六五）、《烈日飛霜》（一九六七）等二十餘部作品及五十多篇短篇小說問世。

24 秦紅

秦紅（一九三六～），本名黃振芳，台灣彰化人。秦紅的父親從事燈籠業，家境小康，在家排行第八，幼時曾受日本教育至小學二年級，三年級後舉家遷至台北，始轉而接受華文教育。小學畢業後，未再升學，初為印書工人，後轉至台灣煙酒公賣局工作。秦紅一生未受過完整教育，但努力不輟，刻苦自學，曾發憤參加師大國文系教授李辰冬之文學講習班，奠下基礎；又曾為印書工人，故濡染文史頗多，紮下不凡的功力。

一九六二年，參加大美出版社「武俠説革新運動特別徵文大賽」，以《無雙劍》入選佳作，一舉成名，遂開啟了其後武俠創作的歷程。在創作期間，頗與當時名家多有交流，而與同為「大美雙璧」的慕容美最為相得。一九八六年，在不敵「金庸旋風」下，且因感慨於武俠作家及出版界的歪風，秦紅正式封筆，告別武壇，賦閒家居。一生創作頗多，約有長篇廿七部，中長篇六部，中篇十部，以及十數篇短篇武俠。目前於網路有「聊備一格」部落格，發表文化、政治評論。

秦紅的武俠作品，受現代小説影響頗深，從回目的擬定、語言的運用到思想觀念，均與過去的武俠著作大異其趣，而文字之生動流暢、用語之詼諧幽默，更有獨絕之妙，自《無雙劍》以下，《武林牢》（一九六四）、《九龍燈》（一九六六）、《戒刀》（一九六八）、《傀儡俠》（一九七〇）等，皆頗受讀者歡迎。七〇年代以後，模仿古龍楚留香故事之短章系列，陸續發表哥舒虎（《九品刀》，一九七七）、林歌（《俠歌》，一九七八）等系列故事，布局奇詭、情節生動，於武俠說部中別出一格，更令人矚目。

秦紅雖學歷不高，但創作態度相當嚴肅，由於生平從未涉入武俠小說慣常的大陸山川、風俗掌故，故皆以廣搜博覽為手段，絕不嚮壁虛構，所述中國大陸史地，字字皆有來歷，且頗能運用古典文句，為文本生色不少。秦紅出身基層，故亦深能掌握到一般武俠讀者之所好，故事不以曲折離奇取勝，人物中規中矩，頗有白羽「平凡英雄」的幾分味道，而擅於結合現代時勢、觀念，語言貼近日常，而時有突梯滑稽之趣，雖乏英雄悲壯之氣，而頗足把玩消遣，在眾多武俠作家中別出一格。本書謂其為「趣味武俠」的「奇兵」，實為得之。

25 雪雁

雪雁（一九四一～），本名薛東正，山東省青島市薛家島人。薛家以商業興家，多有土地田產。一九四九年，大陸局勢不穩，祖父舉家南逃，先福州，後澎湖，輾轉來到南投定居。初期從事火柴桿製作生意，後因經營不善，家道遂隨之中落。兄弟離居，雪雁隨父親定居於台東，父親投入食品生產事業，勉強維持家庭生計。雪雁於台東就讀初中、高中，隨後考上台灣師範大學化學系。

雪雁雖讀理工科系，但對文學一直相當感興趣，尤其嗜讀古典小說及通俗武俠作品。大一、大二期間，因偶然機會，開始嘗試自撰武俠小說，一九六三年，將未完處女作《翠梅谷》試投於四維出版社，因是新手出道，未蒙刊行。其後又續寫《血海騰龍》，為新生書店所賞識，連帶《翠梅谷》也得以在四維出版，兩部同時進行，皆有不錯的迴響，遂開啟了雪雁前半生的武俠創作生涯。

雪雁生性沉靜、溫文儒雅，除戮力本科外，埋首寫作，甚少與同時期的武俠作家往來，即便曾與憶文（本名周健亭）比鄰而居，也未有深交。大學畢業後，雪雁返鄉教書，仍寫作未輟，皆交由四維、大觀出版，偶爾發表在《武俠春秋》上。一九八一年，雪雁出任台東女中校長一職，因校務繁忙，遂告停筆，專心致力於教育樹人工作。一九九一年轉任台東農工校長。退休後，賦閒居家，以農藝自娛自遣。

雪雁武俠小說，自一九六三年至一九八一年，約有十四部，其中《血海騰龍》、《佛功魔影》、《邪劍魔星》、《龍劍青萍》等，都相當引人矚目。雪雁文風剛峭硬強，受柳殘陽「暴力美學」影響甚大，擅寫激烈猛厲的搏鬥場面，而兒女情長之氣則較為遜色。雪雁在台灣武俠作家中，應屬二流作家，雖相較於古龍、司馬、臥龍、諸葛、高庸等有所不足，但也是其中之錚錚佼佼者。大陸解禁武俠後，雪雁作品頗受大陸讀者歡迎，但改形換面、魚目混珠之偽贗作品甚多，猶待釐清。

26 秋夢痕

秋夢痕（一九二四～一九八九），本名鄧政，號梅庵居士，湖南邵陽人。行伍出身，早年任職於情治單位，其後自「成功隊」（類似蛙人部隊）除役，獲分發至嘉義縣新港鄉月眉國小任工友一職，以校舍為家，直到腦溢血過世為止，享年六十六歲。秋夢痕大約從民國五〇年代開始投身於武俠小說創作的行列，為「武俠八大書系」中「四維」的名家，以《翠堤潛龍》（一九六三）、《大盜大道》（一九六五）、《黃金客》（一九六六）、《萬世雷池》（一九六六）等書知名於世，擅長以神怪離奇、層見迭出的人物、情節，展開小說部局；七〇年代中，一度中輟（十年），後來在眾利出版社王瑞如力邀之下，重作馮婦，而風格大變，頗陷溺於情色的描寫，「媚俗」的趨向非常明顯。終其一生，創作量十分弘富，以「淡江武俠小說研究室」編目而言，即有近百部之多，總字數超過二千萬字，可謂是多產作家。

秋夢痕儘管作品富厚，相關的武俠小說評論，對他評價並不高。一般武俠小說史類的著作，僅葉洪生《談藝錄》以「略遜一籌」四字，輕輕帶過；而「鑑賞類」的辭典，則分別簡要地介紹了他的《黃金客》、《血旗震山河》（疑非）、《苦海飛龍》（一九六八）、《十二金釵》（疑非）等幾部。大陸學者陳墨的《新武俠二十家》，可以說是秋夢痕唯一的「知音」，特別闢了短章的篇幅，評析了《黃金客》，雖也一針見血地指出了他小說的若干缺點，卻也盛讚其「藝術才華與豐富的想像力天賦」。

27 獨孤紅

獨孤紅（一九三七～），本名李炳坤，河南開封人，一九四七年來台，一九六三年畢業於台灣師範大學國文學系，曾任短暫教職，其後轉往廣播界發展。自小喜歡古典詩詞及說部，一九六三年創作第一部作品《紫鳳釵》（出版較晚），一九六五年，諸葛青雲創作《血掌龍幡》（封面誤題為「蟠」），倩其代筆，並贈予「獨孤紅」筆名，始漸為人所知，其後陸續創作，皆頗受讀者歡迎，稿約不斷，再無暇兼顧公職，遂辭去電台工作，專心從事寫作。

獨孤紅受前輩作家郎紅浣影響甚深，偏愛撰寫以清代宮廷為背景的武俠小說。獨孤紅亦熱愛戲劇，一九八○年代後，專業投入電視劇本的創作，屢創收視佳績，尤其是一九八五年中視的《一代女皇》，曾創下百分之六十的高收視率，一時口碑載道。獨孤紅從事寫作三十餘年，作品近六十，名列台港十大名家，風靡海內外華人世界，所撰武俠小説無不一版再版，被譽為台港第一快手。主要作品有《大明英烈傳》（一九六七）、《滿江紅》（一九六七）、《豪傑血》（一九六八）、《丹心錄》（一九六八）、《玉翎雕》（一九六九）等。二〇〇二年，一度重出，為上硯撰寫《關山月》，為其最後絕筆之作。

28 雲中岳

雲中岳（一九三〇～二〇一〇），本名蔣林（又名姬興），廣西南寧人。其父為名醫，又愛好舊籍，家藏古籍無數，故自幼即深受濡染，奠定了深厚的史學基礎。早年投身軍旅，服役於某秘密單位，教授武術，一九六四年以少校退役。服役期間，一方面精研明清歷史，一方面即頗有意於武俠創作，一九六三年，首部作品《劍海情濤》於黎明出版社出版，次年，又發表《傲嘯山河》，頗獲好評。退役後，專事武俠創作，作品大多由四維出版社印行，與柳殘陽同為四維的兩大台柱。

在台灣武俠小説名家中，雲中岳博聞強記，學問根柢深厚，尤其對明代歷史及邊裔之學，鑽研甚力，掌故、史實、考據，乃至山川地理、風土人情，於小說中皆歷歷分明，堪稱為武俠小說名家中最「寫實」的作家。蔣氏的武俠小說屬「以古復古」的寫實，以古代（尤其是明代）為背景，藉由他精研明、清史料的宏博學識，不留痕跡的完整呈現了明代社會、法律、制度的實際情況。在這一點上，雲中岳的表現可以說是武俠小說作家中無出其右的，駸駸然有直追歷史小說名家高陽的實力。蔣氏的小說，凸顯了武俠小說中另一種「不一樣的江湖」，在他的江湖中，所謂的「正義」，其實是相當荒謬的，蔣氏對「藉武行俠」的意義與價值，每多質疑，而於書中俠客「人在江湖，身不由己」的處境，有相當深刻的揭露，即此塑造了他小說的特色。他用力甚勤，直到二〇〇〇年封筆為止，共有八十餘部的作品面世，其中《大地龍騰》（一九六六）、《絕代梟雄》（一九六七）、《八荒龍蛇》（一九六八）、《草莽芳華》（一九七二）、《大刺客》（一九七六）皆屬上乘之作。

29 溫瑞安

溫瑞安（一九五四～），原名溫涼玉，祖籍廣東梅縣，生於馬來西亞霹靂州，台大中文系肄業。溫氏自幼愛好文藝，下筆不凡，無論新詩、小說、散文、文學批評，皆有可觀的成就，而對武俠情有獨鍾。一九七三年負笈來台，開始嶄露頭角；一九七六年成立「神州詩社」，是當時極具影響力的文學社團。一九八〇年，因受政府當局的猜忌，被遣返回馬來西亞，其後則轉向香港發展，直到如今，在台、港、大陸三地都還有不少的心儀者。溫氏在台期間，極力鼓吹文學創作，神州社員相互砥礪，談文練武，朝氣蓬勃；一九七六年，《四大名捕會京師》問世，頗獲佳評，其後「神州奇俠蕭秋水」系列陸續出版，更奠定了他在武俠創作的地位，風靡了不少年輕的讀者。溫氏小說規模古龍，而以其最擅長的新詩手法，化入武俠小說之中，無論遣詞用字、造景塑色、情境呈顯，皆富涵詩意與詩境，可謂是別開生面。

可惜自一九八一年以後，以「超新派」自許，大玩文字遊戲，遂有走火入魔之譏，評價相當兩極化。溫氏創作量極豐，到目前為止，已有四百餘部之多，早期以《四大名捕會京師》、《神州奇俠》知名，其後《刀叢裡的詩》、《殺楚》、《溫柔的刀》等亦頗受肯定。

30 李涼

李涼，生平籍貫不詳。據網路《龍騰書庫》的介紹，他畢業於東海大學經濟系，曾經投資過電影事業，亦跨足地產、珠寶、金融等經濟事務。一九八〇年左右，他投身於武俠創作行列，初掛「臥龍生」之名上市，出版《奇神楊小邪》一書，因銷路奇佳，旋即於再版時正名，並開闢了所謂「興味盎然、詼諧有趣」的武俠風格。《奇神楊小邪》以金庸《鹿鼎記》中的韋小寶為模擬藍本，主角楊小邪目不識丁、不學無術，但「跑功」天下第一；好賭骰子，精通賭博門道；人精鬼靈，嘻笑怒罵，動輒就是「三字經」——活脫脫就是個痞子。

全書的內容，以楊小邪浪跡江湖，憑藉著一些古怪精靈的鬼門道與三教九流的人物「混」在一起為主線，偶爾做些「行俠仗義」的事，更不時與一些江湖女子產生無邊的情愛糾葛。他以這種韋小寶式的人物，創作了一系列的「幽默」作品，如《楊小邪發威》、《笑笑江湖》、《酒狂任小賭》、《江湖一擔皮》、《神偷小千》、《妙賊丁小勾》、《淘氣小活寶》、《小鬼大贏家》等等，從書名中即可略知其風格及內容。

金庸在武俠小說中創造韋小寶，實際上含有「顛覆武俠」的企圖，於嘻笑玩鬧之中，饒有深沉的諷刺意味，因此並非武俠創作中的常態；而李涼卻「以變為常」，刻意裝瘋賣傻、作乖搞笑，取韋小寶之形而遺其神，不僅糟蹋了韋小寶，且書中不時出現許多下流、猥褻的性愛場面，開啟了後來「香豔武俠」的惡濫門徑，使台灣一九八〇年後的武俠小說陷入了深濘的泥淖之中，至今猶難以拔足。

31 荻宜

荻宜，本名謝秀蓮，台灣桃園人，一九四八年生。雖然曾考上世界新專編輯採訪科，卻放棄沒有繼續升學；初中畢業後，即開始工作，曾在製藥廠、孤兒院作過事。從初中時代就開始一般文學創作，十七歲時於「新生報」首度發表作品〈剪報與我〉，廿一歲始從事廣播、電視的編劇工作。一九八二年發表《七巧神鞭彩虹劍》武俠小說作品，此後兼具一般文學作家與武俠小說作家的雙重身分，是一位橫跨純文學與武俠文學的特殊女性作家。

荻宜於中國武術、奇門雜學及琴棋書畫等武俠小說常見的內容著力頗深，又能以女性的特殊觀照摹寫原來陽剛之氣濃厚的「江湖世界」，以細膩的思緒、委婉的情感取勝，曾博得名作家司馬中原的大力讚賞，是武俠小說界中難得一見的女性作家。主要作品有《女俠燕單飛》、《明鏡傳奇》、《雙珠記》等。

32 奇儒

奇儒（一九五九～），本名李政賢，一九八五年開始投入武俠小說創作行列，立刻以《蟬翼刀》一書，蜚聲武壇。奇儒的創作承襲古龍風格，除於推理得其七分外，整體場景的跳蕩騰躍、變幻莫測，也展現出相當功力。同時，奇儒很明顯地饒有溫瑞安的詩情畫意之風，可謂英雄所見略同，都是在台灣武俠小說發展末期極力求變求新的作家。

從《蟬翼刀》一舉成名後，奇儒陸續創作了十四部作品。在這些作品中，奇儒塑造了蘇小魂此一新的英雄人物。蘇小魂沒有李尋歡的愁思哀怨，不如楚留香的風流倜儻，不如陸小鳳的無拘瀟灑，甚至「塌鼻子，小眼睛」，也實在貌不驚人；但卻十足具備了所有俠客應具備的特點，機智靈敏、急公好義、武藝高強。同時，由於他是台灣佛教「佛乘宗」的第三代傳人，佛學思想的造詣在武俠小說作家中是很難一見的。他頗欲藉武俠小說展示佛門「慈悲」之旨，故於小說中不時以佛理點化、開示，在眾武俠作家中別出一格。二〇〇〇年，奇儒在封筆十年後復出，以《凝風天下》一書重入江湖，於佛理推闡更明、更深，頗獲識者好評。

33 祁鈺

祁鈺（一九六七～），本名謝佩錡，台灣省台中人，十九歲開始從事文學創作，以《巧仙秦寶寶》知名，其後陸續有《試馬江湖》、《排骨遊龍》諸作，而以《巧仙秦寶寶》系列作品（另有《武林少寶》、《七個面具》、《神仙秘笈》、《九迷山風雲》共五部）最受讀書歡迎。九〇年代以後，另以謝上薰為筆名，發表了數十部以上的言情小說作品，儼然成為新生代的偶像作家。

34 于東樓

于東樓（一九三四～二〇〇三），本名于志宏，天津人。十三時隨父母來台定居，高二時負笈日本，先後就讀於玉川學園高校及國立千葉大學，其後家遭變故，輟學回台，於基隆市政府地政科工作。因婚姻之故，遷居高雄，於書局中打零工，遂與出版社多有接觸。

其時「槍戰小說」（當時名之為「黑社會偵探小說」）盛行，一時技癢，便開始步入寫作之途。一九七二年，創立漢麟出版社，先是出版言情小說，培養出玄小佛、伊達、岑凱倫等名家，一九七三年，開始出版武俠小說，率先以廿五開本版式出書，並配以精美的插圖與封面，是台灣武俠小說版式改革的先鋒。

與當時武俠諸名家結交，尤其是與古龍一見投緣，遂成莫逆。諸名家偶有脫稿、斷稿之虞時，每倩于氏為之代筆，前後為二十餘位作家「捉刀」，號稱「天下第一槍手」。大陸改革開放後，于氏因利趁便，大量轉介台灣武俠作品於大陸出版，對台灣武俠小說的流傳，貢獻甚鉅。

于東樓與武俠結緣雖久，然遲至一九八六年始「正式」投入武俠小說創作行列，先後完成《鐵劍流星》（一九八六）、《魔手飛環》（一九八九）、《短刀行》（一九九一）、《俠者》（一九九一）四部作品，皆頗受好評，尤其是《短刀行》，以市井人物（廚師）捲入江湖風波為經緯，令人耳目一新。一九九八年，台灣三立電視台將之改編為連續劇，亦多有好評。

35 孫曉

孫曉（一九七〇～），祖籍山東，出生於台北，台灣大學政治系畢業，美國羅徹斯特大學公共政策碩士，二〇〇〇年創辦講武堂出版社，為台灣現時深受對岸關注之武俠小說作家。作品有《英雄志》、《隆慶天下》等。

孫曉為人相當低調，因此相關履歷不詳，然對武俠小說情有獨鍾，是後金古時代最具思辨力、開創力及革新思維的武俠作家。但在台灣的名聲不大，出版之路頗有坎坷，故索性成立「講武堂」自印自銷；但在大陸，卻頗受矚目，向有「金庸封筆古龍逝，江湖唯有英雄志」的讚譽，許多報章、電視皆以專文、專訪推介，並屢有拍成影視作品的協議與宣傳。然此二書迄今皆未完稿，足為可惜。不過，就以《英雄志》已有的規模及其深廣層度而言，已不在黃易之下，可謂是後金古（後現代）時期最優秀的武俠作家。

36 蘇小歡

蘇小歡（一九五二～），本名蘇浩志，台灣台南人，台大哲學系畢業。他原為文藝名家，曾於各大報刊、雜誌發表過詩歌、散文、小說等作品。一九九〇年歸心農圃，以蒔花品茶、修養心性自得其樂。十年後復出，欲一圓其當初少年的武俠夢，遂開始著心撰述武俠小說。二〇〇一年，第一部作品《天地無聲》問世，在金庸小說獨尊一世，「香火法脈，似欲斷絕」之際，刻意援引現代文學的筆法，以充滿現代詩意趣的造境，將音樂、舞蹈的優美節奏，納入武俠小說之中，頗獲杜十三、林崇漢、林保淳等人的好評，是武俠小說繼金庸之後，融冶典雅與通俗為一爐的新嘗試。二〇〇三年，另一部以兒童為對象的《天地無聲外傳》出版，是台灣首部兒童武俠的開山之作，尤具意義。目前正積極撰寫《天地無聲外傳》第二、三部。

37 徐錦成

徐錦成（一九六七～），台灣彰化人，淡江大學中文學士、台東師院兒童文學所碩士、佛光大學文學所博士、成功大學中文系博士後研究，著名兒童文學研究者，曾主編九十二到九十四年《童話選》（九歌），著有小說集《快樂之家》、《方紅葉之江湖閑話》、《私の杜麗珍》及論著《台灣兒童詩理論批評史》等書。

【作者限量簽名套書書衣收藏版】

台灣武俠小說史（下）

作者：林保淳
發行人：陳曉林
出版所：風雲時代出版股份有限公司
地址：10576台北市民生東路五段178號7樓之3
電話：(02) 2756-0949
傳真：(02) 2765-3799
執行主編：劉宇青
美術設計：吳宗潔
協助校對：岩武成
業務總監：張瑋鳳

初版二刷：2023年9月
版權授權：林保淳
ISBN：978-626-7025-50-5
風雲書網：http://www.eastbooks.com.tw
官方部落格：http://eastbooks.pixnet.net/blog
Facebook：http://www.facebook.com/h7560949
E-mail：h7560949@ms15.hinet.net
劃撥帳號：12043291
戶名：風雲時代出版股份有限公司

風雲發行所：33373桃園市龜山區公西村2鄰復興街304巷96號
電話：(03) 318-1378
傳真：(03) 318-1378
法律顧問：永然法律事務所 李永然律師
北辰著作權事務所 蕭雄淋律師

行政院新聞局局版台業字第3595號 營利事業統一編號22759935

定價：550元

國家圖書館出版品預行編目資料

武俠風雲：台灣武俠小說史 / 林保淳著. -- 台北市：
風雲時代出版股份有限公司, 2022.02
冊；　公分
ISBN 978-626-7025-50-5 (下冊)
1. 台灣文學史 2.武俠小說

863.097　　110020517